安月

梅子 著

中国文史出版社

谨以此书献给逝去的母亲，作为对母亲
的永久怀念！

——题记

目 录

第一章 坠入忧伤的年月

　　长白山余脉——千山，一直延伸到辽宁省境内，纵贯辽宁省南北。在千山中部的深山中有一个小山村，坐落在"万两河"的南岸，小山村的名字叫"头道河村"。"万两河"发源于千山余脉西部的古岭，流经 300 多公里后，绕过头道河村，向东滚滚流去。"万两河"本不叫"万两河"，原名叫"汤河"。传说在很久以前，头道河村往西二十多里，靠近汤河的山洼处，盛产黄金，人们都聚集在那里淘金，于是形成一个巨大的金场。日久天长，金被淘尽，形成一个大湖泊，这里的人们把这种湖泊称之为"淀"。据老辈人讲，当时日淘黄金近万两，所以人们就把"汤河"改称为"万两河"。就在大淀形成不久，在靠山的一个大砬子石下面，又冒出两个巨大的泉眼，而且是热泉，两泉之间距离有二十多米。大泉直径约十二三米，小泉直径也有六七米，水量相当大，喷涌出水团有两米多高，夏天从远处看去，好像两朵巨大的菊花在怒放。冬天团团蒸汽，向四周飘散，方圆五六里的山林，都被这仿如仙气的雾团所笼罩，在光秃秃的枝条上形成晶莹的树挂。当风摇曳着布满山坡和沟壑的树挂时，漫山遍野霎时响起悦耳的风铃声。人们看到这银光闪烁、宛如纯洁无瑕的童话世界时，总觉得它朦胧着一种神秘，不得不赞叹它的奇特与壮观。

当地的人们为这个淳起了个浪漫的名字——鸳鸯淳。鸳鸯淳三面环山，周围有多条山溪汇入淳内，淳的面积有20多万平方米，清澈蔚蓝，深不见底。

"万两河"在群山的挟持下由西向东流去。它蛇形的河道使头道河村、二道河村、三道河村、四道河村、五道河村、河坎子、石哈寨村，村村隔河相望。当它流到摩天岭脚下时，落差突然加大，水流轰然冲向摩天岭脚下的巨石，形成千堆雪。撞击后的河水，以湍急的态势，折返向北冲去，直奔连山关，灌入茫草河，茫草河水由此变得更加汹涌咆哮，向正南方向奔腾而去，泄入渤海。

在"万两河"多年冲积下，沿河两岸形成大片大片的平地，人们就在这些平地上耕耘着生活着。

万两河两岸景色十分优美，这里山清水秀，沟沟都有山泉流淌，坡坡都有野果飘香。春天，满山满沟的梨花、山里红花、山丁花，一片片如皑皑白雪簇拥在枝头。更让人心醉的是，如晚霞一样喧闹在满岭满坡的映山红，与白色的梨花、山里红花、山丁花交相辉映，再加之扶摇蜃气般轻雾的缠绕，若隐若现，给人一种渺远的意境感。

那是一九一八年农历四月十四日，就在这山美水秀、花香鸟语包围中的小山村——头道河村，一个韩姓家庭，一个书香门第的家庭，一个女婴诞生了。添人加口，这本来是件喜事，但全家上上下下三十多口人，却怎么也高兴不起来。可是为了安慰刚刚生出女婴的妈妈，又不得不强颜欢笑。这倒不是人们重男轻女，原因是这个女婴是梦生——当妈妈怀她八个月的时候，她的爸爸，一个小学教书先生去世了。两个月以后她出世了，来到这个充满苦难的人间，来到这个没有父爱的家庭。不管怎样，女婴的出生，确实也冲淡了人们心中些许悲哀。女儿的出生，也为这位愁苦的母亲心中平添了一丝希望。妈妈想，女儿是去世丈夫留下的唯一骨肉，一定要把她抚养成人。

爷爷看到孙女的到来，脸上也显出了少有的微笑，似乎由此也冲淡了刚刚送走儿子的痛苦。这个在学校当校董的老学究，给孙女起名叫韩可珍，意思这是死去的儿子留下的唯一的骨肉，大家可要珍惜她。后来，这个家庭的成员都昵称可珍为"珍珍"。

韩家是一个自给自足讲究礼教的大家庭。珍珍有祖父母，祖父母生有四个儿子两个女儿。六个孩子均已成婚。大儿子是个道士，二儿子在家务农，还能做一手好木工活，三儿子，即珍珍死去的父亲，原在小学当教书先生，四儿子经营一个小杂货店，大姑娘嫁到三道河子老华家，二姑娘嫁到连山关老祝家。生活虽不很富裕，却也殷实。这个家庭虽然住有东西两院，仍然是吃大锅饭，家长制，一切都由父亲说了算。为了安抚失去丈夫的三儿媳妇，在珍珍"百岁"时，珍珍的爷爷韩常耀把全家三十多口人，包括出嫁的两个女儿，都召集到祠堂，向祖宗保证：各房必须都要高看这母女二人一眼，实际就是以这种方式安慰失去丈夫的三儿媳妇。三儿媳妇完全理解公婆的良苦用心，她潸然泪下，苦涩的泪水一滴一滴落在刚出世三个多月的珍珍脸上，泪水又从珍珍那白皙的脸上慢慢滴落在地上。抑或是母亲眼泪的感染，抑或是感知爷爷奶奶对自己的珍爱，抑或是恳求大爷、大娘、叔婶和兄弟姐妹能真诚地相待于己，抑或是从上苍那得知父亲已去，珍珍大声哭起来。她的声音洪亮而凄惨，撞击着祠堂的四壁形成回声，也撞击在场所有人的心上。大家都含着满眼的泪水，望着三媳妇和她怀中的珍珍。大房媳妇抽出袖中的手帕，擦去满眼的泪水，走到三妯娌面前，抱过珍珍，边摇晃，边用手帕轻轻地拭去珍珍白净脸上的泪水。她似在对珍珍说，又像对公婆立誓，又像代表同辈和晚辈在向先祖和去世的三叔作保证，又像在自言自语："珍珍，好宝贝，不哭啊，以后你就是大娘的亲闺女，哎，真乖。"一句话扫去了祠堂内的沉闷气氛，也扫去了爷爷奶奶心头的阴霾；一句话像从厚厚云层的隙缝中射出的一道强烈的阳光，洒在每一个人的脸上。珍珍好像真的听懂了大娘的话，咧开她那没长牙的小嘴笑了。笑得可爱，笑得让人心酸。

珍珍实在是个命苦的孩子，在她刚满两周岁、正在牙牙学语、以歪歪斜斜的步履向人生的道路起步时，母亲又撒手人寰，离珍珍而去。珍珍成了一个名副其实的孤儿。珍珍虽然只有两岁多，但在她那稚嫩的心灵上，似乎也感应到一种无奈的宿命。她学得懂事多了，很少哭了，她好像懂得能够依靠的只有爷爷奶奶啦，当然也少不了大爷大娘、叔叔婶婶们的照顾，但那必竟不是自己的亲爹妈。就在这种环境中，珍珍每天和叔伯兄弟姐妹混在一起，日复一日、年复一年地逐渐长大。尽管有爷爷奶奶全心呵护，但她心中总有一种苍凉酸楚和不安的感觉。不论她看到的还是感觉到的，总能引起她黯然的想象和潸然的泪水。每当看到别的兄弟、姐妹在父母面前撒娇，享受父母的关爱时，她都觉得那是在向她展示幸福与骄傲，同时也向她抛来无情的感情的折磨。这时她就悄悄来到屋后的万两河边，孤独地坐在一块光滑的大石头上，面对雾气茫茫的万两河水，心中一片茫然，想到自己孤苦的身世、悲苦的境遇，大滴大滴的泪珠滴落在光滑的大石头上，又滚进滔滔的河水里，流向远方。每次都是奶奶把她找到，老泪纵横地把她抱在怀里……

珍珍的爷爷在三道河子高小当校董，是一个推崇新礼教的人，他主张男女平等，主张孙女与孙子一样，到了上学的年龄都要上学。由于爷爷有这种思想，一九二六年，年满八岁的珍珍开始走出家门，珍珍上学了。从此珍珍像一只从笼中放飞的小鸟，脸上绽放着灿烂的笑容，与兄弟姐妹，与同学共同学习，与他们奔跑在学校的操场上，奔跑在广阔的田野上，尽情享受大自然的旷达，尽情吸允大自然的恬淡空气，享受着与男孩子同等的自由与快活。

珍珍学习非常努力，凡是学过的东西，什么《三字经》《弟子规》《百家姓》《千字文》《唐诗宋词》《四书五经》和反映古代一些帝王将相才子佳人的唱本，几乎都能背下来。对李清照的词，她特别感兴趣，尤其是李清照写的那些离别相思和悲苦情绪、意境深婉曲折的词，更是牢记于心间，随时都能像流水般从她嘴里流出，以释怀自己心中的沉郁和对父母的思念。

时间如同流水，转眼珍珍高小毕业了。由于时局关系，珍珍没能继续上学。这时的珍珍已经十四岁了，出落成一个漂亮大姑娘了，两只双眼皮儿的大眼睛，总是透着湿润的光，清澈透明，忽闪着像是会说话。奶奶看着漂亮的孙女，心里总是乐滋滋的，有说不出的高兴。虽然孙女还不到谈婚论嫁的年龄，但她在心里已经开始考虑孙女的婚事了。心想一定要给孙女找一个好人家，找一个知根知底的同样知书达理的人家，绝不能委屈着孙女。

就在珍珍十六岁时，奶奶正在尽心竭力为孙女找婆家的时候，事不凑巧，偏偏在一次下大雨天，奶奶走到一堵墙下，墙倒了，把奶奶压在墙下。当把奶奶抢救出来时，奶奶已站不起来了。经一位郎中检查，奶奶的左大胯粉碎性骨折。珍珍伤心极了，她抱住奶奶哭成个泪人。她不能没有奶奶，她不能看着奶奶站不起来，奶奶是她最亲最近的亲人。她下定决心不嫁人，一定要把奶奶伺候好了再说。

通过郎中的精心治疗和珍珍的细心护理，两年以后奶奶终于站立起来了，但还不能走路。在这种情况下，珍珍再一次顶住奶奶执意为其找婆家的压力，又精心地扶持了奶奶近两年，奶奶终于自己可以走路了。在服侍奶奶将近四年多的时间里，珍珍跟奶奶学会了一手好针线活和里里外外的家务。这也使奶奶心里感到莫大的安慰——这是嫁到人家当媳妇的资本。这年珍珍已经二十岁了。珍珍的姑姑在珍珍伺候奶奶的期间内，遵照奶奶的嘱托，已经为珍珍选好了人家，就是珍珍姑姑的大姑姐家。家在茫草城，距万两河有一百多里的一户关姓家庭，一个四世同堂同吃一锅饭的满族大家庭，也是一个知书达理的人家。珍珍就嫁给这家的老三，名字叫关鸿雁，是珍珍姑姑的三外甥，小珍珍一岁，属羊的，还在湖溪市读国高。

嫁到关家后，珍珍深知与在娘家当姑娘大有不同。到婆家当了人家的媳妇，处在一个生疏的环境中，事事都要加倍小心。珍珍到底是礼教家庭出来的人，在家庭人员关系上，对长辈尊重、听话、恭敬、孝顺；对同辈和睦礼让，亲如手足；对晚辈慈爱规导，视如亲生；对邻居往来总是以礼相待。珍珍的男人关鸿雁身下有个弟弟，在本村学校读高小，珍珍把他视为亲弟弟。公公与珍珍的爷爷是同一种事由，在当地学校当校董。珍珍平时除了与两位嫂嫂轮班做饭磨米碾面外，经常给奶奶婆婆、公婆和小叔子浆洗拆做。她任劳任怨，从不抱怨闹情绪。长年累月如此，深得公婆宠爱。当然这也难免遭到两个妯娌的妒忌。尽管这样，珍珍仍然对她们以诚相待，从不与之计较。在家庭中，珍珍倒像个头大的，处处都谦让，对任何事情都能包容，在全村很是有好口碑，都说关家老三娶了个好媳妇。婚后两年，珍珍生了一子，因茫草城距离凤凰山近，所以给孩子取名叫关凤山。这是关家门内的长孙（前两房媳妇头胎生的都是女孩），因此珍珍身价倍增。但她并不因此而娇气自己，抬高自己，仍然如往，甚至更加谨慎和勤俭。从此珍珍在村中得了一个孝媳、贤妻、良母的美称。

珍珍的孩子关凤山长到两岁时，丈夫关鸿雁从湖溪市国高毕业。不知什么原因，阴差阳错，经朋友介绍，竟然在遥远的黑龙江省一个名叫海林的小镇找一份工作。当时他的父母都不同意他去。珍珍心里也是不同意，但限于礼教，只能默默地听从命运的安排。关鸿雁的父亲本想留他在本村小学当一名教员，他说啥也不干，他说决不当小孩王，决不为二斗米折腰，加之碍着朋友的面子，最后还是决定走。珍珍只能背地里默默地流泪，为丈夫准备行装，并一再叮嘱关鸿雁，一人在外要多保重，离家千程百里的，有啥天灾病变的，要及时看大夫，不要硬挺。让他不要惦念她们娘俩……到那边如果不行，就赶快回来，不要碍面子……她有叮嘱不完的话，她有道不完的离别情。

转眼间，关鸿雁到海林工作已将近两年。在朋友和同学的关照下，工作很是顺畅，但事事都要自己去做，所以生活却是艰辛的。朋友们看到他一天的狼狈样子，都劝他把家属带来。在征得父母同意的情况下，关鸿雁将珍珍母子接到海林。

关鸿雁把珍珍娘俩接来不久，方觉有些草率。这正是溥仪当儿皇帝伪满洲国时期，是溥仪下定决心"举国力为大东亚圣战的最后胜利，为以日本为首的大东亚共荣圈奋斗到底"的狂热亲日时期。时局很乱，中国人在日本铁蹄下生活，各项工作都是在为日本鬼子效劳，都是在高压下提心吊胆地工作，大家都要"亲帮"，"亲帮"成了"亲日"的代名词。

一九四四年，日本鬼子叫嚣"圣战正在紧要关头，日本皇军为了东亚共荣圈各国的共存共荣，做奋不顾身的战争准备，强行大家供应物资，特别是金属……"随后在各家各户搜查金属器具，凡属金属制品全部收走，就连门把手、窗户挂钩一类全都收走。可惜的是溥仪在给日寇搜刮大开方便之门的同时，他的皇宫也没能幸免于难，宫中的铜铁器具、门窗上的铜环等全都被卸下来，以支持"亲帮圣战"。仅此还不算，溥仪又交出大量的白金、钻石、首饰，以及银器等。东北当时被搜刮得人们是衣不遮体、食无粒米的程度，再加上几次的"粮谷出荷"、

"报恩出荷"的掠夺，弄得人们是求死无门、求生无路。

珍珍在海林生活已经两年，两年的生活并不平静，整天让人担惊受怕。唯一让人高兴的是他们又添一子，又以地名取名，叫海林。

更让珍珍担心的是，溥仪部队的人三天两头到家来，说是动员实则逼迫关鸿雁当兵，如果不同意就抓走。在这种情况下，关鸿雁真是后悔把珍珍娘俩接来。可是碍于面子，他又不肯把母子三人再送回老家。最后还是珍珍拿定了主意：离开海林，回老家！那是一九四五年的春天，珍珍从报纸上和从现实的种种迹象上看，她觉得日本鬼子要倒霉了，要有大仗要打，必须要离开这个地方，回辽宁农村老家更保险。在珍珍苦口婆心地劝说和坚持下，关鸿雁才同意将珍珍和两个孩子送回原籍。

一九四五年四月的一天，关鸿雁携带妻儿一家四口，在朋友和同学的帮助下，租用一辆马车，神不知鬼不觉的，沿着仍然是冰雪覆盖的乡村公路，向北驶去，直奔牡丹江。经过两天两夜的艰苦旅程，终于把珍珍娘仨送回茫草城老家。

形势也正如珍珍劝说丈夫时分析的那样，就在他们离开海林四个多月，形势发生了巨大的变化：一九四五年八月十五日，日本鬼子投降了。为了生计，关鸿雁在家住了将近半年，安排好珍珍娘仨，又难舍难离匆匆走了。临走时最让关鸿雁牵挂和担心的是，珍珍又有了身孕。

关鸿雁走后半年，于1946年4月，珍珍生下第三个孩子，仍然是个男孩，这可把一家乐坏了。因为孩子生下来没见到爸爸，所以爷爷给取名叫梦梦。意思梦中都思念爸爸早日回来。可是紧接着，不幸又降临到这个家庭。由于关鸿雁一直没有消息，珍珍的奶奶婆婆因思念孙子一病不起，在梦梦出生不久，与世长辞。当时的形势异常紧张，特别是辽沈战役打得十分激烈。作为小学校董的珍珍的公爹，对形势非常关注。当时绝大部分青年都在部队，不是参加了解放军就是当了国民党兵。后来听说解放军共歼灭国民党兵将近 50 万，解放军不可能没有牺牲啊。他不知关鸿雁到底是在国民党还是在解放军，还是都不在，只是一个平民百姓。不管是啥，总得有个消息吧。可是一直没有，没有，再着急也没有。珍珍的公婆也明白，在交通断绝、医院倒闭、商店停业的兵荒马乱年月，再着急也没用。话是这么说，老两口还是因为思念儿子一病不起，相继离开人世。而她的大伯哥也因肺结核去世。这个家就此四分五裂，各奔他乡。大嫂把还不懂事的小儿子送给一个本家兄弟后，带着两儿两女改嫁到娘家附近。二哥当时在湖溪市谋职，二嫂也去了那里，小弟关鸿志在湖溪市也早已毕业，但因家庭破败，也不知去向。家中只剩下珍珍带着三个孩子，苦守着一间草房外挎着一间耳房———一个使人伤心的家。关家虽然是个殷实家庭，但因关鸿雁带着妻儿在外地生活了两年多，所以家里根本没有他们的生活用品。他们回家以后，由于老人还说了算，所以也没能亏待他们。当三位老人相继去世，大房和二房两家临走时把家里的东西掠扫一空，连住房都卖了，只留下珍珍母子现在住的一间草房和外挎的一间耳房。一个不到三十岁的妇女，突然遭遇这样的生活变故，简直是五雷轰顶，过上吃上顿没有下顿、衣不遮体的日子，让她无论如何都无法承受。她几乎失去了生活的勇气。

夏天日子还算好过，到野地里或是山上挖点野菜采点山菜，回来用开水焯一下，剁碎，参合点苞米面，再撒上点盐，蒸熟了，勉强度日。可是到了冬天，就是母子的鬼门关，全家只有两床破棉被，两个大孩子盖一床，珍珍带着小三盖一床。呼啸的北风，冲进千疮百孔的北窗。挡在窗户上的破被单，被风吹得鼓胀起来，像一张破帆，似乎要把破草房带走。珍珍怕把孩子冻坏，把两床破被全给三个孩子盖上，而珍珍则把自己埋在从河套背来的沙子堆里。晚上把炕烧热了钻到沙子里还可以，可是到后半夜，沙子全凉了，冻得珍珍瑟瑟发抖，只好跳下地，在屋内蹦跳取暖。她边跳边琢磨，这日子可咋过呀，眼看米罐见底了。想到这她停下身来，无力地坐在炕沿上，心想，这严冬腊月天，眼看来到年了，咋整啊！眼泪刷地流下来了。她抬起头，透过黑暗，隐隐看到挂在梁坨上同一个勾上的筐和一条绳子。她看了好久、好久。她从那个筐和那条绳子看到自己有两条道路，两条道路都清晰地展现在她的面前。一条路上，一个单薄的女人的身影在蹒跚，挎着一只破筐，肩上背着一个破口袋，在冰天雪地里沿街乞讨；一条路旁，一棵歪脖树上，吊着一个衣衫褴褛的女人，三个未成年的孩子，抱着她那只穿着一条单裤悬起的腿，哭喊着妈妈……幻觉消失了，她回过头来，用被眼泪模糊的眼睛，看看蜷缩在被窝里的三个孩子后，站起身，来到外屋地，搬来一个代替凳子的木墩子。她登上木墩，拽下那条绳子，把一头甩到梁坨上，拴好，另一头结成一个活扣。这时的世界变得格外寂静，好像一切纷扰都消失了，只有北风还在呼啸，吹得破窗户纸在放声哭诉：你死了，三个孩子咋办啊……就在这时，梦梦醒了，奶声奶气地叫妈妈……珍珍停下向脖子套去的绳子，回过头，透过黑暗，看见梦梦从被窝里爬出来。珍珍甩掉手中的绳套，从木墩上跳下来，疾步来到炕前，跳上炕，把梦梦抱起来，紧紧地搂在怀里，吸溜吸溜地哭起来。待把梦梦重新哄睡后，下地把那条绳子拽下来，顺手扔到北炕上：我这是干啥呢，咋这想不开呢。我要一死，就不是死一个了，三个孩子都得冻饿死。我这是咋的了，我这不是作孽吗！我既然敢死，难道就不敢勇敢地活下去吗？珍珍从木墩上跳下来，选择了另一条路，绝不能让孩子冻饿死，要饭也要把他们养活。

　　话是这样讲，当珍珍挎起筐准备出去要饭时，五味杂陈顿时从胸中生起，眼泪刷刷流下来，继而泣不成声。凤山和海林只能陪着妈妈哭。珍珍终于把情绪平静下来，安慰自己：我不偷也不抢，有啥寒碜的，走！珍珍脸上带着道道泪痕走出家门，心中藏着凋落的隐忍的酸涩。自此以后，珍珍每天都丢下三个孩子，到十里八村挨门挨户讨饭。在讨饭的过程中，也碰到不少好心的叔叔婶婶、大爷大娘劝说珍珍，何不像你大嫂那样，另走一家，也好帮你一把。珍珍总是莞尔一笑走开。河南堡子一位大爷，看到珍珍笑脸上的道道泪痕，摇摇头感慨地说：这可真是一个流着眼泪的坚强女人。

珍珍每天讨饭回来以后，凤山和海林都要帮着妈妈把苞米渣子、苞米面、粘高粱面饼子分开。苞米渣子和苞米面分装在口袋里，粘高粱面饼子放在一口大缸里存起来。

真是天有不测风云，为什么不幸总是光顾到珍珍身上，为什么灾难总是让她来承担？这不，就在珍珍带着三个嗷嗷待哺的孩子。挣扎在煎熬中的时候，从来没有消息的、在湖溪市工作的二大伯兄，突然被人用担架抬送回来。来人讲关鸿飞病重，无人伺候只好送回家来。

珍珍急着问来人："二嫂子呢？"

"她不是带着孩子回家了吗？"来人说。

"她没回来呀！"珍珍急切地说。

"这我们就管不了啦。"来人说完就要走。

"哎哎，你们别走哇，你们把他送我这里我咋整啊。我们家只有我这孤儿寡母四人，自己都是要饭活着。再说我这当兄弟媳妇的咋收留他呀！"

"没有用，我们管不了那么多。"说完几个人扬长而去。

一个兄弟媳妇怎样伺候一个病重不能自理的大伯兄呢？没有办法，他是鸿雁的哥哥，她不能不管他，她不能眼看着他没人管，就这样死在院子里。她找来邻居，帮着把二哥抬进屋里，把他当成自己的亲哥哥收留下来，精心护理。喂饭，接大小便，擦洗身子，全都要珍珍一人去做。这样珍珍每天除了出去讨饭，又多了这样一份操心的事。为了这个倒霉的二哥，要饭时，到一些富裕人家，珍珍还要红着脸向人家要一点白面或者糜子面，回来给二哥做面汤一类的软食吃。人们总是无奈地唉声叹气，摇着头，不可理解地看看珍珍，有同情心的转回屋里，舀半碗白面或糜子面送给珍珍。回来后，珍珍一点都舍不得给孩子吃，就连小三都吃不着，全都给二大伯哥做吃了。就这样精心护理，也没能挽回二大伯哥的生命，一个月后，他死了。珍珍拆下家中一个木隔断，求人打一口简易的薄棺材，将二大伯子入殓。按着旧礼教，二大伯子是不能入祖坟的，原因是他没有儿子，只有一个女儿还跟着妈妈不知去向。怎么办？珍珍只好写一纸文书，压在二大伯子棺材头，将二儿子海林过继过去。这样二大伯子就可以入祖坟了。就这样，珍珍妥善地料理了二大伯子的丧事。此后，珍珍边要饭边到处打听二嫂子的下落，终于得知，她在二哥病重时，偷偷带着十二岁的女儿跑回锦州老家，重新嫁人。后来又带着女儿随丈夫在内蒙古定居下来。珍珍听后大哭一场，心想：一个结发夫妻，怎能不顾结发之情呢？怎能这样狠心抛弃病危的丈夫嫁他人而去呢？这时珍珍记起过去不知从哪个唱本里看到的四句唱词："青竹蛇儿口，黄蜂尾上针。万般皆不毒，最狠妇人心。"没想到这句话在二嫂子身上得到验证。

第二章 风雪寒影

一九四七年的冬天，雪特别大。立冬的前一天开始下雪，转天早晨起来，珍珍去开门，说啥也开不开，大雪把整个门都封住了。珍珍推开木格窗，从窗户跳出去，把门前的雪铲开，才将门打开。雪下得太大了，根本无处可锄，只能向两边翻，使中间现出一条雪沟，人只能从这条雪沟里行走。

人们都说，冬天雪大，来年一定有个好收成。不管什么年，而对于苦命的珍珍来说都一样，都没有什么指望和希望所在，只有天天去讨饭，似乎这就是珍珍的出路。大孩子虽然只有八岁，每天不得不拿一根绳子和一把镰刀，去上河套或北道沟砍柴。每天要往家背四五趟柴火。八岁的孩子只有人家五六岁孩子那样高。三捆柴火搭成马架子，扛起来，只看见两条小腿艰难地向前移动。即使这样，还是在顽强地支撑着骨瘦如柴的身子，以稚嫩的肩膀，帮着妈妈担着沉重的生活重担。

"凤山，雪太大，今天就别去割柴火了。"珍珍看凤山拿起绳子和镰刀说。

"没事儿，妈妈，多存点儿柴火，过年多烧点儿，炕热屋子也暖和，省得梦梦冻得一天光哭。"

"那在近处割点就回来，就别往远处去了。"

凤山走后，珍珍嘱咐海林在家好好带看弟弟，也挎着筐走了。

珍珍来到大街上。狂暴的风，吹得积雪横飞，"大烟泡"像雾一样，遮住人们的视线。珍珍站在雪地上，瑟缩着身子，浑身冻得发抖，心想，去哪里要呢？这几天就在东边和南边几个堡子讨要……过河吧，去吴家堡子，远就远点吧。珍珍沿着被大雪封住的道路，向上河套走去，到上河套过了大桥，就是吴家堡子。珍珍身上穿一件补了又补的破面袍，内里衬着一件单褂，下身只穿一条补得没有模样的单裤，光着脚穿一双单鞋，鞋中灌满雪，与光脚走在雪地里没有什么区别。她艰难地向前移动，后边趟出一道雪沟，很快又被"大烟泡"遮得一点痕迹都没有。珍珍站在雪地里，仰望苍天，灰蒙阴郁的苍天，暗合着珍珍流血的心境。一股热流从珍珍的脸上流下来，不知是珍珍流泪还是苍天在流泪。珍珍来到吴家堡子，一连走了二十几家，讨要了一筐饽饽和半口袋苞米渣子、苞米面，心里还是挺高兴的，被堵得晦暗的心，露出一丝罅隙。这时觉得两只脚也不疼。她哪知道她的两只脚已经冻得失去了知觉。

珍珍从吴家堡子出来，艰难地走过冰冻的茫草河来到上河套。她那件破棉袍，被肆虐的狂风几乎要撕成碎片。她蹒跚几步摔倒在雪地上，饽饽撒了满地。她赶紧把饽饽捡到筐里，可是她无论怎样努力，也没能爬起来。"大烟泡"没有一点情面把珍珍埋在雪里。风雪无情人有情。就在这时，和珍珍同村的一个名叫佟成贵的人，从河草镇回来。他发现了雪地上有个人，便急忙跑过去。他不顾一切地把人从雪中扒出来，一看竟然是后门房的三媳妇。从辈分上说，珍珍应该叫他大哥。这时的佟成贵也管不了大伯子不大伯子了，把棉大衣脱下来裹在珍珍身上，背起来瘸着腿就往家跑。他累得气喘吁吁，一口气把珍珍背到他们家，把佟成贵的老婆吓了一大跳。佟成贵来不及说什么，把珍珍放在炕上，端起洗脸盆就往外跑，盛起一盆雪跑回来就给珍珍搓脚和腿。他已来不及说明情况，就嘱咐媳妇赶快一块搓。经过一个多小时的抢救，珍珍终于从死神手里被夺回来。她吃力地睁开双眼，冥蒙中不知在什么地方，直觉两腿发热，心中冰凉。珍珍眼前渐渐清晰，认出面前的佟大嫂和佟大哥。她不知自己怎么会来到这里，这是什么地方？她在问自己，极力想坐起来，但她无力支撑自己的身躯，又重重地摔在炕上。她紧闭双目，心中逐渐明白过来，这是佟大哥家吧？炕是热的，身上的被子是那样的柔软、温暖。多长时间没有盖过被子了。珍珍慢慢睁开那双无光的眼，涩涩的眼球，像冻住一样，费力地转了一圈，最后把呆滞的目光落在佟大嫂脸上。

"大嫂。"浑浊的泪水从珍珍的脸颊流下。

"三妹子，你这是上哪去了，咋冻成这样了。"佟大嫂两手握着珍珍的手，眼中含着泪水。

"我咋上这儿来了？"她疑惑地问。

"你冻倒在上河套，是你佟大哥路过那里，看见你，把你背回来的。"佟大嫂轻声地告诉珍珍。

珍珍把脸歪向一边，汩汩地流着泪水说："大哥，你不该救我，就让我冻死那得了，省着受罪了。"

"说啥傻话，那三个孩子咋办！"佟大嫂嗔怪地说。

"真的，要不为仨孩子，真不如死了心静。"

"是呀，为了三个孩子，也不能死呀。"佟成贵倒了一杯开水递给妻子，示意给珍珍喝。他接着说，"天老爷饿不死瞎眼野鸡，一切都会好起来的。日本鬼子被打跑了，我看蒋介石也是兔子尾巴长不了，这不就有指望了吗。记住了，三妹子，人只有享不起的福，没有受不了得罪……"

就在佟成贵说话时，珍珍像想起了啥，猛地把头转过来，向地上看："我的筐呢？"

"筐？啥筐？"佟大嫂问。

"我要来的饽饽。"

"哎呀，你看，我光顾三媳妇了，还真没注意到筐。现在我就回去看看。"说着佟成贵抓起帽子，穿上棉大衣，急切地开开门，钻进"大烟泡"里。

"佟大哥，您快回来，我去吧！"珍珍从炕上爬起来冲着门喊。

"你快躺着吧，你咋能去呢？"佟大嫂把珍珍又按在炕上。

佟成贵一拐一拐地连跑带颠来到珍珍冻倒的地方，从雪中扒出筐和饽饽，还有一个破旧的面口袋，补着几块颜色不一的补丁，内有半袋粮。佟成贵打开口袋，里边大小不等的苞米渣混在一起，还掺和着一些苞米面。佟成贵挎起筐，将米袋向后背上一扔，向回来的路上走去。他趟着厚厚的积雪，步履显得艰难沉重。他边走边为珍珍的遭遇忧虑。他从心里不相信一个年轻的妇女带着三个不懂事的孩子，能生存下来。他心里埋怨关鸿雁：这小子哪去了呢，咋音信杳无，怎能扔下这母子四人就不管啦？是死是活也得有个信哪，这是咋的了？

其实佟成贵家与关家没有任何关系，只是与关鸿雁是同学，他们同是湖溪市国高毕业。

佟成贵性格豪爽，好打抱不平。他同情弱者，敢于直言，看不得谁有难处。就因这种性格，一次因为打抱不平，差一点被本村高台子的地主给打死。他从湖溪市国高毕业后，在河草镇谋得了一个职业。离茫草城有三十多里地，回家也很方便。

那是一九四零年秋，他工作刚满一年，父母就在茫草城给他定了亲，并在秋收以后，刚上场，就把婚事给他办了。结婚不到一个月，从北边开来一支抗日游击队，住在他们村里待命。这支队伍刚进村时，集中在财神庙后的那棵大柳树下休息，正好是佟成贵家的大门外。抗日游击队一位刘连长，正准备派事务长和各班班长，到老百姓家号房时，高台子的地主高百寿来了。他头戴一顶貂皮帽，身穿纺绸棉袍，外套深烟色的羊羔皮坎肩，脚蹬一双日本式的棉鞋——一种大脚趾分在外边的鞋。高百寿点头哈腰来到那位刘连长身旁，向刘连长皮笑肉不笑地点点头：

"看来您一定是这里的长官了？"

刘连长转过头来仔细地打量着高百寿一会儿："你是？"

"啊，鄙人是本村的村长高百寿，听说贵军驾到，特来请各位长官到舍下歇息。"

"噢——原来是高村长啊，实在有劳大驾，您看还让您跑一趟。"

"啊，这没啥，都是自家兄弟，理所应当，理所应当。"

刘连长收起笑容："高村长，我看就不必了吧！"刘连长说完转过身去，"事务长和各班班长，马上行动。"

"这——也好，也好。嘿嘿……"高百寿尴尬地奸笑几声，灰溜溜地走了。

这一切都被站在大门口卖呆的佟成贵看在眼里。

号房的事务长首先来到佟成贵家，一看那气氛，便问佟成贵的老父亲："老大爷，儿子刚结婚吧，给您老道喜了！"

佟成贵的老父亲高兴地说："我这是双喜临门哪！"

事务长脑子一时没转过来："双喜？老大爷，那一喜是啥呀？"

"你们来了，这不是又一件大喜事嘛！"这时事务长才转过弯来，与佟成贵的老父亲同时哈哈大笑起来。

笑声停下来后，事务长对佟大爷说："老大爷，您这刚办完喜事，就不麻烦您这儿了。"

一直站在旁边的佟成贵，听事务长这么一说，可急了。他说啥也不干，愣是把被褥搬到父母屋里的北炕，把新房腾出来给抗日游击队住。抗日游击队驻扎五天，他看到这支队伍非同一般，纪律严明，是一心一意为穷人为百姓办事的队伍，在他心中留下难以磨灭的好感。在这五天中，他从连长那里听到好多关于打日本鬼子的战斗经历，还有巧除汉奸的故事；在这五天中，他看到这支队伍，帮老百姓挑水、劈柴、扫院子、打扫猪圈、铡草、拉磨推碾子……啥活都帮着干，个个都是行家里手。看到这些，他突然产生参加抗日游击队的想法，于是他找到游击队刘连长。

"连长，您看我参加抗日游击队合格吗？"他找到刘连长二话没说，直入主题。

"当然合格，绝对合格。"刘连长也干脆利落。

"那好，我就跟你们走了。"

"跟我们走？"刘连长看着他，摇了摇头说，"不行！"

"为啥？"

"这还不懂？"刘连长拍拍佟成贵的脸蛋儿，诡秘地一笑。

"懂，懂啥呀？"他眨巴一双眼睛看着连长。

刘连长照佟成贵前胸打了一拳："你爸爸妈妈等着抱孙子呢！"

"嗨，我当啥事儿呢，那有啥呢，打败小日本回来再给他们造孙子也不晚。"

"那不行，你要是走了，你媳妇是要找我算账的。"

"不会的。"佟成贵把头摇得让人眼晕。

"那也不行。"

佟成贵两只大眼睛瞪得溜圆，愣愣地瞪着刘连长。

"你瞪啥眼珠子，瞪也不行。"

"不行？哼，你要不要我，我告你去。"

"呵，有点五把操啊，要告我，告我啥？"刘连长走到佟成贵跟前，用两手捧着佟成贵的脸，严肃的脸上透着难以抑制的喜欢，"你告我啥呀，嗯？"

"我、我、我告你，告你不让好青年参加。"

"呵，好青年，你是好青年？哪个好青年不顾父母和新结婚的媳妇撒腿就走的？"

"哎，刘连长，你要这样说你肯定输了。"

"为啥？"

"现在啥事儿最重要，我问你。"

"当然是抗日了。"

"对呀，既然打小日本最重要，你为啥不让我参加？我早就听你们营长说过，抗日是匹夫有责。每一个好青年，不能只顾小家，要想到国家这个大家，每一个好青年，不能只想到自家的父母，要想到全国千千万万个父母。你为啥不让我想大家，不让我想千千万万个父母？"佟成贵真的认真起来。

"呵，看不出你小子还挺会说啊，给我扣上帽子啦。"刘连长两手叉腰被问得有点无话可说了。

"嗷——嗷——"战士们给连长起哄。

"去去，起啥哄？"刘连长向战士挥着手。而后手叉腰冲着佟成贵故意绷着脸说："哈哈！好小子，我就不要你，你能把我这个连长给撸去？"

"我可没那权力，可是我可以让你的上级把你连长撸去。"

"看来你比我的上级官还大？"

"谁比我的官大呀？"正在这时，在人群的后边来一个人，把话接了过去。

刘连长听声音是营长来了，他马上转过身去，向走过来的营长敬礼："报告营长，我正在和老乡说话。"

"啥说话呀，你咋不说实话呢？"佟成贵一点都没有怯场，"咱这是说话吗？你这是在阻挡进步青年参加。"他不失时机地毫不客气地给刘连长告一状。

"哟，看来你这个小同志在告我们连长的状啊。"营长拍拍佟成贵的肩膀。

营长转过身来问刘连长："刘连长，咋回事？"

刘连长啪地向营长敬个礼："报告营长，是这么回事……"

于是，刘连长把刚才的情况向营长作了详细的汇报。

营长听完汇报，脸上现出喜爱的笑容："你的父母同意吗？"

"同意！"

"那你的新结婚的媳妇呢？"

"她有啥，她有啥不同意的，她不同意也得同意！"

"哟嗬，真是一个典型的大男子主义！"营长说着笑起来，转过身去，把一个女兵叫过来："小于呀，刚才这位小老乡说的话你都听见了吗？"

"报告首长，都听见了。"

"你说咱们部队能要他吗？"

"报告首长，不能要！"

"你凭啥说不能要？"佟成贵急了，蹿过去又要与那个女兵辩论。

"你是大男子主义，就不要你！"女兵也不示弱。

"哈哈——我这个营长也得听大家的意见哪。"

佟成贵这回真的没有词儿了。

他想了想说："行，你不是不要嘛，好，反正我合格，等你们走时，我就在你们队伍后边跟着，看你们能把我咋的。"说完他转身走了。

"要要赖咋的？"刘连长逗他一句。

大家都笑起来。

"这可真是块好料。"营长看着大步流星走远的佟成贵自语着，"他的父母和妻子咋想的？"营长转问刘连长。

"他的父母都没有意见，就是觉得刚结婚，儿子就走了，觉得对不起媳妇。"

"看来媳妇不同意。"

"不，媳妇还挺开明，抗日救国的道理懂得不少，也挺支持的。"

"再详细征求一下父母和家属的意见，咱们再研究。"营长与刘连长商量完走了。

其实佟成贵的父母、妻子都很理解他，都同意他去参军。正像刘连长说的那样，父母只是怕苦了儿媳妇。

佟成贵转天就到河草镇辞去了工作。他拿着辞职证明来到连部，啪的一下拍到刘连长的桌子上："连长，我已辞职了，你看着办吧。"

刘连长看看佟成贵，拿起辞职证明看了看。他放下证明装上一袋烟点着，深深吸一口，坐到椅子上："哎，惹不起你呀，还是你横，你被录取了，回去准备准备吧。"

"真的，连长！"佟成贵高兴地腾地一下从椅子上站起来。

"我哪敢撒谎啊，再不同意我这个连长就要被撤职喽。"

佟成贵一听刘连长的话有点不对味，心想这回完了，在他手下当兵，他非得冷我不可。于是他堆起一副笑脸："就，刘连长，您可别生我的气，您大人不计小人过，您海量，您宰相肚里能撑船。"

"我可没你想的那样宽宏大量，我的肚里连个水瓢都放不下，撑啥船哪。"刘连长斜了佟成贵一眼。

佟成贵也好大的不高兴，心想：有啥了不起的，向你赔不是还不行，杀人不过头点地，能咋的，心里不服气，可是嘴还是软的："啊，不碍的，你咋想都行，只要能让我参加就行。"于是他是又给连长倒水又给点烟。刘连长终于拿捏不住了，噗嗤一声笑了:"行啦,快回去跟你媳妇近乎近乎吧。"

佟成贵就这样参加了抗日游击队,打日本鬼子去了。这一去就是五年。等日本鬼子投降后,父母和妻子,盼着他能回来,他偏偏没回来,又直接从抗日游击队转编到中国人民解放军,而且担任排长职务。后来在一次清扫日寇埋的地雷时,把腿炸断。腿落下残疾——瘸了。于一九四六年春复原,这才回到家里。

佟成贵瘸着腿,背着半袋粮食,挎着筐边走边想:"如果劝说三媳妇改嫁呢。"他摇摇头,"不行,将来关鸿雁要是回来,事儿就麻烦了。"想到这,长叹口气,摇摇头,加快步伐,踩得积雪咯吱咯吱响。

经过三个多时辰,珍珍基本恢复了。他背起那半袋米,挎起盛着粘高粱面饼子的筐要回家。佟成贵的老婆叫住她,拿出一条补着补丁但却拆洗得很干净的旧棉裤说:"三妹子,你要是不嫌弃,就拿去穿吧。你看你大冬天,穿一条单裤不冻死才怪呢,这还有一双旧棉鞋,也拿去吧。"

"不,我不要,你留着自己穿吧,你家也不充裕。"珍珍推让着。

"拿着吧,她身上不是穿吗。"佟成贵一手提着半袋苞米渣子一手掀起门帘子进来,"把这点苞米渣子也带上。"他看了看珍珍,对妻子说,"要不,你送送三媳妇吧。"

珍珍眼泪汩汩流下来。佟成贵的老婆帮着珍珍擦去眼泪:"别这样,三妹子,你的为人嫂子知道。以后有啥难处,就来找嫂子,嫂子会尽力的。"佟成贵的媳妇也流下泪水。

珍珍冻伤以后,腿上多处溃烂,她无法下地。躺在炕上,心里干着急,她已经十多天没出去讨饭了。

她强撑起身子,对着耳房:"海林,你哥哥呢?"

海林听妈妈喊,赶紧放下没刷完的碗跑进屋来:"妈妈,我哥哥割柴火去了。"

"你看缸里还有多少饽饽。"

"哎。"海林到耳房搬来一个小木墩儿，放在装饽饽的大缸前，站上去向缸里看看，"妈妈，还有一缸底。"

"嗨，这可咋办，眼看要断顿了。"珍珍慢慢坐起来，一点一点挪到炕沿边上，准备下地。

"妈妈，你要干啥？"珍珍没有正面回答海林的问话，她指指鞋："把鞋递给妈妈。"

海林给妈妈穿上鞋。珍珍拿起旁边一根木棍拄着，一瘸一拐艰难地走到那个要饭筐前，挎起筐拖拉着条腿往外走。

"妈妈，你不能去，你的腿不行！"海林急切地去阻拦妈妈。

"……"珍珍看看海林，嘴动动，没说什么，继续向门外走去。

海林两眼含满泪水，跑过去搀扶妈妈。他哪里扶得住呀，珍珍摔倒了，再也站不起来了。海林想把妈妈抱起来，几次都没抱动。海林吓坏了，大哭着喊起来，可是无论怎样哭喊，也无济于事。

"妈妈，你等着。"海林灵机一动，擦把眼泪，撒腿往外跑去。一会儿工夫，带着满桌子跑回来了。

"三婶，您这是咋的了，脚都啥样了，还下地！"她边说边把珍珍抱回屋里，放到炕上，给珍珍盖好被。

"谢谢你满桌子。"珍珍感激地看着满桌子。

"谢啥呀。三婶，您咋还要上外头去，冰天雪地的，有事儿咋的，三婶？"

"我这右腿大胯咋这疼呢？"珍珍感觉大胯有些异样。

满桌子跳上炕，解开珍珍的裤腰带，把右边的裤腰往下一拽，看到胯骨向外支着，她惊叫起来："三婶，您这胯骨八成错环儿了，这咋高出一块呢？"

海林在旁边吓得大哭起来。

"海林别哭，妈妈死不了，妈妈命大着呢，罪还没受够呢，别哭了。"珍珍用凄楚的目光看着海林。

满桌子在地上急得团团转："这可咋整。"她突然停在地上，好像想起什么，一跺脚，"对，有了。"她转过身来，"三婶，您等着，我马上就来。"只一袋烟的工夫，满桌子把老房子的张奶奶找来了。张奶奶已经六十多岁了，小脚。满桌子连拉带拽带背把张奶奶接来。那年满桌子脚崴了，就是张奶奶给捏好的，这次满桌子又想起张奶奶。

张奶奶上炕盘腿坐在珍珍的旁边："让我看看。"张奶奶轻轻地摸摸珍珍突出的胯骨，"哎，这孩子，这是咋整的。"她转对满桌子说，"满桌子，张奶奶的岁数大了，劲儿小，你得帮奶奶一把。"

"嗯哪。"满桌子跳上炕等张奶奶吩咐。

张奶奶用手轻轻地捏捏突出的胯骨："可不错骨缝了咋的，骨头还没啥事儿。"她把满桌子叫到身边指着珍珍的腿说：

"你把这右腿抬起来点，对，再平一点，对，好。我让你使劲时再使劲，腿一定要端平了。劲要悠着点，我让你使大劲时，你就使大劲，使大劲时要楞一点，明白吗？"

"知道了，张奶奶。"

张奶奶跪起来，她那凸着青筋像干树枝的两只手的大拇指，紧紧地压在那突起的骨头上。两只大拇指在上边一点一点地捏压，嘴里还不停地说："好、好，就会好的，就会好的。"她的手停在一处："满桌子，使劲拽！"

满桌子一使劲，就听咔的一声，那块支出来的骨头没有了。珍珍只"啊"了一声，再也不觉疼了，错环的胯骨复原了。

"行了，没事了。"张奶奶头上渗出细小的汗珠。

"谢谢您张娘，看把您累的。"珍珍的脸上也现出了踏实的笑容。

张奶奶又看看珍珍的冻疮："啧啧，这三媳妇可真遭罪了。"她给珍珍盖好被，对满桌子说："满桌子，你三婶子一家一直对你们可不错，特别是她公公那时对你们家可是没说的，你知道不？"

"我早就听我爹说过，那我咋不知道呢。"

"你回去跟你爹说说，你来伺候你三婶几天。"

"行，张奶奶，还用跟我爹说啥，您放心吧。"

"不用，满桌子可别来，太麻烦了，这我都不落忍。"珍珍急切地说。

张奶奶拍拍珍珍的肩膀："三媳妇，都啥时候了，还客气啥，让她帮你一把又能咋的。"

"张娘，不行啊，她家也一大摊子活呀。"

"三婶，咱们两家谁跟谁呀，您咋这客气呢。"

"啧啧，这丫头可真会说话。"张奶奶笑着夸奖满桌子，随手拍一下满桌子，"那好，我给你三婶出个偏方，治治这冻伤，你帮帮忙咋样？"

"太好了，您说吧，张奶奶。"

张奶奶转对珍珍说："三媳妇，我告诉你，用干茄子秧，熬水洗，每天两回，我估计十几天就会好的。"

"干茄子秧好弄，我家园子里有的是。"满桌子说。

"不过熬的时候，多搁点水，熬得时间要长一点，药劲儿大。"

"我知道了张奶奶，现在我就弄茄子秧去。"满桌子正要走，这时凤山回来了，他从头到脚沾满了雪，小脸冻得红红的。

"哎呀，大雪天这孩子去哪了，你看把孩子冻成啥样了。"张奶奶心疼地说。

满桌子赶紧把凤山帽子摘下来，抖掉上边的雪，又用帽子拍打凤山前后身上的雪。

"我去北道沟割柴火去了。张奶奶您啥时来的？"凤山有礼貌地与张奶奶打招呼。

"啧啧，这孩子多懂事，真疼人。"张奶奶感叹着说，"我也该走了。三媳妇，别再下地了，好好养着，明天我再来给你看看。"

"这是啥天哪，您可别跑了，我慢慢养着就行了。凤山，去，送你张奶奶回家。"

"孩子刚回来，怪冷的，让满桌子送吧。"

"我去吧，您别管了。"

"你受累了满桌子。"

满桌子送张奶奶走了，凤山有些奇怪地问："妈妈，她们都上咱家来干啥呀？"

这时站在地上的海林又"哇"的一声哭起来。他边哭边把妈妈是怎样摔倒的，一五一十告诉哥哥。

凤山听后，他只是含着眼泪看着妈妈，不知怎样才能安慰妈妈。这时他才想起来自己的兜里有一把山里红："妈妈给你吃山里红。"

"这时节哪来的山里红？"珍珍问凤山，顺手接过来，"还挺鲜的。"

凤山看妈妈脸上现出一丝笑容，心里别说有多高兴了："我在北道沟大岭崴割柴火时，看见一棵大山里红树，树上有不少山里红，我使劲一摇，噼里啪啦掉下来好多，全都是黑色的，我捡起来尝尝，苦涩苦涩的。后来我就在树下的雪里扒，就扒出这些来。我没舍得吃，留着拿回来给妈妈吃。"

珍珍喜爱地看着凤山："凤山长大了，懂得疼妈妈了。"

满桌子把张奶奶送到家后，又跑回自家的菜园子，拔一大抱干茄子秧。回到珍珍家，把它掰成小段，洗净后放到洗脸的铜盆里，添上水，支在灶坑前熬。大约一袋烟的工夫，水开了。干茄子秧在盆中翻滚，水的颜色渐渐加深。待熬好后，满桌子把茄子秧捞出，再把毛巾浸在熬好的水中，然后拧成半干，轻轻地给珍珍擦洗冻疮。珍珍丝丝地抽着气。

"三婶，疼了吧？"

珍珍点点头。

"我慢点。"

"没事儿，不要紧。我得咋谢你呀满桌子。"

"谢啥，三婶别想那么多。"

"哎，怎能不想呢。"珍珍挪挪身子，躺得稍微舒服些，"我呀别看受苦受难，竟碰见好人，我心里高兴着呢。你看吧，要饭碰见的好人也多，上回冻死在上河套，碰到好人佟大哥把我救了，要不我现在不知在哪个壕沟里喂野狗呢。现在吧，又碰见你和张奶奶，我又得救了。这些人呀，我一辈子都忘不了哇。"

"三婶，您知道这是啥原因吗？"

"啥原因，大家都是好人呗，都心疼我和三个崽子呗。"

"三婶，您说的不全对，人家大伙背后都说，后门房就三媳妇厚道、好。这都是您走得正。您看您家的我大娘和我二娘，谁不在背后指点他们。"

"人活着都各有所志呀。"

满桌子很快就给珍珍擦洗完冻疮口。她倒掉用过的干茄子秧熬的水，把熬水的铜洗脸盆刷洗干净，放到三婶睡觉的炕梢："三婶，我先回去了，晚上我再来给您熬水擦洗。"

"快回去吧，忙了大半天，真难为你了。"

满桌子走后，凤山点着灶坑，熥点粘高粱面饽饽，这就是娘几个午饭。"妈妈，我割柴火去，你在家行吗？"凤山把桌子收拾过去后，眼睛里含着满满的泪水问妈妈。

"妈妈没事儿。"珍珍伸出手擦去凤山脸上的眼泪，"别难过，孩子，妈妈几天就会好的。"珍珍也是满眼的泪水。

"那我去割柴火去了。"

"雪太大了，歇歇吧，别去了。"珍珍疼爱地擦干凤山脸上的泪水。

"妈妈，没事儿，你放心吧！"

"这么大的雪，害不害怕？"

"不怕，山上有好多人割柴火呢。"

其实山上根本没有人割柴火，这么大的雪谁都不会割柴火的，凤山之所以这样说是怕妈妈不放心。

凤山拿着镰刀和绳子走了。

海林看妈妈搂着梦梦睡着了，他蹑手蹑脚来到耳房，扛起小框，轻轻地开开耳房门，一股风带着雪向他扑来，海林闭上眼把头一偏，躲着大风刮来的雪，又轻轻把门关上，踩着满院的积雪，向大门外走去。积雪发出咯吱咯吱的声音，身后留下一行清晰的歪歪斜斜的小脚印。海林来到大街上，大街上一个人也没有。他绕过财神庙。财神庙左侧有一条沟，那沟是夏天下大雨时，山洪冲出来的沟，公路到这自然形成一个大下坡。海林扛着筐下坡又上坡，来到一家人家门前。

"爷爷奶奶，给来点吃的吧，我妈妈病了，可怜可怜吧，爷爷奶奶……"他的声音稚嫩、颤抖、细小、凄惨，被"烟泡"淹没。

"爷爷奶奶，我饿呀，我妈妈病了，可怜可怜吧……"

屋内没有一点反应，那门无情地紧闭着，不肯欠一点缝隙。不管海林怎样哭诉，怎样哀求，都无济于事。海林转过身来，蹒跚地走出柴门，转向另一家，这家同样无动于衷。可怜的海林来到大街上，无望地左右顾盼，满世界一片白，到处都充满着冷酷。这一苦难的现实，使海林苦涩灰暗的童年过早地读懂了妈妈讨饭的艰难和流泪的心。他那颗稚嫩的童心此时启悟到，妈妈太不容易了，妈妈在这样凄风苦雨的险恶环境中，吃了多少苦，要看多少白眼，要吃多少闭门羹。在这风雪交加冰天雪地里，海林眼前闪现出妈妈在风雪中艰难蹒跚的身影，在一家家门前苦苦哀求的凄楚面容；看到妈妈被人从院里赶出来，满脸泪水瞬间冻成冰凌。海林哭了。眼泪滚落到冰封雪冻的大地上，冻成晶莹的冰点，在那晶莹的冰点上铭刻着海林对妈妈永不泯灭的感恩之情。风带着雪发出尖啸，撕扯着瘦小的海林。他低下头看看自己手中的筐，空空的，筐底儿上刮进一些积雪，心想我不能空筐回去，一定要要回饭来，不让妈妈着急。他把筐里的雪磕在地上，扛着筐又走进另外一家的院子。还没等海林开口，门开了，走出一位老爷爷。他瘦瘦的黑黑的，个子很矮，留着胡须。他看着海林一愣，似在努力辨认海林。

"爷爷，给来点吃的吧，我妈妈病了……"海林对着那位嘴的四周长满胡子的老爷爷哭述着。

"哎呀，这不是后门房三媳妇的孩子吗？这样的天气，咋叫孩子自己出来呢，冻坏可咋整，快进屋来。"老爷爷认出了海林，他急急忙忙把海林领进屋里。海林顿时感觉浑身都暖和起来，特别是这位老爷爷慈善和蔼的面容和使人感动的话语，让海林那颗幼小的冰冻的心开始融化。

"你看这孩子冻得，快上火盆这烤一烤。"老爷爷拉过海林来到火盆前。

"咋整的，这点孩子出来要饭，作孽呦。"老奶奶从炕上下来，走到海林跟前，"先别烤，奶奶给搓搓再烤，不搓搓再烤手会疼的。"老奶奶心疼地轻轻地搓着海林那双长满黑皱的冻得有些僵硬的小手，"孩子，这大冷的天，你咋还出来要饭呢？"老奶奶边搓海林的手边问。

"我妈妈病了。"海林怯怯地回答。

"哎，这三媳妇真可怜。"他搓着海林僵硬的小手，"你不认识我吧？"

海林一双含泪的大眼睛看着老奶奶那刻满皱纹的脸，慢慢地摇摇头。

"我是你老奶奶，"她用下额向那边一指，"他是你老爷爷。"

"老爷爷，老奶奶。"海林很乖地叫一声。

"哎。"

"哎。"

老两口脸上都现出笑容。

老爷爷拿起海林的小筐进里屋装多半筐地瓜，开门出去，到仓房又装十几个粘高粱面饼子。筐装得满满的。他回到屋里，把筐放在海林的旁边叮嘱海林："孩子，一会暖和过来，拿回去给你妈吃，吃没了再来拿，啊。"

"嗯哪，谢谢老爷爷。"海林把手伸到火盆上烤烤，站起来说，"老爷爷，老奶奶，我走了。"

"拿得动吗？"老奶奶问。

"拿得动。"

老爷爷把海林送到大门外，把筐交给海林，他一直目送海林走过那个下坡，拐过财神庙才回家。

海林吃力地拎着那筐地瓜和粘高粱面饼子，来到家门口。他实在拎不动了，放下筐，喘息一会儿，又用两手提着筐半半拉拉向家走去。

终于到了家门前，他推开耳房门，费力地把筐提过门槛，又半半拉拉迈进里屋门，兴致勃勃地喊："妈妈你看，我要来一筐地瓜和饽饽。"话音刚落地，他"哇"的一声大哭起来。

"海林，你咋要饭去了，你不能去呀，这不是你干的活呀，你不能走妈妈的路呀。"珍珍心疼得不知所措，他强挪到炕边，拽住海林冻红的小手，两眼止不住地流泪。

"我怕家里没有吃的你着急，就出去了。"

"这是谁家给的？"

"她说他们是我的老爷爷和老奶奶。"

"噢。"珍珍点点头，"知道了。海林你不认识他？"

海林摇摇头又点点头："开始不认识，后来知道了。"

"对，是你老爷爷和老奶奶。他也姓关，叫关华春。以后见面要喊老爷爷、老奶奶，听了没？"

"知道了，妈妈。"

珍珍拉过海林的小手看了又看："再别要饭去了，啊！妈妈几天就会好的，妈妈去要，那不是你干的活，在家帮妈妈照看弟弟就行了。"

"妈妈，那你多累呀，要把你累死，没有了你，我们可咋办呀。"

"不会的，妈妈不会死的，不会死的，妈妈命大着呢。等海林长大了，妈妈就不去要饭啦。"

珍珍说这话时，心里也不踏实。有许多悲剧是一个弱女子所无法承受的。自己这个风雨飘摇的性命，谁知啥时候被老天爷一个突如其来的恶作剧毁灭了。珍珍提心的不是自己，而是担心自己死掉，三个孩子无人管。她决心要活下去，坚强地活下去，为了孩子也为了鸿雁。

"妈妈，到那时我要好好种地，多打粮食，啥也不让你干，就让你享福。"

"好孩子，快快长吧。"

"老天爷饿不死瞎眼儿野鸡"。确实，总是有好心的人，来接济她们娘四个。特别是满桌子一家，经常给珍珍家拿吃的来。满桌子更是热心肠，每天早晚两趟来给珍珍熬茄子秧水，精心地给珍珍擦洗冻疮。在满桌子的精心照料下，珍珍的冻伤逐渐好起来。张奶奶后来又来一次给珍珍复查，珍珍的腿也不疼了。就在张奶奶第二次来的那天晚上，凤山吃完晚饭，到外边往屋里备柴火时，发现门外有半面口袋粮食倚在门边。凤山把粮袋拽进屋给妈妈看。珍珍也觉奇怪，这是咋回事？她让凤山把口袋解开，袋子里是小米。这可是细粮啊，在农村这可是顶天的好粮食啊，有的人家女人坐月子才吃得到。凤山伸手抓一把米，却从口袋里抓出一张纸条。珍珍接过纸条，上边歪歪斜斜写七个字："送给三少合还子"。珍珍辨认半天才看明白那七个字是"送给三嫂和孩子"。珍珍没敢动。转天满桌子来了，珍珍问她知道不知道是谁送的。满桌子疑惑地摇摇头："不知道啊。"

"三婶，管那些干啥，送来就吃呗，一定是好心人送的，也不是咱偷的。"

"总得知道是谁呀，咱不能白吃人家的，心里多不踏实呀。"

"不管那些，我给您做小米干饭吃。"满桌子说着就到耳房拿来盆舀上米就淘。

"可别，满桌子，这送来的是啥意思，咱也不知道。"

"那能有啥意思，救济咱呗，还能有啥意思，吃了饿不死为准。"

三个孩子美美地吃一顿小米干饭，珍珍却一口没吃，她把碗端起来又放下。

"妈妈你咋不吃呢？"凤山问。

"妈不饿。"珍珍已经猜到是谁送的，因为去年夏天，珍珍上山采山菜时，看到他们家种的一片谷子，全村只有他们家种谷子了。

珍珍的冻疮终于养好了。一个弱小的女子没有别的办法，在风雪的严冬，仍然沿街乞讨。

时间过得飞快，转眼来到一九四八年的春天。经过一冬的讨要，积存一大缸年高粱面饼子和苞米面饼子，还有多半大缸苞米渣子和苞米面。"待春暖花开时，再採些山菜，挖些野菜，这个春天是可以熬过去了。"珍珍心里多少有些踏实。

第三章 为了逝者

　　嘶鸣的大雁，纪律严明地排成人字形或斜排成一字形，在湛蓝的天空上，从南向北奋飞。它将冬天的严寒追赶到遥远的北方，它将南方的暖湿气流，用它那强劲的翅膀，一路携来。茫草河开始解冻，冰面由光滑晶莹，开始变得粗糙暗黑。尽管寒风料峭，但春天的脚步却是那样的坚定，用它那勃勃的生机战胜萧条，顽强而执著地把上河套柳树梢头挂满嫩黄的"溜溜狗"，把北道沟映山红脆硬的枝条染红，在满沟满山的落叶松、黄菠萝、水曲柳、柞树、楸树、核桃树、山梨树、山里红树、山丁子树、桦树……柔软的枝条上绣出嫩绿的芽苞。更让珍珍高兴的是，那形似柳叶般的一簇簇"雀扑拉"，捧着指甲大小的黄花，顽强地从融化的冰碴雪块隙缝中钻出。满沟的阳坡上长满这种野菜，它让穷人充满信心和希望，它能帮助穷人度过春寒，度过虽是阳光明媚却是青黄不接的春天。珍珍挖满了一筐"雀扑拉"，可是看到那仍然是满坡的诱人的"雀扑拉"，不肯离去，饥饿带来的恐惧驱使她恨不得把所有的"雀扑拉"都挖回家去。珍珍放下臂弯中的筐，解下筐梁上的毛巾，擦去额头上细细的汗珠。一声尖利的雁鸣传来，站在料峭春风中的珍珍，抬头仰望着北飞的雁阵，想起了鸿雁捎书的典故，更想起了她的鸿雁。她痴痴地看着北飞的大雁。大雁向远方飞去，飞去，直到飞得没有踪影，天空只留下朵朵白云。"归鸿声断残云碧"，她怅然若失随口吟出一句李清照凄清冷落的词句。

在黯黯的春愁中，迎来了清明节。尽管无钱购买纸钱和祭品，珍珍觉得也应该到坟上祭奠一下祖宗。于是她只能一人两手空空来到关家的祖坟前。她没有语言，不想把自己的磨难告诉地下的亲人，不想把大嫂、二嫂与祖宗不辞而别说出来，也不想把鸿雁至今没有音信讲出来，她不愿让这一切给九泉之下的老人带去烦恼，使他们在冥府中也不得安宁。她长跪在坟前，号啕大哭一场，把心酸的泪水洒在坟前，以告慰九泉之下的亲人，她没有忘掉他们，她是在替鸿雁和她自己来为他们上坟来啦，为他们填土来啦。当然还有一件更大的事情要告诉地下的祖宗：珍珍想把祖坟迁走，迁到一个安全的地方。这是她想了半年多才决定的事。几年来山洪冲的棺木全都暴露出来，山洪再大很可能把祖坟冲走。

珍珍坐在坟前的一块石头上，歇息片刻，拿起铁锹开始给坟头填土。坟地的周围取土很难，大雨已把坟地周围的土全都冲走，坟地周围青石裸露，无处取土。她用了大半天的时间从沟下端土，才把坟头填满、加高。为了使填上的土不至于再被雨水冲走，又从茫草河边搬来一些石头，在整个坟地的周围圈成一尺高的石墙，这样就可以拦住泥土被冲走。珍珍站在坟地前不停地喘息，用手背抹去额头上的汗珠，心里觉得踏实许多。

珍珍扛着铁锹走在回家的路上，脑海里仍然萦绕着迁坟的事儿。她听人说选坟地就是选风水，坟地选的好坏，直接影响到后辈人丁是否兴旺，家境是否发达。想到这里，珍珍觉得迁坟一事非同小可。可是自己从来没想那么多，没把事情想得那样复杂，只想把老人放到一个安全的地方。既然有这种说法，有些问题就不得不考虑。动祖坟，这必定是件大事，很有必要找到关家本支的人商量商量才是。与自己辈分相同的唯一的一个只有关鸿志，就是关鸿雁的弟弟。可是关鸿志现在在哪里，珍珍根本不知道。不过前些日子听人说他就在河草镇工作，还是在一所小学里当老师。珍珍又觉得不可能，河草镇很近，只有三十多里地，他不能不回家来看看。想到这，她又觉得这是讹传。但不管怎样，还是应该到河草镇去一趟，打听打听到底是不是在河草镇工作。

当天晚上珍珍就决定，明天就去河草镇找关鸿志，如果能找到鸿志，有了结果，再从河草镇顺便去万两河，请大爷来给采坟地。

"凤山，明天妈妈去你太姥爷家一趟，多说住两晚上，你在家好好带着两个弟弟，行吗？"

"妈妈，您干啥去呀？"海林看着妈妈问。

"看看你太姥爷、太姥姥，跟哥哥在家要听话。"

海林点点头："嗯哪。"

"凤山，我出门跟谁也别说，谁问就说要饭去了。"

"嗯哪，你放心吧，妈妈。"凤山深深地点点头。

转天，天刚蒙蒙亮，珍珍披着一弯惨淡的月光走了。她走出西大门外，过吴家堡子的大桥，穿过吴家堡子，天上还有星星，到了张家堡子，天才完全亮。她又一口气走到河草岭，这里距河草镇只有五六里地了。她累了，肚子饿得咕咕叫。便坐在河草岭"林神庙"前的台阶上，歇息大约一袋烟的工夫，又站起来，向岭下走去。下岭比上岭要省力气，五里多地，很快就走完。过了火车道，进入河草镇，珍珍正好碰上两个小女孩去上学，便走向前问："孩子，你们是河草镇小学的学生吗？"

"是啊。阿姨，您有事吗？"两个孩子非常有礼貌停下脚。

"那我向你们打听一下，你们学校有姓关的老师吗？"

"您问的是关鸿志老师吧？"

"对，对呀！"珍珍非常惊喜，没想到进河草镇就打听到了。

"关老师原来就是我们的老师，可是他现在已经不在我们学校了，早就调到中学去了。"

珍珍有些心灰意冷地问："调走多长时间了？"

"上学期就调走了。"

"噢。那谢谢你们了。"珍珍慢慢转过身走了。

走几步她又转回身来："孩子，中学离这儿远吗？"

"不远，从这儿向北再走十多分钟就到了。"

原来，关鸿志在他三哥走后不久，从茫草城高小毕业后，便去湖溪市上了中学。只差半年中学就毕业了，由于时局的突变，中学没能读完，就辍学了。后来他在同学的鼓励下，参加了解放军。因读几年书有文化，所以一直在团部担任文书工作。他利用这个机会，在业余时间读了不少书籍，特别是文学书籍。后来在一次陪团长骑马外出时，马踩进"瞎地羊"洞，关鸿志从马上摔下来，把腿摔成粉碎性骨折。住两个多月医院，治好以后，就复员了。根据他本人的要求，来到河草镇高级小学担任国文教员。随着教育事业的发展，湖溪县中学教师极缺，县教育局不得不从小学教员中挑选一批水平较高的教员，到中学担任教员。关鸿志被选中了，这样就离开河草镇高级小学，来到湖溪县河草镇中学担任中学教员。

珍珍很顺利找到了河草镇中学。她踩着上课的铃声走进学校的大门，正好看见关鸿志腋下夹着书本从远处的办公室出来。珍珍紧走几步跟了过去。

"鸿志！"珍珍脸上挂满笑容，眼睛里却流下了热泪。

关鸿志听到有人喊他，转过身来："三嫂？是你！"他有些惊诧。

"你就在这工作咋也不回家看看？"珍珍的问话虽然带着埋怨情绪，脸上仍然带着找到亲人的一种喜悦神情。

"你怎么来了？"关鸿志满脸的不高兴，生硬地问一句。

珍珍听了非常不舒服，也不客气地问："你就在河草镇工作，离家才三十多里地，咋也不回家看看。"

"我还有家吗？"

"怎么没有家？"

"你们不都各奔他乡了嘛。"

"各奔他乡？奔啥他乡，你说的是啥意思？"

"问我啥意思，你们做的事还问我啥意思？"他一甩袖走了，"真是岂有此理，自己做的事还有脸问我！"

"你站住！"关鸿志停下来。珍珍看着关鸿志的背影，对他愈加陌生起来。此时她没有一滴眼泪，没有一丝悲伤，只感到心寒，便厉声说："我告诉你关鸿志，我今天不是求你来的，现在我虽然要饭养活那三个崽子，我也绝不会要到你的门下，你不用对我这样态度。"关鸿志连头也没回，冷冷地向教室走去。

珍珍一脸的痛苦和气氛，含怒的嘴唇有些发抖。她转身走出校门，眼泪汹涌而出。她几乎是一步一步蹭着向前挪动着脚步，万万没想到，自己一直当亲人看待的关鸿志，竟是这样的态度。她停下脚步，气愤地想：算了吧，我何必这样自作多情呢，祖坟就在那放着吧，山洪冲就冲吧。她拖着沉重的脚步，向河草岭方向走去。

"三媳妇，我看透了，这个家呀快完了，以后的后门房啊，只能由你来撑了。我这也快跟你爸爸去了，你可要受罪了，孩子。"一个苍老、无力、颤抖的声音在珍珍的耳边响起。

"诺诺！"珍珍心里一惊，四周看了看，"诺诺，你在哪里，你在哪呀？"

珍珍停下脚步，定定神向四周搜寻着，方知是幻觉。她坐到道边的一块大石头上，摇摇头，低吟着："诺诺在哪里，诺诺早就去了。"她难过地仰望苍天，"诺诺呀，我该咋办呀！"

"孩子，后门房的事，以后只能由你来支撑了。"耳边又响起婆婆的声音。

珍珍站起身来向四周看了看，一跺脚："对，不能放弃！"

她又转回身，向火车站方向走去。

火车站前很热闹，卖各种食品的都有。珍珍饿得肚子咕咕叫，她摸摸兜里的十五块钱，除了来回车费，还得给爷爷奶奶、两个大爷、一个叔叔买点东西。她的手揣在兜里，紧紧地捏着钱，心想：不管咋紧，也得买点，多长时间都没去了。

珍珍郁郁地向车站走去。她来到一个摊位前，刚要买东西，突然看见两个熟悉的面孔：那不是西院的大姐和大姐夫吗？大姐夫姓冷，因鼻子大，人称冷大鼻子，正在忙着炸油条，他们也同时看见珍珍。珍珍刚要与他们打招呼，冷大鼻子两口子低下头，嘴里互相嘟囔些什么，装作没看见，再也不抬头了。珍珍赶紧买完东西，心寒地从他们面前越过。

一直到太阳落山，天已黑了，珍珍终于看见头道河村的灯火了。她一进屋，让爷爷奶奶惊喜万分，没想到珍珍来了。奶奶一把抱住孙女，借着昏暗的灯光，仔细地上下打量珍珍，浑浊的泪水从奶奶那多皱的脸上流下。

"奶奶不哭。"珍珍抱住奶奶，给奶奶擦着眼泪，她也委屈地潸然泪下。

奶奶看珍珍哭了，忙给珍珍擦去眼泪，搂着珍珍说："这孩子可真受罪了。"

这么多年来，珍珍承受了多少人们难以想象的苦难，她不知对谁诉说，也不知心酸的泪水对谁抛洒，今天实在控制不住，在奶奶的怀里，像婴儿一样，失声哭起来，把满腹的苦水洒在奶奶的怀里。奶奶和孙女毫无顾忌地紧紧地抱在一起哭起来。

哭得灯花爆落，哭得屋内陷入凝重之中，哭得从来没有流过眼泪的爷爷，也拿起了毛巾擦着眼睛。

奶奶终于控制住哭泣，她给珍珍擦去泪水："别哭了珍珍，告诉奶奶，你这次来有事吧？"

"是有点事。"

"啥事儿，快跟爷爷奶奶说。"

"奶奶，我太饿了。"

"哎哟，你看看，光顾哭了。快，给我孙女炒鸡蛋。"

奶奶给珍珍炒一碟子鸡蛋，盛一碗煴热的小米饭，珍珍饱饱地吃一顿饭。她边吃饭边把来意说给爷爷奶奶。爷爷奶奶十分赞同孙女的做法。待珍珍吃完饭后，爷爷和奶奶带着珍珍，先到大爷家，把来意说给大爷，大爷二话没说，答应明天一早就跟珍珍走。珍珍真是喜出望外，没想到大爷这么痛快。

珍珍的大爷是个道士，是万两河一代的名人，谁家有个大事小情，都要求他掐指算算，他也从不推辞。

爷爷奶奶带着珍珍从大爷家里出来，又分别看望了二大爷和四叔。

三位大爷叔叔、大娘婶婶，都特别疼爱这个命苦的侄女。他们听说珍珍要重新安葬祖坟，都认为韩家有这样的闺女，是韩家的骄傲。他们深知珍珍现在的处境，两个大爷和一个叔叔，分别给珍珍五元钱，爷爷给十五元，珍珍说啥也不要，说自己有钱。

"珍珍，拿着吧。"大爷说话了，"哎，可怜的孩子。你爷爷去你那几次，回来都讲给我们听了。拿着吧，大爷要有，还想给你多拿点。嗨，珍珍，听大爷话，大爷知道你是个坚强的孩子。"

珍珍接过大爷重新递过来的钱。她感到亲情的神圣，感到亲情的力量，感到了亲情的温暖。

经过两天的寻山问塋，终于选定一座叫"下马塘山"的南坡，作为安葬关家祖坟的坟地。

珍珍问大爷为啥要选这块地。

大爷指着"下马塘山"说："这是一座英雄山。"他看珍珍有些疑惑，接着说，"你看，那山像不像一个大馒头？原来这山叫'馒头山'，在唐朝时，薛仁贵征东经过这里，看到这里的山山水水异常美，便下马在山上歇息。这时人们发现一位身穿白袍骑着高头大马的人站在山上，不知是哪方来的神仙。后来一打听，才知是当朝赫赫有名的白袍将军薛仁贵，于是人们把'馒头山'改名叫'下马塘山'。"

"是那个王宝钏苦等寒窑十八年的薛仁贵吗？"珍珍问。

"对，就是那个薛仁贵。"大爷回答。

珍珍陷入沉思。

大爷又指着对面的山说："珍珍你再看，从'下马塘山'伸出来的那几道山梁，与'下马塘山'整体看上去，像不像一只大螃蟹？"

珍珍认真地看一会儿："嗯，还真像，越看越像。不过——大爷，这有啥说法吗？"

"有哇，太有说法了。螃蟹的爪子是向内收拢的，它会把你们全家人抓到一起的，你们全家将来一定会团聚的。"

大爷的一句话说得珍珍脸上一片灿烂。

随后大爷又指着前方对珍珍说："你顺着咱们站的山坡往东面的山脚下看，那里有啥？"

珍珍向他指的方向望去，从一片苍松古柏中，隐隐看到一座寺庙的影子，缥缈淡淡的雾气，犹如仙境。

"大爷，那是啥庙？"

"荐福观音庙，是为人们送福的。"大爷说。就在这时，从山下静谧祥和的村寨里，传来一声声尖厉的鹅的鸣叫声。珍珍会心地笑了，心想，"这真是一块风水宝地呀。"

第四章 红缨鞭

春天的太阳暖洋洋的。

过了清明节，房上、院子，大街、田野、山坡上的积雪，早已化尽。满世界被烂泥所统治。田地里虽然还有积水，但垄台上已有小草钻出地面，尖尖的嫩叶带有羞涩的淡红，惊奇地看着既陌生又熟悉的世界。北道沟的映山红已冒红，一片一片像绕山的彩云，给人一种朦胧感。农谚讲"春寒着人不着水"，这句农谚已被茫草河诠释。人们虽然感觉冷，河里的冰却荡然无存。河水有些泛黄，河水已开始有了轰鸣声。这是桃花汛的前兆，当地人把它叫"跑潮水"。

家家户户开始忙活春耕，为春播做准备。有的修犁杖，有的忙着从牲口棚、猪圈里起粪，有的修理粪筐，有的安装镢头，准备刨苞米茬子……处处都洋溢着人们喜悦与勤奋的气氛。

村政府也把重点工作转移到春播上来。这不，赫村长已派通讯员通知各家各户，晚上在村政府开村民大会。大会的内容也通知了大家，只有两个内容，一是选牛倌和猪倌，二是部署春耕生产。再过些日子就要春播了，牲畜再也不能到地里乱耙乱拱了。特别是各家各户的猪，更不能放出来乱跑了，如果跑到地里，顺着垄会把种子全都拱吃了，那可就白种了。

珍珍听见通知以后，放下手里的活，急匆匆来到村政府，找赫村长。

"老赫大叔，我找您有点事。"珍珍小心翼翼推开村政府办公室的门，看屋里有不少人，没好意思进去，从推开的门缝招呼一声赫村长。

"谁呀？"赫村长没有看见是谁推门，问了一句。

珍珍把门逢推得大一些："是我，赫大叔。"

"噢，是后门房的三媳妇哇。进来吧，来吧。"赫村长非常亲切，一脸平易，没有一点村长的架子。这使珍珍心里踏实许多。

"不啦，赫大叔，您开会我就不进去了，一会儿我再来。"珍珍轻轻地把门关上走了。

赫村长追出来："三媳妇，有事呀？"

珍珍停住脚转过身来："赫大叔，我是想……"她吞吞吐吐的。

"啥事儿，尽管说吧。"

"赫大叔，我想求您帮个忙。"

"啥事儿？"他依然一副平和的样子。

"大叔，您看这放猪的事，能不能让我家的大孩子放，也好帮我一把。"

赫村长想了想问："大孩子几岁了，小不小哇？"

"十岁了，不小了。他啥都能干了，我一年的烧柴都是他割来的。"

"那这孩子不上学了？"

"一直也没上，上不起呀。"

"哎呀，咱们还准备成立扫盲冬校，让大人学认字呢，这孩子不上学咋行啊，将来不又成文盲了吗。"赫村长有点为难。

"我不是不想让他上学，我想让孩子帮我一两年，缓一缓再让他上学。"

赫村长从后腰上拽下烟口袋，装上一袋烟，一脚迈到旁边的一块大石头上，蹲在上边，吧嗒吧嗒抽着烟，说："哎，这可难了，这可咋整。"他又琢磨琢磨，吧嗒几口烟，"三媳妇，你看这样吧，晚上开会时，咱来个先入为主，我先跟大伙说说。你再把困难情况也跟大伙讲讲。不过——嗨，算了，说不说也没啥，大伙也都知道你的情况。行，晚上听我的吧。"

"那谢谢你了，赫大叔。"

"好吧，就这样吧。"

晚上的村民大会开得很顺利，赫村长把珍珍的情况说完以后，大家没有异议，完全同意。珍珍站起来给大家鞠个躬："谢谢大家。这里不少是我的长辈，请大家放心，拢群时，我跟孩子几天，等把猪群拢稳了，我再撤下来。孩子呢，我一定嘱咐他，每天换地界放，一定让大家放心。过些日子大家看看，孩子放猪要是放不好的话，我也不能对不起大家对我的照顾，就是再难，也不让孩子继续放了。"

听了珍珍诚恳的话，大家都七嘴八舌地说起来。有的叫三媳妇，有的叫三嫂，有的叫三婶，都对珍珍宽慰地说：

"不碍事，一个猪放啥样不行，不进地吃庄稼就行呗。"

"那不咋的，谁放都那玩意儿，啥样叫放得好，啥样叫放得不好，有啥标准呀，差不多就行了。"

"三婶，没事儿，不行我去帮凤山几天。"

"……"

"好了，大家别吵吵了。"村长拍拍桌子，会场静下来了，"看来大家都没啥意见，那咱就这样定了。不过还是老规矩，无论谁家把牛、驴、猪放出来，头几天一定要帮助送出村外，要不乱跑乱窜没法整。另外后门房三媳妇的孩子还小，大家都

044

多关照点，多包涵点，有啥事跟我说，不能刁难孩子，咋样？"

"啥咋样，没事儿，刁难那么点孩子那还叫人吗。"

"能有啥事儿。"

"行，我看这样挺好。"

"我说××村长，差不多行了，散会吧，太困了。"

"你看你那熊样，两个大板牙跟脚趾盖子似的，满牙花蚬子，不嫌砢碜。快闭上你那臭嘴吧，别把蚬子掉人家的脖埂里。"赫村长笑骂三胖一句后接着说，"嗯，明天三个官都做做准备，后天就开群。"

赫村长装上一袋烟点着，使劲抽两口。

"你别抽那××烟了行不行。"三胖又骂村长一句。

"你别臭美，等散会我再收拾你。"

会场一阵骚动，一片笑声后，村长咳咳嗓子继续说："哎哎，别说了，听我的。嗯，马上就要春耕了，可是地里还很泥泞，进不去人，大家还是要早做准备，春风一起，垄沟里的水很快就下去。地一干马上就得刨茬子。咱们这嘎垯比南方解放得早，全国还有不少地方没解放，咱们呢，要好好生产，多多打粮，支援前线。咱们村的军烈属共有七户，农忙时，村政府的人员和基干民兵，都要支援他们，宁可咱们自己的庄稼晚种，也要先把他们的地种上。还有像这个佟成贵，是残疾军人，是有功人员，虽然复员回来了，我们也要帮助解决春耕时的一些困难。有些劳力少的困难户，也不能看着，该帮的要帮。"赫村长边抽烟便寻思边讲，虽然没有什么逻辑，但基本都说到了。这时治安委员老倪趴在村长的耳边嘀咕几句。

"啊，对了，我他妈还真给忘了。就是民兵夜间巡逻，一定要加强，不能马虎，预防阶级敌人破坏我们的胜利果实。特别是'黑裕'那嘎垯还有国民党的土匪残余，离咱们这不算远，一定要加强北道沟口和马蹄沟口的岗哨力量。"

"听说'黑裕'那边民兵力量加强不老少，那股土匪在那嘎垯也不好待了，奔吉林通化那边跑了。"倪治安员补充说。

"那也不能轻敌，也要加强巡逻。听说这股土匪挺狡猾，明白吗？"赫村长看着民兵连长嘱咐一句。

"知道，村长放心吧，我们民兵已分好小组了。"满仓很自信地回答。

"好。"村长又问问其他村政府成员有没有啥事，大家都摇头表示没事："那好，今天晚上的会就开到这，散会。"

三胖一听散会，急急忙忙跑到村长后边，照着村长的后脖颈，狠狠地撸了一把，村长毫无防备，被撸得一趔趄，帽子掉到地上。

"操的，这小鳖犊子，真他妈的给他脸了。"说着对准向门外跑的三胖屁股，狠狠地一脚。大家又是一阵哄堂大笑。

"呜呜呜——"鸡叫头遍，凤山就起来了，他摸摸索索把灯点着。珍珍醒了，她抬起头问凤山："你起这么早干啥呀？"

"妈妈，咱家那麻放哪儿了？"

"要麻干啥呀？"

"我想搓条鞭子。"

"你哪搓得了，等妈妈给你搓。"

"不用，我会。"

珍珍穿好衣服跳下地，又上北炕。她踮起脚，从梁坨上的一个隔板内，掏出一卷麻来，把它打开，从内拽下一把："给，这些够不够？"

凤山接过妈妈递过来的麻，用手拧个劲儿，看看粗细："嗯，差不多。"

珍珍又拽下一绺："再给点，别不够了。"

自昨天晚上，妈妈开村民会回来，凤山听说自己可以放猪了，能帮妈妈挣钱了，心里特别高兴，一夜都没睡好觉，心里在盘算，一定要搓一条好鞭子，把猪放好，给妈妈长脸。

妈妈做好早饭，向屋里喊一句，叫凤山放桌子吃饭，没有回音。妈妈扒门看看，凤山坐在炕沿上，正在聚精会神搓鞭绳呢。看那架势，看那搓绳的熟练程度，简直就是一个老手。

别看凤山只有十岁，他可是一个聪明的孩子，心灵手巧。不多一会儿，就把鞭子搓完了。他把鞭子做成后，让妈妈看，妈妈频频点头，高兴地问：

"凤山跟谁学的搓鞭子？"

"跟老张大叔。"

"哪个老张大叔？"

"老房子老张家我大叔。那天在山上他还帮我割柴火呢。"

珍珍听后没有再说什么，也没再问什么。

"妈妈，要有红染料就好了。"

"要红染料干啥？"

"做一个红缨拴在鞭子上，那多好看啊。"

珍珍想想说："西院关忠良你大哥在学校当老师，他家可能有红钢笔水，找你大嫂要点。"

"妈妈，我大嫂能给吗？"

"能，你大哥和你大嫂挺好的。像他爸爸，厚道，不像你三叔。"

"我看看去。"凤山拿一绺麻，跳过院墙来到西院。只一会工夫，凤山乐颠颠地跑回来，举着那绺染过的鲜红鲜红的麻给妈妈看："妈妈，你看。"

"嗯，好，好看，真好看。"

凤山把红缨结结实实拴在鞭子的上端，又搓一根与鞭杆相连的吊绳，拴在鞭子的上端，然后又挑点好麻，搓了四五根鞭鞘，拴在鞭子上一根，把剩下的装在口袋里备用。鞭子做好了，凤山满面笑容，把鞭子捋来捋去，欣赏着。他从来没有这样开心过。

"妈妈,一共有多少头猪？"凤山转过头问。

"大概有三十多头吧。"

"一头猪放一夏天给多少粮食？"

"五升。"

"一头猪五升,十头五十升,放三十头猪是——是——妈妈,三十头是多少升？"

凤山这一问,勾起珍珍的心事,她放下手中的活,心想:这孩子是得上学呀,不上学将来可咋整。哎——她长长出口气:"快吃饭吧。"

"妈妈,放三十头猪到底能挣多少粮食？"凤山边吃饭边问妈妈。

"不会算了？"

凤山点点头。

"三十头猪是……这样算吧,一头五升,十头是多少？"

"嗯——是,是五十升。"

"对,十升是一斗,五十升就是五斗呗,也就是说放十头猪能挣来五斗粮食。三个十头是多少粮食？"

"是十五斗。"

"对了。十斗是一石,那十五斗是几石？"

"一石五斗。"

"对了,凤山真聪明。"

"妈妈一石五斗粮是多少斤？"

"一石是二百斤,一石五斗就是三百斤。"

凤山非常兴奋地问妈妈:"三百斤粮食够咱吃一年吗？"

"傻孩子,哪能吃那么长时间。"

"那能吃多长时间？"

"也就三个月吧。"

"哎呀，才吃那么点时间。"凤山有点失望。

"这就不错了，帮妈妈大忙了。"珍珍嘱咐凤山说："一定好好给人家放猪，不要贪玩，帮妈妈两年，你就上学去。"

"妈妈，我就想上学。"

"那好，妈妈一定让你上学。"

凤山急急忙忙吃完饭，把碗一推，提起刚搓好的鞭绳，拿起镰刀对妈妈说："妈妈，我去北道沟砍鞭杆子去。"

"去吧，找腊木的砍，结实。"

"我知道。"凤山又随手拿一条绳子。

"砍鞭杆儿拿绳子干啥？"

"顺便扛几捆柴火回来。"

珍珍疼爱地看着凤山走去的背影。

凤山走到北道沟的头道沟沟口，一屁股坐在放牛场的草地上，心里寻思：哪嘎垯腊木多？想来想去，噌地一下站起来，向南道沟的北坡走去，那里有当年长起来的腊木，长得又高又匀又直。

这座大山，总称为北道沟。它分为头道沟、南道沟和北道沟。放牛场前的那道沟是头道沟，直插北偏西。它的西山坡是茂密的落叶松，笔直挺拔，参天而生，向北偏西延伸有七、八公里；而它的东山坡却是终年墨绿的油松，一年四季都是一片苍绿。这条沟，人们却很少去，那里延伸三四里地都是各家各户的坟地，让人望而生畏。从放牛场往北走三里多地，迎面是一道山梁，将南道沟和北道沟划分开来，向北去的叫北道沟。北道沟直通老虎洞后背。"老虎洞"是一个巨大的山洞，据说这个大山洞，原来确实有老虎出没过，所以人们把它称为"老虎洞"。跃上老虎洞山脊再往北的山梁，被称为老虎洞后背。遗憾的是现在老虎早已不知去向。向南去的是南道沟。凤山就准备去南道沟的北坡砍腊木鞭杆儿。那里是阴坡，阴坡的树木质地密实，韧性强，特适合作鞭杆儿。

凤山来到那片腊木林前，一猫腰钻进树林里。他在树林中走来窜去，选了又选，挑了又挑，终于选中一棵满意的腊木树条。这是一年生的，足有七、八尺高。枝杈细，干直，粗细做鞭杆正合适。随手一刀把它砍下来。

凤山坐在山沟里的一块大石头上，细心地把枝杈削掉，把树皮扒去，再用镰刀把长树枝的地方，修得平平的，光光的。在鞭杆的最顶端，留下一个小叉，为了使鞭子甩起来不易脱落。

凤山从腰间解下鞭子，与鞭杆比好长短，把鞭杆长出的一段砍掉。鞭杆的长度是鞭子的两倍，这样甩起来鞭绳不至于折回来抽着自己。

截好鞭杆，他熟练地把鞭子顶端的细绳挽个猪蹄扣，套在鞭杆的顶端，一个标准的鞭子做成了。

凤山站在大石头上，对着大山呼喊一声："放猪喽——"随着凤山的喊声，一阵阵"放猪喽——"的回响在大山里传向远方。紧接着，凤山饶了两下鞭子，用力一甩，一声清脆的鞭声炸响，紧接着又是一连串鞭子的炸响声，在大山里回荡。凤山一声声"放猪喽——"的喊声和一声声的鞭声，在大山里不停地回荡，回荡……那声音是乐观的、充满希望的，却又让人觉得那声音给人一种辛酸和凄苦的感觉。凤山的喊声和鞭声，惊动了野鸡呷呷地飞起，惊动了傻狍子站在岩石上张望，随后迅速钻进密林深处，惊动了小鸟，在树上探头探脑地唧啾，似在议论凤山什么。

第五章 快乐小猪官的重诞

时光如同茫草河，在不知不觉中流淌。凤山放猪已有一个月了，节气进入农历四月小满前后。农谚讲"小满鸟来全"，漫山遍野各种鸟的鸣叫声，证明了这一农谚的准确性。凤山每天放猪来北道沟，听到的是各种鸟叫声。有的鸟叫声是"笛噜噜……"嘴里好像含着水，发出一串清滴滴的水音儿，甚是好听；有的声音是"咕咕咕咕呷……"，像大公鸡惊吓时的叫声；有的叫声委婉凄凉，似在诉说心中的愁苦；有的声音"啾啾啾啾……"，后边拖着长长的喉音，抑或演练美妙的歌喉；有的是"喳喳"又劈又大的声音，吵得你心烦；更有干净利落"呷"的一声，让你触不及防，吓一大跳……整个大山变成鸟的世界，成了百鸟齐鸣交响大舞台。凤山被百鸟的鸣唱所感染，他用柳条做了长短不齐的"柳叫叫"，挨个吹，发出高低不同的声音，也加入到百鸟合唱中来。他边吹边向树林里窥看，试图觅到鸣叫悦耳的鸟的漂亮身影，但因树叶已关门，一只鸟都看不见。

凤山被百鸟的鸣叫所吸引，每天都与百鸟齐鸣，与百鸟共唱，乐在北道沟里，乐在百鸟群中，成了这个欢乐的大山里的小天使。他乐在其中，完全忘记妈妈对他的嘱咐：放猪要经常换地界，否则猪吃不饱肚子。这天妈妈提醒凤山到上河套去放猪，那里的草好。

凤山离开"百鸟交响大舞台"，赶着猪群，来到上河套。

这里的草确实长得很旺，绿油油的，而且是猪最爱吃的野苜蓿和苣荬菜。

这里是放猪的好地方。离庄稼地远，南边是茫草河，北边是一个大水泡子。水泡子边上长满高大的柳树。由于柳树是长在斜坡上，所以它们都向水泡子方向倾斜，有的几乎贴着水面生长，而它的枝杈一律垂直于树干，笔直向上生长，很奇特。在茫草河与水泡子之间形成一个半岛。岛上长满茂盛的柳树墩子，它们间隔的地方，完全被青草覆盖。星星点点还有一些浅浅的水洼，如果天气太热，猪还可以在那些水洼里打打腻，解解暑气。三十多头猪几乎不用看管，到时一圈就可把猪拢到一起，很是省事。凤山在这里放猪也算逍遥自在，只要看好半岛的出口处，任何一头猪都不会逃掉的。

春天也正是树皮好扒的时候，凤山清闲无事，撸了不少柳条，开始学着编笊篱。可是编出的笊篱却奇形怪状，不是成片状，就是不圆，样子很蠢。几天来，凤山所编的笊篱，始终进步不大，他有些气馁。偏巧，那天正好老房子张大叔，也到上河套割柳条编笊篱、编筐。上河套满世界全是一人多高的柳树毛子，凤山并没看见张大叔，是张大叔看见凤山放的猪了。

"凤山——"张大叔喊一声。

"谁呀？"凤山在远处，听见喊声，回问了一句。

"是我，你张大叔。"

"张大叔，你在哪了？"凤山非常兴奋。

两人循着声音来到一起。

"张大叔我正想找你呢。"

"有事儿？"

"你看我编的这笊篱，咋这难看。"

张大叔拿过凤山编的笊篱看了看："知道啥原因吗？"

凤山一脸疑惑地摇摇头："不知道。"

"编的方法没有错，技巧不对。"张大叔边说边把凤山编的笊篱拆开。当拆到分条子的地方时，张大叔指给凤山看："你看，每一根条子分开时，都要拉紧，别住，这样就能定住型了。"说着话的工夫，一个精美的小笊篱在张大叔的手里诞生了。凤山佩服地向张大叔伸出大拇指。

就在珍珍一切还算顺利的这个春天，不知怎么了，村子里接连死人。不到半个月，从村子里接连抬出四口棺材了。闹得人心惶惶。都说是拉肚子拉死的，人人心里都嘀嘀咕咕，不明白，拉肚子咋还能拉死人呢？人们看到这种情况，都惊恐万状，眼睛都离分了，唯恐死神闯进自己的家门。珍珍心里在盘算：这可能是那种凶猛的肠道传染病——霍乱。想到这儿，她急急忙忙跑到村政府找到赫村长，把自己的想法讲给赫村长。赫村长对珍珍一直是刮目相看的，他知道后门房的三媳妇有文化，见识也比一般的人广。

"三媳妇，那该咋办？"他好像没有主意。

"大叔，您应该向上级汇报这儿病情严重的情况。"

"那要不是霍乱咋办？"

"几天来死这么多人，总该是事实吧！"

村政府研究后，把情况如实向上级汇报，上级立刻派医疗队进行调查，结果一点都不错，正像珍珍所说，就是肠道传染病——霍乱。

真是天有不测风云，黄鼠狼专咬病鸭子，霍乱这个瘟神，毫不客气地闯到珍珍的家里。

这天凤山放猪回来，身上不停地抖，手脚冰凉，眼窝凹陷，一袋烟的工夫，跑三趟茅房。

"你咋的了，凤山，咋一趟一趟去茅房？"珍珍问这话时，身上有些哆嗦。

"妈妈，我拉肚。"

"咋的！"珍珍听到这话，如同惊天霹雳，几乎栽倒在地。

"拉肚。"凤山又重复一遍。

珍珍一屁股坐在锅台上，凄怆地喊："老天爷呀，你咋恁不长眼呦！"

屋内即刻被恐怖、绝望充斥。可怕的"霍乱"啊，到底还是光顾到珍珍家。那是一个要人命的幽灵啊！是要命的鬼魂啊！珍珍真的绝望啦，她想站起来，可是头眩晕的厉害，强扶着墙站稳，以惊恐的眼神看着凤山："凤山，这猪咱不放了，我得去求孙福堂去。"

"咋的了，妈妈，你求孙福堂干啥？"

"给你买点药去。"

"我没事，拉两天就好了。"

"你不懂，孩子，你不懂。"她边说边跟跄地向门外跑去。

珍珍来到大街上，远远看见"财神庙"后边那棵大柳树下，又放上了一口棺材，珍珍眼前一黑，摔倒在地。等她醒来时，已经躺在自家的炕上，地上围着一圈人，有佟成贵两口子，有关华山老叔，有满桌子，还有西院关忠良的媳妇。凤山和海林哭成一片。

珍珍终于醒过来了。两个孩子抱住妈妈哭个不停。珍珍看看凤山，摸摸凤山的脸，眼泪不住地流。

"你咋的了，三妹子？"佟大嫂问。

"这孩子也得'霍乱'了。"他指指凤山。

"啥！"大家异口同声，惊讶地看着凤山。

"政府发下药了，在村政府。"佟成贵急切地说。他转过身来，"谁，满桌子，你去村政府跑一趟，就说我让去拿的。"

"是啦！"满桌子答应一声转身飞快地跑了。

第二天早晨，珍珍早早就起来了，用小苞米渣熬成米汤给凤山喝。凤山强喝点米汤，吃完药拿起鞭子又要放猪去。妈妈说啥也不让他去，可实在拧不过凤山，就让海林陪着哥哥一块去放猪。

哥俩把猪赶到上河套，凤山无力地躺在沙地上。痛苦在折磨他，灰色的小脸没有一点血色，两只无神的眼睛似乎在寻找什么，最后把眼光落在海林的身上："海林，好好看猪，别丢了。"说完他无力地闭上眼睛。

"哎，哥哥，你歇着吧，没事儿。"海林拿起哥哥的鞭子，不停地把猪往一起拢，唯恐跑丢了。

"海林，别总往一块拢猪，那样吃不好草，让它们散开点，不怕。不让往东跑就行。"凤山已筋疲力尽了。

"哎，知道了。"凤山整整躺了一上午，一次没拉，体力也好像恢复一些。

在回家的路上，猪跑得很快，它们也急着回家，实在无法拦住它们。

"海林，别拦了，拦不住，你赶猪先走，进村喊圈猪。"

"哎。"

海林一边跟猪群后边小跑，一边回头看哥哥那痛苦的样子。一会工夫就把哥哥甩在后头。海林把猪赶回村，像哥哥那样喊着"圈猪喽——"一声跟一声地喊。声音细小、稚嫩、凄凉。

各家的猪认识各自的家，到谁家门口，谁家猪的嘴里就发出亲切的哼哼声，向院里跑去。送完猪以后，海林又向回跑，去接哥哥。当他看到哥哥时，妈妈已在哥哥跟前。凤山脸上呈现出勉强的微笑，以此告诉妈妈，他好多了。

"凤山，上午拉几次？"

凤山摇摇头："一次也没拉。"

珍珍看看凤山那青灰瘦小的脸，不相信地又问一句："一次都没拉？"

凤山点点头。

珍珍心想，这孩子一定怕我着急，说谎呢。都脱相了，还说没拉。这孩子要是拉死了可咋整，不要我的命吗。

也许是穷人家的孩子不常吃药，体内没有抗药性，没过几天，凤山竟然奇迹般地躲过这一灾难，他好了。村里的人都说，这可真是天意，是上天在保佑后门房三媳妇。人们尽管这样说，心中还是感到很奇怪。就连珍珍自己也觉得奇怪。

后来凤山悄悄告诉妈妈说，老房子的张奶奶，就是张大叔他妈妈给自己吃了一种小药丸，比小米粒大一点，是黑色的。

"她在哪给你的？"妈妈问。

"就在我得病的第二天，我赶猪走到西大门外，她在那给我吃的。"

"在西大门外？"

"嗯哪。"

珍珍若有所思。她心里完全明白了，那不是别的，那是大烟。珍珍只能放在心里，不能对任何人讲。

珍珍摸着凤山的头小声嘱咐他："千万别跟别人说啊，自己知道就行了。"

"张奶奶也这样告诉我的。"

"好，那就听张奶奶的话。"

凤山重重地点点头。

一场灾难过去了，凤山又穿梭在上河套柳树毛之间，又奔跑在北道沟的山坡上，把鞭子甩得山响，震飞了鸟群，向深山飞去；他又开始撸柳条条了，一个个精美的小笊篱、小篓、小筐又从凤山那灵巧的小手里幻化般诞生出来。

第六章 挽救小生命的人们

又是一个春天的到来。

"布谷、布谷……"催春的布谷鸟一声声地鸣叫，它在催促人们抓紧播种。那一声声"布谷"声分明在告诉人们，春华播种才会有丰硕的秋实，播种才会给人们带来丰收、带来希望。

这天珍珍早早就起来了，她站在茅草房的屋檐下，抬起头看着远飞的布谷鸟，听着渐渐远去的"布谷"声，好像在自己的心中布下了丰收，布下了企盼和希望。

珍珍抱一抱柴火返回屋里，叫醒凤山和海林，又麻利地从大缸里拣出几个粘高粱面饼子，放在大锅里的篦子上。然后从柴火堆里拽出一把干草，"嚓"的一声划根火柴点着，迅速地塞进灶坑里，又拽过干树枝塞进灶里，柴火在灶坑里噼噼剥剥燃烧起来。她又忙里忙外地做起其他的活。待灶坑里的柴火烧尽，锅里的饽饽也熥透了，珍珍把屋里屋外的活也忙完了。

珍珍掀开大锅，团团热气蒸腾而起。她催促凤山抓紧吃饭好上学去。

珍珍只让凤山放一年猪，她怎么琢磨都应该叫孩子上学，不上学是没有出息的，她强撑着把凤山送去上学。凤山这年已经十一岁了，才刚上一年级。不过那个年代还有十五岁上一年级的。这一年海林虚岁也已六岁了。

珍珍把一切都收拾完，嘱咐海林在家要好好照看梦梦，就扛起撅头到分得的六亩地里，刨苞米茬子去了。

要说珍珍现在比以前强多了，起码不要饭了。可是她心里还有两个期盼：一盼关鸿雁能早点有消息，二盼梦梦的病能尽快好。要说梦梦这孩子也确实命苦，自生下来就没见过爸爸的面。偏偏又得了一种怪病：两个眼睛睁不开，两个耳朵后边溃烂，胯骨的两侧也溃烂，溃烂处都有铜钱那样大小的窟窿。一到夏天溃烂处就长出蛆来，珍珍用针把蛆一个一个挑掉，可是没过两天又长出蛆来。孩子也不哭也不闹，整天躺在炕上只有一口气。左邻右舍都劝珍珍：

"三媳妇，把他扔了吧，活不成了。"

"这孩子就是造孽来的，可别让他拖累你了。"可是珍珍始终舍不得。她心里想：这孩子多像自己呀，从小就没见过爸爸，和妈妈一样命苦，妈妈哪能舍得不要呢，他毕竟是一条小生命，是自己身上掉下的肉。别人的规劝她只莞尔一笑，不做任何解释，仍以极大的慈母的耐性和爱心，精心地照料苦命的梦梦。珍珍出去干活，只有海林在家照看梦梦。他学着妈妈每天喂梦梦的样子，把粘高粱面饼子掐得碎碎的，倒上开水，泡软以后，再用小勺一口一口喂梦梦。

这一天，海林喂梦梦时，他惊喜地看到梦梦的眼睛睁开了。这可把海林乐坏了，他多希望弟弟的病早点好，能像自己一样活蹦乱跳的，带他去北道沟玩，去上河套玩，到茫草河里抓蝲蛄，回来烧着吃。跟着大人到山里采蘑菇，挖小根蒜，还，还去拔酸浆，摘山葡萄，摘园枣，还采草药，什么山芍药、细辛、川贝母、贯仲、五味子，可以卖好多钱来养活妈妈，不让妈妈干活了。

今天看到弟弟睁开眼，觉得一切幻想就在眼前了。他高兴地嘱咐弟弟："梦梦，你等着，我去找妈妈去。"

海林跳下地跑了。他一口气跑到地里，上气不接下气地站在妈妈面前，累得说不出话来，只是傻笑。

"咋的了，海林？"珍珍着实吓了一大跳。可是她看海林满脸是笑，知道不会是不祥之事。她扔下撅头蹲在海林面前，两手摇晃着海林的肩头，双眼盯着海林："你傻笑啥呀，海林？"

海林上气不接下气地说："妈妈，梦梦他——"

"梦梦他咋的了？"

海林终于平静下来："梦梦眼睛睁开了。"

"啊，真的！"珍珍大喜过望，拉起海林就往家跑。

一路上人们不知出了啥事，娘俩咋这样跟头把式地跑，都惊奇地看着他们。

"三媳妇，咋的了？"有人从远处问。

"我家小三眼睛睁开了。"娘俩继续跑。

"跑啥呀，他三婶子？"

"我家小三的眼睛睁开了。"珍珍面带从没有过的喜悦，还是不停脚地跑。

"你跑啥呀，出啥事了，老三家里的？"

"我家小三的眼睛睁开了。"还是那句话。

人们并没听清珍珍说的啥，都懵懵懂懂地看着跑远的娘俩。

珍珍一口气跑到家，推开门跑进里屋，跳上炕跪在梦梦面前："啊！我的梦梦真的睁开了眼睛。"她惊喜地把梦梦抱在怀里，把脸紧紧地贴在梦梦的脸上，泪水流过久违含笑的脸。

"妈妈的好儿子，到底把眼睛睁开了，我的小三到底活过来了。"

珍珍慢慢地把梦梦放下："梦梦，看看妈妈。"梦梦的眼珠稍稍动了动，这时珍珍的身子不由自主地痉挛了一下，瞪着两眼盯着梦梦的眼睛。

"哎呀，这孩子眼珠上咋有两块白的？"她急切地把孩子抱到窗台前，借着光线想看个真切。

"没错，是两块白的。"珍珍的眼泪簌簌地流下来，泪水里融着惊恐："这孩子眼睛别瞎了吧？"珍珍不敢往下想了，她抱起梦梦哭起来。

在地上站着的海林，本来看到妈妈是高兴的，并没听清妈妈嘴里嘟囔的啥，竟哭成这样。海林有点害怕了，他跑向前院，把佟成贵两口子找来。

"三媳妇，你这是咋的了？"佟成贵老婆偏腿坐在炕沿边上问珍珍。当问清原因后，两人也有些束手无策。

"哎，要不，"佟成贵面对门站着，转过身来说，"有了，三媳妇咱们走，把孩子抱着，找孙福堂去。"

"能行？"佟成贵老婆疑惑地问。

"试试看，我觉得能行，听说孙福堂曾经还给一个要饭的看过病呢。"

珍珍擦擦眼泪，以求救的眼神看着佟成贵两口子。

"那就快走吧。"佟成贵的老婆催促着。孙福堂家住小河沿，距茫草城五里多地。他家三代开药铺，家传医术不错，远近很有名。据说孙福堂的爷爷当年接济不少穷人，在十里八村有特别好的口碑，都说他是一个少有的好郎中。随着年岁的增加，孙福堂的爷爷看着儿子把自己的医术基本继承下来，便让孙福堂的父亲操持药店，外出行医。除非疑难杂症，孙福堂的爷爷才出面诊治，一般的病都由孙福堂的父亲去治疗。后来不知什么时候孙福堂的父亲抽上大烟，一发不可收拾，把药店几乎抽垮了，抽成一副骨头架子。为了钱，他不给穷人看病，说没有油水。他把孙福堂爷爷的好口碑丢得一干二净。无论爷爷怎样劝说，也没有把他挽救过来，不到四十岁就一命呜呼。爷爷只好把希望寄托在年仅十六岁的孙子孙福堂身上。

孙福堂没有辜负爷爷的期望，继承了爷爷的医德和医术。他勤学好问，特别对疑难杂症，总是打破沙锅问到底。他不完全依靠爷爷，他要闯出自己的医路。对那些穷人来看病，以爷爷为榜样，从不拒绝，只收成本。而且向爷爷提出，为了减少挑费，只留下一个伙计与自己跑外，由爷爷照看店铺，就着自己年轻，多摔打摔打，多长长见识，多学点本领。已近耄耋的爷爷，看到孙子这样要强，这样上进，心里有说不出的高兴。

爷爷在临终前握着孙子的手说："福堂啊，你现在的医术不错了，比你父亲强多啦。爷爷走了眼睛也能闭上了。千万不要像你父亲那样。这个世上病人还是穷人多，不要嫌弃他们，要多想着穷人，治病救命不能有贵贱之分，不要把钱看得太重。爷爷看到你现在这个样子，爷爷高兴啊！"

"爷爷，您放心吧，我不会辜负您的希望的。"

孙福堂真的没辜负爷爷的一片苦心，爷爷百年后，孙福堂真的撑起了这个药铺，也撑起了爷爷的家业。

佟成贵两口子带着珍珍来到孙福堂家门前，对媳妇说："你和三媳妇先等等，我先进去看看。"

"去吧，你可要跟人家客气点啊。"

他一进药铺，还没等孙福堂说话，便点头哈腰地与孙福堂客气起来。客气好一阵后，才说出来意，并把梦梦的病情讲一遍。孙福堂用奇怪的眼神看着他："您是佟成贵大叔吧？"

"是呀，是呀，您认识我？"佟成贵听这样一问赶紧回答，可是又好像意识到什么，"啊，您别客气，肩膀头齐为弟兄，肩膀头齐为弟兄。"

孙福堂笑着点点头，心想：听说这个人平时说话挺冲，今儿个这是咋的了，便笑着说："佟大叔，您是不是有点太客气了？"

"啊——这个，这个，不不，不是客气。"佟成贵还从来没有这样客气地求过人，今天客气得有些语无伦次了。

"行了，老佟大叔，别再客气了，孩子在哪了？"孙福堂还是笑着问一句。

"抱来了，就在外边了。"佟成贵赶紧回答。

"咋不进来呢？我说佟大叔，您可真有意思，不让病人进来，您倒先进来了。"

"没敢冒昧地进来。"

"看病来还要敢不敢？这是啥话呢，据我所知这可不是您佟大叔做事的风格。"说着话孙福堂开门走到院子里，"快，快请进来。"

通过几句对话，佟成贵对这个年轻的郎中，可真是刮目相看了。没想到这个孙福堂竟是这样平易近人。就在这时珍珍咕咚一声给孙福堂跪下了。

"哎哎，这可不行，快起来！快起来！"孙福堂急忙走上前来把珍珍扶起来，"走吧，快进屋吧。"

经佟成贵介绍，孙福堂看着珍珍问："您是后门房关老疙瘩的三儿媳妇？"

珍珍点点头。

"您看，论起来我还得管您叫三奶奶呢。"

"哎哟，孙先生，您可千万别这样说，我哪承受得起呀。"

"好，不说了，来吧，我看看我这小叔叔是咋回事儿。"

梦梦身上裹着的破被被打开了，一个瘦得皮包骨的孩子展现在孙福堂面前，他浑身一点肉都没有，肋条一根一根凸起，头显得大大的，简直就是一副骨头架子。孙福堂仔仔细细查看梦梦耳后和胯骨上溃烂的地方。检查完后，以埋怨的口吻说："这孩子病成这样咋不早点来呢！"

"这……"珍珍欲言又止。

"嗨，别提了，这三媳妇带着仨孩子，整天靠要饭活着，哪有钱给孩子看病。"佟成贵老婆快言快语地说。

"嫂子快别说了。"珍珍制止佟成贵老婆。

孙福堂抬头看看珍珍，摇摇头没有说话。

"孙先生您再受累看看孩子的眼睛。"珍珍怯怯地要求。

孙福堂先后翻开梦梦两只眼的眼皮，认真地看看说："眼球上的白翳还挺大，不过眼睛不会失明的。眼球上这层白翳，是眼角膜病变留下的疤痕，用药后可以逐渐减小的，但很难去根。民间老百姓管这种眼病叫'玻璃花'，会影响视力，但不会瞎。"

珍珍长长出了口气，一直堵着的心口窝，立刻舒坦许多。

孙福堂思考片刻，用商量的口吻说："咱们先解决这四个溃烂处，治好以后再治眼睛，咋样？"孙福堂以征询的目光，看看珍珍转而又看看佟成贵。

"您说孩子的耳后和腿上的烂窟窿能治好？"珍珍惊喜中带着疑问。

孙福堂点点头："我估计差不多，我跟着我爷爷治过两例这种病，都治好了。"

珍珍又情不自禁地跪在地上给孙福堂磕头："谢谢孙先生，谢谢孙先生。"

"哎呀，三奶奶，您这是干啥呀。"他赶紧放下手中的镊子，和佟成贵的老婆把珍珍拉起来。

孙福堂用镊子夹着一团粘饱药水的棉球，轻轻地擦着梦梦身上的烂处。梦梦身体机灵地动一下，接着大声地哭起来。孙福堂抬起手，两眼注视梦梦：

"他以前这样大声哭过吗？"孙福堂抬起眼问珍珍。

珍珍摇摇头："没有，从来没有。"

"好，我这小叔叔的病一定会好的。"珍珍听这话心里像开花一样的高兴。

孙福堂把溃烂处处理完后，拽过梦梦那像干树枝似的小手摸脉。

"内心里还真没有啥大毛病。"他看看珍珍说，"我给配点外用的药，回去每天给孩子的患处涂三次，今天我先给涂一次，您看咋涂。先拿五天的药。"

珍珍和佟成贵两口子都连连点头："行，太行了。"孙福堂把包好的五包药递给珍珍："每天一包，早、中、晚分三次涂抹在患处。这是我刚才用过的那一包，这是药棉花。对，一定要注意的是，这药有剧毒，千万放在安全的地方。五服药用完马上来，用药别断开。我估计十服药差不多。"

珍珍千恩万谢。佟成贵两口子也一再点头哈腰，嘴里不停地说谢谢。

珍珍从兜里掏出一叠钱，都是一分一分和一角一角的，估计也就七八角钱。佟成贵把珍珍向旁边推一下，从兜里拿出十多元："我这有。"

"你们是啥关系？"孙福堂问。

"邻居。"

"把钱收起来吧，不要钱了，三奶奶也不是外人。"

"那哪行啊，您多少也得收点呀。您不收钱我下趟还咋来呀。"珍珍着急了。

"孙先生您看这可不行，您这药也不是白来的，您起码收个成本呀。"佟成贵把钱放在柜台上转身要走。

孙福堂把钱又塞给佟成贵："算了，别客气啦，快走吧，我这药铺，不在乎这几个钱。三奶奶您回去，药千万别断开，用完后马上来。"

在回来的路上，珍珍与佟成贵夫妇一路有说有笑的，他们还从来没见珍珍这样开心过。

珍珍一路沐浴春风，神情飞扬，兴奋地观看周围的景色：马蹄沟岭上的映山红已含苞待放；春风掀开盖在大地上的棉被，大地铺上一层嫩绿的小草；穷人的救命菜——苣荬菜已从苞米地的垄台垄沟钻出来，锯齿似的淡紫色洁净的嫩叶，肥实、诱人；刚刚过去桃花汛的茫草河，清澈瓦蓝，哗哗地向南流去，那流水声恰似一首春歌，荡涤珍珍苦涩的心，冲刷珍珍脸上的愁容。

珍珍绽放的笑脸原来是那样的美，那样的甜，甜美得似乎又回到她少女的时代。那甜美的样子，使与之同行的佟成贵的老婆有些妒忌和羡慕，她打趣地说：

"你看三妹子，长得可真漂亮，我今天才注意到。"

一句话说得珍珍满脸绯红，不好意思看一眼大嫂："说啥呢，大嫂。"

"这样漂亮的小人儿，咋受这些罪，你说。不过，三妹子，这些天我就在想，你可别再这样累自己了，你看一天把你累成啥样了，再走一家吧。这老三已经四五年没有音信了，还等得回来吗，我看这老三是把你们娘几个给忘了。"

"别说了，大嫂。我行，我能行，我不怕累，只要小三病好了，我就没啥愁的了。"她相信自己的能力，她很自信。

"再熬几年就行了，孩子一大什么问题都解决了，盼着孩子快点长吧。"佟成贵不无感慨地说，"再说，你就是再找一家，也不一定就好到哪里去，两姓，两窝更闹心。万一刚走一家，老三回来了，那咋整。"

"大哥说得对。鸿雁回不回来我也就这样过了，我不能让孩子受委屈。再说砍的咋也没有旋的圆，半路夫妻咋能与结发的相比，自己都向着自己的那一窝，不天天惹气才怪呢。"

"珍珍可真是老关家的好媳妇。"佟大嫂拦住珍珍，"来，大嫂替你抱一会小三儿。"

说来也真有点神了，孙福堂给配的药，涂抹到第三天，溃烂处周围的皮肤开始爆皮，出皱，脓水少多了。到第五天溃烂处基本不流脓了，而且开始收口了。

　　经过孙福堂的治疗，梦梦病真的好了。第九天溃烂处基本上就封口了。四块疤明晃晃放着光，梦梦也能站起来走路了，虽然开始跟头把式总摔跤，没过几天就跟着海林满世界跑了。珍珍高兴地逢人就讲，是佟大哥和佟大嫂，帮助她找的孙福堂先生，给孩子治好的病。那神态有点像祥林嫂，只不过珍珍是高兴的罢了。

　　珍珍高兴之余，梦梦黑眼珠上的两块白翳，好像长在珍珍心窝上，堵得珍珍喘不过气来。

　　还是佟成贵夫妇带着珍珍来到孙福堂家。

　　孙福堂又重新对梦梦的眼睛，进行一次认真的检查，他有些为难地说："看来这病很麻烦，不是特别好治。"他看看珍珍又看看佟成贵，"不过，我可以先配点药，吃着看看，要是能褪去点不是更好吗，咱就死马当活马治吧。不过有一点我敢肯定，白翳不会再扩大。"

　　"那敢情好了。孙先生，怎么治都行，不过，您可别叫我三奶奶，我总觉得——"

　　"三奶奶就是三奶奶，这是辈分，您不要介意，三奶奶。"孙福堂一边配药一边说，"前几天我回想起来，我爷爷曾对我说过，有一年夏天，他去马蹄沟采草药，从砬子上滚下来，摔伤腿，还是你家我老太爷从鸭掌岭回来遇上给背回来的。爷爷说的就是后门房老关家老疙瘩我老太爷。"

　　"您看，这话越说越近了，老一辈还有这个缘分，真是造化。"佟成贵也高兴地附和着说。

　　梦梦眼睛上的白翳，还真的不那么好治。经过一段治疗，看来白翳是缩小了，可是又过很长时间，再没有明显的效果，珍珍心里甚是着急。这时有人给珍珍出主意说，吃猪拱嘴可以拱下去。猪拱嘴是猪嘴拱地的那部位，就是猪鼻子。珍珍心想：这青黄不接的时候，谁家能杀猪呀。再说，就是有人家杀猪，人家也不会给呀——好好的一个完整的猪头，不可能把猪鼻子割下来给你。

珍珍虽然摇头叹息，可在她的身上却隐藏着一种看不见的力量和韧劲儿。

为了给梦梦治病，她把家里养的两头猪也卖了。正好是春天，养的几只小鸡正是忙着下蛋的时候，一天能收五六个鸡蛋，只保证给梦梦一天吃一个鸡蛋，其余的都卖给供销社。宁可不吃一点油水，晚上不点灯，摸黑，珍珍把卖猪的钱和卖鸡蛋的钱，都给梦梦治眼睛用。珍珍边坚持到孙福堂那给梦梦治眼睛外，还经常打听谁家杀猪，准备用卖猪和卖鸡蛋的钱，去买猪拱嘴，给梦梦治眼病。

还别说，在五月节前还真的有几家杀猪的。

为了孩子，为了给梦梦治好眼睛，珍珍也不顾脸面不脸面了，听说谁家杀猪，就带着钱到谁家去。没承想，珍珍来到村里第一家杀猪的，还没等把话说完，就碰了一鼻子灰："哎哎，我说三婶子，你也不想想，我家这囫囵个的猪脑袋，就把猪鼻子割下来，那成啥样了，你是不懂事儿呢，还是没有脸皮呢！"这家年轻的男主人当当当把一堆让任何人都难接受的话扔给珍珍。

珍珍听了这话，能说什么呢，她什么也说不出来。他不怪人家说话刻薄，她认为人家说的在理。不过，尽管珍珍再能容纳世上所有难听的话，再能理解别人的想法、做法，她的心仍然像用针扎的一样难受。珍珍转身从那家的院子跑出来，她踉跄着流着泪回到家里。

给这家杀猪的人正是老房子张奶奶的儿子张志明。他听这家年轻的男主人说话这样臭，把尖刀往地上一扔："我说二梆子，你都是娶媳妇的人了，咋这不懂事儿呢，咋能这样说话呢！不卖就说不卖，干啥把话说得那样难听呢。你张嘴还叫人家一声三婶子。真没教养。"他解下围裙擦擦手，把围裙扔在地上走了。

"哎哎，老张大叔，你别走哇，我说她又没说你，关你屁事。"二梆子无奈地看着张志明走去的背影，向屋里喊，"爸爸，张老大他走了！"

二梆子的爸爸妈妈相继从屋里跑出来。

"咋回事儿，咋走了呢？"二梆子爸爸不解地问。

"是呀，咋的了？"二梆子妈妈狐疑地看着二梆子。

"不知道呢。"二梆子佯装奇怪地挠挠脑袋。

"不知道？"二梆子爸爸妈妈不错眼地看着他。

"你们盯着我干啥，又不是我叫他走的。"

二梆子爸爸追出大门外："哎，哎，志明，志明。"二梆子爸爸追到张志明面前，"咋的了，志明？那小鳖犊子说你啥了？你消消气，别跟王八羔子一般见识。"

"嗨。"张志明停下脚步，"其实他倒没说我啥，可是我实在听不下去……"张志明把刚才珍珍来时所发生的事原原本本说一遍。

"这小鳖犊子，真不是个东西。不瞒你说志明，我早就听街坊们说过，有人给后门房三媳妇出偏方，说用猪拱嘴能治好那孩子的眼睛。我刚在屋里还说呢，一会儿让我那老扛给三媳妇送去呢——这这，这小鳖犊子——"拽着张志明向回走。一进院门，二梆子爸爸抄起大门后的鞭子没说分晓，就向二梆子抽去，二梆子抱着脑袋顺着房山的夹道跑了。

"王八羔子的，你跑，你别回来，你回来我把你嘴割下来给孩子吃！"

"算了，老哥，都怨我，我不该多管闲事，也不该多嘴多舌。

珍珍在家正在后悔不该去给人家添麻烦时，二梆子妈妈来到珍珍家："三媳妇，三媳妇在家吗？"

珍珍开门一看："呦，是老嫂子来了。"珍珍忙着用手擦擦眼睛，"老嫂子，快进来！"

二梆子妈妈手里提着一疙瘩肉，还有一个明显割得过大的猪鼻子，挂在那疙瘩肉的边上。

"嫂子，您这是干啥呀？"珍珍这时有些慌乱。

二梆子妈妈向珍珍摆摆手，眼里已有泪水在滚动："嫂子啥也不说了，走，进屋吧，三媳妇。"

进屋后，二梆子妈妈把肉连同猪拱嘴放到菜墩子上："他三婶子，我那瘟大灾的二梆子太不懂事，你千万别生气啊，就当他是一只疯狗。"

"生啥气，一个孩子……"

没等珍珍把话说完，二梆子妈妈又把话抢过去："可别说了，他三婶子，啥孩子，都快抱儿子了，还孩子，天生不懂事的王八蛋玩意。他三婶子你可千万别生气，啊，我那边还忙着呢，我先回去了。"

珍珍把菜墩子上的肉和猪拱嘴拿起来："老嫂子，这个我不能要，养个猪也不容易，这块肉你拿回去，这猪拱嘴我给你钱。"

"真生气了咋的，他三婶子？嫂子能那么不懂事吗，能要你的钱吗？"

"这不行，嫂子。"

"真生气了？"

"生啥气，没生气。"

"没生气就留下，不许再打打鼓鼓的。"

珍珍为难了，想了想："嫂子，要不你把钱收下吧，我手底下还有几个钱。"

"喷喷，他三婶子，这不是骂我吗，这点东西就够寒碜嫂子了。不瞒你说，昨天晚上死老头子就说了，听说后门房老三家的孩子那眼睛，吃猪拱嘴能治好，明天把猪杀了就让我给送来，怕你不好意思去。今天就那么一会儿工夫我没在，就出来一个不是人做的东西，真把我给气死了。行了，就这样吧，我走了，他三婶子。"说完，二梆子妈妈急忙推开门走了。

珍珍举着那块肉，痴痴地站在那里，待听到关门声，才反应过来，赶紧追出门外："老嫂子您慢走，谢谢你和老哥。"

说实在的，自这件事发生后，村里接连有五六家杀猪的，珍珍再也没去过。珍珍知道，人家都知自己穷，你一去，人家肯定认为你是去要的。可是这以后的事情，倒使珍珍更加为难了：几家杀猪的，看珍珍一直没有露面，知道珍珍因上次被二梆子杵嚷后，不愿再舍这个脸了，便相继把猪拱嘴送来了，而且大部分都是煮熟后送来的，他们送来后不免都骂二梆子几句。珍珍觉得这也太盛情难却了，这简直就是在折煞自己，推也不好推，给钱人家又不要。弄得珍珍一点办法也没有，只有千恩万谢，把这个情记在心里。

就这样，珍珍每十天抱着梦梦去孙福堂那看一次。同时为了去心病和撞大运，不时也弄点偏方给梦梦治一治。也有不少人让珍珍请个大仙来给孩子看看，珍珍始终没有这样做，珍珍根本不相信那些装神弄鬼的事情。

尽管效果不明显，珍珍还是充满信心，不停地给梦梦治病，她相信，只要有付出，一定会有好结果的。

第七章 荒漠的亲情

　　在料峭的春风里，一个孤单的身影，那是珍珍在马蹄沟前一片光秃的土地里，顺风扬粪。粪，借着风势，刮向西南，盖满大地，白花花的，像霜，像雪，像珍珍脸上的汗珠在阳光下闪亮。说是粪，其实大部分是烧过的柴草灰。里边也有些牲口粪，那都是珍珍起早贪黑在街上捡来的猪粪、牛粪和驴马粪，还有青草沤成的绿肥。这些绿肥都是珍珍忙里偷闲在沟沟坎坎割一些青草沤的。拉到地里后，被春风吹得干干的。这粪本来应该用粪筐撒在垄沟里的，可是那样太费时间，也太累。珍珍一看今天是东南风，正好顺风，所幸就借着风势，顺风扬开了。

　　她忙了一身汗，头发被风吹得几乎把脸都封起来，单薄的衣服被风撕扯得猎猎作响。她不停歇，一直这样干着，虽然累得气喘吁吁，但她总觉得心里甜滋滋的。这块地里寄托着她的期望：到秋天，就有了收成，孩子就可以吃饱饭了，自己也不用冒着"大烟泡"出去讨饭了。为了这个期望，珍珍不怯懦，忍受单薄的身躯所承受的劳累，承受着生活中无法逃避必须由自己承担的责任。

　　就在珍珍挥汗如雨、兴致勃勃扬粪的时候，海林跑来了。

珍珍一愣，以为又是梦梦出啥事了，真的把她又吓了一大跳。

"又咋的了！"珍珍有些耐不住性子了。

"妈妈，西院我三叔挖咱家的院子要种地！"

"咋的？挖咱家的院子种地？"

"嗯哪。我不让他挖，他把我推个屁股蹲，还要揍我。"

珍珍把铁锹往肩上一扛："太欺负人了，走，回去看看。"

珍珍带着海林一路小跑向家里奔去。

果真如此，西院的关鸿涛，正在她家门前的院子挟篱笆，圈园子。关鸿涛是本家的一个堂兄弟，也排行老三，比珍珍的丈夫小，孩子管他叫三叔。珍珍来到关鸿涛面前：

"他三叔，你这是干啥呀？"

"圈个园子种点菜。"关鸿涛头也不抬，说得很轻松，好像在回答一个不相干人的问话，仍然低着头弯着腰挖他的地，一副若无其事的样子。

"这是我家的院子呀！"

关鸿涛这才站直身子，把铁锹往地上一戳，瞪着一双金鱼眼，盯着珍珍："啥？你说啥！你家的院子，你说的咋那霸道，哪是你家的，你叫它答应吗？"

"你这个人怎么不讲理呢，这就是我家的院子！在我的门前，就是我家的院子。"珍珍毫不示弱，她手指着关鸿涛，提高了嗓音。她话音刚落，便一把抢过关鸿涛手中的铁锹，甩到他家的院子里。

"你想干啥？啊！"关鸿涛瞪着一双金鱼眼，"我就在这种菜，我就在这儿挖，你有啥本事你去想去。"珍珍真的急了，她用力把关鸿涛推个大屁股蹲，转过身来把他刚刚挟上的篱笆全都推倒。

他们这一吵不要紧，街坊四邻都聚拢过来，不知是啥事。一看，原来是关鸿涛在珍珍家的院子里挟篱笆墙。心想：这也太欺负人了，看人家的男人不在家，也不能这样啊；还是本家的兄弟，哪有这样办事的，这也不是人办的事呀。人们只是心里想，但没有敢出来说话的。因为关鸿涛是村政府里的人，虽然不是官，可他整天和村官在一起，谁知他有什么背景。佟成贵两口子听这边吵吵闹闹的，又在珍珍的院子里，不知发生了啥事，也向这边走过来。

"吵啥玩意，咋的了？"佟成贵边向这边走边问离去的人。

"老佟，快看看去吧，关鸿涛这鳖犊子太欺负人了。"

佟成贵站在人群后边，听一会儿，明白是咋回事儿了。他走上前去：

"我说鸿涛老弟呀，我不是说你，这可有点不像话了，咋能上人家的院子里种园子呢。"

"有你屁事儿，啊！你是哪棵葱，哪头蒜！"关鸿涛瞪着一双布满血丝的金鱼眼，像疯狗一样，冲着佟成贵汪汪叫起来。

"咋说话呢，啥叫哪棵葱哪头蒜呢？"佟成贵尽量压住心里的怒火，"我说鸿涛啊，不是有没有我屁事的问题，关键是你这样做太没有道理呀。你想啊，她一个妇道人家，男人又不在家，你作为家族中的一员，虽然是远枝儿，你不但不帮她一把，反而还这样做，说句你不爱听的话，是不是有点欺负人？"

"呵，你有啥了不起的，哪凉快哪待着去。你不就扛几天破炮筒子吗，跑这儿来教训我来了。告诉你，姓佟的，教训我的人还没养出来呢，你他妈给我滚犊子，你要看她可怜来和她过来。"

这句话真的激怒了佟成贵，他不但侮辱了佟成贵，更侮辱了珍珍这个苦难深重的厚道女人，这实在不是人说的话。

"你说啥？你说的是人话吗？我看你是找不自在，竟敢胡说八道。"佟成贵这次可真的急了，他话到手也到，"啪啪"给关鸿涛两个大耳光。

关鸿涛红头涨脸地抄起一根木棒，向佟成贵打过来。说时迟那时快，就在此时，"啪"的一声，接着是关鸿涛"啊"的一声躺倒在地上，用手捂着右眼睛，像疯狗似的嚎叫起来。原来不知从哪飞来弹丸大的一颗圆石子，不偏不倚重重地射在关鸿涛右眼的眉骨上，一个青紫色的大疙瘩顿时鼓起来，突兀在金鱼眼的上边。

看来是用弹弓射的。是谁射的，咋恁准呢？

这时的气氛更加紧张起来，整个院子都笼罩着浓浓的火药味。周围看热闹的人也鸦雀无声，仿佛大家都在担心要有什么大难临头似的。这时也只能听到关鸿涛在地上痛苦的呻吟声和谩骂声。

关鸿涛从地上爬起来，摸摸那个青紫色的大疙瘩，然后放在眼前看看，没有血。他擤一把鼻涕，哭丧着脸瞪着佟成贵：

"好啊，你小子够狠的，下黑手了。"他随手抄起一根大木棒，"来吧，小子，我他妈今天豁出去了。"他一棍子打下来，佟成贵向旁边一闪，一个箭步冲上去，一手抓住关鸿涛手中的木棒，一手掐住关鸿涛的脖子，关鸿涛向后一躲，佟成贵顺势一脚，把他踹出一丈多远，撂倒在地上。看来佟成贵在部队确实练就一身好功夫，虽然一条腿受过伤，着实还是很厉害的。就在关鸿涛要爬起来的一瞬间，又一颗石子射在他的眉宇间，他又大叫一声，躺倒在地上。又一颗青紫色的大疙瘩，瞬间毫不吝啬地镶嵌在他的眉宇间。他忽然觉得这是有人在暗算他。从石子飞来的方向看，应该是从他自家的院子那边射来的。关鸿涛不顾疙瘩的疼痛，爬起来大步流星向他家的院子跑去。找了半天也没找到人。于是他跺着脚大骂起来：

"我 × 你八辈祖宗，你他妈的给我出来，有种的滚出来，你不得好死，有本事别藏起来，啊，你那胆呢，杂种 × 的，你敢出来吗？有种的你出来，我一铁锹劈死你……"无济于事，没有一点反应，看热闹的人都捂着嘴哧哧地笑。就在这时，又一个石子，不偏不倚正好射在关鸿涛那比比画画的手背上。关鸿涛惨叫一声坐在地上："哎呀呀，哎呀呀，我 × 你八辈祖宗，你有本事给我站出来！"他已经歇斯底里了。

佟成贵借此机会，把关鸿涛挟的篱笆墙，全都给拔了。他边拔边说：

"真不像话，哪有这样欺负人的，兔子还不吃窝边草呢，真是人事不懂。"

"也就佟大哥敢管这事。"

"可不咋的，这小子太霸道了。"

"这小子真得有人管管他，看他快要上天了。"

"人家是政府里的人，谁敢惹他。"

"茫草城搁不开他了。"

人们议论纷纷。

珍珍没想到事情竟成这样："佟大哥，算了吧，您不用管了，今天我自己跟他滚了，我看他能咋的。"

"不行，不能让他这样霸道。"

还没等佟成贵把话说完，关鸿涛攥着铁锹，疯一般地向佟成贵冲过来。

"佟大哥快躲开！"珍珍冲过去死死地抱住关鸿涛。

佟成贵猛一回身，推开珍珍，抓住关鸿涛的脖领子，用劲一拉，脚下一趟，关鸿涛来了一个狗吃屎。一连几个回合，关鸿涛没伤着佟成贵一根毫毛，却接连被摔倒在地。关鸿涛被摔赖了，躺在地上不起来，只是呼呼地喘着粗气。

佟成贵蹲在关鸿涛面前："我说鸿涛啊，我还是要劝劝你，以后记住了，别再这样不懂人事儿，这样会招报应的。"

"少跟我来这套，你盯着我点，我今天跟你他妈不算完，赶明儿让你那条腿也瘸。"

佟成贵并不生气，也不恼火。他蹲在关鸿涛面前，掏出烟荷包，一边卷着喇叭筒一边对关鸿涛说："我告诉你，我这条腿瘸，不是缺德缺的，是光荣瘸的。你要再骂我，我到村政府，不，到乡政府告你辱骂残疾军人，可够你好好喝一壶的。"佟成贵这一吓唬不要紧，关鸿涛心里着实有些害怕。佟成贵点着喇叭筒，深深地吸一口说："我说鸿涛兄弟，我再告诉你一句，你骂我咋骂都行，如果你牵扯别人，我还揍你。你不是豁出去了吗？我已经是死过两次的人了，我可不怕你豁出去。不管咋的，我还是要劝你，不要这样，这样不好，街坊邻居都咋看你，都说你啥，你听听去。人家都怕你，说你太横，说你是村政府的人。你是啥村政府的人呀，不就是一个看门、做卫生的嘛。别把自己看得那么高，你臭美啥呀！人都说兔子还不吃窝边草呢，你咋能这样呢，难道你还不如兔子吗？"佟成贵吸一口刚点燃的喇叭筒，把烟口袋和卷烟纸递给关鸿涛，"兄弟，抽一袋？"

"你少给我来这套，我不吃你这套。"

正在这时村长赫尚林来了。后边跟着佟成贵老婆，显然是她把村长找来的。

"这是咋回事儿？"赫村长问。

佟成贵站起来："村长来了？咋回事儿您问问他吧。"佟成贵指指关鸿涛。赫村长看看坐在地上的关鸿涛，扑哧一声笑起来。他蹲下身来，仔仔细细地端详着关鸿涛："我说你这人咋还上炕沿扣屁眼儿，紧添彩呢？这脑袋上啥时候又长出两个大圆枣呢。"周围的人哗的一声大笑起来。人们憋了好长时间想笑不敢笑，这一下全都释放出来。

村长接着挖苦地说："今儿吃亏了，你咋还有吃亏的时候，你不天天算计占便宜嘛，今儿算没算计到能得两个大圆枣？"又是一阵哄堂大笑。

"手上还握着一个大圆枣哪。"不知谁喊了一句。

"是吗，我看看。"赫村长拽过关鸿涛的手，"啧啧，这可咋说呢，你这不成屎壳郎了，咋还连吃带拿呢。"

关鸿涛是个私心特大爱占便宜的人，人们对他的印象特别不好。他在村政府只不过是个勤杂工。每天早晨去做做院子的卫生，晚上打打更。村政府每月给他五元钱。但他自己并不这样看，他把自己当成村政府的工作人员，逢人就吹嘘自己与村长如何如何好，村长怎样怎样器重他，等等。可是今天村长当着这么多人的面奚落他，一点都不给他留面子，他是又气又恼，但他又不敢与村长耍横，只好憋一肚子气从地上站起来。

"这是咋回事，篱笆挟起来咋又拔了？"村长指着被拔掉的篱笆故意问一句，"这是谁挟的篱笆？"他看看珍珍，看看关鸿涛，又看看佟成贵："噢，我明白了。"他走到关鸿涛面前，"鸿涛哇，我不是说你，你可真白披这张人皮了，你还想咋欺负人呢，嗯？将来老三回来你还有脸见他呀，你咋跟老三说！走吧，你跟我去村上走一趟。"村长看看珍珍，"谁，三媳妇你也跟去。"

"行，大叔，我去。"

"我也去。"佟成贵跟在村长的后边。

"还真有不怕死的，你干啥去呀？"

"我揍他了。"

"你揍他了？"村长又回头看看关鸿涛，"你让他给揍了，你那本事呢？"村长又扑哧一声笑了，"你看你那熊样，本来就是金鱼眼，这回成了名鱼'大泡眼'了。"

又是一阵大笑声。整得关鸿涛是老憋气了。

"你真揍他了？"

"真揍了。"

"那疙瘩是你打的？"

"不是。"

"那是谁打的？"

"不知道。"

"那你去村政府干啥？"

"我当然要去，我得说清楚我为啥揍他，好汉做事好汉当，村长给我啥处分我都接着。"

"佟大哥，你别去了，这里没你啥事儿，都是我引起的。"珍珍赶忙把话接过来，阻止佟成贵去村政府。

"你别管，三媳妇。咋是你引起的呢，他不上你家院子里种菜，能有这事吗？不光这事，我还要告他一状呢。关鸿涛他骂我，他侮辱我这残疾军人，他还发狠要把我的另一条腿打折。"

"谁骂你了？我没骂。"关鸿涛不敢承认。

"你骂他？"村长看着关鸿涛，"我看你是锄把上插鸡毛，好大的（掸）胆子，敢在土地爷头上动土，我都不敢骂他。你还侮辱他，还要把他那条腿打折，你知道他那条腿是咋折的吗？今儿个你是想蹲笆篱子。走，今天也让你尝尝蹲笆篱子的滋味。"

关鸿涛一听要蹲笆篱子，一屁股坐在地上要赖，不走了。

赫村长看关鸿涛那副损样，又扑哧地笑起来："看你那熊样，怕蹲笆篱子？就这点尿。你走不走？"关鸿涛耍赖不走。

"好，你不是不走吗？"他回头看看，"谁，你去把民兵队长给我找来，再找几个民兵来，我不信他不走。"他指着一个青年说。关鸿涛一听找民兵队长，直溜地从地上站起来。人们又是一阵哄堂大笑。

从村政府回来，关鸿涛耷拉着脑袋，一边嘟囔一边以瘆人的金鱼眼，看着站在屋檐下的珍珍和她的三个孩子，嘴里不住地发狠："骑驴看账本，咱们走着瞧。"

"瞧就瞧，谁怕你，你能咋的！"海林气得前胸一起一伏，向关鸿涛喊一句。

"你说啥？"关鸿涛抬起头瞪着海林，"你个小鳖犊子，你再说一句？"

"你才是小鳖犊，我说完了，你能咋的！"海林挺着胸向前跨一步，毫不示弱。

"海林，不许这样说话。"珍珍把海林拽回来。

"等我长大了，我非把你剐了不可！"

"你臭美呀，是不是！"关鸿涛丢下手里的活，瞪着一双金鱼眼。

"海林说啥呢，不许这样说你三叔。"

海林咬着下嘴唇瞪着关鸿涛："啥三叔，狗屁三叔。"说完气哼哼一转身回屋里去了。

前边院子的问题解决了。可是就在当天晚上，关鸿涛又在珍珍家耳房后的园子挖土。珍珍不知他又在干啥，推开后窗户："他三叔，你这是干啥呀？"

"咋的？挖菜窖。"

"大春天的，挖啥菜窖啊。"

"你管得着吗，我愿意挖。"

"那你也不能在我家屋后挖呀。"

"挖了，咋的，你到村政府告我去。"

"你这不是要无赖吗？"

"我耍了，我就耍无赖了，看你能把我咋的。"

这时，海林从外屋把菜刀拿起来，他把妈妈推开，敞开后窗户就想往外跳："× 你妈的，我杀了你这个老王八蛋！"

珍珍一把抓住海林，从他手里夺下菜刀："海林，给妈妈省点心。"

"妈妈，要不我还去找我佟大叔去？"凤山摇晃妈妈的胳膊。

珍珍把后窗户关上："算了，别找了，今天已经给你大叔添不少麻烦了。"

"要不还上村政府告他。"凤山说。

珍珍摇摇头："算了吧，他想咋挖就咋挖吧，不挖咱家的房子就行啊，他根本就是个无赖，就不是懂道理的人，懂道理的人不会是这样。"

"等我爸爸回来非报仇不可。"海林咬牙切齿地说。

"你爸爸啥时能回来，八成指不上他啦。"

"妈妈，你别难过，等我收拾他。"

"傻孩子，你咋收拾他。睡觉吧，别想它了。"

"妈妈你先睡，我出去尿泡尿。"海林边说边向屋外走。

"自己怕不怕？"珍珍问。

"怕啥呀，不怕。"

"我和你一块去。"凤山跳下地穿鞋。

"不用你和我去，要不你先去，你回来我再去。"海林一屁股又坐在炕沿上。

"和你哥哥一块去咋的了？"妈妈问海林。

"咋不咋的，反正我不用他跟我一块去。"

凤山回来后，海林出去了，老长时间也没回来。

"这孩子咋这么长时间还没回来？"珍珍心里正在嘀咕，就听关鸿涛在屋后"哎呀"的大叫一声，珍珍不知发生啥事了。她正想推开窗户看看，这时又听见关鸿涛不绝口地骂上了：

"哎呀，妈呀。这是谁干的，我 × 你祖宗，你有本事出来，我拿铁锹劈了你……"

原来关鸿涛正挖得起劲，头上又挨一弹弓，圆枣样的大疙瘩在耳朵后凸起。方向来自他自己家的后墙外。他抄着铁锹向墙外追去，没有人。他气得简直就要疯。

这时海林回来了，他有些喘息。

"你干啥去了？"珍珍问。

"尿尿去了，咋的？"

"你咋还喘了呢？"

"喘啥呀？"海林若无其事地回答。妈妈没有再问，也没在意什么。

关鸿涛在屋后骂个不停。他老婆知道他吃完晚饭出去了，以为他和每天一样，又到谁家溜达去了。这时她听他在屋后吵吵闹闹的，以为又和谁打起来了，就跑出来把他硬拽回家去。

珍珍这时突然感觉有些奇怪：今天白天是谁把关鸿涛的脸上打两个大疙瘩？手上还挨一下。拿啥东西打的呢？刚才他在房后又大叫一声，是不是又挨人打了？是谁呢，有人在背后帮助我们娘们孩子？难道是他？珍珍摇摇头，认为不可能。那么是他？珍珍想了一会儿，又摇摇头，认为也是不可能。那到底是谁呢，珍珍想不出个所以然来。嗨，去吧，睡觉吧，明天还要下地干活呢。

天刚破晓，珍珍就起来了。其实珍珍一夜都没睡好。她躺在炕上，翻来覆去，怎么琢磨也琢磨不透，关鸿涛咋能这样不讲理呢，一家当户的，不看僧面还要看佛面呢……可是，是谁又把关鸿涛打了呢，是拿啥打的呢？就这样，她终于挨到天亮。穿好衣服，推开后窗户看看，挖的坑有半人深，占整个后园子的一半，坑里渗出没膝盖深的水。

珍珍叹口气，什么也没说。她还和每天一样，早早做好早饭，把孩子都叫醒，告诉凤山，抓紧吃饭，一会儿上学去，并嘱咐海林看好梦梦。她自己先吃口饭，早早下地去了。

地，对珍珍来说是最重要的。那是她的希望，能让她和她的孩子再也不要饭了。她相信，只要把汗水洒在这片土地上，就会有收成。有了收成，就能平平安安地度日子。一想到这些，珍珍心情平和了许多，她好像把昨天白天和昨天晚上所发生的事情，全都忘得一干二净。

珍珍扛着铁锹，迎着东方天边刚刚泛红的彩霞，向着希望走去。

第八章 暴风雨中的身影

经过一春天的努力，一棵棵苞米苗壮壮实实长出来了，绿油油的，看着就让人心里高兴。可是天不作美，小苗像人生一样，刚刚起步，就遭遇连天雨。

连着两天的雨，不但没有停，反而越下越大，雷电也越来越凶，让人毛骨悚然，一会儿从房顶滚向原野，一会儿又不知从什么地方滚回来，雨，简直就是从天上向地上泼水。

屋顶多处漏雨，接雨的盆盆罐罐，炕上地下摆了好几个。也许是夜间雷雨的原因，孩子没睡好觉，凤山和海林盖着一床乌黑的破被，挤在炕的一个角落睡着了。珍珍抱着梦梦，身子不停地摇晃，哄梦梦睡觉。梦梦在妈妈的怀里睡着了。珍珍看着梦梦那黑黑的瘦瘦的像火烧大的小脸，心疼的眼泪滴落在梦梦瘦弱的脸上，梦梦的眼睛动了动。珍珍用大拇指轻轻地擦去滴落在梦梦脸上的泪水，然后擦擦自己的泪眼。她扭过头去，从早已不挡风雨的破窗户向外看，突然停住晃动的身子，愣在那里，情绪急剧变化。愣了好长时间，把睡着的梦梦轻轻放下，然后急忙跳下地，穿上鞋。她去拽拽凤山，凤山翻个身又睡了。珍珍没有再叫他，便向外跑去，钻进瓢泼的大雨中。

雨越来越猛，不知什么时候又刮起大风，大风又把雷给吹回来。

一个雷在屋顶炸响，海林身子激灵一下，被雷声震醒。紧接着又一个炸雷，他一翻身坐起来，胆怯地向四周寻着，就在这时一道闪电，把整个屋子照得贼亮，跟着就是一声霹雷，吓得海林下意识地大喊一声"妈妈"。没有妈妈的声音，哥哥却被喊醒。凤山迷迷瞪瞪揉着惺忪的睡眼坐起来，看海林在哭。

"海林你咋的了，哭啥呀？"

"妈妈不……"海林的声音被一声霹雷淹没。随着电闪雷鸣，雨好像下得更大了。这时凤山忽然意识到妈妈不见了。凤山和海林不顾一切地冲进电闪雷鸣风雨交加的院子。院子里没有妈妈，他们大喊着，没有妈妈的回音。一种沉重不祥的预感，不约而同地在凤山和海林的脑海萦绕。他们光着脚，带着无法抑制的焦急心情，顶着雷雨狂风冲到大街上，四处张望，没有妈妈的踪影。他们内心又产生一个更加不好的预感：妈妈上河边了？哥俩绕过财神庙，穿过公路，来到前栏菜园子，沿着园边的小道，深一脚浅一脚，一个跟头接着一个跟头，跑到河边的大堤上。

河水涨得看不到对岸，浑黄的河水滚滚咆哮，发出骇人的轰响。河边没有妈妈。凤山和海林急了，大声哭喊：

"妈妈！"

一个炸雷淹没他们的喊声。

"妈妈——"

"妈妈——"

没有妈妈的声音，只有咆哮的河水声和可怖的雷声、风声、雨声。

电光抓破黑云，雷声轰轰隆隆震响，暴雨凶猛倾泻，风声一阵紧似一阵。

凤山和海林眼望那滔滔的浊浪，声嘶力竭地哭喊。

"妈妈跳河了，我再也没有妈妈了……啊啊，妈妈呀……谁来救救妈妈呀，妈妈呀……"海林哭得撕心裂肺。

"妈妈你咋这么狠心呀，我们可咋办呀，妈妈呀，你为啥要跳河呀……"凤山哭得凄凄惨惨。

闪电，雷鸣，风声，雨声，河水咆哮声……

凤山和海林的嘶喊声和哭叫声，淹没在滔滔咆哮浑浊的河水里。他们已经欲哭无力，沿着河堤拼命地向下游跑，试图追上被洪水卷走的妈妈。他们跑啊跑啊，追赶着滔天的巨浪，没有妈妈的踪影。他们一直追跑到距马蹄沟前不远的地方，凤山突然停住脚，惊呆地愣在雨中，用左手揽住海林。

"海林，你看！"海林顺着哥哥指的方向看去：一个单薄的身影，在苞米地里，顶着怒吼的狂风和惊天动地的雷声，顶着瓢泼的大雨，用铁锨拼命地挖着什么。

"妈妈？是妈妈！"海林惊喜地破涕为笑。他们呼喊着不顾一切地向妈妈跑去。妈妈哪能听得见他们的喊声，在她的耳边震响的是恐怖的雷声，是呼叫的风声，是哗哗倾盆的雨声。狂风暴雨撕扯着她那湿漉漉的头发，撕扯着她那补丁摞补丁的破衣衫，撕扯着她那骨瘦如柴的身躯。她那瘦弱的身躯在狂风暴雨中，像一根枯树枝摇晃着，时时都有被吹倒在泥水里的可能。

凤山和海林跑到妈妈的近前，看着妈妈那单薄的背影，像一面被狂风撕扯的旗帜，不停在晃动，妈妈在拼命挖沟。妈妈那湿透、已明显掺和着白发的长头发，一绺一绺的，毫无顾忌地粘贴在妈妈的肩上、背上和细细的脖颈上；她那破烂的布衫，也紧紧地粘贴在妈妈身上；挽起的裤腿，裸露着膝盖以下的小腿。那哪是女人的小腿，分明是被刮掉树皮的两根木棒，上面凸起的青筋，是没有被刮干净的残留的树皮，木棒下的两只脚，深深地插在烂泥中。凤山和海林明白了，妈妈是怕苞米被水泡死，到地里放水来的。凤山和海林扑倒在地，不顾一切地用双手抠泥，帮妈妈挖排水沟。突然出现两个人，一下把珍珍给蒙住了，不知这是咋回事儿。她抹去脸上的雨水，定睛一看是凤山和海林。

"凤山、海林？你们咋来了？"珍珍吃惊地大声问。凤山和海林这才抬起头，流着眼泪看着妈妈大哭起来。

珍珍一切都明白了，她放下铁锹，蹲在两个孩子面前，凤山和海林扑到妈妈的怀里，死死地抱住妈妈，唯恐妈妈真的会走掉。

"你们以为妈妈跳河了，是不是？"珍珍搂住两个孩子，"哪能呢，妈妈哪能跳河呢，妈妈怎能舍下我的三个大儿子呢。"珍珍也控制不住哭起来。他们的哭声撼天动地，他们的哭声被雷电击碎，被风声、雨声吞噬。

珍珍在责怪自己，为什么走时不喊醒他们呢："行了，不哭了，都怪妈妈不好，以后妈妈再去哪儿，一定告诉你们。不过，妈妈告诉你们，妈妈到啥时候也不会扔下你们去死的。"

珍珍给两个孩子擦着眼泪："好孩子不哭。妈妈是不会走那条路的。为了我这三个苦命的孩子。"她抬起头，透过雨帘看着远方，"也为了他，和他的那个约定，说啥也要活下去。"

凤山和海林惊异地看着妈妈，他们不懂妈妈在说啥。

珍珍拉起两个嗓子喊哑的孩子："凤山、海林，走，咱们回家。"

凤山笑了，海林笑了，妈妈也笑了。

珍珍牵着凤山和海林的手，顶着电闪雷鸣，冒着狂风暴雨，向家走去。脚步坚定、自信。

第九章 悉数着丰收和希望

　　珍珍已经有几天没到地里去了，可她心里一直惦记着苞米的长势。这天，她的兴致特别高，一清早就扛着锄头，沿着那条坑洼不平的公路，向自家的田地走去。沿途沟沟坎坎到处都是杂草和柳树毛子，茂密的杂草和葳蕤婀娜的柳树枝条上，挂满了晶莹的露珠，在初升太阳的映照下，像无数的珍珠闪烁耀眼。那茂盛的杂草中，有车轱辘菜、灰菜、苋菜，有马兰花、狼尾巴花、香蒿、老母猪哼哼，还有山姑娘、野苜蓿和小叶樟，更有成片成片的艾蒿。叶子上透着淡灰色的艾蒿，已经长一尺多高了。看着这些叶子肥大厚实粗壮的艾蒿，珍珍心想：艾蒿长这么高了，八成快到五月节了吧，她掐指一算，果然快到了，今天已是农历五月初二了。她走到沟边，随手掐下一株艾蒿鞠到鼻下，一股沁心的艾香立刻浸透珍珍的肺腑，心里感到清爽极了。珍珍闻着艾香，不知不觉来到自家的地头。看到满地的苞米，齐整整的，黑油油的，壮壮实实的，一棵苗都不缺。她向周围各家的地里看去，惊喜地发现自家的苞米长势比别人家的都好。真没想到，只几天没来，苞米苗就长有一尺多高。她扔掉手中的艾蒿，蹲下身来，抚摸着一棵棵绿油油粗壮的苞米苗，露珠沾在珍珍的手上，凉丝丝的。一种难以言表的惬意在心中油然而生，像在极端饥渴时喝下的一口甘泉，心中开启一扇希望之窗。她站起来，拽起衣襟擦去手上的露水，轻盈地迈过每一条垄，悉数着每一棵苞米苗，也悉数着丰收和希望。珍珍手扶锄头，站在苞米地里，沿着笔直的长垄兴奋地向远处望去。这时的珍珍非但不显得瘦弱，反倒显得高大伟岸。你看她，婷婷矗立在苞米地中，微风轻拂她的头发，轻撩她那破旧但却洁净的衣襟。五月的晨阳将她的脸镀上一层红润，红润得像马蹄沟里的映山红花那样娇媚、娇美，美得出众，美得让满地的苞米在微风中为之曼妙起舞。珍珍并不想把自己的美定格在这里，她也没觉得自己有多美。她的心思是：这还不是收获，要把它们变成金灿灿的苞米穗，还要下很多功夫。这时她那灿烂的美，瞬间变成凝重的美。她的美却被河边柳毛子后边的一双眼睛收了去。

"老三媳妇，你看你这地是咋种的，苗咋长得这好，比我那苞米苗高出有半尺。这苞米苗色气也好，黑绿黑绿的。"河边柳树毛子后边的那双眼，看见有人来了，也悄悄地隐去了。

"哟，是西院大哥和国良呀，你们也铲地来了？"珍珍笑着问。

"这一春天你可真没白费力气，这苞米苗，眼看往起窜。"珍珍认可地笑了笑。

这时一位个子特显矮小的小老头也顺道走过来：

"这孩子这苞米是咋侍弄的，你看长得齐刷刷的。"

"老叔也来了？"

"来了。老三家里的，我那天从你这地头过，就寻思，你要再在这苞米苗间埯点小豆、黄豆啥的都行。"

"太行了。"西院大哥附和着，"不过得抓紧了，再不埯的话，秋天怕不熟啊。"西院大哥蹲下抓一把土用手攥了攥后，伸过手去给老叔看，"老叔，你看，这土质多好，又潮乎又不往一块粘，掩上点豆子没啥问题，肯定长得好。不过到秋天割地时费点事。"

珍珍皱一下眉头说："费事倒不怕。"

"咋的，孩子，没有种子是吧？"老叔看珍珍皱眉头，便问一句。

"可不是咋的。"

"我家还有一些，你去拿去吧。"

"那太好了，老叔，秋后我加倍还给你。"

"还啥呀，老叔送给你了。"

这位老叔，名叫关华山，就是送给海林一筐地瓜和粘高粱面火烧那个人。他今年五十多岁，个子长得很矮，瘦瘦的身材，两条眉毛很重，很长，与那瘦窄的脸有些不搭配。人很和气，在村里很有人缘，无论男女老少都喊他老叔，成了村里的官老叔。他看珍珍有些为难的样子说：

"嗨，孩子，不用想得太多。不用说别的，就说你公公活着的时候，可没少帮我，这你大哥知道。"他看看西院的老大，"我从小长得像麻杆儿，从山上往山下拉柴火，连柴火排都绑不好，那你公公可真没少帮我。"关华山随手用锄头在两棵苞米苗之间刨一个坑，诚心诚意地说，"晚上上家拿种子去，赶快掩上，让你大哥帮着把头遍地蹚上，掩坑不也就赔上了吗？"

"那好吧，老叔，太谢谢您了。"

老叔和大哥走了。

珍珍知道，像她地里这样肥沃的土质，真掩上黄豆啥的，肯定长得好，那样到秋收时，看吧，会多打不少粮食的。

珍珍把希望都寄托在这片土地上，她把每一棵苞米苗都像侍弄孩子那样侍弄，唯恐哪棵苗没照顾到委屈了它。你看她铲地那细心的样子：挨苞米苗的草，她绝不用锄尖去抠，怕伤了苞米苗根，总是用手把它薅去。她看哪棵苞米苗长歪了，都要把它扶正再赔上些土。

一条垄铲到头了，珍珍停下手中的锄，用鞋底刮掉粘在锄板上的泥，而后又拽下搭在脖子上的毛巾，擦擦汗。这时，她看见海林挑一副土篮从远处走过来。小小的海林与那土篮个头的大小，很不相称，扁担上吊土篮的两根绳子明显过长，瘦小的海林挑着不是前边的篮子撞地，就是后边的篮子撞地。看着海林瘦小的身子挑着那样一副大土篮，珍珍心中不由自主地涌起一股疼痛和苦涩。

"海林，你这是干啥呀？"妈妈走过来问。

"我挑苞米茬子来了。"海林笑呵呵地告诉妈妈，俨然自己就是一个顶天立地的男子汉。

"喷喷，你看我的海林能帮妈妈干活了，可你哪能挑得动啊，孩子。"妈妈的话语中，明显带着一种隐痛。

"挑得动。"海林还是笑呵呵地看着妈妈，很自信。

妈妈蹲下身子，用手给海林擦去脸上的汗水："你太小，不行啊。"

"行，妈妈我行，我在家试着挑了。不信我装上苞米茬子你看。"海林挎起土篮就向里装苞米茬子。珍珍看着海林瘦小的个子和那满脸的汗水，心情像桃花汛时的茫草河水，湍急、翻滚。

海林很快装满两土篮苞米茬子。加重的土篮把绳子拉得更长了。妈妈走过来，把扁担从海林的肩上拿下来："海林，你不行。晌午跟妈妈一块走，你给妈妈扛锄头，妈妈挑。"

"不，妈妈我行，我挑得动。"那口气中带着坚定。

妈妈拍拍海林的头："那就挑吧。"珍珍把绑扁担钩的绳子向扁担上挽几圈，"来，这回挑起来让妈妈看看。"

"哎。"海林挑起两土篮苞米茬走了，颤悠的扁担下的海林，腰杆挺直，脚步稳健。

珍珍看着海林远去的、瘦小的背影，心里说不出是啥滋味。"海林，道太远，多歇几次。"她的声音有些发颤。

"哎，妈妈，我知道了。"

珍珍实在不愿看那走去的像天平似的背影，她转过身来，满脸是泪。铲地，继续铲地，拼命地铲地，她太心疼海林了。人家这么大的孩子，早就上学了，可他还跟着妈妈受罪。她仰视苍天，苍天不语；她俯瞰大地，大地无言。为什么天下的罪和不幸，都被我这个孱弱女人摊上？我前世做了啥孽了！珍珍心里想。铲地，铲地，拼命地铲地。她撩起衣襟擦把眼泪。铲地，铲地，拼命地铲地，把一切怨恨和痛苦，都用锄头发泄在野草上。锄头在珍珍的手里翻飞。铲地，铲地，她无声地拼命地铲地……

"三媳妇，晌午了，该回家吃晌午饭了。"老叔和几个乡亲一边向村子方向走，一边喊珍珍。

"是啦，老叔，你们头走吧，我把这条垄铲到头就走。"她向他们扬扬手。

"真难为这媳妇了。"

乡亲们边走边议论。

"那老三是咋回事儿，无论咋的你也得想想家里头，你说。"

"这媳妇带仨崽子，有多难啊。"

"这三媳妇你还别说，真行，换个主早走道了。"

"她的大妯娌和二妯娌不都走道了。"

"她那二妯娌，更不是人，男的有病还没死呢，就带着孩子跑了。"

"算了，算了，别瞎咧咧了。"关华春烦躁地没好气地斥责他们。大家都伸伸舌头，不好再说啥了。他们意识到，后门房的大媳妇、二媳妇都是这老叔本家的侄儿媳妇，他是不愿听这些闲七杂八的。

珍珍铲到地头，拾起一根苞米茬子，把锄板上粘的泥刮掉后，又用一只脚踩着锄板，用鞋底把锄板擦亮。她放下锄头，来到沟边，劈下一根手指粗细的柳树条，熟练地把柳条拧成绕子，捆起一背苞米茬子，然后用锄把一挑，扛在肩上，迈着沉重的步子，向家走去。

进村了，老远就听见朗朗的读书声，她知道还不晚，学生还没放中午学呢。她下意识向学校方向看一眼，发现学校一人高的院墙上趴着一个人，定睛一看，是海林。她来到近前："海林，你趴在那嘎哒干啥呀？"

海林从墙上滑落下来，回过头："妈妈我听他们念书呢。"海林的眼睛红了。

珍珍放下肩上的苞米茬子，抹去海林的眼泪。

"妈妈，我也要念书。"

珍珍心里可真是打翻五味瓶，她强抑制住自己的泪水，把海林揽在怀里："孩子，不哭，下学期妈妈一定送你来上学。"

第十章 童心的释放

　　劳累是忘掉一切的法宝，珍珍心里这样想着，她也确实从劳动中感受到了这一点。每天在地里干一天活回来，也没看出她有疲劳感，马上又忙着干家务。喂鸡、抱柴、刷锅、烧水、做饭。等吃完晚饭，一切收拾利落，好像才想起一天的劳累来，往炕上一躺，整个身子已拾不起个来，身子贴在炕上动都动不得。孩子也是一样，凤山放学回来，放下书包就得往北道沟跑，去割柴火，一年的烧柴，都要凤山承担。海林还要看护梦梦。一家人，用珍珍的话说，从早晨一扒开眼，就得马不停蹄地转悠一天。一家的活也就这样不约而同地分了工。

　　海林是一个心中有数的孩子，妈妈的艰辛他都看在眼里。虽然刚满七岁却成熟得像个大人一样。每次妈妈从地里干活回来，忙活家务时，他都在旁边看着，能帮上手的就抢着帮妈妈干。妈妈做饭时，他就抢着把灶坑点着，妈妈淘米时，他就细心地看妈妈舀几碗苞米馇子，贴饽饽舀几碗苞米面，煮饭放几瓢水，和面搁多少水，他都记在心中。

　　有一次，珍珍和好苞米面，站在锅前一直不往锅上贴饽饽。海林觉得奇怪，问妈妈：

"妈妈，你等啥呀，咋还不贴呢？"

"贴饽饽要等水开锅热。锅不热贴上的饽饽就要往下溜，溜到水里，就成粥了。"妈妈只是那么随便一说，有心的海林却都牢牢记在心里。他"嘿嘿"地笑一声，又蹲下往灶里添柴火，嘴里同时"噢"一声，表示明白了。

海林学会啥就要干啥。他想：自己能干的就要干，干完就省着妈妈去干了。妈妈太累了，把妈妈累死那可咋办，我不能没有妈妈。老谢家的小青就没有妈妈了，那有多想妈妈呀！

海林的机会来了。这一天，妈妈一走，海林背着梦梦，擓一个小框，到西大门外的壕沟旁，摘半小筐"刺蘑子"。回来后，忙着刷锅。他个子太小，刷锅够不着锅底，只好蹲在锅台上刷锅。锅刷干净了，从锅台上跳下来，又向锅里舀两瓢水，然后把灶点着火。等水响边了，学着妈妈的样子，舀点热水倒在苞米面里，用筷子搅和。没想到，水倒多了，把面给和稀了，只好再掺些干面。他累得满头大汗，小脸红红的，终于把面和好了。海林站在锅台旁，累得一边喘粗气，一边清理手上的面一边想：看妈妈贴饽饽挺容易的，我咋不行呢？

水开了，锅也热了。海林再次登上锅台，他蹲在锅台上，开始贴饽饽了。就在这时，门外有人哈哈地笑起来：

"哎呀妈呀，这小海林也太能耐了，都会贴饽饽了。"随着话音走进来一个人，原来是老刘家的大姐姐——满桌子，正好从门口过，看到海林贴饽饽这一幕。

"快下来吧，海林，让姐姐来贴吧。"她一边说着话，一边麻利地从缸里舀半瓢水，倒在洗脸盆里洗洗手。她噼里啪啦一会儿工夫，贴满满一大锅饽饽。

"海林，咋和这多面？"满桌子问。

"开始我把面和稀了，又兑一些干面放里，又干了，我又倒点水，又稀了……好不容易才和好面。"海林告诉姐姐时，一脸的尴尬笑。

"真难为我们小海林了。"她一边往灶膛添柴一边问，"做啥菜呢？"

"没有菜，有刺蘗子。"

"刺蘗子，在哪了？"

"那嘎垯了。"海林用手指墙角的小框。

满桌子走过去提起小筐："哎呀妈呀，这海林也忒能干了，把刺蘗子都撸回来了？"

"嗯哪。"

"咋吃，做汤啊？"

"嗯哪。"

"有油吗？"

"没有。"

"那咋做呀？"

"有咸盐。"

"这三婶子，日子过得也太苦了。那啥，海林别再往灶坑里添柴火了，这些火着完馇馇就熟了，稍等一会儿，我去去就来。"满桌子一阵风似地走了。

灶坑里的火烧尽了，满桌子也回来了。她手里端一个碗，是她从家里拿来的一碗猪油。

"我不要你们家的东西。"海林看着满桌子手里端的那碗猪油说。

"咋的？"

"咋也不咋的，就是不想再要饭了。"海林的一句话，说得满桌子心里酸酸的。她用手轻轻地拍拍海林的脑袋瓜：

"是姐姐从家里拿来的，没事儿，是姐姐给的，不是海林要的。"

满桌子掀开锅盖，金黄的苞米面馇馇散发着诱人的香味。

她把锅里的水淘干，再用锅铲把饽饽铲下来放到锅底，然后又一个个拣出来，咖朝上摆放在盖拍上。

"你咋把咖朝上呢？"

"这样摆咖不软，吃的时候咖还是脆的。"

"噢。"海林恍然。

饽饽出锅了，满桌子又点燃灶坑的火。锅干后，铲一铲猪油放到锅里，那白白的油像冰遇到热，瞬间就化了，还冒着淡淡的青烟。满桌子又在锅里放几片葱花，然后把"刺蘖子"倒进锅里，只听"刺啦"一声，一股浓浓的香气扑进海林的鼻子里，海林深深地吸一口，心里说真香啊。

满桌子麻利地用锅铲翻炒几下后，向锅里添一瓢水。晶莹的油珠漂在水面上。挨锅的水冒着细泡，丝丝响，一会儿工夫，汤开了，本来是嫩绿的"刺蘖子"，这时变成老绿色，在锅里翻滚。随着蒸汽的飘散，一股股香味弥漫了整个房间。

"满桌子姐姐，你做的汤可真香。"

"是吗？那好，姐姐走了，一会儿妈妈回来和妈妈一块吃吧。"

"哎哟，满桌子来了。"正在这时珍珍回来了。

"三婶回来了。"

"你今儿咋这闲在？"珍珍一眼看见锅里的"刺蘖子"汤，"这咋还给我做上饭了？"

"嗨，哪是呀。"于是满桌子把咋从门口过、看见海林咋刷锅、咋贴饽饽，一一向珍珍述说一遍。

"我满桌子姐姐还给咱家拿荤油呢。"

"满桌子，可别竟惦惦三婶，你家也不富裕。"

"没事儿的。三婶，您快吃饭吧，我走了。"

"别走，在这一块吃吧。"

"满桌子姐姐，我不让你走。"海林拽着满桌子衣襟。

"海林，姐姐走了，明儿我再来。三婶，我得走，我是到菜园薅葱的，一会儿我爹也该回来吃饭了。"满桌子推开门跑走了。

珍珍慈爱地看着海林好一会儿。

自从嫁到关家以来，珍珍这是第一次干完活吃的现成饭。觉得浑身都轻松，心里也感觉舒坦惬意，好像肩上卸下千斤重担。

"海林，你咋想起撸'刺蘖子'呢？"

"妈妈天天都没有菜吃，就想让妈妈吃点菜，让妈妈心里高兴。"

"好孩子，懂得疼妈妈了，等你们哥仨长大就好了。"

"妈妈，这'刺蘖子'汤真好喝。"

"那就多喝点。"

海林边喝汤边对妈妈说："妈妈，老谢家的老母猪下了十多个小猪崽，赶明儿个咱也买个小猪崽好吗？"

"行，等到秋天打下粮食，有钱了，妈妈也给你买个猪崽，明年过年咱也杀口猪。"

"养老大老大再杀。"

"嗯，养老大老大再杀，让海林多多吃肉，解解馋。"

珍珍和三个孩子一说一答，憧憬明天，憧憬未来。珍珍心里明白，这个想法并不高，但要想实现谈何易。这只不过是对孩子们的一个安慰,让他们弱小的心灵对生活充满企盼和乐观，不能让他们看不见希望，整天在愁闷中生活，不能让他们总是在分担大人痛苦。生活的重压已经使孩子备受煎熬了，起码在精神上让他们有盼头，不能让双重的重压都让他们承受，他们是刚刚出土的小苗，太稚嫩了。

吃完午饭，珍珍又马不停蹄来到菜园子。那里栽了二分地的土豆，土豆地的地头种的倭瓜已经出蔓了，得赶快搭架，再过两天就长疯了，不好办了。

珍珍闲不住，她真的闲不住，处处是活，都需要她去干。她说她满脑子都是活，不奋斗不行，谁家都可能清闲，她不能清闲。一是她清闲下来，活就没有人干；二是轻松、安静和闲适，她就会感到痛苦。用珍珍的话说，这叫命中注定，命里该着，自己来到这个世界就是受苦受累来的。

　　珍珍在园子里搭好倭瓜架回来，在缸里舀半瓢水，汩汩地喝下去，用手背摸一下嘴巴："海林，妈妈走了，好好看着梦梦。"

　　"哎，知道了，妈妈。"

　　"你在干啥呢？"

　　"没干啥。"

　　珍珍迈进里屋门槛，看见海林手里拿着不知从哪里捡来的一张书页，用滑石照着书页上的字在墙上写。珍珍默默地站在那里看着，心中一阵感慨和酸楚。

　　"海林，写的这些字你都认识吗？"

　　海林回过头来："妈妈，你还没走哇？"

　　"这就走，这些字你都认识吗？"

　　海林慢慢摇摇头："我先练着写。"

　　"珍珍点点头："写吧，好孩子，妈妈走了。"

　　海林在墙上写呀，写呀，写了满满的一墙，再也没处写了。他把书页和滑石放在窗台上，数墙上的字。数哇数哇，忘了是多少，又从头数……数数突然停下来，好像觉出什么，猛回头，梦梦趴在枕头上睡着了。海林好像干错什么事似的，急急忙忙过来，把梦梦抱起来，放在一块破棉垫子上，给枕好枕头，又拽过一床破棉被给梦梦盖上。那熟练程度不亚于妈妈的熟练程度。梦梦翻个身，睁开眼看看海林又把眼睛闭上。海林轻轻地拍着梦梦，嘴里似乎还在断断续续地哼着小曲。梦梦又睡了。海林长长地出口气，坐在梦梦的身边。梦梦睡实了，他光着脚跳下炕，走出房门。刚过中午的太阳，刺得海林睁不开眼。他闭上眼睛，伸个懒腰，揉揉眼睛，走到碾盘前，跳上碾盘，百无聊赖地骑在大碾砣上。

"驾，快跑！"海林把碾砣当成马，用手使劲拍着胯下的碾砣。这时才看到他那童心在萌动，才看出丢掉在他身上本不该有的成年人的那种冷漠和老成。他兴高采烈地不停地颠着屁股，颠着颠着，突然收起笑容，停止颠动，两眼直视西院。那是关鸿涛的院子。西院一共住三家，除了关鸿涛外，还有关鸿波，他是关鸿涛的哥哥，另外还有关鸿波的大儿子关忠良，就是在学校当老师的那个关忠良。院子里静极了，只有关鸿涛家那头驴咯嘣咯嘣嚼草声，间或传来公鸡的叫晌声。

海林把目光落在关鸿涛窗户前的架子上。那架子架着用秫秸穿成的软廉，软廉上晾晒的是用盐卤过的豆腐干。

海林咬咬手指头，脸上带着一种嘎笑从碾砣上下来，他跳过半人高的土墙，来到西院，蹑手蹑脚向前走，四周看看，三家的门都上的锁，他知道都下地干活去了。一只漂亮的大公鸡昂首挺胸，对海林神秘的样子产生怀疑，它突然"咯嗒咯嗒"叫两声，把海林吓一跳。他回过头看看那只大公鸡：

"去去！"海林斥责大公鸡。大公鸡并不理会，它伸开一只翅膀，贴近一只大芦花母鸡转一圈，做一个调情动作。大芦花母鸡像大公鸡对海林的态度一样，对大公鸡毫不理会，仍然在粪堆上认真地刨食。

粪堆就堆在牲口棚前。一头驴拴在牲口棚的槽前，寂寞地嚼着干枯的苞米秸。那咯吱咯吱的嚼草声，就是从它的嘴里发出的。海林看着那头驴的上颌和下颌，有节奏地左右错动嚼草，灵机一动。他迅速跑进牲口棚，解开驴的缰绳，把它牵出牲口棚，放在院子里。然后，来到晾晒豆腐干的棚架下，一使劲，把架子推倒，所有的豆腐干无一幸免，全都翻洒在地上，嘴里恨恨地嘟囔一句：

"我叫你占我家的后园子。"边发狠用脚踹地上的豆腐干，"我叫你再欺负人。"随后，他迅速离开现场。

海林跑回家，站在屋地上，心怦怦地跳，比那天他射中关鸿涛那两弹弓子跳得还厉害。他脑门儿渗出汗珠，用袄袖摸一把头上的汗，力图把跳动的心平静下来，但心跳始终平静不下来。他很害怕，她怕妈妈知道。他不怕妈妈打他、骂他，他怕惹妈妈生气、伤心。妈妈是不允许他做出一点损害别人的事的。可他又一想，妈妈咋会知道呢，妈妈是不会知道的。一想到这儿，紧张的心跳没有了，反而觉得心情特别舒畅，而且从来没有这样痛快过。在他那幼小的心里，突然觉得，只要自己想干的事儿，就去干，干完就痛快。随后他一跺脚："今天太痛快了！"

海林来到耳房，从水缸后边掏出一把弹弓。这是海林的秘密。海林没事就用这把弹弓偷着打鸟。开始根本打不着，经过一个阶段的实弹练习，几乎弹无虚发。他把每次打来的鸟，都用火烤熟了给梦梦吃。当妈妈问他是咋逮来的鸟时，他瞒着妈妈说是用筛子扣的。他不敢让妈妈知道他有弹弓，怕妈妈给他毁掉。因为村里有个孩子玩弹弓打瞎人家一只眼，惹下很大麻烦，所以珍珍曾为此事嘱咐过他们。关鸿涛几次挨弹弓打，都是海林所为，之所以打得那样准，就是平时背着妈妈打鸟练出来的。他把玩一会儿，又把弹弓藏到水缸后边。

海林又来到大碾盘上，骑在大碾砣上，像没事人似的向西院望去。那头驴在倒下的棚前香甜地啃吃豆腐干，而那群鸡在漂亮的大公鸡带领下，集聚在豆腐干上，尽情地享用半干不干透着香味的豆腐干。那只大公鸡却高昂着头，以警惕的神态注视着周围。

海林脸上露出解恨的微笑。

就在这时，西院回来人了，是关鸿涛的老婆，海林应该叫三婶。她是提前回来的，是为了做晚饭。

海林看她回来，便转个身，面向东骑着大碾砣。就在这时突然一声惊叫，接着传来关鸿涛老婆愤恨的叫骂声：

"哎呀！这是咋整的呀！妈呀，妈呀，完了，全完了，这么多豆腐干全糟蹋了！"她拿起一根树棒，照着驴屁股就是一棒子，毫无准备的驴，激灵一下子串出去，接着是那群鸡呷呷地叫着，飞奔四散。

"这瘟大灾的，是咋拴的驴呀，这可真是糊弄洋鬼子，妈个×的，这日子没法过了！"

关鸿涛老婆骂得越凶，海林心里就越发痛快。

事情的发展，完全按照小小的海林事先预料的那样：等全院的人都回来，大家看看现场后，经过分析，一致认为是关鸿涛拴驴时，扣系的有问题，是没系牢，才使驴脱缰跑出来。当驴来到架子前，很可能依着这支柱蹭痒痒，把本来就不稳的架子蹭倒。大家都认可这种分析，一切罪过都加在关鸿涛的头上，关鸿涛窝了一肚子气。糟蹋的那些豆腐干也确实让人心疼。关鸿涛家的生活虽然还过得去,但做那些豆腐干也还是不容易的。两口子为这件事打好几天架，海林也为之兴奋了好几天。几天过后，西院没了声息，他们不打了，海林倒觉得他的生活中好像少了许多东西，觉得太没趣儿了。

第十一章 爱的喟叹

骄阳似火，暑气蒸腾。

吃完晌午饭，珍珍顶着烈日，向地里走去。她走在通向苞米地的公路上。向远处看去，地里的苞米、高粱、谷子等，还有远处的公路，被罩上一层暑气，一切都在幻觉中颤抖，酷似海市蜃楼。路边的马兰花，像蓝宝石一样玲珑剔透；毛骨朵花顶着毛茸茸的圆球，被风一吹，一根根茸毛散开，随风飘去，像一把把白白的小伞，顺风飘向远方；艾蒿和香蒿在烈日的暴晒下，散发出一股股闷热的香气。

公路渐渐与茫草河靠近。从哗哗的茫草河方向，不时飘来阵阵水汽，将暑热冲淡。

珍珍刚刚从河湾处拐过去，远远就看见有一个人，戴着一顶尖顶草帽，在铲地。珍珍好生奇怪：这是谁，怎么铲我家的地？她停下脚步，仔细辨认，不知是谁。她向周围看看没有人，心中有些忐忑不安，但，还是壮着胆子继续往前走。近了，越来越近了，终于认出他来。珍珍大声咳嗽一声。

那人转过身来："三嫂咋这早就下地来了？"

"哟，我当是谁呢，吓我一跳，原来是张家他大叔哇。"

珍珍放下忐忑的心，"他大叔你这是——走错地了吧？"

"啊，嗯，是这样，我家的地都铲完了，正好从你家地头过，看你家的地还没铲完，顺手就铲几条垄。"他的脸红红的，站在那里不知所措。

珍珍向地里看去，剩下的十八条垅已铲出六条垅。她看着被铲的地说："他大叔，你看这多不好意思，这样吧，就算我欠你俩工，秋天我帮你扒两天苞米。"

"不用、不用，三嫂，我可不是跟你换工来的。"张志明赶忙摆手解释。

"那可不行，他大叔，这算啥呢，这不好吧。"

张志明一听这话，忙说："我走了，我走了。"便逃之夭夭。

那个被珍珍称呼张家他大叔的，就住在老房子，比珍珍的丈夫小一岁，人老实厚道，很有人缘，干庄稼活是一把好手。教凤山搓鞭绳、编笨篓的就是他。给珍珍治腿伤，凤山得霍乱时，偷偷给凤山一粒大烟治好拉肚子的张奶奶，就是他的妈妈。他老婆在一九四六年因出天花死了，连个孩子也没留下，一直与妈妈生活在一起。

珍珍站在那里看着张志明走去，心里非常明白：知道他爱上了自己，她也知道张志明是一个好人，他们全家都是好人，他们家对珍珍在暗中没少帮助，珍珍也知道。那年冬天，门外放的那袋小米，就是张志明送去的，珍珍知道全村就他家种谷子了。

珍珍非常感激他们一家，但是，珍珍苦笑笑摇摇头，自语："那可不行，鸿雁还在哪，鸿雁就是不在了，我也不会嫁人的。"她抬头看看远去的张志明。

张志明走的速度越来越快，最后几乎是小跑，很快消失在河湾深处的柳树毛子里。他走进柳树毛子，回头看看，视线被挡住了，他一屁股坐在地上，仰躺在柳树毛下，痛苦地想着：

"嗨，我真笨，平时想了好多好多好听的话，咋一见她的面就害怕，吓得咋啥也说不出来呢，这是咋回事呢？"他脸上露出自责的神情。

在张志明的眼里，珍珍是一个很不简单的女人。他觉得她无论与谁说话，都是一种感情，看不出高低厚薄来，嘴角总是泛着恳挚的微笑。她说话时总是把低沉、柔和、类似叹息的声音混合在一起，根本看不出有啥情感的变化。每次见到珍珍，哪怕是从背后看见她，都觉得她给人一种咄咄逼人的感觉，心总是跳个不停，总想靠近她，可是总是不由自主地躲开她，实在躲不开，又总想与她说几句话，听听她那燕语般的声音，可是当走近她时，连正眼看都不敢看她一眼，只是含混地与她打声招呼，就急匆匆地过去了。那天珍珍和她老叔，还有西院关鸿波大哥在地头说话，他从柳树毛子后边偷偷看珍珍，对，就是这个地方，心都直跳。他不知珍珍啥地方让人发憷。张志明躺在柳树毛下仔细地想着，认真回忆着，回忆着。他冷不丁想起来了，悠忽坐起来：对，对，是她的眼睛，她的眼睛太厉害。她那眼睛里总是放出一种严厉、倔强的光，哪怕她在笑时，仍然给人一种这样的感觉。对，她笑的时候，浑身都透着一种柔顺，但却内藏着骜放不羁、无限坚韧。他也曾经听人说过，珍珍的爷爷是学校的校董，她念过书，有文化，是见过世面的人。这样的女人能相中自己吗？他曾经心灰意冷过。可是他仍然锲而不舍，只要有机会就暗中帮助珍珍，并想方设法让珍珍知道是他帮助的。张志明确实是一个好人，他也曾经把自己与珍珍相比过，好像就差文化。不过张志明还是很聪明的，他经过左思右想，由于文化上的差异，好像好多地方都赶不上她。尽管他觉得珍珍与他是不可能的，他心里依然装着她，爱着她。在他心里存下这样一个念头：往后有机会还要帮助珍珍一把，不能因为珍珍不同意，就记恨人家，那就大错而特错，那自己原来对她的爱就变了味儿，目的就不纯了。这一点珍珍完全看出来了，珍珍心里像明镜一样，深知张志明包括他们全家，对她的不幸的怜悯、同情和帮助，珍珍都牢记在心里，会在适当的时候进行报答的，但方式绝不是以身相许。珍珍想，自己虽然不能与古代什么贞洁烈女相比，自己起码应该有个诚信，决不能忘记与关鸿雁的约定。这个约定就是：将来关鸿雁与家里一旦失去联系，或有什么意外，只要听说关园这个名字，那就是关鸿雁。珍珍则改名为韩梅，也就是说关鸿雁将来无论怎样，在这个荒芜萧条的园子里，都会有一株傲霜斗雪、挺直不拔、永远盛开的梅花，从她释放的冷香中透着春天的气息，隐喻在关鸿雁凄凉的心中，永远装着他所恩爱的珍珍。这就是他们的约定。但在珍珍的心中，即使没有这样的约定，她也绝不会嫁人，她要遵循她心中的礼教。她不管什么封建礼教不封建礼教，觉得人总归应该有所固守，有所恒定，不能见异思迁，这未必就都是封建礼教。要嫁的话，她早就嫁了，何必等到今天呢！珍珍的爷爷曾来几次，劝说珍珍再向前走一步，不要这样苦自己了。而且爷爷的意思是在娘家那边给珍珍介绍一个，离娘家近一点，这样好有个照应。几次珍珍都没有答应。每次珍珍都是让爷爷老泪纵横，牵肠挂肚走了。

珍珍顶着烈日，汗不住地往下流，时不时流进眼睛里，刹得泪水和汗水同时往下流，她拽下搭在脖子上的已经被汗渍得变色的毛巾，擦去脸上的汗水。

她边擦汗边看一眼张志明帮她锄的地，并下意识地看一眼张志明走去的方向。这时她又想起小米一事，觉得总该有所回报，可是——她盘算着：咋还呢？自己又没种谷子，买小米还？那可有点太生硬了，还苞米，更不合适，这可咋整。她盘算来盘算去，眼前一亮，对，现在种晚田还来得及，到老虎洞后背的大岭崴，开两亩山地，种点黍子，到秋天磨点黏面子给张娘送点去，既是稀罕物，又还了人情，这不是两全其美的事吗？对，这几垄地今天就可以铲完，明天就去大岭崴。

当珍珍锄完最后一条垄后，她抬起头看看，太阳还没有躲到弟兄山的后面。燠热的太阳仍然我行我素，毫不客气，不遗余力地炙烤着大地，炙烤着珍珍。珍珍拽下脖子上的毛巾，擦去脸上的汗水，觉得嗓子在冒烟。她扛起锄头向河边走去。跨过一条浅沟，穿过那条公路，来到河边，把锄头放在一边，蹲在一块大平板石头上，用手捧几捧水喝下去。清凉的河水沁透了五脏六腑，浑身爽快了许多。她又洗几把脸，拽下搭在脖子上的毛巾，在河里漂洗着，用她那握锄把的手，把毛巾中的水拧出去。水从她那指缝间哗的一声落回河里，然后擦擦被太阳晒得红红的脸庞，又把毛巾放在水里，来回摆着，毛巾在水里漂浮，引来一群鱼与漂浮的毛巾嬉戏，珍珍笑了，她笑得很美。她用劲抖动一下毛巾，泛起一片水花，鱼无影无踪了。珍珍拧干毛巾，把毛巾搭在脖子上，站起身来，看着哗哗流淌的河水。

河水冲刷着河岸，激浪冲击河中的巨石，溅起白白的浪花。在一个小拐弯处，河水随着河湾迅速回转，形成一个漩涡。漩涡中的白沫和碎草屑，被卷进漩涡中，随后又从漩涡的旁侧冒出来，又被卷进去，又挣扎着冒出来，反复几次，终于冲出漩涡，被急流又带向远方。珍珍看着被流水带走的草屑，心想，我就是那漩涡中的草屑，在生活的漩涡中沉浮挣扎……

"问君能有几多愁，恰似一江春水向东流。"珍珍站在那块大石板上，看着那急速流去的河水，感慨惆怅地随口吟出李煜的《虞美人》中的两句词。

弟兄山以它那巨大的身影，吞噬着阳光，周围的景物渐渐变得暗淡，催促珍珍回家。

第十二章 仰望长空的孤鸿

大雁排着整齐的队形向南飞去，清脆的鸣叫声，让珍珍感到无限的凄凉。寒风刚刚刮起，它们就向南飞走了。相信大雁明年还会排着整齐的队形飞回来的，可是孩子他爸——鸿雁啥时候能有消息呢？啥时候能回来呢？已经盼六个春秋了，他是一点音信也没有，他在哪里呀，是死是活也得有个音信啊，哪怕捎个口信也好啊。村里对鸿雁猜疑太大了：有人说他参加了中国人民解放军，打仗牺牲了。并说在解放军中，好多因牺牲查不出名字，成无名英雄，找不到家属，也就无法通知家属；还有的说他参加了国民党，被解放军打得向南跑了，跟蒋介石跑台湾去了；也有的说关鸿雁上山当胡子了，解放军正在清理国民党和土匪的残余势力，这些人都藏在森山老林里，不敢露面，早晚被解放军打死；也有人说，关鸿雁那人有文化，有眼光，走啥道看得清，不会走错的，没准在哪里有了事由，又跟别的女人过上了，早把这娘几个忘到脑后去了等等，说法不一而足。这些议论让珍珍心烦意乱，鸿雁到底咋样了真是难卜。

想着这些烦心的议论，仰望南飞的大雁，珍珍已经没有心思割苞米了。她坐在苞米铺子上在默默思索。

珍珍的性格是倔强的，感情是专一的，但在情感上往往又是脆弱的，这与她的身世不无关系。本来好即景生情的珍珍，偏偏头顶又飞来一群大雁，勾得她又泪流满面。而让珍珍惊异的是，这群大雁叫声凌乱，在头顶久久盘旋而不离去，使珍珍慌慌的心又增加一些惊疑。她抬起头，用那含泪的双眼看着乱阵的雁群。更让珍珍奇怪的是，这群大雁似乎从南边绕回来的，在珍珍苞米地上空盘旋，不停地鸣叫。珍珍越听越感到这叫声奇怪，那简直不是在鸣叫，是在悲哀地哭泣。乱阵的雁群，久久不离开珍珍苞米地的上空。

　　"这是咋的了，发生啥事了？"珍珍心里在想，"是我的境遇感动了上天，上天让它们返回来，告诉我鸿雁有下落了？或者给我捎书信来了？古代不是有鸿雁捎书的故事吗，难道这个神话故事，真的灵验了，今天轮到我头上不是？"尽管珍珍不相信这些。这时，苞米地里似乎有什么声音传来。她从苞米铺子上站起来，心也跳起来，手提着镰刀，大着胆子钻进没有割倒的苞米地里查看、寻找。大雁仍然在空中盘旋，盘旋的高度好像越来越低。珍珍越往前寻找，雁群叫声越高，雁阵越乱，盘旋的高度越低。珍珍终于辨别出发出声音的方向。她寻声望去，不远处有一只大雁扑棱着翅膀向前跑，但它只跑几步，就筋疲力尽地趴在垄沟里，一动不动，用惊恐无助的眼神盯着珍珍。珍珍慢慢地向它靠近，唯恐再惊吓着它。嘴里不停地安抚大雁："别怕，别怕，我不会伤害你的。"珍珍终于靠近了它，看出这是一只受伤的大雁。她蹲下身来，疼爱地用手轻轻拍拍大雁的脊背，大雁仰起头，用哀求的目光看着珍珍，好像乞求不要再伤害它。珍珍把镰刀别在后腰上，轻轻地把那只受伤的大雁抱起来。这时空中的雁群大乱，有的在向下俯冲，有的几乎就在珍珍的头上急速盘绕。那哪是鸣叫，简直就是在愤怒地呐喊，是在向珍珍示威，有一种不救下同伴誓不罢休的势头。

珍珍刚把大雁抱起时，它还挣扎，后来觉得珍珍没有伤害它的意思，而且珍珍还在不停地安慰它："别害怕，我带你回家，给你把伤治好，明年它们回来时，你再跟走。"受伤的大雁好像听懂了珍珍细声亲昵的安慰，抬起头向空中紧随的雁群鸣叫几声，似乎告诉它们："你们先走吧，不要惦念我，这个人挺温和的，她告诉我了，说她不会伤害我的，她还说要给我治伤。"受伤的大雁好像真是这样说的，空中的大雁听到受伤的大雁鸣叫声后，好像真的听懂受伤大雁的意思，慢慢地向高空盘旋，鸣叫声也渐渐低下来，但它们并不飞走，仍然以凌乱的队形跟随珍珍。周围地里割苞米的人们，也都停下手中的活，仰望着群雁的异常举动。当他们看见珍珍不知抱着一样啥东西，从苞米地里钻出来，向家方向走去时，喊着问，都想知道到底发生了啥事儿，珍珍也喊着一一作答。当珍珍回到自家的院子时，已累得气喘吁吁，她把怀中的大雁轻轻地放下，周围的鸡鸭都伸长脖子，远远地看着这个从未见过之物，那只大芦花公鸡还咯嗒咯嗒叫几声，更增加了满院鸡鸭的恐惧感和警觉感。空中的雁群也随之停止向前飞行，在珍珍家院子的上空又开始不停顿地鸣叫，再次向低空盘旋鸣叫。受伤的大雁趴在地上，抬起头，可怜巴巴地望着空中的雁群，也不停地向雁群鸣叫。良久良久，空中的雁群才慢慢向高空扶摇盘旋。在夕阳的照射下，它们像两串晶莹的珍珠，美丽之极，在美丽中撒下一片哀鸣，带着悲凉、难以释怀的情感和对珍珍的感激之情，向遥远的南方飞去。

"飞走吧，飞走吧，放心地飞走吧，祝你们一路平安。明年春天回来时，我会把一个健康的你们忠贞的同伴，交给你们的。"珍珍望穿远飞的大雁，心中在不停地念叨。

尽管向远飞的大雁有了交代，可是看着飞得无影无踪的雁群，珍珍的心里依然感到空空落落的。而那只孤雁仍然以留恋的眼神望着空中，低回凄婉地叫。那哀怨的叫声，让珍珍潸然泪下。她蹲下身来，一边轻轻抚摸着大雁，一边安抚它："我知你离开它们心里很难过，可是没有办法，也许你也像我一样，命中注定要受这一难。你就放心吧，我一定会给你治好伤的，耐心等待时间一点点滑落，等待来年春暖花开时节的到来，到那时你一定会好起来的，让你和你的兄弟姐妹一起向远方飞去。你一定要坚强，暂且住在我这，安心养伤。"这时海林从屋里跑出来，看见妈妈正在抚摸着一只相似鸭子的东西，惊喜地问：

"妈妈这是你抓的野鸭子？"

"傻孩子，这哪是野鸭，是大雁。"

"你咋能抓住它呢？"

"它受伤了。"这时珍珍才想起查看大雁受伤的部位。大雁左边翅膀上，有不少血迹，她轻轻把大雁的左翅膀拉开，大雁疼痛的身上发抖，挣扎着要跑。

"别怕、别怕。"珍珍赶紧放下受伤的翅膀。

"看见了吗，海林，左边翅膀根部受伤了，好像骨头断了。"

"妈妈，这八成是谁给打的吧？"

"是呢。嗨，你这是咋整的，咋受这么重的伤，是谁把你打成这样，嗯？真可怜。"珍珍好像在问自己的孩子。

海林摸摸大雁的头，"这么大的大雁，我第一次看见大雁。妈妈，能煮一大锅吧？"海林馋巴巴地问。

"去去，别瞎说，大雁是益鸟，是神鸟，不能吃！"

"那咋整啊？"

珍珍站起身来问海林："你认识山上的马粪包吗，海林？"

"咋不认识呢，不就一捏噗噗冒黄烟的那东西吗。"

"对对对，快去北道沟给妈妈找几个来。"

"嗯哪。"海林在答应的同时，已跑出大门外。

珍珍所说的马粪包，类似蘑菇的一种菌类植物。半球形，有半个鸡蛋大小，颜色有点像马粪球的颜色，紧贴地面生长。在它的正顶部，有一个小孔，外皮软而韧，内里全是黄褐色的粉末，用手一捏，黄褐色的粉末就会像烟一样喷出，是一种非常好的治红伤的药。人们不知它到底是一种啥东西，所以只能根据它的颜色和形状，把它称为马粪包。人们在山上砍柴时，手被砍伤或被树枝刮破，只要找来它，喷上那黄色的粉末，就可以止疼止血，很快就会好起来。

在海林去北道沟找马粪包的挡儿，珍珍找来一块干净的白布条，还找来两段椴木头，削成两片薄薄的木片当夹板。她把大雁抱进屋里，放在炕上，又端来一盆温水，慢慢地为它清洗伤口。大雁好像懂得在为它治伤，珍珍的手感觉到大雁身上在发抖，似乎有些难耐，可是它仍然一动不动。珍珍被它的坚强与懂事所打动。她心疼地一边给它清洗伤口，一边不停安抚它："真好，真懂事儿，马上就好，马上就好……"

海林跑回来了，他呼呼喘着粗气，脸涨得红红的，汗水从他的脸上直往下流，把个脏兮兮的小脸冲出一道道痕迹。他把兜马粪包的衣服前大襟往炕沿上一担，顺手一抖，一兜子马粪包滚成一炕，大小不等的马粪包，足有二三十个。

"咋弄这么多？"

"多点怕啥，我怕少了不够用。"海林一脸豪气地说。

"海林真能干。"妈妈一边向大雁的伤处喷马粪包的黄色粉末，一边夸奖海林。

海林嘿嘿傻笑着。

喷完黄色粉末后，珍珍小心翼翼地用白布条把受伤的部位包扎好，然后又用小夹板固定好。可是大雁受伤的翅膀总是拖拉地。为了不使大雁受伤的翅膀拖地，想了好多办法，也不行。最后到底想出个好主意：从大雁的脊背绕过一条布带儿，固定在大雁的右腿的根部，终于使翅膀吊起来了。虽然对走路有影响，但对伤口愈合大有好处。

给大雁包扎好伤口以后，珍珍又回到地里，去割她的苞米。她从老远就看见在她的苞米地头，有几个人比比划划说什么。珍珍疑惑地向前走，终于看清，是赫尚林村长和村政府其他几个人，带着两个陌生人，其中一个人手里还拿着带着穗的苞米秸不停地说着什么。

珍珍轻步来到他们身后：

"赫大叔，您这是干啥呢？"

大家都回过头来。

"呦，三媳妇来了。"

"三婶来了？"

"她就是这块地的主人。"赫村长向两个陌生人介绍珍珍，同时对珍珍说，"三媳妇，这是乡里农业技术推广站的技术员，听说你种的苞米长得好，过来看看你种的苞米，都上的啥肥，你的苞米咋长得这样好，给他们介绍介绍经验。"

在这大力恢复和发展生产时期，乡里非常重视农业生产，因此要求乡农业技术推广站的工作人员全都下到基层，了解各村的生产情况，发现好的典型，及时汇报，及时总结，及时推广，为来年春播积累经验。在乡里开村长会时，赫尚林把珍珍种的苞米的长势情况做了汇报，乡里听后非常重视，便派人来了解情况。他们来到珍珍的苞米地里一看，与周围的苞米相比，果然不同一般，棵棵苞米都长两个苞米穗，还有的长三个穗。而且每一穗苞米都上的很足，没有秃尖，苞米杆儿也很粗壮。他们非常感兴趣儿。

对珍珍来讲，根本没有这个思想准备。她虽然也觉得自己种的苞米长得不错，别人也都这样说，可是从来没想过自己种的苞米为啥长得这样好。也曾有人问过她，她只是一笑，随便当笑话回答一句："是老天爷保佑。"可是面对今天问她的人，她就不能那样回答了。珍珍脸红红的，不知怎样回答。

"这，这，这，老赫大叔，我，我说啥呢。"

"这样吧，"乡里来的两人中，其中一位五十多岁的刚要问，又转向赫尚林，"哎，老赫，她贵姓？"

"她婆家姓关，她姓啥我还真不知道，平时都管她叫三媳妇。"

"你这啥破村长，太官僚了，村民姓啥都不知道，啥玩意呀。"

"噢，我姓韩，叫韩可珍。"珍珍笑着把话接过来。

"那好，我就叫小韩，这样可以吧？"这个来自乡里的老者一副和蔼可亲的样子。

"可以，可以，您就叫我小韩吧。"

"好，那我问你，春播时，这块地你施的是啥肥料？"

"啥肥料？这咋说呢，实际是啥肥料都有。"

"具体一点说，是猪粪，牛粪，还是其他粪肥。"

"我也没养猪，猪圈倒有，是空的。我每天早晨起来在大街上拾猪粪、牛粪、驴马粪，反正啥粪都拾，拾来后都倒进那空猪圈里。天天都拾，一年不断。再就是养几只鸡，鸡架里掏出的鸡粪，也全倒进猪圈里。猪圈满了，就在街上不碍事的地方挖一个坑积肥。再就是到地头沟边割点青草，把菜园子里拔下的杂草、每天烧的柴草灰也都倒进去，没事时再挑些土压上，放在一起沤。这粪肥里，有一伴儿是柴草灰。春天滤粪时，我也滤不动，就用铁锹顺风扬，扬得满地全是柴草灰，像下的一层雪，白花花的一片。"

珍珍讲完了，她看着来人在记录本上快速地记着，记完以后，停下笔，似在继续听珍珍说。

"老赫大叔，就这些了。"

乡里来的那位岁数大一点的意犹未尽地问："讲完了？"

珍珍点点头："嗯哪，没了，就这些。"

乡里来的那位岁数较大的笑容可掬看着珍珍："嗯，好，讲得好，谢谢你小韩同志。"然后他转向大家，用笔点着自己的记录本说："你们看嘛，小韩施到地里的粪肥，大部分是柴草灰，这就与苞米的长势对上号了。柴草灰里钾肥的含量相当高，而钾肥是苞米生长时壮秆儿必不可少的肥料。"说着，他弯下腰拾起一棵苞米，"你们看，这苞米杆儿长得又粗又高，无疑是钾肥的力量，这样就抗风抗倒伏。再有，你们看。"他用笔点自己的小本子，"牲口粪和杂草压的绿肥，含氮肥和磷肥较多，这是长果实所必需的。再加上粪肥多一些，苞米长不好才怪呢。"

"唉，感情这小灰还真是好东西，平时都他妈扔掉了，从菜园子里拔的草都随手扔墙外去了，谁重视这些玩意。"赫村长明显感到惭愧。说完后，笑眯眯地看着珍珍，"嗯，看来，肚里没有墨水是不行。"

"青草沤完以后，那是上等肥料，我说村长，你这近水楼台，开村民会时应该把小韩的经验推广推广，我回乡里跟乡长汇报，在全乡也推广一下。"

"我说三媳妇，你咋知道这青草也是粪肥呢？"赫村长问。

"大叔啊，你忘了？你不是每家发一本小册子嘛，叫《农业老师》，上边都写着呢。"珍珍看看乡里来的那位老者说，"那还是乡农业技术推广站印发的呢。"

"你都看过了？"乡里来的那位老者问。

珍珍点点头。

"老赫呀，看来你的工作只做了一半，小册子发是发了，可是没有用上啊。"

"你可拉倒吧，都不识字，我督促有啥用。八成都给孩子擦屁股了。"赫村长一副满不在乎的样子。

"看来你认字？"乡里来的那位老者问珍珍。

珍珍点点头："认识不多。"

"你这是几亩地？"

"六亩。"

"一亩地施几车肥？"

"六车。"

"六车！你养几头猪？"

"刚不是说过吗，她哪里养啥猪哇。"赫村长说。

珍珍遥摇头："一头也没养。"

"咋没养猪呢？"

"我，嗨——"珍珍转过头去。

"养啥猪啊，就一个女人带仨孩子过日子，一年苦巴苦业种点地，能养活娘四个就不错了，哪有钱买猪哇。嗨，这孩子这苦受的，别提了。"

"是这样，噢，小韩实在对不起，你看，我不知道这些情况。"

珍珍苦笑笑："没关系，没事儿。我哪有做不到的你们多指点。"

"不，你做得很好。你看耽误你这么长时间的活。就这样吧，谢谢你。"

"没啥，您别客气。"

"谁，绑柱子，满仓，你们俩不都带镰刀了吗，帮你三婶割会儿苞米，我们再到别人家地里看看，一会儿你们再赶过来。"

"是喽。"说着俩人一起下镰，嚓嚓嚓割起来。

"哎呀，这可不行。不用，不用，你们快忙你们的去吧，我自己来吧。"绑柱子和满仓根本不听珍珍的，他们比赛割。到底是男劳力，绑柱子和满仓，一人抱三条垄，割一个来回，珍珍割三条垄才刚到头。

绑柱子和满仓站在地头边擦汗边说："三婶，我们就不帮您了，您自己慢慢割，别着急。"

"我不着急，太谢谢你们了。"

“您别客气三婶。您这苞米长得可真好，一手只能攥两棵。”

“这还不多亏大伙帮忙。”

“那我们走了。”

“快忙去吧，让你们受累了。”

苞米总算割完了，剩下就是间种在苞米间的绿豆、黄豆和小豆。而这些豆类只能上午割，要带着露水割，下午露水干了，一碰豆角就会炸开。珍珍足足割六个上午。每天海林同妈妈一起下地，妈妈割够一背，海林就背回一背，一个上午海林能背回四背，然后就开始做饭。凤山中午放学，先跑到地里，和妈妈一人背一背回家。到家海林已把饭做熟了。珍珍吃着饭，心里想：别看孩子小，却个个都像小蚂蚁，不闲着，活就干出来了。这不，每天背回的绿豆、黄豆、小豆放在北炕上，海林在家分别把它打出来，把豆秸抱走，妈妈回来把豆子簸净装进口袋。三样豆子都割完，也都打完簸净，这样活就算干利索了。珍珍就能安下心扒苞米了。

珍珍觉得今年的苞米太难扒了。过去自己没有种地，可是也没少给别人家帮工扒苞米，都没这样难扒。几天下来，珍珍的手让霜浸得像老树皮，皱裂成一道一道的血口子，攥着苞米一使劲，裂口被挤得冒血，疼得钻心。尽管如此，珍珍心里像吃蜜样的甜。她每扒一穗苞米，看着那金黄色的像大马牙似的饱满的籽粒，都想亲一口。她从来都没曾这样高兴过，一直都在哼着那无字的小曲，不过这时哼的小曲可不是忧伤的，而是像那滔滔的茫草河水，清亮明快。珍珍真是从心里往外高兴，她的汗水没白流，劲没白费，今年冬天再也不用去要饭了，她和孩子能吃饱饭了。

珍珍种的地真的丰收了。光苞米就打了两千多斤，黄豆、小豆和绿豆总共有三百多斤，在大岭崴种的黍子也收了二百多斤。去掉交公粮，还卖一些余粮；园子里的土豆收有五百多斤，大倭瓜一个个像小磨扇，每个都有十来斤重，堆半屋地，大白菜收两千多斤。娘几个从来没见过这么多的粮食，珍珍一家孩子大人心里乐开了花，三个孩子乐得在苞米堆上打滚。珍珍看着三个孩子高兴的样子，脸上堆满笑容。

珍珍是个强亮人，一点都不次于男人，在过日子方面比男人还强，她想得细，想得周到，也能算计。为了使白菜到过年能卖个好价钱，她在院内的园子里挖一个半人深的菜窖，把大棵的白菜一棵棵立在里边，储存起来。剩下的小棵白菜，腌一缸酸菜。珍珍又花八元买一头猪，有七八十斤重，准备喂到过年，也给孩子杀口猪，过个肥年。

事情总是以意想不到的方式出现，这头猪养到一百二十多斤时，离年还不到一个月，就看猪肚子越来越大。西院关鸿波看到后问："老三家里的，你咋还养老母猪呢？"

"没有哇。"

"那是谁家的猪？"关鸿波用下颏向前边那头猪点一下说。

"我家的。"

"那猪不是怀崽子了嘛。"

"我养的是克朗啊，咋能怀崽子呢！"

"买回来劁了吗？"

"没有哇。我以为劁过了呢。"

"卖猪的哪有劁完卖的。"

"我哪懂。"

完了，过年杀猪成了泡影。别人还好说，海林可是太失望了。怎么办，没有别的法，只能卖老母猪了，因为珍珍自己根本养不起老母猪。珍珍告诉海林说："海林，过年一定让你吃着肉，妈妈把卖老母猪的钱全给你买肉吃。"

"哎——"海林长长叹口气，像个小大人似地说，"命真不好。"

今年秋天以来，灿烂明媚的笑容严严实实地遮掩了珍珍昔日的忧郁。那笑容里饱含着秋的色彩，散发着浓郁的秋的馨香。金秋的色彩、饱满的籽粒、浓郁的馨香，迷人地交融在一起，使得她的感官得到了极大的抚慰。她那饱经沧桑的脸，从来没有笑得这样俊美、服帖、自信。那是打开心灵路径的笑。唯独还有一件事，让她不安、揪心，就是那只受伤的大雁。

那只孤独的大雁虽然在珍珍伺候婴儿般的精心护理下，伤口已经痊愈，但是它的翅膀已经残疾，再也不能像它的同伴那样结队翱翔在蓝天了。那只受伤的翅膀，因骨头缺损，没有能长在一起，长好的翅膀总是向下耷拉着，无法伸展开来，彻底失去了飞翔的功能。为此珍珍多次为它流下怜惜的眼泪。她不知它明年春天面对回来迎接它的同伴和它的恋伴将怎样伤感，它将以怎样的悲情去对待再也不能飞翔的现实。珍珍从不忍心让它与那两只鸭和五只鸡同居鸡窝，总是把它放在屋里过夜。而珍珍每次在黄昏时喂完它们后，叫它的名字——珍珍为它取名叫"怜怜"，让它进屋，它总是不情愿离开那五只鸡和两只鸭。它与鸡鸭朝夕相处，如同亲兄弟姐妹，使它那孤独感渐渐淡薄，因此总是给人一种不情愿接受晚间独享的优越的居住条件。所以，每天都是珍珍，或者凤山，或者海林把它抱进屋内。进屋以后，珍珍还给它开小灶：给它抓一把黄豆或苞米。它总是把黄豆叼起又放下，不忍吞下，并抬起头，微微把头歪斜着，看着珍珍，眼里透着一种感激的目光。而后，它慢慢地趴在地上，低下头，给人一种愁苦、思念和绝望的感觉。每到此时，珍珍都会把它抱起来，轻轻地抚摸它的羽毛，安慰它："不要紧，怜怜，我会永远爱你、照顾你的，绝不会让你像我一样受苦的。"珍珍虽然这样安慰大雁，但她心里明白，感情的伤痕永远也无法用优越的生活条件来抚平的。

转眼间，茫草河的冰冻开始融化了。河边柳树的枝条上的

117

芽苞鼓胀起来，"雀扑拉"在残雪中顽强地开着淡黄色的小花，北道沟岭上的映山红已染上红霞，田地里的苣荬菜已经探出尖尖的紫色嫩芽，窥视这没有多大变化的平淡的世界。

春天又轮了回来，人们又开始重复着年年如此的古老的备耕工作。

雁阵一队接着一队从南向北劲飞。不知它们是在追随严寒，还是为人们把严寒向北方驱赶。而每当雁阵从空中飞过，发出久违的鸣叫声时，那只被珍珍救活的孤雁，就会站在院中，侧着高举的头，对着飞过的雁群一声接一声地鸣叫，但都无济于事。那些排成人字形或一字形的雁群，总是毫无反应地向北劲飞而去。

就在一天的早晨，珍珍把鸡鸭都放出来，正准备喂食时，一群大雁在院落的上空盘旋，且鸣叫不停。地上的"怜怜"突然精神振作，鸣叫声格外明亮高亢。更让人惊奇的是，雁群中一只大雁猛然间俯冲下来，随后又飞向高空，几次俯冲，几次拉起，那架势任何人都会理解，它是在引领地下的孤雁跟它起飞，跟它走。无疑，那只俯冲的大雁，是"怜怜"的恋伴情侣。可是地下的大雁，每次在空中那只大雁向下俯冲时，它都双腿跳起，试图飞起，但它无能为力，它已残疾，已失去飞翔的功能。那只俯冲的大雁，上下反复有十几次，发觉自己心爱的伴侣始终不能飞起。他知道她绝不是见异思迁，移情别恋，她是再也不能飞翔了。就在此时，让珍珍意想不到的事情发生了：那只俯冲的大雁猛然间又一次俯冲下来，速度惊人的快，它这次俯冲直接撞在地上，只听"砰"的一声，巨大的身躯，重重地摔在地上，身体痉挛一阵死去了。而"怜怜"这只让人可怜的孤雁，急速跑到那只撞死的大雁跟前，凄惨地悲鸣。那悲鸣声惊天地泣鬼神，让人为之动容，为之落泪。她悲切地鸣叫一阵以后，依然将自己的头拼命地向地上摔去，只几下，已头破血流，与那只俯冲撞死的大雁躺在一起。

珍珍惊呆了，这一场景让她动魄惊魂，一时不知所措。这时上空的雁群大乱，没有队形，毫无章法地鸣叫，不，那不是鸣叫，那是恸哭。它们在为这对生死恋的情侣恸哭，在为它们感天的悲壮恸哭。珍珍跑上前去，同时抱起两只生死恋的大雁，潸然泪下。

这一事件，非同小可，在珍珍的心理激起汹涌的波澜。依此，珍珍联想梁山伯与祝英台的故事，联想到王宝钏身居寒窑苦等十八年，联系想起孟姜女千里寻夫的故事……这些故事尽管感动了一代又一代人，但绝没有这两只大雁生死爱恋来得更加凄美动人。两只纯情的大雁，使珍珍内心深处的哀伤，又在空空落落地摇曳生长。

珍珍把两只大雁轻轻地放在地上，长叹一声，无限感慨地自语道："哎，人呀，有时真的不如禽兽。"

珍珍并没有将两只大雁当做佳肴，让孩子把它们吃掉，尽管孩子从未尝过肉的滋味。她把它们埋在北道沟的一个小山包上，让它们永远能看到春去秋来的雁阵，听到它们明亮高亢的鸣叫声。

第十三章 集思广益

　　随着慢慢飘舞而去的杨花柳絮，春天也静悄悄地走远了。倒垂的柳丝和那杨树旁逸的枝杈，在暮春夏初的微风中悠荡、摇曳，似在牵挽着春天的衣裙，用以表达对春天的依恋之情。

　　村长赫尚林一脸阳光，衣领油成黑亮的蓝制服上衣敞着怀，露出被汗渍的泛黄的中式白色粗布小褂，大步流星地走在通往茫草城的路上。对于杨柳点缀出的茫草河沿岸的美丽风光，没有一点感觉。嘴里还不停地嘟囔着："这开会是有好处，这件事我咋就没想到呢。到底是乡长，考虑问题就是全面。"

　　赫村长这是刚从乡里开会回来。用他自己的话说，这次乡里的会议，对他的帮助太大了，扩大了他的视野，为他指导全村的工作，开阔了思路。赫尚林在抗日战争时期，是一门心事研究如何打胜仗，尽快地消灭日本鬼子。而今解放了，历史的车轮在滚滚向前，人们生活中的各种各样的问题和矛盾不断出现，这些都需要回答和解决。比如什么政治问题，生产问题，生活问题，社会问题，打击国民党土匪的残余势力，保卫人们的生产生活等等问题，都需要他去回答和解决，但有些问题赫尚林一时也不是完全所能顾及到的。这些绝不是赫尚林的工作能力问题,而是经验问题和对本村传统支柱经济的不了解问题。比方,这次乡里开会就提出这样的问题:你要支援国家建设,支援抗美援朝,不能光喊口号,得需要有雄厚物资作基础、作支撑。现在各村村长觉得把苞米、高粱等农作物种上就可以了,以后加强田间管理就够了,这是不行的。各村为什么不翻开本村的农业种植历史,看看你这个村,新中国成立前都有哪些农产品和经济作物,现在能否借鉴过来,重新进行开发。乡长讲到这时,还特别提到茫草城。说茫草城新中国成立前,它的特色经济作物是烟草,并提名道姓点出赫尚林,为什么不多动动脑子,为什么不想办法把这一经济作物开发出来?如果把烟草种植起来,再把深加工搞起来,还可以拉动周围村子的经济发展。乡长还着重对乡技术推广站提出要求:要在技术上对各村给予大力支持。同时还点出其他几个村的特色经济作物。如黑裕的蓖麻、河南铺子的葵花等。

赫尚林在回来的路上,自言自语嘟嘟囔囔说的就是这件事。他认为乡长说的一点都没错。遗憾的是,虽然栽烟的季节还没过去,正是时候,可是烟秧子从哪来?现在再栖秧子已经来不及了。这确实让赫村长犯愁了。想到这,他有些自责:辜负党对自己的培养和群众对自己的拥戴、信任。

赫尚林回到村里,他没有回家,风风火火向村委会走去,准备立即召开村委会紧急会议。一是传达乡政府的会议精神;二是听听大家的意见,就种烟草一事要求大家出主意想办法,必要时还可以召开村民大会。毛主席历来教导我们要相信群众,依靠群众。这也是赫尚林当游击队长时,取得每次战斗胜利的法宝。他坚信在搞经济建设时期,更需要依靠群众,更需要群众的支持。这仍然是取得经济建设胜利的法宝,众人捧柴火焰高嘛。

村委会开得很热烈,真是人多热气高,办法多,很快就有了妙招：茫草城一共有九十八户人家，几乎家家都有抽烟人，有的一家就有四五个抽烟的。他们从不买烟，都是自己栖烟栽子，自己家栽烟。自家房前屋后栽种二三分地烟，足够一年抽的。每家每户每年的烟秧子根本用不完，剩余的都扔掉了。如果把这些扔掉的烟秧子都收购上来，不就化零为整了吗？如果不够的话，可以派人到十里八村收购，像黑裕、吴家堡子、关口子、荒沟、小河沿，家家都有剩余的烟秧子。至于资金问题，可以与村民们商量，签合同，秋后结算。这样，烟秧子和资金问题也就都解决了。关于土地问题，更不用发愁了，大片荒那有二百多亩落荒地，高地主新中国成立前就在那里种烟。还有大岭崴那，八成也有小二百多亩落荒地，这样就是四百亩左右的地。

赫尚林边开会边在一张纸上用笔划拉，当总亩数出来后，他放下笔说："我初步算了算，假比说，一亩地收一百斤烟的话，一年下来，要是没有啥灾害，就可收烟四万斤左右。咱们再把河边烟房子修起来，自己烤烟，来他个自产自销，那就妥了，往后咱们茫草城就可以改名叫肥城了。哈哈……"

同时在这次村委会上，民兵队长满仓还提出来一个新建议，他说："老头泡子那片盐碱地可以想法利用起来，那样落荒不是白瞎了吗。我那天从那过，顺便用步量量，大概有七十多亩地。盐碱地种向日葵最适合，咱们要是再种上向日葵，一定会丰收的。到秋天，可就土地爷放屁——神气十足了。老赫大叔，到那时，你在乡长面前就可以把牛 × 吹得更大了。"

会场一阵哄堂大笑。

"我说你这小鳖犊子，开会你他妈能不能文明点，找挨收拾咋的。我不会吹那玩意，到时就派你去吹，你要是吹不好，看我咋收拾你的。"

会场又是一阵哄堂大笑。

会议最后，赫村长宣布村委会决议：第一，今晚开村民大会，传达村委会的决议（草案），征求大家的意见，如大家没有意见，这个决议就可以通过了。然后动员大家把剩余的烟秧子卖给村上，秋后返钱，希望群众给予支持。第二，立即向乡里打报告，要求乡农业技术推广站，在技术上给予帮助。第三，按四百亩地算，需要四十万棵烟苗。由会计为组长，各村民小组组长为组员，两天内统计出全村总共能收上多少棵烟苗，有多少差多少要做到心中有数。不足部分到各村收购。第四，每个互助组抽出两个人两副犁杖。从明天起，翻地打垄，由副村长负责。第五，现在大田基本播种完，这样可以腾出十天的空闲时间，利用这十多天时间，动员全体劳力齐上阵，栽的栽，挑水的挑水，浇水的浇水，为新栽上的烟苗遮阳的遮阳，来一个集中兵力打歼灭战。

茫草城村，历来是烟草种植大村。解放两年来，始终没有人提起种烟草之事。这既有历史的原因也有现实的原因。新中国成立前大面积种植烟草地是高地主。高地主被斗倒以后，田地分给了贫下中农，这等于土地化整为零，农民理所当然地要改种粮食作物，就把种植烟草的事放下了。当年高地主还开办一个烟草加工厂，因为规模不是很大，所以人们把这个烟草加工厂习惯称烟房子。烟房子主要是对烟草进行烤制加工，别看规模小，加工量还是挺大的。他自己种植的烟草，烟房子吃不饱，还要到周围的村子进行收购。现在这四座烟房子还完好存在，只是每个烟房子外边烧火的土炉，需要重新维修。

第二天，赫村长来到茫草河边的烟房子。他蹲在烟房前的一块大石头上，从后腰取下烟荷包，装上一袋烟，点着后，吧嗒吧嗒地抽。边抽烟边端详那四间烟房子：这烤制烟叶可是个技术活呀。从闷烟、上绳、熏烤、喷雾到晾晒，每道工序都不能马虎，烤制出来的烟不但色气要好，还要好抽，又不能截火。

"谁来把握这技术呢？"赫尚林真的有些犯愁了，"就是乡里来人教，那也不是一时半时能学会的，每一道工序，不单纯是技术问题，还需要有丰富的经验。再说，我不是小看乡技术推广站那几个人，他们都不一定懂。"他在不停地抽烟，心里还真没个底。就在这时，他眼前一亮，一个人出现在他眼前——杨瘸子。杨瘸子正背个粪筐在河堤拾粪呢。心想："这杨瘸子过去不正是给高地主烤烟的嘛，据说他的技术在整个湖溪县都是有名的。"这时低头拾粪的杨瘸子来到赫尚林面前，他没注意到赫尚林，猛一抬头见赫尚林蹲在那块大石头上，吓一跳。他立时停住脚，点头哈腰，满脸堆笑："呦，您看我这双狗眼，才看见您。村长，您在这遛弯哪？您遛，您遛。"说完，他急急忙忙瘸着腿就想离开。

赫尚林不慌不忙把烟锅向大石头上磕磕，还带着火星的烟灰滚落在大石头下："我说老杨。"

"哎哎，村长，您看，大伙都叫我杨瘸子，我都听习惯了，您也叫我杨瘸子吧，叫我老杨我还真不习惯。"

"你真是个贱种，还愿意听人叫你外号。"

"嘿嘿嘿……"

"行了，别嘿嘿了，我有事儿找你。"

"那啥，村长大人，有啥事儿，您命令就是啦。"

赫尚林把烟荷包别在后腰带上："我说你以后说话，别再大人大人命令命令的行不，你能不能像好人一样正儿八经地说话？"

"能、能，我以后一定向好人学说话，您放心，村长大人。"

赫尚林无奈地摇摇头。

"你看我这×嘴。"他抽一下自己的嘴巴，"不，是这鸡脑子，一点记性也没有。"他又用拳头凿几下自己的脑袋。

"行啦，行啦。"赫尚林指着面前的一块大石头："你过来坐下，我问你点事儿。"杨瘸子不知咋回事儿，坐在石头上，心里没底，愣愣地看着赫村长。赫尚林装上一袋烟点着，"老杨我问你，你过去是不是给高地主烤过烟？"

"啊，是是，烤过，烤过。这在斗地主时我都交代过了，村长您看，这——"杨瘸子一脸的狐疑。

赫尚林并没有向他解释什么："看你那熊样，你怕啥，我要吃你咋的……听说你的烤烟技术不错？"

"我技术是有一些，可是我当时真的没给他好好干呀。"杨瘸子不知赫尚林问他这些是啥意思，额头渗出冷汗。

"好了好了，你走吧，今天不跟你说了，改天再找你。"

杨瘸子一拐一拐走几步又转过身来："村长，我说的可、可都是实话呀。"

"行了，快走吧，没事儿，走吧。"赫尚林摆摆手让杨瘸子走。杨瘸子边走边回头看赫尚林，他不知赫尚林想干什么，心里敲起小鼓。

赫尚林看着远去的杨瘸子摇摇头："这些人真的给整怕了。"

赫尚林回到村委会，把想聘杨瘸子到烟房子管技术的想法，跟大家说了说。

"操，那老杨瘸子多大岁数了，都成棺材瓢子了，还能管啥技术。"

"再说，那成分也不行啊。他是啥玩意，过去是给高地主管技术的，现在咋能让他给咱管技术呢！"

"哎——你别看他岁数大，那老小子身子骨还好着呢。"赫尚林抽几口烟，"成分是高点，可是现在是无产阶级专政啊，我看，他还是一个识时务的人，不会拿鸡蛋往石头上碰的。再说，他不也是咱们定的改造对象吗，你不给他工作做，不让他到实践中去，怎么改造他呢，我们又怎能看出他改造的好不好呢，不得从工作中考验他吗，我们总不能把他挂起来考验他吧，大家考虑考虑是不是这个道理。过去打仗时，俘虏的国民党兵，还给出路呢。那些改造好的国民党兵，打起仗来各个也都是好样的，立战功的可不在少数。"会场一片寂静，只听桌子上那块马蹄表声。"我是这样想的，"赫尚林又点上一袋烟，"他总归不是高地主，与高地主是有很大区别的，再说就是高地主，咱们不是也有政策吗，不是照样也给出路吗，大家想一想，是不是这个理儿。"

"嗯，我看可以试试。"

"我看也行，不好好干就收拾他，他还能翻天咋的。"

"行，我同意用杨瘸子。"

"我也同意。"

"我没意见。"

大家的意见统一了，赫尚林磕掉烟锅里的烟灰说："好，回来会计写个会议纪要，明天我去找杨瘸子谈咋样？"

"没意见。"

"行。"

"可以。"

村长来到杨瘸子家，这下可把杨瘸子吓一大跳。他急急忙忙几乎是从炕里滚下地来的。

"哎哎，慢点慢点，这么大岁数了，别摔着。"赫尚林赶紧走上前扶他一把。

"不碍事，不碍事。您看您这村长大驾光临，我咋能不麻溜点呢？"

"我说老杨，你不用客气，我今天来是想跟你商量点事儿。"

"哎哟哟，村长啊，您这不是折我寿吗。有啥事儿您就吩咐，啊，不不不，您就命令，我照办就是了。"

赫尚林听杨瘸子说话的语调和那皮笑肉不笑的神态，觉得他既滑稽可笑，又让人烦。

"我说老杨，你别这样说话行不，我听着别扭。"

"您看您看，我这是咋的了，又惹您生气了。"

杨瘸子是一个老油子。新中国成立前，他一直给高地主家管理烟房子，熏烤烟叶的技术很高，确实是一把好手。他很会看形势，临要解放的头一年，那是一九四七年的冬天，他就看出来国民党是兔子尾巴长不了，马上就找高地主的茬，不给他干了。高地主可不是好惹的，他表面阴阳怪气地说："我说瘸子，咱们这么多年了，我高某可从来没有亏待过你，咋说不干就不干了呢？"

杨瘸子嘴动了动，没说出话来。

"嗯——也好，不干可以，但咱们可不能伤和气。君子绝交无恶言吗，是吧。那好，就这样，你先回去吧，我把账算了，明天让人把钱给你送家去。"

"不，今天我就把钱拿着。"杨瘸子知道当时的形势很紧，明里高地主不敢把他咋的，他才敢与高地主这样说话。

"我说老杨啊，这就是你的不对了，你咋也得允我点时间呀。再说都这晚了，你还能等钱用咋的。你放心，该给你多少就给你多少，绝不会亏你的。"高地主是一个精明的人，他已看出杨瘸子要逃跑的意图，便说："好好好，我给你，我给你。"他向门外喊一嗓子："账房的。"

一个账房先生手里拿着老花镜进来："东家，您叫我？"

"你把账给老杨算了，看还欠他多少钱，算清以后全给他。"

"是喽。"

账房先生出去了，高地主一脸的奸笑："老杨啊，你真行啊，你真会看火候，你这是乘人之危呀！"

"哎哟，东家，您可别这样说。我老婆有病，这您是知道的，明天我想带她去河草镇看看病。"

"看病可以呀，咋还不干了呢。你把我当成不懂事的小孩子了？"

127

"这……"

"这啥呀，去去去吧，去账房拿钱去吧。"

杨瘸子走后，高地主暗地里安排他的家丁，明天在龙头岭等杨瘸子，要置杨瘸子一家子于死地。

"道高一尺魔高一丈。"杨瘸子心里想，"你狗地主，跟我别来这一套，你一撅尾巴，我都知你拉的啥粑粑。你不会善罢甘休的。"

杨瘸子对高地主的心狠手辣是了如指掌的，他的一举一动，杨瘸子都看得明明白白。当天晚上，趁夜黑人静，杨瘸子就带着老婆孩子从后窗户跳出，顺着房后的壕沟，钻进北道沟逃之夭夭。一直到一九四八年冬东北全境解放，不知他从什么地方又带着老婆孩子回来了。

杨瘸子回来后，立刻以深仇大恨的姿态，投身到批斗地主的斗争中去。在批斗会上，他是一把鼻涕一把泪的，说那时高地主怎样打他，克扣他的工钱，还要把他的那条好腿打瘸了，等等。那样子比贫下中农还贫下中农。可是过去在高家地主烟房子做工的那些人，都知他的底细，不买他的账。异口同声说他这是投机，根本不是他说的那样，他那时和地主是穿的一条裤子。那时他克扣大伙的工钱，和高地主一样狠，而且都有事实为证。

刘二扒子本是个老实人，胆量又小，这一次都说话了。刘二扒子指着杨瘸子说："有好几次他把我和绑柱子他爹，还有程老嘎垯，还有好几个人的工钱克扣去一半，后来听说他把克扣去的钱都孝敬高地主了。他妈个巴子的，后来我大着胆子问他，他不说分晓，上来就给我俩嘴巴子，打得我鼻口串血，还指着骂我'你小子跟谁学的，也胆大了'，随后用他的那条好腿，照我小肚子就是一脚，就差一点踹到我那命根子上。"

大家哄地一声笑起来。

"笑啥呀笑，严肃点！"赫村长吼了一声，会场顿时静下来。他转对杨瘸子，"有这事儿吗？"

大冬天的，杨瘸子满头是汗，连连点头："是是，有有，就有这事儿。"

在事实面前，杨瘸子不得不低头认罪。

今天赫尚林村长突然到他家来，不知啥事儿，心里没个底，一直站在地上，眨动一双长满眼屎的小眼睛，看着坐在炕沿上的村长，心里在不住地敲鼓。

赫尚林装上一袋烟，他一边点烟一边抬起眼皮看着杨瘸子："你站着干啥，咋不坐呀？"

"哎哎，坐坐，啊，您坐吧，您坐。"

"嗨，行啦，你快坐吧。"

"哎，好、好、好。"连说几个好后，战战兢兢用半个屁股坐在炕沿边上，那条好腿支着地。

"最近咋样啊？"

"啊，没干啥，就好好种地，积极生产，积极改造，努力把自己个改造成好人。"

赫尚林看着杨瘸子装出的可怜相说："我没问你这个，我是问你身子骨咋样。"

杨瘸子听了赫村长这句话，真有点受宠若惊的感觉，急忙又站到地上："承蒙您村长的惦惦，我这身子骨还行，结实着呢。"

赫尚林看着杨瘸子那滑稽的样子，隐不住噗嗤一声笑了："你看你那熊样，真他妈烦死人，以后你别这样说话好不好！"

"好好，承蒙您多指教。"

"操，改不了的玩意。"赫尚林把烟锅在炕沿上磕磕，带着火星的烟灰落到地上。杨瘸子见状，赶紧回过身去，把炕梢的烟笸箩递给赫尚林："您抽这个烟。"

"嗯，你这烟一定好抽。"

"凑合事儿，也不咋样，您尝尝。"

赫尚林装好一袋烟，点着，深深地吸一口："这烟是不错。"杨瘸子笑眯眯地点点头。

"我说老杨。"

"哎哎，我听着呢，您说您说。"

"我今天就是为这烟的事儿来的。"

"您是没有烟抽了，我这有。哎呀，您看您咋不早说，我给您送去不得了，您还自个儿跑。啧啧。"

"不是——"

"那啥，老婆子，你麻溜地去下屋，把那好烟多给村长拿点来。"

"是啦。"杨瘸子老婆一直在外屋听声，一听说让给村长拿烟，乐颠颠向仓房跑去。

"我说老杨，我说的不是那意思……"

"啥是不是呀，您这不是瞧得起我吗。"

"我瞧不起你！你咋不让我把话说完呢？"赫尚林又急又烦用烟锅敲着炕沿，刚抽几口的烟颠出烟锅。

"您说您说，您瞧我这破嘴总也改不了。"

"我是说呀，"赫尚林重新装上一袋烟，点着，"高地主的烟房子不是给没收了，现在也归村里集体所有了嘛。"

"是是，那是，没收太对了。"

"我想把它再利用起来，村里也开个烤烟场，想请你当技术指导呢。"

杨瘸子一颗悬着的心，从嗓子眼吧唧一声落下来。他咽一口唾沫，赶紧说："啥呀，村长，请啥呀，您就派，不，您下命令就行，我准去就是了。"

"那好，给你两天时间，琢磨琢磨，看把它咋拾起来，咋样维修，需要几个人，先做个计划。咋样？"

"那中，中，您放心，村长，我今儿晚上就合计。"

"那好，我走了，回头我听你信。"

这时杨瘸子的老婆进来了，用马兰草捆一大捆紫铜色的旱烟叶，足足有三、四斤，闻着就喷香。

"赫村长，您把它拿着。"杨瘸子老婆举给赫尚林。

"老嫂子，谢谢你呀，你把它收起来吧，留给老杨抽吧，我家有烟抽。"说完又嘱咐杨瘸子一句，"我听你信呀，老杨。"便扬长而去。

"是啦，您放心村长。"杨瘸子一拐一拐追到门外，举着烟，看着赫尚林远去的背影，"您把烟拿着。"

第二天，杨瘸子上任了。从表面上看，态度很矜持，但拘谨中透出一种自傲的神态，给人一种洋洋得意的感觉。

还别说，这杨瘸子还是有点五把操，带着四个人只用半个月的时间，就把那荒废三四年破烂不堪的烟房子维修一新。杨瘸子一拐一拐跑到村政府，向赫尚林报功：

"赫村长，全都完活了，请您和各位政府大驾光临检查指导工作。"

"我再告诉你一次，以后别'大驾大驾'的，我听着不顺耳。"

"是啦。"

"我说瘸大叔。"倪治安员叫着杨瘸子。

"哎哎，倪治安，您说您说。"

"你这回立功了？"

"您看您说哪去了，啥立功不立功的，只要对咱村有利、对咱们的国家好，咱绝不含糊，保证好好干，那是必须的。"

"那好，老杨你先走吧，我们随后就到。"杨瘸子走出门后，赫尚林喝一口水，"走吧，这也是咱村里的一件大事，咱们都去看看，议论议论，看咋样。"

赫村长他们来到现场，前后左右地察看一番，觉得还不错。

"嗯，不赖，我看挺好，你们看咋样？"赫尚林转过头来问大家。

"正经不赖。"

"瘸子，我说你这活干得可不瘸。"

"承蒙夸奖，承蒙夸奖。嘿嘿——"杨瘸子一阵皮笑肉不笑的嘿嘿。

赫尚林他们又走进烟房内。赫尚林从杨瘸子手里接过手电筒，向墙壁上照一阵儿说："这挂烟绳的扒头钉，是不是稀了点？"

"嗯——"杨瘸子把"嗯"字拉个长音，显然是在斟酌怎样回答，"村长，您看是这样，扒头钉要是太密了，恐怕烤出来的烟成色不好。"

"噢，是这样。"赫尚林仔细端详一会儿。

"不过——你村长的话已经说出来了，不行就再密点。"杨瘸子用狡黠的眼光瞟着赫尚林。

赫尚林回头看看杨瘸子："你觉得我说的对吗？"

"这……"

"过于圆滑可就狡猾了。你是管技术的，你说了算。"

"是是。那就在试生产时看效果咋样再说吧。"杨瘸子后悔自己的多嘴。

赫村长一行从烤烟房出来，又看看周围的环境。赫尚林一边抽他的旱烟袋一边在思考什么。他吧嗒几口烟后，转对杨瘸子："我说老杨，咱们这是不是还需要建一个面积大一点的敞篷啊，将来烟进来得有地方存放吧。"

"村长，您看您想的太对了，那是必须的。"杨瘸子弯着腰扬着皮笑肉不笑的脸，极尽迎合之能事。

"看来在这之前你就想到了？"赫尚林一脸严肃地盯着杨

瘸子。

"这——我确实没想到。"杨瘸子低下他那霜打茄子脸。

"真的没想到吗？"

"村长，您看该做的我敢不做吗？"

"高地主那时是咋存放的？"

"那时没这么大的规模，使用的是苦布。"

赫尚林想了想对村政府其他成员说："我看应该建个敞篷，这样对烟叶的保存能有个保障。"

"可以，这地方大小蛮够用的。"

赫尚林转对杨瘸子："今天我再向你强调一次，这个考烟场在开工之前，必须把一切都想在前，开工后如果发现哪项工作没准备好，影响生产，我拿你是问。"

"是是。"

"除了敞篷以外，还有哪些工作需要做？"

"嗯——再就没啥了。"

"我告诉你，老杨，让你来烟房子是对你的信任，也是对你的考验，这是给你改造的机会，你要是耍花活，群众可不饶你。"

"不敢不敢。"杨瘸子急忙接着说，"还有就是烟绳子和晾晒烟的架子。这些在计划里倒是都有，就是得抓紧置办。"

"还有吗？"

"再就是，这个这个……敞篷的地面，起码要高出地面半尺，还得打洋灰，一是怕雨大把烟给淹了，再就是防潮。"

"还有啥？"

"再就是这个您派一个管事的来，能支派开人的，我有啥事儿向他汇报。"

"还有啥？"

"这活计的量不小，这几个人恐怕够呛。"

"嗯，这倒是几个问题。"赫尚林倒背手在地上转几圈，"这个——我说老杨，这头茬烟啥时候能下来？"

杨瘸子掐指算了算："咋还不得一个半月以后。"

赫尚林再次目测一下场地的大小后问杨瘸子："这敞篷需要盖多大？"

"我估摸着，"杨瘸子指着老张家的院墙，"从老张家的外墙算起一直得盖到最西边的那间烟房的东山墙，这就有五六十公，这宽也得三十公，高咋也得四五公。"

"咋要那样高呢？"

"里边还要搭几层架子。我看咱们烟的数量挺大，不能都堆在地上，一旦烂了，那损失可就大了。另外敞篷的顶子可不能苫草，这熏烟的灶在外边，万一有火啥的就坏菜了，这顶子得搁洋铁瓦顶子。"

"看来这活还真不少。这样吧老杨，你今天回去初步算计一下，大概需要多少烟绳子，还需要多少人，总之吧，把所有需要的材料估算一下。另外还得盖一间办公室，不能没有地方办公。把这间办公室的材料也算在内，越细越好。一定争取一个月内完成。"

"是了。"

"你先去吧。"杨瘸子一瘸一拐地走后，赫尚林立刻带着村政府一班人返回村政府，研究烟场下一步的工作。

烤烟房按着计划预期完成了。

杨瘸子的脸上，总是挂着得意的让人看着有点神秘而又诡谲的笑。他是把功劳完全记到自己的账上了。他心里想："咋样，过去高家用我，现在共产党你也得用我，手里没有点五把操行吗！"

杨瘸子蹲在烤烟房大门外河堤的那块大石头上，就是赫尚林曾经蹲的那块大石头，叼着烟袋，看着滚滚的茫草河在想：

"哎，这世道已经变了，共产党当家了。这共产党可不是好惹的。老蒋八百万精兵都不是共产党的对手，咱算啥呀，可不敢跟共产党作对。再说，给谁干不是干，有奶便是娘嘛。不过，我也看出来了，人家共产党还真讲道理，真给老百姓办事儿，你不服还真不行。"

"又琢磨啥鬼点子呢，蹲在这？"赫尚林向烟场走来，看杨瘸子对河发愣。

"呦，村长来了。您看您说的，咱哪能瞎琢磨，政府这样重视咱，瞎琢磨可对不起政府，咱净琢磨咋样才能把烟房子办得更好。"

"你他妈个巴子夜壶掉了把，光剩嘴了。"

"嘿嘿嘿……"

"我说老杨啊，"赫尚林脸上的表情和那豁亮的话语，都反映出他对烟场按期完工内心的喜悦，"你看现在这烟场还缺啥少啥不？"

"村长，您看是这样，嗯——还需要一杆大秤。再有就是十来天这烟就要进来了，给烟上绳子可得不少人。还有……"

蹲在地上抽烟的赫尚林，听到"还有"后边老半天没音儿了，挑起眼看着杨瘸子："又犯啥病了，咋不说了？"

"那啥，是这样，这烟快下来了，十里八村的，八成还不知道咱们把烟房子建起来了。您看我不好讲，这说出来好像我在指派村长，恐怕不合适吧。"

"这有啥不合适的，合理化建议谁都可以提嘛。不过，这方面你不用操心，这项工作我早已安排完了，到时各村都会向咱这送的。还有啥？"

"没，就没有了。"

赫尚林两只眼炯炯地看着杨瘸子。杨瘸子心里有点发毛，手脚不知怎样安排了。

"我说老杨，我记得我给你这安排副村长在这负责了，这也是你要求的，你咋不向他汇报？"

杨瘸子嘴动动，什么也没说出来。

"我告诉你，说浅了，你这是瞧不起副村长，说深了，你这样做，可是在挑动村政府不团结。"

"我的妈呀，报告村村村长啊，就您可不能这样说呀，我可就没那意思，您这一说我实实在受不了哇。"杨瘸子吓得已语无伦次。

"受不了，以后就少耍鬼点子，你这可是不老实，我告诉你。"赫尚林说完一甩袖走了。

"是是是。"杨瘸子看着赫尚林走去的背影心想："我这被烟熏火燎一辈子的心，真的被熏黑了？我这一辈子虽然没发大财，可也黑人一辈子了。就是高地主那时，我也没真心对待过他……看来我再也不能让旧社会那些东西弥漫自己的心了。共产党可不是好欺骗的。我这没向副村长汇报，他就知道我在想啥。他们可不不像旧政府争权夺势，钩心斗角。看来我真的需要洗心革面了。"他打了一下自己的嘴巴，"以后记着点。"向烟房子走去。

其实，烤烟这套程序和技术，赫尚林早就掌握了。自村里决定上马烤烟项目后，他就到湖溪县一家大的卷烟厂去过。这个厂里有他打游击时的老政委，现在是这个厂的党委书记。赫尚林找到老政委，把自己的想法向老政委做了汇报，老政委非常高兴，把技术员找来，把整个烤烟的过程，详细地讲给赫尚林，并把有关资料也送给赫尚林。并说，以后有啥困难就找他来，将来烟叶销售如有困难，他可以帮忙。

赫尚林高兴地说："太好了，以后真的少麻烦不了老政委。"赫尚林接过老政委递过来的大生产牌香烟，接着说，"我那现在有一个原来给地主烤烟的，技术还不错，可是他能不能真心给我干，我心里还真没底，我得懂点技术哇，不能让他牵着我的鼻子走。新中国成立前他也为地主帮过凶，后来跟地主闹翻了，带着老婆孩子跑了一年多，新中国成立后又回来了。"

"可以利用。"老政委吸一口烟接着说，"边教育边利用，利用他的长处，让他为社会主义建设服务。利用中加强教育，教育是为了促使他尽快改造成为社会主义新人，更好地为社会主义建设服务。但我们不能长期当外行，要尽快把自己从打丈的内行转到会管理、会搞社会主义建设的内行上来。你的做法很好啊，好好干，我大力支持你。"听老政委的一番话，赫尚林茅塞顿开，心里更有谱了。也正因如此，赫尚林才敢大胆起用杨瘸子。赫尚林通过向杨瘸子探寻有关烤烟的一些问题，认为杨瘸子在技术上并没有隐藏什么。当然，这也并不是杨瘸子觉悟多高，真正想把自己改造成为社会主义新人，而是他从与赫尚林的谈话中，听出来赫尚林其实对烤烟的技术和程序，根本不是什么外行，否则赫尚林问的那些问题，就不会都问在点子上，如果不懂烤烟技术和程序的人，根本问不出这样的问题。杨瘸子心想："听话听声，锣鼓听音儿。我他妈在世上好歹也混了几十年了，啥人没见过，啥好吃的没吃过，啥钉子没碰过。"

第十四章 编织生活

　　寒露已过，地里的庄稼全都收割完毕。苞米茬子像一把把匕首朝向天空，沟沟坎坎的草被养牛户割得精光，留下一片片褐色草茬，到处呈现一派荒芜。牲畜都散群了，它们无拘无束地漫步在田野里，遛秋茬，捡食残留的粮食，为越冬抓秋膘。老鹞鹰拍击着强劲的翅膀，在空中盘旋，一会儿到北道沟巅峰上盘旋，一会儿翱翔在光秃秃的原野上空向下俯瞰。这正是它们扑捉老鼠和擒拿野鸡、野兔的好时机——庄稼收到家了，树叶都掉光了，一切都暴露无遗。

　　田地里空无一人，都在家里各自忙各自的活呢。有的用连枷在院子里打黄豆，有的打谷子，有的打苞米。无论打什么粮食，他们都用连枷这古老但却实用的工具。而最忙的地方则是烤烟房。那里，收购进来的烟叶，已经堆积如山，整个四百多平方米的敞篷堆得满满登登的，十多个劳动力正在倒垛。烟叶已泛黄，满院散发着呛鼻子的烟草味。有少数烟叶因人手少，倒垛慢，有些发黑。

　　杨瘸子着急了。他一瘸一拐颠到村委会，找赫村长。

　　"赫村长，那烟叶可得上绳了，您倒快点雇人哪。我跟您几位可汇报好几次了，现在有的烟叶已经烂了，再不上绳可就糟蹋了。您可别说是我的责任，那我可受不了。"杨瘸子第一次这样急匆匆对村长说话。看来事儿是挺急的了。杨瘸子一次次用袄袖擦额头上的汗。

"好吧，老杨，明天一准去人。你先回去，把点火工作准备好。"

"是啦。"杨瘸子答应一声转身走了。

晚上在村民大会上，宣布了工钱的标准：上一绳烟三分钱，一绳烟大概是三丈长，一个快手一天可上三十绳，那就是九角钱。赫尚林还提出一些具体要求和注意事项。然后，由杨瘸子讲一些技术上的要求。杨瘸子第一次在这样的大会上以一个带有身份资格的人讲话，心里像揣个小兔子，跳个不停。以前开村民大会，都是斗地主，他参加也是陪榜。心里总是惊恐万状。不过，他觉得今天的心跳远不是那种滋味，今天的心跳有一种解脱感、踏实感，或者还隐隐约约掺杂一点点成就感和自豪感。

"嗯——这个这个……"他一连几个"这个"，也没说出一句话来，脸涨得通红，接着又是一连串的"这个"。

"我 ×，咋跟老干部似的，该说啥快说啥得了，这个啥呀这个这个的。"嘎蛋二胖奚落着杨瘸子，引起会场一片笑声。

"这个这个……"杨瘸子又是一连串的这个，他自己也尴尬地笑了，"就我没在这么多人面前讲过话，不会说。要不村长您看这样中不中，赶明儿个我在烟房一边做一边再说，您看咋样？"

"真他妈完蛋操的，咋他妈整的，腿瘸嘴也瘸了！"又是嘎蛋二胖粗俗的话，又引起会场一阵哄堂大笑。

赫尚林狠狠地瞪嘎蛋一眼："我看你也是他妈完蛋操的，你咋那么多话呢！"

会场里终于静了下来。

"行了，这样也中，那就明天在现场边演示边讲。下边咱们就报名吧。谁，老佟，你给记名字。"佟成贵上过学，有文化，自村政府成立那天起，村委会就把佟成贵请来当秘书，写点啥的都由他干。

赫尚林又看看杨瘸子问："老杨，要多少人？"

"咋也得三十人左右。"

"那好，现在就报名，看能有多少人报，不够再动员，多了再根据各家的情况往下拿。看看咋样？"

会场内一阵稀稀拉拉"行"的声音。

报名结果，男女共有五十多人，其中女的就有四十人。赫尚林看看名单说：

"男的一律不要。这活男的干不了，这活得有耐性，是让人腻烦的活，男的干干就他妈吊儿郎当了。"这样十三个男的就被除了名，还剩四十名妇女，这往下拿谁呢？赫尚林犯了难。最后决定把后十个报名的人拿掉，而这里就有珍珍。前边那三十人中，头头脑脑的家属都在里边。会场当时就乱了，大家认为这太不公了。

"这样吧，"赫尚林看完名单后拍拍桌子说，"大家静一静，静静。"会场终于静下来，赫尚林接着说，"对不起大家，我还真没注意到这一点。咱们也不用讨论了，我就主观了，把这三十人中的七名干部家属都拿掉，把后十人中的前七人顶上来。"

这七人中还是没有珍珍。因为报名时珍珍并没有像别人争着抢着报，她是等都报完以后最后一个报的。

"这回咋样？"

会场里又是一阵稀稀拉拉"行"的喊声。

"我向大家提个请求，当然也是向村委会的请求，"佟成贵看看珍珍，又看看赫尚林和大家，"是这样，后门房的三媳妇大家都知道，男的不在家，带几个孩子，挺难的，谁能让一下，让三媳妇也去烟房子挣几个钱，或者再增加一个人我看也无妨。这就是我的一点请求。"

"对，老佟考虑的对。"赫尚林用眼睛扫了一下会场，"我家里先不去。"

"我家里的也先不去，让三媳妇先去，这没啥。"

"那啥，让我三婶儿去吧。"会场一时有不少的人同意佟成贵的提法。

"我看不用让。"杨瘸子这时倒说话了。

"咋的？"赫尚林问。

"后门房三媳妇要想去烟房子干活，明天也一块儿去，多仨俩的也没啥。我放个屁搁着，明天就有打退堂鼓的。"杨瘸子很有把握地说。

"为啥？"佟成贵不解地问。

"你想啊，那烟味多大呀，保证有人待不住。"

"嗯，不管待住待不住，三媳妇明天也去吧，多一两个人也没啥关系。"赫尚林说。结果后三户也都上去了。

确实不出杨瘸子所料，第二天半天下来，就走了八个人，到第三天，到烟房子干活的只剩下十二个人了。烟房的烟味确实太呛人了。珍珍为了生计，为了那三个嗷嗷待哺的孩子，忍着难闻的烟味，继续坚持干。珍珍的手头还真快，一天下来，能上四十绳烟，是十二人当中最快的，而且烟把匀，绳子紧，不脱落。有的人上绳的质量特别差，可是杨瘸子不敢说，只能看之任之。这天赫尚林来了，他发现了这个问题，问杨瘸子是咋要求的，为啥不说，这样上绳子，烟干以后不都掉下来了吗！问得杨瘸子只是尴尬地笑，便偷偷地看负责全面工作的倪副村长。赫村长心里明白了。于是赫村长不再问了，他挨个进行检查，完全合格的只有五人，其他那七个人的活都不合格。

"哎哎，你们几个人过来。"

"干啥呀，没看我们这正忙吗！"

"干啥，你说干啥，你们几个人上的烟绳不合格，需要返工。"还没等赫尚林说完，有三个妇女扔下手里的烟走了："不干了，不干了，瘸子，你也不用告状，那几绳烟的工钱我们也不要了。"

"哎，这——"杨瘸子无奈地抖抖手。

"操，啥××老娘们，下次再有啥好活也不用她们了。"赫尚林冲着走的那三个女人骂一句。

赫尚林看出来杨瘸子的尴尬和为难。于是他改了话茬。他看着剩下来的这几个人说："我给你们几个出个主意，不是有烟味吗，你们学抽烟，学会抽烟就不怕烟味了，你们看这几个老爷们，哪个怕烟味？是吧。"又转对杨瘸子，"我说老杨，她们要学抽烟的话，你给找那最好的烟，劲儿小的，不呛嗓子的。咋样？"

"中，中。"

"就这样吧，你们几个好好干。"赫尚林回头看看派来的副村长兼治安员的老倪，"老倪，你跟我来一趟。"

赫尚林和老倪来到办公室。

"我说老倪呀，我把你派这来，你要在纪律和质量上多操点心，多把把关。老杨他说也没有人听，再说他那身份也不敢多说。你看呢？"

老倪连连点头："是是，你放心吧，我一定负起责任。"

受苦受累的珍珍，对于烟房子这样的活，根本就不算回事儿。可是这烟味儿确实让珍珍难以忍受。珍珍每天可以上烟四十绳子，那可就是一元两角钱啊！所以她是真舍不得离开烟房子。她哪里敢像其他女人累了或是嫌烟味儿，甩手就走。人家都有指向，自己有啥指向，再有味儿也得坚持。今天听赫村长说，会抽烟就不怕烟味儿，珍珍想试试，于是就让凤山上山砍柴时顺便割来一根笔杆粗细的"老鸹眼"，做烟袋杆儿，安个烟锅，开始学抽烟。所说的"老鸹眼"，是一种多年生的灌木，学名叫"乌米"，结的果实有黄豆粒大小，红色的，如同"老鸹"的眼睛，所以人们称其为"老鸹眼"。它的枝条直且坚硬，因此当地人又俗称它"王八骨头"。它中间有一海绵状的心，用铁丝一捅就可以通开，扒皮后，无论是湿、干还是熏烤，都不会裂，所以人们都用它做烟袋杆儿。家中老辈留下的烟袋锅、烟袋嘴，有好几个。珍珍做个尺八长的烟袋，每天揣在怀里，到烟房子点上一袋烟，确实再也不怕烟味儿了。

一天，在干活时唠闲嗑，提起编炕席的事，珍珍问杨瘸子：

"老杨大叔，您会编炕席？"

"那有啥不会的，好编。"

"您教教我好吗？"

"你学这干啥，多一样手艺就多一份受罪。"

"嗨，我家好几年没炕席铺，也没钱买，就睡土炕。我寻思学学编炕席，自己编一领炕席铺铺，也不知跟谁学。"

"嗨——"杨瘸子长长地叹口气，同情地摇摇头，"这样吧，老三家里的，大叔给你编一领吧。"

"不用，大叔，您教我就行，我晚上没事儿，就可以编，晚上待着也腻烦，手里有活啥都忘了。"

"哎呀，那你手里有家什吗？"

"得用啥家什？"

"竹篾子、篾刀、劈秫秸刀。这是起码的。"

"那东西我哪有啊？"

"我那有，你拿去用。"

"那敢情好了，谢谢老杨大叔了。"

"谢啥了。"杨瘸子深深地吸了口烟，"这三媳妇可真是个强亮人。大叔告诉你，这编好学，刮篾子难。一是篾子要刮

143

匀，二是要刮净。整幅手套戴上，要不可容易割手了。"

"我能学会。"

"那好，我教你。"

一天中午，珍珍回家扒了几口饭，抱着一捆高粱桔跑到杨瘸子家。

"大叔，您看我多没有眼力见，响午还不让您歇着。"

"哎哟，这不是后门房的三媳妇吗，这可是个大好人。快进来，孩子，你咋这闲着？"杨瘸子老伴热情地招呼珍珍。

"大婶，给您老添乱来了。"

"添啥乱。"她拉住珍珍的手，"这孩子可受不少苦。喷喷，快坐炕上。"

"大婶，我就这命，受罪的命。"

"会好的，会好的，盼孩子长大就好了。"

这时，杨瘸子从仓房回来，胳肢窝还夹着一捆刮好的篾子和十多根去掉叶子的高粱桔："你看你三媳妇，咋还拿高粱桔呢。"他边拿出篾刀和竹签边说，"我这啥都有。"

杨瘸子拿起一根高粱桔，用篾刀熟练地从高粱桔的一头均匀地劈成两半，然后又把两半再分成两半，实际是把一根高粱桔均匀分成四半。而后，他又拽过来一条破麻袋垫在大腿上，再用篾刀把高粱桔斜压在大腿上，高粱桔有瓤子的一面朝上，压刀的手不动，左手将篾刀压住的高粱桔向后上方慢慢拉动，高粱桔的瓤子就被刮得一干二净。

"这劲要匀，要适中，压刀的劲不能太大，劲大就把高粱桔切断了，劲小了，刮不净，两手要搭配好才中。"杨瘸子边做示范边给珍珍讲解要领。

杨瘸子反复做几次示范，然后让珍珍试着刮。还别说，珍珍就是行，刮几根之后就基本上掌握了，只是慢点。

"别怕慢，刚学，快不了，熟了就行了。回去再慢慢练。"

杨瘸子拽过来那捆篾子："来，我教你咋起头吧。"

杨瘸子打开篾捆，拿起两条篾子，手把手教珍珍编起炕席来。实际编炕席还真不算太难，开头有点像织毛衣。也就两代烟的功夫，就把一领炕席的开头编好了。杨瘸子把编好的炕席头放在炕上一比，宽窄正好。

"老杨大叔，您咋也没量编好就一样宽呢？"

"这篾子有数呀，一领炕席开头用多少根篾子是有数的。"

珍珍认真听着，频频点头。

"行了，三媳妇，我看你也学会了，把编好的这个炕席头拿回去，接着编就中了。"

"不，大叔，您留着自己接着编吧，我已学会了。"

"我家有炕席用，留着没有用，你大叔就是给你编的，快拿着吧。"杨瘸子老伴非常热情，并夸奖着珍珍说，"这三媳妇可真是个强亮人，多能干呀，就是命不好，人好就行啊，将来一定会有好报的。"杨瘸子老伴边说边把编好的炕席头和那捆刮好的篾子捆在一起，"给，这捆篾子也一块拿着。"

"不，大婶，这篾子我就不拿了。"

"拿着吧，这是你大叔昨天晚上特意为你刮的，搁我这也没用，时间长了就干了，快拿着吧，回去把它泡上，干了就不好用了。还有这工具也拿着。"杨瘸子老伴把工具也递给珍珍，"哪有不明白的，再来问你大叔。"

珍珍白天到烟房做工，晚上回来点着小油灯编炕席。整整半个月，一领崭新的炕席编成了。铺在炕上，屋里显得亮堂多了。孩子自记事那天起，就没铺过炕席。今天孩子们高兴地在炕上蹦呀跳呀喊呀，把个破草房顶都快顶起来了。

在珍珍手下没有不能干的活，一般农村的老爷们也比不过她。用珍珍自己的话讲，这是逼出来的，是生活所迫，是从没有办法中走出来的。

第十五章 为名誉抗争

深秋时节，天短夜长，孩子们吃完晚饭，都跑出去藏猫猫玩儿去了。珍珍十分满足这一时的清闲。她坐在火盆旁，拿出小烟袋，装上一袋烟，就着豆粒大的灯火点着。珍珍抽烟，与真正的抽烟人不同，真正的抽烟人，每抽一口都吸溜一声吸到肚子里，然后又吐出来，发出一种让人感觉香甜的声音。珍珍抽的是过膛烟：抽到嘴里，然后吐出来，从不往肚子里吸。珍珍吸烟完全是出自被动，完全是为了不腻烦烟房子里的烟味而为之。

珍珍刚刚吸上一口烟，就听窗外有人喊："三媳妇在屋吗？"

"谁呀？"珍珍边问边来到窗台前，掀开挡着一尺见方玻璃的布帘。由于外边很黑，珍珍根本没有看出来是谁。

"是我，老六太太。"

"哎哟，是六婶子！您这可是稀客。这晚了有啥事儿，您还跑来了？"珍珍赶忙跳下地，穿上鞋去开门。

老六太太住在成坊子，距珍珍家挺远的，珍珍没看见她出过门，所以珍珍很少见到她。

这老六太太是关家的本家，是个远支。五十多岁。头戴一顶老太太帽，帽子的侧面绣着一朵已经看不出什么颜色、脏兮兮的花；穿着一件蓝士林布带大襟的嘎哒袢袄，里边套着一件黑色的薄棉袄。黑色的免裆裤的裤脚，用腿带扎得紧紧的，穿着一双黑色的鞋，鞋帮上绣着醒目的牡丹花，白色的布袜被黑裤黑鞋映衬得十分醒目。她手里提着一根二尺长杆的大烟袋，进屋后，毫不客气地一屁股就崴在炕边上，然后一只手把另一条腿拽上炕沿，盘腿坐在火盆旁，装上一袋烟，弹着背，用烟袋锅扒拉扒拉火盆中的火，把烟锅对着扒拉出的红火炭，吧嗒出一团团浓浓的烟雾。

老六太太一边吧嗒那乳白色玉石大烟嘴，一边用那眼珠有些发暗的昏花的小眼睛，盯着昏暗灯光下的珍珍。

"六婶子，您有啥事，这晚来？黑灯瞎火的，道又不好走，啥事儿明天不能说。"珍珍边挑灯捻边说。

"啧啧，这三媳妇，你看你有多瘦啊，早晨扒开眼睛一天到晚不闲着，啥人受得了哇！"老六太太所答非所问。

"六婶子，您喝水吗？我给您烧点水去。"

"烧啥水呀，你可坐着歇歇吧，我不渴。"

"您看我这是问客杀鸡呢。"

"别客气，一笔写不出两个关字，一家人有啥客气的。"

"那，六婶子，您有事儿吧？"

"咋说呢，六婶子看你一天太苦了，你说你带着三个孩子，多不易呀。"老六太太隔着火盆伸过那干柴似的手，捏了捏珍珍的手腕，"你看你这哪有肉哇，都皮包骨了，哎——"老六太太说完长叹一声。

"六婶子，您有啥事儿，就直说吧。"实际珍珍已料定老六太太要说什么。

"三媳妇真是个痛快人。那好，我就直说吧。我是你本家的婶子，就不拐弯抹角了，六婶子想问你一句，你就没想过再往前走一步？”

“看来有人找六婶子啦。”

“嗨，没谁找，只是六婶子看你太可怜了，想拉你再向前走一步。”

珍珍抬起眼，看看老六太太，轻轻地笑了笑。那笑声是从鼻孔中发出的。心想，你老六太太是啥人我还不知道，你多怎可怜过我，你还把本家婶子挂在嘴上，我要饭时，到你家门口，你从来没正眼看过我，别说给点啥了，连门都不敢开。今天倒可怜我来了，一个白眼的狼外婆。

“走，往哪走哇。”珍珍也装上一袋烟，“我就这受罪的命，哪也走不了。”

“为啥要这样苦着自己呢。现在解放了，都新社会了。听说老三不在世了，还守啥劲儿，受这洋罪干啥！”

“六婶子，你咋说他死了呢，你听谁说的？老三可是你的侄子，你这不是咒你的侄子嘛。”珍珍脸上现着微笑，很不客气放出一句。

“这三媳妇说啥话呢，我这咋是咒老三呢，外边的人不都这样说嘛。啧啧，这孩子咋这说话呢。”老六太太觉得珍珍的话有些刺耳，显然有些不高兴了。

“好了，六婶子，你别不高兴了，直说吧，你也别再拐弯抹角的了，我听听到底是谁。”珍珍恨不得让她快些说完，一口回绝，叫他快点走人。

“哎，这就对了嘛，怪不得人家都说三媳妇是个痛快人。”

珍珍吐出一口烟，隔着浓浓的烟雾，看着老六太太那霜打茄子脸：“六婶子咋又不痛快了呢，咋不说了呢？”

“是王明才。”

珍珍就知道老六太太介绍的不是别人。她抿嘴一笑。

“你笑啥呀！这老王家可是个不赖的人家。”

"六婶子你也不用介绍了，一个村子的，谁还不知谁家啥样。"珍珍打断老六太太的话，"你不是说我是个痛快人吗，那我就痛快地告诉你，我不同意！"

　　"哟，三媳妇你咋也不琢磨琢磨，这一下就把我的嘴给堵上了，我这可是为你好哇。"

　　"这我知道，你是为我好。"

　　"你就不再想想了？老王家不赖，咋也配得上你。"

　　"这我知道，是我配不上人家。六婶子，您要没啥事儿我就不陪您唠了，您坐着，我还有活呢。"

　　"得得得三媳妇，你也不用哄我走，我看你真是不懂好歹。"

　　"是，六婶子，我是不懂好歹，你咋说都行。六婶子我送你回去！"

　　"别别别，我可劳驾不起……"老六太太嘟嘟囔囔地向黑暗中走去。

　　"哟，六婶子，你还真生气了，实在对不起啊。不过，我要劝六婶子一句，这么大岁数了，以后咋舒坦咋待着得了，别没事儿给自己找事儿。"珍珍看着消失在夜幕中的老六太太，摇摇头把门关上。

　　提起王明才，珍珍太熟悉不过了，他们就住在珍珍家的北院，带着两个儿子，一家三口。王明才的名字村里人可能都忘记了，人们都管他叫王䁃子。不到四十岁的人，已老像缠身，腰弯背弹，严重哮喘，经常咳嗽不止。平时喘气嗓子也是拉风箱声。加上此人的人性不好，所以村里人都不呼其姓叫其名，而称之为王䁃子。他好吃懒做，整天游手好闲，走东家串西家。人们都说他是痨病，传染人，到谁家谁都烦。所以有的家里的妇女见他来了，很不客气，直呼他王䁃子，不让他进家门；有的妇女见他来了，干脆就骂他，你个䁃子快滚回你家去吧，你也行行善，别再缺德了，到处串啥呀，是想把你的痨病都传给我们是咋的。于是就用笤帚使劲扫地，把土往他身上掘，把他轰出门外。

这年秋天，珍珍在情感问题上遇上了麻烦，除了老六太太那天来给珍珍介绍王蛐子外，又相继来了四个媒人，给珍珍介绍对象。其中包括张志明。

在烟房里一同做工的嫂子们逗珍珍说："看我们珍珍今秋真是喜事连连。"

"可不是咋的，有那么多人相中咱们的珍珍，咱可得帮珍珍妹妹好好选选。"

"你说这话对。哎，我说珍珍，你还真得好好选选，不过嫂子得嘱咐你一句，可别挑花眼啊。"这位嫂子那副认真劲，逗得大家笑得是前仰后合。

珍珍抓起一把烟扔向那位嫂子，笑不可支地说："嫂子们可别逗了。你们说我也不知这是咋的了，今年秋天掉进荤油坛子里了，介绍对象的人一个跟着一个，我都接待不过来了。"

烟房里干活的都是妇女，她们是无拘无束，一边说荤话一边大笑不止，闹腾得烟房房顶都快被掀掉了。

说归说笑归笑，这些嫂子们对珍珍那真是又可怜、又同情、又心疼、又佩服。她们都知道珍珍根本不会同意这些提亲人所提的对象的。所以，大家七嘴八舌地替珍珍出主意想办法，如何去对付这些人。更多的是对那些被提到的人进行品头论足。

一个嫂子说："你就说那王蛐子吧……"

"哎哎哎，小声点，隔墙有耳，老张家的老娘们可是王蛐子的妹妹，别让人听见，那老娘们可不是个省油的灯。"

"怕啥，我才不怕她呢，她有啥了不起的，不就仗着他老爷们在镇里工作吗，一天浪得没够。我就说他王蛐子，你们看他还有人样吗，蛐喽气喘的。听我婆婆说，他老婆纯粹是他给蛔喽死的，看那熊样吧，还惦上珍珍了，可真是——那叫啥来的？"

"癞蛤蟆想吃天鹅肉。"一个妇女提示说。

"对对，是赖瞎妈想吃天鹅肉。"

这个嫂子话一出口，所有的人，有的笑得趴在了地上，有的笑得仰躺在地上，有的笑得筋疲力尽，流出了眼泪。刚才提示她的那个妇女拍打这位嫂子笑得喘不过气来。

而这位嫂子还不知是咋回事，愣愣地看着笑不可支的人："你们这是咋的了，笑啥呀？"

她这一问不要紧，又掀起一阵大笑声。

笑声终于停止了。

"人家那是'癞蛤蟆想吃天鹅肉'，你咋还来一个'赖瞎妈想吃天鹅肉'呢？"

这一问不打紧，这位嫂子自己却笑得死去活来。她边笑边说："我还纳闷儿呢，这儿子长得已经够熬着人的了，咋还出来个瞎妈呢。"她说完，抹了一下笑出的眼泪，"妈呀，这可咋整，学话都学不对。"

"得得，你可别再说了，别把我们笑死了。"一位妇女用衣服大襟擦着眼睛说。

"不说了，不说了。哎呀，我们珍珍还真是一只漂亮的白天鹅，我们谁都不嫁，就等我那鸿雁兄弟。咱当现代的王宝钏，苦等他十八年。"

"多少年？"

"十八年呀，咋的？"

"哎呀妈呀，要我可等不了，我早就跟野汉子跑了。"

"跟哪个野汉子跑了？看我不告诉你家老爷们的。"正在这时，村长赫尚林一脚迈进门来。

"哎呀妈呀，你这死鬼啥时溜进来的？你咋这埋汰呢，偷听老娘们儿拉大蠢。"说要跟野汉子跑的那位嫂子边说边从地上摸起一根棍子向赫尚林打过来。

"哈哈……"烟房内又是一阵哄堂大笑。

"哎哎哎，"赫尚林一把抓住打过来的棍子，"呵！看把你美的，敢打村政府领导。"又随手掐住那位嫂子的后脖颈子，"快说老不老实？"

还别说那位嫂子的手还真快，手向后一挥，一把薅住赫尚林的耳朵。赫尚林疼得咧着嘴直叫唤。

"老实不？"

"老实老实。"

那位嫂子把薅赫尚林耳朵的手又使劲扭一下："真老实还是假老实？"

"哎哟哟哟，真老实，真老实。"

薅着耳朵的手终于撒开了。

"我的妈呀，这老娘们儿的手可真黑，薅住就不撒手，你要是薅住我那玩意，保准不薅下来不撒手。"赫尚林预料到说完这句话肯定又要挨棍子，所以他说完回身就要跑，哪想到那位嫂子来得更快，一回身拽住赫尚林的一条腿，赫尚林扑通一声趴在地上，那位嫂子顺势扑过去骑在赫尚林身上，一回手掏向赫尚林的裤裆。

"哎哟哟……"赫尚林趴在那是一动也动不了了，只是求饶。

"这回你咋求饶我也不撒手了，这回非叫你成太监不可。"

"哎呀，好嫂子，我还想再要个儿子哪，等我有了儿子你再把它拿走吧。"

烟房里那些做工的妇女笑得死去活来，珍珍和几个年轻的媳妇都跑到烟房外边倚在墙上笑弯了腰。

这时赫尚林从烟房子里跑出来："我的妈呀，这老娘们儿可真邪性，真敢下茬子。"他边拍打自己身上的草屑边回过头去冲着烟房子里俏骂着，"哎，你这骚娘们儿，你看我非向你家的老爷们儿告你的状不可，就说你又祸祸老爷们儿了。"赫尚林话还没说完，那位嫂子拿着棍子追了出来："你还美是咋的！"

赫尚林吓得转身跑掉了。

烟房子内外又是一阵大笑声。

珍珍是个爽快开朗的人，虽然有四五个人来向她提亲保媒，她也都拒绝了，可她一点也没隐瞒这些，无论谁问到她，她都直言相告。虽然保媒牵线的这些人，目的各有不同，珍珍都认为这很正常，她既不介意，也不放在心上。珍珍有自己的主意：媒婆们无论怎样开发她的三寸不烂之舌，我都有一定之规，不同意。你就是白马王子，家里有座金山，也打动不了我的心，我也不会同意的。

珍珍可不是那种见异思迁的人，她是一个固守约定的人，她绝不会背叛她和他的约定，即使他真的离开人世，也绝不另走他门。她意已决：就在关家走完自己的人生。

珍珍的所作所为，本来是很正常的事，是无可非议的。但不知从何处向珍珍投来了舌弹，一时间不停的饶舌从张老娘们儿那传给王老娘们儿，从王老娘们儿那传到李老太太处，从李老太太处又传到赵大姨那，传得村里沸沸扬扬，说什么的都有。什么珍珍眼高，看不起村里的，是想像她的两个妯娌到外乡找野汉子等等，难听的话不一而足。尽管珍珍心里是坦然的，没有一丁点儿愧对祖宗的事，没有一丁点儿愧对关鸿雁的事，可是珍珍听后，还是非常生气的：这些人怎么能这样无中生有地嚼舌头呢。俗话说，舌头底下压死人，唾沫星子淹死人，真是不假呀！没有别的，这些嚼舌头的别让我知道是谁，让我知道了，我非叫他有好看的。

偏巧这天珍珍到西院大哥家借桦栁，正好从关鸿涛家的窗下过，听到屋里一阵贱笑声，珍珍放慢了脚步，听到屋里正在嚼珍珍的舌头。珍珍停在窗下。原来是住在烟房子旁边的张老娘们儿——王鼽子的妹妹，正在和关鸿涛的老婆说珍珍的坏话呢：

"哎，鸿涛嫂子，你说东院的那小妖，咋不愿嫁给我哥哥呢？"

"眼眶高呗，人家相不中咱村里的人……"

"就她带着那三个鳖崽子，还想嫁给城里大干部咋的？看那穷样吧，也不撒泡尿照照，我看跟她那两个嫂子一样，骚狐狸尾巴开始往外露了。"

"我看也是，五六年没摸着爷们儿了，就那老实？不定……"下边的话就更难听了，接着屋里传出一阵浪笑。

珍珍以前忍受了许多难以忍受的东西，忍受是有限的，这种对自己人格的侮辱，她实在不能再忍了，她是决不让步的。珍珍猛地用脚踹开关鸿涛家的房门，闯到屋里来。

这一突如其来的事变，把屋里的人吓了一跳，都目瞪口呆惊慌地看着珍珍，一时不知怎样应对。

"哟，是三嫂子来了，快坐下，快坐。"关鸿涛正坐在北炕沿上搓麻绳，看珍珍气势汹汹地闯进来，估计珍珍肯定听到了两个老娘们儿在嚼舌头。他也确实领教过这位本家三嫂子的厉害，因此心里有些忐忑。所以才扔下手里的活，强装笑脸让珍珍坐。

"鸿涛嫂子，我走了。"王鼽子的妹妹说完就往外走。珍珍挡住她的去路。

"你先别走，把你那舌头嚼烂了再走！"珍珍掐住王鼽子妹妹的脖子用力向后一推，也仗珍珍用力猛一些，王鼽子的妹妹被珍珍推得一屁股坐在地上。她坐在地上歇斯底里地喊起来："你干啥呢！你干啥推我？"她旋即从地上爬起来，向珍珍直冲过来。珍珍毫不示弱，她那令人寒战的威严，不但止住了王鼽子妹妹冲过来的脚步，珍珍那冷漠的目光逼得王躺子的妹妹又倒退了两步。"把啥话说清楚，我把啥话说清楚，啊，你说呀！"她跺着脚冲着珍珍喊叫着。

"你自己知道！"

"我不知道！"

"那好，我现在就让你们三个人都知道知道。"说完，珍珍旋风似的来到外屋地，从菜墩子上抄起菜刀进到屋里，"看见了吗？"珍珍用菜刀点着屋里的三个人，"它会让你们知道的！"

关鸿涛和他的老婆以及王躺子的妹妹，看到珍珍真的要玩命，一时都傻了眼，他们下意识地向后退了几步，屋子里一时鸦雀无声，空气立时紧张起来。

"怎么都不说话了，哑巴了？"珍珍走向王躺子的妹妹，王躺子的妹妹吓得赶紧躲到关鸿涛老婆的身后。

"你老往我身后躲啥呀，是你惹的祸，你躲啥呀？"关鸿涛老婆把王躺子妹妹向前一推。王躺子妹妹像鬼叫似的，"啊"的一声，向后退去。

"三嫂，你看我也没说啥呀，你别这样。"王躺子妹妹的声音已经发颤。

"是呀三嫂，我们可真的没说啥呀，你这是干啥。"关鸿涛的老婆边说边哆嗦着向前挪着步。

珍珍以迅雷不及掩耳的速度冲上去，狠狠地抽了关鸿涛老婆一个大耳光子，"干啥，你说干啥，就干这个。"珍珍用菜刀点着关鸿涛老婆的脑门儿，"我告诉你们，今天你们把刚才的话给我说清楚，我找哪个野汉子了，你们谁看见了，在哪看见的不说清楚咱今天谁也别想好。你们不是说我是臭要饭的吗？不错，我是要饭的，但我不臭。你们个个才是真正的骚货臭货。今天把你们那些见不得人的事拿出来，放在太阳底下亮亮，看看你们自己骚到啥程度，臭到啥程度。"

"三嫂，你别、别这样，有话好好说。"关鸿涛比比划划向珍珍挪蹭过来。

"闭上你的臭嘴。"珍珍转而把刀向关鸿涛举过来，"你想要第一个挨刀咋的？"关鸿涛赶紧又退回到原处。珍珍气愤地说："有话好好说？你们从来就没有好好说过一句人话。光脚不怕穿鞋的，我那三个崽子也不值啥钱，丢下他们我也不心疼，今天不说出个子丑寅卯来，我是不会放过你们的。"

珍珍用菜刀点着关鸿涛老婆的脑门儿，怒目圆睁："今天我不但剁了你，还要把你的舌头割下来，省得你一天没事用你的烂舌头嚼编别人。"

关鸿涛的老婆的脸一下变得惨白，她想说什么又没说出来。

"你别撒野！"关鸿涛壮着胆子又向珍珍这边走来。

"我撒野，今天我就撒野了！"珍珍举起刀就向关鸿涛砍去。关鸿涛老婆吓得尖叫一声，把躲过去的关鸿涛拽到自己的身后："妈呀，吓死我了。鸿涛，咱、咱可不跟她一样见识，咱、咱咱咱好男不跟女斗！"关鸿涛老婆浑身筛糠。

关鸿涛浑身也在发抖："妈呀，她真敢下手哇，她这是咋的了，疯了。"

"他是好男？他是好男人中挑出来的败类！你们背后什么坏话没说过，你们还不如畜生。"

"我们说啥了，我们啥也没说呀。"

"你还狡赖！谁背叛了祖宗？谁出去找野汉子？啊！你们今天给我讲明白了，不说明白，今天我就在你们这黧出去了。"珍珍用菜刀点着关鸿涛老婆，"你先把你那见不得人的事，告诉你的好男人，也嚼一嚼你自己。"

"三嫂你说啥呢？"关鸿涛老婆脸红一阵白一阵的。

"我说啥你比我心里明白。"珍珍用刀点着关鸿涛的鼻梁子："我背叛了祖宗，我没给你们关家丢一丝一毫的人格。"

珍珍把目光转向关鸿涛的老婆，"可你呢？还装啥好人！去、去，跟你家老爷们儿讲讲去，你是咋丢的人！"

这时的关鸿涛似乎听出了什么，惊疑地望着他老婆。

关鸿涛的老婆确实有其事，关鸿涛也早就知道他老婆的事，只是谁也没捅破窗户纸罢了。这绝不是珍珍编吧造魔。

原来事情是这样的，关鸿涛老婆的丑事，被一个五十多岁、平时非常好事的山东于姓老婆子发现了。一天，她偶然间发现关鸿涛的老婆与老房子一个本家兄弟，一前一后向北道沟走去，不时前后左右地看，神态很诡秘。好事的老于婆子远远地跟着，时而躲在大树后，时而藏到柳树毛子里，偷偷地进行窥视，那架势犹如搞地工盯梢的。到了北道沟里，那两人以极快的速度钻到密林里，这老于婆子也以极快的速度追进去。

大概有一代烟的工夫，老于婆子急急忙忙从密林里钻出来，样子十分惊慌，心跳得厉害。她半半拉拉来到老房子大墙外的大榆树下，一屁股坐在树下的大石头上，心跳总算平缓下来。

老于婆子本来就不是个省油的灯，何况她与关鸿涛家一向不和，她下狠心要抓关鸿涛老婆的一个现行。可是，她又怕自己抓住，他们又死不承认，自己倒惹一身骚。于是老于婆子想起了珍珍。

一天晚上吃过晚饭，老于婆子来到珍珍家。

"忙啥呢，他三婶？"老于婆子一嘴山东口音。

"哟，是老于大嫂啊，快进来。你今儿咋这闲在？"

"吃完饭没啥事儿，心里怪闷得慌，上你这聊聊闲嗑。"

珍珍把烟笸箩递给老于婆子："你抽烟吧，老于大嫂。"

老于婆子一边向烟锅里装烟一边说："听说你这烟挺好抽。"

"还行吧。"

老于婆子点着烟后，深深地吸一口："嗯，这烟还真不错。"然后隔着炕桌子伸长脖子，眯起她那一双小眼睛："他三婶，你这在做啥呢？"

"有啥做的，缝穷呗，给孩子补补破衣裳。"

"这三媳妇可真能干，晚上也不闲着。"

老于婆子一时间没有言声。珍珍抬起眼看看她："老于大嫂，你有事咋的？"

"看你这样忙，我不好意思说。"

珍珍放下手里的活："你咋还这客气呢，有啥事儿就说嘛。"

"我想去北道沟采点蘑菇，也没个伴儿，就来找你来了。"

"行啊，还得半个多月割地，现在正好有工夫。哪天去？"

"那你回头听我招呼。"

两个人就这样定妥了。

偏巧天不作美，一连下了两天雨。这天，天总算晴了。珍珍做好采蘑菇的准备，可是，一连两个好天，老于婆子也没找珍珍来。第三天，万里无云，天气格外清爽，老于婆子挎着筐急急忙忙来找珍珍："三妹子，快、快走。"

珍珍看老于婆子这样着急，她也急忙从北炕上拽过一只筐，并随手又从墙上摘下一把镰刀放到筐里，急匆匆跟老于婆子跑出房门。

她们来到北道沟口——关鸿涛老婆与她那个本家兄弟经常出没的地方停下来。

"三媳妇，咱们从这上去采咋样？"老于婆子似在征询珍珍。

"这里有啥蘑菇？到沟里那片松树林里，采点松树伞多好。"

"这里有榛蘑，还有扫帚蘑。刚下过雨，这两样蘑菇保证特别多。"

"那好吧，就听你的。"

珍珍随在老于婆子身后，向密林深处钻去。他们刚穿过一片密林，一条不太深的山沟出现在眼前，通向山沟深处有一条羊肠小道。老于婆子带着珍珍沿小道向山沟走去。

"往山沟里去干啥，那里有啥蘑菇？"珍珍有点莫名其妙地问。

"别说话！"老于婆子回头瞪珍珍一眼，而且做出一个很神秘的动作。

"咋的了？我咋看你像装神弄鬼似的。"

"不叫你说话你咋偏说呢！"老于婆子回过头来，以极低但却十分严厉的口气再一次制止珍珍。珍珍看老于婆子那神秘兮兮的样子，心里突然产生一种恐惧感。就在珍珍产生恐惧感的同时，她们从山道的弯处拐向山沟里。就在拐过弯道的同时，一幕让珍珍几乎惊叫起来的场面突然展现在珍珍的面前：一块足有一铺炕大小的巨型青石上，一对光着身子的男女正在干着不堪入目的勾当，旁边乱扔着几件衣服。珍珍吓得不行，心几乎从嘴里跳出来。她一下子用手把嘴捂住，才没有叫出声来。珍珍撇下老于婆子转身就跑，可是她一把被老于婆子抓住，压低声音说："三媳妇，别走，你看看那老娘们是谁。"

珍珍背对着老于婆子摇着头："我不想看，也不想知道是谁。"

"那个老娘们就是欺负你们娘几个的关鸿涛的老婆。"

"不不，你别说了，我不想知道！"珍珍挣脱老于婆子的手跑了。

老于婆子终于追上了珍珍。她喘着粗气问珍珍："哎呀妈呀，累死我了。我说你跑啥呀，她三婶子？"

珍珍也累得不行，她一手扶着一棵大树，一手捂着胸口，大喘着气，摇着头说："老于大嫂，我真的不想知道这些，真的。"

"我说她三婶子，我今天让你来，就是想让你看看这西洋景，叫他关鸿涛老实点，他要敢再欺负你，就给他咧咧出去。"

"于大嫂，你事先知道这件事？"

老于婆子点点头："当然知道了，要不我咋叫你来呢。"老于婆子摆出一副自得的样子。

"于大嫂，你不该这样做，你咋啥事儿都干呢，这多不好哇，你咋能这样做呢！"珍珍埋怨老于婆子。

再说那两个狗男女，在珍珍向山下跑的时候，似乎听到了什么声音。

"起来，快起来，好像有人。"

"有啥人，别扯淡，再等一会儿。"

"你听。"关鸿涛老婆用拳头使劲捶那个男的前胸一下。

"你听听，有人，快起来！"关鸿涛老婆用力把那个人推开，并用脚死命地一蹬，把那个男的蹬到岩石下边去了。

"完啦完啦，这可咋整，指定让人看见了。我的妈呀，这可咋整啊，这下可全完啦。"她边哭边捶打她的本家兄弟，"都怨你，都怨你，我说不来，你非拽我来，这回全完啦，啊啊啊——"关鸿涛老婆大哭起来。

"行了行了，别嚎了！"那个男的赶紧捂住关鸿涛老婆的嘴，"你想把全村的人都嚎来咋的！"他把她拽起来，"快，快穿衣服。"

"你听，这哭声，不是她是谁？"老于婆子侧着耳朵听。

他们穿好衣服后，迅速地钻进密林中。

"跑了，跑了！你听这刮青稞子声。"老于婆子一副没在现场按住他们的遗憾。

"行了，快走吧。以后我可不跟你出来了，咋还干这事儿呢。"珍珍甩开老于婆子走了。

其实，关鸿涛老婆的这件事，珍珍从来都没当任何人说过，她也从没想说此事。至于外边流传的闲言碎语，那都是老于婆子咧咧的。当然也有人问过珍珍："听说老于婆子和你抓着关鸿涛老婆和……"等等一些不堪入耳的问话。珍珍都十分认真

160

地说："我根本不知道有这事，你们别听老于婆子瞎胡咧咧，她那话你得到老虎洞后背听去。"人们宁可听珍珍的，绝不听老于婆子的。全村谁不知道老于婆子嘴没把门的，总是满嘴雌黄，信口开河的玩意，没有的事儿都给她编匀胡了。因此这件事，在村里火爆一阵后，也就自消自灭了。当时关鸿涛也有耳闻，但从来没有直接听说过，也就装聋作哑了。谁愿把屎盆往自己身上倒！

今天，珍珍确实太生气了。他们多次明目张胆欺负珍珍，珍珍从来都是一忍再忍。可是这些天来，全村大街小巷云山雾罩地白话珍珍。不就是珍珍没有同意他们介绍的对象嘛，干吗这样无中生有地嚼舌头呢！放在谁身上谁能忍受？今天珍珍是真真切切听见了谁在嚼舌头，她决心把心中的火全释放出来，不管是谁，非闹它个天翻地覆不可。

珍珍在气头上把关鸿涛老婆的事说了出来，关鸿涛坐不住劲了，脸红一阵白一阵。他猛地转过身来，一把薅住他老婆的脖领子冲着她吼道："这是咋回事，啊？"

"得得得，你别拉屎攥拳头假装凶了，你也是个见不得人的鬼。"珍珍越说越来气，"你把我的前后院子抢占了不说，晚上还装神弄鬼，从后窗户往屋里看，你安的啥心，啊？吓得我们娘几个一夜一夜不敢睡觉……"

就在这时，海林听见妈妈在西院的吵闹声，他想一定是那家又欺负妈妈了。他从关鸿涛的篱笆墙上拔下一根木棒，凶狠狠地闯进关鸿涛的家，不问青红皂白，举起木棒就向关鸿涛打过去："你个老王八蛋太欺负人了，我打死你这个老王八蛋！"关鸿涛猝不及防，被海林突如其来的一棒子狠狠打在肩膀上。

关鸿涛一把抓住海林手中的木棒："你个小兔崽子也撒野，我他妈揍死你。"关鸿涛举起手就要打海林。

珍珍举起菜刀冲过来："你撒手！"

关鸿涛赶紧把手松开。

这时王驹子的妹妹、张家的老娘们儿，趁乱跑出去。她跑到外边大喊起来："快来人啊，要杀人了，要出人命了！"

人们不知出了啥事，纷纷向关鸿涛家涌来。佟成贵两口子也跟进来。他们一看这场景，也明白了八九不离十。人们都猜想着：一定是关鸿涛两口子欺人太甚了，否则珍珍不会这样鲁莽的。

佟成贵老婆走到珍珍面前："三妹子，把菜刀给嫂子。"佟成贵老婆从珍珍手里接过菜刀。

"三妹子，这是咋的了，啊？"佟成贵的老婆拉着珍珍的手问。

珍珍像是见到了亲人，一头扑到佟大嫂的肩上哭起来。

第十六章 没有过滤的灵魂

张老婶睡醒午觉，已是下午两三点钟，她走出房门虚忽着眼，抬起头看看光线强烈的太阳，嘴里嘟嘟囔囔地又转回屋里。进屋后，把脚上的鞋向后一甩，爬上炕，从炕梢的被垛后面胡乱地拽出一大堆衣服，然后跳下地，来到外屋地，把挂在黑乎乎墙上的洗衣盆摘下来，当啷一声丢到地上，进屋把炕上的衣服抱出来扔到洗衣盆里，端起盆向河边走去。

张老婶住在烟房子的东面，面对茫草河。这座一明两暗的房子，住两户人家，一户是张老婶，她就是前边那个与关鸿涛老婆嚼珍珍舌头的王鞠子的妹妹。她的男人叫张明武，在河草镇工作，距家有三十多里，每星期回家一次。他们结婚十多年了也没孩子，人们背后都管他们叫绝户。另一头住着一个光棍汉，四十多岁，外号刘二扒子，独身一人。刘二扒子是个老实厚道人。土改时两家合分一套房子，各住一间，中间的一间两家合用。尽管这样，两家的关系一直处得不错，刘二扒子有时还帮他家干一些体力活。

张老婶把最后一件衣服拧干，放在盆里，用手背抹去溅在脸上的水珠，端起洗衣盆，转身正要向家里走去，这时一道闪电在她的眼前闪过，她下意识地抬起头看看天空，随后一声闷雷从北道沟方向滚过来。

"要下雨了？"张老婶心里想，"光顾洗衣服了，天阴也不知道，得赶快走，还得备柴火。"于是她加快脚步向家里走去。

她推开大门，迈进门槛，把洗衣盆放在地上，回过身来把大门关上，见刘二扒子正在帮她往屋里抱柴火。

"呦，老刘二哥，我自己来吧，你别管了。"说着她把装衣服的盆放到鸡窝上，跑到柴火垛前往下拽柴火。

"别拽了他老婶子，够用三四天的了。"

"谢谢你，老刘二哥。"张老婶扔下手里的柴火，赶忙把鸡鸭赶进鸡窝，关上用铁筛子底做成的鸡窝门，十分麻利地端起洗衣盆进到屋里，点上一盏小油灯，把衣服晾在吊在屋脊上的松木杆上。她略喘口气，又来到外屋，把锅刷净，从缸里舀一瓢水倒在锅里，放上用了多年已经熏得发黑的叉架和秫秸帘子，把一碗上顿吃剩的土豆熬豆角和两个苞米面饼子放在上边，盖上木头锅盖。然后蹲在灶坑前，拽过一把引柴放在小油灯上点着，迅速塞进灶膛里，又拽过一把干树枝撅吧撅吧塞进去，树枝在灶膛里噼噼啪啪燃烧起来。只两把柴火，锅就开了。张老婶把剩余的柴火扔回柴火堆，抄起笤帚把灶坑前的碎树枝树叶扫进灶坑。她把笤帚挂在水缸后的钉子上，又随手拾起一根细棍儿，挑挑灯捻，屋内立刻亮了许多。她习惯性地撩起围裙擦擦手后，进到里屋，把放在门后的炕桌搬到炕上，伏在桌子上休息有一袋烟的功夫，来到灶前，掀起锅盖，一团团热气腾起，她把头侧向一边，用手搧搧热气，麻利地把菜和馍馍端到屋里的炕桌上，又回到外屋把小油灯端进来，放在炕桌上一个笨粗的灯架上。那如豆的灯火被热气熏得不停地摆动。

张老婶一人无味地吃完晚饭，忙着又把屋里屋外简单地收拾收拾。收拾好后，忽然想起不是下雨了嘛，于是便侧耳倾听，好像没有雨声。她跪在炕沿上，脱掉鞋来到窗台前，撩起窗帘的一角，从一块一尺见方的玻璃向外看看，自言自语地说："雨没下下来呀。"她百无聊赖地从被垛上拽下枕头扔到炕头，又胡乱地拽下一床夹被，心想：没事儿干脆睡觉吧。躺在炕上，吹灭小油灯，屋内漆黑一片。她仰面看着屋顶，什么也看不见，但她还是愣愣地睁大眼睛看，看累了，把被向上一拉，盖在头上，闭上眼，不知什么时候进入了睡乡——她走在一条宽宽的大道上，步伐轻盈。路边柳树的枝条细细的，长长的，上边刚刚长出嫩绿色的尖尖叶，线条般地向下垂着的柳丝，在微风中轻轻地摇摆。一种黄褐色的小鸟，小得不能再小的小鸟，在树枝上窜来窜去，嬉戏鸣叫。她满面春光，驻足观看。小鸟飞走了，她失望地继续沿着那条宽宽的大道前行。不知啥原因，道路越走越窄，最后路没有了，面前是遍地乱石。她停下来，回过头看看来路，吓得几乎惊叫起来，什么明媚的春光，随风摆动的柳丝，鸣啭嬉戏的小鸟，全都不知去向，眼前却是一片汪洋。那水是黑色的，没有浪，可是那没有边际的水面，却整体左右摆动，让你眩晕得几乎要摔倒。她心揪在一起：莫不是这就是人们平时说的苦海吧？当她再回过头来时，遍地乱石不见了，前边不远处却出现一棵大树，大树枝叶繁茂，树的那边好像有一条路，曲曲弯弯向远处伸去，伸向一座山里。山上烟气缭绕，几处人家掩映在仙境般的轻雾缭绕的青松翠柏中。她急切地向那棵大树跑去，眼看就要来到大树前，这时就听咔嚓一声，那棵一搂多粗的参天大树，被拦腰砍断，一个半裸体的巨人，面目狰狞，手举一把铡刀宽的大刀，怒视着她，向她走来，向她逼近，大刀向她砍来，她一声惊叫坐起来，双手捂着急速跳动的心窝，在极度恐惧中回忆可怕的梦境。四周静极了，死一般的寂静，寂静得像在坟丘里一样让人恐惧。就在这时，一道刺眼的闪电从窗帘的缝隙中挤进来，屋内顿时一亮，紧接着就是一声霹雷在屋顶炸响，那声音似乎要把大地劈开，吓得张老婶本能地把头蒙上，浑身在被窝里痉挛。隆隆雷声稍息片刻，就听暴雨哗哗地从天而降，向大地倾泻。风夹着雨猛烈地向窗户扑来，纸糊的窗户，顷刻间被暴风雨冲得稀里哗啦。阴湿的风，把带进来的雨水，浇得她满被子满脸，她赶紧又把被子盖在头上，捂着耳朵，心在急速地跳，人却一动不敢动。这时的闪电却好像冲她来的，一个闪电接着一个闪电，一个炸雷接着一个炸雷，在她家的屋顶炸响。这雷要到啥时算完，这雨要到啥时不下？这被子这样浇哪行啊。想到这，张老婶壮着胆子，慢慢抬起头，向外边看去。透过被冲破的窗户纸，借着电闪，看到那灿亮的雨借助风势，倾斜着抽向地面。就在这时，又一道更加刺眼的电光，从窗户刺进来，一个更加惊天动地的巨雷，震得屋顶咔嚓咔嚓地往下掉土。张老婶吓得本想翻身钻进被窝，结果不知怎么回事滚下了地，她身上像安了弹簧，一骨碌站起来。她实在太害怕了，于是向门冲去。她想跑到刘二扒子屋里，求助他的保护。当把门打开，外屋一片漆黑，黑得好像无底的深渊，可怕极了。她又赶紧把门关上，死死地把门抵住，唯恐那无底的深渊里冒出一个半裸体的巨人，拿着大刀向她砍来。

张老婶彻底崩溃了，她瘫在地上，任凭闪电照着她那惨白的脸，任凭雷声怎样炸响，任凭风夹着雨，向她那千疮百孔的窗户扑打，她那瘫软的身体没有丝毫力气与之抗争。

她稍镇定些，使出全身的力气，才喊出一声低微颤抖的声音："老刘二哥！"

声音虽然很弱，刘二扒子依然听得很清楚。

其实刘二扒子早就醒了，雷声从西边弟兄山滚来时，他已经醒了，张老婶被噩梦吓醒时的惊叫声，他都听得一清二楚。从那时起，他就一直竖起耳朵听张老婶屋里的动静，就连张老婶摔在地上的沉重声和她开门又关上门的声音，都听得真切极了。他知道她害怕了。他本想问问张老婶怎么啦，他又把想问的话吞了回去。心想，这不好，人家的男人不在家，大半夜的，一个男人向一个女人问话不好。

刘二扒子何尝不想过来呢？四十多岁的男人，从没沾过女人。自从解放和张家合分这间住房后，张家男人一个礼拜才回家一次，刘二扒子多少个夜晚都难以入眠，多少次想推开两道门，但他始终控制着自己。心想：不能啊，咱是共产党毛主席给解放出来的人，咱是贫农，咱可不能干那砢碜事，给共产党和毛主席丢脸。再说，那张老娘们可不是好惹的，我要是碰了她，非把我——哼。所以，他冲动的欲火，每次都被抑制在他那紫铜色结实的体内。

就在这时，又一声微弱却清晰的"老刘二哥"的叫声传过来，刘二扒子立刻抬起身子，竖起耳朵，又有一声很急迫的"老刘二哥"的叫声传过来。这时的刘二扒子忘掉了一切，什么对不起这个对不起那个的，统统地扔到脑后，一个鹞子翻身跳下地，连鞋也没顾得穿，推开自家的屋门向另一个门扑去。他来到张老婶门前，不知咋想的，猛然间停住脚，把耳朵贴到门上听着屋内的声音。又一声轻微的"老刘二哥"叫声传出来。

"他张老婶，你咋的了！"

"快来吧，我怕死了！"

刘二扒子用力推一下门，没推动。是张老婶瘫倚在门上。张老婶觉得有人在推门，她艰难地把身子移到一边。刘二扒子推开门进来，借着闪电，见张老婶只穿一条裤衩瘫软在地上。刘二扒子不顾一切地扑过去，把张老婶抱起来。一个四十多岁壮汉，一个从来没摸过女人的壮汉，冷不丁地抱起一个光着身子的女人，两个绵软的奶子，紧紧地压在自己的胸上，他的整个身子一下子酥软了，将张老婶狠命地搂在怀里，不肯放下。

"老刘二哥，我冷。"张老婶嘴动了动。刘二扒子抱着张老婶费力地爬上炕，把张老婶放进被窝里，又跳下地跑回自己屋，摸着黑拽来几条破麻袋跑回来，把张老婶的窗户遮挡得严严实实，风雨再也无法扑进来了。刘二扒子站在炕上，在黑暗中盯着张老婶，喘着粗气。他实在忍耐不住了，猛地扑进张老婶的被窝，张老婶紧紧地依偎着刘二扒子，抱住他不放，嘴里不住地说："你别走，我害怕，你别走，我害怕……"

"别怕，我不走，我不走。"

任凭刺眼的闪电怎样撕扯浓厚的黑云，任凭天崩地裂般的霹雳把窗户震得山响，任凭暴雨怎样倾泻，刘二扒子实在抑制不住体内欲火的冲动，疯狂地压在张老婶的身上。

闪电变得微弱，雷声低沉地滚向远方，雨停了。大团大团的乌云，被一只无形的大手撕成碎片，露出一块块被暴雨清洗得黑蓝的天，间或有星星悠忽闪烁。随着狂暴的电闪雷鸣的平息，刘二扒子面带着满足的微笑，安静地拥抱张老婶。张老婶由于噩梦和雷电的惊吓，已筋疲力尽，在刘二扒子温暖体温的熏烘下，也安稳地睡着了。

张老婶一觉醒来，在迷迷糊糊中好像听到有人在说话。她触电般地弹起，从窗户的破洞向外一看，鱼肚白的天光映入眼帘，张老婶着实吓了一跳。

"哎呀，天亮了！"她确信刚才在迷迷糊糊中，就是听到有人在说话。她看看还在熟睡的刘二扒子，心里没了底。他又掀开破麻袋的一角，向外看了看，心想：没错，一定有人从窗户洞发现了他们。想到此，她出了一身冷汗，汗毛都竖起来。这比昨天晚上的噩梦还可怕，比昨天晚上的惊天霹雳还可怕。这要是传出去，妈呀！她不敢往下想了。

她回转头来，看刘二扒子一眼，灵机一动，停止了因害怕而造成的身子的颤动，一个阴险的主意，立刻显现在这个女人的脑海里。她昨天晚上求救的目光，变成两道凶残的目光，直

168

刺在独眼豁唇的丑陋的刘二扒子的脸上，昨天晚上那颗惊恐跳动的心，此时变成恶毒猛烈跳动的心。心想：刘二扒子，对不起了，你也占我的便宜了，我也算对得起你了，我只能这样办了。

她穿上衣服，没有扣上扣，便把八仙桌子上的一瓶红钢笔水打开，胡乱地泼了刘二扒子一脸一身。刘二扒子迷迷瞪瞪地醒来，不知发生了什么事，觉得脸上湿乎乎的，用手一摸，吓了一大跳。

"哎呀，哪来的血？"他惊叫起来。他拍拍自己的脸，不觉得疼，再看看身上，没发现啥。便回身看张老婶，她被窝已空，不知去向。刘二扒子好像明白了什么，他两只手撑着炕，慢慢地低下头。

再说张老婶，她披散着头发，敞着怀，正向村政府方向跑去。边跑边喊："不好了，刘二扒子上我炕了，这叫我咋做人哪……"这时她才发现，天刚放亮，到处是烂泥，连个人脚印都没有，街上根本就没有人。方觉自己太莽撞了，刚才大概是幻觉，哪有什么人在说话，她后悔了，可是后悔已经来不及了，刚才的喊声早被人听见了，连狗都叫起来了。一不做二不休，她索性更大声地喊起来。

"可不好了，我活不了了，我没脸活了，啊啊……"

她一路上踏着烂泥，踉踉跄跄地跑着、喊着、哭着。人们被其哭喊声惊醒，便从被窝里爬起，掀开窗户看个究竟。

"这老张家的臊老娘们，咋了，疯了？"

女人在制止男人："别出声，你听，好像说刘二扒子咋的了。"

这时张老婶又喊叫起来："该死的刘二扒子上我炕了……啊啊——"

"啥，刘二扒子上她炕了？"

"咋可能呢，这刘二扒子有恁大胆？"

"别听这臊老娘们的，谁他妈信呢，刘二扒子胆小得走路都怕踩着蚂蚁，敢上她的炕，不定咋回事呢。"

人们趴着窗户纷纷议论着。

张老婶一口气跑到村政府。天还早，村政府还没有人，她就坐在村政府门前的烂泥地上放声嚎哭：

"我可不能活了，还咋叫我做人呐，不是人的刘二扒子上我炕了，我打都打不走他呀……

哭声惊天动地，屁股大的村子，九十多户人家，没有一家不来人看热闹的，比开全村大会来的人还齐，男的、女的、老的、少的全来了，大家围着老张家的老娘们，嘻嘻哈哈，指指点点，议论纷纷。

终于把村长赫尚林给哭喊来了。

"咋回事儿，老张家里的？"赫尚林站在张老婶面前问。

"我不能活了，啊啊……"

赫尚林不紧不慢地抽他的烟袋，还不明白咋回事，半开玩笑地说："这好日子刚开始，咋就不想活了呢？"

"该死的刘二扒子他上我炕了，他欺负我了，我还咋活呀——"

"你胡咧咧啥呀？"村长没大介意张老婶说的啥，他又突然心里一惊，以为自己听错了，把烟袋从嘴拔出，蹲在张老婶面前，"你说啥，你再说一遍！"

"那个温大灾的、倒头的刘二扒子，他不是人，上我炕，欺负我了，这个不是人揍的，昨天晚上的雷咋不击死他呀！啊啊……我可活不了啦——"她边哭边喊边骂，两手是捶胸砸地。突然间，她转回身向村政府的窗台墙撞去。

说时迟那时快，赫尚林一把拽住张老婶："你这是干啥，有事说事——"赫尚林转过头来，"谁，二胖子，还有你四山子，你们俩快，把老张家你老婶子弄屋里去。"

张老婶被架到村政府办公室里。

赫尚林皱着眉头，一脸的狐疑：真有这事儿，二扒子能干出这事儿来。不过——这二扒子也没恁大胆呀。他挠挠自己的光头，心想：还是再问问吧，弄清楚再说，这事可不像别的事。他转身进到办公室。坐在椅子上看看张老婶：

"我说他老婶子，你咋还把屎盆子往自己身上泼呢？"

"啥，你说啥，我神经病咋的，我把屎盆子往自己身上泼？你村长说啥呢，你偏向刘二扒子是吧，你啥政府领导，啊！"随后她又放大声嚎哭起来："现在还有讲理的地方吗，村长都搞偏向，还让我们老百姓活吗。啊啊……没法活啦……啊啊……"

赫尚林瞥了一眼歪三拉四哭叫的老张家里的，转过头来向门外喊："满仓，满仓在吗？"

"哎，我在这了，村长。"满仓是民兵队长，听到消息后，刚跑进村政府就听村长叫他，赶忙答应一声从人群后边挤进来。

"去，你带几个民兵，把刘二扒子给我拿来。"

"是啦。"满仓跑出去。

"谁，那个谁，治安员老倪哪，老倪来了吗？"赫尚林喊着，"老倪！"

"没在这。"有人回答。

"去，去人，上家把老倪给我叫来。"

"他儿子已经找去了。"有人应和着。

这件事轰动很大，人们都惊惊呆呆的，冷冷的，面面相觑，都为刘二扒子捏把汗。

刘二扒子在村里的人缘不是一般的好，他老实巴交，从来没有讨人烦的地方。谁家有个大事小情，他都第一个到场帮忙。春播时，他帮劳力少的种地；秋收时，他帮割地慢的割地；帮人挖菜窖；帮人苫房子，凭着他的一把力气和厚道的秉性，谁家有困难他都能帮一把。珍珍家的活他也没少帮。就说去年秋天吧，珍珍哭娘哭爷买了一头小猪，由于猪圈坏了，小猪跑到人家的地里，祸祸两穗苞米，被人打断一条腿，还是刘二扒子给抓送回来的呢。

记得那天珍珍正在家里忙活着，刘二扒子抱着小猪在院子里喊："老三家里的，这猪是你家的不？"

珍珍听到喊声，赶紧从屋里跑出来："是我家的，猪咋的了，老刘二哥？"

"进地里吃庄稼了，不知谁把腿给打断了。"

"啊！这是谁打的？"珍珍心疼得直掉眼泪。

刘二扒子看珍珍心疼的样子，忙安慰着说："老三家里的，别急，没事，去找点布条来。"

珍珍跑进屋很快找来一些破布条。刘二扒子从地上找了三条小木片，很快把受伤的猪腿打上夹板。

"老三家里的，先放屋里养些天。没啥事儿，八成得耽误几天长，个把月就会好的，养好后再放圈里养。"

"不能放猪圈里了，猪圈都坏了，圈不住猪了。"珍珍从刘二扒子手里接过小猪，看看破烂的猪圈，叹口气："谢谢你老刘二哥。"

"客气啥。"刘二扒子看看珍珍家的猪圈，摇摇头走了。一会儿工夫，刘二扒子扛着几根木头和一把大斧子，来到珍珍家的猪圈旁，只一袋烟的功夫，就把猪圈整得结结实实。

珍珍可真的不好意思了："老刘二哥，这可咋说，让你受这大的累。你进屋喝点水吧。"

"不了，老三家里的，我走了，以后有啥活干不了的，让孩子找我去。"

刘二扒子是个很好的人，只是胎带来就是个兔唇。长大后给地主扛活，秋天拉庄家时，被苞米茬子绊倒，把一只眼扎瞎了，至今已四十多岁了，也没人给媳妇。

刘二扒子被满仓和几个民兵带来了。立刻又引起围观人群的一阵议论：

"你说二扒子能干这事儿？"

"嗨，还不定是咋回事儿呢。"

"老二扒子哪有那胆呀？"

"母狗不起秧子，牙狗能上吗！"

"这老娘们儿可阴毒，啥损招都使得出来，这我可知道。"

"你咋恁知道呢，你俩有过一腿咋的？"

"滚一边拉去，操，一点鸡巴正文儿也没有。"

"老二扒子这回八成够呛了，人家老爷们儿可是政府的人啊！"

刘二扒子满脸满身红钢笔水，被带进村政府办公室。张老婶儿看见刘二扒子进来，像只母老虎，"啊"的一声，扑向刘二扒子，连哭带骂，又抓又打，这回真的把刘二扒子抓得满脸是血。刘二扒子一切都明白了，他一声不言声，任凭张老婶怎样骂、抓、打。村长、满仓还有治安员老倪强把张老婶拉开。赫尚林示意二胖和四山子把张老婶驾到别的屋去。

院子里的人们拥到窗户前，把手放在眼前，遮着光线，透着污污涂涂的玻璃窗，向屋里看，边看边议论。

"扒子，咋回事儿呀？"赫尚林的表情透出同情与无奈。

刘二扒子抬起头看看赫尚林和治安员老倪，只是嘴动动，没说出话来。

"咋不说话呢？"赫尚林站起身来，走到刘二扒子面前，"我说扒子，有啥话跟哥说。"赫尚林仍然是一副同情的口吻，确实也让二扒子感觉出一种兄长的情谊。

刘二扒子抬起头，两眼含着泪看着赫尚林，心想：哥呀，我说啥呢，我咋说呢，这也太碜磣了。可这事能怪我吗，她要不叫我我能去吗？打死我我也不敢呀！人家男的是吃国家饭的，再说就不是吃国家饭的，一村当户的，咱也不能乱来呀。

嗨，昨夜里是咋的了，是鬼催的？我得实话实说，我不能冤枉自己，可是——我实话实说，谁又能信呢？

想到这，刘二扒子又看看赫尚林，嘴动动还是没有说。

"咋的，我说二扒子，你还是不交代是不是？"治安员老倪有点不耐烦了，来到刘二扒子面前。

刘二扒子又把头低下来，心想：我不能照直说，虽说这个老娘们心歹毒，可她是有男人的人呀，她有人管哪，我要是照直说出来，她男的非打死她不可，那我不是更缺德了吗。嗨，也罢，像我这个熊样，一个丑八怪，活着也没啥意思，也没有人牵挂我，我也牵扯不了别人，死了更清静。再说，昨天夜里咱也确实占人家便宜了。这辈子不管咋的，她也让我碰了女人了，我也知足了，咱就更不能害人家，让人不好做人了。对，都怪我，都是我的事儿，与她没关，我都担起来，咱也做回好汉，趁这回的错误，就让他们把我崩了就拉倒了。

想到这，他抬起头冲着老倪嘴里咕囔一句："算了，我啥也不说了。"

"啥？咋的，你啥也不说？"治安员老倪不说分晓，走上前就给刘二扒子一个耳光子。

"你小子打我？你真下得了手哇。"刘二扒子气得兔唇直哆嗦，他瞪着那只血红的眼，指着老倪，"你小子太没良心了，看在我帮你家干的那些活，你也不该打我呀！"

"咋的，帮我家干活？干的啥活，我咋不知道。"说着，老倪凑上前来又给刘二扒子一个耳光子。赫尚林用力拽过老倪，把他甩到自己的身后："你咋打他呢！"赫尚林极不高兴地指着老倪。老倪极不情愿地回到办公桌前坐下，侧过身子怒视刘二扒子。

刘二扒子嘴角流血了，从长板凳上站起来，他真的急了，整个脸气得有些歪斜，指着老倪说："过去地主打过我，我无

174

处讲理，没有办法，只能挨着。现在地主倒了，你打我，凭啥！我是犯法了，也轮不到你打我呀，斗地主还不能打呢，我比地主还恶吗？"

刘二扒子一向是个老实人，从来没与乡亲们红过脸，这次蛮劲真的上来了，他一步步向老倪逼过来。老倪看着刘二扒子胡乱摸着沾满红墨水、歪斜丑陋的脸，一步步向自己逼来，着实害怕了。

"你想干啥，不服咋的！"治安员老倪以预防的架势站起身来，向刘二扒子吼一嗓子，同时把手枪往桌子上一拍，为自己壮胆，"我告诉你，二扒子，你今天不交代，没你好果子吃。"

刘二扒子毫不含糊，同时脸上现出一种让人看了更可怕的轻蔑的微笑，依然向老倪逼过来。赫尚林怕刘二扒子犟劲真的上来，再闹出别的啥事来，上前拽住刘二扒子。

"扒子，听哥的，坐下。"赫尚林把刘二扒子推到板凳前，硬把他按坐在板凳上。刘二扒子猛地又站起来，指着老倪叫号：

"你拍啥你，我怕你是咋的，你拿那破猪髈蹄吓唬谁呀，你有本事给我一枪。"刘二扒子拍着自己的胸脯，"来吧，向这打，打呀！咋的，不敢了，怕了？要不你把那个破猪髈蹄给我，我敢给你一枪，你信不？你敢把枪给我吗，你不敢。别看你一天挎个鸡巴猪髈蹄，装模作样的，你妈个 × 的还不一定有我这股尿呢。"

外边卖呆的人都被刘二扒子的举动惊呆了，各个面面相觑。他们从来没见过刘二扒子发过脾气，今天扒子是真的火了，看来是要豁出去了。老倪没想到不但没吓唬住刘二扒子，反倒被刘二扒子给吓住了。他的怒气不知跑哪去了，蔫蔫巴巴把被二扒子称作猪髈蹄的手枪插进枪套，蔫蔫巴巴坐在椅子上不说话了，脾气没了。

赫尚林卷一袋烟递给刘二扒子："扒子，你总得说话呀，你总得让我明白你是咋回事呀，你不能不说话呀，你总这样下去，那事咋解决，你说呢，嗯？"

刘二扒子突然腾地站起来，把刚点着的烟摔在地上："好，我说，我都说出来。"

"那好，你坐下说。"

"好汉做事好汉当，都是我的事儿，老张家里的一点事也没有。我趁夜里下大雨，打雷，那嘎垯又背静，觉得她喊也没人听见，就上她炕了。就这样，她啥事也没有。刮我也行，杀我也行，那是你们的事了，完了，就是这些。"

赫尚林在地上来回走着，他掂量着刘二扒子每一句话："扒子，你是啥时候去的？"

"打雷那工夫去的。"

"后来呢？"

"我睡着了。"

"在哪睡的？"

"就在她炕上睡的。"

"她打没打你？"

"打了，也挠我了。"

"挠哪了？我看看。"

"这不。"刘二扒子把脸扭过来给赫尚林看。

"这不刚才挠的吗。"

刘二扒子不说话了。

赫尚林看看刘二扒子："她打你了吗？"

"打了。"

"打你哪了？"

"哪都打了。"

"她打你——你咋还能在她炕上睡着了呢？"

刘二扒子一下子明白过来，知道自己被村长哥哥问得掉到沟里去了。他红头涨脸地对赫尚林喊起来："你别问了，都是我的事儿！"

赫尚林长叹一口气说："好了，满仓。"他指指老倪椅子后边的那扇门，"你把扒子先带到里屋去，搁两个民兵看着点。"赫尚林转过身来对老倪，"你怎么能下手打他呢！他这一辈子够可怜的了，从小没有父母、要饭，十二岁时就给地主干活，到现在连个媳妇都没有，你咋能下的去手呢！"

赫尚林和刘二扒子从小在一起长起来的，两个人的年龄相同，都是四十二岁，生日比赫尚林晚。刘二扒子的身世赫尚林最了解。那是一九一八年立冬那天，年仅十岁的小扒子，在自家八面透风的房子里睡觉。半夜变天了，呼叫的北风把赫尚林的父亲惊醒，他突然想起一件事，猛地坐起来，伸上棉裤，跳下地，穿上鞋，边穿棉袄边往外跑。赫尚林的妈妈和奶奶不知发生了什么事，急忙跟出去，已不见人影。就在他们正在着急时，赫尚林的父亲抱回一个人来，这个人就是十岁的小扒子。

原来赫尚林的父亲，看到变天了，外边刮着"大烟泡"，气温骤然下降，心想：这小扒子家的那破房子，孩子非冻死不可。这才没说分晓，向小扒子家跑去。

果不其然，小扒子窝在炕角，浑身冰凉，四肢僵硬。赫尚林的父亲脱下棉袄，把小扒子裹上，抱起来就往家跑。到家后，他把小扒子轻轻地放在炕头，给他盖上被。赫尚林的父亲看着不省人事的孩子，眼泪扑簌簌地掉下来："孩子，你可得醒过来呀。大爷一忙把你给忘了，实在对不起呀。"一家人都在为小扒子的生命担心、抽泣。还好，到鸡叫头遍，小扒子终于苏醒过来了。他眼睛模糊地看见一张张脸在眼前晃动。他看清了，那一张张脸是笑的，和蔼可亲的。有尚林的脸、有大大的脸、有娘娘的脸、还有奶奶的脸。

小扒子脸上显现一丝的笑容，艰难地把嘴动动："大大，我没死吧？"

赫尚林的父亲一下把小二扒子抱起来："没有，没死，你不能死，好孩子。以后咱再也不回那个家了，大爷就是你的爹。"

从那时起，赫尚林的父亲就收留了小二扒子。

今天在这个问题上，赫尚林又怎能不站在同情刘二扒子的立场上呢！说实在的，赫尚林从心里不相信刘二扒子会上张老娘们的炕，就是真的上了，他也不会占主动。这么多年了，二扒子虽然没有媳妇，他也从来没有这方面的事儿。他历来对谁家的大男小女都是有老有少，别看他没有文化，说话特有分寸，特别对村里那些无论是长辈、同辈还是小辈女人，他说话更是慎之又慎，今天咋会干出这事来呢？

"哎，我说老倪，你去把张老娘们叫过来。"

"好，我叫她去。"

张老婶披散着头发，活像个女鬼，号唃着就进来了。她很自觉地就坐在刘二扒子刚坐的那个位子上，捶胸顿足，痛不欲生地哭喊着，那悲伤气愤的样子，俨然一个被歹徒强暴的少女。

赫尚林倒背着手，慢慢地来回走，不知走了多少个来回，停在张老婶的面前，赫尚林的声音不大，是一种和气的语气，以平时农村习惯的称呼叫她："老张家里的——"

张老婶没听他那一套，越发哭闹得更凶了。赫尚林几次想拦住她的哭骂，她却旁若无人，我行我素。

"别嚎了！"倪治安员实在忍耐不住了，他猛拍一下桌子，大吼一声，把桌子上的那只漆皮斑驳脱落的手枪震得跳起来。

张老婶戛然停止哭闹，样子十分滑稽，逗得爬窗向里看的孩子们一阵哄笑。

"老张家里的——"赫尚林用烟袋锅点着自己的手心，斟酌着词句，"你——是啥时候知道二扒子在你炕上的？"

"早晨醒来，咋的？"

"嗯，啥时候泼的钢笔水？"

"也是早晨！"

"他是啥时候进你的屋上炕的？"

"不知道！"

"那么大的活人进你屋，上你的炕，你愣不知道？"

"我睡着了。"

"可是，你——"赫尚林下边的话没说出来，他目不转睛地盯着张老婶好一会儿才说，"这就不对了，你刚才说的是刘二扒子上你炕时你打都打不走他，这会儿咋又说睡着了？要那么说二扒子根本没动你？"

张老婶听村长这一问，知道自己把话给说漏了。先是一愣，瞪着双眼："我说村长，你的话是啥意思？"她好像琢磨过啥滋味来，猛地把板凳推倒在后边，一屁股坐在地上，两手玩命地拍打地面，又撒起大泼来："我算活不了啦，政府也不替我说话，也不为民做主啊，没处讲理了，我活不了啦，啊啊啊……"

外边卖呆的人，时间一长，也都腻烦了，渐渐散了，各自回家去了。连孩子也都散尽了，村政府里只有赫尚林、老倪、满仓和几个民兵了。

看热闹的孩子中，少不了海林。他跑回家去。一进门，便气喘吁吁、一五一十地，把他看到的一切都告诉妈妈。

珍珍听后，心想：不会吧，刘二扒子可是个大老实人，不可能干出这种事来。他敢上张老娘们的炕？谁能信呢。张老娘们是脑瓜顶生疮脚底流脓——坏透腔的人，不定又耍啥鬼花招呢。

就在珍珍将信将疑时，老于婆子噔噔噔地推门跑进来，神秘地压低声音说："哎哎，他三婶子，告诉你一件大好事，哎，你猜啥事儿。"说完她捂着嘴幸灾乐祸地笑起来，"你猜咋的，这可真是报应，王䴗子他妹妹，那个坏透腔的张老娘们，犯事了。"珍珍还没来得及说啥呢，她又急嘴快舌地说起来，"她

179

到村政府把刘二扒子告了，说啥来着，说二扒子上她的炕了，哎呀妈呀，这有多丢人呀。现在两人都在村政府了，村长和老倪正在审问呢。"她说得这样热闹，珍珍好像没在意，或者说珍珍根本就没听她蝲蝲蛄叫。觉得自己挺没趣的，便扒拉一下珍珍，"哎哎，我说他三婶子，你听见我说没有？"

"我一直在听着哪。不过，我对这些事不感兴趣儿，她爱出啥事出啥事，老于大嫂，它就是天塌下来，我也管不了，我自己的事一天还想不过来呢，哪有闲心听她们那些臭事。"

"你不觉得解气？"

"我解啥气。"

"啧啧。"老于婆子边在珍珍的烟匣篓里装烟边不无遗憾地说，"我说你呀，可真是大人有大量。那天王駒子他妹子和关鸿涛的老婆嚼你的舌头，你忘了！嚼别人舌头的人自己就是那样的人，你就不解恨？"

"她自己的丑，自己带着呗，我可不看人家出事就幸灾乐祸，看人家好了就嫉妒人家，那样不好。你说是吧，老于大嫂？"老于婆子看珍珍不哼不哈的，心里着实有些不高兴珍珍。

自上次老于婆子拽着珍珍，偷看关鸿涛老婆那事后，珍珍确实很不高兴老于婆子，觉得老于婆子太是非，太好多事，一天没事，到处打探别人家的事，并到处嚼舌头，简直太无聊了。珍珍最烦这样的人，从心里腻烦她，所以有意怠慢老于婆子，弄得老于婆子一肚子不快，便悻悻地走了。

王駒子的妹子，是啥人，全村的人都一清二楚。她是从妓院出来的人，出来时弄一身病，后来不知怎么与张明武成的亲。这不，结婚十多年了，也没个孩子。她家原在湖溪，也是从小就没有母亲，跟着父亲生活。在她八岁时，她那不争气好赌的父亲，把家里的东西全赌光了，狠心地把她卖到妓院。长到十二岁时，老鸨就逼她接客，直至解放才算过上人的生活。

她也是个受苦的人，她可没有珍珍那样幸运，有好爷爷好奶奶。珍珍对她是同情的，尽管上次她在背后与关鸿涛老婆嚼舌头，被珍珍当场堵住，当时珍珍对她一句过激的话都没有，她满身的疮疤，珍珍一块都没给她揭。珍珍对她并不觉得恨，主要恨的是关鸿涛这个本家，为啥对她这样坏，总是欺负她们娘几个，珍珍真的想不通。至于王驹子的妹子，虽然浑身总还是带着妓院里的气味，说话也总是嗲声嗲气的，一点都不懂自爱，动作还总是与阴阳怪气的声音相协调，珍珍还是高看她一眼。总归她在那里待十多年，养成一身恶习，需要慢慢才能改掉。可这次，珍珍放下手中的活，心想：这个人也真是的，本来大伙就瞧不起她，对她没有好印象，自己咋还不检点，怎么还能出这样的事呢，这咋跟老张交代呢？想到这，珍珍深深地叹口气，摇摇头："哎，去去吧，哪有闲心想她们这些臭事。"

就在人们热议刘二扒子上张老婶炕的当天中午，刘二扒子在村政府办公室的里屋，上吊死了。屁股大的村子像开锅水一样，翻腾起来。全村所有的人都把同情的秤砣移到刘二扒子这边来。

"这老娘们儿，算个啥玩意，一天没有老爷们搂都不行。"

"真是狗改不了吃屎。"

"那改啥呀，野鸡就是野鸡，咋也改不了野鸡的习性。"

"哎，这个骚狐狸，把个老实巴交的扒子给糟蹋了。"

"你可说呢，你说你死啥呀。"

"是呢，这一死，啥也整不明不白了，真成狗 × 猪，稀里糊涂了。"

"这回那老娘们行了，咋说咋是了。"

"那可不见得，那老赫村长可有两下子，从你说话中就能分水出事儿来。那土改斗地主时，人家工作队队长就夸奖说老赫啥事儿看得可准了，我亲自听见的。"

181

"滚一边拉去，不会说拉倒，啥分水，那叫分析，懂不？还分水呢——"

"去去，你们俩都滚，人家在说正经事，你俩上这比啥学问呢。"

"嗨，咋分析又能咋的，二扒子也死了。他这辈子可真可怜。"

乡亲们正在愤愤不平议论时，赫尚林披着上衣，手里提着复原时从部队里带回的饭盒，饭盒里是他给二扒子带来的饭菜。

"村长来了！"有人喊一声。

人们闪出村政府的门。两个蹲在村政府门口看守刘二扒子的民兵，听说村长来了，抬起沮丧的脸，慢慢地站起来，胆怯地看着赫村长。"咋的了？哭丧个脸。"赫尚林瞥一眼眼神异样的两个民兵，随便地问一句，向屋里走去。

"老刘二叔上吊了。"一个民兵胆怯地说。

赫尚林刚迈过门槛的腿突然停住，猛地回过头来，一双眼睛瞪得吓人："你说啥！"

"二扒子叔上吊了。"

赫尚林一把拽住其中一个民兵的脖领子，怒视着两个民兵，牙咬得嘎嘣响："你们是干啥吃的，啊！"他狠狠地一拳打在一个民兵的脸上，那个民兵跌坐在地上。赫尚林看看手里的饭盒，把它狠狠地摔在地上，饭盒盖和饭盒分了家，苞米渣子饭和熬土豆，撒一地，里边还有几块腊肉。赫尚林倒背着双手，急切地走进村政府的办公室。他屁股后边别的烟口袋，随着那大步流星的两条腿，左右大幅度地摆动。

村长来到关刘二扒子的办公室，掀开盖在刘二扒子身上的破麻袋：二扒子的脸呈青紫色，其中那只好眼睛几乎冒出来，似乎力争把这个世界看个明白。舌头已缩回，但不完全。面目有些狰狞，流露着痛苦和无奈的表情。赫村长费好大的工夫，才使刘二扒子那只好眼像那只瞎了的眼睛一样，永远地闭上了。

赫尚林又把破麻袋盖在刘二扒子脸上。他站起身来说:"扒子,你不该呀,你怎能死呀你!"他的两眼模糊了。赫尚林旋即从办公室出来,他不由自主地又与那两个失职的民兵对上眼。那两个民兵吓得低下头,向后退几步。

"满仓!"赫尚林喊过来民兵队长,"带几个人,找几块板子,给扒子打口棺材;再上供销社买几领炕席,给二扒子简单搭个灵棚。"

满仓带几个民兵走了。

"村长,我俩也去吧。"失职的民兵要求。

赫尚林扭过头看他俩一眼,随后转过身来直对着他们:"我问你们两人,你俩干啥去了,二扒子是咋上的吊?"

"我俩坐那还和二扒子叔闲说话,二扒子叔还找我俩要烟抽。"其中一个民兵说。

"他还说他太丢人了。他说他最对不起的就是赫村长和你们一家子。"另一个民兵说。

"后来,二扒子叔问我俩吃饭没,我们说还没吃呢。他说,你们吃去吧,我是不会跑的,也不会死的,这刚解放,好日子还长着呢,死不白瞎了吗。"

另一个接着说:"我们说那不行,你要是出点啥事儿,我们咋向村长交代。他说,出啥事儿呀,没事儿,我也饿了,你们俩要能给我带个苞米面饼子,我一辈子也忘不了你们。"

"我们听他说得挺实在,也挺心疼他的,就走了,谁会想到——"

"实际我们走连半个小时还不到,就回来了。回来就看他吊在墙上的爬头丁上了。"一个民兵边说边从兜里掏出两个苞米面饼子,"您看,这是我给他带来的饽饽。"又从另一个兜里掏出一块咸菜,"还有咸菜。"

赫尚林长叹一声蹲到地上,两手胡乱地抓着光头,心像刀绞似的难受。

他后悔当初没留住二扒子，他一拍大腿站起来："扒子扒子，当初叫你住到我家去，分的那间房子咱不要了，你偏不听。哎，说啥也晚了，没用了。"

全村几乎家家都来人了，为二扒子忙活丧事。

人们边干活边议论刘二扒子的为人。如果把大家的议论串接起来，那就是为刘二扒子写的措辞得当、切合实际、非常好的一篇悼词。

刘二扒子一辈子没有说媳妇，尽管他已四十多岁，仍然是个童子，当然更不可能有儿子。因此不能入祖坟。

赫尚林为了让二扒子死后能回到爸爸妈妈身边，能在阴曹地府，为爸爸妈妈尽点孝道，他来到八十多岁的老娘跟前，扑通一声，跪在妈妈跟前说："娘，我有两个儿子，能不能在名义上过继给扒子一个，这样他就可以进祖坟了。"

老娘老泪纵横地说："咱农村有讲究，不能过继长子。"

"娘，那就把老二过继过去吧。"

征得老娘同意后，赫尚林又去征求媳妇的意见。

"尚林呀，我没事儿，只要娘同意就行。"

一切都顺利。赫尚林把佟成贵请来，佟成贵听完情况后，一句话没说，只是以极其佩服的表情向赫尚林翘翘大拇指。佟成贵把过继单写好，再找个证人，在过继单上按个手印，压在刘二扒子的材头，让赫尚林的二儿子在棺材前磕三个响头，喊几声爹，整个过继仪式就算完事儿。这样刘二扒子就可以正大光明地进祖坟了。

事发的第二天下午就出殡了，这天正好是星期六。赫尚林的二儿子扛着幡，十二个小伙子抬着刘二扒子的棺材，跟在赫尚林二儿子的后边，向荒沟刘家的祖坟缓缓地走着。他们走到通向吴家铺子大桥时，正好碰上张老婶的当家的张明武，骑着自行车从河草镇回来。实际事发的当天，赫尚林就给张明武打了电话，只说村里有点事儿，让他回来帮个忙，没敢把实情告诉他，他也没想到事情有多重要，也因工作忙，就推脱说明天下午早点回去。张明武刚骑车到吴家堡子大桥上，看到一队送葬的人向荒沟方向走去，他不知谁死了，紧蹬几步赶上来。一看是赫尚林的二小子打幡，以为是赫尚林咋的了，再一想，不对呀，赫尚林昨天还给我打电话呢，再说，要是赫尚林不可能是二小子打幡呀。对呀，那不是赫尚林扛着铁锹跟着嘛。他一眼看见了赫尚林，紧蹬几下自行车，来到赫尚林跟前，一问，才知是二扒子死了。

"二扒子那么结实，得的啥病，这么快？"他问赫尚林。

"呦，老张老哥呀，回来了？"

"这二扒子咋的了？"

"嗨，你先回家吧，等我回去再和你详细说吧。"赫尚林有些躲闪。

"老赫，我也去吧。"

"算了，老张老哥，你先回家吧，你这三十多里地也够累的了，就别去了。"赫尚林愣把张明武给推回去。

张明武来到村头，远远看见仨一群俩一伙的，有的在说笑；有的神态很神秘地说啥，说完后哈哈大笑；有的像在争执啥。当他们看见张明武时，又都赶紧躲进自家的屋里，来不及躲的，只好应付性地与张明武打声招呼，那神态却是怪怪的。张明武疑疑惑惑来到家门口，两扇木板门紧闭着，他用手推推，里边门插关插着呢，就敲敲门。一会儿工夫听到脚步声，知道是老婆开门来了。

"谁呀？"张明武老婆其实知道是张明武回来了，赫尚林昨天打电话她都听见了，只是习惯地问一句罢了。

"我。"张明武回答。

门开了。张明武边向院里推车边信口问道："二扒子咋死了？"

　　"谁知道，在村政府死的。"她不咸不淡地回答。

　　张明武停下车，转过身来看着老婆："死在村政府？他咋死在那？"张明武这时才注意到老婆脸色惨白，一脸憔悴相，两眼红肿，看着有些让人发瘆，"你咋的了？"

　　"没咋的呀。"

　　"没咋的，脸色咋那难看？"

　　"头疼。"

　　"头咋还疼了呢？"

　　他老婆没有说话。

　　张明武支好车梯，从后衣架上拿下一包用牛皮纸包的东西，进屋去了。张老婶也跟进去，并随手把房门关上。

　　"刘二扒子因为啥死的？"张明武边脱外衣边问。

　　他老婆还是没有说话。

　　他没听见老婆有回音，回过头来看看老婆，他愣住了："你咋的了？"

　　张老婶只是掩面哭泣，一句话也不说。

　　直觉告诉他，刘二扒子的死，一定与自己老婆有关。张明武走到老婆跟前，两手抓着她的肩膀，用力摇晃着："到底咋回事儿，啊？你说话呀！"张老婶更是变本加厉地哭起来。

　　"到底是咋回事儿呀，你倒是说话呀！"

　　"我、我，缺德的刘二扒子欺负我了，我把他告到村政府。村、村长把他抓去，后来他咋在那吊死的我也不知道。"

　　张明武慢慢松开老婆的双肩，两只手无力地垂下来。他抬起头，无目的地看着屋顶，咬着下唇，两手攥得咯咯响。他心里这才明白，为啥赫村长不让他去送葬，为啥村里人看他的目光都那样离奇，为啥问刘二扒子是咋死的，都躲着他不回答。

他猛地抓住老婆的双肩："说！到底是咋回事儿,给我说清楚！"

张老婶瘫坐在地,两眼惊恐地看着张明武。张明武狠狠地踢了老婆一脚,转身走了。

张明武急匆匆大步流星向村政府走去。

他来到村政府,赫尚林送葬还没回来。村政府只老倪一个人。老倪看张明武进来,先是一愣,接着是满脸讪笑站起来。

"呦,明武回来了。啥时回来的? 快请坐。"老倪指指椅子。

"村长呢?"张明武往椅子上一坐,一脸凶气。

"噢,他给刘二扒子送葬去了,还没回来。"老倪一边回答一边用一个瓷掉得面目全非的搪瓷缸子,给张明武倒杯水,"你喝水。"

"到底咋回事儿呀?"张明武瞪着老倪说,那架势好像是老倪惹的事。

老倪明知张明武问的是啥事,却故打哑谜:"啥咋回事呀?"

张明武翻着白眼,看着站在面前的老倪,心想:你小子跟我装傻充愣,幸灾乐祸。

老倪一看张明武的眼神不对,马上满脸堆笑地说:"噢。"他好像恍然大悟,"你问老二扒子,哎,咋说呢。"老倪坐在自己的椅子上,拉开抽屉,拿出一个记录本,掂了掂,扔给张明武。

"都在上边呢,你自己看吧。"

张明武疑疑惑惑拿起记录本。

老倪看张明武家里出事了,他却是幸灾乐祸。他和张明武是有过节的:刚解放时,镇上要从茫草城村选一位到镇上工作的人,当时村里推荐两人,一个是老倪,另一个就是张明武。最后还是张明武去了镇上。为此老倪闹了好长时间的情绪,几次到镇上,把张明武的七百年谷子八百年糠都抖搂出来,结果不但没把张明武拉下来，反倒使张明武与他结下了冤仇。

这时他看张明武红头涨脸地看记录本，脸上现出一丝不易被觉察的阴笑。

记录本上记录的完全是真实的情况：在老倪拍桌子瞪眼的吓唬下，再加上刘二扒子一死，张老婶确实害怕了，于是把实情一股脑地说出来。

张明武边看双手边哆嗦。他知道老倪看他在镇上工作，嫉妒得要死，这次可给老倪解恨了。他抬起头，正好看见老倪的一脸讪笑，便"啪"的一声把记录本摔在老倪面前，狠狠地瞪老倪一眼，向后一抬腿，把椅子踢倒，转身走了。

"哎哎，老张，你忙啥呀，再等等，村长一会儿就回来。"老倪追出去，一副气死人不偿命的样子。

张明武"啪"的一脚端开大门，气哼哼走到柴火垛前，抽出一根手指粗的柳条棍子。张老婶听见端门声，知道没有好兆。她爬窗户向外一看，知道事情完全败露。她拽起一床被，蒙住头，撅在炕上，浑身像筛糠一样。又听见"啪"的一声，房门被踹开，咣当一声，门撞在墙上，哗啦一声门上的玻璃全碎了。紧接着就是一下紧一下柳条棍子抽在张老婶身上的扑扑声。张明武咬牙切齿地打，歇斯底里地骂：

"你个臭婊子，骚娘们儿，你个不要脸的东西，你他妈狗改不了吃屎，我今天非打死你不可！"

张明武每一棍子下去，都像刀割似地疼。张老婶喊救命喊得声音都变了。她跪在张明武面前，看着张明武变形的脸，她吓得脸色惨白，眼睛发直，嘴里不停地说："我对不起你，我对不起你——"

张明武扔下柳条棍，跳下地，来到外屋，操起菜刀回来。张老婶这回可真傻眼了，这分明就是梦中的那个拿大刀片的凶神，没想到凶神恶煞真的来了。还没等她多想，一刀砍下来，她"啊"的一声，血溅了满墙满炕，软软的躯体倒在她刚蒙头用的那床印着一对鸳鸯戏水的被子上，整个身体都在痉挛、抽搐。张明武站在炕上也傻了眼，刀，当啷一声掉在炕上。

就在这时，赫尚林和满仓等人跑进来。他们从坟地回来，听说张明武来了，怕出意外，就赶来了，可还是晚了。看到这一惨剧，人们都惊得目瞪口呆。赫尚林跳上炕，用手在张老婶的嘴前试试，一点气息也没有了。他站起来，走到张明武面前。

"老张啊，你这是干啥呀，你可是吃官饭的人啊，你是懂法的呀！可惜呀，你辜负了党对你的培养啊。"他长长叹口气，转过身来，"满仓，把他带走，安排民兵把他看住了。"

"是，村长，这回你放心吧。走吧，老叔。"满仓叫张明武一声老叔后，和几个民兵把他带走了。

赫尚林放下手摇电话，转过身来，严肃地看着治安员老倪。

"你咋能把记录给他看呢，啊！"赫尚林气得使劲拍着桌子，把刚才老倪给张明武倒的那杯水震得掉在地上。

老倪的讪笑早已无影无踪了，代之而来的是满脸的惊恐。

"村长，我、我真的没想到事情会是这样。"

"你也不想想，这是啥事儿呀！怎能不讲究点儿方法，把实情都告诉他呢！"

老倪悔恨地抱着脑袋。他对一向好直言的赫村长的批评和忠告，不无感慨。心想，自己要是不把老赫以前教诲当耳旁风，今天也不会出这种事。

赫尚林站起来，走到老倪跟前，拍拍他的肩膀，语重心长地说："老倪呀，咱们虽然官不大，可是也代表一方政府哇，是站在群众前头的人。我们不能只教育群众，重要的是要先教育好自己，无论大事小情，都要站在群众的立场上，想好了再说话，这样我们才有资格在群众的前头站着。"

老倪感慨地摇着头："我太自以为是了。"

第十七章 财神庙里打"鬼"

　　龙头岭是从弟兄山延伸而来，临茫草河戛然而止。面对茫草河一面，被胡乱雕琢的岩崖，或叠嶂，或狰狞，且上面布满荆棘，景象十分怪异。从远处看去，酷似龙头，故得龙头岭之名。茫草河从龙头岭西北方向流来，与龙头岭成六十度的夹角，水流湍急，直冲向龙头岭下的山岩，激起丈余高的浪花，形成千堆白雪。撞在龙头岭上的茫草河，拐了一个死弯后，折向龙头岭的东南方向，与龙头岭形成同样大约六十度的夹角。站在龙头岭上俯瞰，恰似龙的两根白须，让人叹为观止。而向东南流去的茫草河，流到吴家堡子，向北有一个回转弯，造成一个大回流，回流绕过一个小河汊，流向一个低洼处，在低洼处形成一个长二百多米宽二十余米的大水泡子。由于泡子里的水面与河水的水面相平，茫草河在河汊的回流处，形成一个大漩涡后又向东南流去。泡子里的水最深处也只有两米多深，周围被柳树环绕，水平静得如一面大镜子。这里是蛤蟆的乐园，因此，每年清明节前后，人们都要到这里照蛤蟆，于是这里的大量的蛤蟆，便成了人们的佳肴。今年又快到清明节了，凤山也像大人们一样，到北道沟砍来柞树杈，回来用大锤砸劈，晒干做成

"明子"，待清明节来临，到泡子照蛤蟆时，把"明子"放在牛兜嘴里点着，蛤蟆就会奔火光来，你就可以轻而易举地把蛤蟆抓住。

凤山照蛤蟆的心情非常高，早早就与小伙伴也是同学刘继远约好，等清明节一来临就到上河套大泡子照蛤蟆。

可是，这天妈妈突然对凤山说：

"凤山，妈妈过几天要出门，除了上学，不许哪都跑，清明节更不能照蛤蟆去！"

"妈妈，你要上哪去？"

"去你太姥姥家。"

"干啥去？这都快刨茬子了，你不种地了？"

"地还没解冻呢，回来也赶趟。妈告诉你的话记住了没？"

凤山点点头："记住了。"

说也奇怪，今年不知啥原因，珍珍没有像往年春天那样，起早贪黑地忙着起粪、倒粪、准备春耕。就在距清明节还有十来天时，嘱咐完凤山转天就走了。家里扔下三个孩子，珍珍不放心，又提前把关口子的五婶子接来，帮助照看家和三个孩子，与五婶子也说是回娘家看看爷爷奶奶。

珍珍走后第四天的晚上，凤山见不少人结伙去上河套照蛤蟆，凤山急得坐不住了，与五奶奶商量，也要去照蛤蟆。五奶奶实在耐不住凤山的软磨硬泡，只好答应了。并嘱咐凤山要早点回来。就在这时，刘继远提着一个牛兜嘴，夹着一捆柞木明子来了，他一进院就喊："关凤山，走吗？"

"哎，走，就来。"

五奶奶一看这架势："好你个小兔崽子，你们这是早就商量好了，你看我打你不。"五奶奶拿起炕笤帚，佯装要打凤山，凤山向五奶奶做个鬼脸跑了。

"早点回来。"五奶奶冲着凤山跑去的后影喊一句。

"知道了，五奶奶。"

他们两人一口气跑到上河套，点着牛兜嘴里的明子，沿着大泡子开始照蛤蟆。凤山和刘继远只顾兴冲冲地照蛤蟆，也不知道是啥时候，等他们抬起头四处张望时，整个上河套一处火光也没有了，照蛤蟆的人早都回家去了。再看三星已经偏西。两个孩子真的害怕了，没敢熄灭牛兜嘴里的火，一溜小跑来到村头的"财神庙"前，这里有一口水井，他们来到水井前，想把牛兜嘴里的余火磕到水井里。就在这时，"财神庙"里，一阵噼噼啪啪好像公鸡拍翅膀的声音，同时火花四溅，伴有怪叫声。凤山和刘继远丢下手里的牛兜嘴和装蛤蟆的口袋，转身就跑。凤山哪敢一人单独跑，被刘继远拽着跑他家去了。刘继远的父母听后也是心惊肉跳的，啥话也没说，忙着把手放在两个孩子的头上旋转，嘴里念念有词，给两个孩子叫魂。他们这一折腾，使凤山更觉瘆得慌，浑身顿时起了一身鸡皮疙瘩。

"喔喔喔——"鸡叫三遍了，天已蒙蒙亮。五奶奶醒了，她坐起身来，心咯噔一下，急忙喊海林：

"海林，海林！"

海林抬起头，眯缝着眼看着五奶奶："咋的了，五奶奶？"

"你哥哥咋一夜没回来？"她边说边急急忙忙穿衣服，"这可咋整，可别出啥事呀……"

海林一翻身爬起来，胡乱地穿上衣服，跳下地边穿鞋边往外跑。当海林跑到"财神庙"后，正好看到哥哥空手从街里方向走来，眼睛还惊恐未消地盯着"财神庙"。

"哥哥！"海林急切地喊一声。

这时五奶奶也来到街上，看到凤山回来了，长长地出口气："你这孩子，咋这时才回来，你不把人急死。"五奶奶真的生气了。

凤山是个会来事的孩子，他看五奶奶生气了，便撒娇地扶着五奶奶说："五奶奶，别生气啦，我再也不去照蛤蟆了。"边说边摇着五奶奶的胳膊。

回到屋里，凤山把夜间看到的"财神庙"里发生的事，一五一十讲给五奶奶。五奶奶的眼里显现出少有的惊恐神色："那你这一夜去哪去了？"

"我跟刘继远跑他家去了。寻思让他爸爸送我回来，他爸爸也那样孬，也怕得不得了，就让我住他家了。"

"那是咋回事儿呀，是财神爷显灵了？"五奶奶看着凤山思索着，"那你照的蛤蟆呢？"

"吓得顾不上了，啥都扔到井边上了。"

"天都大亮的了，走，五奶奶领你去找回来。"

"别去了，一大早刘继远他爸爸就去了，啥都没有了。"

"看来财神爷真的显灵了。"五奶奶一副恭敬的自言自语。

"啥显灵啊，那都是扯淡。"海林脸上一副不屑的笑。

"咋说话呢，说五奶奶扯淡！"五奶奶嗔怒地看着海林，脸上却显着亲昵的微笑。

"我不是说五奶奶扯淡，村里人都说财神爷会显灵，我是说他们扯淡。"

"还胡说，回来财神爷生气了，不许再瞎咧咧了。"五奶奶呵斥海林。

"生啥气呀，那里啥也没有，我都进去玩儿好几回了。哪有啥财神爷呀，就墙上画了好多画，那画里的人都龇牙咧嘴，有红脸的、白脸的、绿脸的、蓝脸的、黑脸的，看着挺吓人，有啥呀。"海林一副满不在乎的样子。

"你还进去玩了？"五奶奶惊讶地问。

"嗯哪，我还甩它们一脸稀泥呢。"

"啥？你还甩它们一脸泥？"

"那也没咋的，它们也没下来。"

"没错了，昨晚的事没准就是你惹的。"五奶奶在原地转一圈，向四周巡视着，好像在找啥，"凤山，你家有香吗？"

"啥香啊？"

"烧的香。"

凤山摇摇头："没有。"

"五奶奶，你要香干啥？"海林用奇怪的眼睛神看着五奶奶。

"我给财神爷烧股香，求它原谅啊。"

"哎呀，五奶奶，不用怕，有啥怕的。我佟大爷说，那都是人自己瞎画上去的，都是自己吓唬自己。佟大爷还说，东头老爷庙里的老爷都被农民会搬出来砸了，把老爷庙改成学校了,都没事儿，我甩点稀泥又能咋的。再说……"

"中了，别说了。"五奶奶打断海林的啰唆，"你佟大爷是谁？"她问凤山。

"是我们村的老八路，"还没等凤山说，海林抢过来说，"佟大爷可有本事了，他打过日本鬼子和国民党，还受过伤呢。给我们讲过好多打鬼子的故事，还说他差一点就光荣了。他还告诉我们小孩，不要怕鬼神啥的，那都是骗人的鬼话，是迷信，世界上根本就没有鬼。"

"得得，别说了。"海林正说得来兴致的时候，五奶奶给打断了，"你看你的嘴，跟炒爆豆似的。"五奶奶用手指点海林的脑门儿一下，"我可告诉你海林，以后少听你那啥佟大爷、铁大爷的穷白话，听见没？"

海林瞪着一双大眼睛看着五奶奶："我不听他的听你的？你懂啥呀，我就听他的！他还救过我妈妈的命呢。"说完转身跑了，"走喽，还听佟大爷讲故事去喽。"

"别跑了，该吃早饭了！"海林早已跑得无影无踪了，五奶奶无奈地摇摇头，"这是啥孩子，你说。"

海林这孩子虽然年龄小，可挺有主意，而且胆量也大，他总有一种天不怕地不怕的倔强劲。无论什么事，越危险他越想试试，大人越嘱咐不让干的事，他非得背着大人去试试不可。他看人家大人到山里下套子，套野鸡，套兔子，他也做一些套子，自己背着大人，竟敢一个人到山里去下套子，套野鸡野兔。

要说海林的胆量，与他崇拜佟大爷分不开。他把佟大爷当成大英雄，把佟大爷当做自己的榜样。自接触佟大爷以后，胆量越来越大。

一天五奶奶和凤山、海林、梦梦正在吃晚饭时，刘继远又来了，他手里提着牛兜嘴。

"又拿这干啥，还照蛤蟆去？"五奶奶放下碗筷，抹抹嘴说，"不能去！"

"五奶奶，去也没事儿，跟大伙一块去一块回呗。"刘继远说。

五奶奶看看他们嘴动了动没说话。

"哎，刘继远，你看，五奶奶答应了。"凤山向刘继远挤挤眼。

"去去去，谁答应了？"

"是我看出来的。"凤山说完嘿嘿地笑了。

五奶奶点了一下凤山的脑门："你个小机灵鬼。"

天黑了，凤山急急忙忙和刘继远走了。他们从财神庙外的小道走过时，浑身的汗毛孔一炸一炸的，越害怕越想往庙里看，几乎是小跑跑过财神庙的。

凤山走以后，海林来到耳房，趁五奶奶不注意，从水缸后边掏出弹弓，不知又从哪里抓出一把"子弹"——圆石子，揣进口袋。然后，来到院子里，站在台阶上，从窗户的破洞处，向屋里看看，然后，喊一嗓子："五奶奶，我跟哥哥照蛤蟆去了。"还没等五奶奶说啥，海林已跑得无影无踪。其实海林根本就没想跟哥哥去，他也知道，哥哥压根就不会让他去。他不采取这种办法，正儿八经跟五奶奶说，大晚上的，五奶奶肯定不会让他出去的，那样自己的计划就会落空。这样做，既可以摆脱与五奶奶的纠缠，尽快脱身，又让五奶奶知道自己的去向，不至于担心。

海林从家跑出来后，直接奔财神庙去了。来到庙门前，看看周围没有人，便轻轻推开庙门，迅速进去，回身把庙门关好，抵住庙门，站在庙门的门楼里，向院里扫视一圈，院里死一般的寂静。这时庙前的马路上好像有人在说话，海林把耳朵贴在门缝上：是去上河套照蛤蟆的人。他们边走边嘀咕那天晚上哥哥和刘继远碰着的怪事。海林感觉到，路过庙门前的人的脚步都在加快。

海林走进庙门，当来到通向庙堂的甬道上时，下意识回过头，看看墙外矗立在井边的井杆架，黑乎乎的，像一座瘟神。他回转身来，警惕地看看四周后，继续向庙堂走去。庙堂里漆黑一片，什么也看不见。他站了一会儿，眼睛适应了，确认庙堂里啥也没有，随即离开庙堂，又回到门楼里。在门楼里站片刻，便向院子的右墙角走去。海林白天早就观察好了，不知谁在那里倚墙立着一堆秫秸，也不知是干啥用的。海林来到秫秸前，放倒一捆，坐在上边，又拉过两捆挡住自己，静静地坐在那里，从秫秸的缝隙窥视着财神庙，好像等待着什么。

不知过了多长时间，大半个月亮从云层里露出来，把庙宇的院子照得一片惨白。

海林坐的地方，正是月亮的阴影处，从亮出根本看不见他。他坐在秫秸上，觉得有点困，也觉得有点冷。他打个哈欠，动动屁股，改变一下坐姿，把弹弓挎在胳膊腕上，伸个懒腰，靠在墙上。海林两手托着腮，透过秫秸捆的缝隙，看着天上的星星，他在寻找妈妈给他讲的牛郎织女星。看着看着，他有点想妈妈了：妈妈现在在太姥姥家干啥呢，都五六天了，咋还不回来呢……

"吱扭——"庙门被推开的声音，打断了海林的思绪。他机警地把头扭向庙门。一个幽灵闪进来。那人弓着腰，嗫嚅地走到院子的中央蹲下来，警惕地四下张望着。海林差一点惊叫起来，他认出了这个人，是西院的关鸿涛！他手里还提着一团黑糊糊的东西，不知是啥玩意。

海林心里想：哪里有啥鬼呀，要说有鬼，就是眼前这个活鬼！

这时在海林幼小的心灵深处，闪出这样一个结论：人要成坏蛋，就变成鬼！

是呀，世界上哪有什么超乎自然以外的鬼魂，完全是人搞出来的残酷、阴险、毒辣的诡计。

关鸿涛溜着菜地的边缘，弓着腰，快速地向庙堂走去。来到庙堂门前，又停下来，回头向周围看看。他推开庙堂门，迅速钻进去，不见了。敞开的庙堂门黑乎乎的，像一个张开要吃人的大嘴。这时的海林完全振作起来，他兴奋不已，如果不是怕暴露，他会欢呼地跳起来。可是海林突然间又有一个问题想不明白：这个关鸿涛，为啥要装神弄鬼吓唬人呢？想了半天，他灵机一动：对，一定是这样，一定是他，是他把哥哥和刘继远扔在井边装蛤蟆的口袋和牛兜嘴拿走了。这个鬼是为蛤蟆来的，对，没错！

海林不敢多想，他借着墙根的阴影，又迅速地回到门楼里，以备行动结束，能顺利快速地离开。他蹲在黑影处，窥视庙里的动静。就在这时，他看见庙堂里有一团亮光出现，那亮光像萤火虫的颜色，忽然那团亮光掉在地上，火星四溅，溅起的火星，像萤火虫的飞落。

呀！这是啥玩意？海林思考着、琢磨着，这种亮光好像在哪里见过。嗯，对，想起来了：去年夏天，和哥哥从上河套捡回一块烂木头，又湿又朽，放在耳房的柴火堆上。晚上，妈妈从里屋出来，看到柴火堆上有"鬼火"，走上前去踢一脚，飞起又落下的烂木屑，也像萤火虫飞起又落下，跟眼前看到的是一样的。啊！我明白了，哥哥他们昨天看到的火星乱飞，就是这玩意，那怪叫声一定是这个老家伙整出来的。对，没错了。

三星已经老高了，照蛤蟆的人已陆陆续续有回来的了。不大一会儿，海林听到哥哥和刘继远的说话声，这时他也看到关鸿涛从庙堂里露面了。关鸿涛虽然在暗处，海林仍然可以看到他的轮廓。海林不慌不忙地把弹弓压上"子弹"，就在他觉得哥哥他们可能要向井里磕余火时，弹弓已经瞄准关鸿涛的脑袋。也就在这时，飞溅的火花和怪叫声同时从庙里传出。海林听到哥哥、刘继远和其他的人，喊叫一声快跑。说时迟那时快，海林的弹弓也弹出去。随着海林的弹弓弹出，就见关鸿涛重重地摔倒在地，像让雷神爷击着一样，怪叫一声。海林看关鸿涛被击倒，立刻转身跑出庙门，旋即跑过公路，藏到庙前几座大石碑后。不一会儿，关鸿涛捂着左眼，弓着腰，像茫草河里的大蝲蛄，从庙门钻出来，鬼鬼祟祟地左右看看，而后沿着井旁的小道，向家里跑去。

海林跟在他的后边，看关鸿涛跑进自己的家，便从他家的门前跑回东院。刚走到门前，就听五奶奶问凤山："海林呢？"

"不知道哇。"

"你咋不知道呢，他不是跟你去了吗？"

"没跟我去呀！"

海林怕五奶奶和哥哥着急，赶紧在屋外喊一声："我在这呐。"随着话音，海林也乐滋滋地跑进屋。

"你干啥去了？"五奶奶和哥哥同时呵斥海林。

"我在老解家和小青玩呢，咋的。不信你们问去，他哥哥也刚回来。"海林理直气壮地回答。哥哥相信了，因为解文骏和他一起回来的。

"你不是说跟你哥哥去吗？"五奶奶问。

"我怕我哥不让我去，我就找小青玩儿去了。关于财神庙的事，他一字没漏。

第二天，海林假装找关鸿涛儿子玩，看看他那一弹弓子到底打在关鸿涛哪了。海林来到他家，一眼就看到关鸿涛左眼蒙着一块药布。

"哟，三叔，你这眼睛咋了？"海林心里老高兴了。

"嗨，别提了，妈拉个巴子，上山割柴火，叫树棵子挂一下子。"

"没啥事吧，三叔？"

"倒没啥事，正好挂眼角上，要他妈挂眼珠子上，非瞎不可。"

"你也不小心点，多悬呢。"

"你看海林这孩子多会说话，小嘴可真好使。"关鸿涛老婆以一种不情愿的神态夸海林一句。

海林心里想：算了吧，用你夸，别来这套，这是给你的第五弹弓，你要是再欺负人，看我咋收拾你，我、我就像佟大爷收拾小日本那样收拾你。

海林的报复心很强。这种报复心，就是从关鸿涛欺负她家开始的。他曾咬牙切齿地说："等我长大了，能打得过这老家伙时，我非胖揍他一回不可，把他占我家的园子全要回来。"

海林一边想一边用眼睛在屋里寻摸，当寻摸到北炕时，眼睛一亮："哎，三叔，这不是我家的口袋和牛兜嘴吗，咋在你们家了？"

"噢，是你家的？"关鸿涛老婆赶紧把话抢过来，"你三叔前天早晨挑水时，在井沿捡来的。那你就拿走吧。"

"那我拿走了，三婶。"

"拿走吧，省得你三叔还得挨家问是谁丢的呢。"

海林毫不客气地拿起来就走。边走心里边想：哼，炕里边那个一定是刘继远家的。

第十八章 悲悯离乡

珍珍风尘仆仆回来了，脸上显得更加清癯，并带着疲倦，但不失刚毅。三个孩子见妈妈回来，好像流落飘零多年、受了多大的委屈才回到妈妈的身边，紧紧地围在妈妈的身边，一步不离，问这问那。让他们万万想不到，妈妈这次出门的原因，是要带他们永远离开这个地方。是的，珍珍这次真的要离开这个备受歧视和排挤的茫草城了。珍珍这次真的下定决心，一定要走。孩子还都小，珍珍觉得不便跟他们说，只能由她的命运来决定他们的命运。她把三个孩子支到外边玩去，要和五奶奶说点事情。

"有事咋的，三媳妇？"五奶奶问。

"五婶，我想离开这地方。"

五婶子其实听清楚珍珍说的是啥话，只是有点不相信自己的耳朵，又问一句："你说啥来着？"

"离开茫草城。"

"离开这儿，你要走道哇？"

珍珍摇摇头："不，走啥道啊。"

"去娘家那边，那边你不是没啥人了吗？"

珍珍摇摇头。

"那你去哪？"

"现在也说不好，还没个准地方。"

"那是啥话呀，没准地儿，那你带仨孩子去哪呀，住荒郊野岭不成。"

"初步定去湖溪市，给人家当保姆。"

"给谁家？"

"还没着落。"

"那你在哪嘎哒落脚哇。"

"我有个表妹在湖溪市工作，她说她帮我找。"

"仨孩子都带着？"

珍珍摇摇头。

"你把他们送哪去？"

"两个大孩子都上学了，他们可以住校。小三呢，我把他送到我的一个远房舅舅家寄养。"

"说好了？"

"说好了。"

听到此，五奶奶不知是劝阻珍珍还是支持珍珍，一时不知说啥好了，使得屋子里顿时空寂起来，空寂得能听到老鼠在洞里打架的吱吱叫声，空寂得让人心烦意乱，空寂得让人产生一种空落感。

在这死一般的寂静中，缱绻、缠绵、怅惘、悲伤的矛盾情绪，萦绕在珍珍的脑海里。当然此时的矛盾，并不是对去留的徘徊，而是对自己多年生活的故土，早已失望但却还潜在在珍珍内心深处的一丝离别留恋罢了。

"三媳妇，你是咋想的？"还是五奶奶首先打破了沉寂。

"五婶子，我在这活得太难了，太累了。我虽然是个妇道人家，再苦再累我都不怕，我都吃得消。可是，可是这气我实在是受不了。说实在的，外人对我还真的都行，就这家族，不知是咋回事，一点亲情都没有了，不帮你不说，还处处给你使坏。哎——"珍珍越说越伤心，她长长叹口气，无奈地摇摇头，"不用说别的，看你庄稼长得好，他也生气，偷着给你拔了。这房前屋后的园子，你也看见了，因为前园子，打回架，村里让他挪回去，当时是挪回去了，可是你看看，这两年又一点一点占过来了，房后大半个园子也都占去了。五婶子，你说你能不生气吗。一天累死累活的，谁成天跟他惹气打架去。"

"这鸿涛可真不是个人。"五奶奶也只能无奈地摇摇头。

五奶奶咳嗽几声后，那样子似有话要问珍珍，结果欲言又止。

一阵沉默。五奶奶终于耐不住了："三媳妇，有句话我不知该问不该问。"

"有啥话你尽管问，咱娘俩有啥不能说的。"

"我这也是捕风捉影，听说村里有好几家托人说媒，想娶你做媳妇，可有这事？"

"有。"

"那——"五奶奶试探的，"那——就没有合适的？"

珍珍苦笑笑："五婶子，我根本就没想嫁，所以也就提不上合适不合适。再说鸿雁现在是死是活还不知道呢，鸿雁就是真的死了，我也不能嫁呀，五婶子。孩子现在都能搭下手了，再熬几年也就熬出来了，我还扯那份干啥。再说了，我再嫁一家，又弄一窝，两窝崽子，那可咋整。我这三个崽子还不是连受罪带受气，我可不干那傻事。"

"可也是。不过，三媳妇，你这房子和那六亩地咋整？"

"房子卖了，地就随房子走了。"

听了这些话后，五婶子愣愣地盯着珍珍："我说三媳妇，这些你都想好了，你这房子和地都折腾了，万一将来在外边混不下去了，连个后路都没有了。"五奶奶顾虑重重地提醒珍珍，意思让珍珍是不是能够再考虑考虑，再慎重些。

珍珍缓缓地摇摇头，扔出四个沉重的字："不留后路！"她长叹一口气："实际留不留后路都一样，都没有后路。"五奶奶静静地听着。"你想啊五婶子，我在哪不是受罪，反正也是受罪，索性离开这鬼地方，省得再受窝囊气。"

"哎，你说你这一走到底是福是祸呢！"

"都无所谓，是福是祸只能凭天由命了。不过我自己心里明白，我这一辈子只与祸有缘，与苦有缘，福不会降临到我头上的。我这个人像黄连似的，本身就是苦的，所以也就不怕苦了。人生必有的东西，我都没有，生下来就没见过父亲，刚记事母亲又没了，最亲近的夫妻也不知是否阴阳两隔。人家一家一家都能一心一意过日子，而我只能面对不幸。"

"这可咋整。"五奶奶那样子，可不是一般地为珍珍担心。

"五婶子，你不用为我担心，我是从死里逃出来的人，啥难事我都挺得住的。生活虽然总是无情地向我施加沉重的伤恸，我还能挺得住，我不会趴下的。"

五奶奶长长地叹口气："可怜的三媳妇哇……"她再也控制不住了，情感的潮水终于冲决了抑制的堤岸，浑浊的泪水，顺着她那布满沧桑的多皱的脸上，扑簌簌滚落下来。她颤巍巍走到珍珍面前，拉起珍珍的手："三媳妇，五婶子告诉你，走以后，过一阶段，看实在不行，就回来，上五婶子那，五婶子不会看着你的……"五婶子已经泣不成声了。

珍珍抱住五婶子也已哭成泪人了。她哽咽着说："五婶子，别难过，不哭。你侄媳妇是压不垮的，相信你侄媳妇，啥难事能比死更可怕？死，我都不怕，我还能怕啥呢！我也绝不会死的，活蹦乱跳的三个孩子，就是我的精神支柱，有这支撑着我，我什么都能挺住的。"她替五婶子擦去脸上的泪水说，"五婶子，走，希望会更大的。您放心吧，五婶子。"珍珍扶五婶子坐到炕边。

　　说心里话，真的要走，珍珍心里还真的不好受，故土难离嘛。这个几千年来，在人们心中形成的固有的对故土的留恋情感，也在珍珍的心中得到潜留。珍珍是个经历过离开故土深有感受的人，而且是刻骨铭心的感受。在出嫁前好长一段时间里，抑郁难申的悲痛，折磨得珍珍寝食难安。她甚至向爷爷奶奶提出终身不嫁，一辈子陪伴着爷爷奶奶。珍珍的话一出口，深深地感动了爷爷奶奶，也彻底击溃爷爷的硬朗情感——在珍珍的眼里，爷爷这是第一次流泪。奶奶更是声泪俱下。她面对珍珍的情感，说啥呢？她抚摸着依偎在自己怀里珍珍的头，只轻轻吐出四个字，"那哪成啊"，珍珍心里明白，那四个字是人生道路中男大当婚女大当嫁必由之路中的重要一环，是不可违背的。爷爷奶奶绝不会因感情用事，只顾一己的感受，而做那样的傻事。而珍珍也是难以割舍对爷爷奶奶的情感，不知怎样才能报答爷爷奶奶对自己的养育之恩。这是她对爷爷奶奶真挚感情的深情的流露，是对故土难离的一种情怀呀！当她就要离开头道河村，就要离开爷爷奶奶时，那简直就成了诀别似的悲壮。

　　如今的茫草城，是珍珍的第二故乡啊。这里曾经有过她的亲人，她也断续地在这里生活了十几年，尽管没有得到什么。可这里有诸如佟成贵两口子、孙福堂、赫尚林村长，还有不少和他们一样的好人；有她早已熟悉的山山水水、一草一木；有为他们娘们孩子遮风避雨的两间破草房；有几年来能让他们娘们孩子填饱肚子的六亩地；这里洒下了她的泪水和汗水；这里见证了让一个柔弱的妇女承担起难以承担的艰辛；这里记录了她那多舛的人生经历；多情的珍珍，善感的珍珍，只能以割舍自己的情感来折磨自己。对于她来讲，这是她的唯一选择。君不见，有多少事情，让她无能为力，让她无奈，让她只能举头望着苍天兴叹。不是吗？面对一些事情，你愤怒，无济于事；你忍耐，以为你怕，他变本加厉；当你实在不理智的时候，骂他一句"狭隘的可怜虫"，他又不懂；与他讲理，他根本不懂什么叫理，同你胡搅蛮缠，像野驴一样乱踢乱咬。长期以来，这些心中的块垒，给珍珍筑起了一道难以逾越的心障。

几天来，珍珍心中总也静不下来，一想到即将漂荡到一个陌生的地方，心里总不是个滋味，总有一种精髓之难向自己袭来。不过静下心来一想，时间一长，自然就融入到那个陌生的地方里去，使陌生变成熟知，到那时精神上就会重新得到安宁，就会重生一种新的惬意和快感。潮水退去总会留下一片平静。

珍珍就要走了，今天是她在茫草城的最后一天。按理说，搬家需要狠狠地忙几天的，几乎可以把人累得筋疲力尽。这是对别人来讲的，而对于珍珍则不同了，她的家当很简单：三床补了又补的破被，两个大孩子住校一人一床，另一床给小三梦梦带走，其余的就剩下两口八仞大铁锅和三个大缸，别无他有。珍珍便可空手而去，轻便得让珍珍想哭，可脸上却显现出无奈的自嘲的苦笑。尽管如此，珍珍对这些并不介意，她对于穷已习以为常了。最让珍珍不能释然的，是难以割舍的乡情和负荷乡邻的情怀。

珍珍在漂泊的讨饭中，遭人白眼和奚落，她没落过泪，在最艰难的情况下，她的目光也是勇武沉静的。今天她含着眼泪来到佟成贵家，抱住佟大哥和佟大嫂，失声痛哭起来。佟大哥和佟大嫂对珍珍那可是有再生之恩啊。珍珍心里明白，像自己这样一贫如洗的人，是无能为力以物质去报答，她也知道，施舍与施救她的人，绝不是为了得到她有什么回报，那是人间真情使然，那是永远也不会沉沦的人间的情愫，是时代的情绪与真诚。面对恩人，珍珍的语言竟像她清贫如洗的家一样言贫语乏，此时的眼泪和泣声，也足以真诚地表达她所有的感恩与难舍的情怀。

这时的佟大嫂也声泪俱下，痛哭不止。女人嘛，就是眼窝浅，心软，更何况佟大嫂一直是珍珍的陪泪人。而刚强的佟成贵，只有在战场上看到战友牺牲才哭过，今天，他，也落泪了。

珍珍从佟家出来，忧郁的乡间小路，牵着珍珍失落的情感，径直把她带到几年来和孩子们赖以生存的六亩地。她蹲在地里，双手捧起一捧她曾经用汗水和泪水浇灌的泥土，热泪盈眶。透过满眼的泪水，仿佛看到反射太阳光的犁铧，把肥沃的泥土翻起层层波浪，就要发芽的一撮撮味道苦苦的苣荬菜，随着泥浪翻飞出来；仿佛看到一把翻飞的锄头，将杂草锄掉，也力图锄掉心中隐忍的酸涩；仿佛看到齐腰深的在微风中摇曳的黑油油的苞米，在苞米叶上停落的蜻蜓，正在蓄势待飞；仿佛看到一个女人的弱小身影，挥着一把带着锈色的镰刀，收割着喜悦与忧伤……

"嘎——嘎——"一声声拖着柳笛般尖鸣余音的雁叫声，使珍珍的思绪断裂。她站起身，举头仰望，一群大雁随着南风的潜入，拍击它们强劲的翅膀，向北奋飞。

"嘎——嘎——"又是几声高亢的雁叫声，好像把珍珍突然推向到一个清冷寂寞的废墟深处，异常强烈的孤独感向她袭来。她孤独地站在那里，用孤独的目光把雁群送到消失在北道沟的崇山峻岭之后。围拢在心中的思念，也被雁叫声撕得粉碎，向四面八方飘散而去。她坚信飘散而去的思念，鸿雁无论在何处，一定会收到，如是这样，她的忧郁的思念就会得到抚慰，她的内心的苍茫就会被挑开一道缝隙，就会涌进一丝希望的光芒。

送走了极易勾出人们思念之情的雁群，珍珍环视着还沉睡在春梦中的苍茫大地，她若有所失地离开让她既伤感又留恋的土地，沿着来路郁郁向村里走去。走进村子，一种怅然若失感油然而生：她羡慕那些无忧无虑游走在街上的乡邻；羡慕在院中撒下一把苞米粒，呼啦围来一群抢食的鸡，而后农妇脸上堆满微笑的悠闲生活；羡慕蹲在院中叮叮当当修理农具那些老爷们的勤俭；她由衷地羡慕他们没有离乡的惆怅，没有思乡的感伤；羡慕他们从来没有间断过守护在自己熟悉的土地上，过着一辈子淡泊平静的生活。她忽然觉得这是一种幸福，是一种她从来没有觉察到的幸福。可是自己，却总像浮萍一样，过着游荡的生活，而今，又要漂泊，将漂泊到何处，自己也在迷茫之中。

珍珍又回到她所熟悉的两间小屋。她站在空空荡荡破旧的、曾经为她和三个孩子遮风避雨御寒的小屋，一座充满忧伤故事的小屋，她流下悲凉的泪水，悲伤得她全身战栗。她一向想望能过上宁静而少有变故的生活，可是自生下来，一个变故跟着一个变故，轮番向她压来，她几乎被压垮，几乎被这个倒霉的令人厌倦的人世抛弃。上天却又把她留下来，让这个饱尝苦难的躯体，继续伴随沉重、哀伤和无尽的忧愁。

有人给珍珍相面，说珍珍大难不死必有后福。珍珍哪敢奢望什么福，只求这辈子不要饭就行了，就知足了。

珍珍在这个难舍的空荡荡的小屋内，冰冷的心一直在紧锁着，血液几乎也凝固了，沉浸在极度的痛苦中。

珍珍蹬着那个一直陪伴她、见证她的苦难生活的小木墩，踏上北炕，打开窗户，跳到后园中。她缓步走到两棵枝头已经钻出绿叶的樱桃树前，轻轻抚摸它们的枝干；而后来到倒塌多年北墙的大豁口处，双手攥住攀附在豁口处的粗壮的蔷薇，是它以虬龙般的躯干，严守这个大豁口，维护着母子四人的安全。珍珍依依不舍地松开蔷薇的蔓干，蹲下身，看着那从地下钻出的肥嫩、浅红色的芍药花和荷包花嫩苗，轻轻把它们拢在手中。露水沾满珍珍的双手——不，珍珍觉得，那不是露水，是泪水，是对自己难舍难离而流的泪水。是的，它们难舍珍珍的温情，难舍珍珍对它们的情怀，难舍珍珍对它们的宽容与保护——园子被恶人抢占一半，仅剩一点土地的情况下，宁可少种菜，也保留它们一席生存之地。它们在用泪水表达对珍珍的思念与留恋。当然，珍珍也在为它们担心：自己走以后，新来的主人还会这样善待它们吗？珍珍流下无能为力的泪水，一时不知怎样去安慰它们。天地似乎更懂得情感，风停了，樱桃树、蔷薇花、芍药花、荷包花低沉着头，在默默地安慰珍珍：去吧，珍珍，不要为我们难过，不要惦念我们，不要为我们担心，你就是我们的榜样，我们会顽强地活下去的。祝你好运。珍珍读懂了它们的安慰与祝福，读懂了它们的情感，珍珍被这花、这树的情感深深地打动，珍珍潸然泪下。

第十九章 母子泪别

世界上的事物都是互相平衡的、互相补偿的，有一失，就有一得，否则辩证法就不会存在。几年来贫困的生活、无助的现实，使得刚刚涉世的孩子就帮着妈妈撑着艰苦重压的生活，这种困苦、艰难的逆境，也磨砺了孩子的耐力和自立的能力。从这个角度看，珍珍那被煎熬的放不下的心，多少得到一些宽慰。

珍珍走了，这回真的走了，扔下两个虽然住校仍然还小的孩子，牵领着六岁的梦梦走了。

珍珍不让凤山和海林送她，以便尽快地使两个孩子的身影，早一点在自己的视线中消失，这样她的心情会尽快地平静下来。可是她总是一步一回头，把恋恋不舍的目光，透过满眼的泪水，落在视线模糊的两个小小的身影上。凤山和海林拖着悲切的哭声，紧紧地追赶妈妈和弟弟的身影。妈妈一次次抹去脸上的泪水，一次次摆手，让他们回去。他们一次次停下来，又一次次追过去。就这样，凤山和海林一直追送妈妈到上河套，追送过吴家堡子大桥，追送过吴家堡子。妈妈和弟弟走远了，走远了，走远了。在那不知通向何方的大路上，只有妈妈牵着不懂事的弟弟，像两片枯干的树叶，向远方飘去，飘去——两片枯干的树叶，在通向群山的大路上消失了。

这时的凤山和海林才把对妈妈和弟弟的思念之情，完全释放出来，他们放声大哭起来，哭得天昏地暗，哭得群山低下头，哭得茫草河发出悲切的呜咽声。

珍珍带着梦梦终于拐过"关口子"那座山头。她回头看看，视线被那座山头挡住了。珍珍停下来，又向回走，隐在一堆柳树毛子后边看去，两个瘦小的身影，仍然站在路边，望眼欲穿看着她走去的方向。珍珍再也控制不住自己的感情，痛哭起来。梦梦被妈妈的举动吓坏了，边哭边撕扯妈妈的衣襟：

"妈妈，妈妈，咱不走了，咱们回去吧。"

珍珍把梦梦搂在怀里，又回头看一眼两个无依无靠的身影，背起梦梦走了。哭声并没有扫除珍珍心中对两个孩子的牵肠，泪水也不能洗刷对两个孩子的挂肚。珍珍带着沉闷的心情，拖着两条沉重的腿，走去，走去……向另一个时空走去，向另一个渺茫的目的地走去。

珍珍背着梦梦，一口气走到林神岭下，十几里的路程，把她累得气喘吁吁。

"梦梦，下来走一会儿吧，妈妈累了。"

"嗯哪。"

珍珍蹲下身来，慢慢地把梦梦放下，整理一下自己的衣服，拉着梦梦向岭上走去。

林神岭有一座庙，叫"林神庙"。庙占地面积不大，进了山门，走十几步就进庙堂，庙内供奉一尊"护山神"。

距离"林神庙"不远处，居住一户人家。门前立的木杆子上，挂着一个酒幌子，是一对五十多岁的老两口子经营的小酒馆。酒馆的酒菜很简单：煮花生米，自家盐的小咸菜，夏天增加一点黄瓜一类的凉拌菜，有时也有点肉食。主食是永远不变的小米稀饭、糖火烧。另外还准备有茶水，免费供来往的客人喝。这老两口子居住在这儿，不单是经营这个小酒馆，他们另外的任务是"林神庙"的守护者。每天第一件事，就是打扫庙堂，清扫庙院，点香跪拜，以祈求"护山神"护佑山林安稳无事。没有谁派他们，是延续父辈的班而在此守候。据说这老两口已是第四辈了，那小酒馆也已经营一百五十余年。土改时，各村的庙宇内的神龛佛像都被砸了，庙宇改作他用。唯独这"林神庙"阴差阳错保存下来。

珍珍走得口干舌燥，带着梦梦来到小酒馆前。酒馆门前，用秫秸搭的凉棚下，放着一张大条桌，上边铺着一块洁净的蓝布，条桌上摆着十几个大腕，碗里晾着淡淡的茶水。

"大爷，这茶水多少钱一碗？"珍珍来到桌前。

"不要钱，喝吧，孩子。"大爷和善地告知。

"不要钱，还有这事？"珍珍心里有些疑惑。

"是不要钱。"那位大爷端起一碗送给梦梦，又端一碗递给珍珍，"喝吧，真不要钱。"

珍珍确实渴了，她一连喝了两碗茶水，连声向大爷道谢后，领着梦梦继续赶路。梦梦边走边回头盯着那散发白面和红糖混合香味的"糖火烧"。这一切都被慈眉善目的大爷看在眼里。他从这个年轻母亲和那个眼睛似乎有点毛病的孩子衣着上看，是穷苦人家出来的，看她那愁苦的面容，一定有着辛酸的身世。

"孩子，你回来一下。"

珍珍回过身来："大爷，您是叫我吗？"

大爷用手示意："回来吧。"

珍珍拉着梦梦，疑惑地回到摆放茶水的条桌前。

"孩子饿了吧？"大爷看着梦梦。

"不，不饿，我们在家里吃过饭出来的。"说着珍珍拉起梦梦转身就走。

"等等。"大爷从筐箩里拿两个"糖火烧"，用纸袋装好，递给梦梦，"给，孩子。"

"大爷，多少钱一个？"

"拿走吧，给孩子吃。"

"哟，那可不行，大爷，您这把年纪，我哪忍心……"

"行啦，大爷说不要就不要。哎，大爷看出来了，你是一个身世很苦的人啊。你现在正等用钱，钱现在对你很重要，你现在是无依无靠，不易呀。"大爷的一番话，把珍珍给说愣住了。大爷又看看珍珍，"你的二孩子出过天花痘疹吧？你带着几个孩子，没少受苦哇。不过，你有贵人，会帮你走出困境的。"

"大爷，您认识我？"

老人家摇摇头。

"那您……"

没等珍珍说完，老人家摆摆手："走吧，快赶路吧，要不赶不上火车了。"

这时珍珍已把钱掏出来，执意要给。

"这样吧，算你欠我的，等富裕了，有钱了，再还给大爷不成。"

珍珍犹豫犹豫："那好，那就谢谢您了，大爷。梦梦，快谢谢爷爷。"

"谢谢爷爷。"

"呦呦，好孩子，不谢了，不谢了。"

珍珍边走边陷入沉思之中：这位老人家，他既然不认识我，为啥把我的身世说得那样准？珍珍百思不得其解。

凤山和海林一直站在公路上，望眼欲穿地盯着伸向群山中的公路。

"那路通向哪里？"在海林幼小的心里，总是在想，在推测，"妈妈和弟弟现在走到哪里了？"有时眼前还出现妈妈和弟弟的身影。

凤山的情绪有些缓解，他搂着海林的肩膀："海林，妈妈已经走远了，咱们回去吧。"

海林虽然不哭了，但他内心潜在的情绪更加凸显。他抖一下肩膀，甩开哥哥，向河边走去。

海林蹲在河边，双手抱着头，他那颗童稚的心，如同河边一块比一块大的石头，越来越沉重。

就这样，凤山和海林在河边，从上午坐到中午，从中午坐到下午，从下午坐到太阳越过弟兄山。弟兄山那巨大的身影，魔幻般地逐渐变宽变长，直到把整个大地抹成漆黑一片，凤山和海林才拖着沉重的步子，向学校走去。

"哥哥，妈妈和梦梦现在能走到哪？"海林抬起头等着哥哥回答。

"差不多能到舅姥爷家了吧。"

哥俩再也没有说话，两人孤独地走在通往村中的大道上。

他们回到学生宿舍。

宿舍里一个学生也没有，凤山知道，他们吃完晚饭，都到学校上晚自习去了。只有做饭的倪大爷，点着如豆的煤油灯，倚在自己的行李卷上闭目养神。

"倪大爷。"两个孩子叫一声倪大爷。

"哎，回来了，孩子。"

"嗯。"

"饿坏了吧？"

"嗯——不饿。"

"哪能不饿呢。嗨。"倪大爷感叹摇摇头，"饭菜在锅里，大爷给你们端去。"

"倪大爷，我们不吃了，得赶快上晚自习去。"

"吃饭吧，今天就别去了，吃完饭好好歇歇吧。"一个亲切带着同情的声音，从宿舍的西头南北炕相连的小条炕那里传过来。这时凤山和海林才从昏暗的灯光中，看到郑老师躺在小条炕上放的那个破钢丝床上。学校的宿舍很简陋，住校的男老师又只有郑老师一人，根本没有他的宿舍，而那个小条炕又不通火，郑老师只好找来一个破钢丝床支在那里。

郑老师从破钢丝床上坐起来，跳下地，来到凤山和海林跟前："妈妈走了。"

凤山点点头："走了。"

郑老师抚摸着海林的头："把妈妈送到哪儿？"

"过了吴家堡子。"

从茫草城到吴家堡子，多说有半个小时的路程。郑老师以关切的眼神看看海林和凤山，然后轻轻拍拍海林的肩头："快吃吧，一会儿凉了。"他把饭端给海林："来，吃吧。以后有啥事跟我说。"他用大手指替海林抹掉流下来的泪水："不哭了，孩子，坚强些，快吃吧。"

郑老师那和蔼可亲，有如父亲缠绵的话语，使海林那憋闷的心，启开一道缝隙。他用敬仰的目光，仰慕这位他只上半年学还不曾认识的郑老师。

到底是孩子，也许是一天的情感的折磨，使他精疲力竭，待住校生下晚自习回到宿舍时，海林躺在那温热的炕上，早已睡着了。他那瘦瘦的脸上还残留着思念妈妈的泪痕。

灯火如豆的小煤油灯，被最后一个上炕睡觉的学生吹灭。宿舍由昏暗变成漆黑，叽叽喳喳的说话声，顿时匿迹，整个宿舍如同沉到一个无底深渊。死一般的沉寂很快被打破，熟睡的轻轻的喘息声，逐渐弥漫了宿舍的各个角落。

"妈妈——妈妈——"突然几声呼喊妈妈的叫声，把整个寂静的夜晚搅乱，深度熟睡的学生被惊醒，他们不知发生了啥事，心脏急剧地跳动着。

"海林，海林，醒醒，做梦了咋的？"被惊醒的倪大爷把海林推醒。

海林醒了，他翻身起来，坐在黑暗中压抑地抽泣着。

倪大爷点亮煤油灯。

"大半夜的闹啥玩意，再闹别住校了，滚蛋！"外号叫孙猴的孙琦抬起头，立眉瞪眼地冲海林喊起来。

"孙琦，起来！"郑老师突然大吼一声，同学们都吓一跳。宿舍立刻恢复寂静。

孙猴不情愿地坐起来，一边穿衣服一边不服气地小声嘟囔。

郑老师也坐起来，两腿耷拉在床下。他生气的样子很难看。他看孙琦穿好衣服，大喝一声："下地！"

孙猴站在地上，歪着头，以威胁的目光瞪着海林。

海林这时也穿好了衣服，他跳下地，来到郑老师面前："郑老师，是我错了，您别批评这个大哥哥了。"郑老师默默地看着海林。海林转过身，来到孙猴面前："大哥哥，别生气了，是我不对，以后睡觉时我再也不喊妈妈了。"海林刚来一天，不知孙琦姓啥叫啥，只好一声一声叫哥哥。

所有的下巴磕垫在枕头上的学生，都翘着隐藏着唯恐事情闹得不大的表情的脸，幸灾乐祸地盯着事态的发展。结果，他们都被海林这一表现惊呆了，进而由惊呆变为感动。被感动的学生的情绪，来个一百八十度的大转弯，他们以祈求的目光，祈望孙猴能表现出大哥哥的样子来。

在大家的期盼中，孙琦威胁的目光消失了，他的情绪由愤怒变为理解，由理解变为难为情。他被小海林的懂事和真诚深深地感染，他后悔自己不该那样蛮横地对待海林，更不该浑得骂海林让他滚蛋。他脸上显现出极不好意思尴尬的微笑，慢慢地伸出一只手，拉起海林的一只手，脸上现出难为情的笑容。

郑老师也被这一幕深深地感染。他从床上跳下地，走到海林和孙琦面前，把两个孩子搂靠在身上，深情地拍拍他们的肩膀："好了，海林、孙琦，没事儿了，都睡觉吧。"

凤山和海林从住校那天起，他们的生活形式发生很大转变，可以说是他们人生道路上的又一个新阶段。生活看来好像是轻松了，但并没有给凤山和海林带来什么快乐，反而使他们精神振作不起来。

多少天以来，郑老师就注意到凤山和海林的情绪不好，他以为又有人欺负他们了。在一个周日，郑老师带着海林到茫草河钓鱼，走在路上，他试探地问海林："最近有人欺负你吗？"

"没有，他们对我可好了。"

"那你咋总是不高兴呢？"

海林没有说话，只是低着头，沉闷地往前走。

"现在也不用干活了，多好啊，咋还不高兴呢。"

"可是我妈妈更辛苦更累了。"

听海林的一句话，郑老师的心情沉重起来。心想，孩子的心中，承受着多大的压力呀，蕴含着多少对妈妈的牵挂、担心、思念和难以割舍的情怀啊！

郑老师的手轻轻地扶向海林的头，缓步向前走着。他相信，在海林的心里，一定库存着妈妈所有的艰辛、困苦、劳累，库存着妈妈的一切。他在自己的人生中，会随时打开记忆的库门，翻阅历史，翻阅伟大母亲的辛酸史，细读母亲那难以让人相信的辛酸、曲折、常人无法逾越的人生艰难路途，细读母亲那不平凡的经历。

第二十章 上天赐给的幸运

绿色的长龙，把珍珍娘俩，带到连山关火车站。他们下火车后，没有休息，也没有吃饭，走出火车站，直接赶往舅舅家。

珍珍的舅舅姓翟，叫翟凤敖，家住在翟家沟，据连山关二十多里地。珍珍的这位舅舅，是她母亲一个远房的堂弟。珍珍的姥姥家原本也住在翟家沟，后来搬到辽宁北边的西丰，再后来听说又从西丰搬往黑龙江，从此以后便杳无音信，失掉联系。舅舅家除了老两口，还有一个独生女儿，也已到出门子的年龄。这次能够收留梦梦，让珍珍很意外。

珍珍带着梦梦，走一段，背一段，歇一会儿，二十多里的路程，珍珍拖累个梦梦，足足走四个多小时。眼看太阳就要掉在山后边，珍珍带着梦梦才风尘仆仆地来到舅舅家。进门后，珍珍赶紧教梦梦叫舅姥爷、舅姥姥、大姨。梦梦十分懂事，听话，一一按着妈妈的要求做了。梦梦甜甜的小嘴立刻博得舅姥爷、舅姥姥和大姨的喜爱。

"你别说，这孩子还挺乖。来，让舅姥姥看看。"舅姥姥高兴地把梦梦揽在怀里。说实在的，珍珍带梦梦来之前，心里还真有点不安，走这一路，她心里嘀咕一路。尽管事先珍珍已经来过一次，舅舅和舅妈满口答应，可是这可又过十多天了，情况有没有变化呢？珍珍心里一直忐忑不安。今天一到家，看到舅舅一家对她和孩子十分热情，心中的一块大石头总算落了地。

"舅舅、舅妈，还有我这个妹妹，我可咋感谢你们，你们可真帮我大忙了，要是没有你们收留梦梦，我还是走不出那个火坑。"

"别说了孩子，你可受苦了！去年我在河坎子供销社，碰见你爷爷，他把你的情况都跟我说了。"舅舅边吃饭边说，"我也帮不上你啥忙，照看照看孩子，也算我和你舅妈为你尽的一点力吧。再说他大姨今年秋天出门子一走，这孩子不也给我们老两口解解闷嘛。"

为了使梦梦能适应新环境，能够尽快拉近与舅姥爷、舅姥姥还有大姨的感情距离，不至于因自己突然离开引起孩子的哭闹，给老两口造成不必要的负担，珍珍决定在舅舅家住几天，让孩子与舅姥爷舅姥姥建立起感情再走。更让珍珍意想不到的是，没过三天，梦梦与大姨形影不离了。这是珍珍再高兴不过的了。在此之前，珍珍还真担心大姨容纳不了梦梦，没想到大姨还真的喜欢梦梦，高兴得珍珍晚上都睡不着觉了。

不管怎样一颗悬着心总算放下了，珍珍要走了，她拿出十元钱递给舅舅："舅舅我先给你十元钱，我也没有啥孝顺你们的，你先收下吧。"

"你这是干啥呀，不要不要，你麻溜收起来。舅舅知道你现在最难了，你拿回去，家里现在不缺吃的也不缺穿的，先解决一下你自己眼前的难处吧。"

无论珍珍怎样说，舅舅也没收那十元钱，并说："孩子，别看我跟你妈妈不是亲姐弟，我们处得就跟亲姐弟一样。那时你姥爷对我们也不赖，就算我替你妈妈帮你一把吧。"珍珍被舅舅一番话说得掉泪了。

珍珍无形中想起林神岭那位老人家，想起他说的一句话：你有贵人，会帮你走出困境的。珍珍越发觉得那位老人家，是个活神仙，否则他咋说得那样准呢：学校接纳了两个孩子，两个大孩子有个安身之处；表妹要在湖溪市给我找工作，而且很有把握；这位远房舅舅满口应下，为我照顾梦梦，这些其实都在珍珍预料之外，如果有一样不成，自己也无法离开茫草城。

珍珍离开翟家沟，直接去了湖溪市表妹华瑞雨家。珍珍与瑞雨有着双重亲属关系，她的亲姑姑是瑞雨的母亲，又是关鸿雁的亲舅妈。从珍珍这边论，瑞雨应该叫珍珍表姐，要是从关鸿雁那边论，瑞雨应该叫珍珍表嫂，这种亲上做亲的关系，瑞雨与珍珍两人都觉得她们之间格外亲。她一直非常心疼自己这个命运多舛的表姐，珍珍一来到她家，第一句话就告诉珍珍："二姐，保姆工作我已经给你找好了，你就把心放下，在我这好好歇几天，再去上班。"

瑞雨给珍珍找的这家，两口子都是进城干部。男的姓杨，是市委宣传部的部长，瑞雨的爱人方梓也在宣传部工作。女的姓徐，是市卫生局的一位处长，家庭条件很好，两口子每月收入三百多元，住一座两层小楼，共有五间卧室。有个女儿。美中不足的是，女儿丽丽由于小时摔伤，都十一岁了，不懂饥、渴、饱，就连爸爸妈妈都不会叫，啥都是以"哇哇"表示。这孩子又不是哑巴，听力还不错。走路从来都不好好走，在屋里没事总是双腿跳着走，牵扯人的精力很大，相继顾有五六个保姆，都不干了，最长的也没超过半年。这不，眼下这位保姆也说孩子有病，也提出要走。杨部长两口子为此事非常着急，听说方梓爱人的老家是农村，就托方梓在农村给找一位保姆，来照顾丽丽。除了照顾丽丽外，还要做三顿饭，说三顿，实际也就早晚两顿，中午只有保姆和丽丽，再就是买买菜，给丽丽换洗衣服，做做卫生啥的。杨部长两口子的衣服不用保姆给洗，周日保姆还可以歇一天，每月三十元工资。

珍珍听后挺知足的，满口答应下这份工作。

"明天正好是周日，我给杨部长打个电话，看他明天有没有事。"方梓抄起电话，电话那端传来的声音，虽然不大，但听得很清晰，很高兴："好好好，太好了，我说老弟，你可帮我大忙了，明天我和徐静在家等着欢迎你们。"

杨部长的爱人徐静，进城前，在师部担任文书工作，后来调到战地医院工作。也曾经搞过一段国民党投诚人员的接收工作。进城后复员，安排在市卫生局任处长一职。

第二天，瑞雨和方梓两口子一道带着珍珍，来到杨部长家。杨部长和他的爱人徐静都在家，并且非常热情地接待了他们。

"来，韩阿姨，坐下。"徐静拉着珍珍坐在客厅的沙发上，"头几天，可能还不太熟悉，也不习惯。"

"不怕的，我会尽快熟起来的，徐处长。"

"别客气，我比你大，你就叫我徐姐吧，别处长处长的叫。"笑着拉过珍珍的手说，"一天的活可能挺累，不要累着。以后有啥难处跟我说，我听瑞雨说过，你是一个挺苦的人。"

"没事的，徐处长，啥苦我都吃过，也累惯了，家里这点活，累不着我。孩子交给我，你就放心，我会把她当我自己的孩子照顾的。我哪做得不好，你就说我，千万别客气，徐处长。"

"又徐处长徐处长的，不是说好了吗，叫徐姐。"

"对，就叫徐姐，没错。"杨部长停顿一下后，风趣地说，"嗯——那——叫我就该叫姐夫吧？"

"呵，你可真行。"徐静用手点着杨部长，"哪都不落空。"

客厅里一阵笑声。

徐静的谦和，杨部长的风趣，让珍珍感受到一种强烈亲和感，她浑身立刻觉得轻松许多，精神上的紧张，也放松下来。

就在这时，厨房的门被推开，一位妇女提着壶进来倒茶。从她的面容上看，年龄和珍珍相仿，估计有三十七八岁的样子。

"来，正好，刘阿姨，你们认识认识。"说着她把珍珍从沙发上拉起来，"韩阿姨，这是刘阿姨，刘阿姨，来，这是新来的韩阿姨。"

"哎哟，是嘛。嗯，一看就是一个麻利能干的人。"

"不过，刘阿姨，你还得多待几天，韩阿姨初来乍到，情况还都不熟，你再受累带她几天。"

"哎哟，徐处长，看您说的，受啥累呀。放心吧，徐处长，我一定把、把……你姓啥来的？"她扭过头来问珍珍。

"我姓韩。"

"对，韩阿姨。我一定把韩阿姨带熟了再走。"

第二天，珍珍正式上班了。

家里只剩下珍珍和刘阿姨。刘阿姨太好说，没完没了一个劲地嘟嘟：

"你咋找的这家的，是谁给介绍的？"

"是我表妹介绍来的。"

"这家的活太累。就他家的傻闺女，一天就忙活死人。"她指指在地板上乱蹦的丽丽，"一天没闲着的时候，可缠人了。"她又指指煤铲子，"哎，给炉子再续点煤。"

"好，续多少，您看着点。"

"你续吧，我看着呢。"珍珍向炉子里续两铲煤，刘阿姨撂下手里的活，坐在凳子上，"行了，别续了。"

珍珍初来乍到，一时还真的不知出哪门进哪门，干起活来总是架手架脚。

"就这活，韩阿姨，你看了吗，就这么累吧，一个月下来，才给二十五元钱。哎，给你多少钱，说了吗？"

珍珍一听给她二十五元，就多个心眼："还没说呢。"

"咋不说清楚再上班呢！嗨，你可真傻，你这样稀里糊涂的，不会多给你的，我放个屁摞这，你看着，指定不会多给你的。"

珍珍没有说话。

"我看你挺不爱说话的，是吧？"

"说啥呢，我现在啥也不懂，也不知说啥。"珍珍笑笑。

"没啥力巴的，几天就知咋回事了。不过——"她看一眼珍珍，"说实在的，这侍候人的活，没完没了。我看你挺老实的，我告诉你吧，在这干活可不能太实在了，太实在了，得把你累死，差不多就行。其实呢，我本来不想走的，觉得现在保姆不好找，拿他一把，让他给我再长几个钱，没想到这么快找到你了。嗨，真是偷鸡不成反丢一把米。"说到这，她忽然严肃起来，"哎，我说韩阿姨，我和你说的这些话，可不要跟他们说呀，就连你那个表妹也不能说。"

"不会的，哪能呢？"珍珍笑着对刘阿姨说，"您这不是为我好吗？"

"我这个人啊，就是爱说，实际我这个人心眼儿可好了，一点坏心眼儿都没有。"

"看得出来，您是个热心肠的人。"

"咱都是穷人啊，要不谁出来干伺候人的活，你说是不？"

珍珍点点头。

刘阿姨还跟珍珍说，她爱人原在湖溪市铁矿工作，一家生活本来挺好的，后来不知得的啥病，不到半年就死了，扔下她和两个孩子。她带着两个孩子，这干几天那干几个月的，就这样来维持一家三口人的生活。好在杨部长和徐处长照顾她，她每天晚上都可以回家照顾两个孩子。

"看来您也是个受苦的人。"珍珍同情地说。

"嗨，那苦受的就别说了，妹子，你想都想不出来。"

珍珍心想：有啥想不出来的。我受的苦和罪，你可能想不出来。

珍珍看看刘阿姨说："其实，我看杨部长和徐处长，对您还是很不错的。"

"要说也是，还真的不错。"她长长叹口气，"要从这一点来看，有一件事，我还真的对不起他们。"

"啥事？"珍珍停下手中的活。

"你知我是以啥理由不干的吗？"

"啥理由？"

"嗨，我跟徐处长撒谎说，我孩子病了，我得在家照顾一段时间。"刘阿姨眼睛有点湿润，"你猜人家徐处长说啥，你咋不早说，我明天请假，和你带孩子看病去。"说到这，她掉下眼泪。

"那你一直也没跟徐处长说实话？"

刘阿姨摇摇头："那咋说，我还有脸说嘛。"

"嗨，也是的。"

"我一看徐处长要和我带孩子看病去，这不要露馅吗，好说歹说，这才拦住徐处长。"

"那您以后咋办？"

刘阿姨摇摇头："过些日子再说吧。"

一个星期很快就过去了，珍珍屋里屋外的事也都熟悉了，刘阿姨也要走了，珍珍对刘阿姨还真恋恋不舍。虽然只有短短的一星期，两人感情处得还真挺深。临走之前，刘阿姨拉着珍珍的手，眼泪汪汪地说："韩阿姨呀，我真的舍不得和你分开，别看跟你在一起相处只有一个星期，看得出你是一个诚实厚道的人。如果你愿意的话，我就认你做我的干妹妹。"

要说杨部长和徐处长对待保姆，那可真是不赖。就在刘阿姨准备走的这天，杨部长和徐处长都请假在家，亲自下厨，精心地做几个菜，用以表示半年来刘阿姨对他们家所付出的辛苦和对丽丽的精心照顾的感谢。杨部长说得好："刘阿姨走，就好像工厂的工人调走一样，他为这个工厂做出了贡献，调走时，就应该有个表示，对调走的人员起码在精神上是个安慰。这些也都是人之常情。"

杨部长的一番话，让珍珍异常震撼。从杨部长身上，她想到佟成贵，还有村长赫尚林：共产党培养出来的人，就是不一样，他们不是满嘴全是政治，他们更懂得人之常情。他们做事不失掉原则，他们处理事情离不开人之常情。杨部长的一番话说得刘阿姨流下眼泪。珍珍知道，刘阿姨的眼泪，感动是一方面，更主要的是，刘阿姨的内心，肯定觉得愧疚，更何况刘阿姨这个月只干了十二天，杨部长和徐处长给她的却是一个月的工钱。

"刘阿姨，别这样。"徐处长看刘阿姨流泪，安慰她说，"等孩子病好了，找我来，看有合适的人家，我再帮你找。"

刘阿姨不免是千恩万谢一番。

刘阿姨走了，珍珍的心里还真的有些空荡荡的，一种无抓无挠的感觉，在心中油然而生。不过还好，每天有丽丽的折腾，珍珍的心事也消减一大半。

经过一个阶段的体验，珍珍感觉很知足。她从心里佩服杨部长和徐处长，人家在处理日常生活中一些事，那真让你说不出啥，在他们面前，你会有一种强烈的平等感。你就说徐处长吧，每天晚上吃完晚饭，她总是帮你收拾桌子，抢着洗刷碗筷，这时珍珍只好把徐处长从厨房里推出来，把厨房门反锁上。再有，每到吃饭时，珍珍都是想，先伺候一家吃完，自己再吃点就行了。可是，杨部长和徐处长，从来都不让珍珍等他们吃完以后吃他们的剩饭，要求珍珍与他们一同吃饭，无论珍珍怎样拒绝都不行。

"珍珍。"

"嗯？"珍珍嘴里嚼着饭，听徐处长叫他的名字，便停下筷子，偏过头，疑惑地答应着。

"你说咱们是一家人吗？"

"嗯——不是，啊，不，你们对我这样好，没把我当外人，那就是一家人。"

"对嘛，咱们应该是一家人嘛。"徐处长夹一口菜放到嘴里，"以后别再叫我徐处长了，听见没？记得你来的那天，咱不是说好了吗，你叫我姐姐。"徐处长看一眼杨部长，"那叫他啥呢？对，上次你不是要给珍珍当姐夫吗，那就叫姐夫吧。"

"哎，不好不好。"杨部长连连摆手，"那是逗趣的话，是为了让韩阿姨放松放松紧张情绪。我看哪，还是叫老哥吧。在部队里，那些女孩子都叫我老哥，这不更好吗，咋样？"

珍珍被感动得一脸灿烂的笑容，眼里闪着激动的泪花。她感谢上天让她碰上这样一个家庭，为自己的幸运暗暗高兴。

第二十一章 感怀"弟兄山"

转眼已过小满。农谚讲：小满鸟来全。漫山遍野，村头的树上，到处都成鸟的天地。这时的鸟们，还有个特点，喜欢集中在一起，尽其美妙歌喉，进行群鸟大合唱，声势十分浩大，声音十分壮美，似在进行一场盛大的歌咏比赛。

海林虽然年龄还小，但他内心似乎生来就有一种浪漫思想。他非常喜欢鸟的鸣叫声，每年到这个季节，他都会一个人来到北道沟，躺在百鸟集中的树林外的大碴子石头上，闭目聆听各种鸟的叫声。从中幻生很多遐想，也使他暂时忘掉一切苦难和不幸。为了模仿鸟的鸣叫声，他还做了很多长短不一的"柳叫叫"，在吹"柳叫叫"时，把握住"柳叫叫"的手一张一合，就可模仿出许多不同种类鸟的鸣叫声，把自己完全融汇到百鸟中去，成为百鸟大合唱中的一员。

可是今年的海林，早已没有了这种心情。在空荡荡的宿舍里，只有凤山和海林。凤山在复习功课，准备迎接期中考试，而海林复习完功课后，百无聊赖地躺在炕上滚来滚去，宿舍门前大树上群鸟的吵闹声灌满他的耳朵，他愈加烦躁。

他烦躁地坐起来，把衣服向上一撩，包上脑袋，双肩抱着脑袋，又顺势躺下。鸟的吵闹声小了，海林烦躁的情绪也渐渐平静下来。

他终于安静地躺在炕上睡着了。

——他走了，独自一人走了，趟着厚厚的积雪找妈妈去了……

狂风肆虐，海林在暴风雪中，步履蹒跚，但却很坚定。不停地向四周搜寻，希望能有妈妈的身影。他一次次转过身来，一次次停下来，一次次透过暴风雪，寻找妈妈，一次次失望，看到的只有自己那隐藏对妈妈深情思念的脚印。他绕过一个山头，穿过一个不知名的村庄，向深山走去。他走进深山，在一座山头上，显现出一条崎岖的小路。小路牵着海林、牵着海林的思念，牵着海林寻找妈妈的希望。他沿着崎岖的山路，艰难地爬行、爬行……崎岖的小路又向山下延伸下去，海林顺着小路小心翼翼地又向山下走去。在一段陡峭的山路上，他坐在雪地上，滑行到山沟的沟底。他从雪地上站起来，拍掉身上的雪，环视周围，三座兀地而起的大山，迫使他仰起头来。啊！这不是"弟兄山"嘛！中间高的是哥哥，两边矮一点的是两个弟弟。对，没错，就是"弟兄山"。海林突发奇想：我要是爬上"弟兄山"，一定能看到妈妈在哪。听佟成贵大爷说，登高才能望远。他说他们打仗时，观察敌情都是站在最高的山上观察，敌人来了一眼就能看到。我要是站在"弟兄山"上，保准能看得老远老远，保准能看到妈妈在哪儿。

海林两眼盯住中间最高的山峰，心想：哥哥最高，我就上它的头顶上。海林稚气的脸上充满豪气，浑身都是力量。他信心百倍地向"弟兄山"顶爬去。

如有神助，海林没费什么力气，很快就爬上"弟兄山"的最高峰。山顶的风更加强烈，狂暴的风无情地撕扯他的衣襟，衣襟被撕扯得噼噼啪啪响。他艰难地站起身，瘦小的身体，像一棵小草，被狂暴的风抽打得东倒西歪。他终于站稳了脚，向远处观望：一座山上是雪，另一座山上还是雪；一个山村被雪覆盖，另一个山村也被雪覆盖；茫草河像被谁丢在地上的一条长长的白线，不知它将通向哪里；苍茫的公路，把一个个被白雪覆盖的、愈发显得苍凉忧郁的村庄穿在一起，似在互相牵拉，以防被狂风卷走。整个世界全被厚厚的白雪覆盖。

海林在被"大烟泡"搅得混混沌沌的大地上，努力寻找、寻找、寻找妈妈的身影。他终于发现，一个瘦弱的身影在雪地里蹒跚。海林拽起衣襟，擦去被风吹出的眼泪，睁大眼睛，努力辨认。那个瘦弱的身影，肩上好像背着个袋子，臂弯里还挎着一只破筐。瘦弱的身影像一片干树叶，在狂风中飘摇，几经飘摇，那片干树叶，终于经不起"大烟泡"的抽打，倒在雪地上。狂暴的"大烟泡"很快将她埋在雪中。直觉告诉他，那个瘦弱的身影，不是别人，就是朝思暮想的妈妈。他大喊一声："妈妈——"随后不顾一切地从"弟兄山"上跳下来。

海林随着自己惊叫声，猛然间坐起来，脸上呈现出极度恐惧与不安。

"咋了，海林？"哥哥吓一跳，他放下书本赶紧走过来，"又做梦了咋的？"

海林打个冷战儿，回头看看敞着的窗户，风吹得他有些冷。

海林又漠然地看看哥哥，没有回答，眼里流出泪水。

"啊哇？"正在这时，海林的小伙伴小青和哑巴关广德来了。他们看海林的异样表情，不知发生什么事，于是哑巴用他特有的语言方式问一句。

海林知道小伙伴来了，并没回头。他擦去眼泪，镇定片刻，才转过头来，冲着两个小伙伴艰难地笑笑。

"哥哥，我玩去了。"

"去吧，别打架啊。"

"知道了。"

海林趴在炕沿上，从地上捡起鞋，穿上后，从窗户跳出去。三个小伙伴径直跑到茫草河边。

"海林咱们去哪玩？"小青问。

"你说呢？"

"我也不知道。"小青说。

梦中的"弟兄山"，还萦绕在海林的脑子里，他想了想指着远处的"弟兄山"说："要不咱去'弟兄山'玩？"

"行。"说着小青把鞋脱了，准备趟水过河。

"啊哇？"哑巴广德问去哪。

海林指指西面远处的"弟兄山"，又分别摸摸他们三人的脑袋。哑巴广德明白了。他甩掉鞋，边挽裤腿边哇啦哇啦地说，那意思是催着快走。

"弟兄山"属千山脉系，地处千山山脉向西北支出的余脉中。它的周边都是丘陵，三座山兀地而起，雄踞群山居高而立。三山紧紧相连，从东至西依次排开，中间的最高，是三山中的兄长，东面的次之，西面的最矮，当然是小弟弟啦。它们南面有一座小山丘，与之遥遥相对。通向小山丘有一条羊肠小道，隐在茂密的树林中，弯弯曲曲，时隐时现。三个小伙伴儿沿着小路，很快就爬到小山丘上。他们刚一露头，看到一个人坐在一块大石头上。海林赶忙扳着哑巴广德的肩膀，让他蹲下，并示意不能出声。三个小伙伴偷偷抬起头，看到那个人是背对着他们，坐在那块大青石上，正在吞云吐雾。旁边放着一扛柴火，柴火绑成马架型，看来是砍柴火的，在这歇气呢。三个小伙伴站起来，蹑手蹑脚走向山顶。这时，那个坐在大青石上的人动了动，但他并没回过身来，在大青石上磕掉烟灰："哪来的小孩呀？"

三个孩子愣一下，停住脚："茫草城。"海林回答。

那个人转过身来，是一位老爷爷。

"茫草城的？跑这老远来干啥？"

"玩呗。"海林、小青、哑巴广德警惕地站在那里。

他又装上一袋烟，然后从一个白茬小羊皮夹里取出一捏火捻，又取出一片火石，从后腰拽下一把没有刃的簸刀，把火捻用大拇指压在火石上，准确而熟练地用簸刀在火捻边上划打几下火石，火石迸出的火星便把火捻点燃，他把点燃的火捻在烟锅上一按，用力吸几下，一口口浓浓的烟雾，从那人的嘴里喷出。他从嘴里拔出烟袋："跑这老远来玩，这里有啥玩的？"

"这老远咋的，远就不许来了？"海林仍然不失警惕性。

老爷爷一脸沧桑的皱纹里，堆满了和善："呵，说话还挺冲，我没说不许来呀，我正闷得慌呢，巴不得有人和我唠嗑呢。"

海林、小青和哑巴广德仍然站在那里没有动。

"来来来，到这儿来坐。"老爷爷拍拍大青石。

海林、小青和哑巴广德慢慢来到大青石前，警惕地坐到大青石上。

"你们都叫啥名字？"爷爷看着他们三人问。

"我叫海林。"

"我叫小青。"

海林指着哑巴广德："他叫广德，他不会说话。"

"哎，多好的孩子咋不会说话呢。"

哑巴广德问海林说的啥，海林用手在两个嘴角处比划一下胡子，又把手举过自己的头顶，告诉他这是爷爷。哑巴广德笑了，他向老爷爷比划爷爷的手势，算是叫声爷爷。

老爷爷脸笑成一朵花，他喜爱地轻轻地拧一把哑巴广德的脸："这小子真聪明，就可惜不会说话。"老爷爷捋一下胡子："我姓刘，今年五十多岁了，你们就叫我——"

"刘爷爷。"海林听着老爷爷拉长的声音，随口喊一声刘爷爷。

刘爷爷爽朗地大笑起来："那我就不客气了。"

看刘爷爷和善的面容，听他爽朗的笑声，海林他们的戒备心也随之消散了。

"咱们唠点儿啥呢？"刘爷爷看着三个孩子笑眯眯地问。

"刘爷爷你会讲'弟兄山'的故事吗？"海林问。

"会。"

"那就给我们讲讲'弟兄山'的故事吧。"海林要求着。

"那好，咱就讲讲'弟兄山'的故事。"

"太好喽，太好喽。"三个孩子高兴地拍起手来。

刘爷爷深深地吸口烟，向周围环视一圈后，指着西面的三座大山："你们看，前面这三座大山，三峰攒簇，山势雄伟险峻，如三把利剑，直刺青天；遥望三山，壑壑堆青，峰峰竞秀，山花烂漫，灌木添翠，苍松碧染，蟠曲戾天，这就是远近闻名的'弟兄山'。再看那山崖上的松树，长势更是奇特，或横生、或倒悬、或张牙舞爪、或似松鼠翘尾、或如孔雀开屏……千奇百怪，形态各异，使你不得不赞叹大自然的鬼斧神工。"

刘爷爷像在说书，一套一套的，海林和小青皱着眉头听。

"爷爷，您说话曲率拐弯儿的，我们听不懂。"

刘爷爷哈哈大笑起来："好啦，咱不曲率拐弯儿了。"

刘爷爷点上一袋烟，还是用他的火石火捻和打火的篾刀点的。他深深地吸口烟："那是在很久很久以前，一家五口人，爸爸妈妈和三个孩子。他们一家靠种地打猎生活，夏天种地，到冬天就打猎，一家不愁吃不愁穿，日子过得倒还平静。可是，在一年的秋天，正是收庄稼的时候，北方的匈奴，向咱们中原地区进犯，爸爸因箭法好，被招去打仗，结果战死在疆场。那正是冬天，天寒地冻，妈妈为了把爸爸的尸骨找回来，撇下三个孩子，独自一人，趟着没膝深的大雪，向北走去。妈妈走后，哥哥拉着两个弟弟的手，天天站在那个山头上向北望，希望妈妈能早点回来。可是，一年过去了，不见妈妈回来，两年过去了，不见妈妈回来，五年过去了，不见妈妈回来，十年过去了，还是不见妈妈回来……谁也不知道他们哥仨在那座山头上看了多少年，始终不见妈妈回来，谁也不知道他们哥仨在那座山头上站了多少年，就变成现在这三座大山，永远立在那座山崖上，永远向着北方望着，盼着妈妈回来，一直盼到今天……"

"弟兄山"挺拔思念的忧伤穿透海林的胸膛，海林的眼睛红了，他沉浸在让人心酸的故事中。

海林站起身，走到一边，用袄袖擦着眼泪，以无限崇敬的心情，目不转睛地看着对面的"弟兄山"，梦中的情景又出现在他的脑海中：对，自己在梦中爬的，就是中间那座最高的山峰，他是哥哥，我就是站在那上面看见妈妈的。可那是梦。海林眼睛再次模糊，他用袄袖再次擦掉流下的泪水。他就像敬佩自己的哥哥那样敬佩那位大山哥哥，他一手拉着一个弟弟，期待妈妈早日回来，可是，可是，妈妈啥时候能回来？海林从山顶一直看到山下，又从山下看到山顶。他始终沉浸在故事的意境中而不能自拔。

刘爷爷看到海林异样的情绪和表现，不知发生了啥事，他磕掉烟灰问小青："这孩子咋的了？"

小青看看海林，看看刘爷爷，又看看海林，又看看刘爷爷："海林的妈妈也走了。"

"咋回事儿？"刘爷爷好像想起什么，"噢，我知道了。"他站起身，来到海林面前蹲下问："你是茫草城后门房老关家的？"

海林看着慈祥的刘爷爷点点头。

刘爷爷站起身，抚摸海林的头，自言自语："我知道了，你爸爸是关鸿雁，你妈妈去了湖溪市。"

"刘爷爷，您咋知道的？"

"我听张家堡子你五爷爷说的。"

刘爷爷说的这个五爷爷，就是来给海林他们看家的那个五奶奶的老伴儿。

刘爷爷拍拍海林说："孩子别难过了，你的妈妈跟他们的妈妈不一样，他们的事情只是个传说，你的妈妈在湖溪市，又不远，想了可以去看看。你的妈妈可是个好妈妈，这我可知道，啥难事儿都难不倒她，那可是个强亮的妈妈。"

海林听到刘爷爷夸奖自己的妈妈，心里感觉特别舒坦。

刘爷爷拉着海林回到大青石前坐下："你还不知道，我的儿子和你爸爸，在湖溪市上国高时，还是同学呢。"

"真的？"海林既惊奇又高兴。

"那还有错。以后有啥事儿，就上'关口子'来找刘爷爷。

"关口子？"

"是呀，刘爷爷住的这个村就叫'关口子'。"

海林终于又高兴起来。

小青和哑巴广德，被海林闹得有些茫然。这时看到海林高兴起来，他俩也随着海林高兴起来。

"啊哇哇啊呀。"哑巴广德首先比划着，意思是"你吓死我了"。海林不好意思地笑了。

第二十二章 快乐的小伙伴

　　海林、小青和哑巴广德，与刘爷爷分手时，已是中午。他们回到茫草河边，又忘乎所以地玩儿起来，什么"弟兄山"故事，什么回家吃饭，一股脑丢到脑后。他们沿着河边向上游跑去，不时捡起岸边的片石，在河里打水漂，比赛看谁打得多，不知不觉来到上河套。他们在柳树毛中的沙滩上，疯跑着、追赶着、滚着个地打着玩。飞鸟飞得离他们远远的，在树上来回地跳动，惊恐地看着他们，哀鸣不停，似在向他们抗议；野鸭丢下精心垒起的窝，嘎嘎叫着，惊慌飞起，在空中盘旋，像监视盗贼一样监视他们是否会偷它们的蛋；野兔则竖起大耳朵，用它们强壮的后腿，挺直身体，当看出究竟和窥探好逃跑路线后，刹那间钻进柳树毛中，转瞬即逝。本来安稳静谧的上河套，被海林、小青和哑巴广德，搅得天昏地暗。

　　就在他们疯打得不亦乐乎的时候，哑巴广德突然"哇啦哇啦"叫起来，边做着拍屁股、从屁股里往外搜东西的动作，边向柳树毛子里跑。

　　海林一看知道他要拉粑粑，赶紧追过去拽住他，不让他到别处去拉粑粑，比划让他施展自己拉粑粑的绝活。哑巴广德摇着脑袋哈哈地笑起来，说啥也不干，并挣脱要跑。小青唯恐海林一个人拽不住他，便跑过来帮忙。两人不管咋拽，哑巴广德就是不干。海林和小青看实在不行，两人一叽咕眼，又使出哑巴广德最怕的绝招：不跟他玩儿了。哑巴广德傻眼了，站在那鬻吧了。他看海林和小青真生气的样子，妥协了。他来到海林和小青面前，边向海林和小青讨好，边脱衣服——哑巴广德拉粑粑的绝招，需要脱光衣服。

哑巴广德拉粑粑的绝招，海林和小青还是在去年夏天发现的。有一次他们仨在河里正洗澡时，哑巴广德急急忙忙跑上岸，哇啦哇啦向他们喊，然后施展一个别人无法模仿的拉粑粑动作，逗得海林和小青乐得上气不接下气。而哑巴广德则以骄傲的神态，嘴里"哇啦哇啦"叫着，意思问海林和小青，你们行吗，并挑着大拇指，在炫耀自己。

哑巴广德身上脱得一丝不挂。只见他两腿岔开，深深地吸口气，紧接着打了一圈车轱辘跟头，随着车轱辘跟头，他拉出的粑粑在空中形成一道弧线。尽管海林和小青看见过他的绝活，还是笑倒在地上。就在海林和小青笑不可支时，哑巴广德大叫起来，并急急忙忙向河边跑。原来哑巴广德这次没练好，一节粑粑正好贴到嘴巴子上。他跳到河里，边恶心边洗边哇啦哇啦责怪海林和小青。海林和小青见此情景，更是笑得死去活来。

就在这时，从对岸传来一阵笑声，笑声里还夹杂骂人的脏话。海林和小青停止笑，一脸严肃，盯着对岸。原来对岸骂人的是一群洗澡的吴家堡子的孩子。海林他们根本就没招惹他们，光顾玩了，压根就没看见他们，他们纯属在挑衅。

哑巴广德见海林和小青突然停止笑，有些莫名其妙，于是将自己的视线沿着海林和小青的视线，转移到对岸。

"啊哇啊哇？"哑巴广德问海林。海林和小青把他们骂人的话用手势告诉了哑巴广德。

哑巴广德急了，他从河里跳上岸，以哑巴特有的语言——手和身体不同的动作骂对方。如果翻译过来，是相当难听的。

"哈哈……是仨哑巴呀！"

"哑巴、哑巴吃粑粑。"

"哑巴、哑巴吃粑粑。"

"三个大哑巴，抢吃臭粑粑。"

河对岸的孩子没完没了地骂，海林和小青也急了。心想：我们没招你们没惹你们，凭啥骂我们。但他们两人始终忍着，没有还嘴。河对岸的孩子，看这边只哑巴广德一人，站在岸边张牙舞爪哇啦哇啦叫，也不知啥意思，便站成一横排，大声喊叫：

"疯子疯子让屁崩；疯子疯子让屁崩……"

小青气得捡起一块石头向对岸撇去。一百多米宽的河，石头飞出不到一半儿，就一头扎到河里。

河对岸的孩子，看小青把石头扔得那么远一点，把声音放得更大了：

"看你小样撇不远，快舔哑巴小屁眼儿。"

"看你小样撇不远，快舔哑巴小屁眼儿。"

海林越听越来气，他实在忍耐不下去了，一转身，隐到一墩柳树毛子后边，拿出他的秘密武器——弹弓，迅速押上一颗泥球，瞄准河对岸一个大一点孩子的胯下，突然松开右手，皮筋巨大的弹力，将泥球弹射出去。瞬间，就看见河对岸那个大一点的孩子，"妈呀"一声，倒在水里，双手捂着裆，"嗷嗷"哭叫起来。其他的孩子，被他的突然倒在水里，并大声哭叫，吓一大跳。他们不知发生了啥事儿，都围拢过来，骂声也哑然停止。

小青对河对岸所发生的事儿，也是一头雾水，正要问海林咋回事儿，海林迅速从柳树毛子后边出来，佯装不知地问小青："咋的了？"

"不知道呢。"小青挠着脑袋，觉得挺奇怪。

哑巴广德这时却高兴地跳起来，拍着自己的胸脯，挑着大拇指，比划着告诉海林和小青，是他把河对岸的那个孩子给骂倒的。

海林顺杆儿爬，冲着哑巴广德挑着大拇指："你真棒！"

不管啥原因，小哥仁都解了气。海林认为不可久留，拽着小青和哑巴广德，一溜烟跑了。

他们跑到村子的西头，累得气喘吁吁坐在地上。

"他们到底咋的了？"海林故作不知地问小青。

"我也纳闷呢。"

"我看那个臭小子用手捂这儿。"海林用手捂着自己的裆说。

"是呢，我也看他捂这儿哭。"

"啊那？"哑巴广德也问海林。

海林看看哑巴，又看看小青，眼珠一转："哎，小青，你说是不是他那玩意儿让蜂子蜇了？"

小青疑惑地看着海林："让蜂子蜇了？"

"不是让蜂子蜇了，那是咋的了。咱们撇石头也撇不了那么远哪。"

"是呢，我撇好几回石头，连河中间都没撇到。"小青琢磨一会儿，"对，我看也是叫蜂子给蜇了，没错，是叫蜂子给蜇了。"

"啊啊，呜啊哇哇？"哑巴广德看着海林和小青的手势和嘴形，似乎明白他们两人说的话。

海林马上又向哑巴广德解释说，对岸那个臭小子肯定是让蜂子给蜇了，绝不是他给骂倒的，与咱们一点关系都没有。

"啊啊，哼哼哼——"哑巴广德表示完全同意。

"活该让蜂子蜇，谁让他们骂人了。"海林说完后躺倒在马路边上，头枕着马兰墩，"累死我了。"

于是三人四仰八叉躺在马路边上，头枕在马兰花墩子上，舒服极了。天上游动的白云，撩拨着三个不安分的小伙伴，他们又在琢磨下一步游走的方向。

三个小伙伴儿一直在村西大门外的马路边躺够、歇足了才坐起来，仍然觉得玩的还不够尽兴，海林不想回宿舍，小青和哑巴广德也没有回家的意思。

他们嘀咕一阵，站起身，拍拍身上的土，干脆连村都没进，沿着村西头奔"后铺"的小路，向北道沟方向走去，准备去"监哨"玩。

这条小路，正好路过海林他原来家的房后。从房后两米高的石头墙倒塌的豁口处，正好可以看到后园子。海林一踏上这条小路，心里就觉得酸酸的，很不是滋味。当他走到豁口处，不由自主地向后园子望去。后园子中，一个人在那里正用镢头刨啥东西。海林停下来，想看个究竟。原来那个人正在刨"荷包花"根和"芍药花"根，海林原以为他要移走。可是那个人，把刨出的花根，抖抖上边的土，连头也不回，随手从豁口处抛出墙外。说时迟那时快，海林一抬手把抛出的花根接住。他大喊一声："不许刨花！"随后跳进后园子中。还没等那个人明白咋回事儿呢，海林已跑到他面前，夺过镢头，把它扔得远远的。

那个人愣一下："你管得着吗？你以为这还是你们家呀，你给我滚！"他的一对小眼睛，瞪得向财神庙里的小鬼。

海林认出来了，他就是买他们家房子，一位本家的六大爷。这时海林才意识到，这房子已经不是自己家的了。他站在六大爷面前，蔫了，手中的花根跌落在地上。哑巴广德这时也从豁口跳进来，没说分晓，上去从背后就给六大爷一拳，六大爷一点防备也没有，这一拳差一点把六大爷打倒。六大爷回头就给哑巴广德一个大嘴巴，哑巴广德从不吃这亏，他嘴里哇啦哇啦叫，跑到墙根处，抓起镢头，举起来就奔向六大爷。哑巴广德手黑是有名的。六大爷一看不好，撒腿就跑。海林赶忙上去拽住哑巴广德，小青这时也跳进后园子，从哑巴广德手里抢镢头。哑巴广德蛮劲上来，海林和小青根本拦不住他。海林看小青抢镢头，趁机从后边抱住哑巴广德。气得哑巴广德松开镢头，一屁股坐在地上，哇啦哇啦指责海林和小青。

海林蹲在哑巴广德面前，比划着说："他是长辈，不能打，要是真打了……"海林一时不知怎样表达。

"啊哇哇？"哑巴广德比划着问，啥意思。

海林想想，突然想起财神庙里的墙上，画的雷神爷来。于是，海林学着雷神爷向地面打雷的动作。

"啊啊呀？"哑巴广德比划问，"是真的？"

海林用力点点头。

哑巴广德站起来，表示不打了。海林看看站在远处惊恐未定的六大爷说："六大爷，没事儿了。"

"滚犊子，我饶不了你们仨小兔崽子，你看我不找你们家去才怪呢。"他仍站在远处，没敢过来。

海林来到六大爷面前，声音有些发颤："六大爷，您别生气，都怪我。"

"你以为不怪你，你凭啥不让我刨？刨你家的了？啊？"

海林哭了，他哭得很伤心。

"你哭啥，你还有理了是咋的？"

"六大爷，求求你，别把这些花刨扔了，这花多好看呀。我妈妈那时一直没舍得把它们刨扔。"海林的眼泪不住地往下滴。

六大爷目不转睛看海林好一会儿，长长出口气，脾气没了，再也没有力气横了，他心软了。他悟出来了：这孩子不单单心疼这些花，更重要的是，对这个家的留恋，对妈妈情感的留恋，他还没有从失去家的悲痛中走出来，他仍然把这个家，当成他自己的家。

六大爷拉着海林的手，走回他刨花的地方，默默地捡起被他刨出的花，重新栽回原处。

海林笑了，是从心底发出的笑。

海林、小青和哑巴广德，离开六大爷家，一溜烟跑到北大门外。

哑巴广德的家，就住在北大门外，他叫海林和小青，先坐在那棵大榆树下等他，他去去就来。一会儿，哑巴广德就跑回来了，他拿三个苞米面大饼子，分给海林和小青一人一个，他自己留一个。三人狼吞虎咽，边吃大饼子边向北道沟走去。"监哨"就坐落在头道沟对过柏树山上，在第一放牛场的东面。其实，在北大门就可以看见柏树山。柏树山南面，是悬崖绝壁，岩崖叠嶂，似刀削斧砍。上面荆棘丛生，树木相交，藤萝纠葛，枝叶相掩，遮天蔽日，陡峭的山头，有二百多米高，其险要程度连野兔、山羊都难以爬上，更不用说人了。悬崖下，是一片庄稼地，庄稼地的南面就是茫草城村。

这个山头与周围的山比较起来，可算是一个制高点。"监哨"是日本鬼子在一九三五年建起的瞭望哨，人们习惯称它为"监哨"。站在上面西可以瞭望到荒沟门、张家堡子、关口子，南到吴家堡子、龙头岭、邱家沟，东到河南堡子、小河沿，整个一百五十平方公里，都在他的眼皮底下。日本鬼子在上面修了三个碉堡和一个瞭望楼，全是用钢筋混凝土浇筑，在上面驻扎两个班的日本鬼子。当时柏树山上，满山生长的是茂密的松柏，其中有两棵并排生长的古老的巨柏，鹤立鸡群，人们称之为"鸳鸯柏"，"柏树山"也因这两棵古柏而得名。由于山上的松柏过于茂密，遮挡了"监哨"的视线，日本鬼子抓来五十多名劳工，把满山的松柏，包括那两棵参天古柏，全都砍了，随后又一把火，烧掉所有的灌木和茅草，把整个山烧得精光。唯独陡峭的南坡的树木没有被砍掉。日本鬼子认为这面坡，最安全，不可能有人从这面坡上来。可是，就在一个漆黑的夜晚，抗日游击队，恰恰就从这面坡摸爬上去的，偷袭了哨兵，全歼熟睡在炮楼里日本鬼子的两个班，气得鬼子转天把南山坡，也一把火烧得精光。

海林、小青和哑巴广德，顺着西坡爬上"监哨"。这里风大、凉爽，三个孩子感觉浑身一阵轻松、爽快。旋即，他们又爬上炮楼，站在炮楼上，挥着胳膊，大声地呼喊：

"我们胜利了！"

"我们占领了日本鬼子的炮楼！"

"打倒小日本！"

他们的喊声，在大山里回响、回响。哑巴广德看海林和小青大声喊叫，他也傻笑着，张大嘴跟着哇啦哇啦喊叫，像日本鬼子喊冲锋。海林和小青看他那滑稽的样子，笑得东倒西歪，哑巴广德也模仿海林和小青，东倒西歪地笑，笑着笑着，三人都顺势躺在跑楼上，摆成三个大字。

湛蓝的天空，一丝云彩也没有，蓝得让人心里发痒。一只老鹞鹰，不知从什么地方，无声无息飞过来，在他们上空盘旋。它发现了海林、小青和哑巴广德，它把他们当成猎物，几次向他们俯冲下来，几次又迅速拔起，不时还发出几声如同哨音的鸣叫声。海林非常喜欢看老鹞鹰在天空翱翔，尤其爱看它展开双翼，不扇动翅膀的滑翔，让你心里产生一种神奇的、自由的、舒缓的、浮想联翩的感觉。海林正在遐想中，一摊老鹞鹰屎，啪的一声，掉在跑楼上，溅他们三人一脸鹰屎。

哑巴广德"啊哇"一声坐起来。

小青也一翻身起来，抹一把脸，冲着老鹞鹰骂一句。

海林气的从后腰上拽出弹弓，压上一粒园石子，抬手对着老鹞鹰嗖的一声射过去，就听噗的一声，老鹞鹰身体一栽歪，又立刻调整好飞行的姿态，迅速向大山深处飞去。

哑巴广德，向海林翘起大拇指。

"呵，真准，八成打到膀子了，要打在脑袋上，一下子就完蛋了。"小青说到这，忽然想起了啥："哎，我知道了，在上河套，是不是你用弹弓，打那小子的小鸡巴了？"

"不是！谁说的？我没打！"海林忽地站起来，竖起眉毛，急头白脸冲着小青喊。小青一下愣住了，他不知是自己把事情的真相说穿，才引起海林的反感。同时海林也在怨恨自己，怎么忘这个茬了，暴露自己从来没跟任何人讲过的"秘密武器"，所以他非常恼火。小青和哑巴广德见傻，坐在碉堡上，呆呆地看着海林，不知如何是好。沉默好一阵子，海林又慢慢地坐下来，望着小青："小青，我不想让别人知道我有弹弓。"

"这？"小青不明白。

"我不想让你说出去，你看行吗？"

小青突然明白了海林啥意思，立马海誓山盟起来："海林，你放心，我绝不说出去，我要是说了，就叫财神庙里的雷神爷击了我。"

海林转过脸指着哑巴广德："还有你。"海林边说边向哑巴广德比划着。

哑巴广德疑疑惑惑，看看海林，又看看小青："啊哇？"

小青看哑巴广德还是不明白，又重新比划告诉他是啥事，并嘱咐他："绝对不能说出去，你要是说出去，以后总也不跟你玩了！"哑巴广德终于完全明白了，他把一脸的疑惑，变成一脸的严肃和坚决，并用力拍拍自己的胸口，指指自己的嘴，然后急切地摆着手，意思绝不会告诉别人。而后，走到海林面前，拍拍海林的前胸，让海林放心。

海林笑了。

三人互相看着，傻笑着，气氛又重新活跃起来，于是三人又肆无忌惮地在碉堡上折腾起来。他们正玩在兴头上的时候，小青突然发现哑巴广德的妈妈手里掐着一根大手指粗的柳条棍子，一脸怒相，气喘吁吁，向山顶爬来。海林看着哑巴广德，那表情是在问咋的了。哑巴广德把两手一摊，哇啦两声，表示不知道。三人忐忑不安地站在碉堡上，搜寻自己这一天的行踪和所做的事情。他们三人似乎在心灵上有了沟通，各自都把不测定在和吴家堡那帮孩子骂架上，特别是海林，看到哑巴广德妈妈气哼哼的样子，第一感觉就意识到了。

哑巴广德的妈妈，气喘吁吁，来到碉堡前，站定后，用棍子指着碉堡上三个孩子，厉声喝道：

"你们都给我下来！"

海林、小青和哑巴广德，叽里咕噜从碉堡上跳下来，胆战心惊站在那，不敢动一动。哑巴广德的妈妈，不说分晓，抄起棍子，照着哑巴广德的屁股，狠狠地搂一棍子。疼得哑巴广德哇啦哇啦哭叫着，向海林和小青身后躲。

"娘娘，啥事儿，你打他。"海林怯怯地问一句。

"对呀，他一直和我俩在一块呀，啥也没干呀。"小青附和着。

"你们俩都给我住嘴！"哑巴广德的妈妈怒目看着海林和小青，"都是你们俩带他干的好事，你们谁把吴家堡子的孩子给打了，硬赖我们小哑巴。啊！"

"啥呀，谁也没打呀，这是哪的事儿呀？"海林看看小青。

"就是嘛，他们在河那边，我们在河这边，再说我们根本就没到河那边去，那咋打呀，真能赖。"

海林和小青装出一副莫名其妙的样子。

"啊哇，啊哇！"哑巴广德还没明白他们在说啥，还与他妈妈混横。

哑巴广德的妈妈，指着哑巴广德："你再跟我横？"她用棍子指着哑巴广德，并比划着问："是不是你拿石头把人给打了？"

哑巴广德，急切地边哇啦边比划，坚决不承认，说那是诬赖好人。

"行了，你跟我回去！"哑巴广德的妈妈比划着。她看看海林和小青，"你们俩也跟我回去，别光赖我们这不会说话的。"

海林、小青和哑巴广德，远远地跟在哑巴广德妈妈的后边，向山下走。

"千万别说出我拿弹弓子打的。"海林趴在小青的耳朵上嘀咕一句。

"放心，打死我也不会说的。"小青把攥着拳头，向下一挥。

"那要打不死呢？"海林问。

小青一愣，马上反应过来："那也不说，要像佟大爷讲的解放军那样坚强！"

"你们俩嘀咕啥哪，啊！"哑巴广德的妈妈，回过头来厉声问。

"谁嘀咕啥了？我们啥也没嘀咕啊。我跟小青说，我都快饿死了。"海林不服气地辩解。

"该，饿死你们还惹事儿呐，吃饱了你们还不得上天！"

海林在哑巴广德妈妈背后，伸伸舌头，做个鬼脸。

海林和小青，又比比划划，嘱咐哑巴广德。哑巴广德哼哼唧唧比划着，让海林和小青放心。

哑巴广德的妈妈，历眉愣眼地回过头："你们又捣啥鬼？"

哑巴广德，表现出一副非常蛮横的样子："啊哇？啊哇！"似在说"我咋的了"。

村里的一块空地上围着一帮人。吴家堡子那个孩子，哭唧唧地和他爸爸站在中间。那个孩子的爸爸，嘴里不停地嚷嚷，谁也听不清他在说啥。当那个孩子看见海林、小青和哑巴广德走过来，恶狠狠指着海林、小青和哑巴广德：

"就是这仨哑巴！"

"谁是哑巴？"海林指着那个孩子，"你才是哑巴呢！"

"告诉你，别像疯狗似的，胡咬人。"小青说完，脸上现出一种气人的笑。

"你说谁是疯狗？"那个孩子的爸爸，使劲推小青一下，差一点把小青推倒。

"哎哎，老吴，咋还跟孩子动手？"有人认识那个人，"你这可就不对了，有事儿说事儿，咋还跟孩子一般见识呢。再说了，到底是咋回事儿还没闹清呢。"

哑巴广德一看动手了，他可急了，从旁边捡起一块石头，向推小青的那个人冲过去。哑巴广德的妈妈，一把拽住哑巴，哑巴那块石头才没有扔出去。哑巴气得哇啦哇啦指着那个人。那个人一看，有人拦着哑巴，倒来劲了，他把脑袋伸过来，指着自己的脑袋：

"来，来，朝这儿打，有本事朝这儿打。"

"我说老吴哇，你干啥来了？"一个村民问。

"他们一帮孩子，打我孩子了，不信你看看。"老吴说着，把他儿子裤子扒下来，"你们看看，这是命根子。"他用手指着，"这小鸡鸡都给打肿了。"

"我的妈呀，吓死人了！"小青一副怪笑。

"啊呀呀，啊哇，哈哈哈……"哑巴广德一阵哈哈大笑后，比划起来，"太砢碜了，太砢碜了！哈哈……"

围观的人，看着哑巴广德的怪相，都笑起来。

"老吴啊，可别扯淡了，就是真打架咋能打到那呀。"

"要说呢，成心往那打都打不着。"

海林走上前来，弯下腰，抬头看看老吴爷俩，又低下头，仔细看着那个孩子的小鸡鸡，一副煞有介事的样子。

老吴推开海林："看啥看，你装啥相？"

海林又看看老吴，没理他，又弯下腰看。他像发现新大陆："啥打的，那明明是马蜂子蜇的。你们看，马蜂子屁股上的毒刺还在这儿呢。"

老吴爷俩一听毒刺还在上边，都低下头看。

"在哪了？你别胡咧咧。"老吴根本不相信。

海林随手从眼前的地上，捡起一根小细棍，扒拉那孩子的小鸡鸡一下："这不，呦呦，掉了，掉了。"他马上用小细棍，在地上扒拉，"在这了，看，这不在这儿了。"

小青马上走过来，看看地面，迎合着说："还真是毒刺，这不在这，还赖我们打的，哼！"

"哪了，哪了？我咋没看见。"老吴急头白脸地问。

海林直起腰，看看老吴，漫不经心地说："你看见了啥呀，你看你眼睛上糊的眼屎吧，跟拉屎没擦腚似的，还看啥呀。"

老吴指着海林："你说谁呢，我看你是欠揍！"

"就说你，就说你，我看你才欠揍呢！"海林毫不让份。

"我看你真美咋的。"老吴真的冲海林来了。

哑巴广德一直在注视着老吴。这时他看老吴冲着海林来劲，他"噌"地一步跨过来，站到老吴面前，一手叉腰，一手指着老吴："啊啊，哇啦，哇啦！"一般人都知道，十个哑巴九个狠。老吴面对哑巴广德的凶相，只好退回。

这时有人出来打圆场："我说老吴啊，行啦，孩子打架，上哪找真理去。好好问问你的孩子，到底咋回事儿，得啦。"

"谁跟他们打架了，我们连河都没过，咋打架了？"小青质问那个村民。

"他妈这小子还挺横，咋不懂好赖话呢？"那个村民拽一下小青的耳朵。

老吴倒还识相，寻思寻思问他的孩子："你这到底是咋整的？"

"我、我……"老吴的儿子一时又说不清。

"他们过河来了吗？"

"没有。"

"那你说他们过河来打的你！你个完蛋操的东西，真是个窝囊废，我咋养你这么个损种。当时是咋疼的你还不知道？啊！"

"就觉得吱儿一下子，完后就疼了。"

"那就是马蜂子蛰的。"

"那是，只有马蜂子蛰的，才吱儿一下子。"

"马蜂子蛰的，没啥事儿，快带孩子回去吧，老吴。"

"马蜂子蛰的，没啥大事儿。回去给孩子抹点大酱，杀杀毒就好了。"

"你说这孩子，自己咋整的都不知道，真他妈完犊子货。"老吴觉得自己有点没面子，把责任都推到孩子身上，在为自己解嘲。说完拽着孩子就走。

"哎哎，你别走！"哑巴广德的妈妈冲过去，拽住老吴，"马蜂子蛰的，你凭啥呜呜喳喳气哼哼赖我孩子？啊！"

"这……"

"这啥，这这，你这是欺负我们不会说话！"

哑巴广德，又一次拿起一块石头，向老吴撇过去。老吴一低头，石头从他的头顶飞过去。老吴吓得没敢回嘴，拽着孩子跑了。

"臭不要脸的，你跑啥？有本事别跑啊，你个瘟大灾、挨千刀的……"哑巴广德妈妈，咬牙切齿地骂，直骂到老吴和孩子跑得无影无踪。

第二十三章 亲弦荡断

暑假到了。这是海林和哥哥住校后的第一个暑假。妈妈在家的时候，他们盼着星期日，盼着放假，这样可以帮助妈妈干好多好多活。现在，他们害怕过星期日，更害怕放寒暑假。平时的星期日，还好一点，只是一天，一混就过去了。可是暑假，一个多月的假期，怎么过？在哪里过？他们无法想象，茫然不知所措。他们走在这熟悉的小街上，身在故土，却没有踏实、安稳、悠然自得的感觉，犹如远居他乡，沉没在苍莽暮霭陌生的阴影中；他们本来是故土的一粒草籽，却犹如一颗蒲公英的种子，在天地之间这个巨大的空间里，旋转漂泊；他们身在家乡，心中却有一种漠然思念家乡的情怀；身在故土，可又忐忑不安地揣摩故土的模样，寻找故土在何方。他们匍匐在痛苦的孤独中。

就在这时，凤山和海林接到妈妈的来信。妈妈在信中对两个孩子的暑假生活很担心，一再嘱咐孩子一定要注意安全。凤山从妈妈的来信中隐隐看出妈妈对叔叔还抱有一线希望：叔叔要是能收留两个孩子，让两个孩子转学到河草镇，咋说那也是亲叔叔，比两个孩子单独在茫草城要强，这样她也放心。凤山看完这封信，把它交给校长，让校长帮着看看是不是这个意思。校长也是这样理解的，并鼓励凤山和海林不妨试试。

暑假的第二天，凤山揣着转学证和校长给老叔的信，一大早，就带着海林向河草镇奔去。一路上，小哥俩边走边说，兴致蛮高。

"哥哥，你说咱老叔能让咱俩在河草镇上学吗？"海林走得满脸是汗，歪着头看着哥哥问。

"差不多。你别忘了，有咱校长给他写的信，我看能行。那封信我看了，写得可带劲了。"

海林充满着幻想："哎，哥哥，你说咱老叔家有大米白面吗？"

"那是城市，当然有了。"

"那咱们每天都可以吃到大米饭和白面馒头吧？"

凤山这时不知咋的，突然又觉得心里没有底："想得倒美，还吃大米白面呢，能不能留咱还是个事儿呢。"

"你刚不还说差不多嘛，咋又这样说呢。"海林有些失望。

"我是瞎猜。"凤山看海林着急的样子，又把话拉回来，"我想，老叔能留咱俩在河草镇上学的。"

"那有多好呀，在老叔跟前上学，有人管咱们了，妈妈也不用着急了，也不用总惦惦咱们了。"

海林一路上特别兴奋，不停地问哥哥这，问哥哥那。他看到什么问什么，想到什么问什么。一路上的话，要比哥哥说的多出好几倍。这也难怪，自懂事以来，海林还是第一次出这么远的门，还是第一次去有火车的地方。那里的一切，对他来说，都是陌生的，他想象不出那里是什么样的。

他们不知不觉来到林神岭上。往东望去，有两条直线在太阳光下闪闪发光。

"哥哥，那是啥，咋恁晃眼？"

"那是铁道，火车就从那上面上跑。"

"噢？"海林似懂非懂。

"哥哥，这儿离河草镇还有多远？"

"不远了，顶多还有五里地。让那个山头给挡住了。"凤山指着左边的那个小山头，"从那一拐过去就可以看见了。"

他们距离火车道越来越近了，正好有一列火车，由南向北开过来。火车头后边拖着一节节黑乎乎的车厢，车厢里装的都是煤。那个火车头，好像特别费劲，呼哧呼哧喘着粗气，走得特别慢。

"哥哥，我听说火车跑的特别快，这个火车咋这么慢呀？"海林不解地问。

"刚从火车站开出来，一会儿就快了。"

"人要坐火车，就坐在那煤上边？"

"这不是坐人的火车，是拉货的火车，坐人的火车不是这样的，可好看了。"

"那是啥样的？"

"坐人的火车，"凤山想象着，"有点像房子，比房子长，也是一节一节的，车厢全是绿色的，上面还有好些窗户，远看像一条长龙，特别漂亮。"

凤山话还没说完，正好有一列客车，由北疾驰而来。

"看了吗，海林，这才是坐人的火车哪。"

海林两眼放着光，喜出望外。真没想到，坐人的火车这么好看：一节一节连在一起，每一节车厢上，还开好些窗户。有不少人，把窗户打开，趴在窗户上向外看。那一节节车厢，还真都是绿色的，就像北道沟的野鸡脖子上的绿色的羽毛一样，特别鲜艳好看。海林觉得还没看过瘾呢，最后一节车厢，已从面前闪过。他遗憾地看着远去的火车，特别羡慕那些坐火车的人，心想，自己要能坐上火车，那该有多美呀！

凤山带着海林来到镇里。

他们来到火车站前。站前有一个广场。在海林看来，这个广场，足有北道沟放牛场那样大。这里散发着浓浓的烧煤的气味，与茫草城所闻到的烧柴火的气味，截然不同。整个广场，熙熙攘攘，人声鼎沸，十分热闹。围着广场的周围，都是卖东西的小摊位，不时传出各种各样的叫卖声。真是应接不暇，看得海林眼花缭乱。这里有卖针头线脑的，有卖鞋袜的，有卖油盐酱醋的，有卖鱼的、卖肉的、卖菜的，还有卖溜溜球、卖片叽的、卖泥捏的小人的，还有卖"糖火烧"的、卖炸麻花的……他们继续往前走，一个熟悉的身影，映入凤山的眼帘：他脸宽且长，两只眼睛向下凹陷，大鼻子挺得老高。脖子上挎着个黄色的大油布围裙，一副油乎乎的袖套，套在两只胳臂上，正在忙忙活活炸油条呢。

"海林，你看那是谁。"凤山拽拽海林。

海林顺着凤山指的方向望去，海林看了好一会儿，摇摇头："不认识。"

"他是西院三叔的亲戚，他去过茫草城。听妈妈说，他姓冷，外号叫'冷大鼻子'，咱应该叫他姑父。"凤山告诉海林。

海林听后，一肚子的反感，嘴里嘟囔着："我才不叫他姑父呢。"

凤山和海林，离开火车站前的广场，经几番周折，终于找到叔叔的家门。

他们站在门外，有些犹豫。两人嘀咕起来：

"咱们有好几年没见过老叔了吧？"凤山问海林。

"我根本就没见过老叔，我哪知道。"海林蹲在地上，用一根树枝，在地上乱画着，一副心不在焉的样子。

"你咋不记得？"

"我就不记得！"海林立眉楞眼看着哥哥。

凤山也一副恹头的样子。

"要不咱还回茫草城吧。"海林一副非常不耐烦的样子。

"谁呀？"屋里传出一个女人的声音。显然，凤山和海林在屋外说话声，被他们听见了。

"我老叔在家吗？我是凤山。"凤山向房门前靠近两步应答一声。

"老叔？是喊你吗？"还是那个女人的声音。

没听到回音。

门终于开了，关鸿志一脸的不高兴，他后边站着一个女人，同样一脸阴云。

凤山和海林看着两张阴森的脸，心里别提多恹了。

"老叔。"

"老叔。"

凤山和海林怯怯地叫一声老叔。

"谁让你们来的？"关鸿志厉声地问。

海林看哥哥一眼，靠近哥哥一步，拽拽哥哥的衣襟："哥哥，咱走吧。"

凤山扒拉掉海林拽他衣襟的手，固执地站在那里，一动不动，没有回答。

"是你妈让你们来的，是吧？"

"不是！我妈没说让我们来。"凤山有些愤恨，"是我们校长不让我们在那念书了，是他让我们找你来的。"凤山从口袋里掏出一封没有封口的信，"这是我们校长给你写的信。"

关鸿志不情愿地接过那封信，看看信皮儿，然后抽出信纸，内还有两张转学证明。他看看转学证明，心里极度恼火，抬起头，盯着凤山和海林："上你妈那上学不行吗？"

"不行！要行就不上你这来了。"凤山的话里明显带着情绪。

关鸿志刚要看信，听凤山的话还挺硬，斜了凤山一眼，"啪啪"抖开信纸。

信是这样写的：

关老师：

您好！

孩子的妈妈，半年前就离开茫草城，去湖溪市了，记得上回咱们在一起开会时，我已与您说过。因此，现在有一事与您商量：关凤山和关海林，现在我校住校，他们年龄还小，无人监护，学校唯恐时间长了，出什么意外，您也是老师，对此完全能理解。孩子的妈妈，确实很难，这不但茫草城的人，就是十里八村的人也都知道。看来她也确实无法顾及两个孩子。想您是他们的亲叔叔，只好让他们带着转学证明，投奔您处上学了，别无他法。

安排两个学生，对您来说是绰绰有余的，一点都不是问题，这我是知道的。更何况他们是您的亲侄子，您定会不遗余力加以解决。

祝好！

徐广生

1954.7.28

"放他妈的狗屁，他算个啥东西，用他来编排我。"关鸿志看完信后，大动肝火，嚓嚓嚓，把信撕得粉碎，扔到院子里，转身进屋里去了，啪的一声，把门关上了。

凤山和海林，呆呆地站在院子里，一时不知如何是好。左邻右舍，听到外边吵吵嚷嚷的，不知发生了啥事，十分诧异，打开门想看个究竟。

这时，老婶打开门，急急忙忙出来："哎哟，是侄子来了，快进来，站在外边干啥，进来，进来。"她一边拽凤山和海林进屋，一边向周围的邻居解释："这是我那口子的两个侄子，我还从来没见过，一时还真不敢认。"

凤山和海林刚进到屋里，后边的门，"啪"的一声被关上。海林听到摔门声，回头看看老婶。

"哎哟，作孽呀，真是作孽呀，这还没等咋的，就瞪上我了。"

"老婶，您别生气，海林还小，不懂事儿。"

"我没瞪！"海林气哼哼地说。

老婶瞪海林一眼，手向下一甩，一转身，气哼哼回到炕边坐下。

命运之神，也太随心所欲了，反复无常，总是跟凤山和海林这两个苦命的孩子作对。凤山和海林，特别是海林抱着极美好的幻想，奔叔叔而来，没想到，叔叔和婶婶这样动肝火，这样冷漠。凤山和海林岂止难过，简直是心寒。

关鸿志一直没有言声，只是坐在炕沿边上，阴沉着脸，喘粗气。一时间房间里死一般地静下来，好像在阴森坟茔里，静得让凤山和海林心里有些恐慌。

海林的肚子咕噜噜地响，他饿了。他偷偷看看办公桌上的马蹄表，已经是下午一点半了，心想：中午饭肯定是吃不上了。

"哥哥，咱们走吧！"

凤山没有言声。

"你不走我走！"海林倔劲儿上来了，看哥哥没说话，他拔腿跑了。

"海林，你去哪？"凤山喊一嗓子。

"回茫——"后边的话，凤山没有听见，但他知道，后两个字是"草城"。

"哼！"凤山看着老叔和老婶，发出一声强烈的鼻音，也转身跑了。

凤山带着海林，毫无目的走在河草镇的街道上。

"哥哥，我渴了。"

"走，咱们找井去。"

他们从北街串到南街，终于找到一眼井。那辘轳上缠着的井绳上还拴着一个木制的水筲。凤山摇上一筲水，海林把着水筲喝起来。海林真的渴了，他一连喝了好几次，才算罢休。渴解决了，饿，又袭上来。凤山口袋里，妈妈给的那十五元钱，一分都没动，这时满可以买点啥吃。凤山从口袋里掏出钱，看看，又塞进口袋里。他实在舍不得花这点钱，心想，一个暑假，不知遇到啥事，不能总找妈妈要钱，妈妈太不容易了。

"海林，走。"凤山把坐在马路边的海林拽起来，"咱们找吃的去。"

"去哪找？"

"别问，到时你就知道了。"

凤山和海林沿着公路，一直向南扎下去。走着走着，天上突然滚来了沉闷的雷声。他们抬头看看乌云密布的天空，一道张牙舞爪的闪电将乌云抓破，紧接着一声霹雷，在头上炸响，随即夹着冰雹的大雨，噼里啪啦倾泻下来。凤山一手拽着海林，一手捂着脑袋，向一家院子的小门楼跑。

这家的院门紧闭，门楼下是最好的避雨之处：两个门墩，凤山和海林一人坐一个。任凭闪电一道接一道，任凭炸雷一个跟一个，凤山和海林毫不介意，他们对这样的天气，早已司空见惯，经历太多了：雷雨天，他们沿街要过饭；雷雨天，他们在上河套放过猪；雷雨天，他们在北道沟割过柴火；雷雨天，他们和妈妈在地里放过水……他们在凄风苦雨中，经过的苦难太多了，已习以为常。任其电闪雷鸣，任其大雨夹着冰雹倾泻，对于磨难深重的凤山和海林，不在话下。

雷声渐渐远去，雨也渐渐小了。凤山透过雨丝，隐隐地看见远处有苞米地。

凤山带着海林冒着雨，顺着长满蒿草的小毛毛道，拐进一片小树林。他们越过小树林，钻进一片苞米地，从苞米地穿过后，鬼使神差地在眼前出现一片花生地，地已被雨水泡得软软的。凤山照准一簇花生，轻轻一拔，一大嘟噜花生被拽出来，在垄沟的雨水中一涮，白白胖胖的花生，十分诱人。他们一把一把揪下来，揣进口袋。凤山把自己的两个口袋装满后，又帮海林把两个口袋装满，然后又机警地钻回苞米地，向北跑去，一口气跑到火车站，钻进候车室。他们看候车室人太多，又跑出来，找一个无人的嘎垯，隐蔽起来。

两口袋花生吃完了，也吃饱了。雨什么时候停的，他们全然不知，湿透的衣服，冷得身上发抖，他们又跑回候车室。

一列客车，带走一大批旅客，候车室里只剩下十几个人，大部分椅子都空出来。凤山和海林躺在椅子上，不一会儿，睡着了。

关鸿志来到大街上，踩着泥泞的路，他是来找凤山和海林的。但他不是来了恻隐之心，也不是什么良心发现。两个孩子在大雨天，从他家里跑出来，他是有责任的。别看他对凤山、海林不好，不把他们当回事，他深知三个孩子，是他三嫂的命，一旦出啥事儿，他三嫂会和他玩命的，那对他的影响可大了，到那时再想挽回，可就晚了。

关鸿志从北街走到南街，又从南街找到北街，没有发现凤山和海林的踪影。心里纳闷，这俩孩子去哪了，又回茫草城了？

"关老师。"有人喊他。

关鸿志听有人叫他，抬头看是他的学生朱天明。他用几乎让人听不见"嗯"的一声，便走过去。刚走过去几步，又突然转回身来："哎，朱天明。"

"关老师，您有事？"朱天明走回关鸿志面前。

"你看没看见两个小孩？"

"那会儿，给我爸爸送雨伞时，看见有两个小孩，向火车站跑去了。"

"向火车站跑了？"关鸿志回过头去，看看火车站的方向，"好吧。"他转身向火车站走去。

"关老师，用我帮你找去吗？"

"不用了。"

关鸿志走进候车室，果然看见凤山和海林，躺在椅子上正睡呢。他把凤山推醒，凤山睁眼看看，坐起来。

"走，跟我回家！"

"我不回！"他倔强地推开关鸿志的手，又躺到椅子上。

海林被他们闹醒了，他躺在椅子上，瞪着两只大眼睛，一动不动。

"海林醒了？走，跟老叔回家。"他去拽海林。

海林翻个身，面向里躺去，根本不理他。

"听话，海林，你要走，哥哥就跟着走了。"他又一次拽海林。

海林噌地一下坐起来："你别拽我，我不跟你去，谁稀罕你的破家！"他冲着关鸿志大声喊叫起来。

喊叫声惊动了整个候车室，所有的旅客，齐刷刷地把头扭过来，伸长脖子，惊疑地向喊叫声的方向看，并慢慢向这边围拢过来。

"哥哥，走，咱们走。"海林拽着凤山，穿过人墙，跑出候车室，关鸿志紧跟在后边。凤山和海林出了候车室，撒腿就跑。他们向北跑去，关鸿志一直看着凤山和海林跑得无影无踪，转身向家里走去。心想：这样也好，我不是没往家叫他们，是他们自己不来，再出啥事儿，与我没关系。

凤山和海林跑出河草镇，气喘吁吁坐在公路边。即将落山的太阳，被一层薄云遮挡，惨淡的阳光，照在处境惨淡的两个孩子身上，他们一脸的无奈与惨淡。夜幕开始降临，他们坐在那里，不知如何是好。

"哥哥，咱咋整，上哪去呀？"

凤山茫然地看看四周，他也不知去哪。

"哥哥，要不咱还回火车站？"

"行，走，还回火车站。"

夜间十点半，最后一趟旅客列车，从河草镇车站开出后，候车室里，只有凤山和海林两人。他俩躺在椅子上睡得正香，被车站值班人员叫醒："哎哎哎，干啥的，起来！起来！"凤山和海林迷迷瞪瞪坐起来。

"干啥呢，叫啥叫？"海林睡得稀里糊涂，根本不知自己在啥地方呢，冲着值班人员耍横。

"哎呀，还挺横。给我出去，车站里晚上不让待人！"

海林终于从沉睡中醒过来了，揉揉眼睛，看看哥哥和值班人员，蔫下来。

是的，河草镇火车站，是个小站，从夜里十点半，最后一趟旅客列车过后，一直到转天十点，再也没有旅客列车从这个小站通过了。候车室是要锁门的。凤山和海林只好离开候车室。

站在候车室门前，凤山看看候车室窗台下的台阶，心想，就在这里睡，反正是夏天，也冷不着，蚊子咬就咬，夏天还从来没有不被蚊子咬的时候呢。

"海林，咱在这睡行吗？"凤山指着台阶。

海林回头看看，台阶还挺宽，被雨浇得还挺干净："行，咋不行？"说着，他坐到台阶上，把鞋脱下来，垫在头下当枕头，躺在那里。

天亮了，站前广场，开始喧闹起来；炸油条的香味、"糖火烧"的香味，混合着煤气味，扑鼻而来。凤山和海林是饥肠辘辘。他们用衣襟，擦擦惺忪的睡眼，来到广场。海林看着那些好吃的，真是垂涎欲滴。凤山手里掐着妈妈给的十五元钱，几次想掏出来，和海林买点吃的东西，几次又都揣了回去。

"海林，走，咱们还弄花生去。"

"现在？"

"这就去。"

凤山和海林沿着昨天回来的路，钻进苞米地。当他们从苞米地刚一露头，正好看见一个老头，在他们昨天拔花生的地方，手里拿着被拔下的花生秧子看，他们正要跑，老头也发现他们："好你个小兔崽子，太祸祸人了，看我抓住你，不剐了你才怪呢！"

凤山和海林见老头追来，钻进苞米地，一眨眼就没了踪影。

凤山和海林吓坏了。他们又跑回火车站，两人坐在候车室里上气不接下气地喘着粗气，心想这要是让妈妈知道了，妈妈肯定会特别伤心的。妈妈经常教育他们，穷，找人家要，不寒碜，千万不能偷。偷，不单单是寒碜的事，那是丢人的事，坏人才干那种事。所以，妈妈在临走时，还一再嘱咐，在任何时候，都不许拿人家的东西。想到这，凤山非常后悔。

"海林，咱不去好了。"

"咱俩昨天也不该去。"

"是呢。这可咋整？"

"那有啥法，以后饿死咱也不去了。"

"行。可是——"凤山看着海林，"这事千万别告诉咱妈，你说呢，海林？"

"嗯，行。以后咱再也不干了。"

凤山和海林，肚子饿得咕噜咕噜响。俩人无聊地坐在候车室外边的台阶上。海林突然灵机一动：

"哎，哥哥，要不咱俩去舅姥爷家，看看梦梦去？我早就想梦梦了。"

"咱不认识呀。"

"听妈妈说，坐火车到连山关下车，再去——那是哪来着？"

"翟家沟。"

"对，咱就去翟家沟不就行了吗？"

"你知翟家沟往哪边走？"

"问呗。鼻子下不有个嘴嘛。"

"听妈妈说，下火车还有好几十里路呢，离那老远，问谁呀？"

海林不言声了。

"哎，对，有了。"凤山突然想起什么，"翟家沟是奔石哈寨方向走，石哈寨是个大地方，肯定知道的人多，保准一问就会有人知道。"

凤山拽着海林："走，买票去。"

"真去呀，哥哥？"

"谁还骗你？"

"这回能坐火车了！"

他们一上火车，海林就把在河草镇的一切烦恼，忘得一干二净。他万没想到，自己这么快就坐上火车了。车厢里的一切，都让他感到无比的新奇：整个车厢都是褐黄色，顶棚的两边还有搁东西的架子，那架子都是用鸡蛋粗的，一根一根笔直的木棍做的，也是黄褐色的，那木棍一定是蜡木的，要不咋恁直呢。一排一排椅子，不像学校教室的椅子，都是一个方向，这里的椅子，都是对面坐的。在两排座位中间，从窗户那边还伸出一个像牛舌头似的小桌子，上边还能放水碗啥的。火车开走，你都不知道火车是啥时开的，你要不向外看，根本不知道火车已经开走了。火车开起来，特别的稳，一点都觉不出来，不像汽车，别说站着，坐着都把你颠得里拉歪斜，更别提茫草城的老牛车了。

海林自上了火车，脸上一直泛着浅浅的微笑。他左右顾盼着，寻摸着，一心想从车厢里看到更多新鲜事。可是，还没等他的屁股坐热乎，火车就到站了。海林无不遗憾地、恋恋不舍地走下火车。

凤山和海林出火车站，很快就问出去翟家沟的方向。实际还真不算远，只有二十多里地。问清路线以后，凤山带着海林来到一家小商店，买二斤果子（饼干），是给舅姥爷和舅姥姥买的，又花一角钱，给梦梦买十个糖球。

凤山和海林，从昨天吃的那些花生到现在，还一口东西没进呢，饿得心都有些发慌。海林看着哥哥手里的糖球，舔着嘴唇。

"海林要不你吃个糖球吧。"凤山看海林怪可怜的，就把攥着糖球的手，举到海林面前。

海林已经把手伸过去，寻思寻思又把手缩回来："不，还是留给梦梦吧。"

凤山和海林一路上两次经过花生地，虽然饥肠辘辘，非但没动心，又后悔昨天偷拔人家花生的那一幕，只是过三次万两河时，饱饱喝三次水，以此充饥。

凤山和海林来到舅姥爷家，得到热情的款待。舅姥爷家根本就不富裕，一共八亩地，加上梦梦，一家四口人，一年的口粮还能凑合，买个油盐酱醋啥的，还得指望着鸡屁股。尽管这样，舅姥爷还背着二十斤苞米，走出十五里地，换回十斤荞麦，压成荞麦面，给凤山和海林包饺子。凤山和海林，不忍心在舅姥爷家住时间长了，他们想住两天，看看梦梦就回莽草城的。可是天不作美，自凤山和海林来的第二天，就下起大雨。一连五天的大雨，引起山洪暴发，使得万两河水暴涨。滔滔的万两河，汹涌着黄色的滔天巨浪，让你望而生畏。凤山和海林几次想走，舅姥爷和舅姥姥几次拦挡，说啥也不让走。从翟家沟到连山关，虽然只有二十多里地，可是要经过三次万两河，人根本过不去，舅姥爷和舅姥姥，能让他们走嘛。第六天，天晴了。舅姥爷和舅姥姥，实在熬不过凤山和海林，舅姥爷只好带着他们，绕着山道走。走山道，可以绕过万两河，但那就不是二十多里了，而是三十多里地了。

　　舅姥爷一直把凤山和海林送到连山关，上了火车，才放心地向回走。

第二十四章 在漩涡中浮沉

凤山和海林从舅姥爷家走以后，他们又回到河草镇。这次回去还要到老叔家一趟。但不是听是否能到河草镇上学的消息，他们心里明白，去河草镇上学，已是不可能了，而是找老叔要回转学证，回茫草城。

"哥哥，你自己去吧，我可不去了。"走出河草镇火车站，海林一屁股坐在候车室门前的台阶上，不走了。

"走吧，海林，咱俩一块去，要回转学证明，从那边直接就走了，跟哥哥一块去吧。"

海林不情愿地站起来，"我真不愿意去他们家。"慢慢腾腾地跟在哥哥后边。

"哎，你们是关老师的侄子吧？"他们正在街上走着，突然一个十四五岁的男孩，站在他们面前问了一句。

"你是谁？"凤山问他。

"我是关老师的学生，我叫朱天明。"他很自豪的样子，"听说你们也要转到河草镇来上学了，以后咱们可以一块玩了！"

凤山摇摇头。

"怎么，没转来？"

"前些日子我老叔就说了，这儿的学校不收。"

"不收？不对吧，你竟骗我。我听我爸爸说，关老师的小姨子和小舅子都转来了。"

"你爸爸咋知道的？"

"我爸爸是河草镇小学的校长。"

凤山一切都明白了。

"谢谢你，朱天明。"

"没事儿。"

凤山和海林与朱天明分手以后，径直来到老叔家。

"你们不是有地方去吗，还来我这干啥？"老叔兜头就是一句。

海林看着老叔，一下子就想起"财神庙"里的瘟神来。

"我是来要转学证明的。"凤山连眼皮也没抬。

"对，你们转学的事，我已经找河草镇小学校的校长了，他说不行，各年级的学生都满员了，接收不了。"说完，他站起身，走到写字台前，拉开抽屉，拿出转学证明递给凤山。

凤山接过转学证明，拉着海林就走。海林甩掉哥哥的手，气哼哼地冲着关鸿志："八成就能转进两个学生吧！"

"你说啥？"关鸿志立起眉毛怒视海林。

海林脸上显现出一种让人不易觉察的嘎笑，使劲吸吸鼻子，然后转身走了。

凤山和海林离开了河草镇，伤感地走在通往茫草城的大道上。他们无言地走着，翻过林神岭，越过关口子、张家堡子，来到吴家堡子。凤山和海林站在村头，傻眼了：暴涨的茫草河水，咆哮的巨浪，惊天动地，如脱缰的野马。吴家堡子的大桥，不知被滔天的洪水，冲到哪里去了。上河套的河汉，已是汪洋一片，成片的柳树毛子，被洪水淹没，只有星星点点柳树露出树帽子，在水中挣扎。原来一百多米宽的茫草河，现在有一里多地宽了。凤山和海林只能望河兴叹。他们举目望天，天无回声，低头看地，地无回音。这时他们想起河南堡子的大桥，不知是否也让大水冲走。于是便沿着茫草河向下游走去。

他们来到平时经常游泳的大淖的山梁上。这里更让人心惊肉跳，从上游来的水，撞击在山梁下的砬子石上，溅起两丈多高的水花，发出撼山的轰响，让你望而却步、听而生畏。他们向南看去，河南堡子的大桥，也已无影无踪。

天渐渐黑下来，凤山和海林站在这荒山野岭上，焦急地四周看着，发现东边的沟底有灯光。虽然不知那是什么地方，但敢肯定，那里一定有人家。

凤山和海林走进村子，敲响村西头一家的房门。

"进来吧，敲啥门呢？好像多懂规矩似的。"听口气，主人一定以为是村里谁吃完晚饭没事来串门的。

凤山慢慢推开门，迈过门槛，站在那不动了，海林站在门槛外。

一家人都愣住了。由于灯光昏暗，看不清进来的人是啥样，不由得心里又有些紧张。

"你们找谁呀？"男主人坐在炕上，正抽着烟。他从嘴里拔出烟袋，壮着胆子问一句。

"我们、我们、我……"凤山吞吞吐吐不知怎样回答。

"听声音好像是孩子。"男主人光着脚跳下地，拿起小油灯，来到凤山和海林面前，用灯光一照，"还真是俩孩子。你们是？"

"我们是茫草城的。"凤山回答。

"茫草城的？咋走这来了，这么大的水咋过来的？"

凤山犹豫一下，还是吞吞吐吐地把这一天的经历说出来。

"这咋说的，这大水嚓天的，叔叔咋能这样对待孩子呢，这要是出事可咋整。"男主人看看凤山，"他是你的亲叔叔吗？"

凤山点点头："是。"

"啧啧，亲叔叔咋能这样，哎！"男主人闷闷地抽着烟，沉寂了好一会儿，"你是茫草城谁家的？"

"老关家的。"

"老关家，哪家老关家？"

"后门房老关家。"

"后门房的？"男主人疑惑地又把小油灯拿过来，仔细地看看凤山和海林，"你爸爸是——"

"我爸爸叫关鸿雁。"

"那河草镇你老叔就是关鸿志呗？"

凤山点点头。

"哎呀，这就不对了，鸿志咋能这样呢？"男主人不无遗憾地摇着头。听话音，男主人一定认识后门房这一家人。

"您认识我老叔？"凤山问男主人。

"我不但认识你老叔，我更认识你爸爸。"男主人把灯放回原处，回过身来，"快进来吧，孩子。"男主人把两个孩子让到炕沿边坐下，"我听说你妈妈去湖溪市当保姆去了？"

"是。"凤山看着男主人。

"啥时去的？"

"有半年多了。"

"那你们俩咋整，还有那个病孩子，是小三儿吧？"

"是，我和海林住校，梦梦送我舅姥爷家了。"

"小三儿的病好了？"

"好了，好得还挺利落。"

"那还真不错。"

"叔叔，那您姓啥呀？"凤山问男主人。

"我姓邱，你妈妈认识我。"

凤山点点头。

"跟你妈妈一说邱家沟邱老大，她就知道了。"

"快别说了，孩子饿着肚子呢，让孩子吃饭吧。"女主人把桌子放到炕上。

"婶婶，我们不饿。"

"这一大整天的，又走这远的道，哪能不饿？"女主人端上地瓜，"晚上也没做啥，烀的地瓜，熬的粥，将就着吃点吧，孩子。"

"吃吧，孩子，管它好赖的，吃饱。"男主人边劝孩子吃饭边说，"我比你爸爸大，就叫我邱大爷吧。"

"邱大爷。"凤山和海林亲热地叫一声。

海林喝一口粥，拿起一个地瓜，送到嘴边，手停下来，看着地瓜，眼泪扑簌簌流下来。他把地瓜轻轻放下，双手捂着脸，身上在颤抖，他哭了。

海林这一举动，让在场的人都吃一惊，不知咋回事儿。

邱大娘急急忙忙过来，坐在海林旁边，用手轻轻抚摸着海林的头："咋的了孩子？别哭，有啥事儿，跟大娘说。"

凤山也蒙在鼓里，看海林这个样子，也不知如何是好："你咋的了，海林？"

"孩子，哪有毛病不得劲儿咋的？哪不得劲儿，跟大娘说。"

"没不得劲儿，咋也不咋的，大娘，我没事儿。"海林用袄袖擦擦眼泪，又把地瓜拿起来。

邱大爷抽口烟，长长叹口气："嗨，从一进屋，我就看出来了，这孩子心事挺重啊，八成是想起啥事儿来才难过的。"

邱大爷这一句话不要紧，海林又把地瓜放下，捂着脸，已泣不成声。

"你看你，你是咋回事。"邱大娘埋怨邱大爷，"知道是咋回事就得了呗，还说出来干啥，惹孩子伤心。"

海林确实心事特重。当听到邱大爷提起妈妈时，他的泪水一直在眼眶里转动，强控制没有流出来。虽然灯光很暗，但眼泪折射的光，邱大爷还是看得很清楚的。当拿起地瓜时，他想起从关华山老爷爷家，挎着一筐地瓜，在雪地上蹒跚地向家走的情景。

第二天早晨，凤山和海林随着主人，早早就起来了。吃完邱大娘给贴的苞米面大饼子，谢过邱大爷和邱大娘就要走了。

"孩子，大爷告诉你们，河水太大，不能过千万不要过呀，水火不留情啊！你妈妈可是要饭把你们养活的，是从死里把你们拉回来的，你们要是出点啥事，有个三长两短的，那你妈妈可就活不了啦。听了没，我说的话？"

"听见了，邱大爷，您放心吧。"凤山感激地看着邱大爷。

"给，把这两个大饼子带上，别饿着。"邱大娘用毛坯纸包两个苞米面大饼子，递给凤山。

"邱大娘，我不带，早晨吃得饱饱的，饿不了。"凤山把手背到身后。

"你大娘给你你就拿着。"邱大爷接过大饼子，塞进凤山的口袋里。

凤山和海林来到大淳的山头上。河水落下去不少，也不像昨天那样浑浊了。这让凤山和海林有了一点希望。他们从昨天的来路，向上游走去。拐过一个河湾，就看见一大帮孩子，小一点的孩子都光着腚，赤条条的，在河边的浅水处，胡打乱闹。

凤山和海林来到吴家堡子，坐在路边的石头上，茫然地看着滔滔的河水。

"关凤山！"一个完全没有鼻音、怪怪的声音，在喊凤山。

凤山寻声望去，是同学张立柱。张立柱从河里上来，向凤山跑过来。

"关凤山，你咋在这儿呢？"张立柱有些奇怪地问。

张立柱家就住在吴家堡子，也在茫草城小学上学，和凤山是同班同学。自生下来就没有鼻子。嘴和眼睛之间是平的，看上去像个怪物。没有鼻子，说话自然就没有鼻音，所以听起来声音是怪怪的。

凤山和张立柱还没说几句话，河里那些嬉戏的孩子，就都上岸围拢过来。

"好小子，原来是你呀？"一个孩子没说分晓，上来就拽住海林的脖领子，嘴里骂骂咧咧的。这个孩子不是别人，就是上次在河边，被海林用弹弓打中小鸡巴的那个孩子。

"就是他，那天和哑巴，还有一个，从河对过撇石头打我们的。"那个孩子呜呜喳喳，气哼哼地拽着海林的脖领子。显然是仗势欺人。

海林并不示弱，啪的一声打掉那个孩子的手："干啥，你仗人多咋的，谁怕你呀！"上去就给那个孩子一拳。

那孩子刚要还手，张立柱一把把那孩子推坐在地上："干啥呢？欺负人咋的！他是我同学的弟弟，谁欺负他，我削不死他。"那孩子眼巴巴看着张立柱，气焰一下就没了。

张立柱其实是一个不省心的孩子，经常与人打架，而且一打架，就是打死架。所以，一般谁都不敢招惹他。不过话又说回来了，你要是尊重他，对他好，他会对你更好。谁都有个自尊心，张立柱的自尊心更强，而且他的自卑感也特别强。他唯恐谁喊他"没鼻子"，不喊他的名字，这是他最忌讳、最苦恼、最反感的。如果谁喊他"没鼻子"，这场架非打得热火朝天不可，手里有啥都敢向你打去。有一次，村里一个人喊他"没鼻子"，他上去就和那个人打起来，结果张立柱吃亏了。被人拉开以后，他跑回家，操起一把镰刀冲出来，追得那个人满街跑，吱哇乱叫喊救命。幸亏被他叔叔从后边把他死死抱住，把镰刀夺下来，要不非出人命不可。结果张立柱气得从地上捡起一块石头，向自己头上砸去，砸得头破血流。被他追的那个人，吓坏了，跑到亲戚家躲了半个多月。从那以后，那个人只要与张立柱走对面，赶快躲开。张立柱也有他的另一面。他特别讲义气，你要是有事求他，他会想尽一切办法来帮助你，无论自己吃多大亏，他都不会让你吃亏。他还有一身好水性，所以，每年夏天闹大水时，他都加入到"送河"的队伍中去。所谓"送河"，就是到夏天闹大水时，有些急于过河的人，水性又不好，这时就需要人来护送。三人一组，两个人架着被送的人，一个人负责被送人的衣物，将他送过河去。当然，被送的人，是需要付钱的。"送河"是一个风险很大的活，没有绝对把握，他们也是不轻易送的。

"你这是干啥去了？"张立柱问凤山。

凤山向他把这两天的遭遇简单地说了说。

"那你咋不找我去呢，住在我们家多好哇。"

"嗨，昨天是奔河南堡子的大桥去的，到大淳的岭上一看，那桥也冲没了。天也黑了，四处哪也看不见哪了，看见邱家沟那边有灯光，就奔邱家沟去了。"

"在邱家沟住谁家了？"

"邱大爷家。"

"哪家姓邱的？"

"村西头，头一家，门前有一个大碾子。"

"哎呀，那是我大姨家。"

"真的？邱大爷和邱大娘可好了，这不，早晨走时，怕我们饿着，还给我们拿两个大饼子。还一再嘱咐我们，千万别过河，晚上再回来。"

"那你现在准备去哪？"

凤山看看茫草河："准备回学校，可是这么大的水……"

张立柱也回头看着河水说："这水是够大的，浪头也挺大，可比昨天小多了。今天过河，嗯——还行。"他转过头来，"要不今天就住在我家？"

凤山还是盯着茫草河，心里很矛盾，不知咋办好。

"你要是想过河，我马上找人。"张立柱看出凤山在犹豫。

"能行？"凤山有些担心。

"从现在的情况看来，过河没问题。"

凤山抬起头，用疑惑的眼神看着张立柱。

"没事，没把握我敢说吗？"

"过！"凤山下定决心。

"那好，我再找俩人，送你们哥俩过河。"他忽然想起来，"哎，关凤山，你不是游泳也特棒吗，望月正好在这儿，再把腊月找来就行了。"张立柱四处看看，冲着远处的一个孩子喊，"哎，九月，去，回家把你哥哥叫来，就说我让他上这来。"

"哎。"那个叫九月的孩子忙找裤子。

"操，找啥裤子，光腚去不完了吗？"张立柱笑骂九月，"别磨蹭，快点去。"

就在这时，凤山看见河对岸，有几个人在比比划划地喊。凤山看一会儿，那不是他的班主任何静凡老师嘛。还有几个人，凤山仔细辨认，有村长赫尚林和其他几位老师。何静凡老师手里拿着一个铁片卷起的喇叭，大声喊。由于河水的浪涛声太大，淹没了她的声音，根本听不清她喊的是啥。从那些人的动作看，是不让过河。

凤山觉得奇怪，何老师咋知道我要过河？

这时，九月的哥哥腊月来了。

"咋了，柱子？"腊月以为有啥急事，呼哧带喘跑来，愣头愣脑问张立柱。

张立柱把要送凤山哥俩过河的事，说给他。

"我当是啥事儿呢，这小意思。"说着他开始脱衣服。

"关凤山，还有望月，你们俩人拿着衣服，跟在后边行吧？"

"行！"凤山和望月点点头，表示没问题。

张立柱看看凤山："关凤山你放心，保准没事儿。"他转对腊月，"走，咱们得向上游走走。"

"这水流太急，河面也宽，咋也得向上游走一里多地，才能顺到对岸。"腊月瞄瞄对岸说。

"宽是宽，不过，看来，水深的地方也就一百多公尺。你看对过河汉上的柳树毛子，露出半截了，那里的水也就半人深，到那就算到对岸了。"张立柱一副权威的样子。

在他们研究过河方案时，对岸的何静凡老师和其他几个人，也都平静下来，以为凤山他们不再过河了。当看到张立柱和凤山他们向上游走去时，何老师他们又把心提到嗓子眼儿。大凡当地人都懂"送河"的知识：必须从过河的河口处，向上游走一段距离，然后斜顺着水流，游向对岸。至于向上游走多远，要看河水的流速和河的宽度。这当然要凭"送河"人的经验了。

何静凡老师一帮人，看出凤山他们要过河的意图，便举着那个喇叭筒，急得跳脚喊。无济于事，他们根本听不见，也没注意到对岸何老师的急切动作。

他们下河了。张立柱架着海林的左臂，他在上游水来的方向。这一侧很重要，上游来的水，冲的第一人就是他，只要顶住上游来的浪头，"送河"就是安全的。

他们已经离开河底，到了深水处，开始与激流搏斗。架着海林右臂的是腊月，他紧紧贴着海林，用身体抵着海林，以减轻张立柱的负担。要知道，三个人只有两只胳膊在拨水，还要随时注意打来的浪头，所以，前行的速度并不快。凤山和望月，一手举着衣服，一手奋力拨水，紧随其后。特别是凤山，跟得更紧，唯恐出现意外。

就在这时，一个大浪铺天盖地打过来，张立柱、腊月和海林被拍到大浪的谷底。凤山看得十分清楚：张立柱和腊月配合得特别默契，两人同时用力拨水，将头向上一扬，身子向前一挺，带着海林顶住大浪，钻出水面。战胜一个大浪以后，他们的速度似乎快一些。又一个更大的大浪打过来。这个大浪太凶险了，张立柱他们，像漂在水面上的小甲壳虫，被轻轻推进一个漩涡，瞬间他们就消失在漩涡里。凤山哎呀一声大叫，正要冲过去，就看张立柱他们距凤山十多米处，又钻出水面，漩涡从他们身后向下游转去。

　　这一惊险场面，非同小可，两岸所有的人，都大声惊叫起来。何静凡老师吓得几乎晕了过去。

　　终于闯过了惊涛骇浪，到了上河套的河汊子，他们站在齐腰深的水里，回望着让人心惊肉跳湍急的浪头，大漩涡已不见踪影。"送河"者，一般的浪头都不怕，就怕遇到漩涡，而今天就让他们碰上了。他们是怎样从漩涡里钻出来的，连他们自己都不清楚。

　　看他们到达安全地带，岸上的人们一颗悬着的心，总算放下来。

　　他们上岸了，何静凡老师和其他的人，早已在岸上等着他们，老师们，还有赫尚林村长，像欢迎英雄一样欢迎他们。特别是何静凡老师，向老妈妈一样，抱住张立柱，不停地轻轻拍着他的后背，夸奖他的勇敢和他的好水性。要说张立柱，在全班学生当中，是何老师批评得最多的学生。在张立柱看来，好像何老师从来没拿正眼看过他。看到何老师今天以这种方式夸奖他、表扬他，弄得他一时不知所措，只是一个劲地傻笑，心里觉得特别舒畅。

　　张立柱走到凤山面前："关凤山，我们回去了。"他看见海林站在凤山身后，便走过去拉住海林的手，"海林害怕了吧，吓没吓着？"

"没有，哥哥，谢谢你。"海林不好意思地笑了。

"何老师，我们回去了。"张立柱来到何老师面前。

"不行，决不能回去，不能再冒这个险了，太让人害怕了。"何老师坚决不让张立柱他们回去，她指着河水，"你们看看那浪头，有多——"话没说完，她的手停在空中，"哎哎，听，他们在喊啥？"

这时人们才看见河对岸河口处，有一帮人向这边挥手。

"大家先别说话。"何老师向大伙摆摆手。大伙看着对岸，屏住呼吸听。

终于听清了。原来那些人，是河南堡子村政府的人，从河南堡子赶到吴家堡子河口的。

事情是这样的：凤山和海林从邱家沟走以后，邱大爷越琢磨越不放心，就跑到河南堡子村政府，看电话还通不通，结果电话还真没被大水冲坏，于是邱大爷便把凤山他们的情况说了一遍。河南堡子村政府，立刻与茫草城村政府通了电话。双方研究决定，河南堡子村政府立刻派人到吴家堡子河口，阻止凤山他们过河。茫草城村政府立刻通知学校，他们一起赶往上河套，想法阻挡凤山他们过河。

实际上，河南堡子来人阻止的话，是最有效的。可惜他们来晚了一步。当他们来到吴家堡子河口处，张立柱和凤山他们已经在与波涛搏斗了。他们现在摆手呼喊，是让何老师他们阻止张立柱，先不让他们回去。因为他们都亲眼看到，孩子们与波涛搏斗时惊心动魄的场面。他们当时的心，不是急剧地跳，而是停止了跳动，甚至连呼吸都停止了。所以他们都在极力阻止张立柱几个人返回吴家堡子。

"没事儿，何老师，您放心，单个人更没事儿。"张立柱说完，向腊月和望月挤一下眼，随后，三个人扑通、扑通跳入河中，向河汉方向游去。过有半个小时，看见张立柱、腊月和望月，以自由式的泳姿，轻松地、潇洒地游向吴家堡子河口。等他们上岸后，何老师他们才感觉浑身轻松下来。

凤山和海林，疲惫不堪地躺在宿舍的炕上。如豆的灯火，不安地跳动着，屋内的光线也飘忽不定，忽明忽暗。虽然，一天的奔波、与大浪搏斗，终于过去，但海林那颗稚嫩的心，像那跳动的灯火，仍有余悸，跳个不停，两眼明显流露着恐惧。

"海林，今天过河你害怕了吗？"凤山偏过头来问海林。

"咋不害怕呢，特别那个大漩涡，我们在里转了好几个圈，我还喝了一口水，真的把我吓坏了，现在想起来特后怕。哥哥，你害怕了吗？"

"咋不怕呢，我当时刚想把衣服扔掉，追过去，正在这时，你们又钻出来了，我心里才算一块石头落了地。"

"哥哥，咱不过河好了，太危险了，这要是让咱妈知道，非吓坏了不可。"

凤山看看海林没有再说话。

屋里陷入了一片沉寂之中。

海林眼睛有些发涩，两个眼皮直打架，他打个哈欠。

"海林，困了吧？"

"嗯。"

"你先睡吧。"

"你呢？"海林揉揉眼睛问哥哥。

"我给咱妈写封信。"

"我也写。"

"我写就行了，你睡吧。"

"那我睡了。"

凤山拿出笔和纸，借着那幽暗的灯光，在信纸上写上"妈妈"两个字，而后，两手托着腮，回忆这几天所经历的事……

第二十五章 爱是答案

　　华瑞雨晚上下班回家，打开信箱，从里边拿出一封信。从信封上稚嫩的笔体可看出，是珍珍孩子写来的信。凤山每次给妈妈写信，都寄到华瑞雨大姨家，再由大姨转交给妈妈。

　　第二天早晨，华瑞雨上班时，顺道来到杨部长家。

　　"哟，瑞雨来了！快进屋来。"珍珍见到瑞雨心里特别高兴。

　　"二姐，我不进去了，孩子来信了。"华瑞雨从书包里拿出信递给珍珍。

　　"你看看，这回倒给你添累赘了。"

　　"这有啥累赘的，我这也是顺道。"她把自行车掉过来，"快回吧二姐，我走了。"瑞雨一偏腿，骑上自行车走了。

　　珍珍正忙着收拾屋子呢，看一眼信封，就把它揣进口袋。当她做完卫生，喂丽丽吃完早点，没事儿了，坐在厨房外的椅子上，把信掏出来，还没等看信，已泪流满面。她擦去泪水，展开信纸：

　　妈妈：

　　　　您好！

276

您近来身体好吧？我和海林一切都挺好，就是想您。特别是海林，晚上睡觉总做梦喊"妈妈"，有时还哭醒了。不过白天一玩起来就又都忘了。

放假第二天，带着转学证和徐校长写的信，我和海林就去我老叔那了。我把转学证和徐校长的信，都给我老叔看了。我老叔说河草镇小学，各年级人数都满了，不再收学生了。我听这话就是不行，所以也没再求他，我和海林也没在他们家待，就去瞿家沟我舅姥爷家，看梦梦去了。还给我舅姥爷和舅姥姥买二斤果子，给梦梦买十个糖球。舅姥爷、舅姥姥还有他家我大姨，对梦梦可好了，梦梦也长高了，也胖了。

舅姥爷和舅姥姥对我和海林可热情了，还拿苞米去老远换荞麦面，给我们包饺子……我们在舅姥爷家住半个多月才走。从舅姥爷家没再去别人家，直接回茫草城了。临走那天，我舅姥爷一直把我们送到连山关火车站，看我们上火车后，他才回家。

学校里有好几个住校老师都没回家。有时带我们去钓鱼，有时和我们一块去北道沟玩儿，有时我们还帮郑老师印歌片。一切都好，请妈妈不用惦念我们。

没有别的事，就不多写了。

祝妈妈身体健康！

儿：凤山、海林

1954.8.20

凤山在信中，没有把实际情况都告诉妈妈，都隐瞒下来。凤山知道，有些事情不能告诉妈妈。妈妈都知道了，会特别担心的，会更加牵挂、更加不放心的。其实凤山和海林这一个暑假的情况，珍珍早就都知道了。就在前几天，西院关忠良的弟弟关东良，来湖溪市，正好碰到华瑞雨的爱人方梓，把一切都说了，连过河的事也没落下。珍珍心里明白，孩子来信，没说这些，是怕她着急。

看完信，珍珍百感交集，她把信放在膝盖上，心像用无数根钢针扎似的难受。珍珍的心再也没有容纳痛苦的地方了，但还得容纳，只好把心里溢满痛苦的苦水化作辛酸的泪水，流出，流出。就在珍珍泪流满面、哀叹自己的命运时，一个意想不到的事情发生了，让珍珍大为吃惊：傻闺女丽丽，一改平时跳动的走路方式，迈着蹒跚的脚步，来到珍珍面前，用小手擦珍珍脸上的泪水，嘴里还说着不太清楚的话："阿也不吐。"虽然声音很含混，珍珍还是听明白了，她说的意思是"阿姨不哭"。

珍珍看着丽丽惊呆了，她愣愣地看着丽丽好长时间，喜出望外地用双手捧住丽丽的脸："丽丽，你真的会说话了！"接着她歪着头看看丽丽的腿，"不用跳着走路了！"

珍珍简直不敢相信这一切，她抱起丽丽亲了又亲，忘记了这个世界给她带来的一切烦恼。

"丽丽，再叫一声阿姨，叫，再叫阿姨。"

"阿也——"

"哎呀，这可太好了，我的丽丽会说话了。"珍珍把丽丽放在地上，"丽丽等着，阿姨给你拿糖吃。"

还没等珍珍去拿，丽丽急切地说："果，果拿，果拿！"于是丽丽蹒跚地向酒柜走去。珍珍辨析好一会儿，才明白"果拿"就是"我拿"，她简直不敢相信这一切。

珍珍坐下来仔细想想，觉得丽丽能走路、会说话了，又不觉得新奇，可是她又怀疑，难道真的是这种原因吗？

那还是珍珍来到杨部长家，快一个月时，在一次说话中，珍珍得知丽丽三岁时，杨部长和徐处长因南征北战，身无定居，只好把丽丽送到农村的奶奶家。丽丽那时可以到处跑着玩，啥话都会说了。一次在街上，跟着一帮孩子玩儿，奶奶一直能听见孩子在门口大街上，吵吵嚷嚷玩儿的声音。不知过多长时间，突然听不见孩子的吵嚷声，奶奶一惊，急忙跑出去，孩子们都没有了，只有丽丽躺在一块大石头下，不省人事，头下一片血。奶奶差一点没晕过去，赶紧喊来人，把丽丽送进医院。丽丽的后脑勺，摔一个大口子，缝八针。丽丽昏迷一个多星期，等醒过来以后，就不会说话了。开始连走路都不会了，后来才慢慢能两腿一起跳，不会迈步了。

珍珍以前也经历过，奶奶由于外伤，一个多月昏迷不醒，是她精心护理，不断地在其耳边说一些亲切的话，竟奇迹般地把她唤醒，使她奇迹般地恢复健康。当初对梦梦，她也是一有时间，就叫梦梦的名字，还经常哼哼唧唧给梦梦唱歌，就连海林都学会了，一有机会也学着妈妈给梦梦唱歌。梦梦虽然不是摔的，可是到后来，也奇迹般地醒过来了。

珍珍听徐处长说完这种情况以后，每天闲下来的时候，也总是像对待自己的梦梦那样，亲近丽丽，教丽丽说话，给丽丽唱歌听，带着丽丽做游戏，让丽丽扶着自己的肩膀，两手把着丽丽的两条腿，教她迈步，每天给丽丽按摩头上的各个部位，不厌其烦，每天如此。

珍珍心想，莫非真的奇迹出现了？不管怎样，丽丽只要好了病，比啥都强。

珍珍蹲在丽丽面前，笑容满面地看着丽丽好一会儿，然后双手轻轻地摇晃丽丽的双肩："丽丽，再叫阿姨，叫。"

"阿——姨。"

"哎呀，真好，再叫，阿姨——"

"阿姨——"

"对对，太好了。再叫，叫，阿姨。"

"阿姨——"

"太好了，太好了！"珍珍乐得手舞足蹈，像个孩子。"来，丽丽，叫妈妈，会叫吗，叫妈妈，妈——妈。"

"哇——"丽丽没有叫出来，有些不好意思，她抱住珍珍，把头藏在珍珍的胳膊下面。

"不怕，不怕。丽丽是好孩子，来，阿姨再教。妈——妈。"

"哇——妈。"

"妈——妈。"

"妈——啊。"

"好，快会了，叫，妈妈。"

"妈——妈。"

"对对，真好，我大宝贝丽丽真聪明。来，再来，丽丽叫妈妈。"

"妈——妈。"

"妈妈。"

"妈妈。"

"丽丽，这回叫爸——爸。"

丽丽看看珍珍，有些不耐烦的样子，用手不停地拍嘴。这是丽丽的习惯动作。真不敢再让她学了，唯恐物极必反，贪多嚼不烂。于是珍珍带着丽丽跳着玩。珍珍一边拍手一边唱歌一边跳，逗得丽丽脸笑成一朵花，也跟着珍珍跳，嘴里还不停地随着拍手的节拍叫阿姨。珍珍看丽丽这时的情绪特好，又随着节拍叫妈妈，丽丽一时没有反应过来，呆呆地停在那里。珍珍马上放慢了节拍，一字一板地叫妈妈。丽丽笑了，又跟珍珍跳起来，嘴里叫妈妈的声音，越来越清楚了。

丽丽出汗了，珍珍停下来："丽丽，累了吧，咱不跳了，歇一会儿。来。"珍珍拉着丽丽，让她坐在沙发上，"歇一会儿，再喝水。"

丽丽坐在沙发上，比原来可安静多了。原来没有稳当时候，很少在哪老老实实待着，很是忙活人，一不注意，不定祸祸啥了。

珍珍看丽丽很安静地坐在沙发上，她忽然想起，应该给徐处长打个电话。

电话通了："喂，我找徐处长。"

"我就是，你是——"

"徐处长，我是珍珍。"

"珍珍！"徐处长一时倒有些发慌，因为珍珍平时从没给她打过电话，"咋的了珍珍，有事咋的？"

"徐处长，我告诉你一个特大的好消息，丽丽能正常走路了，也会说话了！"

"你说啥？珍珍，你再说一遍。"

"丽丽的病好了，能正常走路了，也会说话了！"

"啊？真的？"珍珍感觉得到，电话那端已经乐不可支了。

"徐处长，你听，丽丽叫你呢。"

"妈妈！"徐处长从电话里，清晰地听见丽丽叫妈妈的声音。徐静听到丽丽那纤细的声音，心里像吃了蜜似的。多少年了，徐静一直盼着能够听到丽丽叫妈妈的声音，今天这愿望终于来到了。徐处长眼泪情不自禁地流下来。她扔下电话，跑出办公室。不到十五分钟，就进了家门。

"看，丽丽，妈妈回来了，快叫妈妈，叫妈妈。"珍珍催促着丽丽。

"妈妈。"丽丽的声音清清楚楚，并像小燕子似的，张开两只臂膀，蹒跚地向徐静扑来。

徐静一句话也说不出来，抱起丽丽，已泣不成声。她抱着丽丽来到电话前。

"喂，我找老杨，嗯，对。老杨——"徐静激动得说不出话来。

"喂，说话呀，老徐，你咋了，啊？"杨部长不知发生了啥事，急切地问。

徐处长稳定一下情绪："老杨，我在家了。嗯，是喜事儿。啥喜事儿，我告诉你，是天大的喜事儿，咱们的丽丽会说话了，也能正常走路了……那还有假，我糊弄你干啥？是，你快回来吧。"

杨部长回来后，看到丽丽真的会喊妈妈和阿姨，他简直不敢相信这是现实。他问珍珍具体情况，珍珍把上午的经过，向杨部长和徐处长详细地讲一遍。

"老杨，咱们到医院给孩子检查一下，看是啥原因，这孩子的病咋突然间就好了呢？"

"现在就走。"

"下午的吧，该吃午饭了。"徐处长提醒杨部长并若有所思地看看厨房，"珍珍。"

"哎。"

"你来一下。"

珍珍用围裙擦着手，从厨房走出来："徐姐，您有事儿？"

"珍珍，你刚才讲丽丽的经过时，提到你哭了，丽丽给你擦眼泪，那是咋回事？你咋哭了呢，有啥为难事咋的？"

"没有。"

"没有？"

"真的没有。"

"阿姨看纸哭了。"丽丽突然从旁边说一句。

徐静惊异地看着丽丽："你说啥来的？丽丽，再给妈妈说一遍。"

"阿姨看纸哭了。"

"哎呀，我丽丽连这样的话都会说了，真了不起。"她转向珍珍，"珍珍，啥纸呀，是不是孩子来信了？"

"是。"

"有为难事了吧，我能看看信吗？"

珍珍从口袋里掏出信递给徐静。

"孩子假期不是很好吗？"

"写的是挺好，可是……"于是珍珍把从邻居来湖溪市讲述孩子在假期中的经历，原原本本讲给徐静。

徐静沉闷地点点头，拍拍珍珍的肩头："以后再到假期，就让孩子到这儿来，和丽丽一道玩儿。"

珍珍摇摇头。

下午，杨部长和徐处长带着丽丽，来到湖溪市最大的医院——湖溪市人民医院脑系科，给丽丽进行全面检查。

医生在检查过程中，详细地询问孩子怎样摔的，摔后的状况如何，不能正常走路、不能说话有几年了，平时用不用药等等。检查后，医生认为丽丽的病基本好了，无论是大脑语言传导系统，还是支配运动系统，基本恢复正常，但还必须要经常对她进行训练。并说孩子的病之所以好了，与当爹妈的护理有很大的关系。

"护理？"徐静有些迷惑，"怎么与护理有关？"

"你们平时给她药吃吗？"医生问。

"也就摔的那年吃药了。后来看一点效果也没有，就把药停了，十来年没有吃过药了。"徐静说。

"这就对了。"医生说，"这种外伤引起的病因，像丽丽这样只是不会说话，走路不正常，这还是比较轻的，成植物人的不在少数，药物治疗不一定能达到预期的效果。可是，往往在护理人员的精心护理下，再采取一些其他的方式，比方经常给她唱歌、跳舞，呼唤她的名字，做头部按摩，教她说话等等，很有可能使患者的病灶逐渐消失，恢复正常。有的一直昏迷几年的，都可以被唤醒。我们临床遇到的这样的例子不少。看来你们在护理孩子方面做得还真不错。"

"哎哟，大夫，我们哪有时间护理孩子，都是阿姨护理。"徐静非常不好意思看着医生。

"这个阿姨怎么样？"医生问。

"这个阿姨可是百里挑一，对我们丽丽可是百分之百，那可真像对待自己的孩子一样亲。"

"这就对了，你们回去可以问问那位阿姨，平时都怎样护理孩子的，这与耐心护理有绝对关系。在护理孩子时，她肯定不强制孩子干什么，而是哄她，耐心引导她，处处都表现出对孩子的爱、对孩子的喜欢。我想一定是这样的。"

杨部长和徐处长带着丽丽回来了，所有的高兴都写在他们的脸上。十多年的忧愁，在他们的心理荡然无存。他们原来的最大的心病，就是丽丽将来怎么办，她将来怎样生活。这回可好了，遮盖心上的阴云，终于消散，阳光终于在她们心中升起。

徐静是抱着丽丽进来的。珍珍上前接过丽丽："哎哟，我这大丽丽可真沉啊，我都快抱不动了。"珍珍把丽丽放下问徐处长，"徐处长，看的咋样？"

"还徐处长徐处长的叫！"徐静笑着瞪珍珍一眼。

"徐姐姐。"珍珍调皮地笑了。

"珍珍，过来！"徐处长把珍珍拉过来坐在沙发上，以一种异样喜欢的眼光，在珍珍的脸上搜寻着什么。

珍珍被徐处长看得有些发毛，她用手在自己的脸上擦抹着，以为脸上有啥东西。徐处长把珍珍的手按下。

"别抹了，脸上啥也没有，这么俊的脸，就是有点啥，也好看。"而后，她十分认真地对珍珍说："珍珍，姐姐问你点事儿，你要实实在在告诉我，行吗？"

珍珍不知啥事儿，点点头："嗯，你问吧。"

"姐姐问你，你平时护理丽丽都采取啥方法？"

珍珍不好意思看看杨部长："多不好意思。"

徐静看看杨部长："老杨，你晚上不是值班吗，你快回单位吧。"

"好好，我走我走。"杨部长从衣架上拿下外衣搭在胳膊上走了。

"杨部长，您吃完晚饭再走吧。"珍珍急切地说。

"珍珍别管他，他们单位有食堂。"

杨部长走后，徐静拉着珍珍的手："来，跟姐姐说说。"

珍珍不好意思低下头笑了："不瞒你说徐姐，你要看我带着丽丽一天耍的就跟疯子一样，一会儿给丽丽唱歌，一会儿带丽丽扭秧歌，一会儿教她说话，一会儿抱起来亲她，还天天定时给她按摩头部……"

"妈——妈，就阿阿——姨向得可好兴了。"丽丽搂着徐静的脖子告诉徐静，打断了珍珍的话。丽丽的话说得还是不利落，把"唱"说成"向"，把"听"说成"兴"了。

"是嘛，来，阿姨好不好？"

"好。"

徐静放下丽丽，拉过珍珍的手有些动情："我的好妹妹，你就是我的贵人啊，是你把我的宝贝丽丽救了！"

珍珍一时懵了，不知徐处长今天这是咋的了。

于是徐处长把去医院给丽丽检查时，大夫说的话，一五一十告诉珍珍。并问珍珍咋知道这种治疗方法。

珍珍说："自己的小三儿有病时，听一个民间郎中说，对这样的病人，药物治疗往往不起作用，如果长期进行不间断的情感治疗，会起到很好的效果的。"

徐静听后深情地看着珍珍，心想："珍珍啊，珍珍，这种治疗方法，说起来很简单啊。我是半个大夫出身，我知道要是能够长期坚持这样去做，可不是一件轻而易举的事儿啊，这既要有高度的责任心，更要有深厚的情感和持久的耐心啊！"

想到这，徐静从沙发上站起来，拉着珍珍的手："珍珍，你可真……"她眼含热泪，一时不知用什么样的语言，来表达对珍珍的感激之情。

自珍珍来以后，徐静确实特别放心。就拿丽丽来说，以前几个阿姨，丽丽晚上睡觉，就是不愿跟她们。而珍珍来没有几天，就与珍珍形影不离。每到晚上睡觉时，就找阿姨。丽丽的胸前，也不像过去总是湿呱呱的哈喇子。再有，家里的活，从来没有耽误过，屋里屋外总是打扫得干干净净。阿姨每周可以休息一天，可是，珍珍从来就没有休息过。不像过去几个阿姨，总是叨叨咕咕，这我应该干，那不是我的活了，这也不合适，那也不合适的。珍珍从来不分分内分外，有活就干，从不斤斤计较，毫无怨言。更让徐静佩服的是，每月计划的生活费用，月初都交给珍珍。到月底，珍珍都要把账本给徐静看。徐静拿起账本，简直不敢相信自己的眼睛：每天花的钱都记得清清楚楚。买的什么东西，单价，总计，一笔不落，而且都附有发货票。以前可不是这样，每月计划的生活费用，都要超支将近三分之一，而从珍珍来以后，计划的生活费用，月月有结余，伙食不但没有降低，而且每周都改善一次生活。

徐静看着珍珍，想起珍珍来的头一个月，月底的一天，吃完晚饭，珍珍看徐静坐在沙发上没事，把一个笔记本递到徐静面前。徐静疑惑地接过笔记本。

"这是——"

"这是这个月的生活账目。"珍珍说。

"账目？这月的生活费用你记账了？"

珍珍点点头："记了。"

徐静翻开账本，认真地看着。看着看着，她心里产生一种惊奇感，但她并没露声色。

徐静看完账本后，问珍珍："珍珍，你有文化？"

珍珍点点头。

"你读过书？"

珍珍又点点头。

"你咋能上学呢？"

珍珍笑了："我从小跟爷爷奶奶长起来的。爷爷当时是小学的校董，比较开放，到读书年龄，爷爷就让我上学读书，读到小学五年级，日本鬼子来了，再就没上。"

"怎么跟爷爷奶奶长起来的？"

"嗨——"珍珍长长嗨了一声，"我爸爸死不到两个月，我出生的，没见过我爸爸的面。听说爸爸当时也是小学教师，跟爷爷在一所学校。我不到三岁，我妈妈也走了，就留下我孤苦伶仃一人，跟着爷爷奶奶。"珍珍眼里含着泪水。

"噢，对不起，让你伤心了，珍珍。"

珍珍擦擦眼泪："没关系。"

"难怪你把账目记得这样清楚，字也写得好。"

徐静从回忆中回到现实中来，她一句话也没有，现实，她还真不知对珍珍说什么好了，只是满脸笑容，慈爱地看着珍珍。

第二十六章 无私的爱

徐处长的家，因丽丽会说话、能正常走路所掀起的欢乐波，终于告一段落。珍珍对凤山和海林漂荡危险的暑假生活，在心里又膨胀起来。她知道，孩子在信中之所以没向她讲实情，是怕妈妈着急，是孩子懂事。可是她却偏偏知道了这一切。一个暑假中，两个还未成年的孩子，就遇到这么多的烦心事，他们是怎么承受的！几天来，这些事始终萦绕在珍珍的脑子里。特别是那过河的场景，珍珍虽然没在现场，但她完全可以想象出来它的危险性。大前年，山根底村老刘家的大小子，二十二岁了，刚结婚不到一个月，带着媳妇去关口子走亲戚。回来时正好赶上涨大水，也是从吴家堡子河口过河，媳妇被人救上来了，他被大水冲走了。想到这，那滔天的大浪出现在珍珍的脑海，浑黄的河水，弥漫了她那伤痕累累的心，她完全忘记自己手里提的是一壶开水。珍珍下意识地拿起暖壶，没开暖壶盖，就向里倒开水。开水没有倒在暖壶里，却直接倒在她的右脚面上。钻心的疼痛，让她跌坐在地上。可是她手里却还死死地攥着两把壶，没有撒手。当她放下壶，把鞋袜脱下来时，小灯泡似的大燎泡，布满整个脚面，疼得珍珍满头大汗，嘴在不停地咝咝地吸着凉气。

珍珍咬牙站起来，用脸盆接点凉水，浇在脚上，当时确实挺管用，疼痛大大减轻。可是没有几分钟，又钻心地疼起来。珍珍真的没有别的办法，最后想起一招，抹大酱。抹完大酱，疼痛减轻不少，可以忍受得住了。

丽丽蹲在珍珍面前，看着珍珍的脚哭了。

"丽丽，没事。"珍珍喜爱地拍拍丽丽，"不哭，丽丽真懂事儿，丽丽真是个好孩子。"

珍珍这一夸不要紧，丽丽哭得更厉害了："阿姨，你疼吗？"

"刚才疼，抹上大酱就不疼了。不哭丽丽。"珍珍使劲儿亲丽丽一口。

丽丽摸一下眼泪："大酱也是药？"

"大酱不是药，可以当药用。"

"噢，嗯，那——"丽丽想问啥，好像又不知咋问。

丽丽自病好以后，更是与珍珍形影不离，而且特别懂事。有时还帮珍珍扫地，擦沙发等，干她力所能及的事情。自她病好以后，珍珍轻松不少：衣服也不那么脏了，不用天天换洗了，也不用系围裙了，也不啥都祸祸了，非常安稳，真像个姑娘样了。

珍珍把脚抹上大酱，找一块干净布把脚包好，又穿上袜子。鞋是穿不上了，只能趿拉着。

"阿姨，你别干活了。"丽丽看着珍珍的脚说。

"那哪行啊，阿姨没事，能干。"

"那你脚行吗？"

"行，不碍事，丽丽不着急。"珍珍看看丽丽，"丽丽，阿姨求你点事行吗？"

"求我事？"

"嗯哪，是求你呀。"

"你说吧，我保证能做到。"

"那好，阿姨告诉你，阿姨烫脚的事不要告诉妈妈。"

"为啥呀？"

"嗯——不为啥。你能做到吗？"

丽丽疑惑地点点头："嗯。"

珍珍到厨房去了。

丽丽虽然答应了阿姨，可是还是想不明白：为啥不让告诉妈妈，妈妈是医生啊，告诉妈妈，妈妈会给阿姨治的。丽丽坐在客厅的沙发上，两只眼睛不停地眨动，看着厨房门，疑惑不解。

由于丽丽病好了，徐处长几天来心情特别舒畅，每天下班回来都是兴致勃勃的。今天徐处长是哼着小曲儿走进家门的。

她看丽丽沉着小脸，一脸的不高兴，也没与她打招呼。徐处长放下书包来到沙发前蹲下，两手搭在丽丽的肩上："哟，我的小公主今天咋了，不高兴了。"

丽丽眼里含着泪告诉妈妈："妈妈，阿姨的脚烫了。她说不让我告诉你。"

"阿姨脚烫了？"徐处长回头看着厨房，然后站起身向厨房走去。

她推开厨房门，两眼盯着珍珍的脚。

"徐姐，你回来了。"

"你的脚咋烫的？"徐处长蹲下身子，撩开珍珍的裤腿。

"烫得不厉害，不碍事的。"珍珍看看站在厨房门口的丽丽，"你真是个小叛徒，不让你说你到底说了。"珍珍喜爱地指一下丽丽，"把阿姨求你的事给忘了是不是？"

"我看阿姨疼得都掉眼泪了。"丽丽说着说着又哭起来。

"丽丽，好孩子，不哭。"珍珍劝说丽丽，自己也掉下眼泪。

"你看这娘俩，赶明个把丽丽就送给阿姨吧。"徐处长亲一下丽丽。

徐处长来到客厅，拨打电话："喂，你好，我找刘大夫。

你就是？我是徐静。有事求你，我家阿姨把脚烫了。开水烫的，对。麻烦你下班来我家给看看。好，好。就这样。"

刘大夫来到杨家门前，正好碰上杨部长下班回来。他关上车门看见刘大夫："这不是小刘大夫吗？你今天咋这闲在呢？"

"徐姐给我去电话，说你家阿姨把脚给烫了。"

"咋烫的？"

"没来得及说呢。"

刘大夫来到客厅，坐在沙发上，整理一下被风吹乱的头发："阿姨在哪了？"

"珍珍，你来一下。"徐静向厨房喊一嗓子。

珍珍放下厨房的活，来到客厅。

"来珍珍，我给你介绍介绍，这是刘大夫……"

"哎哟，这就是韩阿姨，长得可真漂亮！"刘大夫还没等徐静介绍完，她已经站起身来，拉着珍珍的手，惊奇地看着珍珍。弄得珍珍不好意思地低下头。

"珍珍，刘大夫是来给你看脚来的。"徐静告诉珍珍。

"给我看脚？哎哟，这哪行，这可让我受不了，我哪有那么娇气？这这……这可不行。"珍珍根本没有思想准备，一时不知如何是好，情急之下，她给刘大夫深深地鞠一躬，"刘大夫，真不好意思，这咋说呢，太麻烦您了。"

珍珍这一举动，把大家都逗笑了。

刘大夫不无风趣地说："这咋还上日本礼节了。"客厅里又是一阵笑声。笑声充满着喜爱、友善、真诚。

"来吧，韩阿姨，让我看看脚烫得啥样。"笑声过后，刘大夫拉着珍珍，"来，坐在沙发上，我看看。"

"这不行，请刘大夫上我睡觉那屋吧。"珍珍刚要替刘大夫拿药箱，忽又想起，"哟，你看，我都忘了，脚上还有大酱呢。"说着，珍珍向洗手间走去。

"走吧，那就去阿姨的卧室吧。"

刘大夫背起药箱，跟随徐静走进珍珍的卧室。

"哎哟，阿姨可真是个干净利落的人，你看这卧室收拾得多干净。"

"是，我把这个家都交给她了。这个人可是一个大好人，那可真让人信得过。是个受苦的人。虽然家境贫寒，孤身一人带着三个孩子，可是人穷志不短，刚强，能干，把家交给她，那可是一百个放心。"

"刘大夫，太麻烦你了。"珍珍瘸着脚进来了。

刘大夫一只手托着珍珍的脚，用另一只手的手指轻轻按珍珍脚的烫伤处："烫得还真不轻。"她又把珍珍的脚抬起来，看看脚后跟，"嗯，看了吗，这也烫了。"刘大夫按按脚后跟说，"创面还不小。"

"珍珍，分心了吧？"徐静笑着问一句。

"没有，有啥分心的，孩子都不小了，自己都能照顾自己了，不分心。"

"哪能不分心，十几岁的孩子，正是父母担心时。脚养好了回去看看孩子。"

"徐姐，就给涂这种药吧。"刘大夫把药膏举给徐静看。

"我不管是啥药，你得给最好的。"

"那就是它了，'獾油烫伤膏'，这种药膏，渗透性最强，是目前治疗烫伤最好的药。"

刘大夫给珍珍涂完药，嘱咐珍珍："涂完药，不用裹药布，也不用穿袜子，就这样晾着。通风，好得快，裹上药布，反倒容易感染。"刘大夫想了想，"对了，也不能沾水。还有，我把这管药给你留下，再给你留一包棉签。每天晚上用酒精棉把烫伤处消消毒，然后再涂药。"

"谢谢您刘大夫。"珍珍从口袋里掏出一个自制小钱包，

"一共多少钱？"

"不要钱了。"

"那可不行，让您大老远地跑一趟，我就够不落忍的，再不给钱，就更说不过去了。"

"珍珍，听刘大夫的，不让咱给咱就不给。"徐静笑着从珍珍手里拿过钱包，给珍珍放回口袋里。

"哎呀，这是啥事儿呀。"珍珍真的为难了。

刘大夫拉着珍珍的手："过两天我再来看看。有啥事儿让徐处给我打电话。"刘大夫把药箱背起来，"就这样，我走了。"

"走哪行，吃完饭再走。"徐静拽下刘大夫的药箱。

"那可不行，回去晚了，那爷俩把门从里边一锁，我可就没处去了。"说完哈哈一笑背起药箱向房门跑去。

"人家还敢把你锁在外边，你不把人轰出去就不错了。"徐静打趣儿地说。

"快回去吧，别送了。"刘大夫拉拉珍珍的手，"过两天我再来。"

"不用来了，刘大夫，我自己涂点药就行了，您可别再跑了。"

"没事的，阿姨，捎带脚串个门。好了，再见。"

珍珍的脚将近一个月才好利落。时间也逼近了国庆节。再有两天就是中华人民共和国建国六周年。各个机关、工矿、企业、学校以及各家各户，都挂出鲜艳的五星红旗，整个湖溪市沉浸在迎接伟大祖国生日的欢乐气氛中。

这些日子，可忙坏了杨部长。作为一市的宣传部长，国庆气氛营造得怎样，怎样统一各大媒体的宣传口号，各文艺团体，怎样弘扬革命烈士和英雄人物的丰功伟绩，如何歌颂伟大祖国欣欣向荣景象，怎样提高警惕预防阶级敌人的破坏活动等等，都要由他去组织、做具体方案，忙得他已经快一个月没回家了，每天晚上家里只有徐静、丽丽和珍珍。

这天吃完晚饭，珍珍给丽丽洗完，丽丽来到客厅，挨着徐静坐在沙发上。徐静把看完的《湖溪市日报》随手放在沙发上，丽丽拿起报纸一字一字念：市庆祝中华人民共和国成立六周年。

徐静惊异地回过头来：

"丽丽你咋还会认字了呢！"她简直不敢相信自己的耳朵，"珍珍，珍珍！"

珍珍急忙从厨房出来："咋的了，徐处长？"

"这丽丽咋认得字？"

珍珍笑了："噢，您看，我一直没跟您说，是我教的。"

"你教的！看来我这个当妈的可真没有资格了。"她喜形于色回过头来问珍珍，"你是咋想的，珍珍。"

"人不能没有文化，特别是孩子更不能没有文化。所以，我不论有多难，都要拼命让孩子念书。丽丽比我的二孩子还大一岁，上一年级太晚了，孩子肯定有压力。我想在家里先教她，在一年内能把两年的课程都补上，明年插班上三年级就没有问题了。"

"你是从啥时候教的？"

"从丽丽说话正常以后我就教了。"

"哎呀，算来有半年多了。"

"是的。"

"你有教材？"

"有哇。"

"哪来的教材？"

珍珍犹豫一下："找别人借的。"

"找别人借的？你上哪找人借去。"徐静回过头来问丽丽，"丽丽阿姨教你认字的书在哪了？"

"噢，在这呐。"丽丽说完向她和阿姨的房间跑去。丽丽

294

拿出两本书跑到妈妈跟前，"给你妈妈。"

徐静接过书。一本语文一本算术，用牛皮纸包的书皮。徐静把书皮拿下来，两本书的封面非常新，上边工工整整写着"杨丽丽"。

徐静笑了："珍珍这回可撒谎了，这明明是买的咋说借的呢？"

"是买的，是买的，是阿姨带我到书店买来的，你咋说借的呢？"丽丽不知前言后语，倒直问起妈妈来了。

徐静看着丽丽说："就是嘛，就是阿姨买的嘛。"

徐静看看定价，想了想，摇摇头，长长叹口气后，以感激的目光看着珍珍，眼里闪着泪光。她以极低的声音问珍珍：

"珍珍，这算术你也教了？"徐静举着算术书问。

珍珍点点头："教了，连拼音字母都教了。"

徐静真的动了感情，她不知自己现在应如何表达自己的感情，便从沙发上站起身来，慢慢走到房门处，轻轻推开门。当空悬挂一轮明亮的圆月，如洗的月光洒在徐静的脚下。她看着那圆圆的月亮，想了很多很多：想起她十五岁就离家，参加了八路军，使她圆满的家庭缺了一角；夜间，走在行军路上，举头看到天空的圆月，渴望早日能与家人团聚……解放了，团聚了，生活好了，可是她并没有觉得多幸福，每看到走在上学路上的孩子，那活蹦乱跳天真活泼的样子，她的心都揪得慌，揪得她喘不过气来。为丽丽的不幸着急，为丽丽的将来着急。真没想到，她的真正的幸福，不，是他们家真正的幸福，为他们家带来开心欢笑的，把压在她和他心头的大石头搬掉的，竟然是珍珍阿姨。这还不说，她又想得那样远，教丽丽读书认字……这是一个怎样了不起的女人，她太无私了，她的心像天上的明月一样纯洁明亮。可是她自己却又那样苦，连个家都没有。为了孩子，她竟能狠下心，撇下三个孩子，忍着巨大而无形的哀伤，游走在不定的人生路上，竟用她那荒芜的心田，使丽丽萌芽出心灵的花蕾，又使这花蕾灿然绽放，散发出浓郁的芬芳，使我这个沉闷多年的家，豁然笑声四起……这是一个最富善良、最富人性的女人，她的心灵深处就是一汪沁人心扉的透彻的清泉啊！

"徐处长，您咋的了？"珍珍看徐处长长时间看着月亮发呆，以为是自己说错了什么，便走到徐静的身后问一句。

徐处长用手擦擦眼睛，转过身来笑着看珍珍，她的两眼红红的。

"徐处长，您哭了？"

徐处长笑着把珍珍的问话岔开："你咋还叫徐处长呢，叫姐姐。"

"嗨——"珍珍长叹一声，"我要真有您这样一个姐姐就好了。"

"珍珍，我真的被你的作为感动了。你咋只替别人想，咋不考虑考虑自己的生活呢？"

"考虑，咋不考虑呢，不考虑我能连家都不要出来奔波？"

徐静和珍珍回到沙发前坐下。

"珍珍，我是说，你为啥非要这样苦着自己呢，这样一个人带着三个孩子，有多不易呀？"

"是不容易。可是跟您打仗时比，我就容易得多了。您那时东征西战的，整天地急行军、打埋伏的，用您的话说，脑袋别在裤腰带上干。您那时不但苦，连命都不知啥时丢，我这点苦就不算啥了。"

"嗨，珍珍，这是两回事儿。"她看看珍珍，而后神秘地说，"就没有人给你再介绍一个？"

珍珍沉静片刻，笑着说："有，有哇，还不止一个。"

"你都没相中？"

珍珍摇摇头："不是相中相不中的事，我根本就没想再走

296

一家。"

"为啥呢？"

珍珍看看徐静风趣地说："我一个人，将来孩子都长大了，三个孩子孝敬我一个人，如果再找一个，将来就只有一个半孩子孝敬我了。那我不就不上算了嘛。"说完珍珍自己先笑了。

徐静嗔怪地说："跟你说正经的，谁跟你说笑话呢？"

"真的，徐姐姐。"

"还等他？"

珍珍点点头："临分别时，我们彼此都约定，都海誓山盟过。"

"到底是有文化的人，还约定，还山盟海誓，那——下边的话我真不愿说。"

"说吧，徐姐，有啥不能说的，您不是又客气了？"

"那我可说了。"

珍珍拉住徐静的手："说，行。您说的都是为我好。"

"那他要不在了呢？"

珍珍沉思片刻，摇摇头："不，不会的，我总觉得他没有死，对，他不会死。我要继续等，我已经等他十年了，我宁愿当王宝钏。"

"人都说好女不嫁二夫郎，看来你就是那个好女呀。"

珍珍笑了，笑中带着率真和认可："我不能忘掉他临走时说的话，我更忘不了她的父母临终时对我的嘱托。我要对得起他，更要对得起死去的两位老人。人家以诚待我，我更应以诚待人。我哪能随随便便把'诚实'给丢了呢。这也是我的爷爷奶奶一直对我的教育。"

"爷爷奶奶两位老人真好。他们还都健在吗？"

"奶奶不在了，爷爷身体还挺硬朗，跟我二大爷过生活呢。"

"抽时间回去看看爷爷？"

珍珍眼里含着泪花，点点头："嗯哪。"

徐静看珍珍情绪有些激动，拍拍珍珍的肩膀：

"好了，珍珍，咱不说这些了，说点别的吧。咱俩还从来没坐在一起好好唠唠呢，今天趁老杨没在家，咱好好唠唠嗑。"

珍珍有些为难地搓搓着手："我拙嘴笨腮的，也不会唠啥。"

"我们珍珍可不是拙嘴笨腮的人。"徐静停顿一下，不无感慨地说，"其实咱们是同病相怜啊。"

"看得出来，要不咋能跟男人一道去打仗呢？"

"实际我那是跟家里赌气走的。"

"赌气？"

"是的。"

"赌啥气呀？"

"嗨，不瞒你说珍珍，我的家庭出身是大地主，是有钱有势的人家。"

珍珍听徐静的话，吃了一惊。她以惊异的目光看着徐静。

"你觉得奇怪是吧。我的老家在黑龙江省牡丹江市。在我八岁时——那是一九二四年，我的母亲去世了。母亲去世还不到一年，父亲就又娶个小老婆。我上边有一个姐姐和两个哥哥。姐姐在时，继母还不敢对我们咋样，后来，那是一九二九年，姐姐结婚走了，剩下两个哥哥和我，我们的厄运就来了。在父亲面前，她装得好极了，父亲一不在家，她对我们非打即骂，并警告我们，谁告状，等父亲走了就要谁的命。打得我们身上青一块紫一块，陈伤接新伤。有一次，我记得特别清楚。我的妹妹，就是我继母的孩子，那年大概是四岁，拿一盒嘎拉哈，要和我抓子玩，我不敢和她玩，因为平时继母根本不让妹妹和我玩儿。这回出乎意料，她冲我喊'你妹妹要跟你玩没听见是咋的，聋啦！'在玩儿的时候，妹妹拿一个最大的嘎拉哈，大概是牛嘎拉哈，向上一扔，掉下来正好砸在她自己的头上，砸起一个大疙瘩。我那个继母非说是我成心砸的。她手里正拿着个洗衣服的棒槌，照我后脑勺就是一下子，当时我就昏了过去。从那以后我的头疼好多天，而且还总是恶心，现在想起来那是打得脑震荡了。就那样也不敢跟父亲说实话，只好编瞎话，说和邻家的孩子玩的时候摔的。一九三一年事变，日本鬼子侵略东北。当时东北一切都完了，商店关门、工厂停产、学校停课。当时学校都住上了日本兵，也没有地方上学了。我们不愿意看父亲整天跟日本鬼子点头哈腰的一副汉奸样，也不愿再受继母的虐待了。在一天夜里，正下着大雨，我跟两个哥哥跑了，那年我虚岁才十五岁。我们是偷着跑出来的，所以兜里一个钱都没有。跟两个哥哥夜晚住庙里，白天就要饭。弄得满身是虱子，真的不像人样了。我们哥仨在外整整流浪三个多月，来到秋天，天一天比一天冷了。有一天我们饿得没有办法，就钻到山林里找野果充饥。我们找到一棵大梨树，上边挂满拳头大的梨，焦黄焦黄的。大哥上树往下摇，我和二哥在地上捡。我们正弯腰低头，忙着捡梨的时候，一个刺刀出现在我面前，吓得我倒吸一口凉气，惊叫一声直起腰，抱住脑袋，浑身发抖。就在这时又有一个人走过来，他瞪着那个把枪对着我们的人说，把枪放下，你看他们像坏人吗！那个人非常和蔼，从地上捡起一个最大的梨，递给我问，你们是哪的呀？他告诉我们，不要怕，他们是打日本鬼子和汉奸的队伍，不会伤好人的。我的俩哥哥，当时也是进步青年，从他们老师那里，学了不少抗日救国的道理，在一路流浪的日子里，大哥二哥还经常给我讲呢，而且说，要找抗日的队伍去，正好今天碰上了。于是大哥就把我们哥仨是怎样跑出来的说给他们，并要求参加抗日队伍。也就从那天开始，我们正式参加了抗日队伍。后来才知道我们加入的正是东北抗日联军。有一次我还见到了抗日英雄赵尚志呢。"讲到这，徐静一脸的笑容，显得非常兴奋和自豪。

"那后来呢？"珍珍也听上了瘾，她动动身子问徐静。

"我整整打了十二年的游击。一九四三年我和杨部长结的婚，转年有了丽丽。后来丽丽大一点儿了，为了不影响革命工作，老杨把丽丽送回老家照看。

徐静看着珍珍说："所以我一听你从小就没有父母，特别同情你。实际咱们在一定程度上，也是同病相怜。"

"真是同病相怜，没想到你也受那么多的苦。"珍珍很感慨地说。

徐静沉思片刻："珍珍,你的爱人姓啥,我还没听你说过。"

"姓关。"

"姓关？"

珍珍点点头："是的。"

徐静回忆着说："我们部队也有个姓关的。他最早好像在伪满洲国当兵，是个汽车兵。一九四五年日本鬼子投降后，一批受降的伪军中，就有一位姓关的。我当时负责对受降人员进行登记，所以记得很清楚。"

"他叫啥名？"珍珍急切地问。

徐静想想："好像——叫关啥来着，那名字有点像女人的名字。"

珍珍赶忙说："关鸿雁！"

"对，对，对啦，是叫关鸿雁。我当时问他是哪个雁，他说是大雁的雁。我当时还想，一个大老爷们咋还叫个女人的名字，所以记得很清楚，没错，就叫这个名字，可能还是满族人。"

珍珍忽然振作起精神，从沙发站起来，拉着徐静的手，认真起来："他家就是满族。徐姐，你真认识他？他现在能在哪里？"

"辽沈战役时，老杨负了伤，被送到唐山陆军医院疗伤。当时他的伤势挺重，组织上留我在老杨身边。实际就是把我调到陆军医院工作，这样在工作间隙可以照顾照顾老杨。这也是领导的特殊照顾。在这期间，我们所在的部队就南下了，也就与部队失去联系，对关鸿雁以后的情况，再也没听到啥消息。"

珍珍失望地长长叹口气，像泄了气的皮球，软软地坐在沙发上，低下头。

"珍珍，你也别着急，我跟老杨说说，让他找他的老战友，再打听打听，也许能找到。"

"那就让杨部长费心了。"

"杨部长那条残疾的腿，就是那次受伤时落下的吧？"

"是的。当时我们部队的总指挥所是在辽宁的彰武，前沿阵地就在黑山和大虎山一带。当时是攻打锦州，预防蒋介石从海上逃跑。老杨就是在那次战役中受的伤，右大腿粉碎性骨折。伤养好后，老杨就想回内蒙古通辽老家看望父母和我们的丽丽。由于医院人手少，我不能走。实际医院领导也不让他走，因为当时根本就没有交通。他那个犟劲一上来，谁也拦不住，自己背着干粮，拄个棍子就走了。你知我当时有多担心，虽然辽沈战役胜利了，可还是兵荒马乱呀！"

"那后来呢？"

"嗨，别提了。就在这时，他的爸爸也不知咋知道儿子负伤了，从通辽老家也是步行来唐山看儿子。老杨走了一个多月，总算到家了。这才知母亲在两年前已经去世，丽丽也因意外而变傻了，这两件事给老杨极大的打击，几乎把老杨击垮。奶奶去世后，丽丽一直跟着爷爷和叔叔婶婶。弟弟告诉他说父亲已经走半个多月了，去唐山看他去了。这更让老杨心急如焚。老杨在家只住一个晚上，转天到母亲的坟上大哭一场，看着婶婶抱着痴呆的丽丽，带着无限的内疚，又往回返，找父亲。父亲来到唐山，听说儿子回家看他去了，就又往回返。"

"您不是在医院了吗？"

"别提了，事情就是这样不凑巧，老父亲也找我了，当时天津战局非常紧，我偏偏到天津抢救伤员去了。老父亲在唐山也是只住一个晚上，转天又向回返。谁拦也拦不住，没有办法，部队只能给他带些干粮和路费，打发他走了。当老杨赶回唐山时，知道又和老父亲走拧了，后悔得他捶胸顿足。从那时起，老父亲再也没了消息。一九五〇年一月，我们转业被安排在湖溪市工作，有了稳定的生活，我和老杨才一同回老家去。心想，虽然母亲没有了，但父亲还在，还有弟弟、弟妹和孩子，这么多年来，终于可以和家人过个团圆年了。可不曾想，父亲自那次走后，一直没有回去。我们断定，父亲可能死在回去的路上。那次我才知道丽丽的病情。嗨，那哪是过的啥团圆年呀？简直就是要命的年。当时我问老杨，一年前回家时，孩子是否这样，他说是。他说我的工作离不开，没敢告诉我，怕我着急，又回不去，只好自己一个人承受折磨，而缄口如瓶。"徐静掏出手绢擦擦眼睛。

　　珍珍在听的过程中，早已潸然泪下。她为杨部长始终没见到父亲而感到悲伤："那后来再也没找找老父亲？"

　　"找了。哥俩从老家徒步一路打听到唐山，也没打听到任何消息。老杨由于思念父亲，得了一场大病，也差一点跟他父亲去了。"

　　"哎，可怜的老父亲。"珍珍眼中含着热泪，"不过老父亲在天之灵，一定为你们今天的好日子和活蹦乱跳的丽丽而含笑九泉的。"

第二十七章 公主湖畔

一九五五年九月三十日这天中午，从来就没有在中午回过家的徐处长，今天却回家来了。她手里提着几个包，在门外敲门。

"谁呀？"平时中午从没来过人，所以珍珍边向房门走去边问一句。

"是我，珍珍。"

"呦，是徐处长啊，您今儿中午咋回来了，你看我也没给你准备饭。"珍珍顺手接过徐处长手里的东西，把它放在餐厅的八仙桌上，"您少歇一会，我给您做点吃的去。"

"不用了，珍珍，我买回来了，都在包里哪。"说话间，徐静把其中的一个包递给珍珍，珍珍接过包走进厨房。

"妈妈你买啥好吃的了？"丽丽嘴里咬着筷子，笑眯眯看着妈妈。

"你在干啥呢，丽丽？"

"吃饭呗。嘻嘻嘻。"

这时徐静才注意到，丽丽面前放着一小碟瘦肉炒黄瓜片，另一小碟里有几片酱牛肉，还有一小碗西红柿蛋花汤。而珍珍的座位前却是一小碟大酱，一小碗萝卜楂，一碗白开水，两个馒头已经吃掉半个。

徐静看着珍珍的饭食问丽丽："丽丽，这是阿姨的中午饭？"

"嗯哪。阿姨总爱吃那个饭，我让阿姨吃我这菜，阿姨说她不爱吃这个。"丽丽说着还用筷子敲敲她的菜碟。

徐静不无感慨地摇摇头，陷入沉思之中。

这时珍珍已经把徐处长买回的饭菜端上桌了："徐处长，吃饭吧。"

徐静深沉地看着珍珍："珍珍，这就是你的中午饭？"

珍珍点点头："这不挺好的嘛？"

"这还挺好？"徐静爱怜地说，"珍珍，这哪行啊？时间长了身体要受不了的，你说你这让我多着急吧。"

"没事儿，徐处长，这我就很知足了，比我在家过年吃的还好呢。"

"这可不行，以后我得给你规定出来你每天中午的菜，回来看你没做吃，我就打你。"说完徐静哈哈哈地笑起来，而后她很认真地对珍珍说："真的，珍珍，以后别这样，啊。"

珍珍带着一种满足感重重地点点头："嗯哪。"自珍珍带着三个孩子过日子，还是第一次听到这么温馨的关怀。

"来吧，珍珍，吃饭吧。"徐静指着桌子上的菜说。

"您吃吧，我快吃完了。"

"啥快吃完了，吃半个馒头还不到呢，咋就吃完了呢。真不实在，麻溜坐这给我吃。"徐静把珍珍按坐在椅子上，然后用勺给珍珍的碗里盛了两勺菜，"来，珍珍吃吧。"

珍珍看着徐静那慈祥的样子，情不自禁地，声音极轻地，几乎让人听不到地叫一声："姐姐。"

徐静听到叫姐姐的声音，停下筷子，她笑了。笑得俊美，像一尊活菩萨，看着珍珍。她一句话也没说，只是把她从食堂买来的溜肥肠和炒肝尖，一个劲儿给珍珍往碗里夹。

"珍珍。"

"嗯？"

"明天是国庆节，我放假三天，你也放假三天，回去看看爷爷和孩子。"

"不用，徐处长，你好不容易歇个班，好好休息休息，带孩子出去玩玩，我在家给你们做饭，你们带孩子出去好好溜达溜达，让孩子多见见世面。另外我还想，就你们休班，有时间，能不能联系一个学校，让丽丽上学。"

"噢，对了，珍珍，我还真的忘跟你说了，你上次跟我说完以后，一忙工作，我就给忘了，昨天我才想起来，我已把学校联系好了，就是附近的平顶山小学，只五分钟的路程。不过，珍珍，你说丽丽插班上三年级行吗？"

"我看没啥问题。因为我教的课程，都是按一到三年级的课本教的。"珍珍肯定地说。她思考片刻又说，"不过，学校老师要是不相信的话，这不是刚期中考试完吗，请老师就用期中考试的卷子，考考丽丽，这样老师心里不就有底了嘛，咱心里也有底了。"

"嗯，这倒是个办法，这样就能看出你教丽丽的知识是否与学校的同步。"徐静看着珍珍，"我看你当老师去都没问题。"

"看您说的，我这点墨水那可要误人子弟了。"

"这样吧珍珍，丽丽上学的事，我去办，你还是回去看看孩子。做母亲的怎能不想念自己的孩子呢。今天下午就歇吧，出去遛遛，多少给孩子买点东西。"

听了徐静的话，珍珍心里涌起一种异样的感觉，而且这种感觉越来越强烈。尽管她努力控制自己的情绪，但那种潜在在内心里的感动，仍然在她那美丽的脸上凸现出来。感动的眼泪在她那缱绻的大眼睛里滚动。那是一个在漆黑的夜里，独行在荒郊野地需要得到帮助的人，突然遇到一个好心人的帮助与关爱的感动。是的，自那次珍珍烫脚，徐静才意识到应该在情感上多关心关心珍珍。自己也是做母亲的人了，打游击的时候，自己思念孩子的心情早有刻骨的体会，对孩子的思念，有一种扼腕的伤痛感。更何况一个茕茕子立、形影相吊、受苦受难的母亲，一个有着三个嗷嗷待哺又不在自己身边的孩子的母亲。徐静完全可以理解到，对孩子的牵挂、担心、思念时刻都占据着这个命运多舛女人的心，她每天将承载着多大的焦虑、痛苦与重压。

只有女人才能理解女人的心，不，只有一个善良女人，才能理解一个苦难深重女人的心。这些乱麻似的苦难，把珍珍那颗要强的心，早已缠绕疲惫不堪。她需要宽慰，需要支持，需要帮助，更需要理解。

"珍珍，回去看看孩子吧，母亲对孩子的思念，我是完全可以理解到的。"徐静说着话，从兜里掏出一叠钱，从中数出七张五元递给珍珍，"这是这个月的工钱。"

珍珍接过钱，从中抽出一张递给徐静："您多给一张。"

"不多。我和老杨商量了，从这个月起，你的工钱每月三十五元。"

"不行，这不行，徐处长，太多了，我不能要这么多。周围当保姆的每月都是二十五元工钱，您给我三十元已经够多的了，再不能加了。"

"珍珍，我跟你真没办法。"徐静嗔怪地说，"说句官腔话吧，这是你劳动所得。"

"不，你这是在同情我。"

"同情又有啥不好呢？说句心里话，珍珍，从我知道你的身世以后，我一直都在同情你。再说句可能伤着你的话，你在家领三个孩子要饭活着，到谁家都能多少给点，如果这些人家都没有同情心的话，他们能给你吗？说实在的珍珍，就凭你在我家每天干的这些活，你对丽丽的一片爱心……"徐静情绪有些激动，"给你多少都不算多。"徐静背过身去，掏出手绢擦擦眼睛转过身来，"听话珍珍，拿着。"徐静把五元钱又塞给珍珍。说话间，徐静又从她的钱包里拿出十元钱来说："我也没给你的三个宝贝捎啥东西，这十元钱你下午出去就替我给孩子买点东西带着吧。"

"这可不行，这回说啥也不行，这可不能要。"

"太不实在，又不是给你的，是给孩子的。"

"给孩子也不行，真的不行，徐处长。"

"别跟我打打咕咕的，你这样我心里可不好受。"

珍珍实在推脱不过，只好收下来。珍珍确实也控制不住自己了，她跑回自己的房间，扑倒在床上哭了。珍珍这回可不是心酸，是激动，是感激，是庆幸。庆幸自己遇到这样一个好人家，遇到徐处长和杨部长这两个善解人意的大好人，庆幸自己的命运不都是一味的不幸和废墟，同样有夕阳晚照。庆幸上天总是俯瞰着她，每当困难当头，都向她投以阳光。珍珍深深地感到，这个时代尽管穷困，但却多情。

这天下午，珍珍在表妹华瑞雨的陪同下，第一次走在湖溪市繁华的大街上。大街上熙熙攘攘的人群，川流不息的自行车流，来来往往的巴士，各式各样的小轿车，让珍珍有些应接不暇。各个机关、工厂、学校、商店，还有各家各户都悬挂鲜艳的五星红旗，整个城市都淹没在旗海中。人们笑逐颜开，看得出欢乐的神韵中，折射出人们对七彩梦幻般生活的满足，笑颜中释放着对党和祖国的热爱之情。

"二姐，想买点啥给孩子？"华瑞雨带着珍珍走到一家商店门前，问珍珍。

"瑞雨，这附近有新华书店吗？"

"你要买书，二姐？"

"是的，海林就喜欢书，我想给他买一本《卓娅和舒拉的故事》。"

珍珍在杨部长家，一天打扫卫生时，看到在客厅的茶几上，有一本小人书，就是《卓娅和舒拉的故事》。那封面画的是：漫天大雪中，一位穿着单衣、赤脚的姑娘，在一群荷枪实弹、穿着臃肿棉衣、戴着钢盔的德国鬼子押送下，昂首挺胸行进在刺骨的寒风中。珍珍对这样的画面好像很熟悉，只是背景不同。

　　做完卫生，空出闲暇，珍珍翻看了这本小人书。原来是苏联卫国战争时期的女英雄卓娅，在与德国法西斯进行英勇斗争中被俘。但她毫不畏惧，宁死不屈，无论敌人怎样用酷刑折磨她，毫不屈服，哪怕单衣赤脚在冰天雪地上，也毫不动摇，最后英勇就义。卓娅的弟弟苏拉，为了消灭德国法西斯给姐姐报仇，他也参加了苏联红军，不幸的是，再一次战斗中也英勇牺牲了。这是英雄的姐弟俩反法西斯战争故事。他们的英雄事迹，是苏联人民的骄傲，是全世界反法西斯人民的骄傲。珍珍被卓娅和苏拉的英雄行为深深地打动了，她曾被他们感动得流下了热泪。她知道海林喜欢书，决意有机会一定给海林买这本书。她想这本书海林看了，对他一定会有好处的：向卓娅和苏拉学会坚强，学会战胜艰难困苦。今天终于有机会了。

　　"这本书是啥内容？"瑞雨问珍珍。

　　珍珍便把书的大意讲给瑞雨，并告诉瑞雨为啥要买这本书。

　　华瑞雨以惊奇的目光看着珍珍："二姐，你不仅能吃苦，你还非常有头脑，你的所想所为完全超越了你的处境。"

　　"有啥超越不超越的，也就你夸夸我。"

　　"不，二姐，徐静每次见到我都夸你。她不但夸你，而且我感觉到，她有一种对你感激不尽的情意。她说，是你把她丽丽的病给看好的，你给她解决了死都不能瞑目的问题。"

　　"瑞雨，你这话说得可有点重了，我哪有那样神通？"

　　"不是的二姐，这不是我说的话，是徐静那天亲口对我说的。她还告诉我一件事情，本来是一件高兴的事，可是徐静却是流着眼泪跟我说的，可见她是太激动了。她说你把丽丽的语文算术教得能插班上三年级了。"

珍珍矜持地低下了头，边走边拧着自己的衣襟说："孩子大了，上一年级太晚了，她自己也难为情，我闲下没事儿，就买了一到三年级的书，教教丽丽。你别说这孩子还挺聪明，没想到她学得还挺快。"

"说实在的二姐，我听了以后，心里都美滋滋的。"华瑞雨突然停下脚步，"呦，走过了，新华书店在那了。"

她们又往回走一段路进了书店。

她们遛了小半天，除了给海林买一本《卓娅和舒拉的故事》外，珍珍又给三个孩子每人买一双棉胶鞋。冬天快到了，孩子没有棉鞋不行。徐静给那十元钱，珍珍又添了一元四角钱，正好买三双棉胶鞋。另外，还给翟家沟的舅舅和舅妈买两块布，留着他们做衣裳，买一盒果子，一篓苹果。买完这些东西后，华瑞雨带着珍珍在熙熙攘攘的联营公司里向外走的工夫，珍珍不见了。华瑞雨赶紧回头边喊边找，她发现珍珍在儿童服装专柜买小孩服装呢。华瑞雨马上意识到这是在给她的孩子买，她赶紧跑过去，抢过珍珍手里的钱："二姐，你干啥呢? 走，咱不买这个。"

"别，瑞雨，你看我来湖溪市这么长时间了，也没给孩子买点啥，你也让我这当姨的心踏实些行不。"

"有啥不踏实的，咱们这都是实实在在的亲戚。你那外甥女啥都不缺，啥也不用买。你听我的吧，二姐，你跟我不用好面子，不用硬撑着。再说了，二姐，你现在正是困难时期，我能忍心拿你给我买的东西嘛。快走吧，二姐。"华瑞雨拽着珍珍赶紧离开联营公司。

他们走出联营公司，华瑞雨对珍珍说："二姐，你可不要生气呀。我不是跟你说过吗，你的困难我都听我姥爷说过了，他老人家是流着眼泪说的。你用钱的地方多着呢，就那点钱八下指着呢，分都分不过来，谁能忍心争你那点东西呢，又有谁能挑你的理呢？"华瑞雨反倒像个姐姐，她看珍珍情绪有点低落，就哄着珍珍："行了，二姐，咱姐俩谁跟谁呀？你的难处我——嗨，不说这些了。二姐来这么长时间，我也没带二姐出来遛遛、玩玩儿的。走，二姐，我带你去公主湖看看。"

姐俩坐上巴士，到公主湖站下车后直奔公主湖。

她们漫步在公主湖畔。透明的湖水温柔地将湛蓝天空上的朵朵白云拥抱，鱼儿似在云里游动；山，倒映在湖水里，山上的树木倒映在湖水里；形成天连山，山连水，山水浑然一体的壮观景象。一群鸭在一只公鸭的带领下，悠然自得地游过来，它们荡起的涟漪漾碎了湖中的倒影。它们见到岸上的珍珍和瑞雨，便停在柔腻的波纹中，高高昂起头，似在向她们炫耀自己漂浮的能力。随着鸭群停止游动，荡起的涟漪也随之消失。这时的每一只鸭与它们的倒影都是心贴心，等同于心心相印。漫步在湖边的珍珍和瑞雨不约而同地看到了这一奇景，她们同时被感染，同时停住脚步，珍珍欣慰地笑了，赞叹地说："真美呀！"

瑞雨没想到一群鸭的种种行为倒打破了二姐的沉闷心情。她想，这时应该是她今天准备要与二姐谈话的切入点，可是一转身，珍珍的情绪又如初。她们仍漫无目的地在湖边踯躅。

在瑞雨看来，二姐的情绪始终没有与公主湖的美景相融汇，始终是满脸愁容，好像外界任何东西都不曾替代她内心的忧患，哪怕一分钟都不曾有过，不管喜怒哀乐，都会刺疼她那颗眼泪泡着的心。瑞雨完全理解二姐的心，她的心被生活煎熬得太脆弱了，脆弱得像薄薄的蛋壳，一碰即碎。

可是，瑞雨想了好多天的话，就想借今天的机会说给二姐，看二姐的心情，一时又不知从哪作为切入点。

瑞雨想了想，不管二姐咋想的，我也得说。于是瑞雨好像自言自语，嘴里咕囔一句："我三哥可能不在人世了。"

"不，他还活着。"珍珍不假思索，立刻有了反应。

"你咋知道？"

"我感觉。"

"嗨，感觉感觉，这感觉到啥时候是一站啊？"

沉默，沉默，还是沉默。

"二姐，别等了，我看他八成没了，要是活着咋一点音信也没有呢？"瑞雨打破了沉寂。

"徐处长认识他。"珍珍突然冒出一句。

"谁，谁认识我三哥？"瑞雨没有注意听，又问一句。

"徐处长。"

"徐处长！"华瑞雨停住脚步，惊异地看着珍珍，"怎么可能呢？"

于是珍珍便把那天晚上，与徐处长聊天时，无意中说起的情况与瑞雨详细地絮叨一遍。

"那就是说我三哥从家走以后当兵去了。"

"我想不会的，他从来都不愿当兵，曾经跟我说过。可是，徐处长说当时接收的伪满洲国兵中，确实有一个叫关鸿雁的，而且是个汽车兵。因为他的名字有点女性化，又是满族，所以她记得挺清楚。"

"也有可能被抓去当兵的。"瑞雨说，"当初我家我大哥就被抓去当国民党兵，后来逃跑了，好几年没敢回家。"

"嗨，听天由命吧。"珍珍长叹一口气。

"后来杨部长给没给查查？"

"查了，没查到。后来部队整编了，不知是转业了还是整编到其他部队去了，还是死了。"

"在战乱时，有不少人死于无名，查不出来也是很正常的。"瑞雨分明在解释珍珍所说的话。

她们信步由缰地拐进一个山坳里。那里正在建工人疗养院，一片烟气氤氲，浓重的尘埃在山坳里升腾、飘散。看到这一情景，珍珍和瑞雨赶紧转回身来，屏住呼吸向回走。

"二姐，我们单位的老刘，人不错，挺厚道的，老婆已经去世两年多了……"

还没等瑞雨把话说完，珍珍扭过脸来："瑞雨，你是带我出来散心来的还是干啥来的？"

"二姐，是这样的，我看你太苦太累了，别累个好歹的，你自己受罪不说，三个孩子可就更业症了。"

"瑞雨，我知道你是为我好，可我是不会再嫁人的。我之所以从那个魔窟里出来，就是有不少人给我介绍对象。当然这只是原因之一。"

"二姐，我就纳闷儿，你为啥要这样苦熬自己呢，你就不能脑子活点，非要一条道跑到黑吗？"

"我不相信你三哥死了。他就是真的死了，我也不能让孩子成为'带犊子'。再熬几年，把孩子拉扯大了，让他们都成人，都能够自立。对他们老关家，无论死的活的我也都对得起了。"

实际，华瑞雨今天下午是请假回来的。她在单位就用电话与徐静沟通好的，准备今天带着二姐出去遛遛。其目的，一是，带二姐出来散散心，二是，就想跟二姐沟通沟通，给二姐介绍个对象。她实在不愿意这个命运多舛的二姐再这样煎熬下去了。一旦有一天把她的油水榨干，她真的倒下去，丢下三个孩子，她死都不会瞑目的。瑞雨想，与其这样还不如早点找一个帮手，帮她把孩子拉扯大。那样还可以把孩子都拢在身边，省得孩子东一个西一个受罪，也省得她做梦都牵挂着孩子。

华瑞雨花费很大的工夫，为二姐精心设计的道路，本想在这次沟通中，能起到预想的效果，可是没想到在与二姐的沟通中，完全被二姐的忠贞、忍耐、顽强、无畏的力量所感染，她再也找不出任何理由去说服二姐了。

第二十八章 伤感的母爱

从沈阳开往安东（后来改为丹东）的列车，到达湖溪市的时间，是早晨五点钟，珍珍不到四点钟就起床了。这个时间还没有巴士，珍珍只能从华瑞雨家徒步去火车站。

表妹瑞雨两口子也都起来了，他们准备送珍珍去火车站。

"你们起这么早干啥？"

"送送你。"

"快拉倒吧，这都把你们搅和得够呛了。谁也不用送，我自己又不是不认识车站，你们快好好休息吧。"在珍珍固执的坚持下，瑞雨两口子只好送珍珍到大街上，目送珍珍走远才回家去。

虽然有路灯，马路并不明亮，昏暗的路灯只能算是路灯罢了。今天虽然是十月一日国庆节，为了节约用电，烘托节日气氛的景观灯，后半夜基本都关闭。

十月的东北，已经进入秋季，风开始强劲起来。秋风扫下的落叶，凌乱地飘撒在马路上，不时被风吹起，发出沙沙的响声，阵风过后它们又恢复平静。一个孤单的身影，踏着落叶行进在通往车站的路上。这样的季节，这样的凌晨，这样的寒风，不管是谁穿的如珍珍这样单薄的衣衫，都会觉得冷意袭身。可是这个命途多舛、凄惨寒苦的女人，似乎对这一切没有任何感觉，她满脑子所想就是三个孩子，眼前出现的也是三个孩子瑟缩的身影，站在寒风里发抖，望眼欲穿向远处张望，似在寻找她。她加快了脚步，想以最快的速度，来到他们身边，把他们搂抱在怀里，用自己微弱的体温，驱散他们的寒冷……三个孩子突然不见了，珍珍的脚步沉重了，放慢了，停下来了。她揉揉眼睛，向周围寻找着，没有孩子的身影。珍珍这才意识到，自己眼前出现的是幻觉。珍珍抬起头，茫然的穹窿夜空，只有星光点点。那星星也倏忽黯然无光，如同珍珍那双茫然的眼睛，吃力地俯瞰着人间的一切。

"嘀嘀——"一声清脆的汽车鸣笛声，拉回珍珍乱麻似的思绪。她定定神，拖着灌铅似的双腿，沿着灯光暗淡的马路走去。

珍珍在连山关火车站下了火车。从连山关下火车还要走二十多里山路，才能到翟家沟的舅舅家。珍珍走出连山关镇，沿着向西的一条土路走去。拐过一座山头，雄踞在群山中的摩天岭豁然矗立在眼前，摩天岭北边山脚下的那条路，是她必经之路。

摩天岭上的树木虽然茂密，但由于树叶已经落净，已遮挡不住它那用巨石筑起的狰狞身躯，如同人体突起的肌肉的一块块巨大的怪石，在晨曦中泛着青灰色的光。摩天岭说是雄踞于群山之中，只是相对而言。它的脚下那块石碑的碑文记录它的高度，只有三百二十米高，它与百里之外的弟兄山相比，就是小巫见大巫了。但，摩天岭却是历史名山。据说唐朝大将军薛仁贵征东时，来到此山脚下，抬头定睛一看，此山非同一般，唯它独树一帜，云雾缭绕，峰顶掩映于云气之中，群山拥其周围。薛仁贵一看便知此山乃群山之首。心想：吾征东，必先征服路途上的凶山恶水，如不能征服，何谈征东！于是向左右众将士说：“登此山，越此岭！”

“将军，山脚下就有一大路，坦荡无碍，为何不走而非登此山？”左右不解将军之意。

薛仁贵听手下如此之问，便仰天大笑，其笑声在山中回响，震得山石摇动，百鸟鸣叫而飞，野兽闻声而逃。笑后对其左右说：“当吾铁骑越过凤凰山，进入敌之地界，一味行通天大路，岂不遭遇敌之埋伏。吾等将士，自即日起，蹀步山险，练就铁骑，从险隘处突奇兵，出敌之不测，则吾征东必大成也。”

左右频频点头，对大将军的谋略佩服得五体投地。

随后，只见薛仁贵两腿一夹，他的骍骥四蹄生风，踏得硊石火花四溅，如同四蹄踩着风火轮，刹那间穿过缭绕的云雾，来到摩天岭的顶峰。紧随其后是大军如山呼海啸的群马奔腾声，转瞬齐聚峰顶。

薛仁贵极目远眺，双手掐腰：“众山果如泥丸！”于是他把手向空中一挥，“吾已摩天矣！”接着又感慨大呼，“此山虽高，伏吾足下矣！”声如洪钟，在深山中接力般地传递回响。那山脚下的碑文中所提到的“摩天岭”的来历就出自薛仁贵之口——“吾已摩天矣”中的“摩天”。

就在此时，一件不幸的事情发生了，薛仁贵的一员爱将，因马踏翻一块巨石，人马随那块巨石，掉入刀削般陡峭的山崖下。当他们在谷底找到那位爱将时，人马均无气息，魂魄已去。千军万马齐声嘶啸，嘶啸声如同狂风撕扯着山林，摇撼着“摩天岭”。

薛仁贵双手托起爱将向山下走去，并命左右将爱将所骑骏马一并抬向山下。薛仁贵在半山坡选择一巨岩平台，把爱将轻轻放下，将骏马放其脚下，欲将爱将与其坐骑一同葬于此。薛仁贵站在平台上，向东望去，将手一挥说“此乃风水宝地也。众将士且看，此平台面朝东，被苍松环抱，坡下是滔滔河水，河对岸是一片开阔地，爱将在此，可瞭望吾征东的千军万马……"

就在此时，万两河的上游的天空突然阴云密布，在阳光的照耀下，黑中带着酱紫色的雨线，从云中插向地面，看得真真切切。薛仁贵果断决定，全军立刻过河，在开阔地安营扎寨，以免突暴山洪，损兵折将。他一声令下，千军万马越入河中，顿时水花四溅，把千军万马掩映其中。果如薛仁贵所想，他们刚刚到达对岸的开阔地，山洪所形成的水头，如一堵高墙，以摧枯拉朽之势，挟裹着枯枝败叶翻滚而来。

众将士惊出一身冷汗。齐刷刷跪在薛仁贵面前高呼：

"大将军英明啊！"

雨来得凶猛、迅急，去得也快，当他们刚把宿营帐篷搭建完，雨也停了。骄阳撕开云层，将大地重新铺满阳光。众将士赶紧把盔甲、马鞍晾晒在一座小山丘上，顿时满山的盔甲在阳光下闪着粼粼的光辉。后来人们便把这座山取名叫"凉甲山"，流传至今。

天晴了，洪水也逐渐消退。薛仁贵命军务到民间寻访来十位石匠，在石砬上凿一口棺材，将爱将和他的坐骑一同葬在里面，并在石坟上修一座七级石塔。

珍珍沿着当年薛仁贵征东的路，来到摩天岭下。七级石塔，赫然矗立在山坡上。她站在山脚下，仰望着石塔，想起薛仁贵征东的故事，进而联想起苦守寒窑十八年的王宝钏。心想：王宝钏苦守十八年，难道我也要苦守十八年，抑或二十八年、三十八年？等，一定要等，一定要把他等回来，哪怕见他一面，对他好有一个交代：我没有愧对死去的老人，没有愧对他的孩子，更没有愧对他，因为我一直没有忘记临分别时的诺言和约定，一定要坚守。无论命运怎样不济，岁月怎样艰辛苦涩，即使爬行，也要把嗷嗷待哺的孩子，放在自己的背上，匍匐在布满荆棘的路上，绝不气馁，一定要顽强地活下去。

316

快到中午，珍珍来到翟家沟沟口，突然觉得思绪纷乱，两脚也沉重起来，走路速度也慢下来，她停下来。远远向沟里望去，那些低矮的草房，与周围枯黄的荒草，浑然一体。进入珍珍眼帘的是满目苍凉，只有从那年久泛黑的茅草屋顶和枯黄的野草的对比中，才能区分开茅草屋与草。

珍珍已经很长时间没有看到梦梦了。梦梦现在是啥样了？是嬉笑无度的小顽童？是衣衫褴褛、满街撒野的淘气包？是黑黑胖胖，还是骨瘦如柴？她尽量想象现在孩子的模样，可是没有一个在她的脑子里定格的，在她脑子里定格的仍然是过去的梦梦的模样。

珍珍终于接近离沟口最近的那所茅草屋。用树枝围起的篱笆墙，里出外进。破柴门已快散架。篱笆墙外的粪堆上，一只大芦花公鸡带着一群母鸡，母鸡在聚精会神兢兢业业地刨食，大芦花公鸡则举着高傲的头，摆出一副不可战胜、母鸡的当然保护者的架势，观察周围。当它看到珍珍向这边走来时，警惕地"咯嗒"几声，似在提醒母鸡有敌情。

珍珍站在篱笆外，看见院内一个小男孩与一只看上去也就两三个月的小狗，在无忧无虑地玩耍。那孩子正是梦梦。

人们都说，人类是上帝用泥捏出来的。而眼前这个孩子，满脸污泥，流下的汗水，把满脸污泥的脸冲出一道道沟，一个不折不扣的泥人。

泪水模糊了珍珍的双眼，酸甜苦辣一起涌上了她的心头。

"梦梦。"珍珍轻轻地叫一声。

梦梦听见有人叫他，把身子转向传来声音的地方。他把脸略侧向一旁，用斜视看着来人。这是由于眼病而形成的视物习惯。他看了好一会儿，没有任何反应。

"梦梦，是妈妈呀！"珍珍以极柔情的语调，传达着一位撕心裂肺思念孩子的母亲的牵挂与爱怜。梦梦好像忘记了含辛茹苦的妈妈，听到叫声后，他的反应是带着小狗向屋里跑去，并且边跑边喊：

"舅姥姥，舅姥姥，有人来了。"

梦梦真的不认识妈妈了，梦梦把妈妈给忘了。看到这一情景，珍珍的嗓子眼儿好像被什么东西哽住一样难受。

怪罪谁呢？只能怪罪自己，怪罪自己没有能力把孩子们拢在一起。珍珍很伤感。破碎的家庭，连自己都是漂浮不定的，有啥办法呢，只能将亲骨肉抛向他乡。长时间不能与孩子在一起，久而久之，一个幼小的心灵势必要靠向日复一日呵护他的人，这个人将逐渐占领孩子的心，因为他满足了他的情感需求。一个懵然无知的幼小心灵的记忆，不是成熟人的思想的定格，对母亲的记忆，随着时间的推移，会逐渐淡化的，以致到消失，这也是合情合理的。珍珍完全能够理解梦梦的这一表现。珍珍没有办法，她无能为力解决对孩子的无限牵挂与又不能和孩子在一起的现实矛盾。只能被这一矛盾继续煎熬。

舅姥姥听梦梦说来人了，从里屋走到外屋，推开房门：

"呦，这不是珍珍来了吗，快进来孩子！"她回头对梦梦，"梦梦，这不是你妈妈吗，不认识了咋的？"

"舅妈，您老好。"珍珍把手里的包裹、果子包和一篓苹果递给舅妈，蹲下身子，把梦梦抱起来，泪水滴落在久违的骨肉身上。

"快进屋吧，珍珍。"

珍珍抱着梦梦来到里屋，坐到炕沿上。梦梦愣愣地瞪着带有"玻璃花"的眼睛看着珍珍，似在追忆着什么。

"舅妈，我舅舅呢？"珍珍终于稳定下神来。

"扒苞米去了。"舅妈边给珍珍倒水边高兴地说，"今年的苞米长得可好了，是个好年景，吃喝都不用愁了。"舅妈一脸的可亲。

"那可好，管咋的，一年没白费力气。"珍珍掏出手绢给梦梦擦脸上的汗泥，"我舅舅身体咋样？"

"你舅舅那体格，硬朗着呢，就是到晚上有点腰疼。"

"那是累的。让我舅舅别太累了。"

"不累咋整，闺女结婚走以后，山上的活都落在他一个人身上了。"

"种几亩地？"

"七八亩呢。"

"哟，可是不少。"

"地是不少，可是甸子地只有两亩，剩下的都是山坡地，产量低。今年雨水勤，没旱，收成就上来了，山坡地长得也不错。"

珍珍和舅妈正说着话，舅舅推门进来了。

"舅舅，您回来了。"珍珍忙把梦梦放下，迎上前去，搀扶舅舅的胳臂，"快坐下歇一会儿吧。

"珍珍来了，你啥时到的？"

"刚到一会儿。您咋样，舅舅？"

"我行，一天傻吃摸喝的，啥毛病也没有。"

"舅姥爷，舅姥爷，你给我抓蛤蟆了吗？"珍珍正跟舅舅说话间，梦梦扑在舅姥爷的怀里，撒着娇要蛤蟆。

"抓了，抓了。"说着舅姥爷从后腰上拽下一串蛤蟆递给梦梦。

"舅姥姥，我要吃蛤蟆。"梦梦举着那串蛤蟆，向外屋地跑去。

"好好，舅姥姥给你做。"舅姥姥用手指轻轻地点一下梦梦的鼻子尖，"一天跟你真没法。"

梦梦开始活跃起来。他那无忧无虑、无拘无束的快乐劲儿，让珍珍心里非常舒坦。孩子的表情完全可以证实舅舅和舅妈对梦梦是无微不至的，是关怀有加的，是疼爱的。梦梦以他的表情和任性告诉珍珍，他在这的生活是自由的、快乐的、幸福的。

这天晚上，珍珍陪着舅舅和舅妈很晚才睡觉。他们在昏暗的煤油灯下，坐在炕头上唠嗑。舅舅最关心的还是珍珍男人的消息。珍珍只是叹息摇头。舅舅别看不是亲舅舅，却胜过亲舅舅。珍珍把梦梦寄养在这之前。他时常去头道河村，看望珍珍的爷爷，并打听珍珍的情况。当他听说珍珍的情况后，总是泪流满面。他曾几次让爷爷动员珍珍另走一家，可每次都听到珍珍的爷爷讲述珍珍的倔强和苦等男人的决心。舅舅深知珍珍的心事，他没有继续深问下去，更没有提另走一家的事情。他也知道，提也白提，反倒引起珍珍更多的心事。于是他把话题转到别处。

"珍珍，在那家做活行吗？我听说当保姆的都受气。"舅舅有点不放心地问。于是珍珍把这家人家对她的情况，一五一十地告诉舅舅和舅妈。

"真是个好人家！"舅舅和舅妈听了都为珍珍高兴，"他们是干啥工作的？"

"都是干部。男的是市委宣传部部长，女的是市卫生局的处长，都是高干，进城干部。"

"真不赖，到底是共产党的干部，能体贴人。"

"是的，都没有架子，待人可和气了。"

"那就好。干活累点不怕，就怕受气。"舅妈说。

"不受气。舅舅和舅妈你们就放心吧。"

说话工夫，珍珍从兜里掏出十元钱："舅舅，我也没有多，这十元钱您留着和我舅妈买点啥吃的吧。"

"咋的？你是来干啥的，珍珍？是给舅舅送钱来的，是梦梦的生活费？"舅舅一脸的严肃，他磕掉烟灰，"珍珍，你现在比舅舅难啊，舅舅现在没有啥负担啦。孩子，不瞒你说，前

320

两天我刚卖掉一头猪，二百多斤，卖六十多元钱呢。你舅妈还说，珍珍那孩子也太苦了，让我接济你几个钱呢。"

"还接济我几个钱？那可不行。"珍珍看一眼已经睡着的梦梦，"梦梦在这儿，给你们添了多大的累赘呀，我不能孝敬你们，还让你们接济我，那可说不过去。说实在的，舅舅、舅妈……"珍珍举着那十元钱流泪了。

"哎，孩子，你现在比我们难多了，拉扯三个孩子多难啊？"舅妈抹着眼泪说，"那天你舅舅还说要是有人去茫草城，还想给那两个孩子捎俩钱去呢。"

"舅舅、舅妈，你二老可千万不要那样做，我会更难受的。"珍珍说话声音有些颤抖。

"孩子。"舅舅有些动感情，"我和你妈妈虽然是两个爷爷，我们走得很近，我一直把你当成我的亲外甥女。头几年我从你爷爷那听说你的处境，本想帮你一把，可是我那时确实无能为力，也是吃上顿没有下顿。没想到，你把孩子送来了，可把我和你舅妈乐坏了，这样方式的帮还真帮得了。总算能帮你一把了。孩子，你把梦梦送来，说明你没把舅舅和舅妈当外人。梦梦在这你就一百个放心，舅舅和你舅妈绝不会亏待孩子的。"舅舅又装上一袋烟，在灯火上点燃，"孩子，把钱收起来吧，舅舅和舅妈知道你的心就满足了。"

珍珍能说啥呢，对舅舅和舅妈只有感激。舅舅的话是真诚的，充满着浓郁的亲情。舅舅一番话，使珍珍那尘土飞扬的心，仿佛被一场秋雨清洗，使她心中苍远的道路变得辽阔了。珍珍在舅舅和舅妈面前，脸上现出平时少有的笑容。

"珍珍。"舅舅看着珍珍，亲昵地叫一声，似有话要说。

珍珍意识到了："舅舅，您有话尽管说，外甥女听着呢。"

"我想，梦梦虚岁快八岁了。"

"是的，梦梦是阴历四月初八生日。"

"明年虚岁九岁了。"他沉思少许，"我想明年暑假以后，该让孩子上学了。"

珍珍真没想到舅舅把她心里一直琢磨的事情说出来。这次来本想向舅舅提这件事的，因为两个大孩子上学已经都晚了，很想让梦梦到年龄就上学。可是到这以后，看着舅舅的家境，她再三思考，觉得不妥，舅舅、舅妈都那样大的年岁了，怎忍心再给他们增加负担呢，话到嘴边又咽回去。

舅舅好像看透珍珍的心事，就直截了当地说："孩子，我这只是向你打声招呼，我和你舅妈已经合计好了，明年就让梦梦上学。到河坎子小学上学也不远，五里多地。这街上有十多个孩子在那上学，来回也有伴儿，下雨阴天我送他去，你就放心吧。"

"舅舅、舅妈，我不是不放心，你们都一把年纪了，还为我操这心，我是于心不忍啊。"

"有啥于心不忍的，我和你舅舅腿脚还都行，你不用想得太多。"

珍珍啥话也说不出来了，她觉得所有感激的话，都是苍白无力，都不足以表达出对舅舅和舅妈的感激之情。

珍珍在舅舅家只住一夜，又赶到爷爷家，也只住一个晚上，十月三日上午十一点多，珍珍赶到茫草城。她来到学校，见到凤山的班主任何静凡老师，还有海林的班主任老师王训斌。难免寒暄一阵。特别是王训斌老师，见到珍珍话更多，啥都问问，很是热情，这多半是因为关鸿雁与之是同学的关系，也因此，他对海林特别关照。何静凡老师，一位三十多岁的女老师，人很严肃，少有笑容，但她心是热的。她告诉珍珍，不要过于牵挂孩子，两个孩子都挺好，挺懂事。学习特别用心，成绩都是五分。从平时言谈和生活上，看得出孩子心里知道你的辛苦，他们懂得节俭，从来没见他们买块糖吃，就连理发，都是利用星期日钓一筐鱼，送给曾剃头顶替理发钱。"

"这我还要感谢你，静凡啊。"

"感谢我啥呀？"

"你为我的孩子可操大心了。就说夏天闹大水吧，你听说孩子要过河，到河边把嗓子都喊哑了。"

何老师看看珍珍，奇怪地问："这事你咋知道的？"

"嗨，关忠良他老兄弟去湖溪市，碰到他大姨夫说的。"

"嗨，事过以后，没出啥事，我告诉俩孩子，别告诉你，怕你着急。"何老师看着珍珍笑笑说，"说实在的，当时把我急坏了也吓坏了，他们上岸后，我就差没削他们。"

"该管你就严一点管，该打你就打，再说你也打得着，老大嫂了。过去不是讲吗，老嫂比母啊。"

"说句到家的话，三婶子，你家我老叔是让人不佩服，哪能一点亲情都没有呢？大家当面背后都夸你，佩服你，从这一点，大伙对孩子都会高看一眼。"

"这我是知道的，我真是感激大家，没有大伙的帮助，我早就完了。"

铃声响了，下课了，也打断珍珍和何老师的谈话。

"就这样吧，何老师你快忙吧，我看看孩子就走，你多费心吧。"

"别客气，三婶。你再多待两天呗。"

"不行啊，我是趁主家歇班，才请假回来看看的。"

"我们明后天就开始放农忙假了，所以十月一没歇。就这样吧，下课了，快去看看孩子吧。"

珍珍真是没能久待。在学校门前只与凤山和海林说有十多分钟话，巴士就来了。珍珍只好把二十元钱塞给凤山，把《卓娅和舒拉的故事》给海林，便匆匆忙忙上车走了。

海林那颗日夜思念妈妈的心，实在受不了啦，他拽住车门不让车走。司机回过头来看着泪流满面的珍珍，再看看死死拽着车门的海林，他心里似乎明白了什么。

"你是妈妈吧？"司机问话中透着同情。

珍珍没有回答，她擦着眼泪重重地点点头。

"您先下去哄哄孩子，我等您。"司机说完扫一眼车中的旅客，旅客们会意地七嘴八舌让珍珍下车哄哄孩子。珍珍礼貌地向司机和旅客点点头。

珍珍下车了，海林抱住妈妈大哭起来。珍珍一时无话可说，只是流着泪给海林擦眼泪。凤山尽管比海林大几岁，尽管在情绪上理智一些，也是控制不住自己，默默流泪，不知怎样劝说海林。车上的人们透着车窗看着难分难舍的母子三人，听着他们裂心的对话，都为之动容。海林的情绪终于平静下来。珍珍带着无法擦干的眼泪再次上车了。

车启动了，海林在车后紧紧追赶，大声喊："妈妈——"无奈地看着疾驶而去的汽车。珍珍从汽车的后玻璃窗看见海林追赶汽车痛哭的样子，心都碎了。她深知应该怎样去弥补孩子心中的伤痛，怎样给孩子以欢乐，怎样使孩子能幸福，怎样才能让孩子免除本不应在这个年龄承受的痛苦而却偏偏去承受。但她心里更明白，她真的无能为力去让孩子实现这些，她只能在极度的疲意中，拖累着疲惫的孩子，而加重自己身心的疲意。

妈妈走了。海林把妈妈给带来的《卓娅和舒拉的故事》举到眼前，翻开第一页，在空白处，是妈妈用毛笔写的十个字："向卓娅和舒拉学会坚强。"海林若有所思，他抬起头，汽车已无影无踪，只有滚滚的灰尘笼罩着公路。

第二十九章 深于情高于义

　　放寒假这天，学校最后一节课下课铃声响了，住校的学生首当其冲，第一个冲出教室，第一个冲出校门，向学生宿舍冲去。他们蜂拥地冲进宿舍，背起早晨就打好的行李卷，提起装饭盒、酱罐和咸菜罐网兜儿，又蜂拥地冲出宿舍，各奔其家。住校的老师和做饭的倪大爷，也相继离开学校，回家过寒假去了。昔日热闹的宿舍，转眼间变得空空荡荡，冷冷清清，只有与此偌大的空间不成比例的凤山和海林，与之厮守，与之相伴。面对寂寥的宿舍，凤山和海林岂止失落，简直心慌得有些恐惧。

　　两个孩子每天的饭食很简单，烧的柴火很少，还没等炕热，饭就熟了。连三间的大房子，与其说是宿舍还不如说是冰窖。本来是泥巴抹成的泛黑的墙皮，却挂满厚厚的一层霜，黑墙变成白墙，好像刷一层白灰。宿舍倒是亮堂了，可是成了冰窖，水缸也冻成冰坨。凤山和海林只要在屋里，只能披着棉被，戴着棉帽子，要不屋里根本待不住人。

　　海林很少时间待在屋内，他不愿意像个病人一样，整天躺在被窝里。他和小青、哑巴，几乎天天长在茫草河的冰上。开始他们坐着小冰爬犁，用两根头上带尖钉的木棒，撑着向前滑。

后来他们看见大孩子用两块与脚大小相等的厚木板，前边削成爬犁脚似的上翘，在翘起处拧上几个螺丝钉，作为蹬冰用，下边固定两根粗铅丝，可以像冰刀一样在冰上滑行，那叫"冰滑子"。海林、小青、哑巴很眼热。于是，小青带着海林和哑巴来到他们家。小青的爷爷是木匠，做"冰滑子"那是手拿把掐的事。可是小青的爷爷正在给一家赶做一对箱子，人家孩子等结婚用，没有时间。三个孩子以小青为主，好一个央求，央求小青的爷爷实在没法了，只好停下手中的活，给他们每人做一副"冰滑子"。

三个孩子拿起"冰滑子"尥蹶子向河边跑去。

在冰上，三人又是好一通摔，足足摔多半天，才算掌握滑"冰滑子"的技术，可以较稳地滑行了。由于有了"冰滑子"，他们的玩儿兴更大了，已经达到废寝忘食的地步，有时吃饭都要家大人到河边喊他们，他们才得以停下来。

这些天来，每天早晨都有猪叫声传来，那是有的人家在杀年猪，准备过年了，这也预示着年越来越近。逢到此时，人们开始盼年了，盼亲人团聚，盼合家欢乐，盼老少同堂共享天伦之乐。凤山和海林，他们没有啥可盼的。他们知道盼啥都是枉费心机，与他们相伴的只能是冷清与凄凉，盼来的只能是对亲人的更加思念。"年"对于孩子来说是最盼望的日子，能够穿新衣、戴新帽、穿新鞋、放鞭炮；还有好吃的东西，有酸菜猪肉炖粉条子，能吃到饺子和大白面馒头；大人还能往你口袋塞几分压岁钱，多则几角钱；平时根本不玩的大人，过年时他们也像孩子们一样可以玩了，而且他们玩的花样，孩子们从来没见过，可以给孩子们带来无穷的乐趣。还有很多好事，让他们去享受。而凤山与海林对于这些好事，只能是望而兴叹，依旧是平时的衣、帽、鞋，仍然是高粱米饭熬黄豆汤。

也许凤山和海林对这样的日子已经习以为常、司空见惯了，对年的感觉已经漠然、麻木了。他们知道，不漠然又能怎样，不麻木又能如何？有人说世界上最幸福的人是傻子，他们只要吃饱喝足不冻着，其他一切对他们来说都无所谓、无感觉。你看他们可怜，他们自己并不觉得自己有什么可怜之处。但是，凤山和海林哥俩可不是傻，只是由于艰难生活的磨炼，使他们的思维更超前一些，思想逐渐趋于成熟，对于人生的命运有更多或更深层次的理解，能够更理性地面对自己所处的现实罢了。他们对即将来临的年无动于衷，也许是对他们自己的一个最大最好的安慰。他们记得妈妈说的一句话"年节好过，日子难熬"。那就让年节随它去吧，准备迎接难熬的日子吧。

眼下已经过腊月二十三，灶王爷已被恭送去往西天，为人间言好事去了，人们都热切地等待他老人家回府降吉祥。事情就是那么凑巧，自从灶王爷走后，从腊月二十四夜间下了一天一夜的大雪，整个世界被皑皑大雪覆盖得严严实实。人们肯定这是灶王爷上天言好事的结果——如再不下雪，来年春天很难使土地得到最好的墒情，老百姓将被春旱所涂炭，这才使玉皇大帝如梦初醒，忙命天门官打开天门，向下一望，果如灶王爷所言，遂命雪神普降大雪。人们如是说。

雪后，飕飕的小北风，像刀子一样，将天空刮得一丝云影也没有，湛蓝的天空深邃无底，阳光照在雪地上，映得人们睁不开眼。

雪后，山雀聚成庞大的鸟群，它们时而忽地一声，像刮起的一阵风飞向那片树林，时而忽地一声又飞向这棵高树，无论飞到哪里，都是集体"喳喳喳……"不停地鸣叫。他们不是在歌颂雪的洁白，不是在赞美雪的无暇，也不是在感激圣洁的雪把人间的一切卑鄙龌龊掩埋，更不是集聚在一起抵御可怕的严寒。它们是在哭泣，哭泣大雪无情地将它们所能觅到的食物全都掩埋，致使三天来饥饿难耐。面对如此的现实，唯一的办法，就是集体"喳喳喳"地鸣叫，尽管它们认为这是徒劳的。

农历腊月二十六这天一大早，海林站在宿舍院子的雪地上，看着不时飞过的鸟群，心想：对，我得打点鸟，留过年吃。心里这样想，便随手从后腰拽出弹弓，每当鸟群从头顶飞过时，他都拉弓向疾飞的鸟群射去。由于鸟群密度太大，打中的几率绝对是百分之百，因此每次都有一只山雀在"扑"的一声中坠落在雪地上。但鸟群飞过头顶的次数太少，半个多小时，才有三、四次飞过，收获也只有三、四只山雀。

海林站在雪地上，仰头盯视飞鸟群的到来，脖子都仰得疼了。心想，这哪行，得想个办法多打点鸟。琢磨来琢磨去，灵机一动，有了。于是他跑进宿舍，把锅上的大木头锅盖搬下来立在地上，像推车轮似的，把锅盖滚到院子中央的雪地上，然后又跑回宿舍，拿来一根筷子、一条捆行李绳子和一把笤帚。海林在雪地上扫出一片土地来，把锅盖用筷子支起来，再把行李绳绑在筷子上，又跑回宿舍抓来一把高粱米撒在锅盖下面，再把绳子的另一头引到宿舍的门里，躲到虚掩的门内。鸟群在空中飞，只要发现哪里有无雪的地方，就会蜂拥而至。没过多久，庞大的鸟群真的来了，一阵风似的俯冲下来，拥挤在大锅盖下面抢食高粱米粒。海林看时机已到，用力将绑在筷子上的绳子一拉，大锅盖重重地拍下来，凡是拥挤在锅盖下面的山雀，全都盖在下面。海林迅速跑过去，在锅盖上跳几跳，然后掀起锅盖，下面黑压压的山雀，无一幸免，全都丧命。海林把锅盖掀翻到一边，一边往洗脸盆里捡一边数，一共一百一十五只，装满满一洗脸盆。他高兴极了。他端着一盆山雀，跑进宿舍给正在做寒假作业的哥哥看："哥哥，你看这是啥？"

"呀！哪来的？"凤山惊喜地问。

"用锅盖扣的。"

凤山扔下铅笔，跑出门去看看雪地上的大锅盖："你咋不告诉我一声，咱俩一块扣多好啊。"

"我自己就行，我看你做作业呢。"

"要不，我煺鸟毛，你再扣点，过年咱不就有肉吃了吗？"
凤山对海林说。

"我也是这样想的。"

凤山忙着烧开水，准备煺鸟毛。海林又来到院子。锅盖周围的鸟群看海林跑过来，嗡的一声飞起。和刚才一样，一切准备就绪，海林仍然蹲在虚掩的门内。不大一会儿，那些没有记性、胆大包天、黑压压的鸟群呼啦一声，又挤满在锅盖下面，海林如法炮制，又是一洗脸盆山雀端进宿舍里。

海林和哥哥连煺鸟毛再去肠肚，整整干了大半天，一洗脸盆洗得干干净净鲜鲜亮亮的鸟肉，呈现在凤山和海林面前。

"过年有肉吃了。"海林高兴得手舞足蹈。高兴之余，突然目不转睛地看着鸟肉，然后对哥哥说："哥哥。"

"哎，咋的了？"

"过年吃得了这么多吗？这一大盆呢，今晚咱炖点吃吧，太馋了。"海林说完舔舔嘴唇。

"对呀，炖点吃，再说过年也吃不了这么多。"

"咱们炖一半留一半。"

"行。"

凤山把整整大半盆鸟肉炖土豆放到条桌上，香味立刻在屋内飘散开来。凤山又盛来两碗高粱米干饭，递给海林一碗。哥俩盯着鸟肉，正准备虎吃一番，这时小青来了，他本来是找海林堆雪人玩的，一看他们正要吃饭，便问："咋吃这么早的饭？"

"我们吃两顿饭，正好，来，小青咱们一块儿吃。"凤山让着小青。

"不吃不吃。"小青摆着手说。

"咋不吃呢，来吧小青，今天改善生活，炖的是山雀肉。"

这时凤山已把饭给小青盛来了。

三人狼吞虎咽地吃起来。

海林一边摘着鸟肉吃，嘴里一边说："真挺香，是吧哥哥？你说好吃不？小青你说呢？"

"好吃，特好吃，谁打的鸟？"小青附和着问。

海林一拍胸脯："我！"脸上充满着自豪。

"你真棒！"小青向海林伸一下大拇指。

海林嘿嘿笑笑问哥哥："哥哥，我听人说，宁吃飞禽四两，不吃走兽半斤，那是啥意思？"

"就是说天上飞的肉……哈哈……"凤山觉得说得有点离谱，自己先哈哈哈地笑起来说，"这说的啥呀，天上还能飞肉。就是说天上飞的鸟的肉，比地上走的兽类的肉好吃，香。"

"我看还是宁吃半斤地上走的兽类的肉，不要四两鸟肉，四两不如半斤多呀，不够吃呀，就连半斤都不够我吃的。"海林说完嘿嘿嘿地乐了，又对小青说："你说对吧小青？"

"我说也是。"小青用袄袖擦一把鼻涕说，"那猪肉可劲咬一口，那家伙可香了，那是啥滋味，这鸟肉骨头多吃着不过瘾。"

"可也是。"凤山说，"这鸟肉是不如猪肉咬着痛快。"

小哥仨边聊边吃，不知不觉多半盆鸟肉炖土豆吃得精光，只剩下一点汤。

海林拍拍肚子："吃饱了。"他把一口没动的饭往前一推，"这饭吃不下去了。"

"我也不吃饭了。"

"我也不吃了。"

三个人都把饭剩下来。

"哥哥，这汤可别扔啊，留着过年以后熬黄豆吃。"

"哪能扔呢？"凤山看看盆里的汤，"多好的汤，煮黄豆保证好吃。"

"哥哥，你说这鸟肉能包饺子吗？"海林问凤山。

"八成不行，骨头弄不出来。"

"行。"小青接过话来，"我爷爷那天杀只鸡，连骨头带肉一剁全碎了，包饺子吃可香了。"

"要不过年咱也试试？"凤山挺有信心。

"试试就试试。"海林说。

"不行。"凤山一副泄气的样子。

"咋的了？"海林不解地问。

"咱们一没有白面，二没有白菜，咋包？"

"要不咱用苞米面包。"海林说。

"不行，苞米面煮不了。我听咱妈妈说过，苞米面一煮就碎，没有筋骨。"

"哎。"海林也泄了气，向后一仰躺到炕上。

小哥俩兴致勃勃合计一通，结果以泄气告终。

"海林，我走了。"小青听完海林和凤山的对话后，若有所思地与海林打完招呼就要离去。

"你咋走呢，你不是说要堆雪人吗？"

"天快黑了，明天再堆吧。"小青说完就跑了。小青走在铺满厚厚积雪的马路上，踩得积雪发出咯吱咯吱的响声，低着头好像在想着什么，信步由缰回到自己的家里。

"大雪天干啥去了，等你等得饭菜都凉了。"爷爷抱怨地呵斥小青。

"快吃饭吧。"小青爸爸催促小青。

小青不说吃饭也不说不吃饭，往炕上一坐，黑着脸靠在被垛上。

"你咋的了，小青？"爸爸看小青一脸的不高兴，忙问一句。

小青抬起眼皮看一眼爸爸，没有说话。

"咋的了青青，生爷爷的气了？别生气了，爷爷以后再不说了，快吃饭吧。"爷爷真的以为刚才说小青两句，小青生气了。要说小青的爷爷，那可是真的疼这个孙子。小青的妈妈死时，小青才两岁，是爷爷一把屎一把尿把他拉扯大的。小青要是打个喷嚏，爷爷就觉得身上发热，那可真是爷爷的心肝宝贝。小青这时的表情，爷爷哪受得了。他摸摸小青的额头："不热呀。来，宝贝吃饭来。"

越哄小青是越不行，再哄，小青噼里啪啦掉下眼泪哭了。

这可吓坏爷爷。小青的爸爸和哥哥看到小青这样，心里也毛了，都停下筷子走过来，不知小青出去这么一会儿发生了啥事儿。

"你咋的了小青？"爸爸着急地问。

"咋没咋的。"

"咋没咋的，你哭啥呢？"爷爷不解小青的反常情绪。

大伙越问越劝，小青越是哭得厉害，后来竟然哭出声来。

"咋的了你呀，我的小祖宗，你可把我急死了。"爷爷急得直转磨磨。

"咋也没咋的！"小青大喊一声。

"这孩子纯粹是惯坏了。"爸爸生气了，"咋没咋的那到底咋的了？"

小青停止哭泣，稳定一下情绪后，才把刚才怎样找海林玩，又怎样在海林那吃的鸟肉熬土豆以及海林和哥哥关于包饺子的对话，一五一十说给爷爷、爸爸和哥哥。

"原来是这样。"大家终于松下这口气。

"这又咋的了，你说你哭啥，你这不是替古人担忧吗，有你啥事儿呀，哎，真拿你没办法。"爷爷絮絮叨叨地说个没完。而小青的爸爸却听明白了小青说这些话的意思。他把筷子放下，默默地看着小青。

"爸，先吃饭吧，饭都凉了，边吃边说。"小青的哥哥解文俊提醒爸爸。

"噢。"小青的爸爸听大儿子叫他，"吃吧吃吧。"大家又重新开始吃饭。小青的爸爸一边吃饭一边问小青："小青，你刚才说凤山和海林他们包饺子没有白面和白菜是啥意思？"

小青坐在爷爷后边趴在爷爷的脊背上看着爸爸，没说话。

"咋不说话，啥意思？"

"我想把咱家的白面和白菜给海林他们拿点去。"小青的爷爷和哥哥又停下筷子，看着小青，他的爸爸一声没言声，继续吃饭。

"你们俩看着我干啥？"小青大声喊着，"到底行不行？"

"是他们让你回来拿的？"小青的爸爸问。

"不是，是我自个儿。"

"不对吧。"

"不信你问去，海林他们根本不知道这事儿。"

"爸爸，咱家还有白面吗？"小青的爸爸问小青的爷爷。

"有，昨天买来的，我都看见了。"小青唯恐爷爷说没有，赶紧说出实情。

"昨天刚用三十斤苞米从供销社换来二十斤白面。"

"给那俩孩子拿二斤去吧。"

"那就拿吧。"小青的爷爷不太情愿。

小青提着二斤白面抱着两棵大白菜，一溜小跑，来到海林宿舍门前。他猛地撞开房门，闯进来，把凤山和海林吓一跳。

"海林，你看！"小青满脸是笑，把白菜和白面举到海林面前。

"哪来的？"凤山问小青。

"我爷爷和我爸爸让我给你们送来的。"

"你爷爷和你爸爸让送来的？不会吧？"凤山疑惑地看着

小青。

　　凤山把小青往门外推："小青，你快拿回去吧，我们不要。"

　　"咋的，大哥，你知我费多大的劲。"小青把白菜和白面往条桌上一放，拔腿跑了。

　　"小青，小青——"凤山追出门外，小青已跑得无影无踪。

　　凤山回到宿舍自言自语地说："他爷爷和他爸爸让拿来的？"

　　"不可能，哥哥你想，小青自己都说漏了。"

　　"咋说漏的？"凤山看着海林问。

　　"咋没说漏呢。你说不要，他不是说'你知我费多大劲'，这说明小青的爷爷和爸爸根本不知道这件事，也许不同意，是小青偷着拿来的。"

　　"对。"凤山肯定海林的分析，"咱给送回去，让他家知道了，好像是咱让他回家偷的呢，那有多砢碜。"

　　"那我给送回去。"海林抱起两棵大白菜提起那小袋白面就要走。

　　"不，海林，还是我去吧。"凤山接过海林怀里的白菜和白面。

　　"解爷爷、解大爷，这白菜和白面是咋回事呀？"凤山来到解家，以谨慎的口吻问。

　　"呦，是凤山啊，咋的了凤山？"小青爷爷心里虽然明白，他还是问一句。

　　"我不知这白菜和白面是咋回事。"凤山说。

　　"噢，是这么回事……"小青的爷爷把小青刚才回来拿白菜和白面的经过简单讲讲，并说，"你们哥俩在学生宿舍过年，挺可怜的，就拿去吧。"

　　凤山打断小青爷爷的话说："不，解爷爷，我们不要，你们也不富裕，谢谢你解爷爷。"说完，凤山把东西放到他家的八仙桌上，转身走了。

"凤山，你等一下。"小青的爸爸叫住凤山。

凤山停住脚，转回身来。小青的爸爸从炕上跳下地："这是我和你解爷爷送给你们的。快过年了，包顿饺子吃。小青回来都说了，你们想包饺子，没有白面和白菜，我家里也正好有，就拿去吃吧。"

"不，解大爷，我那是和海林闲说话，我们并没有和小青要白面。"小青的爸爸一看这种情况，就把小青回来拿白面的事又说一遍，尽量把细节说得清楚点，力求打消凤山的疑虑。

"谢谢您解大爷，那也不行，我真的不能要。"

"不要也得要，你要不拿着，一会我给你送去。"

凤山有点为难了。

"拿着把，孩子，这不是你要的，这是大爷愿意给的。"小青的爸爸拍拍凤山的肩膀，"大爷知道，你妈妈是个强亮人，对你们要求很严。不过……就别让大爷着急了，拿着吧。"他把白面和白菜递给凤山，"青青，去，到仓房再拿点葱，帮你凤山哥哥拿回去。"

"哎！"小青爽快地答应一声跑出去。

"关凤山，拿着吧，确实是我爷爷和我爸爸让小青拿的。"凤山的同学解文俊也向凤山解释。

小青手里掐着十来棵大葱进来，看凤山还站在那没走，便抱起白菜和白面自己跑了。

有了山雀肉，有了白面，有了大白菜，还有大葱。这些就是凤山和海林过年的全部年货。哥俩看着条桌上的年货，"嘿嘿嘿"地笑个不停——今年过年能吃到白面饺子了。

转天已经是腊月二十七了。早晨快八点了，凤山和海林还没起炕，仍然卷曲着身子，睡得香香的。昨天晚上哥俩由于高兴得有些过度，说啥也睡不着了。凤山和海林又各自给妈妈写了一封信，一直到远处隐隐约约传来鸡叫声，他们才躺进被窝里。

"啪！啪！啪！"一阵敲窗户的声音。海林还是如常呼呼地睡，凤山隐隐觉得有什么响动，但他还没意识到有人在敲窗户，翻个身又睡了。

"啪！啪！啪！"又是几声敲窗户的声音，接着有人在说话："妈了个巴子，这两个崽子还挺能睡。"

凤山听清楚了，是有人在敲窗户，他两手一撑坐起来，揉揉眼睛。

"快起来，太阳都晒屁股了。"

"谁呀？"凤山问一句，海林也迷迷糊糊坐起来。

"我。"

"好像是村长。"凤山一边穿衣服嘴里咕囔一句。他穿好衣服，从窗户的护板缝向外看看，"还真是村长。"凤山跳下地穿好鞋向外跑去。他把"门插官"打开，太阳映在白雪上的反光，照得凤山赶紧用手遮住双眼。村长从窗户那边走过来，站到门口。

"够懒的，再睡跟晚上连上了。"

"村长来了，您有事呀？"凤山抬起头看着大狗皮帽子遮住的半张脸。

"村长是你叫的？"

"那我叫您啥？"

"村长是给大人叫的，你应该叫我爷爷。"

"赫爷爷。"

"哎，这就对了嘛。"他倒背着手向宿舍内走去。

这时凤山才看见他背着的手上提着两个包，不知是啥东西。

村长走进里屋，看海林还趴在炕上，下巴顶在枕头上，扑闪着两只大眼睛，看村长进来叫一声："赫爷爷。"

336

赫村长把两个包向条桌上一放，走到海林面前，冷不防把海林的被窝掀开，照海林的屁股就是一巴掌，随后"哈哈哈"大笑起来。笑后他问海林："你咋知道叫我赫爷爷的？"

"我哥哥叫你村长，你都不乐意了，我都听见了。"

"这小子比猴还灵。"

海林穿着衣服脸上现出一种嘎笑，他看着赫村长问："你多大岁数，咋辈恁大呢？"

"咋的，叫我爷爷吃亏咋的？"

"没说吃亏，问问能咋的？"

"你说我有多大岁数？"

"我说你可别生气呀。"

"你说吧。"

"也不许打人。"

"我看你小子又要琢磨人是吧？"他向海林凑过来。

海林躲到炕的角落里："我，我看你比我还小呢。"然后非常嘎咕地笑起来。

赫村长跳上炕把海林抓住后抱起来，使劲拍两下海林的屁股，然后咯吱海林的胳肢窝："还和不和我皮了？"

直到海林告饶才算拉倒。

赫村长跳下地，看到桌子上盆里装着一盆黑乎乎的东西，他端起来看看闻闻："这是啥玩意？"

"山雀肉。"海林告诉村长。

"哪整来的，咋整这多呢？"

"用压拍子压的。"凤山走过来说。

赫村长又提起那小袋白面："这是啥？"

"白面，咋啥也不懂呢，这还当村长？"海林成心气赫尚林。

"这小子，我看还欠收拾。"

海林笑着躲到炕里。

赫村长拿起装白面的小口袋："白面？行啊，这年货不是齐了吗？"

"齐啥呀？还没猪肉呢。"海林说完诡秘地一笑。

"你小子人不大还真敢说话。"

"那有啥不敢说的？真的没有猪肉。"

赫村长走到海林面前停住。海林又预防地向后躲：

"你想干啥？"

"你说我想干啥？"赫村长突然把海林抓住，把手掏向海林的裤裆，一把抓住海林的小鸡鸡，"你说我想干啥，就干这个。"

海林被村长作弄得直告饶："哎呀呀，赫爷爷，再不敢了，赫爷爷饶命……"

由于村长的到来，给这冷冷清清的宿舍，平添了少有的笑声，使这个冰冷的宿舍，被暖融融的气氛所代替。赫村长把海林放下，督促凤山说："凤山，去把窗户护板打开，这屋里也太黑了。"

"哎。"凤山答应一声，拽过棉帽子戴上向外跑去。

随着窗户护板一块块拿下，宿舍内也渐渐亮堂起来。

"哎，这有多好，亮堂堂的心里也痛快。"赫村长巡视一周宿舍，看凤山进来，把他带来的两个包向前一推："凤山，这是你赫奶奶让我给你们送来的。"赫村长把包打开，一包里包有二三斤白面，另一包里是一块猪肉。他把猪肉送到海林面前："这回年货齐了吗？"

"嘿嘿嘿。"海林笑了，"这回真的齐了。谢谢赫爷爷。"

"赫爷爷杀头猪也不容易，咋还给我们拿呢？我们有雀肉就行了。"

"嗨，过年了，小哥俩包顿饺子吃吧，你赫爷爷就这点意思。"

"谢谢赫爷爷。"

"不用谢，缺啥少啥到爷爷家拿去，啊。"

凤山和海林点点头。随后他又从兜里掏出一封信："给，你妈妈来信了。"

海林一把从赫村长手里抢过信："妈妈来信了！"

"给妈妈写封信，告诉妈妈，别让妈妈惦念。"赫村长嘱咐。

"昨天晚上我写一封了，想一会儿邮走。一会儿我再重写一封吧。"

"那好。"

赫村长说完，很随便向宿舍巡视一圈，才发现宿舍周围的墙壁挂着一层厚厚的白霜，他身上不禁打个冷战儿。他看看两个孩子，想问他们晚上睡觉冷不冷，嘴动了动没有问出口，他若有所思，这能不冷吗，问冷不冷是不是太虚伪了。他摇摇头，心想：两个孩子受罪了，太可怜了。这时二扒子又出现在他的脑海里：扒子那年差一点冻死，是爸爸把他救了，可是还没能让他多享几天福。

"赫爷爷，你咋的了？"海林的问话打断了赫尚林的思绪，他擦一下鼻子，回过头来，强打笑脸面对两个孩子：

"没咋的呀。"

海林看出赫村长眼睛红了，他又看看周围的墙壁，似乎明白了什么。

赫尚林本想把村政府的煤给两个孩子拉点来，可是又觉得不妥。他又看看四周的墙壁："就这样吧，我先走了。"他拍拍海林的头。

赫尚林走不到一袋烟的工夫又回来了。

"赫爷爷你咋又回来了？"海林问。

赫尚林掏出烟口袋，往炕沿上一坐，一边装烟一边看着海林问："咋的，烦我了？"

"哪能呢，我以为又送啥好东西来了呢？"

"你咋竟想美事儿呢？"

"嘿嘿嘿……"海林傻笑着。

赫村长吸口烟："凤山，你和海林把这屋子打扫一下，今天下午准备在这里开村民大会。学校放假了，教室的门都锁上了，咱就不麻烦老师去学校开门了，这儿地界大，就在这开了。再准备点劈柴，一会儿我让他们弄点煤来。"

"哎！"凤山脆生生答应一声。

"好好收拾啊，收拾不干净打屁股。"赫村长说着拍了海林屁股一下，哈哈大笑走了。

劈柴准备好了，屋子也收拾干净了。凤山才从兜里掏出妈妈寄来的信，坐在桌前看起来：

凤山、海林：

寒假到了，妈妈知道你们寒假哪也没去，这挺好，省得麻烦别人。自己在宿舍各方面都要多注意。做完饭，要把灶坑前收拾干净，千万不要把柴火连到灶坑里，把灶火熄灭后再离开。再就是千万不能光贪玩儿忘了学习，要好好复习功课，把假期作业做好；到河里滑冰，千万注意安全，别掉冰窟窿里。晚上睡觉把门插好。

快过年了，妈妈实在不知把你们安排在哪里，妈妈实在对不起你们，孩子，你们就在宿舍里过年吧。妈妈随信给你们寄去二十元钱，过年买点白面，割二斤肉，再买点菜，包顿饺子吃。

妈妈实在离不开，否则妈妈就去和你们一起过年。

杨部长和徐处长，他们都是领导干部，越到年节越忙，所以妈妈怎好意思请假呢。原谅妈妈，过年以后妈妈再抽时间回去看你们吧。

祝凤山、海林过一个好年！

妈妈
1955 年春节前

　　妈妈在信中一个"思念"、"牵挂"的字样都没写，可是那字里行间都浸透着妈妈对孩子的无限牵挂。妈妈不敢过于写牵肠挂肚的话，唯恐凤山和海林难过，大年底，妈妈不忍心惹孩子伤心。尽管这样，凤山和海林读完信还是泪流满面。妈妈每月挣 35 元钱，给他们哥俩寄来 20 元，妈妈肯定还要给梦梦寄钱，妈妈还能有钱吗？凤山和海林虽然还小，但他们完全可以想象得到，妈妈是以怎样的心情写下"祝凤山、海林过一个好年"的！妈妈用这样的话，把自己巨大的痛苦埋藏在心里，妈妈只能用流着泪水写成的话，来弥补两颗稚嫩破碎的心，抚慰两个没有巢穴小鸟的心。

　　凤山和海林擦干眼泪，决定给妈妈好好写封信，安慰妈妈。凤山和海林别看年龄小，妈妈所做的一切，他们心里像明镜一样：妈妈所做的一切都是为了他们哥仨，他们哥仨就是妈妈的一切。

　　凤山和海林在信中，把赫村长、小青的爷爷送来的肉、白面和白菜等都写进信中，还把他们扣的山雀也告诉妈妈。还告诉妈妈说，今年这个年挺肥的，让妈妈一定放心……

　　凤山的信还没写完，就听外屋门响，来人了。凤山把没写完的信收起来。

　　推门一看，是在村政府干勤杂工的关鸿涛。他用小土篮挑来两小土篮煤。他把煤倒在外屋地，瞟一眼凤山和海林，一句话也没说就走了。他刚走到门外正好撞上赫村长来了："挑煤来了？"

"嗯哪。"关鸿涛答应一声头也没回就走了。

赫村长进屋一看那点煤就急了，他回过头来叫住关鸿涛："你回来。"

关鸿涛把土篮放到外边走进来："咋的了，村长？"

"你他妈真好像给村委会省似的，装啥鸡巴进步，挑来那一鸡巴头子煤够干啥用，够添一炉子吗？"

"弄多了烧不完还得往回挑，多麻烦。"关鸿涛狡辩。

"扯淡，往回挑也用不着你往回挑，要是在你家开会，你敢套车往家拉煤。这你他妈省了。"

"行行行，我再去挑去。"

"得得，你快走吧，我另派人去，别累着你。"

关鸿涛闹个没趣走了。

"凤山，你现在就把炉子点着吧，等到开会时屋里也暖和了。"

"哎。"凤山答应得十分爽快，他看到关鸿涛挨训时的熊样心里非常痛快。

赫村长嘱咐完就走了。凤山刚点着炉子，就听外边有人喊："凤山开门。"

凤山把门开开一看，是民兵队长满仓，他用手推车拉来一车煤，足有半吨多。凤山问："这咋拉这么多来？用不了，卸点儿就够了。"

"傻小子，这是村长让拉来的，你这咋还不明白呢？"满仓向凤山和海林挤挤眼。凤山站在那里心里涌出一种难以表达的感激之情。

"赫爷爷真是个好爷爷。"海林十分感慨地说。

"哎，这话说到家了，不过心里知道就行了。"满仓翘翘大拇指。

满仓走后，凤山赶紧把没写完的信拿出来，把过年有煤烧的事也写给妈妈。总之，信里写的一切都是安慰妈妈，让妈妈放心的事儿，让妈妈高兴的事儿。

农村召集开会，一般没有具体的时间，都是上午、下午或晚上，不管上午、下午还是晚上，都是指饭后而言。这不，今天下午开村民大会，午饭后，村民陆陆续续都来了。人来得差不多了，赫村长咳嗽两声，清清嗓子："别吵吵了，开会了。"这会议就算开始了。

会议开得很简单，只半个小时就结束了。会议并没有什么实质性的新内容，只是强调强调年下多注意防火、防盗、防特、防破坏，要求民兵在春节期间加强巡逻等。这些问题一进腊月，在全村大会上已经进行了详细的部署。看来这是村长临时安排的、名正言顺地借此机会给凤山和海林拉点儿煤来，让孩子过个温暖的年。

散会了，开会的人都走了，可是关鸿涛没有走，他从外边拿把铁锹和两个土篮进来。

"你这是干啥？"赫村长问。

"剩这么多煤，我把它拉回去。"

"你是真不懂还是装混蛋，多亏你还是两个孩子的本家叔叔，你他妈都应该把两个孩子接你们家过年去。我在这开会，拉点煤来，你死脑瓜骨，竟干一些没屁眼的事儿。"赫村长真的生气了。整个会议他一直都是满脸地微笑，这时的脸阴沉的让人害怕："你给我滚！别他妈在这献殷勤，假积极了。"赫村长说完一甩袖气哼哼走了。

关鸿涛一脸的尴尬，挑起土篮，没趣儿地走了。

第三十章 悲泣的除夕夜

黑暗开始向大地扑来。在冰冻的茫草河上嬉戏、打斗、玩耍一天的孩子，当然包括海林、小青和哑巴，带着满脸的汗水，该回家了，去饱餐年三十晚上的美味佳肴，去欢度那其乐融融团圆的除夕夜了。

临分手时小青告诉海林，吃完晚饭，他去宿舍和海林一块玩儿，一起过三十晚，海林当然高兴了。哑巴看小青和海林在嘀咕啥，而且故意用眼睛瞟着他，便拽住小青问他们说的啥。他们当然不会落下他，却偏不告诉哑巴，哑巴急了，他掐住小青的脖子往下按脑袋。海林看一根筋的哑巴当真了，赶紧把哑巴拽开，把实话告诉哑巴，哑巴广德才松开手，并让小青在家等着他，吃完饭他马上去找小青一块儿到海林那里。仨人定好以后才分手。

海林与他们分手以后，一种失落感油然而生。他心里空空的，无抓无挠的，酸楚得想哭。在他那有些过早成熟的心里，总觉得一切美好都离他那么遥远。各家各户的灯光，星星点点亮起，那灯光不足以照亮村中的路。海林郁郁走在漆黑的村中路上，路上一个人影都没有，这时人们早已围坐在一起吃三十晚上的美味了。孤独、无依无靠，一股脑向海林袭来。他这时忽然想起爸爸，他对爸爸没有什么印象，但他知道他们之所以与妈妈分离，就是因为没有家，而没有家就是因为爸爸造成的。他曾经隐隐听妈妈说过的话，如果听妈妈的话，爸爸不走，妈妈就不会吃那么多的苦，受那么多的罪，妈妈也不会去湖溪市，家也不会散，别人也不敢欺负妈妈和我们了。沉重的心情，使本来玩得涨红的小脸，变得没有了光泽，笼罩上一层茫然和悲伤。

海林来到宿舍门前，见宿舍里没点灯。他推开门，眼前一片漆黑，杳无声息。海林摸索着走进里屋："哥哥，你咋没点灯呢？"

凤山头朝下躺在行李卷上，听见海林回来，他无精打采坐起来，一句话也没说，从炕沿上蹿下地。只听窸窸窣窣拿火柴声，然后"嚓"的一声，火柴划着了，哥哥点着条桌上的小油灯，屋里的一切立刻展现在眼前，首先让海林看见的是条桌上的一大盖拍饺子。

"哥哥，你把饺子包完了！"海林见饺子，有一种久违的感觉。

"嗯。"凤山答应一声。

就在海林看哥哥一瞬间，他借着灯光，看见哥哥脸上有泪痕。海林本想问哥哥那饺子是猪肉馅的还是山雀肉馅的，见哥哥一脸愁容和满脸泪痕，心里一切都明白了，他把话又咽了回去。这时的海林心里突然产生一种内疚感：自己为什么不留在宿舍陪着哥哥一起包饺子，把哥哥独自一人丢在宿舍里？

"海林，你端灯，咱们煮饺子去。"凤山把小煤油灯递给海林，海林接过灯，在前边照亮，向厨房走去。

凤山把盖拍放在锅台的一个大盆上，海林把小煤油灯放在锅台的另一个角上。凤山刷锅，海林用一把草做引柴，在灯火上点着后送进灶膛，然后再把树枝撅吧撅吧塞进灶膛，树枝在灶膛里噼噼啪啪渐渐燃烧起来。

凤山刷完锅，添上水，坐在一个小木墩上，等着锅里水开煮饺子。一切都在沉寂中进行。整个宿舍好像没有人一样，一点声音也没有，只有灶膛里柴火燃烧时发出噼噼剥剥声。

"哥哥，水开了。"海林提醒心事重重、低头坐在木墩上的哥哥。

凤山抬起他那沉重的头，站起身来，走到餐具架前，拿下笊篱担在锅边上，然后端起盖拍，把饺子倒在锅里，拿起笊篱顺着锅边向锅底慢慢推去，将沉到锅底的饺子推起。

饺子在锅里翻滚着，香味随着团团的蒸汽，在沉闷的屋里飘散开来。凤山向滚开的锅里点一点凉水，锅里的水立刻平静下来，饺子像一群白鹅漂在水面上，透着诱人的光泽。等锅里的水再次开起来时，凤山捞起一个饺子，用手指按按，饺子里充满了气。

"海林别添柴火了。"这是自海林从河边回来凤山说的第二句话。海林把剩下的柴火，向后边的柴火堆推过去，又把灶膛前细碎的乱树枝，扫到灶膛里。

搪瓷盆里的饺子热气腾腾的，在条桌上散发着诱人的香气。凤山和海林坐在条桌的两边，默默无语地吃。哥俩谁也没有评论饺子到底怎样，香不香，咸不咸，淡不淡，好吃不好吃，只是机械地吃着。海林透过蒸汽，看到哥哥的身影映在他身后的墙上，而哥哥看到海林的身影，同样映在海林的后墙上，凄凉孤单的身影，随着灯光的摆动而摆动。

海林首先放下筷子。

"咋不吃了？"凤山问海林，"吃饱了吗？"

"吃饱了。"海林说着眼泪汩汩流下来。

凤山看海林哭了，眼泪也流下来。心心相印、心照不宣的哥俩，这顿年夜饭也没吃好，他们哭了很久，哭得饺子凉了，哭得如豆的灯火不安地跳动，跳动起凤山和海林心酸的思绪……

"海林，你记得那年过年，妈妈给咱包的饺子吗？"

"咋不记得？那是妈妈用要饭要来的荞麦面包的饺子。"

"是，馅儿是妈妈自己晒的干野菜。饺子皮儿黑黑的，干野菜的馅里没有一滴油，只是放点大酱，也是黑黑的。可是也不知咋回事儿，那饺子吃起来特别的香。"

"因为那是妈妈包的饺子呗！"海林回答。

就在凤山和海林被痛苦吞噬的时候，传来啪啪的敲门声，海林知道这是小青和哑巴广德来了。他赶紧向房门跑去，把门打开："快进来，多冷的天啊！"

哑巴走在前边，他习惯地哼哼着喉音走进来，小青跟在后边搓着冻疼的耳朵："还真冷，冻得我耳朵跟猫咬似的。"

"你咋不把帽耳朵放下呢？"海林问。

"从家里出来就跑，忘了。"

海林把门关上，插好"门插官"。

"来，吃点我包的饺子。"凤山见小青和哑巴广德进来，忙让他们吃饺子。

"我们家也包的饺子。"小青说。

"尝尝我包的饺子，看咋样。"凤山将饺子端到小青和哑巴广德面前。

小青吃一个饺子，边嚼边点着头："嗯，挺好吃的，就是稍微咸点。"

哑巴看小青吃一个，也顺手捏起一个饺子塞进嘴里。看他还真有点品尝的架势，细细嚼嚼咽下去。平时最会顺情的哑巴广德，仍然是满脸堆笑，跷起大拇指，煞有介事地哇啦哇啦赞许一番。

就在哑巴广德嘻嘻哈哈时，小青把右手高高举起一个手提式的大饭盒，接着啪的一声把饭盒放到桌子上，随手打开饭盒盖："我爷爷和我爸爸让我拿来的。"凤山、海林和哑巴广德伸过头来看，原来是一饭盒猪肉炖粉条子。小青这时挺起胸仰起头斜着眼睛看着哑巴，同时鼻子里发出"哼"的一声，那哼外之意，不言而喻。哑巴开始尴尬地笑笑，随后推一下小青一拍胸脯，摆出一副不示弱的样子，嘴里哇啦哇啦叫着，从口袋里掏出四个金黄色的大"尖把梨"，一股梨的甜香味立刻在宿舍里弥漫开来。哑巴把其中最大的一个分给海林，并把伸出的两个大拇指靠在一起，表示他和海林最好。小青看看哑巴，摆出一副不屑一顾的样子："你那算啥？"而后从口袋里又掏出一堆"毛嗑"堆在条桌上。哑巴从来不示弱，他一看，回身抓起扔在炕上的帽子，转身就向外跑，被凤山一把抓住他，知道哑巴还要回家拿东西去。哑巴向凤山比划一大阵，还不时指指小青，意思是"我不能比不过他，我家还有好多好吃的，只是忘拿来了。"凤山也比划着劝说哑巴，后来看哑巴太实在又太拧，海林拉过哑巴广德的手，经过好一阵的比划，终于说服了哑巴。可是哑巴这时真的上脸了，他脸红红地看着小青，比划的动作格外夸张，表现出对小青非常不满意的样子，认为小青太栽他的面子了。还是海林向小青挤挤眼，然后拽一下哑巴的袄袖。哑巴回过头看看海林。海林跳上炕，从行李卷的后边拿出一副崭新的扑克牌递给哑巴。哑巴接过扑克牌，把小青往旁边一扒拉，用手比划几下，意思不带小青玩，就他们三人玩。海林比划着说："那不行，打百分就得四个人，咱俩一拨，打他俩。"哑巴嘿嘿地乐了，他比划着让小青上。小青也向海林挤挤眼，一转身坐到炕沿上，把脸一沉，摇摇头，拿捏起来，表示不玩儿。

　　"咿呀，啊哇呀？"哑巴看着海林，这咋整，他没了主意。海林把两个大拇指靠在一起，让哑巴过去表示与小青好。哑巴是个能折能弯的人，他嘿嘿笑着来到小青面前，小青把脸扭到一旁。哑巴一个胳膊抱住小青的脖子，用另一只手咯吱小青的胳肢窝，小青痒痒地躺在炕上大笑起来……

哑巴很会调节自己，为了使自己尴尬的局面很快淡化，他拿起煤铲子向炉子里添煤，比比划划又缩脖子又抖身子，示意让炉子旺一点，别冷着。果然奏效，随着炉火渐渐旺起来了，宿舍里的气氛也重新活跃起来。

小青向哑巴挑挑大拇指，然后把桌子上的扑克牌拿起来，哗哗洗一遍，向哑巴示意打百分。哑巴要求与海林打对家，小青一拍桌子："行。"随后站起来走到凤山对面坐下来。四个孩子连喊带叫噼里啪啦打起百分来，哑巴更是无拘无束，他哇啦哇啦喊叫得最凶，四个人简直就要把宿舍的房顶挑起来。他们边吃边玩，每个人分到的那个大"尖把梨"，也都给报销了，桌子上那堆"毛嗑"也变成"毛磕皮"，丢了满地。到底是孩子，玩起来就什么都忘了。他们光顾打牌了，当觉得冷的时候，才发现炉子已经灭了。四个孩子觉得又冷又饿又困，再看看那唯一不知停歇的马蹄表，时针已指向凌晨三点。他们停止打牌，嘀咕几句，开始分头忙活起来：小青和哑巴点炉子，凤山和海林去厨房熘饺子，还有小青拿来的猪肉炖粉条子。待把这两样在锅里安排好后，凤山又把三十白天炖的山雀肉倒在另一个锅里热上。一会工夫，热气腾腾的饺子端上来了，猪肉炖粉条子端上来了，山雀肉端上来了，凤山又端来半碗大酱，谁嫌淡就蘸点大酱。四人狼吞虎咽吃起来，根本没吃出来哪个咸哪个淡。一会儿工夫饺子盆见了底，猪肉炖粉条子一扫光，只有山雀肉剩下一盆底。吃饱了，大眼瞪小眼，好像吃了瞌睡虫，四个人互相传染，连续打起哈欠来，他们又饱又累又困。看看表，已经凌晨四点半。几个人把碗盆一推，哑巴和海林钻进一个被窝，小青和凤山钻进一个被窝，连煤油灯都没顾得上吹，就都进入梦乡。

第三十一章 除夕夜流放的梦

　　三十晚上的这顿饭吃得比较早，因为晚上杨部长要到市委值班，五点一过就吃完了晚饭。珍珍把锅盆碗筷洗刷完以后，没有停歇，立刻开始剁饺馅，准备包饺子。珍珍想，就着早，把饺子赶快包好，自己也能歇一会儿，杨部长不在家，或者陪徐处长唠唠嗑。待珍珍把包饺子的面和饺子馅准备好后，正在擀饺子皮儿，徐静来到厨房，挽起衣袖，与珍珍一同包饺子。

　　"不用你沾手，你快歇着吧，我自己一会儿就包完了。"珍珍由于手上都是面粉，怕碰脏徐处长的衣服，忙用自己的身体挡着徐处长。

　　"没事的，珍珍，我有啥累的。来吧，咱俩一块包，还快一点。过年了，早点包完，你也早一点休息休息。"

　　徐静包饺子包得非常快。准确地说，她不是在包饺子，是挤饺子。她把饺子皮儿放在手上，放上饺子馅以后，两手把饺子皮往中间一兜，然后两个大手指和两个食指叠在一起，里外一挤，一个饺子就包成了。

　　珍珍一边擀饺子皮一边看徐静包饺子："徐姐你可真行，干啥像啥，你看你包得多快。你咋会这样包饺子，我在老家看

350

门口小饭馆里就这样包饺子。"

"这都是在部队里学的。"徐处长看看珍珍接着说，"不怕你笑话我珍珍，我刚到部队时，根本不会包饺子。一个南方口音的首长，撇声拉调地说：'你这个女娃子，怎么还不会包饺子'，说着拿起饺子皮教我，'你看嘛，这个样子包'。从那以后我就学会这样包饺子。"

"这样包饺子多快呀。"

"快是快，这样包饺子有一样不好，饺子边又宽又厚，有的人不喜欢吃。可是我又改不过来了，不这样包又不会。不过我们的那位首长说这是部队战斗生活的需要。他说这不假，部队里无论干什么，都要快，速度越快，胜利的概率就愈大。"

珍珍擀饺子皮，徐静包，她们配合得很默契。两人边唠嗑边包饺子，在不知不觉中，饺子就包完了。

"珍珍，咱们半夜还穿元宝吗？"徐静一边洗手一边问珍珍。

"按着习俗是要穿元宝的。我在家当姑娘时，看我奶奶特别注重三十晚上这顿饺子，说是把元宝穿起来，一年不受穷。"说完珍珍笑了。

"你笑啥呀，珍珍？"徐静问。

"我笑哪年三十晚上都穿元宝，哪年该受穷还是受穷。"

徐静看着珍珍哈哈哈地笑起来："这么说，你不信这个了？"

珍珍摇摇头："我真的不信这些。"

"那咱们就破这个老令，咱不穿元宝了。再说都穿到肚子里，也不舒服啊，你看呢，珍珍？"

"行。那咱们明天早晨几点吃饺子，杨部长几点能回来？"

"估计他也得八点以后回来。"徐静想想说，"他如果八点半不回来，咱们就吃。咋样？"

珍珍点点头。

在珍珍看来，徐静对过年的一些老令，很不以为然，或者说对一些旧习俗很淡然，又好像不太懂，对于三十晚上守夜，一点意识也没有。包完饺子，拾到利落，还不到八点半，她们就困意连连，特别是丽丽一个劲地嚷嚷困、困、困的，要睡觉。珍珍只好带着丽丽回到房间，安排丽丽睡下后，又回到客厅。

珍珍坐在徐静的旁边，与徐静唠嗑。徐静唠的大部分都是部队里的一些事，还有单位里的一些事，珍珍只是听，有时问一两句，说到有意思的地方，珍珍也笑笑，但是笑得很勉强。徐静实际也觉得自己说的这些事，根本哪也不挨哪，一会儿从葫芦扯到瓢，一会儿又从瓢不知又扯到哪里去了。她不是不健谈的人，她是不敢谈一些家不长里不短的事，她怕唠这些会引起孩子的事，一引起孩子的事，珍珍势必想起自己的孩子，大过年的，怕勾起珍珍的心事。实际徐静也看出来了，珍珍的心早已在孩子的身上了，她的笑容是一种强欢，那笑容里隐藏着一种难以名状的心酸和对孩子的思念，她是以极大的控制力在控制自己。

"珍珍。"

珍珍已经心不在焉，她听徐静叫她，先是愣了一下，而后才答应一声。

"咱们也休息吧。"徐静以同情的眼神看着珍珍，"不早了，歇着吧。"

"那好，我给你准备热水去，你洗个澡再睡吧。"

"不洗了，你歇着去吧，忙活一天了，够累的了。"

"没事，干这点活累不着。"

珍珍回到自己的房间，丽丽睡得很香，红红的脸上挂着一丝浅浅的笑，一定是在做美梦。珍珍给她掖掖被角后，躺到自己的床上，伤感立刻布满她那沧桑的脸。她的情绪特别沉重，沉重几乎压迫得她喘不过气来。她在苦苦地思索，尽力想象着凤山、海林和梦梦他们都在干啥，他们是在睡觉，还是在外边看人家孩子放鞭炮？是和大人们打扑克，还是在一个背人的地方，因思念妈妈而偷偷地流泪……珍珍不敢往下想了，自己在小的时候，因为没有父母，每到年节都要躲到没有人的地方偷偷地抹眼泪。大过年的，家家都团圆，都在欢天喜地，孩子怎能不想妈妈呢？凤山和海林来信说过年有白面、猪肉，过年能包饺子了，是在安慰妈妈而想出来的善意的谎言，还是真有其事？说白面是赫村长和老解家送的，村长还给拿去二斤肉，说得有名有姓的，可能不是假的。要是真的话，那敢情好，孩子可以包顿饺子吃了。不管包得咋样，总归是饺子，也算过年吃到饺子了。想到这，珍珍的心里得到很大的宽慰，心情也好像宽松许多。尽管如此，眼睛里仍然闪动着泪光。她想念孩子，想得她有些撕心裂肺。她恨不得大哭一场，可是这是过年啊，这是在别人的家啊，哭，大过年的不是给人家添堵吗，自己再憋屈得慌，也要忍呐。珍珍的思绪在剧烈地翻腾，她以极大的抑制力在抑制自己，可是泪水像决了堤似的，沿着她的脸颊汩汩地流下。她把枕巾撩起盖在脸上，枕巾被泪水浸湿的面积越来越大。枕巾能盖住她的脸，但盖不住她思念孩子的心啊！孩子，孩子没有一个亲人在跟前，他们受得了吗？珍珍坐起来，拽过枕巾擦去泪水，长长叹口气，在问自己：我这是咋的了，去去吧，孩子来信不是说挺好的吗，可是"每逢佳节倍思亲"啊，他们就是再好，当妈的也是想啊，更何况他们是在受苦受难无家可归呀。哎，这古人也真是，为什么偏偏写出"每逢佳节倍思亲"这样的句子，来撩拨人们的情感……

乱七八糟的往事搅得她根本不能入睡。

珍珍从床上坐起来，随手拿起枕边的手绢擦擦眼睛，起身倒杯水喝几口，然后又和衣躺在床上。她长叹一声，自言自语地说："我想这些有啥用，睡觉！"

珍珍终于睡着了，脸上挂着泪珠睡着了——她一脸灿烂的笑容，来到河边。站在一块石头上，看着自己映在水中的倒影，鱼儿在自己的倒影中穿梭。突然觉得脚下的石头在动，石头向河中漂去。她站在石头上不敢动，正要喊叫，石头变成一条船。船不知行了多久，眼前显现出起伏的山峦。在明媚的阳光下，山上的松树青翠欲滴，映山红、达莱香、山芍药漫山遍野，姹紫嫣红，百鸟啁啾鸣啭，彩蝶翩翩起舞，紫藤盘树如绳，清泉叮咚悦耳……好一幅美景，让珍珍心旷神怡，珍珍从来没见过这样的美景。心想，北道沟、老虎洞后背、大岭崴、弟兄山、马蹄沟……采蘑菇时都去过，都无法与眼前的美景相比。珍珍脸上绽放出久违的笑容。她登上岸，走到一眼清泉前，掬起一捧泉水喝下，立刻沁满全身，浑身顿觉清爽。那被她搅成一池涟漪的清泉，逐渐平静下来。平静的水面如一面明镜，珍珍被倒映在水中，她惊喜地发现自己苍白瘦弱的脸不见了，空虚和失望的神情在她的脸上一扫而光，代之是在家当姑娘时的青春美貌。她坐在岸边，仔细端详水中的自己：一对透明的眼睛，炯炯有神，就像这一汪清泉；两条秀眉，浓淡有度；铅华不露的笑脸，皎如明月；两个浅浅的酒窝，在那如脂的细嫩的脸上，若隐若现；高高的鼻梁下，双唇略显红润；通身透着超凡脱俗的美质，浑然与天地颉颃……就在珍珍欣赏自己的时候，突然听到一声"韩梅"的叫声——这是自己与他离别时约定的名字，只有他一人知道啊！难道是他在叫我？寻声望去，愣住了，她不敢相信在一簇达莱香花丛的后边，竟然站着笑容可掬的他——关园——同样是他们分手时约定的名字。

"鸿雁，是鸿雁？你咋在这儿！"珍珍猛然站起，大叫一声关园，拔脚就向鸿雁扑去，一头栽进清泉中……

珍珍浑身激灵一下，从梦中醒来。她睁开眼睛，通亮的灯光，迫使她又闭上眼睛。她沮丧透了，怎么在这个时候醒来呢。她坐起身来，仔细地琢磨梦中的情景，想给自己圆圆这个梦，圆了半天，也圆不出个所以然来。可是梦境一直在她的脑中萦绕，觉得心里很痛快。这时珍珍突然意识到，杨部长查鸿雁的下落，一直没能查到，是不是他已经改名叫关园了？

外边响起了鞭炮声，一个用美妙的梦境补偿愁苦的除夕之夜过去了……

第三十二章 主仆情愫

　　痛苦和不幸时时都在包围她，仿佛世界上的一切痛苦都要由她一个人来承受，一切痛苦都该在她的头上降临。面对眼前这件事，她没有办法，只能发出一声无可奈何的低声叹息。忍耐、坚持、坚强和必胜的信念是她战胜一切痛苦的法宝，这个法宝好像是她与生就有的，她利用这一法宝，战胜过一个个灾难，战胜过一个个痛苦。但这次珍珍凭借自己却无法化解眼前的难处，不但化解不了，反而越来越严重。说实在的珍珍万万没想到，自己竟然让这样一个她根本没放在心上的小东西置成这种地步。

　　大概是三年前，珍珍的右腋下长一个小肉瘤。因为它并不大，既不疼也不痒，又不碍事，所以根本就没在意。一次在地里锄地时，用毛巾擦完脸上的汗，顺便把衣襟撩起，擦前胸的汗，又擦腋下，这时她才发觉肉瘤开始往大处长了，已经有鸟蛋那样大了。而且肉瘤不是直接长在皮肤上的，肉瘤和皮肤之间，有纳鞋底绳粗细的"肉线"吊着的，"肉线"大约有一厘米长，像吊着个小秤砣。珍珍当时心里一惊，有些担心起来。可又一想，反正也不疼，也不耽误干活，又长在人们看不见的

356

地方，觉得无所谓，也就没多加考虑。当珍珍来到湖溪市当保姆时，肉瘤长得飞快，已经有鹌鹑蛋大小了，"肉线"也变得比原来粗和长了，虽然还是不疼不痒，可是干活时已经很别扭了。既然不疼不痒，珍珍仍然不把它放在心上。临近春节，有些疼痛感，由于心思完全放在凤山和海林的身上，也没把它当回事。可是，还没过正月十五，腋下这个肉瘤子突然作起怪，又红又肿，疼痛难忍。珍珍忙活一天下来以后，她实在疼得忍耐不住了，便与徐处长打声招呼，说到表妹那里去有点事。珍珍匆匆来到瑞雨家。

看到珍珍那慌乱的样子，瑞雨以为出啥事儿了，忙问："二姐，你这是咋的了，急忙火燎的？"

"瑞雨，你看这个肉瘤子咋这样疼呢？"珍珍眼睛里含着泪说。

瑞雨一看吃了一惊："二姐，这瘤子啥时长的，从来没听你说过？"

"好几年了。它不疼也不痒的，我也没在意，谁知这两天疼得这样厉害，我真的有些受不了。"

"二姐，我看你得到医院去看看，这已经发炎了。"

"看啥呀，不会咋的，你家有消炎药给我来点，吃点消炎药可能就会好的。"

瑞雨找一些土霉素和红霉素给珍珍："这些药都是挺好的药，先吃两天看，不见好赶快上医院，听了吗，二姐？"

"知道了，我先吃药看看。"

珍珍回来了。

徐处长听见敲门，从客厅出来给珍珍把门开开："回来了，珍珍？"

"回来了，徐处长。"

"表妹找你有啥事儿？是不是给你介绍对象？"徐静笑着

问珍珍。

"不是，瑞雨知道我是不搞对象的。一点小事，她想给孩子做兜兜，想绣点花上，不知咋绣。"不知珍珍突然间说出这样一个理由来。

"你会绣花？"徐静显得有些惊奇。

"小时候在家当姑娘时跟奶奶学的。"

"等有时间也教教我绣花。"徐静说。

"妈妈我也会绣花。"还没等珍珍说话，丽丽抢先说一句。

"去去，你也学会吹了。"徐静把黏在身上的丽丽推到一边，"别缠着妈妈，妈妈跟阿姨说话呢。"

"我真的会绣花，妈妈你还不信，我拿来给你看。"丽丽说完跑到她和珍珍的房间，拿来已经绣成一半的花给妈妈看，"妈妈你看，我这是吹吗。"

徐静接过来一看："真是你绣的？"她看看珍珍半信半疑地问。

珍珍点点头："我正在教丽丽呢。"

"是嘛，我咋没听丽丽说过呢？"徐静再次仔细地看丽丽绣的花。丽丽绣的是一支干枝梅，上边落着两只翘着大尾巴正欲起飞的大喜鹊。"哎呀，还真漂亮，绣得真好！"

"是阿姨教我的，阿姨比我绣得还好。"

"是嘛，那我的丽丽一定跟阿姨好好学，将来当个刺绣能手。"说完，徐静深情地看着珍珍，"珍珍可是我家的大恩人。"

"徐处长可别这样说……"珍珍腋下的那个瘤子这时疼得厉害，珍珍皱了一下眉头。

"你咋的了，珍珍？"

"没咋的，有点困了。"

"那就早点休息吧。丽丽，去，跟阿姨睡觉去吧。别让阿姨讲故事了，阿姨累了，听见没？"

"嗯哪，知道了。"

其实珍珍的痛苦她哪里知道，当然珍珍也没跟她讲。也不便讲，一讲事必给主家添麻烦。说出来又怕耽误活，干脆就挺着吧，挺到哪说到哪吧。珍珍这一辈子遇到的难事、烦事还少吗？自己不是都挺过来吗？这点小事，对她来说又能怎样呢？可是这次珍珍再也招架不住了，那个肉瘤越发红肿得厉害，疼得厉害，而且身上一阵阵发冷，浑身无力，吃了从瑞雨那拿来的药也没管用。

转天晚上，徐处长和杨部长下班回来后，珍珍放好圆桌，准备吃晚饭。珍珍在往桌子上端菜时，晕倒在餐厅门口，两碟子菜都摔在地板上。徐处长和杨部长不知怎么回事，吓了一大跳，迅速跑到珍珍跟前。她一条腿支在地上，一条腿跪在地上，然后用右臂挽着珍珍的脖子，把她半抱在怀里。徐静动作熟练，看出她是一名抢救行家，战场上抢救伤员的影子在这里得到重现。

徐静摸摸珍珍的头："哎呀，阿姨发高烧了！烧得太厉害了。"

"快上医院吧！"杨部长站在旁边催促。

"老杨，你给打个电话，要辆车吧。"

不大一会儿，车就来了。是天天接送杨部长的车。

徐静背起珍珍就往外走。珍珍说啥也不行，从徐静的背上滑下来："不行，徐处长，这、这可不行，不用上医院，我有药，吃点药几天就会好的。"珍珍说话有些喘息。

"听话！你是咋回事儿，咋这样不听话呢？"徐静还是第一次跟珍珍发火。

珍珍呆住了。

"你知发高烧的危害有多大。要是烧坏了咋办，你那三个孩子谁给你管？"

"阿姨，快走吧，快去医院吧，听你徐姐的话，别耽误时间了。"杨部长轻声劝解。

珍珍慢慢向门外走去。

来到医院，当大夫检查时，徐静惊呆了，落泪了。

"珍珍，你这是咋的了，都这样了，你咋也不跟我说一声呢？我这个卫生局的处长，对自家的保姆不是太失职了嘛。"徐静握着珍珍的手流着眼泪说，"跟你说多少次了，有啥事跟我说，你咋就这样外道呢……"徐静的泪水滴落在徐静握着的珍珍的手上。

"徐处长，不，徐姐，我……"珍珍流着眼泪欲言又止。

"徐处长。"大夫检查完对徐静说，"需要手术，把它拿掉。现在当务之急是输液、消炎，先把体温降下来。"

"那好，你看怎么治疗好就怎么治疗。"

"我先给开个住院单，明天做手术，这样可以吧？"

"可以。"徐处长点头表示同意。

"住院？我不住，明天手术，我明天再来。"珍珍从诊断床上下来就要走。

"又不听话！"徐处长严厉起来，"我知道你没有钱，这你不用发愁，也不用担心，一切由我安排。"

"听徐处长的话吧，徐处长的为人我们都知道。说实在的，你这是碰到徐处长和杨部长这样的人家，要是碰到另外一种人家，那就不好说了。你看你现在这胳膊，红肿到啥样了。这可不能当儿戏，这很危险的，可不能大意了，再晚了，很容易引起血液中毒，那是有生命危险的。"大夫也在劝珍珍，并且把病情的严重性告诉珍珍。

珍珍听到这话，犹豫起来，不知如何是好，她很尴尬，她真的被徐处长说中了，她口袋里确实没有钱。她一个月35元，年前给翟家沟的舅舅寄去10元，给凤山和海林寄去20元，除去邮费，珍珍兜里连5元钱都没有了。对这种情况珍珍怎能不考虑呢。为了保命，珍珍还是勉强留下住院。

第二天手术时，徐处长来了。接到徐处长的电话后，瑞雨也来了。瑞雨看到二姐被推进手术室，什么话也说不出来，只是默默地流着眼泪。

珍珍手术第三天，伤口已经不疼了，愈合得很好，胳膊也不红肿了。早晨换完药，她找大夫办理出院手续。大夫不同意，说还需要再输两天液，她不听，并告知大夫说让出院也出，不让出院也出院，只是告诉大夫一声，免得大夫找不到她着急。

珍珍找到护士长："护士长。"

"呦，是珍珍呀，有事咋的？"护士长问。

"我想问问我这次住院花了多少钱。"

护士长看看珍珍，犹豫一下："不要钱。"

"不要钱？哪有那好事儿，你别逗我了护士长，看在徐处长的面子上，告诉我吧。"

"你算说对了，正因为看徐处长的面子才不告诉你呢。"护士长诡秘地一笑，"行了，珍珍别啰唆了，快回病房，一会好输液。"

珍珍一切都明白了。她不再问了，转身走了。珍珍并没有向病房走去，而是向医院外走去。

"你上哪去，珍珍？"护士长看珍珍并没有回病房，赶紧追上珍珍问一句。

"我出院了。"珍珍回答得很干脆。

"出院了，谁同意你出院的？"

"大夫。"

"我怎么不知道？"

"那你问大夫去，你知不知道我怎么知道。"

"你在撒谎，病人出院都要经我手，你知道不？"护士长拦住珍珍，"你先别走，我去问问大夫是咋回事，真的出院也得办手续呀。"

"没办手续我也走。"珍珍很固执。

"没办手续你也走？那好，你走吧，我也不去问大夫了，我不给你退床位，让你继续拿住院费，你可以走了。"

护士长这一句话，可击中了珍珍的要害。不给退床位，继续拿住院费，那珍珍可受不了。珍珍马上软下来："这——"她追上护士长，满脸堆笑，"护士长，你看我呀，有好多事儿，挺忙的，你就高抬贵手，让我出院吧。"

护士长看珍珍一眼，没理珍珍，继续走她的路。

珍珍跑到护士长前面，拦住护士长："护士长，你别和我一般见识，我刚才态度不好，我我……"说着珍珍哭了。

"哎哎，珍珍，你怎么了，你别哭哇。"这一来，护士长倒着起急来。

这时大夫正好走过来，护士长急忙对大夫说："大夫，你看珍珍她咋的了？"

"来吧，珍珍，别难过了，我同意你出院。"

"哎哎，大夫，不行吧，珍珍还有两天输液的药呢。"

"出院吧，我刚给徐处长打个电话，徐处长在了解珍珍的病情基本没有大问题后，同意让珍珍出院。徐处长也把珍珍的情况简单地向我说了，我看就让她出院吧。给她带一些换洗的药，徐处长说她可以给珍珍换药。"大夫同情地看看珍珍后问："这药费你还要还徐处长？"

珍珍点点头："是的。"

大夫摇摇头："听徐处长的意思，她是不会要你的钱的。徐处长对你可是真心实意的，你要是真的还她钱的话，她可真的会生气的。"

"那也不行。徐处长和杨部长对我是没挑的，但我不能太多地麻烦他们。"

"这样吧。"大夫看看护士长说，"你到院长那去一趟，就说珍珍是徐处长的病人，家庭生活挺困难的，是否把药费减免一些，可以的话，让院长在这上签个字。"大夫把开好的结算单递给护士长。

"好的，我马上去。"护士长接过结算单就要走，珍珍上前拦住护士长：

"不行！这可不行，这不是在搞特殊吗，啥叫徐处长的病人，我不是你们的病人吗，咋成徐处长的病人了？"

"珍珍，你还不明白，我们医院有规定，家庭特别困难的可以减免一部分药费的。"护士长解释说。

"那也不行，你们这样做，对徐处长不好。我已经够麻烦徐处长的了，再让徐处长因为我犯错误，那我可就更对不住徐处长了。"

"这是两码事儿，这怎能犯错误呢，你放心吧珍珍，不会让徐处长犯错误的。"护士长一再对珍珍解释，但是珍珍坚决不同意。

"你不用解释，我说不行就不行。你们要是这样的话，那我啥药也不拿了，反正大夫也同意我出院了，我这就走。"珍珍说完转身就要走。就在这时，徐处长一步踏进诊室的门。

"咋的了，珍珍不听大夫话了吧，是否该挨打了？"说完哈哈哈笑起来。

"呦，徐处长来了。"

"您坐，徐处长。"

大夫和护士长忙与徐静打招呼。

"徐处长。"护士长拉拉徐处长的衣襟，示意到诊室外边说点事。

"不用啦，我都听见了，珍珍说得对，就按珍珍说的办。"

徐处长拍拍珍珍的肩膀说，"你们可不知道，我们珍珍是最懂得情理的人。"而后徐静对大夫和护士长说："以后可绝不能乱照顾。珍珍是困难，但她有我呢。哪能我带来的病人就照顾呢，那我不是在搞特殊了嘛？不过我还是要谢谢你们的好意。"徐静看看珍珍转对大夫说："尽管这样说，还是要搞点特殊，大夫，给我们开点好药总可以吧。另外再开点注射药，回去我给珍珍打针。不是还有两天输液的药吗，一块带着。"

"这没问题，这不是特殊。"

"徐处长，你咋来了？"珍珍刚想起来问徐静。

"我听说你在这不听话，惹大夫生气，我就跑来了。"

听徐静这么一说，珍珍还真的有点不好意思了。

"你看我们阿姨多像个孩子，还真不好意思了。傻样，我是来接你出院的。"

"哎，真的没见过像你们关系这样好的主仆。"大夫摇摇头赞叹地说。

"我们是姐俩，珍珍是我的妹妹，是来帮我照看家的，哪来的主仆啊？"

"你别说，徐处长真像个姐姐。"护士长笑着说。

"徐处长真的比我的姐姐还好。"珍珍这时脸上显现出一种自豪感。

徐处长因级别的关系，所以还没有自己的专车，她今天是使用单位的车来接珍珍出院的。据说这是徐处长有史以来第一次公车私用，丽丽有病去医院，她都是抱着丽丽挤巴士，连杨部长的车都没用过。这一次，她主要怕珍珍上巴士车挤着伤口，因此才破例找领导的。

珍珍回来，可把丽丽乐坏了。她拽着珍珍的手，一脸灿烂的笑容，可是眼里却汪着泪水。她不知怎样表达她对阿姨的想念。

珍珍和丽丽亲近完后，就钻进厨房。

"珍珍，你干啥呢？"徐静问。

"我做点饭，你吃完还要上班去呢。"

"不用做了，我都买回来了，都在我那个兜子里了。不用着急，我下午不上班，一会热热就可以了。"

"你咋不上班了？"珍珍走出厨房不解地问。

徐静走过来对珍珍说："我请三天假，在家陪陪我妹妹呀。"

"陪我？"

"对呀，陪陪我的妹妹，我的妹妹有病我不看着点，再犯着咋整？"

"哎呀，那可不行，你工作那么忙，怎么能请假陪我呢。再说我这也不疼了，干点活也没事的。"

徐静拉着珍珍坐到沙发上，用手把珍珍前额的头发向后捋捋，语重心长地说："珍珍，你这一辈子够苦的了，有个天灾病变的哪有个近人，我再不照顾你……还怎么让你喊我姐姐？"徐静眼圈红了。

珍珍听了这话，心里哪受得了，眼泪刷刷流下来。珍珍自嫁到关家，就没享受过这样的待遇。特别公婆死后，更没有人疼过她。今天徐处长又是接出院又是请假，珍珍只能用泪水表达对徐处长的感激之情。

第三十三章 喜忧参半

　　光阴荏苒，转眼来到一九五六年的夏天。

　　凤山小学毕业了，他以优异的成绩考取了中学。在选择志愿时，他没有选择河草镇中学，而选择了湖溪市第二中学。有两个原因：一是河草镇中学，他的叔叔在那当老师，他不愿见到叔叔；二是湖溪市二中在桥头镇，去湖溪市火车只有一站地，妈妈在湖溪市当保姆，看妈妈方便。

　　凤山能考上中学，是对妈妈最好的回报。妈妈这样哭天抢地的为的是什么，不就是希望孩子能够有出息吗？当珍珍听说凤山考上中学时，那真是大喜过望。要知道，当时国家正是经济恢复时期，国家的经济还非常困难，小学升初中入取率只有百分之十，在这种情况下，凤山能考上中学，对珍珍来说是一个极大的安慰。她没有白费心血，孩子没有让她的期望成为泡影。她要饭、奔波，克服常人难以克服的困苦，以超人的耐心、耐力去拼命，供养孩子上学，不就是能看到这一天吗，不就是能看到孩子一天天出息、一天天长大成人、一步步迈上更高的新台阶吗？这样，无论向死的还是向活的，她都有一个交代。

　　几天来，珍珍的脸上一直挂着灿烂的笑容，内心的喜悦完全呈现在脸上。三十八岁的珍珍好像年轻了二十岁，身子也显得格外轻盈。无论是做饭还是收拾卫生，总是哼着小曲。脸色也显得红润，一扫以往的愁眉。珍珍的喜上眉梢，徐静看在眼里。她仔细观察珍珍两天，也没猜出珍珍高兴的理由。

"哎，我说老杨，你看没看出阿姨这几天的变化？"徐静在周日起床后，一边叠被一边问对着镜子刮胡子的杨部长。

"变化，啥变化？我还真没注意。"杨部长漫不经心地回答。

"我看珍珍好像有什么喜事，脸上总是挂着笑容，干活时还总是哼哼唧唧唱小曲。"她停下手里的活，"你听，这不又哼哼上了。"

杨部长停下手中的剃刀，侧着耳朵听听，随后他轻轻把门欠开一条缝，看看在客厅里打扫卫生的珍珍，然后把门又轻轻关上："还真够喜兴的。"杨部长回头看看徐静，"你没问问有啥喜事？"

"没有。"

"都是女同志，关心关心嘛。"

"我是想问问。是不是她表妹给她介绍对象了？"徐静说完又摇摇头，"不对，不可能，要是这种事不能等到现在。"无论如何，徐静也猜不出来。徐静整理一下头发，推开卧室的门来到客厅。

"起来了，徐姐？大礼拜的咋不多睡一会儿？"珍珍笑着问徐静。

"睡不着了，客厅里有这么好听的小曲儿，哪还睡得着呢？"

"呦。"珍珍哈哈哈地笑起来。她看一眼徐静和杨部长卧室的门，又戛然止住笑。她伸下舌头，不好意思地说："你看，多不好意思，把杨部长也闹醒了。"

"笑吧，他也早就醒了。"徐静两眼不错眼珠盯着珍珍。珍珍被徐静看得有些不好意思，不知在自己的身上发生了什么，她看看自己的身上，又用手抹抹自己的脸。

"别抹了，咋抹也抹不掉的。"徐静笑着说。

珍珍赶紧来到客厅的穿衣镜前，前后照了又照，看了又看，也没看到身上和脸上有啥东西。她转过身来，以诧异的眼神，不解地看着徐静。

"没看见脸上有啥东西吧？我看见了。但不告诉你。"徐静故意卖个关子。

珍珍又摸自己的脸几下，看看手啥也没有："徐处长，真的，我脸咋的了？"

"又叫徐处长，刚才还叫徐姐呢。"

"徐姐，徐姐，快告诉我，我的脸上有啥？"珍珍拽着徐静的袄袖来回甩着，像个天真的孩子。

"那好，珍珍，我可以告诉你，但你要先告诉我一件事，我才告诉你。"

"行！只要我知道的，啥都可以告诉你。"

"那好，我问你，你这几天脸上总是挂着笑容，总是喜滋滋的，还一边干活一边唱小曲儿，心里咋那么美呢，是不是有啥喜事儿瞒着我？"

"哎呀，你说的这个呀。我是有喜事，但不是你想的那种喜事，我的大孩子考上中学了！"珍珍说完乐得合不拢嘴了。

"真的！这可是大喜事，难怪珍珍这么高兴呢。"徐静从心里为珍珍高兴。

说实在的，有时徐静对珍珍的一些做法，一时又无法理解：一个这样年轻的母亲，所经历的艰辛与坎坷，用乞讨养活三个孩子，已经难以让人置信。可她却有着更让人难以置信的远见卓识，为了孩子，她竟毅然决然地离开故土，以一个女人不可能做到的举动，舍下牵肠挂肚的孩子，忍受着难以忍受的割舍的痛苦，为人家当保姆，这意味着什么，仅仅意味着生存吗？

不，如果单单为了生存，办法很多，如果单单为了生存，那只是一位母亲。而她，却是一位有着伟大抱负的母亲，她不仅是母亲，更是母仪。

"努力吧，珍珍。你的心血不会白费的。"想到这里，徐静看着珍珍笑了，真诚地为珍珍祈祷、祝福，"珍珍你一定会成功的。"

世界上任何事情都是喜忧参半的，大凡是人生路途的一种定式，对于珍珍来说忧总是大于喜的。珍珍高兴之余，冷静下来一想，有好多难事在等着她去解决，而且还必须尽快解决。她的脑袋里又被一团乱麻塞满。凤山上中学需要一笔钱啊！住宿费、生活费、学杂费、书本费等等，这要多少钱啊？凤山在信中也没有提到这些钱的事。再有，凤山上中学一走，剩下海林一人在茫草城是万万不行的，他还太小啊，平时人多还好说，到节假日咋整，一个人在那里住校实在让人放心不下。凤山上学的费用可以想办法解决，可是这海林……想到这里珍珍急的直搓手。几天来的笑颜不见了，愁绪在不断加深。愁肠百结的珍珍为了海林的安排，几夜都没有睡好觉。她也想了好多办法，可是又觉得都不可行：把海林转到桥头镇小学来，与凤山在同一镇，可以得到哥哥的照应。可是一打听，桥头镇小学都是本镇的学生，根本不收镇以外的学生；要不还把海林也送到翟家沟舅舅家？不行，一个梦梦就让那老两口操透心，实在不能再麻烦舅舅和舅妈了；要不转到湖溪市来，这里也根本没有住校生，住的地方都没有，更是不行。她左思右想也想不出个道道来。这件事还必须尽快解决，学校就快放暑假了，如不安顿好，一放假就找不到老师了，放假前不办好转学手续，等开学再办，一耽误就影响孩子学习了。在无奈的情况下，珍珍又想起关鸿志，如果他叔能收留孩子，最好不过了。可又一想，不可能，上次的情况已经证明了，再说海林也不能去。珍珍又想起了娘家：哎，我的爹妈要是都还活着该有多好，何至于让我这样为难，还用我这样费心思，早就把孩子都领过去了，现在可好，奶奶也没了，只剩下爷爷，年事已高，九十岁的人了，生活还要靠儿子，根本不可能担起照顾海林的担子，即便能照顾海林，自己又怎能忍心连自己都不能为其尽孝的爷爷再为自己操心呢。珍珍想了许多路，都觉得不行，自己又一一把路给堵死。

哎，可怜的珍珍，为了儿女，被生活这口大锅煎熬得几乎到了水干油尽的程度，就这样灶火依然在熊熊地燃烧，炙烤着她那枯瘦的身躯。

这天晚上，珍珍把一切活都做完以后，她手牵着丽丽，轻轻敲敲徐静卧室的门。

"是珍珍吧，进来吧。"话音刚落，徐静就把门打开，"来珍珍，进来，老杨值班已经走了。"

"不了，徐姐，我想出去一趟，到我表妹家有点事。"

"噢，去吧。来丽丽，跟妈妈来。"

"阿姨，早点回来。"丽丽松开珍珍的手，用乞求的眼神看着珍珍。

"阿姨一会儿就回来。"珍珍亲昵地在丽丽的脸蛋上拍拍。

珍珍来到华瑞雨家已近晚上八点，瑞雨两口子正带着两个孩子，在门前坐着乘凉，看珍珍来了，忙让孩子进屋里拿个小板凳给珍珍。

"二姐，这晚来有事呀？"瑞雨借着路灯灯光看着珍珍那消瘦的脸，"咋的了二姐，眼睛都塌陷下去了，有病了咋的？"

"没有。"

"那咋的了，脸色咋恁不好看？"

于是珍珍把凤山考上中学后，接踵而来的一些难崴的事情说给瑞雨听，并求瑞雨帮助想想办法。瑞雨看珍珍满头大汗，把手中的蒲扇递给珍珍，并自言自语地说："我姥爷的身体也不知咋样。"

"我爷爷的身体是不错，可是都九十的人了，我怎能忍心让他来照看海林。再说我爷爷现在跟着我二大爷过，他还得依靠儿子生活呢。"

"二姐，我看这样，你还是把海林送到我二舅那里，我觉得二舅这人还行，比我大舅和我四舅强多了。"

"我二大爷是行，可他的担子太重了，你想啊，我爷爷在他那，我那个过继的瘫弟弟得他照顾，还有，还有我二娘……嗨。"说到二娘，珍珍欲言又止。

"我二舅妈那人是个别，可是我觉得，只要我二舅同意的话，她也不好说出别的来。"

"那我去试试看？"

"去吧，二姐，我觉得希望挺大的。"

珍珍的二大爷，在哥四个中，唯一一个一直从事农业的。他一辈子在家种地，只是在农闲时，给人家做点木匠活，赚几个零用钱。他共有两个儿子两个女儿。他的大儿子因为反对包办婚姻，与父母闹别扭，离家出走，一直无音信。直到解放，才听说参加了解放军，平津战役中受伤，伤养好后就转业到天津工作。二儿子因从小得小儿麻痹症，落下后遗症，除了左腿瘫外，左手呈鸡爪形，基本失去功能。现在已经三十多岁了也未成婚，也没有人家把姑娘给他。珍珍的父亲死后，因无儿子，一直没能入祖坟，后来在爷爷的主张下，就把这个残疾孩子过继到珍珍父亲门下，珍珍的父亲才得以顺利入祖坟，这个残疾孩子就成了珍珍的过继弟弟。珍珍还真的把这个弟弟看得很重，在她出嫁的头几年，每次回娘家，她都特别要为这个残疾弟弟单独买些东西，因此姐弟俩的感情相处得很好。珍珍二大爷的两个女儿，老三嫁到离湖溪市很近的小市，四姑娘就嫁到三道河村，是华瑞雨的亲大嫂，也是珍珍丈夫关鸿雁的亲表弟媳。

二大爷是个厚道人，不善说，个子不高，瘦瘦的，但小老头很精神。他除了农活好以外，还有其他手艺，什么编筐窝篓，打个农具，做个家具，样样都行。他做的家具，十里八村是有名的，只要你说出样子来，他都能很精细地做出来。什么雕花、镂花，什么刻龙琢凤，都可以惟妙惟肖展现给你。也正因为他有这个手艺，年轻时，一次在离家二十多里远的樱桃园给一个地主做家具时，被地主女儿、外号叫"小母狗"的姑娘相中了。他给地主家做活，根本不知道地主家有什么"小母狗"之类的人。他每天干在木工房，睡在木工房，吃饭都是佣人给送到木工房，除了去茅房从西夹道到房后的厕所外，整天与锛凿斧锯打交道，从不出木工房。一次在去茅房时，在夹道处，正好与那个叫"小母狗"的小姐走了个碰面，他连看都没敢看"小母狗"，就过去了。但"小母狗"却站下来，脸上泛着喜滋滋的奸笑，回过头来一直盯着看他走进茅房。当他从茅房出来时，"小母狗"仍然站在那里没走。他一眼看见她那一脸的奸笑，让他吓了一大跳。没有别的路可走，他只好顺原路急匆匆从"小母狗"眼前走过去。

"哟，脸咋还红了？""小母狗"仰着脸看着他急匆匆走过去的背影，浪声浪气地说了一句。

他当时不但脸红了，心还跳得厉害，回到木工房很长时间才平静下来。他拍拍自己的胸脯，又开始干起活来。他半侧着身子对着木工房的门干活，眼睛的余光突然看到开着的门边，倚着一个人。他停下手中的刨子，扭脸一看，是"小母狗"。她一脸的奸笑，嘴里嗑着瓜子。他的心立刻又急剧地跳起来，赶快又低头干起活。他非常害怕，不知她为啥站在那里看着他，他心里一点底都没有。他一边干活一边不时用眼睛的余光瞟着她，她一直站在那里看着他。

"小姐，您有事吗？"他大着胆子回头问"小母狗"一句。

"咋的，没事我就不能站在这吗？""小母狗"阴阳怪气地问一句。

"能、能、能。"他一连说几个能，再也没敢言声，也没敢再看"小母狗"，只是低头干他的活。

就在他怀着忐忑的心情干活的时候，突然一个人趴在他的后背上，嘿嘿地笑着往他的后脖子上吹气，手在他的肩膀上乱摸，吓得他一屁股坐在地上。

"哎呀妈呀，想不到你还这样胆小。"于是"小母狗"去拉他，没拉动，就顺势躺在他的怀里，这下可把他吓成惨白像，他急切得语无伦次地叫起来：

"你，就你这是干——干啥呀？啊，你给我躲开！"他一使劲把"小母狗"推出老远，"小母狗"也不示弱，回来就把他抱住。就在这时，木工房的门被一个凶神恶煞的人推开，他正是"小母狗"的爹，后边还跟着几个家丁。"小母狗"一看有人来，便顺水推舟，大声嚎叫起来：

"爹呀，你可得给我做主哇，这小子胆儿也忒大了，大白天他就敢往屋里拉我呀。啊啊——这可让我咋见人呀——"

"小母狗"的爹怎么来得这样快呢？原来"小母狗"在木工房门口站着的时候，被一个家丁看见，就报告给"小母狗"的爹，于是"小母狗"的爹就带家丁赶来了，正好碰到上述那一幕。"小母狗"的爹本来知道事情的原委，但为自己闺女的名声，一声呼叫，几个家丁像恶狗扑食一样，一拥而上，一顿拳脚把他打得鼻青脸肿，不容他有任何分辩，越分辩越打得厉害。他只好倒在地上抱头求饶。等他们打累了，他也被打得起不来了。

"小母狗"的爹带着几个家丁和"小母狗"走了，他强忍着浑身的疼痛站起来，收拾工具，不干了。这时一个家丁走进来问："你想咋的，不干了？我告诉你，老爷说了，不干不行，必须把活干完，要不就打死你，把你扔到山里喂狼去。"

"可是，可是这不怨我呀，我没勾引小姐呀，是她……"

还没等他把话说完，那个家丁用手指狠狠戳了他前胸后，回过头去看看木工门外没有人，便压低声音说："你他妈还狡辩，我看你是不想要命了咋的？"

他从家丁的话中，听出了弦外之音——家丁对"小母狗"也有看法，也意识到家丁戳他那一手指和骂他的话的用意，他再也不敢乱说了。后来他听说，这样的事情，在这个地主家里不止一次发生。凡是到他家打短工的人，看活快干完了，就被"小母狗"勾引，而遭毒打，不给工钱，轰走。在家丁和长工中，也出现过此事，地主如果看哪个家丁或长工不顺眼，用同样的方法被打走，而不给工钱。村中的人们都恨透了这个地主小姐，谁见她都像躲瘟疫一样，远远就躲开。人们背地里都骂她是个骚货，送她外号——"小母狗"。

"小母狗"事件发生后，他拖着伤痛，被迫在地主家又干了十多天，终于把活干完了。他不但没得到工钱，反而带着满身的伤，瘸着腿，背着工具箱，二十多里地足足拐了一天才拐到家。珍珍的爷爷看着儿子这种模样回来，着实吓一跳，不知儿子在回来的路上碰上了啥事。当听儿子说完究竟以后，珍珍的爷爷可真的急了，二话没说，穿上外衣就向外走。大家拽住他问他干啥去，他一甩袖："你们谁也不用管，我非找这个老王八蛋评评理去不可。大家死活才把他拦住。他的大儿子媳妇说："爸爸您可千万别去，那老地主可不好惹，那真是个地地道道的恶霸，仗着他儿子在连山关宪兵队干事，啥事都干得出来。您去再遇个好歹的，我们可咋过呀？"

自此以后，二大娘总是心里别扭得慌，她不认为世界上还有这样糟践自己女儿的不要脸的人家，她认为还是丈夫的不轨，才造成这样的后果。因此她和丈夫一直别扭了好多年。后来看来是平息了，但她总是耿耿于怀，把此事当成一个把柄，握在手里，不管啥事，只要两人一发生口角，二大娘则总是以此事说歪话："你看我不好，找'小母狗'去呀！"在孙男弟女面前，弄得二大爷真是没有面子，他无言以对，只好忍气吞声。

珍珍的二大娘是个小矮个子，身体有些臃肿，走路好像向前滚动。两只吊眼梢的眉眼，看着就不善。鼻子很小，而且向下塌陷，不注意都不知她是否有鼻子。她的嘴很大，两个嘴角很夸张地向下奋拉着，把个短而形成半球形的下巴颏圈在中间，同时把两个脸蛋上的肉，拽得明显向下嘟噜着。看上去既刁蛮又古怪，让人一看就有些发憷。

所以，当瑞雨让珍珍找她二舅时，珍珍有些为难。她认为二大爷不会有问题，但二娘是否会同意，珍珍心里一点底都没有。可是除此而外，根本没有别的路可走，只好去娘家走一趟试试看。

第三十四 流淌的"O"型血

　　珍珍临去娘家之前，先到湖溪市联营公司，给爷爷、二大爷、二娘和瘸弟弟，每人买一块布料，并单独又给二娘买一顶冬天戴的老太太帽子。说实在的，这就花去了珍珍腰里的十二元钱。珍珍倒不是心疼钱，从心里也觉得应该给他们买点礼物，特别是爷爷，从来也没借到自己啥光，心里觉得很愧得慌，而给二娘买东西，确实是有明确的目的性的。对于大爷和四叔家，珍珍什么也没买。珍珍并没有把他们分成远近，从道理上讲，都应该给买点东西，因为都是长辈，只是除了买这些东西和火车票以外，她再也掏不出钱来了。只能硬着头皮了。再说大家都知道珍珍是奔着爷爷去的，也知道她确实很穷，挑也挑不出啥来。

　　"哟，你看珍珍这孩子，真会买东西，好像知道我的心事似的，一到冬天，拿起我那破帽子，就心寒，越混越完，连个帽子都买不起了。这回行了，冬天不用愁没有帽子了。"珍珍一看二娘高兴了，心里踏实不少。就在二娘高兴时，珍珍把自己的来意说出来。

　　听完珍珍的述说后，还没等爷爷、二大爷和弟弟说话和表态，二娘那长长的嘴角就弯下去，脸蛋上的两块肉立时向下坠成两个肉蛋蛋："珍珍，你这两块布和这顶帽子，共花了多少钱？"二娘一脸不高兴的样子，把开始还爱不释手的帽子，放到四块布料上，然后把布料和帽子一并推到珍珍面前。二娘这一举动，屋里的空气立刻沉重起来，沉重得让珍珍喘不过气来。珍珍这时几乎崩溃了，一句话也说不出来。但她心里并不怪罪二娘，她深知这一家四口的难处。这时珍珍想起自己的爸爸妈妈，她眼里含着热泪。用那被泪水模糊的眼睛，看看爷爷，看看二大爷，看看瘸弟弟，最后又把目光落在二娘那让人看了就胆寒的阴云密布的脸上。二大爷坐在炕沿上，弯着身子，头向前探着，吞云吐雾，眼睛偷偷地看着可远。他是想利用儿子犯起脾气来，天地不顾让人害怕的举动，制约二娘。在这个家庭中，能让二娘遇事妥协的，只有可远无度的脾气和别人做不出来的举动。可远看出了爸爸眼神里的含义，他开始行动了。他从炕沿下到地上，一瘸一拐来到二姐面前，用他那经常干活、没有残疾的强有力的右手，抓起那四块布料和帽子，红头涨脸来到妈妈面前，用力把布料和帽子摔到妈妈怀里："就就你这是是是干啥呢！"珍珍这个弟弟不但瘸，而且说话还有点结巴，"就你那那么大的岁数，咋一点情理也不懂呢，我二姐要是再有办法，就能求你来吗？"珍珍听弟弟这么一说，眼泪流下来了。她谁也不怪罪，只能怪罪自己没有能耐，怪那毫无音信的关鸿雁。

"二姐，就你、你别难过，就让海林来，没人管的话，我、我们爷俩自己过。"他又回到自己的座位上，嘴里嘟囔着，"就这有啥呀，不就是多双筷子吗？就这样定了。"

珍珍无言地看着弟弟，那目光里充满了感激与不忍。

"我也没说啥呀，我也没说不收留海林啊，你这又是风又是雨的干啥？"二娘把心里想的话往回拉了。

"就你看你那伤门神的脸，谁看、看、看不出来咋、咋的？你、你自己照镜子看看，那脸难看得就比直接说还让人难受。"可远向妈妈大声吼起来。

"弟弟，别和我二娘这样，啊，听话。我二娘这么大岁数了，一天也不易，伺候好几口人。"珍珍劝说可远。爷爷的心里更着急，他是多么心疼命运多舛的孙女呀。他用他那小而昏花的老眼一直盯着儿子，希望儿子能体会他的心情。

珍珍的二大爷一开始就同意收留海林，他是不会让珍珍为难的，在他的心里，收留海林是肯定的。但他也预料到老伴不会同意。几十年了，自己的老伴啥样他心里是有数的。但他没直接表态，他使了个计策，让自己的儿子先出头。

这时他看时机成熟了，把烟袋锅向鞋底上磕磕，白色的烟灰飘洒在地上，而后回过身去，把烟袋扔在炕上的烟笸箩里，直起身子说："珍珍，别难过了，二大爷能看你有难处不管吗？明天回老家把孩子带来吧，转学证也一块儿带出来，往后的事你就不用管了。"二大爷慢声慢语地说，"万两河小学就在三道河子，离家也不远，这你也知道。再说你大爷的老儿子、你四叔的老儿子和你大哥的儿子，都在那上学，天天也是个伴儿。学校那方面，海林他大姨夫和四姨夫都在学校教学，他大姨夫又是校长，安排一个学生，没啥问题，你就放心吧。"

海林的大姨夫，姓黄，是万两河小学的校长。四姨夫是二大爷的姑爷，华瑞雨的哥哥，关鸿雁的亲表弟。这些关系珍珍都知道，也放心，但她不能让二娘心里别扭，她走到二娘面前："二娘，您看您这个没有能耐的侄女，除了给您添麻烦就是给您添麻烦，一点也没借着侄女的光，这让您得操多大的心啊？"

二娘拉着珍珍的手，留下愧疚的眼泪："珍珍快别说了，二娘老了，糊涂了，别怪罪二娘就行了。"

珍珍听二娘这么一说，心里油然产生一种舒畅感，仿佛有一只无形的强有力的手，撕脱了束缚在珍珍心中的绳索，终于从困扰她几天的痛苦中挣扎出来，使她那快要烧焦的心，终于又泛起一片绿洲。

珍珍只在二大爷家住一晚上，转天早晨，吃完早饭就走了。她跟二大爷说是去茫草城办理海林的转学手续，实际，珍珍当天并没有去茫草城，她又回了湖溪市。原因是，她在临来之前，又接到凤山来的一封信，信中说，上学报道，需要住宿费、学杂费、书本费和第一个月的伙食费，共计要二十来元钱。在茫草城小学还欠生活费将近十元。珍珍半年来才存下三十元钱，这次去二大爷家除了买几块布料和帽子外，还给爷爷、二大爷、二娘买几包果子，再加上火车票钱，总共就花掉二十五元。这样一算，珍珍兜里只能剩下不到五元钱了，连凤山上学的钱都不够用。珍珍走在路上，愁得两眼发黑，腿发软，走着走着，一头栽倒在地。她昏昏似睡，无力爬起。她在大山挟持的坎坷不平的路上，一直趴着、趴着，也不知趴在地上有多长时间。

珍珍终于苏醒过来，强撑起身子，无力地坐在地上，看看四周，没有一个人影。她想站起来，可是觉得膝盖疼得厉害，低头一看，裤子摔破一个洞，上面浸透了血。她对腿上的伤好像不打介意，反而盯着裤子上的破洞唉声叹气，心疼不已。也难怪，买条裤子对于珍珍来说，并不是一件容易的事情。珍珍勉强站起来，一瘸一拐向前走去。肚子在咕咕地叫，心发慌，她知道，这是饿的。昨天晚上，她几乎一夜没有睡觉，越琢磨钱越不够用，她想不起来谁来帮助她，也想不起来谁能帮得了她，不知找谁去求助。早晨起来，头昏昏沉沉的。早饭是吃了，可是那哪叫吃饭呀，她实在吃不下去，只是扒拉两口就放下碗筷。

珍珍站在那里，向前看看，前不着店，向后看看，后不挨村，还得咬牙，坚持往前走。她拖着灌铅似的两条腿，蹒跚地向前走去，听到哗哗的流水声，终于走到万两河的一处拐弯处。饥渴的她，疾走几步，趴到河边，咕嘟咕嘟喝着那曾经让先人发过财的万两河水。喝足水的珍珍，觉得浑身清爽了许多，腿也不那样沉重了。心想，看来这渴比饿还邪乎，喝足水，既解渴又解饿，精神多了。趁此机会，她赶紧挽起裤腿，脱掉鞋，趟过没膝盖的河水，来到对岸，穿上鞋，又急匆匆赶路。

珍珍从摩天岭下拐个大弯，依然看见连山关，再走二里多地，就能到连山关火车站了。这时眼看向南去的火车，喘着粗气开走了。心想，我要是去茫草城，连火车都赶不上了。

珍珍来到火车站，买好回湖溪市的火车票，看看候车室墙上的挂钟，还有一个多小时火车才能到，觉得饿得厉害，便走出火车站，一家挂着幌子的小饭馆映入眼帘。她来到小饭馆门前，饭馆虽然很小，从门面看却很干净。普普通通的家庭玻璃窗，擦得锃光瓦亮，复合绿色油漆油过的门窗，泛着光泽，看来油漆时间不长，门框两边挂着两块黑色木板雕刻的涂金对联，那是新中国成立前后，商铺门前非常流行的，放之四海皆适合的对联。上联是：买卖兴隆通四海。下联是：财源茂盛达三江。横批是：财源广进。饭馆门前，是一块一丈见方的蓝士林布支起的凉棚；棚下放一张宽条桌，上边放着一个用棉套套着的大茶壶，旁边扣着十几个泥色大碗，条桌两边各放一条长板凳。从饭馆里飘出的饭菜香味，使珍珍越发饿得厉害。她把手伸进兜里，捏捏自己缝的小钱包，想想，算了，再坚持一下，再忍忍吧。她转身刚要走，小饭馆的门帘掀起，一个肩搭漂白毛巾，腰围蓝色围裙的小伙计走出来，看来也就十七八岁。

"大婶，您想吃点啥？"他笑容可掬，彬彬有礼，给人一种亲切感。

珍珍又站下来："有啥简单点的？"

"有包子、火烧、二米饭，还有各种炒菜……"他一口气报完品种，然后又加一句，"都不贵。"这三个字显然是看珍珍穿戴褴褛猜测客人心理而加的。

珍珍确实太饿了，又轻声问一句："火烧多少钱一个？"

"三分钱一个，五分钱两个。"

珍珍掏掏口袋，掏出一把分票，从中数出五分钱："给我拿两个火烧吧。"

"大婶，您请屋里坐吧。"

"不了，谢谢你，我就坐在凉棚下吧，这里挺好的。"

"那您请坐吧。"小伙计转身进到屋里，只片刻，他用碟子端出两个火烧放在珍珍面前，"大婶，您还要点啥菜？"

珍珍摇摇头："啥菜也不要。只是——你这茶水咋卖？"

"茶水不要钱。"小伙计说着翻起一个大碗，给珍珍倒一碗茶水，"大婶，您慢慢用，我去忙别的去了，您需要啥，喊一声就来。"

"好，谢谢你啊。"

小伙计旋即进到屋里。珍珍拿起火烧，刚要吃，饭馆的门又开了，一个五十来岁的男人走出来，身材不算高，微胖，略显白净，刚长出来的头发茬，黑黑的，一脸和气象，看来是这个小饭馆的老板。他手里端一碟咸菜，另一只手拿着一双筷子，和善的脸上挂着微笑，显得更加和善。他把咸菜和筷子放到珍珍面前："请将就吃点吧。"

"不不，不要菜。"珍珍很着急的样子，赶忙站起来，把咸菜碟推让过去。

"没关系，这是我们小店的规矩，不要炒菜的，免费送咸菜。您慢慢用。"说完，他习惯地撩起围裙擦擦手，转身刚要走，又回身看看珍珍的茶水快喝完了，又拿起茶壶给珍珍续上水。

"呦呦，谢谢您了，我自己来吧。"

"别客气，不够喝，您自己再倒，您慢慢用，我照顾其他客人去了。"珍珍看着他走去的背影，仿佛看到他的脊梁上写着两个字：善良。是恕人之难、为人解难的纯真的善良。他，对，也是他的小店，不带有丝毫富人的骄横与高傲。他的作为，像送人一捧芬芳的鲜花，让你看到鲜花的同时，还将它的幽香送入你的内心，让你觉得那是发自内心的真诚。

珍珍坐在去往湖溪市的火车上，两只胳膊肘拄在茶桌上，两手托着腮。窗外的电线杆急速向后闪去，远处的田地和层峦叠嶂的群山，旋转着向后移动。田中的苞米苕已出齐，腰上都别上了红缨。触景生情，看到那丰收的景象，珍珍想起自己的那六亩地，想起自己没日没夜在地里干活的情景，想到那年真的干出希望：自己种的苞米长得最好。从那年起，她再也没出去要饭。她想：如果从那时坚持下去，像不少家庭那样，不让孩子上学，帮助自己，可能生活要比现在好。农村嘛，有吃有喝的，冬天冻不着，夏天不露丑，就行了。可是不能啊，自己怎能向关鸿雁交上几个面朝黄土背朝天的人啊！唯一的办法，就是把孩子带出茫草城，拉出大山，豁出命供他们读书，让他们读更多的书，掌握更多认识这个世界的知识，通过读书走出这个天地，走向另一个天地，去认识更广阔的天地，成为自立于更广阔天地里的人。自己不能对亲人的承诺食言。她的第一个愿望实现了——凤山考上中学。她还要培养他，让他将来上高中，再上大学。当然还有海林和梦梦。哪怕榨干骨髓，也要把三个孩子培养出来。

火车缓缓停在湖溪市火车站。珍珍走出火车站，她一片茫然，不知哪里能让她张罗到钱。她信步由缰地走到巴士车站，还去找表妹吧。

巴士在行进中，远处一个悬空的大红十字，映入珍珍的眼帘，那是湖溪市人民医院，是珍珍做手术的那个医院。那鲜红的大红十字，在珍珍的眼前晃动不止，它遮住珍珍的整个视线。珍珍灵机一动，下意识地拍一下前边的座椅："对，有办法了。"

前边的乘客回头看看珍珍，珍珍不好意思说声对不起。

巴士停在市人民医院门前的车站，珍珍从车上下来，直接向医院走去。

珍珍来到医院，径直向自来水管走去，嘴对着自来水龙头，咕嘟咕嘟喝一肚子凉水，然后，坐在医院门前的一棵大树下的椅子上，休息半个多小时后，来到医院的血液科。

"你是什么血型？"医生问珍珍。

珍珍摇摇头："不知道。"

"好吧，咱们先验血型。"大夫告诉珍珍。

经过验血，珍珍的血型是 O 型血。

在大夫的指引下，珍珍坐在半躺的椅子上，把右胳膊交给大夫。鲜红的血液，顺着扎在胳膊上的针管，流进一个透明的瓶子里。珍珍看着流进瓶子里的鲜血，本来就虚弱的身子，这时觉得更加虚弱了。她额上冒出细细的汗珠，脸色有些惨白。大夫看看珍珍的表情问道：

"不好受吗？"

"不，不，没事，啥事也没有，您放心吧，大夫。"

就在这时护士长走进来，她看见珍珍一愣："珍珍！你这是干啥呀？"

"哟，是护士长啊。"

"你们认识？"为珍珍采血的大夫问。

"她是徐处长家的保姆。"

"是嘛，我还真不知道。"

"珍珍，你怎么卖血来了？"

珍珍摇摇头只是苦笑笑。

"有啥急事儿等着用钱咋的？"护士长问。

珍珍还是淡淡地苦笑，欲言又止。

护士长拿出手绢给珍珍擦擦额头上的汗，对珍珍说："珍珍你采完血，先别走，等我一会儿，我找你有点事儿。"说完她急匆匆走了。

血采完了，珍珍手按住采血的针眼儿，坐在走廊的椅子上休息。这时一位护士拿来一张单子，让珍珍签字，并告诉珍珍说："你的血型是 O 型，比其他血型每百毫升多五元钱。"随手递给珍珍五十元钱，"这一共五十元，您点一点。"说话间，又有一位护士端进来一杯牛奶，递给珍珍："把这杯牛奶喝了。"

"不不，我不需要。"珍珍推让着。

"免费的，喝了吧。"

珍珍攥着五十元钱，心想：真是上天保佑，我的血竟然比别样的血还值钱。什么头有些沉重，浑身无力，这些对于珍珍而言，早就没有感觉。她脸上绽放着笑容，嘴里不停地念叨："孩子开学钱够了，孩子开学钱够了……"就在珍珍嘴里不停地念叨时，护士长又急匆匆跑来，她一手提着一包槽子糕，一手提着一包红糖来到珍珍面前。

"珍珍，把这个带上。"

"您这是干啥呀护士长，我不要，不要。"

"别和我打咕，听话，拿着。"护士长把东西塞到珍珍手里，一只手捂着嘴转身跑了。

珍珍透着模糊的眼睛，呆呆地看着护士长跑去的背影。

第二天，珍珍坐早车，还不到六点就到河草镇了。她走出站，来到站前的小广场。这里早已人声鼎沸，卖早点的小摊贩一个挨一个，嘈杂的叫卖声不绝于耳。珍珍想，今天要吃早点，再不能饿着肚子了。昨天大夫告诉我，输完血的人呢，要吃点好的，最好熬点鸡汤或排骨汤喝。我哪有那样滋润呀，能吃饱饭就谢天谢地了，不让我这棵已经枯萎的树连根枯死，就行了，否则那三根树杈可真的要完了。

珍珍来到一家卖混沌的小摊前站住了，心想，嗯，这倒不错，汤汤水水的，喝一碗倒挺好的。

"大婶，您请坐，您想吃点啥？"两个二十多岁的青年男女，看来是一对夫妇，热情招呼珍珍。

珍珍坐下来，要两根油条，两个火烧，一碗馄饨。她第一次没有问价就吃起来。珍珍刚吃完一个火烧，就把混沌喝完了。她抬起头，看看案板后面熬骨头汤的锅，奶白色的汤，在汩汩地翻腾，几根骨头在锅里上下翻卷不停。

珍珍试探地问一句："掌柜的，我能买一碗骨头汤吗？"

"能。"年轻人很爽快，随后用一把舀子，给珍珍又舀上满满一碗骨头汤。珍珍喝一口，觉得有点淡，用小汤勺在桌子上的盐碗里沾一点盐，在汤碗里搅搅，立刻提起汤的鲜味来。

珍珍这顿早点吃得非常舒服，内心产生一种少有的惬意感。她付完钱，到候车室，看看钟点，去茫草城的巴士，还有将近两个小时。她索性甩开步子，步行去茫草城。将近两个小时，可以走出三分之二的路程，等巴士追上时，也走到了茫草城。这样可以节省下一元五角钱。

珍珍来到林神岭那个守望"林神庙"的老两口的门前，掏出一角钱，准备还那两个"糖火烧"钱。珍珍拍拍房门，没有应答，估计他们可能打扫庙堂去了，于是从口袋里掏出一个铅笔头，从门边已经被太阳晒得发白对联儿上撕下一角，写几个字，连同那一角钱，压在条桌上的碗下，向"林神庙"方向看一眼转回身走了。

为了少耽误工，早一天回湖溪市，她像闪电一样，到茫草城小学，办好海林的转学关系，和各位老师及过去那些帮助过她的人，简单做个告别，背起海林简单的小行李卷，就匆匆向回赶。

珍珍带着海林，到连山关下火车，已是下午两点。从连山关到头道河村，最快也得五个小时，那样天就完全黑了。她带着林海站在车站前有些犹豫：是带着海林走，还是到老祝家住一宿。珍珍是一个要脸面的人，老祝家的老太太，是珍珍的亲姑姑，和华瑞雨的妈妈是亲姐俩。要去就不能空着手去，咋也得买点啥。可是，又要花钱。她不是吝啬，钱，对于珍珍来说，那可真是她的血和汗，她太需要钱了。按理说也本应该去看看姑姑，走到家门口了，可是，兜里就这几个钱，东扯一点，西扯一点，太不禁扯了。平时她一分钱都要掰开花，再这样扯，孩子开学钱又不够了，那我还上哪去哭啊！珍珍实属无奈呀。

珍珍决定带着海林走，哪怕走一夜也走。她问海林："海林，你累吗？"

"不累。"海林回答。

"咱们还要走三十多里路，你能行吗？"

"我行，我怕妈妈累。"

珍珍拍拍海林的后背："好孩子，妈妈不累，那咱们走？"

"行，咱们走！"海林用力点点头。

珍珍背着海林的小行李卷，带着海林，一口气走出十多里地，他们来到石哈寨村头。她停下脚，似在辨别方向。她记得小时候，爷爷奶奶带她去连山关姑姑家，曾经走过一条很近的山路，要比走大路近一半。爷爷说大路是弓背，山路是弓弦。珍珍看眼前这条通往山里的小路，很像当年爷爷和奶奶带自己走的那条路。正当她犹豫不定时，看见村头有一位老人背着粪筐拾粪，便走上前："请问大爷，我向您打听一条路。"老人家停在那里看看珍珍娘俩。

"大爷，听说去头道河村，有一条山路，挺近的，是那条路吗？"珍珍指着进山的那条羊肠小道。

老人家看看珍珍，又打量打量海林，疑惑地说："是那条路倒是那条路，可是，这条路太背静了，好多年没有人走了。"

珍珍听后，皱一下眉头，一副犯愁的样子。

"你们这是——"老人家问。

"大爷，我回娘家。"

"回娘家？……你是头河村谁家的？"

"老韩家。"

"老韩家，哪家老韩家？"

"我父亲叫韩德崇。"

"德崇啊，哎呀，那你爷爷是韩常耀吧？"

"是的，大爷，您认识我爷爷？"

"太认识了。早先，你爷爷在万两河小学当校董，你爸爸在那当先生，我和你爷爷、你爸爸是同仁呀。"

"大爷您贵姓？"

"免贵姓石。你回去跟你爷爷一说就知道了。"

"海林，快叫石爷爷。"

"石爷爷好。"海林很有礼貌叫一声石爷爷。

"哎，好好。"石爷爷向前挪几步，"你爷爷现在咋样，跟谁过呢？"

"我爷爷身体好着呢，挺硬朗的，跟我二大爷呢。"

"那就是德粹吧？"

"是。"

"你爷爷今年八成快九十了吧？"

"九十一了。"

"可是不小了，那老爷子真是修行来的。"石大爷抬头看看太阳，"闺女，今天别走了，山路太背静了，娘俩走可不行，明天还是走大路吧。在这先住一宿，我姑娘那挺方便的。"

"不了，石大爷，谢谢您，我有点急事，今天得赶到我爷爷那里。"

"那——这山道也不能走啊。"石大爷想了想，"你稍等一会儿，我去去就来。"石大爷把粪筐放在地上，转身向村头第一家走去，来到这家门前，向屋里喊着："小磊，小磊。"

一个十七八岁的小伙子听到喊声从屋里跑出来："爷爷，有啥事？"

"小墙呢？"石大爷问。

"在屋里呢。"

"你们俩干啥呢？"

"跟我妈妈搓苞米呢。"

"去跟你妈妈说，爷爷找你和小墙有点事。"

"哎。"小磊转身跑回屋里。一会儿工夫，小墙跟着小磊跑出来。

"爷爷。"

"爷爷，有啥事？"

石大爷转回身来，指着珍珍娘俩："还记得我跟你们说过，头道河子老韩家那位太爷吗？"

小磊和小墙点点头："记得。"

"那是老太爷的孙女，你们叫姑姑，记住了吗？"

"记住了。"

"姑姑要回娘家，准备从近道走，就是西沟那条小道，一直通到头道河子的那条小道。"

"知道，我和小墙经常去那下兔套子。"

"你们俩把姑姑送到头道河子，再回来，要是晚了，就到二道河子你舅爷家住下。敢走吗？"

"那有啥不敢走的？"还没等哥哥说话，小墙就露出一种天不怕地不怕的样子。

"那好，来吧。"石大爷把两个孙子带到珍珍面前，"过来，叫姑姑。"

"姑姑。"

"姑姑。"

"哎、哎。这是您的孙子？"珍珍问。

"是的。"

珍珍仔细一看，两个孩子长得一模一样，壮壮实实的，分不出来谁大谁小来，把珍珍喜欢的不得了。

"哎哟，这两个大小伙子，多可爱呀，是一对双吧？"

"是的，是个双棒。"石大爷露出一脸的自豪。

"海林，快来叫哥哥。"

"哥哥。"海林叫完，以好奇的眼神看着那分不出两样的两个哥哥。

"石大爷，我就不耽误了，天不早了，我该走了。"珍珍在向石大爷告别，"有时间，去我爷爷那串门呗。"

"好好，一定去，抽时间真想去看看你爷爷去。"他回手拉过小磊，"闺女，你要走我也不留你，看你是有急事的样子。不过，这山道确实太背静，你们娘俩走我真的不放心，就让我这两个孙子送你们去。"

"哎哟，那哪行啊？这远的路……"珍珍没说完，石大爷就把话接过来：

"没事，两个大小伙子，帮你拿拿东西，也给你壮壮胆。这样走得也快些，到头道河子，太阳也不会落山。要是晚了，也不用管他们，让他们去二道河子他舅爷家。"

"谁家？"珍珍问。

"顾恒举，那是他舅爷。"

"顾大爷是他舅爷呀！"珍珍眼一亮，"那咱们还是亲戚呢，顾恒举那是我表大爷，我叫您大爷，辈分没有错。"

石大爷想想，一拍脑门："对呀，可不是咋的，你看我真的老了，啥都记不得了。"说着他向珍珍靠近一步，"这一来，咱们是越说越近了。"石大爷说完爽朗地笑起来。

石大爷看看太阳："天不早了，你有事大爷就不留你了，走吧，以后再从门口过，就到家。"他回头指指，"就是村头那家，门前有个大石碾子。"

"哎，石大爷，我走了，等我闲下来再来看您。"

小磊接过珍珍的行李卷。小哥俩在前面走，珍珍带着海林在后边紧跟着。去掉行李，珍珍觉得身上轻快多了。

"别走太快了，小磊，照顾你姑姑点。"

"放心吧，爷爷。"

小磊和小墙替换着背行李。看起来他们一路很轻松，时不时用镰刀捎几下路边的草，撒几个欢。沿小毛道越往前走坡度越大，树木也越高越密，光线也越来越暗。越往前走，弯弯曲曲的小道被两边茂密的杂草遮盖起来，也越来越不清晰了。小道两边茂密的森林，像高墙一样，十几步开外，就把你的视线完全挡住，如同进了迷宫，如果没有小磊和小墙带路，根本就不知路在哪里。珍珍越走越觉得身上发冷。就在这时，珍珍看小磊弯下身去，从脚下的草丛里拽出一条三尺多长的蛇来，吓得珍珍赶紧后退几步。小磊提着蛇，转过身来："姑姑，别怕，有我和小墙，您啥都别怕。"说着，小磊从那条蛇的尾部到头部，用手一捋，身上的骨头，完全都脱节了，一直挣扎威胁小磊的那条蛇，此时纹丝不动了。小磊顺手甩向高空，不知它降落到何处。尽管有小磊和小墙壮胆，可是珍珍的脚步还是慢下来。心想：这里可真够可怕的，要只有我们娘俩，非走不出去不可。

"姑姑，累了吧？"小磊回头看看落在后边的姑姑停住脚，问一句。等珍珍走过来他说："歇一会吧，姑姑。"

"不歇了，走吧。"珍珍用手背抹一下额头上的汗。

"歇一会儿吧，姑姑。"小墙看姑姑脸红红的，向下流汗，就又劝说姑姑。

"没事，不用歇，咱们还是走吧。"珍珍是怕太晚了两个孩子回来不安全。

他们又继续向前走去。看来都有些累了，谁都不说话了，只听喘息声。小磊和小墙，也不像先前那样活蹦乱跳了。周围静极了，只听见他们走路时带动草的沙沙声。在爬一个陡坡时，珍珍显得很艰难。

"姑姑，来，我拉您一把。"小磊伸过手来。

"不用，姑姑能行。"

"那您慢着点，不用着急，天还早呢。"小磊说。

"我看这天好像要黑了似的。"

"姑姑，您不知道，我爷爷说这一片林子是、是——"小墙挠着脑袋想。

"原始森林。"小磊提醒一句。

"对对对，原始森林。树又高又大又粗，还特别密，日头照不进来，就黑呗。"小墙很自豪地向姑姑解释着，并看看海林，很想得到海林的羡慕。可是海林心想：连原始森林都不知道，有啥骄傲的。因此对他的解释不屑一顾。他很失望地转过身，继续向前走去。

"呷——"突然传来一声怪异的鸟叫，把珍珍和海林都吓一跳。偏巧就在海林和妈妈下一跳的时候，小磊正好回过头来，见海林浑身一抖，便哈哈哈地大笑起来："怕了吧，弟弟？别怕，这是呷咕鸟叫，这鸟的叫声最咯碜了，特瘆人。"海林终于笑了。小磊看海林笑了，得到很大安慰。他更加关心而且以勇者的姿态对海林说："啥也别怕，弟弟，有我和小墙，你就放宽心。"说完，与其说是对海林的鼓气，还不如说是在对自己的褒奖。你看他，转过身后，大步流星，兴致勃勃几乎是在向前冲。

其实珍珍和海林知道这是呷咕鸟叫，只是突然一声，一点思想准备都没有，才吓了一跳。

这一声叫倒好，提醒了珍珍的注意力，也好像缓解一下疲劳。不过，越往山里走，树木越茂密。也许是山高的原因，山风显得大起来。站在高处，向山下望去，茂密的森林，像起伏的波涛，发出轰鸣声；看近处，到处弥漫着深不可测的黑暗，高大的树干被风吹得东倒西歪，粗大的树枝，张牙舞爪，让人眩晕，让人毛骨悚然。越不想看周围的恐怖阴森，越不由自主看过去，越怕出现什么可怕的东西，越觉得到处都是影影绰绰、一言不发的幻影，给你一种无法控制的惶恐不安感觉。

"妈妈，你别怕，有我呢！"海林看出妈妈有点害怕的样子，以一个男子汉的口气，为妈妈壮胆。随后，他从腰间掏出弹弓，在妈妈面前摇晃着说："我这里有武器。"

海林把弹弓在妈妈眼前一晃，立刻把妈妈的注意力吸引到弹弓上来。珍珍看见弹弓，脑中立刻浮现出关鸿涛几次被人用弹弓打伤的情景。便问海林："啥时做的弹弓？"

"早就做了。"海林向远处射一弹弓，漫不经心地说。

"我问你，西院你三叔挨的那几弹弓，是不是你打的？"

"啥三叔唉，有三叔样嘛。"海林没有正面回答妈妈的问话。

"我问你是不是你用弹弓射的？"

海林看着妈妈那张严肃的脸说："他太欺负咱家了，我是在替妈妈报仇！咋的了？"

珍珍定睛看着海林少许，长长出一口气，抚摸着海林的头，没有过多地责怪海林，只是说："以后可不能再这样了，这样不好。不管咋的，他总归是你的长辈。"

"他有长辈样吗？"

"那是他的事，咱不管他。"珍珍看看前边越走越远的小磊和小墙说，"快走吧，落下了。"

不知不觉眼前亮起来，他们终于走出大山，走出让人浑身颤抖的大山，走出阴森可怖的灵魂和黑暗混为一体的凄恻的森林。

他们来到万两河边，对岸历历在目的小村庄，就是头道河村。

过河以后，小磊和小墙把东西交给珍珍："姑姑，我们走了，您来回走时，到我家串门去。"

"天不早了，你们俩就在这儿住下吧。"

"不了，姑姑。我们到我舅爷家去。"两个孩子说完，撒腿蹽了。

第三十五章 亲情的贫困

珍珍带着海林回到二大爷家。

一切繁文缛节过后，大人们都安定下来，坐在炕沿上唠嗑。海林躲在妈妈的身后，倚在炕沿上，用怯怯的眼神，搜视着这里的一切，无论是谁说话，他都用敏锐目光注视。这一家四口人，给他的第一印象，就是一个比一个老，老得像刚走在森林里看到的老树，皱皱的厚皮，没一点水分，紧紧地贴在脸上、手上、胳膊上。这四个人中，海林就认识太姥爷，那是因为在茫草城时，太姥爷曾经去过几次。让海林记忆犹新的是，太姥爷每次从他家走时，都是老泪纵横，一步一回头看着他那穷困潦倒的孙女，不忍离去，而又不能不离去，表情复杂。因此，海林对这个九十多岁的太姥爷，有极好的印象。至于二姥爷，二姥姥和老舅，海林倒是听妈妈说过，在他小的时候，曾经带他来过，但他却一点印象也没有。海林的眼光，随着大人的说话，在几个人的脸上来回移动。他们在唠嗑中，脸上的表情，总是随着唠嗑的内容变化而变化。唯独二姥姥，无论说啥话，从来没有流露过一丝的笑容，一脸的皱皮，简直就是一个泥胎定格，而且是在最丑陋、最让人厌恶时候的定格。不知怎么的，海林见着她，浑身都不舒服，发憷。

珍珍请七天假，只三天时间，就把所有的事情都办完了。她决定先不走，多住两天，带着海林到各位姥爷家和舅舅家串串，与姥爷、姥姥、舅舅、舅妈们见见面，托付托付大家伙，再熟悉熟悉这里的环境，待海林适应适应后再走。

珍珍准备吃完晚饭带着海林先到大爷家看看，可是吃完晚饭，天已太晚，爷爷对珍珍说，太晚了，明天再去吧。珍珍一想也对，大爷也七十来岁的人了，晚上就没去大爷家。

大爷，身体不算太好，有一只眼睛瞎了，那只瞎眼连眼珠都没有了，整个眼睛严重地凹陷下去。大娘是大爷续的小，看上去要比大爷年轻得多。大爷这辈子没干过多少体力活，他是个道士，总是心安理得地干他的看风水大业，用大娘的话讲，就是整天装神弄鬼，不务正业。为这，老两口曾经打过死架。大娘比大爷小十五岁，而且长得很壮实，每次动手，大爷总是吃亏的。

提起大爷，二大爷看看珍珍笑着说："嗨，你大爷，那笑话可多了。"

"咋的了，都那么大岁数了，老两口子还打架呀？"珍珍问。

"可不，一点都没改，两人还是打死架。"二大爷抽口烟说，"一次你大爷和你大娘打完架，手里提着一根绳子，各家各户告诉，说他不活了，准备到北沟找个歪脖树上吊去。大家对他的举动都付之一笑，只有你二娘和你四婶子，不痛不痒地劝说几句，他却表现出一句也听不进去的样子，这俩兄弟媳妇还能说啥，只是偷偷一乐。当他告诉你爷爷时，你还不知你爷爷的脾气，一句好话也没给他。"二大爷抬头看看头朝下躺在行李卷上的父亲，"你爷爷翘着山羊胡，瞪着一双小眼睛挖苦地说："哪有上吊寻死还自己到处宣扬、挨家挨户告诉的，要真想死的话，谁都不告诉。你说你算个啥东西，你都这么大岁数了，一点人事儿不懂。越汪汪叫的狗，越不敢咬人，不叫的狗才咬人呢。你说你算条啥狗？嗯？都这么大岁数了，儿孙一大堆的，整天这样子，也不怕小辈笑话，还有脸到兄弟媳妇那去说去，也不怕丢人。你呀，还不如自己撒泡尿浸死完了。"你爷爷说完，看都没看他一眼，一甩袖转身走了。你大爷闹个没趣儿。但他不能食言，不能因为爸爸损两句就退缩。他拿着绳子还是毅然决然地走出后角门，过了万两河，向北沟走去。一些小辈分的人，有些害怕了，几个人聚到一起，准备去追，却被你大娘喝住了，你大娘说，"都给我回来，谁也别去！他那泡尿尿不出一尺去，他要真的能死的话，算他还是个站着撒尿的人，那我就豁出去了，给他陪葬去。"你大娘越说越来气地骂，"他死，他有那点骨气，他一撅尾巴拉啥巴巴我都知道。"

"大伙也不劝劝？"珍珍笑着问二大爷。

"咋不劝呢？"二大娘插话说，"大伙可没少劝。你说，他那么大岁数了，万一脸上挂不住，要真的去死那可咋整。"

"那我大娘呢？"珍珍问。

"你大娘，不劝还好一点，越劝越来劲，越骂得凶。"二大爷又接过话来说，"哎呀，那骂的，说你大爷没有脸，那脸早就叫熊瞎子给舔去了，你们跟着瞎着啥急，明天不定又玄乎一套啥鬼话，给自己找台阶，偷偷摸摸回来了。"

"哎呀，就可别说了，就就那我大娘，嚼得满嘴丫子白沫子，大伙都都都就听累了，她却越骂越来劲。"可远笑得前仰后合结结巴巴插话说，"人们一看就劝她也没有用，一个一个都蹽个屁的，我大娘看人们都走、走光了，自己就也觉得没有啥趣儿，也转身走了。"

"那我大爷到底回没回来呢？"珍珍担心地问。

"回来啥呀？"二大爷笑眯眯地说，"你大爷这一走，一下午也没回来，到晚上掌灯了，仍然没回来，大家还真的有些着急了。你大哥可礼带着儿子和九弟，正准备到北沟找去，被你大娘看见了，问，你们干啥去？她扬起眉毛。你大哥说：'我想带他俩，去北沟找找我爸爸。'你大哥怯怯地说。你大娘一点都不客气，冲你大哥喊起来：'你要去找我不拦挡，你别带我孙子和我老儿子去。'你大娘把大烟袋，在台阶上磕得山响。说完，她拉起孙子和老儿子进屋里去了。弄得你大哥毫无办法，他摇摇头，自己向北沟走去。

"他在北沟打着灯笼喊了半夜，也没见你大爷的踪影，只好回来。"

"第二天快到中午，真应你大娘的话了，你大爷真的回来了，手里还拿着那根绳子。也真是冤家路窄，他刚一进院子，正好碰见你大娘。

"你大娘两眼一瞪说：'哎哎，我说你咋又回来了，你的脸真的让熊瞎子给舔去了，一点羞臊都没有了。'你大娘没说分晓，开口就骂。她咬牙切齿，嘴里的唾沫星子横飞，两个嘴角粘着两团唾沫，越骂越有劲。

"你猜你大爷咋个态度，他好像没听见你大娘的骂声，把绳子往院中的碾盘上一扔，一屁股坐在碾盘上，向后一仰，倚在碾砣上说：'哎呀，累死我了，这一夜，太累了。'然后，闭上他那一只眼睛，打起呼噜来了。

"你大娘越发气得厉害，越骂声越大，越骂话越狠。听到你大娘的骂声，大家伙知道肯定是你大爷回来了。谁能看着他们吵架不管呀，咋的也得过来劝劝呀，于是，东西院的老老少少都过来了。在大伙的一再劝说下，你大娘终于停止骂声。你大爷一看家里的人差不多来齐了，睁开他那只眼，坐起来。其实他根本就没睡，打呼噜纯属气你大娘。他盘腿坐在碾盘上，比比划划地说起来：我跟你们大伙说，我可不是不敢死，可他有人不让我死呀。跟你们实说吧，昨晚上，不知咋的，走他妈二道河子老顾家坟地出不来了，在里边转呀转呀，碰到一棵歪脖树，长得和明朝末年崇祯皇帝吊死的那棵树差不多。我站在树下，打量打量，嗨，就是它了。于是，我把绳子向上一扔，把绳头向下一搂，挽成一个绳套，捡来几块石头摞起来，我站在上边，把绳套向脖子上一套，眼一闭，心想这回可真的要了却一生了。就在这时，你们猜咋的了？他扫视大伙一眼，看周围的人们被他讲得是阒寂无声，他更来了劲头。他说，突然有一个人把我抱住，我松开绳子，回过头来一看，此人没有脑袋，那分明是个鬼呀……

"这时他的孙子维凡打断他的话问：'爷爷,你害怕了吗？'你大爷说，怕？我说傻孙子，爷爷死都不怕，还怕鬼吗？别打岔，听爷爷讲。那孩子又问他爷爷一句：'爷爷，你说那鬼是人变的吗？'这时你大爷急了，斥责他孙子说，'我告诉你别打岔嘛'，听爷爷讲。这时他看看我说：'二兄弟，给我来袋烟抽'。抽上烟，他的精神头更大了。他拿眼睛翻你大娘一眼。你大娘那是不让人的人，指着你大爷说，你还翻眼，再翻，我把你那只眼给你捅瞎。

"你大爷跟小孩打架一样，冲着你大娘一笑说，骂人不疼，骂人不疼。这把你大娘气得只喘粗气。他呢，又若无其事地讲起来。他说，我松开绳子问他，你是谁，为何救我？他没告诉我他是谁，只是说，老大呀，这何苦呢，有啥想不开的，咋能走这条道呢，我死都老后悔了，好死不如赖活着。再说你的阳寿还长着呢，不能这样啊！别看我看不见他的脑袋，我一听就知他是谁了，你们猜，他是谁？他呀，要说起来，在场的都认识。

"这时你大娘咬牙指着你大爷说：'别听他胡咧咧，整天装神弄鬼的。'实际你大娘听后，也将信将疑，心里也有点胆突突的，可是她又不能在你大爷面前表现出来。

"这时你大爷倒显得特别平静地说：'啥胡咧咧呀，我胡咧咧，你知道他是谁？是二道河子死去的顾老二，他比我大，我管他叫顾二哥。我一听是顾老二，我说，二哥，是你呀，你可别管闲事，我意已决，非死给家里人看看，等我到阴曹地府再跟你说原因。这顾老二一看他这一个鬼拉不住我，一声喊，不知从哪里又钻出两个小鬼，也都没有脑袋。这三个鬼，三下五除二，就把我给按倒在地上。我没辙了，只能服服帖帖听他们的了。老顾二哥这才问我，老大呀，这到底咋回事儿呀？我说，嗨，一言难尽哪。于是我就把前因后果说给他听。你们猜他说啥，他叹口气说，嗨，我这当大伯子的不应该说，你那个媳妇，确实太霸道，太刁蛮，你回去告诉她，就说我说的，她要是再这样胡搅蛮缠的话，我就派几个小鬼把她抓来！'

"你大娘听到这，气得挤过人堆，上去就撕你大爷的嘴，并恶狠狠地说：'我叫你胡咧，叫你胡咧，我非撕烂你的嘴不可。'大家七手八脚才把老两口拉开。

"你大爷一看有这么多人拉架，倒有章程了，说：'哎哎，你别撕我嘴呀，又不是我说的，是顾老二让我给你捎的口信，你有本事撕他的嘴去。'你说你大爷这有的没有的，一玄乎，听的人还真有点头皮发炸。他看周围的人，有的现出惊恐状，有的脸色发白，有的干脆制止他说，你可别讲了，怪害怕的，晚上咋睡觉啊。你大娘这时的神态，也不像刚才底气十足、气宇轩昂的样子了，也有些蔫巴巴的了。你大爷看到这些，心里别说多高兴了，脸上现出得意的微笑。他是越说越瘆人。他说顾老二一看把我给劝住了，就说：'今晚上别回去了，咱们一块推牌九，散散心。'于是，他就在顾老二坟头前的一块大石板上，和几个小鬼推起牌九来，这一推就是一夜。还说，顾老二活着的时候，推牌九从来没赢过他，死这几年，这老小子还真见出息，不过还是没赢我，这一夜还是我赢得多。说着，你大爷伸手从口袋里掏出一大把纸灰，给大伙看：'你们看，这一夜赢多少，就这我还没都拿回来呢，还扔那石板上一些呢。'说到这，向后一仰躺到碾盘上说：'哎呀，太累了，睡一会儿。'只一会儿工夫，便鼾声四起。

"后来，几个好奇心很强的孩子，有他的孙子维凡带几个孩子，趟过万两河，向北沟跑去。他们来到老顾家坟地前，还真有一块大青石板，上边还真有四堆纸灰和一副牌。几个孩子急急忙忙跑回来，把看到的一切讲给大人听。大人们都凝着眼珠互相看着，都将信将疑，谁也不敢说不信，谁也没说信，就连你大娘听后，头发根也在发炸。不管是真是假，大家还是心照不宣地宁可信其真、不可信其假。至此，让你大爷说的孩子们晚上都不敢出去藏猫猫玩了，就连大人们晚上出去，身上也要起一身鸡皮疙瘩。还别说，从此以后，你大娘很少跟你大爷干仗了。你大爷暗中在偷偷地乐。实际你大爷那天到北沟后，回头看看没有人，便翻过一座山梁，来到距离头道河村二十多里地的腰岭西村。那里有一家姓刘的，曾经请他看过风水，选过坟地。他到人家说自己路过这里，天太晚了，刘家就留宿他一夜。第二天早晨，他在人家吃完早饭就回来了。他来到老顾家坟地前，取回藏在青石板下的那条绳子，正想往回来，却灵机一动，把一副牌放在青石板上，又在上边烧四堆纸灰，并抓两把纸灰揣在口袋里，回来后把一路编好的故事讲出来。

"你大娘说他这一辈子净装神弄鬼了，一点都不假。可是你大娘对他也没有别的办法，急了就动手，经常把他给打跑，一跑就是几天。"

"你说我大爷都那么大岁数了咋还这么能耍？"珍珍笑得眼泪都流出来了。

第二天，珍珍带着海林到各家都走走。连着两天，海林认识了大姥爷家的九舅，他比海林小两岁；还认识了四姥爷家的八舅，比海林大三岁，大舅家还有一个表哥，就是维凡，他比海林大两岁。时间还短，海林只是认识他们，还很不熟悉，只是远远地看着他们兴致勃勃玩游戏。在海林的眼里，他们不是在玩游戏，是在显摆自己。海林心想这算啥游戏，档次也太低了，不就跳房子、扔坑、弹球嘛，在茫草城和小青、哑巴还有好多同学，那是啥玩法，爬山、游泳、钓鱼，还有冬天滑冰、打陀螺，那才叫有意思呢。尽管他们一再让海林与他们一起玩儿。可是海林一点兴趣儿也没有，一直跟在妈妈身边，到各家串门。尽管妈妈的初衷是为海林考虑，却让海林很失望。人家那怪怪的眼神里，明显地透出一种怕粘着他们的神态。可是妈妈好像没注意到这些，还是一味地赔着笑脸，把好话说尽。海林心里很难过，心疼妈妈。他知道，这不是妈妈的性格，妈妈之所以这样做，完全是为了自己。妈妈唯恐自己在这受气、受委屈，希望这些亲戚能帮照看一下自己，那样，妈妈走了心里就会放心许多。可是，可是，再看看那些人，都流露出一种不得不表示一定帮助照看的神态，而后不得不咧一下嘴，不得不安排出一个不情愿的笑。海林虽小，却也都明明白白看在眼里。难道妈妈看不出来吗？海林心里想，那是不可能的。也确实如海林所想，珍珍的本意也确实是为了让他们都能关照关照海林，她也知道那样想只是一种枉然，但她必须要这样做。再者从礼节上考虑，看看多年不见的亲属也是应该的。当然他们的表情，让珍珍既尴尬又难过。既然去看人家，就应该买点东西带着，珍珍不是不懂情理的人，不是不要脸面的人，可是珍珍的口袋里太干净了，她真的没有这份钱啊！所以大姨、四姨才有那种虚情假意留珍珍娘俩吃午饭，而珍珍只能把泪流进肚里，强颜欢笑，表示出千恩万谢的样子，婉言谢绝。

珍珍心里想："穷"太可怕了，"穷"有好多东西远离你，包括亲情。面对这一切，珍珍不便与海林说，她只是摇摇头，以一声长长的叹息，来排解心中的郁闷与无奈。她带着海林，一路把眼泪咽到肚子里，回到头道河子。

珍珍把孩子安排好就走了。珍珍的瘸弟弟可远，一定要送送这个苦命的二姐，珍珍拧不过他，只好让他送了。当海林送妈妈到大门外，他看妈妈远去的瘦弱的背影，那几乎会让风吹倒的身子，他大哭起来。

听到海林的哭声，珍珍的泪水在不停地流。她回转身来，向海林走来。

"海林，别哭，听妈妈的话，别让妈妈着急，啊。"

"妈妈，你走吧，我不哭，我不哭。"

海林强忍住悲痛，看着腿虽瘸、心却是热的舅舅，陪着妈妈远去……

第三十六章 篱下的忧伤

妈妈走了，留下海林在这陌生的地方。他感到孤独、无助，心中是空空的，慌慌的，总像长着漫无边际的草，荒芜的凄凉、恐惧。

还有一个多月的时间才开学，老舅说等开学时再办理入学手续也不晚。在这一个多月的时间里，他不知自己能干什么，也不知应该干什么。他来到后角门，把篱笆扒开一道缝向房后看去，高高的杨树林遮挡了一切，只听万两河哗哗的流水声。他推开后角门，沿着窄窄的光光的小路，向流水声走去。过了杨树林，万两河赫然在目，湍急的河水，发出喧嚣声，似在问海林从哪里来，又像在欢迎海林的到来。海林选了一块被河水多年冲刷的圆滑的大石头，坐在上边，看着哗哗流淌的万两河水，他想起茫草河：夏天，可以在大淳游泳，在上河套钓鱼，要是从吴家堡子下水，沿着没膝盖深的水流，钓毛钩，一会儿工夫，就可以钓半筐红鳞子和白票子，还可以在大淳深水处钓坠，钓上来的全都是泖涎和沙咕噜，个个都是小肉棍，肉特香。到冬天，就可以和小青、哑巴，还有不老少同学，在冰上滑冰。大伙在一起，你追我赶，可热闹了，一会儿就是一身汗，一点都不觉得冷……想到这，海林像是身临其境，脸上现出惬意的笑容。就在这时，二姥爷家的大黄狗找他来了。他把笑容给了大黄狗，大黄狗摇着毛茸茸的大尾巴，跳上大石头，与海林亲近，海林把大黄狗抱在自己的怀里。几天来在海林的善待下，大黄狗已与海林形影不离了，它成海林的好朋友、新朋友，给海林极大的安慰。海林把大黄狗放到大石头上，拍拍它的后背，让它趴在自己的身边。海林看着湍急的万两河水，想起郑老师带他在忙草河里钓鱼的情景，想起教他吹笛子、吹口琴、吹箫的魏老师，还有总是偏袒他的班主任王训斌老师，他想起班上的同学，想起宿舍里那些大哥哥们。想到这，海林流下思念的泪水。在茫草城小学时，他想念妈妈，想念小弟梦梦，而现在，除了想念妈妈和小弟梦梦外，又多了那么多的想念。他从对茫草城小学的思念，联想到万两河小学，那是他将要去的学校。他想象不出万两河小学是啥样，那里的同学是啥样，也想象不出老师是啥样。他心中没有底。

海林白天不敢哭，只有在夜晚，在被窝里默默地流泪。他虽然很小，但人世间的冷暖，人世间的笑脸与白眼，他都有刻骨铭心的经受与体味。在他那稚嫩的心中，思念的潮水，完全变成泪水。而他总是控制着，不让一滴泪水流在别人的面前。他心里明白，一旦哭泣，一旦流泪，不用说别人，三姥姥绝对不会理解一个孩子思念亲人所流的泪；而泪水一旦被外人看见，更会产生误解——看见了吧？到底不是亲姥姥，孩子肯定受气了，否则怎么会哭呢。这样一来，必定遭到人们的猜测与非议。所以海林总是把痛苦压在心底，不将痛苦表现出来，这也是妈妈在临走前背地里嘱咐海林的话。

海林擦去流下的泪水，释然地躺倒在大石头上，两手垫在后脑勺上。大黄狗调过身来，舔去海林脸上的泪痕，似在安慰海林。海林被大黄狗舔笑了，大黄看海林笑了，摇起尾巴，表

404

现出一种高兴的样子，他抱住大黄的头亲亲。

他把大黄狗揽在臂弯里，在思考：嗯，在家时，我总是帮妈妈干活，啥都干。对，在这儿，我要像帮妈妈干活那样，也帮二姥姥干活。抱柴火、喂猪、喂鸡、扫院子，还有，嗯——对，收拾屋子，还有，还有挑水，对，老舅腿有残疾，挑水太费劲，以后每天我挑水，让老舅歇歇。海林把胳臂从大黄狗脖子下边抽出来，他坐起身来，再想法整个鱼竿，钓点鱼。还有那天我带大黄狗到南山玩儿，那南山，满坡都是干柴火，我放学后，还可以去南山割柴火。

海林拍一下大石头站起来："大黄，走，咱们回家。"

海林从此以后，每天早晨起得特别早，他把鸡窝门打开，先把鸡喂了，喂完鸡扫院子，然后从仓房的囤子里舀两瓢苞米糠，再到泔水缸里舀泔水，与苞米糠合在一起，来到猪圈，把合好的猪食倒在猪槽子里，那猪吃起食来，欻欻地，吃得特别香。海林听那欻欻声，简直就是一曲好听的音乐。他看猪吃食入了迷，听猪吃食的欻欻声，更是入了迷。在家里想干这样的活都没有，想听猪吃食的欻欻声都听不到。

"海林，你干啥呢？"老舅出门一看院子也扫了，鸡也喂了。他正在纳闷儿，一转身看见海林趴在猪圈墙上，向猪圈里看，便问一句。

"喂猪呢。"海林一副笑眯眯的样子。

海林特别喜欢这个残疾舅舅。舅舅非常和蔼可亲，对海林总是笑呵呵的。吃早饭了，在饭桌上，老舅给海林夹一筷头菜说："海林，你还小，以后就那、那些活，就你、你别干了，听了没？"

"不干你干？我听你说话就没味。"二姥姥瞪一眼老舅。

"那些活，就我哪、哪天，没、没干？"老舅回二姥姥一句。

"二姥姥、老舅我行，在家那时我总帮我妈妈干活，我可会干了。"海林一脸特情愿的表情，一句特让人舒服的话语，使桌子上的火药味立刻消散。海林心里特别有数，他知道老舅心是热的，他非常同情、可怜老舅。听妈妈说，老舅小时候长得也特别俊，就是一场病，把老舅给整得嘴也歪了，说话也结巴了，左腿肌肉萎缩的厉害，长得很细，走路时只有脚尖能落地，左臂像左腿一样，肌肉萎缩，五个手指抽成鸡爪状。但老舅心肠热，心眼儿好。老舅还非常要强，看他身体不好，他练得啥活都会干。你看他锄地，用那鸡爪形的手指，勾住锄把的后部，用肌肉发达的右手，握住锄把的中部，灵活地掌握锄草的准确性和锄土的深浅度。别看他腿瘸，家里的饮用水都是他来挑。他们吃的是万两河水，每天都要走出后角门二百多米去挑水。

那天海林跟着舅舅去河边挑水，看到河边挖有一个一米多深、直径两米多的坑，里边的水清澈见底，没有人来的时候，坑里常有鱼嬉戏，看见有人来，便四散逃走。舅舅站在坑边用木橛和木板搭起的平台上，用扁担钩挂住一只水桶，把扁担夹在残疾胳膊腋下，右手握紧挂水桶那头，然后把水桶放到水面上，熟练地一摆，水桶一翻身，口冲下扎进水里，只听"咕咚"一声，水桶灌满水。再看老舅，右手将扁担只轻轻向上一提，水桶又迅速把口翻向上，借着水桶向上的浮力，他顺势一提，一桶水提到岸上。老舅平时走路总是左右摇摆，挑一挑水，身体摆得就更厉害了。但老舅有办法，他在水桶里放一块木板，这样，晃出来的水就少多了。尽管这样，一挑水挑到家，也只剩多半挑水了。老舅挑水在前边走，海林跟在后边，看着老舅那极缓慢、极艰难的步子和那摇摇欲坠来回摆动的身体，海林心酸得几乎不忍心看下去，他暗下决心，从明天起，再也不让老舅挑水了。

其实老舅也是一个有文化的人，他比妈妈念的书还要多，好多过去的唱本段子，他都能熟练地唱下来。平时他是不唱的，只有下雨天，地里的活不能干了，他才会坐在北窗台上，面对不管是倾盆大雨还是绵绵细雨，都会亮起他的歌喉，反复吟唱他最喜欢的《牛郎织女》——"……牛郎织女犯何罪，堵到天河两岸头……"的段子。

坐在南炕做针线活的二姥姥，本来下雨天就心烦，再加上老舅没完没了哼哼唧唧地唱，她就更心烦了，烦得她不停地瞪老舅，老舅看不见，仍然我行我素，继续他的哼唱。

"你别哼唧了行不行，让人心忙得慌！"二姥姥终于忍耐不住了。老舅扭过脸来，斜二姥姥一眼，继续他的哼唱。

"不叫你唱你聋了？你个一命货！"二姥姥终于骂上了。

"就你才一命货呢，我就就就唱，就唱，就你能把我咋的？哼！"老舅的嗓门更大了。老舅最伤心也最反感人骂他"一命货"这句话了。让他一生最自卑的就是身体的残疾，正因为身体有残疾，已经三十多岁了，也没有人给说媳妇。他只是身残，其实他的智力非常好，他的思维很敏捷。平时谁骂他祖宗，他都不在乎，只要一牵扯到他的残疾，他马上就急，与你瞪眼。平时二姥姥骂他啥，他一般都不言声，一旦涉及他的生理缺欠，他就会与二姥姥对骂，浑劲马上就显现出来。他还能写一手好毛笔字，在他睡觉的北炕的墙上，挂十多幅字画，都是他自己写的，草书，飞舞而不失浑厚，很有功底。而内容则都是唐宋年间一些落魄的诗人和词人伤感之作。

老舅还是一个特别爱看热闹的人，但有一种热闹，他从来不去看，那就是万两河小学开运动会。他看到人家跑，想到自己的腿，看人家打篮球，想到自己的手。他倒不是嫉妒，而是羡慕，而是渴望，渴望又很快变成失望和伤感。他悔恨自己的残体，悔恨得他甚至自杀过。他小腿上那三寸长的伤疤，就是他用镰刀自残留下的。

开始，海林看到老舅对二姥姥的态度，非常反感，尽管对二姥姥印象不好，但她必定是他的妈呀！时间一长，海林不知咋回事，也不知在啥时候，他不知不觉开始理解、同情起老舅来。特别从看到老舅挑水以后，海林特别疼老舅。就在那次看到老舅挑水的第二天，吃完中午饭，海林看老舅下地里干活走了，就挑起水桶把水缸里的水挑得满满的，然后去南边的菜园子，与太姥爷薅菜地里的草。太阳就要落山了，老舅从地里干活回来，挑起水桶就走了，这是老舅每天从地里回来的一项活。他把水挑回来，提起水桶向缸里倒去，缸里的水本来是满的，一桶水到里，全都溢了出来，流得满外屋地都是水。外屋地立刻成了烂泥塘，老舅给滑倒了。

"你腿瘸眼也瞎呀？"二姥姥不分青红皂白，狠狠骂老舅一句。外屋地光线很暗，老舅挑水从外边进来，确实没看到水缸是满的。他坐在地上正琢磨是不是自己没注意把水倒外边去的，听二姥姥这一骂，方知水缸是满的。老舅马上把火气转到二姥姥身上，他用那只好腿，一脚把那桶水也踢翻了，水哗的一声流到灶坑里，把灶坑里正在燃烧的柴火一下给冲灭了。于是娘俩便大吵起来。

海林听到吵闹声，不知又发生了啥事，赶紧从园中跑回来。跑进屋一看，心里全明白了。他特别懊悔，为什么没告诉舅舅缸里水是满的呢。可是海林正在园中和太姥爷拔草，不知舅舅回来又去挑水。只是他觉得二姥姥太不对了，明明知道水缸里的水是满的，咋不告诉舅舅一声呢？他对二姥姥越发没有好感了。海林啥话也没说，赶紧把老舅架起来，然后把水桶连同扁担，送到外边，把桶倒扣在两个木桩上，又跑回屋里收拾外屋地上的水。水太多了，海林琢磨一会儿，跑到鸡窝前，把喂鸡的盆拿进来，用铁锹一点一点把水锄到盆里，盆水满了，端到外边倒掉。他头也不抬，只是默默地干，不敢看谁一眼，只听舅舅站在水缸前喘粗气，二姥姥坐在里屋的炕沿上，吧嗒吧嗒抽烟，不知嘴仗啥时候停止的。海林一连端出三盆泥水，屋地还是湿涝涝的。他又跑到房后端来两盆干砂土，把水泡的地方用干砂土掩上、踩实。

"二姥姥、老舅，别生气了，都怪我没告诉老舅水缸是满的。"他把一切都收拾完毕，站在里外屋的门槛前，一边用袄袖擦脸上的汗，一边劝二姥姥和老舅。随后，海林进到屋里，用抽烟纸给老舅撮一撮烟叶，出来递到老舅面前："老舅，您抽袋烟，别生气了，以后挑水的事，你就别管了，我来挑吧。"海林的声音有些发颤。

舅舅有些不忍心了，他看看海林，接过烟，用那只好手与嘴相结合，熟练地卷成一个喇叭筒，叼在嘴上："海林，没、就没你事儿，啊，孩子。"他拍拍海林的肩膀，"你还小，挑不了水，还是舅舅挑吧。"海林一低头，含着眼泪，拾起地上的铁锹和喂鸡的盆，向外走去。

海林强忍着没让泪水流出。他把铁锹放在鸡窝旁，把喂鸡的盆，送到放农具的地方。他回转身来，一眼看见铁锹，赶紧走过去，把铁锹送回放农具的地方，把喂鸡盆拿回来。

海林向园门走去，本想到菜园里继续和太姥爷拔草，就在这时，他听见老舅又喊起来："你做饭，就、就别带我和海林的饭，我们自己做！"

这时，没听见二姥姥再与老舅吵。

可是，老舅仍然不依不饶，继续喊："我二姐，就、就再有一点办法，也不会让孩子上你这来，看你的脸子……"

"你瞎咧咧啥，谁说啥了，啊，你给我闭上你那结巴嘴！"二姥姥有些胆虚地反唇相讥。

"我就咧咧，就咋的？我、我就咧咧，你敢把我就咋的……你看就你那样，从海林来那天开始，你有过好、好脸吗？"老舅依然不依不饶。

海林从舅舅的大喊中，完全能意识到他们吵架的根由。他心灰意冷，伤心至极，他深深地体味出什么叫寄人篱下。他进而想象得出，当初妈妈来求他们时，心，一定像被火焦炙样的难受。他不想再听下去，捂住两只耳朵，向园中跑去。他跑到太姥爷身后，呆呆地站在那里，呆滞的目光无目标地向远处看着。

"海林，和你太姥爷回来吃饭。"二姥姥喊海林。

"哎，二姥姥，知道了。"他嗓音一如既往。

老舅和二姥姥因为水缸而引起的争吵，终于平息下来。海林心想："还好，没让太姥爷和二姥爷知道。"他的心正在趋于平静，可是又一个意想不到的事儿发生了，老舅没有上桌子吃饭，并且把已经坐到桌子边上的海林拉下来：

"海林，咱不吃他们的饭，咱自己做，看咱就能活不能活？"

老舅太拧了，太姥爷和二姥爷根本不知道这件事，海林也就装作不知道，过去就算了。可是，老舅真的不给二姥姥留面子，二姥姥"啪"的一声，放下饭碗，拿起她那长烟袋，哆嗦着手在装烟。太姥爷和二姥爷不知发生啥事儿，端着饭碗目瞪口呆。

"这是咋的了，都跟谁耍疯？"太姥爷山羊胡一翘一翘的，瞪着两只小眼睛，极反感地探询每一个人。

没有人回答。

小小的海林，强控制自己的情绪，没有让自己哭。可是，他又不知所措，他有啥办法控制这种局面？他太小了，不知怎样才能消除二姥姥的尴尬，也不知怎样才能说服老舅。他试着几次想说自己明天就走，不要因为他再吵了，但他像控制自己情绪那样，控制自己没有说出那句话，仍然装作啥也不知道、啥也不明白的样子。

"老舅，你是让我帮你烧火，自己做饭吃？"他机敏地走到老舅面前，"那不是惹我二姥姥生气吗。你别自己做着吃了，我二姥姥也不会让你自己做的。别看二姥姥有时说你，二姥姥那是疼你，不管咋说，二姥姥是你的妈妈，你是二姥姥的儿子，当妈妈的哪有不说儿子的，哪能说说就生气呢。当初在家的时候，我不听话，我妈妈不但说我，还经常打我呢，我都不生气。"说到这，海林向屋里看看，然后拽拽老舅的胳膊，加大声音，"走吧，老舅，快吃饭去吧，你看我太姥爷、二姥爷、二姥姥都等你吃饭呢。"海林看老舅态度有些缓和，顺势把老舅拽到里屋，按到炕沿边上，把饭碗和筷子递给老舅，又给老舅碗里夹一些菜，"快吃饭吧，老舅，一会饭凉了。"

懂事的小海林的一番话，使紧张的气氛，明显得到缓解。

舅舅看着海林好像与他自己毫无关系的表情，觉得海林太可怜了，也太懂事了。他明明看到海林在院子里听到了这一切，可他自己却表现什么都不知道的样子。舅舅心想：一个小小年纪的孩子，要有多大的控制力，要有多大的忍耐力，要有多么懂事才能做到这一点呀！他太疼海林了，他实在不知怎样表达对海林的疼爱，他突然放下饭碗，走到外屋地，坐在锅台上，放声大哭起来。他觉得只有这样，才能发泄出自己心中的郁闷，才能表述出自己对海林的疼爱之心，不管海林能否理解。

海林实在控制不住自己了，眼泪也刷刷地流下来。他跑到外屋地，一边给舅舅擦眼泪一边劝说舅舅："老舅，别哭了，你这到底是咋的了，让我太姥爷、二姥爷和二姥姥多着急呀……"

舅舅终于不哭了。屋里一时阒寂无声，沉默得像到了无人之境，只有煤油灯在燃烧中，时不时发出一声噼剥声。

实际大家伙从可远拽海林自己做饭，心里就都明白发生了啥事儿，都知道一定是二姥姥又说啥了，因为二姥姥一直就没同意海林寄养在这。二姥爷本想问问到底咋回事，想借此机会嘱咐嘱咐二姥姥，可是又怕把事情挑得太明，倒不好办了。他又看到海林这样懂事，索性就让海林劝说他舅舅。舅舅呢，看到海林若无其事的样子，也就就坡下了。

这时太姥爷来到外屋地，他走到可远面前："可远呐，爷爷不想多说啥，只对你说一句话。"他看看站在旁边的海林，"你应该看出海林是个十分乖巧的孩子，是个十分懂事的孩子，你再拧下去，你让这孩子还咋办？他可不是看不出事理的孩子。"海林看到太姥爷眼里闪着浑浊的泪花。

"老舅，快，吃饭去，别让我太姥爷再着急了。"海林强迫自己露出笑容，把舅舅拉起来，向屋里走去。

风波终于过去了。

晚上，海林躺在炕上，脑袋像过电影似的，回想着妈妈走这几天，二姥姥的表情：从来没给过自己一个笑脸，也没见她跟别人笑过。抱柴火、喂猪、喂鸡、收拾屋子，她连一句话都没有。拿扁担去挑水，她看一眼，没加可否，不过那神态却是挑你就挑。海林仍然是二姥姥长二姥姥短地叫，只想得到二姥姥的一个笑脸。二姥姥的笑，对海林来说就是奢侈品。海林始终没能得到。海林想：这些都没啥，可是二姥姥不应该对老舅那样，他毕竟是你的儿子！

不过，自从老舅闹这一场以后，二姥姥的态度，确实收敛不少。但这绝不是发自二姥姥的内心，只是怕自己的瘸儿子太任性，闹到外边去，让人说闲话。因此，她一改常态，经常与外人，特别是在家族中，常夸海林怎么怎么懂事儿，自己如何同情珍珍的处境，才把海林留下来等等。

第三十七章 美丽的新校园

　　一九五六年八月二十五日，是万两河小学返校日，距九月一日开学还有一周的时间。

　　学生们都知道，这个返校日，无非是交暑假作业，布置新学期的工作，做做卫生等。

　　这天，韩可远，带着海林也来到学校，为海林办理入学手续。韩可远办此事儿是不憷头，校长是他的大姐夫，自己亲姐夫，又是教导主任，办理海林入学手续，只是例行程序罢了。

　　这一天，海林把妈妈给买的新衣服和新鞋都穿上。那是一条学生蓝制裤，一件白衬衣，一双绿底的白球鞋。这可是妈妈咬牙买下的，怕海林穿得太寒酸，让人笑话。海林穿上以后，显得既精神又帅气。可是海林咋看咋不得劲儿，觉得浑身都别扭。正在这时，八舅、九舅还有大表哥，背着书包来找海林一同上学去。海林的穿戴与他们形成强烈的反差，越发不好意思了。海林不由分说把它脱掉，又穿上那套旧衣服。老舅站在地上，看海林那不好意思的样子，哈哈地笑起来。当他看海林真的把新衣服下来，赶忙结结巴巴地说：

　　"海林，不、不，就不能脱，这就有啥不、不好意思的，不能脱，穿着、穿着。"好说歹说，海林才不情愿地又穿上那套新衣服。

一路上，他们有说有笑。特别是海林的八舅、九舅和表哥，无论是说话还是神态上，处处都表现出熟悉这里一切的优越和自居，并不停地向海林介绍这指点那。

"我们学校可大了，是中心校。"

"那不咋的？不管搞啥活动，那几个学校都得到我们这个学校来。"还没等老八说完，老九就抢过话来。

"我还没说完呢，你抢啥话你，显你是吧？"老八用眼睛翻着老九。

"我愿意说，你管得着吗？谁也没堵上你那 × 嘴。"老九骂老八。

"你说谁 × 嘴，你再说一句？"老八拽住老九的脖领子要揍老九。

老九毫不示弱："呀哈，想打我，看你那小样，来吧，打、打，打呀。"老九用头向老八的前胸顶去，"我还不上学了呢，我回家告诉我妈去。"老八听老九这句话，举起的手停在空中，没敢放下来，拽老九脖领子的手也松开来。

韩可远看到这种情形，笑得是前仰后合，他冲着老八问："咋的了，老八，没尿了，咋、咋，就咋不不敢打了？"

老八是不敢打了，他确实怕了，可是他不是怕老九，而是怕老九他妈。

提起老九的妈，那可不是一般的厉害，老八听了浑身就发抖。一次，闹得差点把老八他们家的房盖给挑了。

那还是头年夏天的事。一天放学回家走到河边，不知谁家的鸭子在河滩上丢的蛋，让老九给捡到了。老九拿在手里正在看，老八走过来。

"啥玩意？我看看。"老八伸过手来。

"凭啥给你看？"老九把拿鸭蛋的手藏在身后。

"你给不给看？"老八要动硬的。

"不给，就是不给，你能把我咋的？"老九一点都不让步。

"我再问你一句，你给不给看？"老八一步一步逼向老九。老九一步一步向后退，在向后退的时候，被一块石头绊倒，鸭蛋压碎不要紧，老九的后脑海嗑一个口子，鲜血直流，一直流到脖子里，老九哭得死去活来。这下老八傻眼了。二里来地，老九一直哭到家。一进院，他越发哭得厉害。他妈听到哭声，急急忙忙从屋里跑出来。老九一看他妈妈出来了，咣当一下坐在地上，大声哭喊着，说老八用石头差一点把他给打死。

老九的妈妈来到近前把老九拽起来，一看老九的后背上都是黄的东西，黏糊糊的，大声喊叫起来："这是谁给抹的粑粑，啊？哎呀，这咋还有血呀，这是咋整的，小九？"

"啊、啊、啊——是老八拿石头打的。"老九一边哭一边说。

"谁打的？好好说。"

"老八！"

"咋的？老八打的。他可真是锄把上绑鸡毛——好大的胆子，欺负到我的头上来了，好哇！"她没说分晓，拽着老九就向下屋老八家奔去。到老八家门前，一脚把房门给踹开，门"啪"的一声回撞在屋里的墙上，吓老八妈妈一大跳。

"呦，他大娘，这是咋的了，你这是犯的哪股的风啊？"老八的妈妈笑着问一句。

"你说我犯哪股风？就犯这股风！"她把老九往前一推，"看吧，就这股风。"她爬上炕，到被垛上，拽下一床被，就擦老九背上的"屎"和脖子上的血，用完一床被，扔在地上又拽下一床被再擦。一连祸祸好几床被。然后，又把老九的衣服脱下来，按在水缸里就洗。

这时老八的爸爸回来了，一看满地是被，大嫂又在水缸里洗衣服，不知发生啥事儿，再看老伴坐在炕梢，连气带吓，浑身发抖，脸色发白。

"这是咋回事儿？"他问老伴。

"我也不知道。"老伴流着泪气喘吁吁地说。

老八的爸爸走到大嫂面前，把大嫂向旁边一推："你这是干啥玩意，我看你欺人也太甚了！"

她挥手就给老八爸爸一个大嘴巴："我欺人太甚，说不上谁欺人太甚？"

老八的爸爸绝不吃大嫂这个亏，他反手"啪啪"给大嫂两个大耳光，下边又给一脚，把大嫂踢倒在地上。大嫂更是不吃这亏。她来个鲤鱼打挺，腾地从地上跳起来，操起锅台后的菜刀，向老八的爸爸冲过来。老八的爸爸一看不好，夺门而逃，大嫂举着菜刀从后面追。她哪里追得上老八的爸爸呀，一看追不上，转回来就冲老八的妈妈来了。老八的妈妈一看不好，钻进屋来，把房门从里边插上。老九的妈妈踹两脚门，没踹开，索性用菜刀向花格窗户砍去，就听一阵稀里哗啦，两间房子的窗户，全都被砍得稀巴烂。听到院子里的吵闹声，老九的爸爸和东西院的人都出来了，大家一看劝不解决问题，就由几个小辈的，采取强制手段，才把疯子一样的老九的妈妈制服。大家根本不知道他四叔怎么惹得她，让她发这么大的火。大家经过耐心地问，方才明白是咋回事儿。

这时的老八，藏在他家的墙外，把这一切看得清清楚楚，吓得他尿一裤裆尿。等事情平息下来以后，他才从墙后边走出来。他爸爸看他回来，上去就是一顿臭揍。要是没有大家在场的话，老八非得被揍熟了不可。

那一次，老八彻底领教了大娘的厉害，从此他再也不敢招惹老九了。他怕老九的妈，不是一星半点的怕，一提老九的妈，几乎要尿裤子。

所以，老九说回去告诉他妈，老八吓得有些魂不附体，当时就蔫吧了，赶紧向老九说好话。

"我告诉你个老八，我妈可说了，你要再敢碰我一碰，我妈敢把你劁了。"

老八再也没敢说话。他低着头走路，觉得在海林面前太丢面子了，可是又确实太怕他大娘了，只好憋气，忍气吞声。快到学校时，老八瞪老九一眼，尽管是偷偷瞪的，还是被老九发现了。

"你瞪谁？"老九立眉楞眼质问老八。

"谁瞪你了？我瞪我自个了。"老八彻底完蛋了。

老八这一怂蛋的表现，让韩可远笑得几乎走不了路了。

万两河小学的外部环境还不错：学校的周围用一米五高的砖墙围起，墙内每隔两米栽种一颗马尾松。松树中间是花坛，花坛里栽种的是从山上挖来的野芍药花，花朵虽然没有家芍药花那样丰满，却也姹紫嫣红，姿态各异。环境的装点，与当地的资源有关，漫山遍野的油松、落叶松、马尾松。马尾松是这些松树中的美女，被移来栽种在学校的四周，也算是就地取材。学校操场还是很大的，在海林的眼里，操场要比茫草城小学的操场大一倍。满操场的学生，做着各自的游戏，一片吵吵嚷嚷声。教室大部分都集中在操场的北面，虽然是民宅似的人字架型，却是红瓦嵌顶，确实有中心校的气派。

韩可远带着海林来到办公室前，华老师正从里边出来。

"正好，就四、四姐夫，我把海林带、带来了。"

"好，来吧，来，进来吧。"华老师笑着看看海林。

"四姨夫好。"海林有礼貌地叫一声。

他们走进办公室。

"呦，老五来了，今儿个咋这闲在？"喊老五的人是黄校长，韩可远的大姐夫。

"快来海林，这、这、就是黄老师，是、是、是你大姨夫。"

"大姨夫好。"

"这是？"显然黄克昌老师不知海林转学一事。

"噢，是，是我二姐的二小子。"

"关鸿雁的儿子？"

"是。"

"咋到这儿上学来了？"

"就一时我也说不明白，以后就再跟你说。不过，就你跟我可不能像跟别、别人那样生古，你得多关照点海林。"

"你这老结巴说啥呢，这不把话说丢了吗？这你放心，别忘了咱们是亲戚。"

"就你这还是句、句人话。"

"行了，你们俩别一见面就掐，老五快过来办手续。"华老师看完海林的学习成绩单说，"这孩子学习还真的不错。"

"那是，就那是、是没比的，我早看他的成绩、绩单了，全、全是五分。"韩可远一脸的自豪。

"刘老师，这孩子该上三年级了，是你的学生。"华老师对靠窗户的办公桌坐着的老师说。

刘老师看着海林走来。他个子不高，长得黑黑的，瘦瘦的，尖下颏，接过转学证和成绩单："关海林？"他扭转过头看看海林。

"海林，快快叫刘、刘……"

"刘老师好。"还没等韩可远"老师"两个字说出来，海林已经向刘老师鞠完躬打完招呼了。

"从茫草城小学转来的？"刘老师问海林。

"嗯哪。"海林点点头。

"你爸爸叫啥名字？"

"关鸿雁。"

"关鸿雁？"刘老师有点诧异，但立刻又恢复常态。

海林看着刘老师点点头。

"好吧，关海林，先在办公室里等一会，一会儿打钟上课时，我带你去教室。"刘老师又转对韩可远，"老五放心吧，关海林交给我你就一百个放心吧。"

"那就、就谢谢你啦，刘、刘老师，这我指定放心。"

"张老师。"刘老师手拿转学证和成绩单，转过身去，向一位年轻的老师喊一声。

"唉，刘老师，请指示。"那位年轻、活泼又风趣的教师，精神抖擞来到刘老师面前。

"啥时去湖溪市取教材？"

"我知道，三年级的教材多取一套。"

刘老师用拳头打张老师前胸一下："真是个好小子。"

第三十八章 品味嚼碎的生活

　　每天下午放学时间是三点半。从万两河小学，到头道河村尽管三四里地的路程，还要过两道河，跟着八舅、九舅和表哥，连跑带颠，用不上半个点就到家。夏天天长，二姥爷和老舅都到地里干活去了，太姥爷虽然年过九十，身体却很好，没有啥毛病，整天在外边遛，再就是侍弄侍弄园子。二姥姥每天不是叼着她那长杆儿大烟袋，就是拿着永远也缝不完的破衣烂衫，缝啊缝啊，在海林看来，针线拉多长她的脸就拉多长。

　　放学后的那段时间，还有星期日，海林实在是不愿意在家里待，他真的憷头看二姥姥那永远阴沉的能拧出水来的脸。有一阶段，海林真的怀疑二姥姥是不是生下来就不会笑。可是从那回四姨带着小郎子来，她那个喜兴样，海林才知道，感情二姥姥原来会笑，而且笑起来也挺灿烂，只是不愿意冲自己笑罢了。尽管海林极厌恶二姥姥，他那虽然只是一颗孩子心，还是放得很宽的。他总觉得，尽管二姥姥极不情愿收留自己，但总归还是收留了，为妈妈解除一大心中愁事，不但不怨恨二姥姥，还应该感谢二姥姥呢。因此，他无论做什么事，总是想法让二姥姥高兴。

为了躲避二姥姥，海林每天放学回来，从不在家里待着，又不敢同八舅、九舅和表哥玩儿去，如果那样，二姥姥会更生气的，更说他是吃死饭的，啥也不帮干。因此，每天放学回来，他都背着书包拿着镰刀、绳子，与二姥姥打声招呼，带着大黄狗去南山打柴火。

　　南山山高，坡陡，树种较少，大部分是柞树、楸树、椴树、榛子棵，再往山上走，还有成片的"刺龙牙"。"刺龙牙"也是一种木本植物，成树的树干长得最粗，直径也就十公分左右。整个树干从下到上长满短刺，刺有一公分长，刺的根部成扁状，到尖部则逐渐变成圆形状，刺极尖极硬。"刺龙牙"大约长到两米左右，开始长树杈，到了春天，每根杈的顶端，都会长出一撮撮粗粗的、胖胖的、绿中带紫的嫩嫩的芽芽，样子长得极像香椿芽。这是一种山菜，是山菜中的佳品，它的名字与其母体——树的名字相同，叫"刺龙芽"，只是在"牙"的上边加一个草字头，成"芽"，以示它是菜。到了春天，"刺龙芽"长到半尺高时，正是吃"刺龙芽"最好的时候。可是海林看到它时，立秋已过，"刺龙芽"已有两尺多高，对生的叶子，叶脉清晰得如同太姥爷手上突起的青筋。心想，明年春天，这些"刺龙芽"就是我的了。

　　自此南山成为海林的乐园，每天放学，他都要背着书包带着大黄狗到南山打柴。他在山坡上找到一棵一搂粗的大柞树，这棵大柞树看来很老了，树皮有一寸多厚，龟裂成手掌大的块块，但它却很健康，浑身上下，没有一处因年迈而朽成的树窟，仍枝叶繁茂，旁移出很多虬龙般的粗枝干。海林甩下书包，只三五下，就爬到枝干密集的地方，他仔细看完以后，又从树上迅速下来，找来一些胳膊粗细的直树棒，又割来一些绕子，像喜鹊做窝一样，在树上搭一个大"躺椅"。"躺椅"前边还搭一个"桌子"，人坐在上边非常安全，就是在上边睡觉，也不会掉下来。为使"躺椅"不受蛇和其他昆虫的侵扰，海林从二姥爷的烟笸箩里抓两把烟叶，用山泉水浸泡后洒在大树的周围，涂在大树的树干上。这样蛇和其他昆虫都不敢靠前，"躺椅"也不会受到它们的侵扰了，在上树前也就不用担心它们会藏在树上的某个角落。

海林之所以在树上搭一个"躺椅"，既不是恶作剧，也不是贪玩，更不是偷懒耍滑，到上边睡觉。海林有个原则，就是在任何情况下，都不能忘掉学习。他每天到南山，都要先把书面作业完成，再把一天学到的内容，认认真真复习一遍，然后再预习转天要学的课程。学习任务完成后，再砍柴。为了给自己营造一个好的学习环境，他才找到这棵大树，并对它进行装修。

别看海林年龄小，每天连玩儿带干，在不知不觉中，就能完成二十多捆柴火，这样每天就可以在山上存下二十捆柴火。就说这第一天吧，他与"大黄"一边耍着玩儿一边干，就割了十八捆柴火。他一高兴，不干了，把镰刀向身边一颗粗树上砍一刀，镰刀嵌在树身上，他一手掐腰一手抹脸上的汗，嘴里"嘿"的一声，躺在地上，厚厚的树叶让他十分惬意。稍息片刻，他割来十八棵黄菠萝树条，做绕子，把十八捆柴火结结实实捆起来。把其中的十五捆垛在一起，剩下的三捆搭成马架，立在一棵树上，待回家时扛走，然后爬上那棵大柞树。大黄狗在树下急得直哼哼。海林低下头看看它："你上不来，在下边等我。"大黄狗无奈地哼哼唧唧窝在树下。海林躺在"躺椅"上，透过树叶留下的细缝，巧然看到蓝天上一只雄鹰在自由翱翔，这引起海林对小伙伴儿小青和哑巴广德的思念……雄鹰飞远了，海林的思念也中断了，情绪也有些低沉。他取下书包背在身上，从树上下来，来到马架前，把头钻到马架下面，扛起三捆柴火向家走去。

回到家了里，把书包丢在炕上，又挑起水桶，到河边挑水去了。

每天都是这样，他很有心计，放学回来从不歇息，总是帮着二姥姥干活。看他那不停地干活样子，谁看了都会产生一些乱七八糟的想法。海林不但能干活，心还特别细，就连二姥姥夏天一天烧几捆柴火，他都知道。据此，他推算，平均起来，一年四季每天四捆柴一点问题也没有。这样有一千五百捆柴就够一年烧的了。海林算了，来二姥爷家已经三个月了，他仅上山打柴就坚持两个多月，包括扛回家来的二百多捆，共有一千三百多捆柴火了，再加上苞米瓤子啥的，足够烧的了。

十月中旬，庄稼完全都进场院。这时人们都要涌向北沟，割秋柴，准备越冬。这天正是星期日，海林看二姥爷正在霍霍磨镰刀，也准备去北沟割秋柴，他这才偷偷告诉二姥爷和老舅，他在南山已存有一千三百多捆柴火。

他们倒是知道海林每天都往家扛柴火，只当是每天捡点柴火也就够当时用的，根本想不到会在山上存下柴火，将信将疑跟着海林向南山走去。

二姥爷和老舅在海林的带领下，他们来到南山的密林深处。呈现在二姥爷和老舅前面的景象，让他们惊呆了：在一条毛道的两侧，堆着二十多垛柴火。那柴火捆，简直让人不能相信是一个十岁的孩子捆的，柴火捆既大，捆得又结实，而且柴火垛都堆在毛道两侧，显然是为往山下拽方便。

"这、这不把孩子就累、累坏了吗？"老舅心疼地看着海林，"海林，你以后就可不能这、这样干了，听见没？"

"没事儿，在家时，我总和哥哥去北道沟割柴火，都习惯了。"二姥爷一脸的茫然，他什么也没说，只是摇头。

老舅手扶一棵树，环视四周，他一眼看见树上的"躺椅"："那是啥玩意？"他问海林。

海林笑了，把它的用处告诉二姥爷和老舅。老舅听后嘿嘿嘿地笑个不停，并亲昵地在海林的脸上捏一把。林海告诉二姥爷和老舅，再往山上走，有个可大可大的砬子石，砬子石下有好多"刺龙牙"树，明年春天可以到那里采"刺龙芽"。

"你还上那里去了？"二姥爷听后惊愕地问。

"嗯哪。都快到山顶上了。"海林一脸自豪的表情。

"哎呀，就、就海、海林呐，你咋上那嘎垯去呢，那嘎垯就有狼窝。"老舅一副紧张着急的样子。

"我是带'大黄'去的，可是我没看见有狼窝呀。"海林根本就不以为然。

"那里有'刺龙牙'谁都知道，为啥没有人去采，就是因为那里经常有狼出现。"二姥爷也一副紧张后怕的样子，"二姥爷告诉你，以后可不能往那里去了，别让二姥爷和你老舅为你着急，听了没？"

海林频频点头："二姥爷、老舅，你放心吧，我以后再也不往那里去了。"

"就、就——海林，以后也别、别割柴火了，这些柴火，就一年足足够烧的了。再说，你才多大呀？别、别、别累坏了身子骨儿。"

"累不坏。"海林看看二姥爷，把话一转，"二姥爷，咱往山下拽柴火吧。"

"不用你拽，你哪会拽柴火呢？我和你老舅拽就行了。"

"我会。"说着，海林把绳子顺着毛道摆成 U 字形，抱来一捆横在 U 字头的顶端当"枕头"，再在"枕头"上搭上两捆柴火，然后依次错位往后搭柴火捆（搭多少捆柴火要根据自己的力量而定）。海林总共搭十捆柴火。而后，他又熟练地把 U 字形的两个绳子头，依次穿到每捆柴火绕子的下方，最后把两个绳子头系上扣，一条"柴火龙"就绑成了。海林看看二姥爷和老舅，那表情是在问二姥爷和老舅：咋样，我行吧？

海林拽起绳套，向肩膀上一挎，拉起"柴火龙"轻快地向山下走去。

二姥爷和老舅，一直以惊奇的目光看着海林。当海林拽着"柴火龙"向山下走去的时候，他们才感觉到，这孩子在家可没少受罪，要不他不可能在两个多月中，割这么多的柴火。再看他绑"柴火龙"的熟练劲儿，不经常干的话，是不可能这样熟练的。

爷仨整整用一天的时间，把所有的柴火都拽到山下，垛到能进去车的地方。

第二天，二姥爷和老舅用牛车，整整拉回四大车柴火。

海林晚上放学回来，终于看见二姥姥脸上露出笑容，她还夸奖海林说："这孩子还真的挺能干。"并说，"海林割的柴火，又干又粗实又好烧，今年冬天不用愁柴火不好烧了。"

晚上吃饭时，海林端起碗，感觉比每天端碗时，心里踏实多了。

海林平时放学后，一般都是到南山割柴火，周日，一般上午去割柴火，而下午拾起在茫草城的老本行——钓鱼。在海林看来，万两河里鱼的种类要比茫草河里鱼的种类少多了。万两河里能够钓上来的鱼只有"柳根儿"，而这里的"柳根儿"也没有茫草河里的大。他每星期天都能钓上二、三斤鱼，每次把钓上来的鱼，就随手在河里收拾得干干净净。拿回来后，二姥姥从不鳌鱼，而是把鱼用盐卤一卤，晒成咸鱼干，装在大圆框里，挂在梁柁上。一夏一秋，海林钓的鱼所晒的鱼干儿，足足有十多斤，不过让海林奇怪的是，他一条鱼干儿都没吃过，鱼干儿却都没了，也没见家里人吃过鱼干儿。鱼干儿都哪里去了？莫非他们背着自己吃的？不可能，海林否认了自己的想法。太姥爷、二姥爷、二姥姥牙都不行，他们根本咬不动鱼干儿，可是也没见到老舅吃呀！再说老舅吃啥东西，从来没落下过海林，老舅吃了更是不可能。得了，不想它了，想也没有用，哪去就哪去吧。

冬天到了，这是海林来二姥爷家的第一个冬天。

学校教室安上了炉子，炉子是用砖垒起来的那种。每天早晨学生都要在炉子上烤饽饽。这天正好是海林小组值日，他们组共有七个人，其中就有华宝山，他可是华老师的儿子，二姥姥的亲外孙。三下五除二，炉子点着了。大家伙都挤到炉子前烤饽饽，华宝山除烤饽饽外，还放在炉子上一大把干鱼干儿。

"鱼干儿！"一个同学上去就抢走几个。

"你咋那臭美呢？你给我放回来，别找不自在。"华宝山立眉愣眼用手指着那个同学。

"这是你的鱼干儿？"

"就是我的，你麻溜给我放下！"

那个同学惹不起华宝山，乖乖把鱼干儿放回去。

海林听说是咸鱼干儿，走过来看看。然后从炉子上拿起自己的饽饽，离开炉子，走到自己的座位上坐下，一口饽饽，一口咸菜，一口凉水，慢慢咀嚼着，似乎在品味着什么。

第三十九章 一角钱的价值

从立冬这天开始，接连下了三天大雪，积雪有一尺多厚。整个世界被大雪覆盖，空旷的原野，千踪难觅，诸鸟飞绝，寒风冷雪在大地上肆虐。整个世界白得彻底，白得蛮横——不留一点其他颜色，把所有大路小径统统堵塞，也堵塞了海林的心。他站在堆得高高的粪堆上，看着满世界被风吹起的清灰色的冷冷的雪雾，听着风吹树梢发出的哑哨似的鸣响，他那正在成长的心，随着飘飞的雪雾，飞回到他一直眷恋的故乡——茫草城。那里有熟悉的山、熟悉的水、熟悉的校园，还有整天在一起混玩儿的小青、哑巴广德和不老少的同学，更有那让他永远怀念妈妈带他们住过的破屋，尽管在那里差一点被冻死。

"海林。"就在海林漫无边际回想的时候，表哥在大门口喊他。海林回过头来，看见表哥手里攥着一把铁丝。

海林快快走过来："这是啥呀？"

"兔套。你咋的了，海林？"维凡表哥看海林一脸愁容，顺便问一句。

"没咋的。"海林苦笑笑，"你要下兔套子去？"

"咱俩一块去。"

"好哇。"海林兴奋起来，"去哪下兔套？"

"南山。"表哥把手中的兔套一挥，"去年我还在南山套着一只大兔子呢。"

"行，表哥，你先等我一会儿，我回去告诉我二姥爷一声。"

"我刚从你家来，我二爷说让你去。"

"真的？"海林兴奋地问。

"我还能骗你！"

大雪掩埋了通往南山的路，掩埋了路边的草。漫山遍野的树，驮着沉重的雪，雪把树压弯了腰。林中的枯叶，有一尺多厚，一脚下去陷过脚面，而今也荡然不见。

表哥把兔套分给海林一半，问海林："你会下兔套吗？"

"我和小青、哑巴，冬天我们总去'监哨'下兔套，有时还能套着野鸡呢。"

"那太好了。"维凡高兴地说，并吩咐海林，"你从东边那条小路，看见了吗，那有兔子跳过的脚印，每十步远下一个套子，我从西边这条小路遛，咱俩齐头并进。"

"好，没问题。"海林很有信心。

海林刚要走，维凡又把海林叫住，并郑重其事地告诉海林："你放心，海林，不管咱两人谁下的套子套着兔子，卖钱都对半劈。"

"真的？"海林高兴地又追问表哥一句。

"那还有假？"

海林伸出小拇指，维凡也伸出来小拇指，两人哈哈哈笑着，嘴里还同时快速念叨："拉钩上吊，一百年不许变。"

两人把手中的套子全都下完，维凡以下兔套经验丰富的姿态，抽检几个海林下的兔套："嗯，真不赖，你下的兔套还真行，套圈的大小，高低都挺合适。"维凡赞许地说。

"那是，还行吧。"海林也一副不在话下的样子。

第二天海林还没吃完早饭，维凡就来找海林去南山遛套子。

"就你们俩能套、套着兔子？别——让兔子把你们俩套住吧。"韩可远听说维凡和海林下兔套子了，一脸极不相信的笑容说，"就你们俩能套住兔子的话，老爷们儿都能就生、生孩子。"说完嘿嘿地笑起来。

"那好，我这回非让我五叔生回孩子不可，我倒要好好看看我五叔是咋生孩子的，到时我给你上樱桃园请老娘婆去。"

"你他妈的还学着跟我屁上了。"韩可远边笑边回头找扫炕笤帚。维凡一看不好，拽着海林跑了。

"套着喽——"维凡喊。

"我们套着大兔子喽——"海林喊。

"这回我五叔要生孩子喽——"维凡冲着山下大声喊叫着。

南山的树林子里，传出维凡和海林的呼喊声和欢呼声，声音在大山里回荡。

真不简单，还真的套住一只兔子，而且这只兔子个头还不小。海林更加高兴，因为这只大兔子，是海林下的套子套住的。海林心想，这起码可以证明自己下的套子是合格的。

"表哥，咱啥时候卖兔子去？"海林问表哥。

"现在就去。"维凡说。

"现在就去？"

"对，现在就去。"他看看海林说，"要到河坎子供销社去卖，河坎子离这嘎垯老远的，雪又大，你走不动，我自己去吧。"

"这算啥呀，我在家时，雪比这还大呢，我还和我哥哥去北道沟割柴火呢。走，咱们还是一块去吧！"海林表现得非常坚决。

"那行吧。"维凡有些悻悻然，一声没言声向山下走去。

维凡走得很快，转眼就把海林落下老远。海林小跑一阵，累得气喘吁吁才追上表哥。他侧脸看看维凡的脸色："表哥你不高兴了？"

"没有哇，谁不高兴了？"

"我看你好像有点不高兴似的。"

"你才不高兴了呢。"说完，维凡更加快脚步向前走去。那样子确实有些反常。海林没有再问，只是紧紧跟在表哥的身后。至此，两人再也没说话，只有两人踩着雪发出咯吱咯吱的声音。那只大野兔儿，由维凡背着，在他的后背上，随着维凡走路的节奏，左右摆动着。

维凡走的速度越来越快，几乎是小跑，似乎要把海林甩掉。或者是采取这种办法，拖垮海林，让海林自己放弃去河坎子供销社。海林是谁，他可不是软弱的人，虽然年龄小，他可是经过苦难磨炼的孩子。他紧紧跟在表哥的后边，几乎要踩到表哥的脚后跟。过了五道河子，海林依然超过表哥，将表哥甩有五十步开外。他看表哥好像走不动了，便停下来，等表哥跟上来，海林看表哥那气喘吁吁的样子说：

"表哥，我背一会儿兔子吧？"

"你背干啥，用你背？"

"我看你累了。"

"你才累了呢。"维凡很不高兴的样子。他斜海林一眼，加快脚步，逞强似的向前走去。

海林从后边看着表哥，觉得他今天太反常了，海林意识到自己说与他一同去河坎子供销社起，就透出一种不高兴的表情，而且一路上对自己又异常的冷淡，这时海林的心里产生一种不祥的预感。

他们在雪地上跋涉大约两个多小时，终于来到河坎子供销社。

供销社的人员，煞有介事地权衡老长时间，报出价格："三角钱。"

海林看看表哥，表哥一副不置可否的样子。

"再给加点钱吧。"海林向收购人员恳求，"这大雪天，我们是从头道河子来的。"

"从头道河子来的？"收购人员有些惊讶。

"嗯哪。"

"那行，看你们大老远来的，再给加一角。"

海林笑了："谢谢叔叔啊。"

"呵，你还挺会说话的。"

"会说着呐，我啥好话都会说。"海林的风趣儿，让供销社里买东西的和卖东西的都笑起来。

他们离开供销社，海林心想：四角钱，正好一个人两角。两角钱可以买三个本和一支铅笔了。就在海林盘算两角钱怎样花的时候，维凡把四角钱揣进口袋，急速地向前走去。海林急忙追上表哥：

"表哥把钱给我吧，我想买本儿。"

"给你！"维凡气哼哼扔给海林一角钱。

海林捡起地上的一角钱，追上表哥："哎，不对呀，你不是说卖兔子的钱对半劈吗？你给我的钱不对呀，还差一角钱呐。"

"谁说对半劈了？"维凡蛮横不讲理瞪着眼，"我没说！"

"你说的，咱们还拉钩了呢，你说话是放屁咋的？"海林毫不示弱，"再说，那兔子才卖三角钱，是我说得人家才多给一角钱，按理应该给你一角五分钱，给你两角钱就不错了。"

"你想得美，就不给，是我的兔套子，给你一角钱就够便宜你的了。"

"那是我下的套子套着的，我要不把套子下在那嘎垯，你套得着吗？再说咱们事先讲好的，卖兔子钱对半劈，要不我还不跟你去呢。"

维凡嘴动动，没词了。他冷不防把海林推倒在雪地上，拔

431

腿就跑。

"呀呵，动手了，想打架咋的，看你那小样，你当我怕你是咋的。"海林从地上蹿起来，追上表哥，从后边照着表哥的屁股就是一脚，维凡来个嘴啃雪。维凡站起来和海林扭打起来。两人在雪地上滚了十几个滚儿，还是海林把维凡骑在身下，他一边打一边数落：

"我让你赖，我让你赖！你给不给那一角钱？"

这时周围围起一帮孩子，谁都不认识这两个打架的孩子是哪来的，都在起哄看热闹：

"打呀，使劲打！"

"对、对，封他的眼！"

看热闹的孩子唯恐打得不热闹。一位拾粪的老大爷挤进围观的孩子堆里来："这是谁家的孩子？不许打架！"他上来把海林拽开。

维凡站起来还不依不饶，向海林扑过来。海林学佟成贵大爷治关鸿涛的样子，向旁一躲，脚下一绊，顺手在维凡的后背一推，维凡又来一个嘴啃雪。

"好！摔得好！"

"呵，这小个子倒有两下子！"

又是一阵叫好声。

拾粪的老大爷好不容易才把维凡和海林拉开。两人像斗架的公鸡，怒目圆睁，喘着粗气，互相对峙。

"这是谁家的孩子？"拾粪的老大爷眯缝着一双老花眼，看看维凡，又看看海林，"这不是咱河坎子的孩子，你们是哪来的？"

海林用棉袄袖擦擦鼻子："是头道河子的。"

"哎嗨呀，头道河子的咋跑这儿打架来了？"

维凡看着海林，嘴里"哼！"了一声，转身跑了。

"跑，你跑到家也得给我。"海林随后追上去。

"嗷……"

围观的孩子又是一阵起哄声。

"去、去、去！"拾粪的老大爷制止起哄的孩子们，冲着维凡和海林大声喊，"不准再打架了！"

韩维凡个头虽然比海林高，年龄也比海林大，但他由于干瘦体弱，还有点哮喘，尽管不严重，身体明显不如海林，与海林打架只能吃亏。快到五道河子了，海林看表哥还没有给那一角钱的意思，上去拦住他的去路：

"你别走，你给不给那一角钱？今天你要不给，我还揍你，你信不信？"海林指着维凡的鼻子。

"我不信！"维凡还很强硬。

海林上去抓住维凡的脖领子。

"你敢！"维凡抓住海林的手腕子，他虽然在喊，但底气很不足，"你再动手，我回去告诉我二奶奶。"他知道海林最憷头二姥姥。

海林一听更来气了，心想，你说话不算数，耍赖，还想告诉我二姥姥，行，我让你告去，今儿个我豁出去了。心里想着，右手攥成的拳头，照着维凡的脸就是一拳，维凡被打倒在地。他手捂着脸，两脚蹬踹着在地上哭喊：

"哎呀妈呀，打死我啦——"韩维凡觉得鼻子里有东西流出来，用手摸一下鼻子，满手是血，哭得更厉害了，"哎呀，把我鼻子打坏了，二姑哇，你管不管你儿子。啊、啊——"他所喊的二姑就是海林的妈妈。

海林看表哥的鼻子流血了，心里也打起鼓来。心想，我没咋使劲呀，鼻子咋流血了呢？又一想，能咋的，我才不怕呢。他看看韩维凡：

"你别跟我来这套，装啥呀，谁怕你呀，你不给我那一角钱，跟你没完。"海林绕过维凡走了。他走没几步又转回来，冲着韩维凡说："你不给我那一角钱是吧？好，我回去把你山上的那些兔套全都给你拿走，看谁合适。"海林说完又转身走了。

维凡一听海林要收他的兔套，一滚个儿，爬起来追海林。海林看他追来，拔腿就跑，而且边跑边笑，有点戏弄维凡。维凡在后边紧追，累得他喘气都费劲。维凡实在跑不动了，他站下来大喘气。海林看他站住，边笑边倒退着走，气得维凡咬牙切齿，恨不得抓住海林咬死他。

冬天的日照短，又是农闲时节，各家各户都吃两顿饭。早晨八点多钟，农村人讲，太阳两杆子高时，吃早饭，下午太阳还有两杆子高就该吃晚饭了。二姥爷放上饭桌，想起一整天没看到海林了："哎，这孩子从早晨跟维凡走的，咋一天没回家？"他自言自语，又像是问别人。

"是不是在他大、大大舅家了？"韩可远一边向外走一边说，"我去看看。"

韩可远刚到西院，就看海林回来了。

"你、你一天上哪去了，咋才回来？"

海林没有回答老舅的问话，气哼哼地从老舅身边走过去。

"哎、哎，这孩子咋还生气了，这是咋的了？"韩可远丈二金刚，摸不着头脑。他随后跟回来，还没等到家门口，就听维凡在身后大喊起来：

"你有能耐给我出来！"维凡一看到家了，心里有了主张。

韩可远回过头来一看，维凡满脸是血，便知两人打架了，知道维凡吃亏了，他笑着问维凡："就你这唱的是关、关公戏咋的，咋还画成红脸呢？"

"去你的，结结巴巴，谁唱戏了，是海林把我鼻子打出血了。"维凡又冲着韩可远喊去来。

韩可远一听海林把维凡打了，更觉得有乐趣儿，傻笑着说：

"就我这结、结巴，已、已经历史悠久了，没法整了。就你要是能给你五叔治过来，还、还是那句话，我就能生孩子。"

这时候二姥爷从屋里走出来："维凡，你们俩打架了咋的？"

"他打我了！"维凡还是喊叫着。

"嘿、嘿、嘿……你那、那——老大胎，咋还叫海林打了呢？这我可不信。"韩可远一边嘿嘿笑，一边还是用话在捉弄维凡。

"你去一边儿去，别气我了行不行！"维凡有点歇斯底里了。

韩可远看维凡那样子，越发笑起来。

"你们俩不是挺好的吗？咋还打起来了，因为啥呀？"二爷问维凡。

维凡这时不说话了。

"海林，咋回事呀？"二姥爷向屋里问。

海林从屋里出来，指着维凡："你问他，是咋回事儿，是他先动的手。"

维凡还是不说话。

韩可远站在一旁还是笑。他有个毛病，爱看孩子打架，哪有孩子打架，他往哪里凑合，从不拉架，只是站在一旁笑，看热闹。二姥姥一看见他这样，就骂他缺心眼儿、傻鳔子。这时，维凡的爸爸来了。他也是听说孩子打架了。

"咋的了海林？"他指着维凡说，"你咋一点哥哥样没有呢？"

维凡一副委屈的样子。

"海林，咋的了，你表哥欺负你了？"大舅抚摸着海林的头。海林眼泪扑簌簌流下来。大舅回过身来呵斥维凡："你咋这么不懂事儿呢？一点不懂好歹，你二姑白疼你了，白嘱咐你了。你是哥哥，二姑不在跟前，你应该好好照顾他才是，别人欺负他你都不能让，你咋还这样呢？"

"这维凡现在就——就可张扬了，现在不喊我五、五、五叔了，喊我结巴。"韩可远一边笑一边火上浇油。

维凡听五叔这样一说，气得哭起来："谁那样叫了？你个大结巴。"

韩可远笑得前仰后合，几乎要倒在地上说："你们听见了吧，又叫结、结巴了吧，还是大、大结巴。"

"去，你五叔不是跟你说笑话吗？回家洗脸去。"维凡的爸爸呵斥维凡。

维凡转身要走，海林向前跨一步，堵住维凡的去路："你不能走，你还该我一角钱呢，你凭啥说话不算数？"

"谁该你钱了，我不该。"维凡不承认。

"别别，咋回事儿？你先别走，说说我听听。"大舅过来问维凡。

维凡哑口了。

于是海林把套兔子和去河坎子卖兔子的事儿，前前后后讲一遍。

"就你们真的套、套着兔子啦？就你、你们？"韩可远惊讶中带着不相信。

"就、就套着兔、兔子了，就、就你养孩子去、去吧。"维凡气得学韩可远说话。

"啥话呢，咋还出来养孩子了呢？"海林的大舅一头雾水。韩可远笑得不行，一屁股坐在雪堆上。

大家伙终于听明白海林和维凡打架的原因了。大舅也笑起来："你这当哥哥的可真的不对，咋能说话不算数呢？"他指着维凡说。于是他从兜里掏出五角钱："来，海林，大舅给。"

"我不要，我就要那一角钱。"海林也上来了轴劲。

老舅拽拽海林："你大舅给给的是五角，比一角钱多，快接过来。"

维凡上去就把他爸爸手里的五角钱抢走了，把一角钱扔在海林的脚下："凭啥给他五角，就给他一角。"说完转身跑了。

"你他妈就跑得比兔子还、就还快呢，就你回来，我养孩子给你看看。"韩可远向跑走的维凡大声喊叫着。

"你说你有点叔叔样嘛，不管管他，一天竟跟他们屁的流星的，他们能怕你吗？"海林的大舅笑着数落弟弟。

大舅又掏出五角钱递到海林面前："海林听话，把这五角钱也拿着，留着买几个本和铅笔用。大舅也是穷，从来也没给我这个外甥一分钱，给，拿着吧，别让大舅着急。"

海林流下眼泪："大舅，我不要。给您，这一角钱我也不要了。"他把一角钱塞到大舅手里，跑回屋去。

二姥爷、大舅和老舅也都跟进屋去。

"老大，在这一块儿吃吧。"二姥姥向老大客气着说。

"我刚吃完，二婶子，你们快吃饭吧，我抽袋烟。"大舅坐在北炕上，拿过烟笸箩在卷烟。

大舅一边抽烟一边唠嗑，他抽完一袋烟就走了。吃完饭后，二姥爷拿烟笸箩准备抽烟，发现烟笸箩里有六角钱。

第四十章 寒夜里舅舅的泪水

一九五七年的春天来了。

阳春三月，明媚的阳光毫不吝啬地洒向大地。漫山遍野的积雪，在阳光下融化得稀里哗啦，斑斑驳驳的大地，一块黑一块白，到处是烂泥，没有一丝冬天的坚硬与纯洁，显得特丑陋，丑陋得让人厌恶。特别每天上学必经的公路，简直让人无法行走，一踩一脚泥，到处汪着雪化后的积水，尽管这样你也得走，没有其他路可行。别人家的孩子都有胶鞋，鞋里填上靰鞡草，既防水又暖和。可是海林呢，还是冬天那双已经露脚趾的那双破棉鞋，海林也填一些靰鞡草，问题是它漏水。一冬天海林的脚也没冻，到春天脚却冻得肿胀、化脓，疼得海林毫无办法，只能忍受、再忍受。走路一瘸一拐的，没有人去关心他，问问咋的了，没有。这一天老舅看出来了，他问海林：

"海林，你、你走路咋还跟我一、一样，咋还瘸了呢？"

"脚冻坏了。"海林回答的声音很小。

"你把鞋脱、脱、脱下来我——看看。"

海林坐到炕沿上，轻轻地把鞋脱下来。老舅接过鞋：

"哎呀，这孩子的鞋，咋破这样了，全湿透了，这能不冻、冻脚嘛？"他转回身来，看看坐在南炕悠闲自得抽烟袋的老娘，"妈，就我那双胶鞋在哪了？"

"不知道。"二姥姥连眼皮都没抬，叼着烟袋的嘴咕囔一句。

"你咋不、不知道呢，不是你经管的吗？"

"我没经管。"二姥姥冷冷地扔来一句。

"老舅，我不要，没事儿，过几天天暖和就好了。"海林非常知趣儿地说。

"不、不知道就算，我还、还不用你了。"说着，韩可远来到大躺柜前，用那只好手，猛地一下，把躺柜的盖儿掀开扔在地上，大躺柜盖儿成了两半儿。

"你干啥呀，作死咋的？"二姥姥瞪着三角眼，一脸的怒气。

老舅根本不理睬二姥姥，听到二姥姥的骂声，他越发肆无忌惮从柜子里往外扔东西，扔得满地都是。海林赶忙穿上那双漏脚趾头的鞋，跳到地上，他一边把老舅扔到地上的东西拾到炕上，一边喊："老舅，别扔了！"老舅仍然玩命地把东西往外拽。

海林哭了。他拉着老舅的胳膊："老舅，你别找了，你找到我也不要。"

"你、你别管。"他用力从海林干瘦的双手中，抽出那只强健的胳膊，"我就不信'蚌捌子'倒上树，这要是、是、自己的亲外孙子，就能这样对待吗？"

韩可远说得太直白了，二姥姥坐不住了，她把长烟袋往炕上一摔，三两下就挪到炕边，咬牙切齿骂一句："瘟大灾的，你咋不死了？"便下地走了。

老舅终于找出那双胶鞋，是一双高筒胶鞋。左脚那只完好无损，右脚那只就不行了，靠里怀鞋帮处，有一寸长的口子。老舅愣愣地看那只破了的胶鞋："它妈个巴子，这咋整的，咋还破了呢？"说完提着那双胶鞋走了。至于他从柜子中拽出的那些东西，毫不理会，好像那不是他搜出来的，又好像根本就没看见那些东西。海林哭着把那些东西，都给叠好规规矩矩放回柜子里。当海林去拾地上的柜子盖时，愣住了，他呆呆地看着两半儿的柜子盖好一会，最后还是把柜子盖捡起放到炕上，然后到仓房拿来钉子、木条、锯和榔头，把柜子盖儿放在地上，对好缝，量好长度，锯出两条木条，很快就把两半儿的柜子盖儿修好了。这还是他从二姥爷那里偷来的艺呢——前几天，炕上那个箱子的盖儿，就两半儿一次，二姥爷修的时候，海林一直在跟前看，这次是他模仿二姥爷的做法，把柜子盖儿修好的。

海林把一切都安顿好后，出来找二姥姥。他知道二姥姥肯定在四姥姥家，因为每次她与老舅生气，都会到四姥姥这儿说话来。

海林来到四姥姥家，二姥姥果然在那抽烟与四姥姥唠嗑。

"四姥姥。"海林叫一声。

"哎，海林干啥呢？"

"找我二姥姥。"海林来到二姥姥面前，挽起二姥姥的一只胳膊，"二姥姥，走，回家吧，我老舅他知道自己错了，您别生气了，二姥姥。"

"你看看，你看看，海林这孩子多懂事儿。快回去吧，他二娘，跟儿子还真生气。信着生气一天得把你气几个死。"四姥姥在鞋底上把烟灰磕掉。

二姥姥恐怕话多了露出生气的真相，借着四姥姥的话走了。

海林挽着二姥姥刚回到自家的院子，就看老舅站在院子中间，那只残疾胳膊的腋下夹着一只胶鞋，那只好手提着一只胶鞋。看海林回来："海林，你、你把它续点儿靰鞡草，明天上学就穿它。"老舅把胶鞋扔到海林面前。还没等别人有啥反应，他自己看着原本是高筒的胶鞋，让他整治成半高筒，面貌全非，自己先傻笑起来。那表情好像刚才不愉快的事情没发生过。

440

二姥姥斜一眼地上的胶鞋，本来已经消了的气，忽的一下又火冒三丈："你咋把它给剪了呢？"

"补那口子，没、没有胶皮，不剪它就拿啥补？"老舅没有好气地回答，脸上的笑容瞬间消失。

"你纯粹是个败家子！"二姥姥手指着老舅的脑门儿，咬牙切齿恶狠狠地说，"你咋不嘎巴一下就死了，省下粮食喂口猪都比你有用。"

"就你才嘎巴一下死了呢。"老舅回一句。

也确实让人生气，好好的一双胶鞋，就为补一个口子，老舅愣把胶鞋上筒剪了当补料，二姥姥能不生气吗？

"老舅，你不应该把它毁了，这我还咋穿呀？"

"这咋就不能穿，这不是挺、挺好的嘛。"

"嗨呀，老舅，我说的不是鞋……"海林一着急，蹲在地上。

老舅不说话了，明白海林说的啥意思了，长叹一口气，坐到一个木架子上，狠狠抽自己嘴巴子一下。

"老舅你别这样。"海林哭了，哭得很伤心。他感谢老舅对他的关心和照顾，觉得老舅都是因为自己才受这样窝囊气。他站起身来，仰头看着天，一个闪念在他的脑子里出现。

晚饭做好了，二姥姥把饭菜都端上来，又给每人把饭盛上——二姥姥历来都是这样，然后喊一句"吃饭吧"，至于别人听没听见，那是别人的事了。可是，今天却出乎人们意料：都上桌子吃上饭了，唯独海林没上桌子。

"海林呢？"二姥爷没有抬头，一边吃饭一边问一句。

"哎，可不是咋的，就这、这、这孩子咋没来吃、吃饭呢？"老舅放下饭碗，向院子方向喊，"海林，海林，吃、吃饭了。"

没有回音。

"爱吃不吃，人不大还有个脾气，跟谁耍？哼。"二姥姥耷拉着眼皮，沉沉着脸，嘴里不停地嘟囔。

二姥爷放下碗："是不是在西院玩呢。"他向屋外走去，"我看看去。"

"爸爸，你别、别去了，海林从来不玩儿。"韩可远叫住二姥爷。二姥爷没加可否，走了。

有一袋烟的工夫，二姥爷回来了。他既没说海林在西院，也没说海林没在西院，也没上桌子继续吃饭，而是一句话也没有，装上一袋烟，坐在炕沿上抽起烟来。

"到底咋回事儿呀，在没在西院，你哭丧个脸算咋的？"太姥爷有些担心地问。

"这孩子今个儿有啥事儿咋的？"二姥爷嘴里咕囔着，显然是问二姥姥。

"不知道。"二姥姥向外屋走去。

"都怪你，还装啥糊涂？"老舅杵囔二姥姥一句。

"咋的能怪我呢？"二姥姥回过头来，瞪老舅一眼，她的眼光中透着不安。

"哎，这孩子平时能上哪去？"二姥爷回过头问老舅一句。

"能去哪，他、他哪也不去。"老舅皱着眉头，一副着急的样子，向周围寻找海林的书包，"嗯，这孩子的书包也没有了，八成跑屁头了。"

"这么晚了，他能跑哪去？我估摸不会走远。"二姥爷拿起手电筒走了。

韩可远来到西院，找到维凡和他爸爸，还有四叔等人，他们全力以赴，南山、北沟、房后的杨树林子、河边、仓房、牛棚、猪圈，还有海林在南山那棵大树上绑的椅子，人们都去看了，没有。整个头道河村，各个角落都找遍了，仍然没有海林的踪影。这一下韩家的人们可炸窝了，他们不知到底发生了啥事儿，海林咋就没了呢，一时间说啥的都有。大家心里都在担忧，唯恐出啥意外。要是真的出点儿啥事儿，那可真的对不起珍珍了。虽然海林是寄居在二姥爷家，可是珍珍谁家都客气到了。她那担心、无奈、祈求的目光，谁都不会忘记的。

就在大家闹翻天地找海林的时候，海林回来了，是他的班主任刘清华老师送回来的。

事情是这样的，海林看老舅，为他太操心了，而且因他家里总是不平静，老舅和二姥姥经常因他吵嘴，他实在不愿意这样下去，就自己走了。他走，也不准备到湖溪市找妈妈去，那样妈妈会急死的，因为妈妈实在没有办法，才把他寄养在二姥爷家，这是妈妈唯一的办法。他准备回河草镇，在那要饭，专门在河草镇中学门前要饭，晚上就住火车站，火车站不让住，反正车站里有好多能藏人的地方，就在那里藏猫猫，躲着铁路上的人。

临走时，为了躲开老舅，他从东角门出去，是沿着河边树林子走的。他一瘸一拐刚过四道河子，听后边有人叫他的名字，回头一看是刘老师。

"你这是上哪去，关海林？"刘老师来到海林面前奇怪地问。海林低下头。

原来，海林刚走过三道河村时，老师正好下班。他家住在五道河村，一出村，就看见远处有一个小孩，一瘸一拐急匆匆地向前走。他越看越像关海林，就追上去，追到近前，果然是关海林。

"你腿咋瘸了，谁又欺负你了？"刘老师根本没意识到海林是离家出走，看他腿瘸了，才这样问问一句。

海林哭了，他嘤嘤嘤哭得很伤心、很委屈。

"谁欺负你了？告诉老师，老师明天找他，批评他。"

"没有人欺负我。"

"那你咋的了？"

"我不想在这上学了。"

老师心里好像明白了什么。他拍拍海林的肩膀："走，先跟老师去。"

"不，刘老师，我不去。"

"你准备上哪？"

"不知道。"

"不知道？……走吧，听话，先到老师家，有啥事儿跟老师说说，看老师有没有办法……走吧。"

刘老师把海林带到自己的家，问明情况后，他脱下海林的鞋，一句话也没说，来到外屋地，给海林兑好一盆温热水，让海林烫烫脚。旁边站着的刘老师的爱人，心里酸酸的。

"去吧，你先做点吃的来，我和关海林先吃点，我把孩子送回去，要不他二姥爷家还不炸窝呀，还有一个九十多岁的太姥爷呢。"刘老师吩咐妻子，"再把刘亮那双棉胶鞋给孩子拿来。"

"饭早就熟了。刘亮那双鞋是不是大，他穿？"

"大不要紧，续点靰鞡草，更暖和。"

"不，不要，刘老师，我不要你们家的鞋。"海林听他们的对话，着急地说。

"不要，不要你这脚要是冻坏了，可就上不了学了。"刘老师连劝带吓唬，海林才算安定下来。可是他又哭起来……

刘清华老师把海林送回后，只是说他临下班时去锁教室门，看海林在教室里学习，才把他送回来的。至于那双鞋，是他给儿子亮亮买的，一直没拿回家，看海林的鞋破了，就先给海林穿上。

刘老师看一切都很正常，就告辞走了。

韩可远送刘老师时，由于他一再问刘老师，刘老师从关海林嘴里知道韩可远对海林不错，就对他说了实情，并要求他不能有别的想法。韩可远一再感谢刘老师，并说我是不会有想法的，那样就更对不起我二姐了。

韩可远把刘老师送出大门外，他站在春天的寒夜里，流了很长时间的泪。

第四十一章 锈蚀斑驳的记忆

一年一度的"端午节"到了。海林今天起得特别早。他来到仓房前，从墙上摘下一条绳子和一把镰刀，到西院找表哥去了。哥俩跑到南山，一人割一捆艾蒿背回来，弄得满身湿漉漉的。回来后，把住房的房檐、仓房的房檐、猪圈的檐头、鸡窝的檐头，都插上艾蒿，然后喂猪、喂鸡，忙活好一阵子，二姥姥的饭也做熟了。虽然是"端午节"，饭菜依然是平常的饭菜，只是桌子上多了几个煮鸡蛋。海林看都没看鸡蛋一眼，扒拉一碗饭，背起书包上学去了。

"海林，拿、拿、拿俩鸡蛋走。"老舅喊一嗓子。海林早跑远了。

他们走在路上，两只喜鹊在道旁的大树上，大尾巴一翘一翘，对着海林他们喳喳喳不停地叫。海林从后腰拽下弹弓，加上石蛋，拉满弓筋，就要发射。这时，突然想起妈妈说过，喜鹊要是对着你不停地喳喳叫，那是因为有喜事儿要降临到你的头上。于是，他慢慢放松拉紧的弹弓，看着喳喳叫的喜鹊出神。

"哎，咋不打了？"一直屏住呼吸，聚精会神看着海林射喜鹊的八舅、九舅和表哥遗憾地叹口气问海林。

"不打了。"海林摇摇头。

"你不打，把弹弓给我，我打。"九舅伸手向海林要弹弓。

"不给。"海林把弹弓藏在身后。

"你给不给？"九舅向海林逼过来，欲耍横。

"不给，不给，就不给。"海林毫不退缩，"你以为八舅怕你我也怕你，哼，看你那小样，没有三泡牛屎摞一块高，你有啥能耐，不就仗着你妈横吗，我才不怕呢。"海林手拿着弹弓在九舅眼前晃着。

九舅一把抓住弹弓。

"你松开！"海林瞪起眼。

"就不松，看你能咋的？"九舅像对八舅耍横那样也向海林耍起横来。

八舅和表哥都恨老九，恨不得让海林臭揍老九一顿，可是又怕海林打不过老九，就过来劝解。海林本想就此罢休，可是老九却不依不饶。

"八舅，表哥你们不用管，今天非让他好好认识认识我不可。"

八舅和表哥退到后边去准备看热闹了。

"你撒开！"海林再次警告老九。

"不撒，就是不撒！"老九红头涨脸地喘着粗气。

说时迟那时快，海林一拳打在老九的脸上，同时下边用脚把老九的腿向旁用力一踢，老九立时横躺在马路上。他依然用他那惯用伎俩——号啕大哭起来，想吓住海林。

这下可把八舅和表哥吓坏了，他们为海林捏把汗，他们都曾经领教过老九妈妈的厉害。

海林看看表哥和八舅："没你们事儿，别怕！"海林来到像受多大委屈的老九面前，蹲下来："哎，老九，啊，不对，九舅，你咋还干打雷不下雨呀？"

"我回家告诉妈妈去，让我妈把我二叔家也给砸了，等你回去把你给剐了！"老九站起来，咬牙切齿一跺脚回家去了。

"你妈敢砸我二姥爷家，我敢把你家的房子点着了，不信你试试。"海林在后边指着老九咬着牙说。

"哎呀，海林，他妈妈要真把我二大爷的家给砸了那可咋整？"八舅担心地问海林。

"我刚才不是说了吗，我非把他家的房子点着不可，今天点不了，总能找到点的时候。我可不怕她撒野，她那么大岁数敢撒野，我就敢当胡子，我可不吃她那亏。跟你说八舅、表哥，你别怕她，你越怕她，她就越欺负你。要是有人真的向你下狠茬，你就给他来个更狠的，下回他就不敢再和你要横了。实在打不过他，就找机会报复他。我在茫草城就报过仇。"

八舅对海林真是佩服得五体投地，他们伸出大拇指向海林比划着。表哥则是无动于衷，他实际也佩服海林，只是上次因为兔子一事儿，表哥同样吃亏了，一想起这件事，仍然耿耿于怀，绝不会对海林表示啥的。

海林虽然把大话说出去了，可是心里还是有点忐忑不安：我大姥姥要是真的像对我四姥爷家那样，去砸我二姥爷家，那可咋整，那不又给我二姥姥惹事儿了吗？不行，我得回去看看。我惹事儿，大姥姥咋打我都行，就是不能碰我二姥姥家一根汗毛。想到这儿，海林转身向回跑去。

"哎，海林，你干啥去？回来。"八舅看海林向回跑去，急忙喊一句。

"你不用管。"海林头也没回，继续向家跑。

"完啦，这回非打热闹不可。"八舅担心地说。

"反正我奶奶够恶的，一点都不讲理。"维凡胆怯地说，"我们家谁都不敢惹她，那可真怕她，我说的一点都不玄。"

"那我知道，上回那一次，就把我家给整屁了，那也太狠了，手里有啥都敢向你下手，那手可真叫黑，那一次就把我们家给整赖了。"老八一副后怕样。

老八和维凡边走边猜测今天可能产生的后果。

海林一路小跑来到老九家门前。看见老九刚好进屋，海林轻脚快步来到大姥姥的窗户下，就听大姥姥问：

"老九，你咋回来了呢？"

"我肚子疼。"老九用哭唧唧的声音回答。

"肚子咋还疼了呢？上炕头热乎地界趴一会，八成又着凉了。你呀，一天跟你真操老心了。"大姥姥絮絮叨叨说个没完。

一听九舅这样说，海林差点儿笑出声来。可是他真的想不出九舅为啥要这样说。去去吧，爱咋说就咋说吧，我得赶快上学去。海林撒丫子向大门外跑去。

"海林，你咋才走呢？"海林正向大门外跑，大姥姥从屋里出来。

"噢，大姥姥，你有事儿？"海林停下脚回转过身所答非所问。

"你九舅肚子疼了，今天八成不能上学去了，你给请个假。"

"行，大姥姥，你放心吧。"海林说完撒开丫子跑了。

海林一直跑到学校，到学校门口也追上了八舅和表哥。

"归其咋整了？"八舅一看海林呼哧带喘地追上来忙问一句。

海林笑着把一切都告诉八舅和表哥。

"神鬼怕恶的。"表哥说。

"绝对的。"八舅迎合着说。

三人蹦蹦跳跳进了校门。

"端午节"学校放假半天。海林背起书包走出教室，正准备去找八舅和表哥回家，却看见华老师站在办公室前，微笑着向他摆手。

海林跑过去："四姨夫，你有事儿？"

"今天中午到我家吃饭去。"他笑容可掬。

"四姨夫，我不去了。"

"去吧，你妈妈来了。"四姨夫笑容满面地说。

海林听说妈妈来了，转身向四姨家跑去。海林来到四姨家的院子，听到屋里传出妈妈的说话声："是妈妈来了！"

"妈妈！"海林大喊一声，跑进屋里，扑到妈妈怀里，"妈妈你啥时候来的？"海林真有点喜出望外。

"妈妈来一会儿了。"珍珍抚摸海林头问，"学习咋样？"

"挺好的。"海林爽快的回答后问，"妈妈，你咋这时候来了？"

"妈妈有件喜事儿要告诉你。"

"还能有啥喜事儿，妈妈来就是喜事儿。"还没等妈妈说啥呢，海林的嘴就像炒爆豆似的，一股脑地把早晨上学时碰到喜鹊在树上喳喳喳叫的事儿说给妈妈听，并问妈妈："妈妈，那是喜鹊向我报喜是吧？你说多准，是吧妈妈？"

"嗯，真准。"珍珍高兴地拍拍海林的头，"是喜事儿。不过妈妈还有更大的喜事儿要告诉你。"于是珍珍趴在海林的耳边小声说，"你爸爸有消息了。"

海林一下愣住了，呆呆地看了妈妈好久，不相信自己的耳朵，又将信将疑问一句："妈妈，你说啥？"

"你爸爸有消息了。"珍珍又重复一句。

是真的，妈妈是说的爸爸有消息了。一时间，酸甜苦辣咸涌上海林的心头。他哭了，趴到妈妈的怀里，哭得很悲切。珍珍两手不停地抚摸着海林，喜悦的脸上挂着泪珠。

对于爸爸突然有了消息，海林在情感上，一时难以应对。

爸爸，这个称呼对于海林来说，已尘封太久。不用谈记忆，就连一丁点往事都不曾有。爸爸离家时，他才两岁，弟弟还没有出世。妈妈倒是经常向他们讲起爸爸，那是妈妈怕时间长了，孩子们忘掉他们还有个爸爸。讲述，在海林的头脑里也只有那么一点意识，但是，与妈妈一直在苦难中以宿命而活的海林，久而久之不见爸爸的身影，凭妈妈讲述爸爸的那些事情，在海林的头脑中形成的一丝情感，也随着岁月染上锈迹，妈妈给种上的怀念种子,所生成的一直牵着海林去寻找爸爸的情感思路，也早已被野草弥漫，荒芜的心田也已萌生出对爸爸的怨恨。在海林那疲惫的身心里，所储藏的，只有对妈妈的爱，围拢在他心中的，让他刻骨铭心的也只有对妈妈最虔诚的感恩。

"行啦，娘俩别难受了。"四姨用围裙擦着湿漉漉的手，从外屋进来，随手把桌子放到炕上，"二姐，咱们吃饭。"

"他四姨夫和小郎子还没回来呢。"

"那爷俩就回来。"说完，四姨还亲昵地拍拍海林的脸蛋儿。

在海林看来，四姨今天是一副阴转晴的脸。四姨长得特像二姥姥，几乎是一个模子刻下来的。耷拉眼角，嘴角向下弯，脸上也总是一拧一把水，只是脸上没有二姥姥脸上那样的皱纹。今天还是第一次看到四姨脸上的笑容，这反倒使海林感到别扭，看到四姨向他一笑，海林一时很难找准以什么样的表情，去应对四姨的笑。

"妈妈！"随着一声喊叫声，四姨的儿子——小郎子——华宝山——海林的同班同学跳进屋来。

"你看这孩子，一点没有稳当气儿。"四姨嗔怪地数落一句，然后把小郎子推到珍珍面前，"快叫二姨，郎子。"

"二姨。"小郎子腼腆地叫一声。

"哎，郎子也长这么高了。"珍珍拉过小郎子的手，从口袋里掏出两包糖，"来，郎子，穷二姨也没给我这外甥买啥，给包糖吃吧。"珍珍把两包糖分给小郎子和海林一人一包。

这时华老师也回来了。

"二姐，累了吧，上炕里坐吧。"华品清一副笑容可掬的样子。

"放学了，品清？"珍珍客气地站起来。

"您坐吧，二姐。"华品清随手拽过一把凳子坐在珍珍的对面，"我三哥啥时来的信？"

"嗯，这信来的时间可够长的了，大概有半年多了，从邮戳上看，还是去年年底呢。"

"吃饭吧，边吃边唠。"四姨将饭菜摆好后对华品清说。

海林瞟一眼桌子上的菜，一共八个菜。有辣椒炒肉片，洋柿子炒鸡蛋，小葱拌豆腐，有油炸柳根鱼干儿——一看就知是自己钓的鱼晒成的鱼干儿，还有几个自己叫不上名字的菜。

坐在桌边，海林看着满桌子散发着诱人香味儿的菜，没有立即动筷子，只是愣愣地看着桌子上的菜发呆。他那不成熟的心里产生了许多迷惑与不解：为啥妈妈这次来，他们变得这样热情，说话总是带着笑脸，而且还炒了这么多好吃的菜，平时连做豆腐都不叫我；他们平时很少搭理我，哪怕我同他们说话，都是爱答不理的，而今天，这个夸我懂事儿，那个夸我聪明，看见我不笑不喊海林。今天咋的了，是爸爸有消息了？要是这样的话，看来爸爸是了不起的。这么多年来，没有爸爸，我们与妈妈受了多少人的欺负和白眼。

"海林咋愣神儿不吃饭呢。"四姨说着把一大块鸡蛋夹到海林的碗里。海林根本没有这个思想准备，没曾想四姨能给自己夹菜。一时不知所措，赶紧说声"谢谢四姨"。

海林吃饭时才听到爸爸来信的经过。

原来，关鸿雁寄来的信，并不是寄到老家茫草城，而是寄给连山关的表弟祝权利，而且地址写的不详。邮局想把信退回原地吧，来信人的地址只写"内详"两字，又无法退回。邮局只好把信放在邮局门前开放式的防雨信箱内。祝权利在连山关的一所中学教学，恰好这封信被他的同事发现。

祝权利拿到信，看看信封上已经褪色的字，再看看邮戳，该信已来半年多了。他撕开信先看来信人的名字：关园。关园是谁？祝权利有些莫名其妙，再一看内容方知是表哥。信的内容很简单，信中并没有说他现在在干什么工作，只是简单的几句话和他的地址。祝权利看完信后，真是如获至宝，立即来到湖溪市华瑞雨家，让华瑞雨把信转给珍珍。

珍珍从信中根本看不出他来信要说什么，从这封信中只能给人这样一个信息：这个人还活着，以及在海津市的住址。

珍珍把信给徐处长看，想让徐处长给出出主意。徐静看完信，问珍珍："他不是叫——"

"叫关鸿雁。"

"对，咋又叫关园呢？"徐静问。

珍珍不好意思笑了，她解释说："他临走时我们有个约定，如果失去联系，他改名字叫关园，我改名叫韩梅，意思是留在关家园中的一枝永不凋败的梅花。"

"哎呀，我说珍珍，你们可太浪漫了，浪漫得简直让人嫉妒啊！……不过你们的浪漫，不是单纯的那种卿卿我我的浪漫，从你珍珍的身上，我看到了坚强，看到了诚信，看到了你这枝梅花，在飞雪严寒中，开得挺拔，开得鲜艳，开得真诚啊！"

"徐姐，你可别说了，说得人家怪不好意思的。快帮我拿拿主意吧。"

"好吧。"徐静又看看那封简短的信说，"我看信虽然写得很简单、很短，但这封信是关鸿雁写的不会有错，因为信中有居住的具体地址，同时用的还是你们约定的名字。不过有一点我有些疑问。"

"你说，哪有疑问？"珍珍认真起来。

"珍珍，我说出来你可不要介意。"

"不会的。"

"你想啊，他临走时，你们还有那样的约定，这说明你们的感情是非常好的。可是，既然是这样，为什么在来信中，对你只字未提、只字未问呢？"

珍珍陷入了沉思之中："对呀。"

"再说了，他为啥不把信直接寄到你们老家，而寄给他的表弟呢。咱们再退一步说，即使他考虑自己的历史问题，他不就被抓当过几天伪满洲国兵吗？后来溥仪倒台，日本鬼子投降，又当几天国民党兵，充其量，他一直是个开汽车的汽车兵，最后不还是投诚到解放军的队伍中来了吗。从那时起可以说他的历史问题，就已有了结论，所以我估计他还不是考虑这些政治问题。"

"那他是？"珍珍心里没有底了。在这些问题上，徐处长必定是一位对党的各项政策理解得透的党的干部，她觉得徐处长分析得很有道理。她看着徐处长，忐忑地问："那他变心了？"

"还不能这样下结论。不过男人嘛，脱离家庭时间长了，另有所求，这也是常见的。但他是不是这样，现在还不好说，这只不过是咱们往最坏的方面分析。所以我建议你还是能够去一趟为好，那样才能把具体情况了解清楚。"

经过徐静的分析，珍珍决定去海津市一趟，把情况弄清楚。珍珍临走之前，徐静一再嘱咐珍珍要多观察，多点心眼，一定要把与关鸿雁离婚一事告诉他，并讲明白离婚的原因。同时额外给珍珍多带五十元钱。珍珍说啥也不拿，徐静说，就算我借给你的，以后再还给我行吧。穷家富路，万一遇到点啥事儿咋整，有备无患。并告诫珍珍，无论遇到啥事儿，都要冷静思考，有啥问题回来找她。

珍珍虽然带着满心的疑虑，他还是希望事情不会像她和徐静分析的那样。所以还是抱着很大的希望，能把最好的消息带回来，尽快地让爷爷、二大爷、二大娘、弟弟和所有的亲戚都知道，让他们也为自己高兴高兴。

第四十二章 情缘断层

　　珍珍坐在火车上，像过电影一样，回忆着自己带三个孩子，所经受的艰辛和对他的思念之苦……终于盼他有了消息，可是，只是个消息，她对他的现况一无所知。她甚至在想，我到了海津市，他要是老婆孩子一大堆咋办？珍珍摇摇头，苦笑笑，那有啥法，也只能承认现实，我无话可说，我已是与人家离婚了，可是他并不知我与其离婚这件事的。那又能怎样，只不过是他在道义上的漏洞，在法律上是无法与之抗争了。不过，珍珍还是把事情尽量往好处想。觉得关鸿雁不会那样的。他的信写的那样简短，没问到自己和孩子，一定有他的道理。因此，尽管珍珍没有钱，还是给他买一些家乡的土特产，什么榛子呀、核桃呀、山梨吊子呀，松蘑呀，甚至还给他带几斤他最爱吃的渣子面。想到这，珍珍脸上显现出一丝难以觉察的甜甜的微笑，不由自主抬起头来，看看货架上的大包小包。

　　火车刚刚进入海津火车站站区，珍珍已经提着大包小包来到车门处，从车窗向外张望，辨认着从车窗前闪过的每一个人。

　　咣当一声，火车终于停下来。

　　珍珍走出车厢，四下张望，没见到他的身影。心想，我不会认不出他的，虽然有十多年没见了。旅客几乎都走出出站口了，站台上只有她孑然一身，孤独地站在那里。

"同志，用帮忙吗？"服务人员看珍珍站在那里发呆，便热情地问一句。

"哦，谢谢，不麻烦了，我自己行。"

珍珍走出海津市火车站，满大街车来人往，熙熙攘攘。到底是大城市，人也多，车也多，比湖溪市热闹多了。珍珍站在出站口出，还是四处张望着。

今天是星期日呀，来之前我已经给他发来电报了，他怎么没来接我呢？没接到电报？不能吧，珍珍心里有些慌慌。

没有办法，珍珍掏出那封信，看看地址。就在珍珍看信的时候一位蹬三轮的师傅问："太太要去嘛地界？"

"太太？"珍珍吓一跳，看看周围，没有别的人，"你是跟我说话吗？"

"是呀，太太。"

珍珍低头看看自己的一身打扮，心想："太太，我是太太，有我这模样的太太吗？"她苦笑笑问三轮车夫："去成都道多少钱？"

"成都道嘛地界？"

珍珍看看地址："成都道××号。"

三轮车夫想想说："给八角钱您了。"

珍珍犹豫一下，虽然觉得贵点，还是登上三轮车。

过一座大铁桥，一直下去，走一段路程向右拐，再走一段路程，就看到标有"成都道"的路标了，路途并不太远。见到这个路标，珍珍心里踏实许多。

"下车吧您了，到了。"三轮车夫停下三轮车。

珍珍看看门牌号，确实没错。

来到院门前，门是虚掩的，她向院里看看，没有立刻进院。

这时从旁边的院内出来一位中年妇女。

"请问这位大姐，这院里住的是姓关的吗？"

那位妇女上下打量打量珍珍："是的。"

珍珍推开虚掩的门刚要进去，那位中年妇女问："您是他的嘛人？"

"噢，我——我是他的媳妇。"珍珍说这话显得很生，也有些矜持。

"你是关大哥的夫人？"中年妇女有些惊讶状。

"是呀。"

"您这是从哪来呀？"

"从东北，刚下火车。"

"噢？"中年妇女奇怪地"噢"一声，又以惊讶的目光打量着珍珍，"是这个院子，关大哥就住在这里，您进吧。"中年妇女一步一回头地走了。珍珍也觉得那个中年妇女无论从话语中还是从眼神中都好像另有含义，她若有所思一直看着中年妇女走远。

珍珍进到院里，轻轻地把大门关上，来到房门前。门，被一把将军锁把守——他没有在家。珍珍心里很不是滋味儿。他把包裹放在地上，趴在窗户上向屋里看，屋里很黑，什么也看不清。珍珍坐在一个包裹上，掏出手绢擦擦脸上的汗心想：也许接我去走岔了？她环视院落，院子还算不小。靠墙根处，几棵参天的白杨树，把院子遮挡得光线很暗。俗称鬼拍呱儿肥硕的杨树叶，在并不大的春末夏初的风中，夸张似的哗哗作响。挺拔的树干上的花纹，酷似人的眼睛，不错眼珠地盯着珍珍，好像要告诉珍珍它见证了什么。在大杨树下墙根的阴凉处，有几簇淡蓝色的野菊花，在头年的腐叶和今年杂草的混杂中，顽强地开放。在这阴潮恶劣的环境中，珍珍不知自己应该怎样理解这些花朵，它们美丽？还是伤感？美丽也好，伤感也罢，她总觉得它们很是孤独，都是在无意义地填充这足以让它们短命的艰苦环境的空白。偏巧在这时，不知从哪里又传来蝉的鸣叫声。珍珍本来就心烦意乱，被这叫声，扰得心成一团乱麻。

院外传来说话声。

"哟，关大哥，你没在家呀？"

"没有，来个朋友，刚走，我去送送。"

"我刚买菜去，看见你家来人了。"

"来人了，谁来了？"

"你的夫人啊，怎么，夫人来了都不知道？"

虽然有十多年没见面了，可是他的声音珍珍完全辨别的出来。是他，是关鸿雁。珍珍站起来看着院门。

门开了，一个珍珍期待多时，不，是多年的身影出现了。

"哟，你来了！"关鸿雁笑着向珍珍走过来。

看到关鸿雁，多年的苦水一下涌上心头，她叫一声"鸿雁"，眼泪唰的一下流出来。

进到屋里，一股很浓的女人的香水味儿扑鼻而来，珍珍微微皱皱眉头，疲惫地坐在一把藤椅上。关鸿雁忙着给珍珍倒杯水："来，喝水。"

珍珍环视一下整个屋子，端起水杯，但她并没喝水，她把水杯握在手中看着关鸿雁："鸿雁，你接到我打来的电报了吗？"

"噢，接到了。"关鸿雁从衣服的上口袋中拿出电报解释说，"来一个朋友把我给拖住了。"

"你要说我来了，准备去车站接站就好了。"珍珍看着关鸿雁说。

"那不等于下逐客令了吗？"关鸿雁笑笑说，笑得很淡。

珍珍没有说话，也只是淡淡地笑笑。

"你来时碰到什么人了吗？"关鸿雁问珍珍。

珍珍听出关鸿雁问话有些心虚。心想：十几年了，见面本应该首先问问家里的情况、父母的情况、我和孩子的情况，咋先问我碰到什么人没有。珍珍没有立刻回答，她喝着水，故意拖时间。从这句问话中，珍珍敏感地意识到了什么。她这一拖延时间，关鸿雁在情绪上更有些失常。

　　"碰到了，碰到一位四十来岁的大姐。"珍珍盯着关鸿雁说。

　　"她跟你说嘛了？"

　　"说啥，问我是你的什么人，我说是你的媳妇，于是她用很奇怪的眼光看着我。并告诉我说你在家了，家里来人了……"珍珍一副欲言又止的样子端起水杯。

　　"别的还说嘛了？"关鸿雁说话时显得有些慌乱。

　　"别的也没说啥，不过看她那神态，来的好像是一个女的。"说完珍珍淡淡地笑笑，目不转睛看着关鸿雁。

　　关鸿雁尴尬地笑笑说："是，是个女的。她是我们的科长，今年都快五十岁了。这不厂房要扩建，来和我研究进材料的事。"

　　珍珍完全意识到，来的人绝不是什么五十来岁的科长。一个五十来岁的女科长，怎么会留下这么浓的香水味呢！珍珍还是淡淡地笑笑。心想：徐静嘱咐的太对了。然后漫不经心地说："你们的科长一定是一个喜欢化妆的女人，这屋里到现在还有她留下的浓重的香水味儿。"

　　"坐这么长时间的火车，挺累吧？"关鸿雁看一眼珍珍，把话岔开。

　　"坐车有啥累的，跟干活比，这就是歇着。"珍珍还是淡淡地笑了笑。

　　关鸿雁也觉得没到车站接珍珍，是个失误。可是那个"科长"就是不走，一直在看表，直到火车已进站，才走，而且让他送她到公交车站。

　　"这些年怎么样，受很多苦吧？哎，想起来真对不起你。"

关鸿雁终于问到了珍珍的疼处。但他的问话语气显得轻松。

珍珍哽咽了，积聚十多年的苦水，一下涌上心头，挤压得她几乎喘不过气来。她一股脑儿把多年的苦水倾诉出来：有对关鸿雁的思念，有公婆临终时的嘱托，有穷困潦倒生活的煎熬，有对关鸿雁弟弟的失望，有对家族欺凌的愤恨，也有对那些曾经帮助过她和孩子的好心人的感激……珍珍所倾诉的每一件事，每一句话，甚至每一个字，都是用痛苦和愁思铺就。关鸿雁听了珍珍这些让他难以想象的经历，倒是有些动容，眼睛似乎也红了。尽管这样，珍珍凭自己的直觉，觉得关鸿雁好像在躲避着什么，有失亘古不衰的常理——十多年不见的夫妻，见面后，他的态度极为平淡。听珍珍的泣述，好像听一段让人感动的别人的故事。讲得多了，他好像有些厌烦感，好像不想再听那些残酷的岁月。而且他没去车站接站的理由明显是在说谎。关鸿雁的种种表情，在珍珍那纯正的心灵深处留下一道难以觉察的伤痕。使她既憋屈又感到委屈，难以自持的一句话也说不出来了，任凭自己的苦水随着眼泪往外流，好像只有哭泣才能排解掉心中的郁悒，才能把十多年积聚在心中的苦闷发泄出来。珍珍终于镇定下来，她擦擦眼泪，抬起头，面对让她疑惑重重的关鸿雁，坚持要把十几年来自己的一切遭遇，都讲出来，不能不让他知道。当然，珍珍也没有隐瞒与之办理了离婚一事，并把办理离婚的原因也毫无保留地告诉关鸿雁。

对于珍珍的到来，关鸿雁确实没有料到。因为他的信发出已有半年之久，一直没有回音。他也预想这封信可能接不到。他把信寄到离他家有一百多里地表弟处，而且又不知详细地址。没想到这封沉寂半年多的信，竟然鬼使神差让表弟接到了。他也没想到十多年了，珍珍还痴情等着他。这使他多少有些懊悔，懊悔不该写那封信，就让自己在她的心中永远死掉。现在可好，自己把自己推进到一个难以处理的复杂的境地。现在的处境，他对那个编造出来的"女科长"有些不好交代，因为他向她说过，他的家里没有任何人了。也由于交往过深，他好像也无法释怀。而对于遭受种种灾难、经历极其艰辛生活磨难、命运多舛的珍珍，他又有什么理由抛弃她呢！如果真的抛弃她，不用说别人，自己就会谴责自己的良心。他现在矛盾得很，又想与珍珍亲近，又想跟她疏远；又想听她说话，又想从她身边躲开。他知道，珍珍可不是一般的女人，她从小无父母，在体内隐藏着一种骜放不羁和坚韧；在爷爷奶奶的影响教育下，又有一种柔顺的情意和醇厚的沉实。再加上她有一定的文化做依托，只要与你说上几句话，看过你的几个眼神儿，就能猜出你心中所想。现在他从珍珍的表情中，看出珍珍对他已经有了猜疑。为了打消珍珍对他的猜疑，在珍珍哭诉完以后，他对家族的无礼、弟弟的冷漠，表现出强烈的愤懑。对于自己这些年没有与家联系，则表示向珍珍道歉，同时也说明了理由：主要是自己有一段不光彩的历史，不愿意让家人知道。珍珍看得出来，一切理由都是在搪塞。而更加让珍珍感觉到的是，他口口声声说对珍珍与他离婚完全可以理解，但话里话外又总是含着一种埋怨情绪和珍珍对他不忠的成分，因此珍珍把话挑明地说：

"我已经跟你解释几次了，我与你办离婚手续，不是因为感情原因，是事情所迫，我不得不那样办。再说法律要尊重两个人的感情，我们还可以办理复婚手续嘛。"

"可是，你不觉得这种做法对感情会有影响吗？"

"这么说你现在已经认为在感情上是我伤害了你？如是这样，那就是你对我当时所处的环境的不理解，对我为了孩子们的前途的良苦用心的不理解……好了，你随便怎样理解吧。"

沉默，沉默，沉默……

"哎呀，已经快九点了，你看看，光顾说话了，饿了吧？我出去买些吃的来。"关鸿雁好像突然想起来没吃晚饭。

"我不饿，你要饿就买你自己吃的吧。"珍珍自己倒了一杯水，又回到藤椅上坐下来。

关鸿雁拿着两个饭盒出去了。

珍珍闭目靠在藤椅上，回想自她到来，关鸿雁的种种表现，给她的心罩上一层晦暗的阴影，彼此之间，好像已经有了一道无形的罅隙。想到这，珍珍在情感上感到迷茫、恍惚，觉得有一种悲晾从心里向全身在扩散。心中产生一种预感：自己对关鸿雁的一切思念、企盼和牵挂，到现在为止，好像一块玻璃上出现一道裂痕，很可能不需多长时间，就会破碎。

关鸿雁回来了。他买一饭盒焖饼，一饭盒小米粥和一包酱肉。

"来，珍珍，吃吧。"关鸿雁给珍珍盛上一碗小米粥和一碗焖饼，"将就吃点吧，太晚了，卖东西的都下班了。"

珍珍只喝了一碗小米粥。

"再吃点嘛，把这碗焖饼吃了。"关鸿雁把焖饼递给珍珍。

"我不饿，你吃吧，我只想喝水。"

"是呀，坐火车时间长了，上火。"

他们一夜没有睡觉，一直谈到早晨六点。

关鸿雁洗漱完后，又带着饭盒出去买早点去了。待珍珍洗漱完，他把早点已经买回来了。

"来吧，吃早点吧。吃完以后，我还要上班去。"

"不能歇一天吗？"珍珍问。

"我本来想歇一天的。可是太不凑巧了，今天公司有个会，需要我去参加。改日我再休息，陪陪你，好吗？"

珍珍点点头，心里不由自主地产生一种酸楚感。

吃完早点，关鸿雁提起书包，看看珍珍说："我走了。"

"走吧。中午回来吗？"

"哦，中午回不来，道太远，单位在河北区，骑车需要40多分钟。中午你自己做点嘛吃吧。晚上就不用做饭了，我回来后咱们到外边吃饭。"

"不必了，还是在家吃吧，我做。"

关鸿雁想了想："也好，我下班回来顺路买点菜。"

关鸿雁走了。珍珍站在房门外，看着关鸿雁推着自行车向大门外走去。看着那熟悉的背影，想起十多年前他离家时的背影：那时他显得单薄，现在他胖了许多。那时，我送他到西大门外，他一步一回头，看挺着大肚子的我和身边的两个孩子，他不时向我摆手，示意让我带着孩子回去，我执意站在那里，一直目送他过吴家堡子大桥，送他渐渐成一个黑点，黑点拐过关口子的山脊，我才含着泪，带着两个孩子，不情愿地向家走去。

当珍珍定下神来，向大门望去，关鸿雁早已消失。她心中感到空落落的，一种强烈的失落感袭上心头。珍珍走进屋，关上房门，身心疲惫地坐在那把藤椅上。由于坐火车时间过长，再加上一夜未睡觉，头有些痛，便用手轻轻揉揉太阳穴。在揉头过程中，才注意到写字台上那个简易的书架上，放着十几本书。其中有一本《镜花缘》，一套《家》《春》《秋》和一套《红楼梦》，除此之外，都是有关建筑方面的书。珍珍心想：鸿雁是盖房子的？她随手拿出一本，翻到扉页上，一枚红红的公章赫然呈现，公章是"海津市锻压机床厂基建科"。她把它放回原处，又拿出一本，那正是巴金的激流勇进的第一部——《家》。

珍珍看到"家"，心里若有所思：十多年来，一直想有一个完整的家，可是，命运总是让她颠沛流离，母子流转离散，尽遭凌辱，在惊风骇浪中残喘。"家"对于珍珍来说，简直就是个奢望。她不希望再这样下去，因此包括爷爷、表妹瑞雨和不少好心人，都曾劝说珍珍就着年轻再走一家，这样也好帮她把孩子拉扯起来。可是，珍珍要的不是与他人组建的家，她要的是那个身远心近的人与她组建的家，而不是另一种意义上的家。今天终于见到自己朝思暮想的人了，可是种种迹象却让她高兴不起来。她觉得关鸿雁对自己的到来，所表现出来的热情，总是若隐若现。珍珍轻轻叹口气，把《家》放在玻璃板上，双手撑着藤椅的扶手站起来，环视周围，认真看看屋内的陈设：一张加宽的单人床，一个五通柜，一个大衣架，衣架上只挂着一件风衣，门旁脸盆架上一个超大的肥皂盒里，放着一块肥皂和一块香皂。一个永远不动的圆桌上放着一个暖水瓶，一个茶盘，茶盘里放着一把紫砂壶和五个茶杯。屋里陈设简单，没有一样奢侈品，应该说很简朴。珍珍的注意力又回到写字台上。写字台的右边是四个抽屉，左边一个单开门，中间的大抽屉用一把小铜锁锁着。她托着小铜锁看看后放下，随手拉开左边的开门，里边很乱，没有一点头绪，珍珍看看又把门关上。她又拉开右边的第一个抽屉，里边放着一本信纸和一叠信封，信封上面放着一把小铜钥匙，一看便知，那是开抽屉用的钥匙。珍珍随手拿起钥匙，未加思索就把中间的抽屉打开。抽屉里的东西放得很整齐，一套线装本的《金玉缘》，上边放着一本日记，日记本上边放着一支大金星牌钢笔。珍珍把日记本拿出来，打开封皮儿，用相角嵌着的一张两寸的女人彩色照片，赫然显现在珍珍眼前。女人长得很漂亮，一脸甜甜的笑，半侧身，烫着一头卷发，穿着一件带着碎花的浅色衬衣，稍长的脖子显得很有精神，年龄也就是三十四五岁的样子。珍珍心里咯噔一下，立刻心慌意乱起来。凭女人敏感的直觉，这个女人一定就是那个所谓的"女科长"，她意识到这个"女科长"将给她带来不祥的预兆。珍珍正在失神想着，这时突然传来开大门的声音，而且有人在说话，说话的人正是关鸿雁与邻居。她知道是关鸿雁又回来了，为什么回来她也不知，便赶紧把一切东西都放好，锁上抽屉，把钥匙放回原处，随手拽出一本《红楼梦》，面向里躺在床上，摆出一副看书睡着的姿势。

关鸿雁推开门进来，珍珍睁开眼坐起来："你咋又回来了，请假了咋的？"

"噢，不是，我把钥匙落家了，回来拿钥匙，办公桌打不开，办不了公。"

"你今天不是开会去吗？"

"那也得拿记录本呀。"

"噢。"珍珍装出一副信以为真的样子，随声应和着。

关鸿雁拉开抽屉，拿起那把小铜钥匙放进口袋里。珍珍心里明白，他怕她开中间的那抽屉。可他这样一来，使珍珍的心事更加重了。

在关鸿雁向口袋里放钥匙时，碰到了腰带上的钥匙串儿，发出哗啦的声响。

"你的钥匙不是在身上吗？"珍珍问。

"噢，那都是仓库的钥匙……我走了。"关鸿雁无论说话还是动作都显得慌乱，他急匆匆走了。

珍珍坐在床边，心里像春天的跑潮水，漂浮着杂草、腐枝、败叶，搅得她的心翻腾而混浊，她被裹在其中，随着大浪上下翻卷，没有抓头。她烦躁、愤懑，心里好像堵个大铅疙瘩，挤压得她喘不过气来。她躺倒在床上，一动不动，几乎要崩溃了。她眯缝着眼睛在想：难道他真的变心了？我和孩子十多年的企盼，企盼来的只是个泡影？我的痴情就这样被泼上一盆冰水？难道，她猛然坐起来——难道、难道啥呀，难道我就被一张照片击倒吗？十多年来，我啥没见过，啥样苦水没喝过，啥样难事没遇到过，不是都闯过来了吗！大不了，还像原来一样，带三个孩子再熬几年，总有出头之日，这么多年不都是流着眼泪坚持前行的吗，大不了还这样……在自我的安慰下，她的心情好多了。十几年来，每逢遇到难事儿，都是这样安慰自己，都是自己给自己启开希望的窗户，让阳光照进自己的心里。用珍珍自己的话说：自己不安慰自己，自己不给自己宽心药，那就活不成了。再说，遇到困难就趴下，就不想起来，一副活不成的样子，想帮你的人可能都要退却——帮一个爬不起来的人又有啥用！

邻家的钟敲了十二下，她下意识抬头看看桌子上的马蹄表，十二点了，她没有一点饿意，她一仰身躺下。

珍珍太累了，她身心极度疲惫，她迷迷糊糊睡着了，脸上还留着道道泪痕，不，那是多舛岁月留下的伤痕。

就在这时，房门被推开，一个女人，一个穿着时髦的女人，轻手轻脚幽灵般走进来，坐在藤椅上，看着睡觉的珍珍。珍珍在朦朦胧胧中，感觉有人进来，同时有一股化妆品香味儿扑来。她睁开眼，翻转过身来，看见藤椅上坐一个女人，吓一跳，一翻身坐起来："你是谁？"珍珍问完话，马上感觉这个人很面熟，再定睛一看，正是抽屉中的那个女人。

"如果我没猜错的话，你就是关大哥的前妻吧？"那个女人以蔑视的眼神看着珍珍。

"'前妻？'看来你对我和你的关大哥之间的事儿了如指掌啊。"珍珍完全意识到，关鸿雁上班后肯定与这个女人通气儿了。

那个女人自知自己说走了嘴，马上进行自圆："哎哟，大姐，你看，我这没文化的人，不懂措词儿，只是瞎蒙，不过看来，我还真蒙对了。你看，那我是叫你姐姐还是叫嫂子更准确呢？"

珍珍冷笑一声："最好什么也别叫，我担当不起，我姓韩。"

"哎哟，你好像生气了。我说话可没根，有时说嘛我自己都不知道。"

"你先别胡扯，你是否能自我介绍一下，你姓甚名谁，是哪方神仙降临，我好知道怎么拜呀！"

"嘛神仙不神仙的，我姓郭，叫郭迪。关大哥和我哥哥是朋友。听关大哥说，你对我俩之间的关系，好像有点误会？"

"郭迪，这名字好听。"珍珍看着郭迪笑笑说，"从来没有误会，你的到来使我更清楚了。"

"更清楚，你清楚嘛？"

"看来你不聪明。"珍珍微笑着摇摇头。

"你说我傻？"

"我没说你傻，我说你不聪明。"

"那还是说我傻呀！"

"行了，你傻也好，不聪明也罢，这与我无关。我只问你，你说我误会了你与你关大哥之间的关系，请问我误会在啥地方？"

"这……"

"你关大哥今天上午可能与你见面了吧？"

"没有，没有啊。"郭迪赶紧站起来摇头摆手。

"看你外表还挺精神，实际你可真够愚蠢的。"

"哎哎，你怎么骂人哪？"郭迪指着珍珍。

珍珍扑哧一笑："这回是你误解了，这哪是骂人，这是对你的正确评价。"珍珍在奚落她。

"哎哟，看来你还挺有文化的，说话干吗还曲律拐弯儿的。"

"我有啥文化，农村妇女，没上过学，不像你们城市人，特别像你们这样大城市的人，有文化，懂得多，见识广，我们来到这里，与你们相比，就是傻子。你看你，可以不敲门，随便进人家的屋，很有闯劲，在我们农村就不会这样的。"

"哎哟，我可不是偷偷摸摸进来的，我来时趴窗户看你正睡觉，怕惊动你，就悄悄进来了。另外我今天来，还有一层意思。就是你刚才已经猜到了，我关大哥今天确实给我去电话了，他说他感觉你对我们俩之间的关系有点误会。我实话跟你说，只是他与我哥哥是朋友，我管他叫大哥。你要真有误会的话，我是个基督徒，我是向你忏悔来了，绝对没有你想象中的那回事。"

"我说郭迪，你向谁忏悔我不管，但你千万别向我忏悔，我也不知你所指'想象中的那回事儿'是哪回事儿。再说，你对上帝再深刻、再虔诚，也不值得向我忏悔呀。"珍珍看着郭迪冷笑一声，"不过你与你关大哥啥关系我根本不知道，你这样一说，就有此地无银三百两的嫌疑了。再者说了，你们基督徒之所以忏悔，大概有两种原因吧。一种是发现自己错了，于是就以忏悔的方式向对方认错，以求得对方的谅解、宽恕；再就是，根本就知自己当初就是错的，而违心地去做了，现在不知啥原因，有所醒悟而忏悔。不知郭迪小姐所忏悔的是前者还是后者？"

郭迪一时语塞。她完全意识到，自己根本不是这个女人的对手。她有点耐不住了，终于原形毕露："我没工夫跟你嚼舌头！"

"我并没有请你来呀，是你自己找来的。"珍珍毫不让步。

"我跟你说实话吧，你不已经跟关园离婚了吗，我跟关园就要结婚了，你别在这搅和了。"

"你们啥时结婚，那是你们的事，我管不着。不过，现在这个家可能还不属于你的，你还没权力让我走！"珍珍指着郭迪，"不过你今天来的挺好，让我看到过错不能只打在主子的身上，愿意当奴才的人，更可恨，更应挨打。"

"你说的是嘛话，我听不懂。"

"你真可怜。"

"我可怜？咱俩不定谁可怜呢。"郭迪腾一下从藤椅上站起来，"哼，不跟你这种人说了，没劲。"她一甩袖子走了。

珍珍因郭迪的到来，一直纷扰、烦乱的心反倒格外平静了，更加平常了。她的到来，证明了珍珍的判断是正确的。

珍珍准备走了。她那沉甸甸的生命的躯体里，不但收藏了驾驭自家身心的能力和力量，也增长了观察人和事的睿智。

珍珍看一眼马蹄表，已是下午三点半钟，北京开往安东的快车，还有将近四个小时。她拉开右边的抽屉，搜出一本信纸，从笔筒里拿出一支铅笔，给关鸿雁写一封信放在桌子上。然后，把从家乡带来的土特产，也都放在桌子上，提着自己那简易的书包走了。

珍珍走在马路上，在熙熙攘攘的人群中，她显得孤单与无助。起风了，她抬头看看天，乱云飞渡，要下雨了。带着水气的风，撕乱了她那虽不到四十岁却已花白的头发，也撕断了她多年思念之情……

路灯已经亮起。

关鸿雁下班了，推车进院，看见屋里黑着灯。他以为珍珍睡着了，放好自行车，轻轻推开门。"啪"，关鸿雁打开灯，屋里没有珍珍。他被桌子上的东西吸引过去。他看桌上的东西，已预感到什么。他下意识摸摸抽屉上的小锁头，仔细看看，然后从口袋里拿出钥匙，打开抽屉，没发现什么异样，又推上抽屉锁上。这时才发现东西下边压着一封信，关鸿雁一把抓起信：

鸿雁：

请允许我最后一次这样称呼你的名字，尽管你现在改名为咱们约定的名字——关园——现在已无任何意义了。还是称呼你"鸿雁"，可以代表过去。

我走了，这样可以不让你为难。你的那个叫郭迪的女人，今天来了。她很坦诚，她把你今天跟她说的事情，都与我讲了。她很年轻，也很漂亮。我衷心希望你们幸福。今后有人照顾你了，有人疼你了，我也放心了。

这次来，本想我一定会结束十多年积聚的痛苦与思念，本想你定会给我那被苦难灼残的心以抚慰，没想到你更加蚀痛了我心中的创伤……不过，这样也好，可以让我轻快地从等待与思念的驿站里走出来，丢掉寻觅的梦幻和内心的痛苦。这次会面，也使我明白一个道理：相见不如怀念，错过会比不合时宜的相见会更甜蜜……我现在感到很释怀，因为总归有了一个结果，尽管是痛苦的结果。不过，我可以骄傲地告诉你，我有三个相依为命的孩子，他们就是我的一切，就是我的希望。他们过去、现在和将来，永远是我力量的源泉，我将有足够的勇气和能力与多舛的命运抗争……

好自为之！

一九五七年六月三十日

关鸿雁用拳头使劲砸一下桌子："这个王八蛋郭迪，她怎么能上这儿来！关鸿雁急急忙忙来到院子，推起自行车就走。

关鸿雁来到火车站，扔下自行车向售票处跑去。售票处没有看到珍珍的身影。这时他发现开往安东列车已检票，便买一张站台票，挤出检票口。关鸿雁在站台上挨个车窗看，没发现珍珍，珍珍却看见了他……车开了，他内疚地站在站台上，看着眼前闪过的一个个车窗……他终于看见一张凄苦的脸，从他眼前闪过："珍珍——"

珍珍回到了湖溪市，是早晨八点多，她知道华瑞雨已上班，家里锁门，去徐处长家不太合适，她便躺在候车室的长椅上休息。直到晚上才去华瑞雨家。珍珍这么快就回来了，让华瑞雨有一种不祥的预感："二姐，你咋这快就回来了？"

于是珍珍把她去海津市的情况原原本本告诉华瑞雨。华瑞雨万万没有想到她的表哥竟是这样的一个人。华瑞雨的爱人方梓更是义愤填膺："哪有这样无情无义的人，简直就是陈世美

469

再世!"

"二姐,你暂时还回徐处长那里,我来想办法。"华瑞雨安慰珍珍。

"办法就不必想了,这样也好,短痛比长痛好,就当我做了一场梦,现在梦已醒,让思念和伤感随梦而去吧。只是不知道徐处长那里又找人没有。"

"她是说要找人,托了几个人帮着找,反正我还没给她找。昨天我给他打电话,还没找到。这样吧二姐,我现在就去徐处长家。"

"今天太晚了,明天再说吧。"

"还是今天去吧,越早越好。"

"那我和你一起去?"

"不,二姐,还是我自己先去吧,你太累了,先歇着吧。"

"那我就不去了。"

华瑞雨来到徐处长家,把珍珍回来的消息告诉徐处长。

"珍珍咋回来得这样快?"徐处长也奇怪地问。

"嗨,别提了。"华瑞雨一五一十地把珍珍的情况说给徐处长。

"原来是这样,这个关鸿雁真是一个忘恩负义的人。珍珍痴情地等他这么多年,他却甩了她。这可真是痴情梦灭呀,这珍珍能挺得住吗?"徐处长看着华瑞雨问。

"还行,我二姐还想得开。"

"珍珍真是个刚强的人啊!"徐处长不无感慨地说,并问,"我说瑞雨,珍珍咋没跟你一块来呢?"

"我二姐是想来的,我看她太累了,就没让她来。"

徐处长转身向丽丽屋里喊一声:"丽丽,来,跟你华阿姨看你韩阿姨去。"

"你可算了,都几点了,你可别折腾孩子了,有啥事儿明天再说嘛。"

徐处长想想："也好。不过，这关鸿雁家里还有其他人没有？"徐处长问华瑞雨。

"还有一个弟弟在河草镇中学教学。"

"他能不能请几天假，去做做他哥哥的工作？"

"嗨……"华瑞雨摇摇头欲言又止。

"怎么，有难处？"

"一言难尽呀。"于是华瑞雨把珍珍带着三个孩子艰难度日时关鸿志的种种表现告诉徐处长。

"都成冷血动物了。"徐处长一脸的愤愤，"你能请下假来吗？"徐处长问华瑞雨。

"你是想——"

"你如果能请下假来，不妨咱俩去一趟海津市。"

华瑞雨思考良久说："我看先这样，我先到河草镇去一趟，找找我老哥，如果他不想管这件事，咱俩再去，你看这样行不行？"

"也好。"

"那明天就让我二姐来？"

"珍珍心情不好，再让她休息几天吧。"

"到你这来，要比呆着心情更好。"

"要那样明天就让珍珍来吧，说实在的，珍珍走我可是真想她，真舍不得让她走。"徐处长很动情地说。

第四十三章 家庭代表会

　　"好吧，瑞雨，这次我就去海津市一趟，去开一个家庭代表会议。"关鸿志听完华瑞雨把二姐去海津市的经过说完以后，思考片刻，明确表示。

　　华瑞雨听了老哥这句话后，心中的疑虑变为惊喜。她真没想到老哥会这么痛快应下这件事，本来想了好多做老哥思想工作的话，这时全都没有必要了。

　　"老哥，你是咋想的，我临来时真没想到你会这样痛快。"华瑞雨俏皮地看着老哥。

　　"嗨，说起来惭愧呀。"关鸿志看看华瑞雨，"那时我还在锦州当兵，当时听到我大嫂把最小的孩子送给人后，就带着四个大孩子改嫁了。尤其是二嫂，听说在我二哥病重期间，她竟然带着孩子狠心地离开他，改嫁到内蒙古。我想三嫂会很快步她们的后尘，绝不会等着我三哥的。所以我当时很气愤，一想我们的家已经彻底完了，没有什么牵挂了，索性不闻不问，也不想回去了。"

　　"说到你家二哥，可能有一件事你还不知道。"

　　"啥事儿？"

472

"在你家二哥病重时，二嫂走后，是谁把你二哥伺候走的，你知道吗？"

关鸿志疑惑地摇摇头问瑞雨："谁？"

"我二姐。"华瑞雨声音很低。

"这到底是咋回事儿？"关鸿志问。

于是，华瑞雨把事情的真相告诉关鸿志。

关鸿志听后，嘴里不停地说："原来是这样，原来是这样。"

一时间，寂静笼罩着两个无语的人。

关鸿志默默地走到手巾架前，拿起毛巾擦擦眼睛说："后来，我从部队转业回到河草镇后，又道听途说有不少人给我三嫂介绍对象，以为我三嫂也走道了。关于我二哥的事儿，今天也是头一次从你这听到。说实在的，瑞雨，我真没想到，在那样的恶劣的环境下，三嫂能挺过来。后来我还听说三嫂把房子卖了，去湖溪市当保姆。我当时又有了疑问：三嫂去湖溪市当保姆，八成以当保姆为幌子改嫁了吧。看来，这一切都是对三嫂的误解。"

"我二姐去湖溪市当保姆，还是我给出的主意，当保姆也是我给找的。"

"哎，不说这些了。为了三嫂对三哥的一片痴情，为了三嫂对关家让任何人都难以做出而她却能做出的贡献，也为借此机会洗涤掉蒙罩在自己心中的偏见尘埃和没有尽到自己责任的罪虐，我必须去海津市。"

关鸿志去海津市，事先并没有告诉哥哥。按照地址，他找到哥哥的住处。

"啪、啪、啪。"关鸿志轻轻敲几下哥哥的房门。

"谁呀？"屋内问。

"是我。这是关园的家吗？"

门开了："你找谁？"

"找你呀。"关鸿志眼泪已经流下来了。

"你是——鸿志！"关鸿雁惊喜地拽住鸿志的手，"你怎么来了，快进来。"

进到屋里以后，关鸿雁两手抓着鸿志的两个肩膀，一双泪眼打量着鸿志。

"鸿志呀，你知我多想你呀？"他用力摇晃着鸿志，"快坐下歇歇，坐这么长时间的火车一定累了。"关鸿雁把鸿志按坐在藤椅上。

关鸿雁一边给鸿志倒水一边问："你怎么有时间来了？"

"本来不打算来的，有个会议不来不行啊。"关鸿志漫不经心地说。

"会议，嘛会议？"

"代表会议。"

"代表会议？"关鸿雁一头雾水，"没听说海津市有嘛会议呀。你现在是嘛爵位，当上代表了！"

关鸿志接过哥哥递过来的水，喝一口说："我有啥爵位，一个中学教师，我是来开家庭代表会的。"

关鸿雁明白了。他坐到床铺上收起笑容："家庭代表会，都代表谁？"

"死的活的我都代表。"关鸿志把水杯放到桌子上，目不转睛地看着哥哥。

"死的指谁，活的指谁？"

"死的是咱爸和咱妈。"

"活的呢？"

"还用我说嘛，三哥？要就我自己是活的，还用代表吗？如果只是从兄弟情义，多年不见的角度来看你，就不用加'代表'两个字了。看来三哥心中真的忘掉了三嫂和自己的亲生骨肉了。"

"鸿志，十多年没见的亲兄弟，刚见面说话就这样刻薄！"关鸿雁心里很不是滋味，随即也刻薄地问一句："你有当代表的资格吗？"

"有资格没资格放在后边，不过我先告诉你，我这次来，并不是三嫂委托我来的，我到你这来，三嫂根本不知道。你应该了解三嫂的性格，她绝不会向你求情的，再说，她也不欠你的情，甚至都不欠关家的情，所以也就谈不上求情了。要说欠，只有关家欠她的情，如果要还的话，你我一辈子都还不完她对关家的情。当然，要说有没有资格当代表，我可能也没有资格，不过我现在确实醒悟了，也从老华家瑞雨那里完全了解了三嫂的情况，是她的所作所为，不得不让我当这个代表，因为关家除了我再没有成年人了。"

"你这不是自作多情吧。"关鸿雁冷笑一声说。

"三哥呀，这话我不应该说的太白了，可是我又不得不说呀。掏心窝说吧，这样的结果，将来你肯定不如三嫂，你要受罪的。三嫂再熬几年，孩子一立事，啥都不愁了。可是你呢，将来老了谁管你，一有风吹草动，你那个郭小姐能与你同患难，能像三嫂这样忠贞痴情地等你？"

"打住打住，哪里又出个郭小姐，你听谁说的？"关鸿雁显得很反感。

"三哥，你别再隐瞒了，你也没有必要装出极度反感的样子，这里就咱哥俩，你把这个抽屉打开，如果没有郭小姐的照片，从此我一句话都不劝你！"

关鸿雁哑口了。

"三哥呀，三嫂到你这儿，总共不到二十四个小时，可是她什么都知道了。跟你说吧，这次我来，是表妹华瑞雨背着三嫂找的我。三嫂等你十多年啊，你知她得知你的消息后，她乐到啥地步，快成范进中举了。可是到你这来，你给她的却是——你知道这对她的打击有多大吗！"关鸿志说不下去了。

"听说当初你不是也没管过她们母子吗，你也没尽到叔叔的责任吧？干吗今天来教训你哥哥呀！"关鸿雁没有一点回心转意的意思。

"三哥呀，你不能这样说话。"关鸿志尽量克制自己的情绪说，"你怎么能跟我相提并论呢，充其量我只是她的小叔子，你和她是结发夫妻呀！就凭她的苦劳，你都不应这样对待她。再说我那也是在不知情的情况下的一种误解造成的呀！"

"嘛结发夫妻，你知不知道她已经和我离婚了。"

"知道！她是在法律上与你解除了婚约，可是她并没有解除对你的感情啊。再说，解除婚约，那纯属无奈之举，解除婚约，也是因为你，更是为了你的亲骨肉！"

"可是我们在事实上已经不是夫妻了。"

"三哥，咱们是亲兄弟，你说话不要用外交口吻。"关鸿志有些口干舌燥，他喝口水接着说，"法律是道德的最低底线，我们改变不了法律，可法律完全可以尊重人的意愿的。我不愿看到你真的冲破道德的最低底线，那样最后毁的可是你自己。"

关鸿雁一直低着头不说话。

"现在看来，不但对不起三嫂和三个侄子，也对不起爸爸妈妈。"关鸿志像自言自语在忏悔，又像在漫不经心告诉哥哥一件事，"后来听说爸爸妈妈还有一个遗嘱。"

"遗嘱！给谁的遗嘱？"关鸿雁抬起头，瞪着一双小眼睛看着鸿志。

"给三嫂的。"

"嘛内容？"

"很小的一张纸，我也没看见。大概的意思是说：他们死以后，这个家谁都指望不上了，爸妈看出来了，只有指望我三嫂了。以后一切事情都交给我三嫂了，只有三嫂是真心真意为老关家……还有，还有让我三嫂在什么情况下也别丢掉你的内容。"

"遗嘱在谁手里了？"关鸿雁问。

"当然在三嫂手里呗，那能在谁手里？"关鸿志的情绪有所缓和。

"你怎么知道遗嘱的内容？"

"三嫂把遗嘱给瑞雨看过。"关鸿志喝口水接着说，"三嫂没有辜负爸爸妈妈的嘱托，爸爸妈妈没有看错，她虽是外姓人，但她所作所为，在茫草城没有不为三嫂挑大拇指的，都说是三嫂娘家的祖坟积了德，没有说老关家的祖坟积德的。"关鸿志长长叹口气，"三哥啊，三嫂十多年的苦水，你也都知道了，我也不便重复。我这次来就是要劝你回心转意，你这样做是在三嫂还没有愈合的伤口上又撒把盐呀。你要知道，思念和等待是一种难以承受的苦难，你可能也经受过。而三嫂她并没有被常人难以想象的苦难压倒，她把对你的思念和等待，当做希望和力量，在支撑着她，企盼你早一点回来，没想到你就这样轻松地一挥手，把三嫂给打发了。"关鸿志沉重地摇着头，"这是所有的人都没想到的。"他看看关鸿雁说，"现在知道这件事儿的人，都说关家的老三是丧尽天良的白眼狼，凡是认识三嫂的人，都在说当初就不应该那样痴情地等他，连方梓都骂你是当代的陈世美。"

"方梓是谁？"关鸿雁沉默少许抬头问。

"瑞雨的爱人。"关鸿志看看三哥，漫不经心地说，"你要真的这样下去的话，可能有人要找你。"

"谁找我？"关鸿雁疑惑地看着鸿志问。

"我三嫂当保姆那家的女主人。她是湖溪市卫生局处长，她爱人是市委宣传部部长，她认识你。她很有可能和瑞雨一同来。"

"她认识我？怎么可能。"

"在登记国民党投诚人员时认识的你。"

"那么多人，她怎么可能记得住我呢，真是笑话。"

"这很有可能。据她说，在国民党投诚人员中，只有你一个姓关的，而且是满族，同时你的名字又有点女性化，所以她记得很清楚。"

"她凭嘛来找我，现在不是投诚的时候了，我不怕她，我也可以不见她。"

"人家来不是以身份压你，人家来是做你的工作，是为你好。"关鸿志喝口水接着说，"三哥，你可要听人劝啊，你可不能在家乡人的心里落下一个现代陈世美的骂名。

"我怎么成陈世美呢，是她和我离的婚，不是我不要她的。"

"你不要总纠缠这个问题好不好，三嫂与你离婚不是要离开你，她是为了孩子的命运，实属无奈。你又不是不明白，刚解放的时候，蒋介石安插了许多潜伏特务，你又音信无有，谁知你在干什么。刚解放那几年，人们在政治上的敏感性都很强，三嫂不这样做，根本找不到工作，孩子也就无法带出来，你知不知道？"

"我可以给孩子抚养费呀。"关鸿雁突然冒出这么一句来。

关鸿志看看关鸿雁长长叹一口气，伤心地说："三哥呀，三哥，我跟你说了一天一夜了，你是一句都没听进去呀，我真没想到你冒出这么一句来，你真不知害羞。你以为我三嫂是为了钱吗？要是为钱她等你，你以为就你挣钱多呀，比你挣钱多的有的是，你以为钱是万能的，你想错了。"关鸿志气得用手指敲着桌子，"瑞雨给三嫂介绍湖溪市钢铁公司一位科长，每月工资八十多元，多少人劝三嫂，三嫂都断然拒绝了，你以为你是啥人才咋的。三哥呀，三哥，你可真是鬼迷心窍了，我就不信一个一见钟情的女人对你的感情能超过一个拼死拼活等你十多年的女人对你的感情！"关鸿志站起身，背起他那个军用挎包，"就这样吧三哥，我走了。"

"走，上哪去？"

关鸿志看看手表："真巧，三嫂来你这儿待了不到二十四个小时，我待的也是这么长的时间。"

"你要回去？"关鸿雁问。

"回去。"

"咱们哥俩十几年没见了，不能多待几天，我请两天假，再好好聊聊。"

"聊啥呀？"

"这么多年不见了，该聊的事儿太多了。"

"没啥可聊的了。"

"哥俩的情义……"关鸿志向哥哥摆摆手说："人都说爱情的力量是巨大的，三嫂来你都没有请假，看来你与三嫂是彻底了。说实在的，三哥，我这次来还真不是聊哥俩的情义的，再见吧。"

关鸿志登上北去的列车，坐在临窗的位置上。关鸿雁把水果和面包从车窗塞到茶桌上。

车站上的一切缓缓向车后移动，车开了。关鸿志流着眼泪，对跟着火车向前走的哥哥说："哥哥，你晚上睡不着觉，扪心想想吧，你将来……"

列车的速度加快，后边的话他没有听见。关鸿雁呆呆地看着远去的列车。列车已经无影无踪了，他还站在那里，捭阖的心有些悲哀，关鸿志说的"哥哥，你晚上睡不着觉扪心想想吧，你将来……"还在他耳边回响。可是"你将来……"后边说的是嘛呢？

由于与那个叫郭迪的女人交往过深，关鸿雁把与珍珍溢满心田的海誓山盟，早已凝成冰冷的石头，沉入阴暗的深渊。

关鸿雁从火车站出来，推着自行车，漫无目的走在马路上。嘈杂的人声、汽车的喇叭声和电车的铃铛声，让他愈加烦恼起来。他不知自己在干什么，也不知自己将去向哪里。他信步来到解放桥头，站定下来，思索片刻，来到河边的石栏前，坐在石栏上，河水的粼粼波纹，让他的思绪更加纷乱。

　　关鸿志两眼木呆呆看着窗外。车窗外远处的群山被如烟的暮霭笼罩，愈显苍茫；近处的苞米，甩着宽长嫩绿的叶子，在风中摇曳；泛着白色浪花的河水，在呜咽地流淌，这一切被夜幕渐渐笼罩起来。关鸿志虽然目不转睛看着车窗外，但他一点都没有感觉，思绪已回到他上学的时代——

　　在自己上学的时候，三哥三嫂就代替了父母在照顾自己。自己也许是老儿子的关系，父母格外偏疼，好吃的东西总是先尽自己，所以上学时，个头就与三个哥哥一般高。三哥和三嫂对自己的照顾，特别是三嫂更是无可挑剔。三哥的衣服自己想穿哪件就穿哪件，三嫂从来都没有拦挡过，也从未听过有什么微词；自己每次上学临走前，都是三嫂打点自己；被褥、床单、衣服等的拆洗浆做，都是三嫂给做，从不让父母操心。也正因如此，在三个哥哥和三个嫂子中，自己与三哥三嫂的关系最好。想到这，自己觉得很惭愧，自己太对不起三嫂了，在她最困难的时候，自己没尽到一点责任和义务。

　　"咣当"一声，火车停在一个不太繁华的火车站上，关鸿志揉揉眼睛，镇定一下情绪，看着刚走下车厢的寥寥几个旅客，走向灯光昏暗的出站口。

　　火车又缓缓开出小站，继续它的长途旅行。关鸿志又陷入沉思中：他不知回去后怎样向瑞雨说，也不知三嫂知道以后将会怎样。这时他又后悔自己为什么气性那么大，又那样倔，为什么不多待几天，再多做做哥哥的工作，怎么抬屁股就走了呢！嗨，自己也太不冷静了，太没有耐性了。

关鸿志一时真的不知如何是好。经过再三的考虑，他决定先不到湖溪市，先回家。过几天以后，再与瑞雨联系，商量怎样与三嫂说。

关鸿志去海津市一事，华瑞雨一直都没有跟二姐说，这是她与老表哥背着二姐办的事儿。华瑞雨对此抱有极大的希望，想给二姐一个惊喜。可是一个多星期了，还没见关鸿志回来，她心里有些着急了。正在着急时，珍珍来了。

"呦，二姐来了！这几天咋样？"

"能咋样，和原来一样呗。"

"看来二姐精神还不错。"

"我这腔大丢心的人，啥时也倒不了秧。"

说话间，又一个巧合，关鸿志一脚迈进门来。

"老哥来了？"瑞雨喜出望外。

"三嫂也在这呐？"关鸿志笑中带着疑虑。

"鸿志，这是从家来呀？"珍珍随便问一句。

"不，我是从海津市回来。"

珍珍听完一愣："你去海津市了？"

"嗯哪。"

"啥时去的？"

"去一个星期了。"

"刚下火车？"

"是呀，三嫂，刚下火车呀，下火车就奔这来了。"

"你是从海津市来到这儿下的火车？"珍珍又进一步问一句。

"是呀。"

"北京到安东那趟车？"珍珍更进一步问。

"没错。"关鸿志仍然肯定地说。

珍珍笑了："鸿志，你不是从海津市来，你是从家里来。从海津市来的这趟车是上午九点多。"

关鸿志的谎言被戳穿，一下傻了眼。他痴呆呆看着珍珍，心想，自己的撒谎水平也太拙劣了。在这样一个头脑异常清醒、分析能力极强、有一双犀利的眼睛和穿透力极强的思维之箭、能看穿任何事情深层次的东西的女人面前，说谎没有点水平都不行。

"三嫂，我早晨先到的家，晚上到这来的。"

"你看你哥哥去了？"

"不是专程看我哥哥，是开家庭代表会去的。"

"代表谁？"

"代表死去的父母，也代表你。"

"代表我？"珍珍冷笑一声，"我不需要你代表我，我也没有资格让你当代表，就是有资格也用不着你代表我去向她求情，我不欠他的！"

"二姐，你别误会，是我背着你做的主。"瑞雨把话接过来。

"你们为什么要背着我这样做？我不需要！"珍珍有些激动。

"不，三嫂，我三哥他知道自己错了。他说再给他一点时间，处理他与那个郭迪的关系，就来信。"

"不不，别再说了，这都是你的话，或者说这是你在为你哥哥搪塞。你的所谓的家庭代表会失败了。"

关鸿志看看瑞雨，瑞雨看看方梓，方梓看看关鸿志。屋内空气紧张、沉闷。

珍珍说的这些话，关鸿志、华瑞雨，包括方梓，他们并不感到意外。这反倒让他们更加清晰地看到，一个真实的坚强的女性，当她思念一个人的时候，她是执着的，是痴情的，她不会因为任何外力而改变这种执着和痴情。可是一旦她所思念的对象，给她的真实情感以伤害或欺骗，她会果断走到另一面。对以前的执著和痴情不后悔，因为当时的那种执着和痴情，给了她力量、勇气和希望。一旦执着的思念破灭了，坚强在她的身上还存在，而且又从中得到进一步的磨炼和洗礼，会使她更加坚强。

面对这样一个女人，根本不用谁去苦口婆心地安慰，一切安慰都是徒劳的、苍白的。作为关鸿志，他根本就不知再说什么好了。一边是自己的亲哥哥，而又不忍心把亲哥哥说得一无是处，一边是早已心力交瘁、再不能给她丝毫伤害的嫂子。他真是进退两难。

珍珍站起身来："天不早了，瑞雨，我回去了。"

"二姐，你再坐一会儿吧。"瑞雨拽着珍珍。

"不坐了。鸿志，明天你也回去吧，工作都挺忙的。"

珍珍走了，她是带着极度的悲情走了。她走后，华瑞雨和关鸿志陷入不知所措的境地中。

"这到底是咋回事儿？"送走珍珍以后，华瑞雨急皮赖脸地问关鸿志。

"嗨，一言难尽啊。"关鸿志摇着头，一脸的无奈，把一切都告诉了华瑞雨和方梓。

第四十四章 任凭岁月的磨伤

　　珍珍如往常一样，仍然在徐处长家按部就班做她的保姆工作。丽丽上学一走，这个家只剩下珍珍一个人，在某种意义上讲，珍珍的工作轻松不少，可是却大大增加了她的寂寞感。特别是从海津市回来以后，无形中又给她增添了无法释怀的悲情。虽然她在外表上十分平静，可她的内心，早已翻江倒海。在她最难的时候，很多人劝她再走一家，他却说这才哪到哪，王宝钏寒窑苦等十八年，我要等他二十八年、三十八年，直到死。可是等来的却是冷漠、变心、移情。这是她从来不曾想到的，可是现实却无情地摆在她的面前。

　　但这种感情上的变故，并没击垮珍珍。她必定经历过艰难生活磨难，造就了她坚强性格，她既有王宝钏忠贞的一面，更有不可被摧垮的傲骨。因此自决定不去海津市那时起，珍珍就感觉浑身轻松了许多。她依然如往常的一只孤独的劳燕，为三个还没有出飞的雏燕默默奔忙，将收获的每一口食物，都要张起那经过天长日久风霜雨雪拍打的老翅膀，送到嗷嗷待哺的小燕的嘴里。

　　"珍珍。"吃完晚饭，徐静坐在客厅的沙发上，织着毛活喊一声珍珍。

"哎，徐姐，有事呀？"

"完事过来唠唠嗑。"

"哎，这就好了。"珍珍解开围裙，搭在一根横杆儿上，来到徐处长对面的沙发上坐下。

"徐姐，唠啥呢？"珍珍笑着问徐处长。

"还笑呢。"徐处长嗔怪地看珍珍一眼。

"咋的了，徐姐。"说着珍珍站起来来到徐静旁边坐下来，"我咋的了？"

"我问你，这两天你咋显得那样平静？"徐静放下手中的毛活问珍珍。

"有啥不平静的，你对我这样好。"

"我没问你这个。"

"那你问我啥？"珍珍实际明白徐静问的是啥。

"我问你海津市的事情就算了啦？"

珍珍收起脸上的笑容看着徐处长，"那不算啦还有啥说的。"

"想好了？"

珍珍点点头："想好了。"

"那你就打算带着孩子就这样过下去了？"

"是，和原来一样。"

"没有别的打算？"

"没有。"

"我问你珍珍，假设在你最难的时候，知道他变心了，你会不会改嫁？"

"不会。"珍珍口气很坚定。

"心不死，以真情去感化，用时间去等待、去溶解一个铁石的心肠？"

"不！"

"那是啥？"

"是抗争！"

"向谁抗争？"

"向生活抗争，向困难抗争，抗争出一个坚强的珍珍。让他知道珍珍等他不是为了依靠他，而是感情所至，诺言所至，是为了了却他家老人对我的嘱托，是为了让孩子有一个完整的家。"

"他已经在感情上背叛了你，你还执着地了却他家老人的嘱托，还有这个必要吗？"

"老人对我一直很好，没有把我当成儿媳妇，而是当成自己的女儿看待。我不能让他们在九泉之下还流泪。"

"珍珍呀！"徐静拉起珍珍的手，眼里噙着泪花，"你真是一个既坚强、又有主见、又有柔情的人。我真服你了。"她拍拍珍珍的手，"就在这帮帮我吧，我和老杨已经商量了，从下月起每月给你增加十元钱的工资。"

"不、不，徐姐，那可不行。"

"怎么不行，我和老杨从下月涨工资。你也应该长点了。"

"那也不行。丽丽这一上学，我轻松了不少，哪能涨工资呢，真的不行。"

"行了，不说这个了，还说你吧。"徐静喝口茶问珍珍，"你就打算一个人带着孩子这样过下去了？"

"是，和以前一样，我想我会越来越好的。"

"我看那个关鸿雁将来要后悔的。"

"后悔，有啥后悔的。"

"怎么也不如结发夫妻呀。珍珍，我看到的不止一对半路夫妻，在感情上都是同床异梦，真心的可真不多。"

"是这样，我大爷就是一个例子。"

"说实在的珍珍，关鸿雁在感情上这样失信于你，你就真的一点都不伤心？"

"哪有不伤心的？我一看他这样，开始时，我的心都零落了，甚至觉得自己的整个身子都被折磨成碎片了。白天有时候，我呆呆地看着窗外被秋风吹落的树叶，我在一片一片数着落叶。我的心像那干枯的残叶，干得一滴眼泪也没有了，早已流干了，我做梦也没想到等来的是这样一个结果。我几乎要崩溃了，两手气得发抖。后来我想开了，现在已把伤心和痛苦转化成一种韧劲儿。"

"怎么想开的？"

"嗨，生活就好比一面镜子，镜子摔碎了，就等于生活破碎了，可是我人并没破碎，还是完整的人，只要我人没被生活撕碎，就什么都不怕。在破碎的生活中，仍然是一个完整的珍珍。珍珍为什么不能走出痛苦，坚强地活下去，用自己的完整，去弥补破碎的生活，用自己的努力，把散碎的、齑粉的生活碎片整合起来！"

"我说珍珍，你简直就是一位哲学家。"徐静惊奇地看着珍珍说，"难怪你能这样坚强地面对生活。"

"啥哲学家呀，一个农村妇女。"

"是农村妇女，但不是一般的农村妇女。你用洁净、忠贞所锻造的爱，虽然被击碎，你却能清理、整合好失去秩序的生活，你是一位名副其实的女强人。"

"徐姐，咱不说这些了，我还有件事儿需要办。"

"你说吧，需要我做啥？"

"不需要你做啥，我只是想请几天假。"

"可以，啥事儿，我能帮啥忙？"

"快到期末了，二孩子该上四年级了，我想把他从万两河小学再转回茫草城小学。"

"为什么？"

"我二大爷、二娘都60多岁了，弟弟又是个残疾，爷爷已经90多岁了，一家老弱病残，我不忍心再把孩子放那儿，想让他独立，锻炼锻炼他。"

"行吗，孩子太小啊。"

"他哥哥四年级时不是带着他住校吗？"

"你别忘了，那可是哥俩呀，再小互相之间也有个照应啊，节假日两人也是个伴儿，可你扔一个孩子在那哪行啊！"

"要说也是。"珍珍犹豫了。

"要不你干脆把孩子带来，就住我家。"

"呦，那可不行，这绝对不行。我那二孩子胆大，心眼儿多，没事儿。再说老师学生也都熟，我觉得不会有啥事儿。"

"不过……"

"没事儿的。就这样定了，过几天我先去茫草城小学，和他们打声招呼，就去万两河办转学手续。"

"茫草城小学要是不同意咋整？"

"不会的，这一点我是有把握的。"

第四十三章 无法解忧的"杜康"

随着时光的流逝，世事也在迅疾万变。在珍珍和关鸿志从海津市相继回来不到两个月，关鸿雁的人生轨迹让人意想不到地来了个180度的大转弯。

再有半个月，就迎来中华人民共和国成立8周年纪念日，关鸿雁正踌躇满志地做着与郭家老姑娘郭迪结婚准备时，领导找他谈话。实际那根本不叫谈话，就是告知他，经组织研究他被下放到海津市北郊区劳动锻炼，锻炼期限，初步定为3年。

"为什么下放！"关鸿雁有些愤怒。

"干部下基层锻炼，没有为什么。"领导冷冷地告诉他。

"就我一个人？"

"有必要告诉你吗？你就为你走做准备就可以了，不要问那么多。"

"难道没有我说话的权利了？"

领导看看他，掐灭烟头："从明天开始，把手底下的工作缕一缕，做交接的准备吧。"说完，领导转过他那冷冰冰的脸，离开关鸿雁的办公室。

关鸿雁万万没想到就在他即将第二次走进婚姻殿堂时，被这突如其来的一棒打得晕头转向，他有一种预感，他的一切美梦都将破碎。他那个未来的新娘已与他定好，下班后一同去劝业场购置结婚用品，看来也将成为泡影。他端着茶杯，站在办公桌前，看着领导远去的背影，把手中的茶杯摔向办公室的门外。摔茶杯的声音，被走去的领导听见，他又折返回来，脸色更加难看，阴沉得能拧出水来。

"你在用茶杯砍我！"领导来到办公室的门前，看着地上摔碎的茶杯，瞪着关鸿雁，扔出一句定性的话语。

关鸿雁一句话也没有，他像泄了气的轮胎，软软地跌坐在椅子上。

"老关，我是代表组织来通知你的，这里并没有我个人的东西，你用茶杯砍我，实际你这是对组织的决定不满，是在向组织砍茶杯，你知道不！"

"我没有向组织砍茶杯。"关鸿雁无力地从嘴里冒出一句。

"不要狡辩！"领导冷笑一声，"那你是在砍谁？砍我？可我是代表组织来的，你说你在砍谁？"

"杯子对我已经没有用了，我只好处理它。"

"得了，老关，你一向能说善辩，你不觉得你的狡辩太苍白无力吗？"领导说完冷笑一声摇摇头走了。

下班后，关鸿雁无精打采回到家中。那个郭家老姑娘郭迪正在他的住处等他。他把自行车往窗外一放，郭迪就笑容满面地迎出来，娇滴滴地问："回来了，干吗去了，回来这么晚？"

"嗨——"关鸿雁没有说话，一脸愁容钻进屋里。郭迪一脸狐疑跟进来。

"你怎么了？"

关鸿雁把公文包向写字台上一扔，一头躺在床上。

"哎、哎，怎么了，怎么了？"郭迪推着关鸿雁，"干吗呢，天要塌下来了！"

"是的，天是塌下来了。"

"怎么回事儿？"郭迪着急地问。

关鸿雁又哀叹一声坐起来，从口袋里掏出恒大烟，点燃一支，狠吸一口，又躺到床上，夹烟的手伸向床外，他极沉重地把下放的事一五一十告诉郭迪。

"这是真的？"

"嘛时候了，我撒这谎有嘛用。"

郭迪听后，又吃惊又见傻，站在那里一动不动。

没有声音了，屋内死一般的寂静，空气好像都凝固了。关鸿雁指间的恒大烟冒出的灰白色的烟，也像凝固成一片迷雾，把屋内的一切笼罩得迷迷蒙蒙。

关鸿雁下意识地弹弹烟灰，一团白色的烟灰跌落在地上，他抬起手吸一口烟，又将夹烟的手伸出床外。

"去他妈的，不管咋的，咱们继续准备咱们的婚礼。走，咱们买东西去。"他翻身坐起来。屋里没有了郭迪的影子。他一愣，"哎、哎……"他推开房门，郭迪的飞鸽自行车已经不见了。

关鸿雁一切都明白了，他呆呆站在院子里像一块木头立在那里。猛然间，他推起自己的自行车，去追郭迪。他的自行车似在马路上飞，十分钟过去了，他看到她的身影。她骑车的速度很慢，他紧蹬几下，吱——的一声，他的自行车横在她的自行车前。

"你为嘛走啊！"他喘着粗气质问她。

"不走干吗！"她毫不示弱。

"不说去买东西吗？"

"买嘛，买嘛东西，买东西还有用吗？你愿意买自己买去吧！"她没好气地想推车绕过他。

他拉着她车子的后倚架："你别走，你把话说清楚。"

"呦，说嘛清楚，你不是说得很清楚了嘛，我还说嘛！"

"你在欺骗我的感情。"

"得啦，你也配谈感情？你老婆对你感情那么好，对你付出那么多，你是怎么对待她的？你骗她骗得还轻吗？"

"你这是乘人之危。"关鸿雁吼起来，引来路上行人的注目。

"跟你学的。你想想你是怎样趁你老婆之危的吧。"郭迪嘟囔一句，绕过关鸿雁骑上车走了。

关鸿雁无计可施。他把自行车靠在路边的树上，像泄了气的皮球，瘫坐在便道上。不知在便道上坐了多长时间，也不知吸了几支烟，亮起的路灯和满街忽闪的霓虹灯以及熙来攘往的行人车流，他都毫无感觉。当他再次从兜里掏出恒大烟盒，准备再续上一支时，发现烟盒已空。他把烟盒狠狠捏成一团摔到马路上。烟盒急速地滚到马路中间，顷刻间被急速而过的汽车轧成一个纸饼，紧紧地贴在马路上。关鸿雁两眼直勾勾地看着那被轧扁的烟盒，烟盒在他的眼中慢慢地幻化成一个血肉模糊尸体躺在血泊中，他身上不由自主地激灵一下，起一身鸡皮疙瘩。他晃晃脑袋，定定神，血肉模糊的尸体不见了，那个被轧得烟盒饼，还粘在马路上。这时一个可怕的念头，突然在他脑海中萌生：还不如死了算了。那烟盒只一瞬间变成纸饼，我完全可以一瞬间钻进汽车轮下，了此一生，也就一了百了，到极乐世界也许更安稳、幸福。想着想着他从便道上站起来，两眼呆板、凝滞、一眨不眨地盯着那个被碾轧成饼的烟盒，一步一步向烟盒走去。他的神态被疾驶而来的一辆卡车司机看在眼里，司机看这个人的举动太怪了，他将脚离开油门儿移向脚闸，车速减下来。关鸿雁一头向那烟盒扎去，说时迟那时快，只听一声尖利的刹车声，大卡车的前轮距关鸿雁的头只有不到一尺远，车身向前一拱停下来，车轮在柏油马路上留下两条深黑色的刹车痕。司机身子随着车身也向前一耸，趴在方向盘上。尽管从感觉上车轮没有轧着人，但他也有些魂不附体。与此同时，路上的行人异口同声地"啊呀"一声，而后都惊恐地看着车轮前的人。司机终于定下神来，从驾驶室跳下来，看看趴在地上的人，长长出一口气。司机来到关鸿雁前蹲下来，气恼地冲着关鸿雁吼起来："我说你想死的话，大河没有盖儿，你不上那死去，干吗往我车底下钻。你死还想找个垫背的，你他妈损不损……"司机还想接着骂，这时有人拍拍他的肩膀，司机回头一看是交通警察。

"警察来得正好。警察同志，您看这是嘛玩意儿，我要不是脚急眼快，这小子早归西天了。"警察向司机做一个示意的手势，司机合上了他那气得有些扭曲的嘴。

警察蹲在关鸿雁前，拍拍他的后背："你这是干吗呢？起来起来！"

关鸿雁慢慢坐起来，嘴角流着血。他向地上唾一口唾沫，然后抹抹嘴角上的血。

"该，干吗不摔死你，你他妈太可恨了。"司机咬牙切齿地骂一句，然后便一五一十把事情的经过叙述一遍。

"你是哪个单位的？"警察在询问关鸿雁，"叫嘛名字？"警察掏出笔记本准备记录。

关鸿雁一言不发，只是低着头，似乎在擦眼泪。

"能站起来不？"警察又问一句。

关鸿雁慢慢站起来向路边走去，走到他的自行车前，推起自行车准备走。

"哎哎，我说同志，你不能走，问题还没解决呢。"

"嘛问题？"

"你为嘛趴在马路上？"

"我有羊角风病，摔倒了。"

警察将他的话记录在案："你在哪个单位工作？"

"没有工作。"

"没有工作？"

"对。"

警察认真打量打量他："看你这身穿戴可不像没有工作。"

就在这时，关鸿雁丢下自行车又一次摔倒在地，全身现出抽搐的状态。

"哎呀，八成真是羊角风。"

"都这样了，就别问了。"

"可不是吗，摔个好歹的怎么办。"

围观的群众七嘴八舌说个不停。

司机和警察完全确定关鸿雁有癫痫病。

"我还以为自杀呢，看来有点冤枉他了。"司机嘴里嘟囔着，"警察同志，我可以走吗？"

"先别走。"他又掏出小本子做记录状，"你是哪个单位的？叫嘛名字？"都问完之后，表扬司机一番，然后将司机放行。

大概有十几分钟，关鸿雁坐起来。他看看周围的人，慢慢站起来。不知谁把自行车给扶起来，他推自行车走了。

警察追上来："同志，行吗？"

关鸿雁向警察摆摆手，略有些难为情地说："谢谢，不犯病就是好人。"

关鸿雁的戏演得很成功，他把大伙一致认同他想自杀的事情，完全给扭转过来，所有在场的人，都确信无疑地认为他确有癫痫病。

关鸿雁推着自行车已远离围观的群众，便骑上自行车，漫无目的慢慢向前蹬着。他有些后悔，后悔不该寻死；又有些后怕。那个司机与警察诉说他如何发现他的异常，如何紧急制动，他都听得一清二楚。他佩服那个司机，虽然挨了他的骂。关鸿

494

雁本人也是司机出身，而且在部队开军车。他完全懂得在这样紧急情况下，能将汽车停下来，有些出乎他的所料。亏得司机眼疾脚快，否则他现在早就成了车下鬼了。关鸿雁下意识看看手表，已经晚上九点了，他这才觉得又渴又饿。他搜寻路边的店铺，终于发现一家小酒馆，他钻进酒馆。

"您里请。请问几位？"跑堂的小伙计客气地与关鸿雁打招呼。

关鸿雁没有说话，只伸出一个指头，示意就自己一位，而后在一个偏僻的角落坐定。

"您吃点儿嘛？"小伙计边擦桌子边问。

"来一盘酱头肉，一盘花生米，再来一瓶杜康。"

"好啦。您稍等，马上就来。"

"再来一包香烟。"关鸿雁又补充一句。

"再来一包香烟——"小伙计喊完又折回来，"您要嘛牌香烟？"

"恒大。"

"恒大烟一包——"

关鸿雁的心在流泪。杜康是中国的历史名酒，往日喝到嘴里浓香醇厚，而今越喝反而越觉心烦，越觉苦涩。他拿起酒瓶，目不转睛地看着杜康二字，想起一代枭雄曹操的短歌行："对酒当歌，人生几何？譬如朝露，去日苦多。慨当以慷，忧思难忘。何以解忧，唯有杜康。"杜康真的能解忧？他把酒瓶子往桌子上一顿，嘴里骂一句："解他妈屁忧！"

他把头扭向窗外，那黑蓝色的夜空使他产生一种怨恨。他问苍天：为嘛倒霉的事儿总是轮到我的头上。为嘛让我下放，我到底怎么了，难道是珍珍告我的状？——不，不可能。珍珍可不是那样的人，她是有知识的，她曾用"君子绝交无恶言"的古训来劝告我，她绝不会向厂里告我的状的。再说，退一步讲，就是珍珍真的告我的状，那也是私人生活，也不会到让我下放的地步啊……"去他妈的，嘛下放，纯粹是劳动改造！"他心里骂一句。可是到底为嘛呢？给领导提意见？对，就是因为给领导提意见。对呀，现阶段正在反右啊。可是提意见那是开大会动员的，要求大家提意见的，再说了，提意见那不是为了工作吗，怎么倒成了不是了？管他呢，今朝有酒今朝醉，怕走也不行，怕也得走。不就三年吗，老子四十年都过去了，还害怕三年不成。他一仰脖喝一杯。一瓶杜康已经下去一半了，手脚已有些不随愿了，倒酒的手已开始发抖。现在让他最痛苦、最怨恨的是那个郭迪在他最需要抚慰的时候，向他的伤口又撒一把盐，离他而去。这时他想起了珍珍：要是珍珍绝不会这样。十几年来，她像王宝钏一样苦等着我。他后悔自己把事情做得太绝了。

　　"哎——"他长叹一口气，又将眼前那杯杜康一饮而尽。烈酒好像把他的头脑烧清醒些，他开始思索自己一生的况味。他紧紧靠在椅子背上，仰面看着天花板，随口吟出李后主的词——《虞美人》最后两句："问君能有几多愁，恰似一江春水向东流。"他在究诘人生的悲苦，两眼有些湿润，掏出手绢擦拭着。他拿起桌子上的烟点燃，另一只手托着下颚向外望去，苍茫的天空挂着一勾孤独、寂寞的弯月。他痛苦地趴在桌子上，悲悯得不知向谁诉说自己的苦闷，也没有自己能够诉说的对象。看来世上只有珍珍能理解自己，可是珍珍却被自己置千里之外。如果珍珍能在自己身边，绝不能这样孤独无助。

　　小酒馆里只剩关鸿雁一个人了。酒馆经理和小伙计坐在远远的另一个角落等待这个孤独的饮者。

　　时钟敲了十一下。关鸿雁扭过头看看墙上的挂钟。他发现经理和小伙计在角落里静静地坐着。

　　"你们两人也没喝完哪，过来咱们一同喝点。"

"不了，我们吃完饭了，您慢慢用，不着急。"

"我明白了，你们是在等我吧？不用等，你们该下班就下班，一会儿喝完了我自己收拾。"说着话他一仰脖又下去一杯。他把杯放到桌子上，回过头来，用惺忪的眼睛看看经理和小伙计，向他们摆摆手："走吧，走吧，别因为我影响你们休息。走、走吧。"说完转过身去，趴在桌子上睡着了。

经理摇摇头，一脸的无奈。

"经理我把他叫醒，轰他走。"小伙计有些不耐烦了。

经理摆摆手，示意不要叫。而后他到一间小储藏室里，拿来一件棉大衣，轻轻盖在醉酒者的身上。又拿过来两把椅子放在醉酒者的两边："让他睡吧，他一定心中有事儿。"经理似在自言自语，又像对小伙计说。

关鸿雁一觉睡到凌晨两点才醒。他糊里糊涂抬起头，两只充血的眼睛有些呆滞，向四周看看，又看看身上披着的棉大衣。

"您醒了，同志？"

"噢，对不起，耽误你们下班了。"看来关鸿雁酒已醒。

"没关系。"

"多少钱？"

"一共六元八角钱。"小伙计递过来票据。

关鸿雁离开小酒馆，他没有急于骑上自行车，推着自行车行进在灯光昏暗的马路上。西沉的残月如钩，月光清冷，将柳树的疏影印在便道上。关鸿雁打个冷战儿，清冷的秋夜使他这颗清冷的心愈加清冷。摆在他面前这些不顺心的事儿，怎么也理不出头绪来，而且是越理越乱。

他终于来到自己的家门前。冷落凄清的庭院，深锁的房门，这凄苦的景象与他心中的悲情合二为一。他再也忍受不住，一头栽倒在院中。

第四十六章 没有画上句号的情感

　　珍珍从茫草城学校急急忙忙赶到万两河，准备尽快把海林转学的事儿办利索。可是让她没想到的是，她来到二大爷家，关鸿志竟在这里。

　　"鸿志，你咋到这儿来了？"珍珍有些奇怪。

　　"三嫂来了？我……啊，我昨天来的。"关鸿志站起身来，尴尬得所答非所问地笑了笑。

　　"就这咋就这、这寸呢，我二姐也、也来了。"韩可远结结巴巴地说。

　　寒暄过后，珍珍四周看看："海林呢？"

　　"妈妈，我在这呐。"海林从前边的园子里已经看到妈妈来了，就赶紧跑回来。心想，妈妈终于来接我了。

　　珍珍把海林揽在怀里。她没有心事问关鸿志来干什么，也不想知道，但她完全猜得到一定又是为他哥哥来的，便单刀直入地把自己的来意告诉二大爷及其全家的人。她说："我是从茫草城来的，与茫草城学校已经说好了，把海林再送那里上学。"珍珍低下头看看依偎在身边的海林，"海林，你看行吗？"海林先是一愣，看看妈妈又使劲地点点头："行！"大家听到珍珍的话，都惊愕地看着珍珍，不知这是为什么。显然人们都没有思想准备。

"珍珍，你这是为啥呀？"爷爷圆睁着一双浑浊的小眼睛问。

"是呀，就二姐，你这是干啥呀！"可远也不理解，他似乎又猜到了什么。

"我想很长时间了，不用说我爷爷需要人照顾，我二大爷、二娘岁数都不小了，都应该用人照顾了，可远身体又有残疾，也是力不从心，我怎么忍心再把海林放在这呢，这一年来已经让你们操老心了。"

大家一时沉默起来。

"要不让海林到我那上学去。"关鸿志冒出一句。

珍珍连看都没看他一眼，也没接茬，闹得关鸿志一个大没味儿，他尴尬地低下头。

一向沉默寡言的二大爷，对任何事情都很少发表自己的看法，就是对珍珍的事情，他也从没有过或这样或那样同情、怜悯的语言，对珍珍的事情好像从来不关心，但他对珍珍的帮助却是最多最大的。这次听完珍珍的来意后，他坐不住了。磕掉烟灰，在炕沿上挺挺腰板儿，看看珍珍又看看老父亲说：

"珍珍，二大爷今天得说几句。你说的也是实情，这一家也确实是老的老、残的残，不过这样说吧，我和你二娘虽说都六十多岁的人了，可是体格都没有问题，我看再帮你十年八年也没啥。孩子，你放宽心，不要顾虑太多，就让海林在这吧。再说了，这么多亲戚，能让你再把孩子一个人送回茫草城吗。哪也别去了，就在这儿。"说完他回转头来看看坐在炕角里的关鸿志，"这不老侄儿昨天来了吗，说事情又有变化，珍珍不妨也听听。"

珍珍听二大爷这样一说，她看关鸿志一眼。关鸿志很不自然地笑笑说："噢，是这样的……"

"得得得，你可别说了。"爷爷很不客气地拦住关鸿志的话，"你别再提你那个丧尽天良的哥哥了，他可把珍珍害苦了，这时候你又来找我们来了。"

"三嫂，你看……"

"你可别叫我三嫂，我可担当不起。用你哥哥的话讲，我已经不是你们关家的人了。"珍珍向关鸿志摆着手，"我时间紧，你有啥事儿赶快说。"

关鸿志不知所措地站在那里，以求救的目光站在那里，看看二大爷，看看可远。室内空气一时僵住了。

对于关鸿志昨天晚上所说的那件事，其本意是想请爷爷和二大爷转天与他一同到湖溪市，把情况与珍珍说，并做做珍珍工作，看能否原谅他哥哥。可是爷爷不但没有同意，反而哄他走，这样二大爷也就不敢违背父亲的意见与关鸿志去湖溪市了。偏巧珍珍今天来了，二大爷一看僵住了，只好打个圆场，以商量的口气对老父亲说："爸爸您看这样行不行，珍珍正好来了，就让鸿志把情况说说，然后让珍珍自己再拿个主意。"

爷爷听儿子说完，没有再说话，他向后一仰，躺在行李卷儿上。

"你看这样行吧，珍珍？"二大爷看爸爸的态度有缓和，转过头来征求珍珍的意见。珍珍看看关鸿志，不知发生了啥事，但她没有表示可否。

"二、二姐，你、你还是听听我老哥说说吧。"可远附和着爸爸的话说。

珍珍看看二大爷又看看可远，有些疑惑地问："啥事儿呀？"

关鸿志看三嫂的态度缓和下来，好像自己受多大委屈似的，一脸凄苦地说："三嫂，你别生气，我知道我哥哥对不住你，当然我也很对不住你。这么多年来，你为关家所做出的贡献，没有人能比的……"

"得得得，你别给我戴高帽了，我可不愿听你的赞歌，我那还不定看谁的面子呢。我现在是看我二大爷和可远的面子，才听你到底来干啥，你抓紧说，我可没有闲心听你的表白。"

这时关鸿志从兜里掏出一封信递给珍珍："三嫂，这是我三哥半月前给我来的一封信。"

珍珍犹豫一下还是把信接过来。信写得很短：

鸿志弟：

还是你说的话对呀："我就不信一个一见钟情的女人，对你的感情能超过一个拼死拼活等你十多年的女人的感情！"你说得太对了。我因再次陷入政治漩涡，郭迪已与我不辞而别回了上海。我可能不久也要离开现在的单位，下放到农村，将来怎样，不好说，也不知道，我也不想知道……你三嫂这辈子太苦了，在这个世界上，我最对不住的人，就是她。可是现在我明白得太晚了，就连向她道歉的资格都失去了……将来你要是有心的话，替哥哥在经济上帮你三嫂一把。我现在寄去五百元钱，你就先用它接济你嫂子娘四个吧，千万不要说是我的钱。

哥哥：鸿雁

珍珍看完信，一脸的茫然，心不由衷地问一句："你三哥现在咋样了？"

"嗨——"关鸿志长长叹口气把他再次去海津市所看到的情况，详细地讲述一遍：关鸿志来到海津市，一切出乎他的意料之外。当他走出海津市火车站第一眼看到关鸿雁时，身上顿觉一阵寒战，几乎不敢相信自己的眼睛。关鸿雁的头发又长又乱，脸上的胡须也没刮，一脸的憔悴，无精打采。距关鸿志第一次来海津市还不到两个月时间，人整个瘦下一圈儿，也老了许多。当关鸿志走出出站口时，要不是关鸿雁喊他，他根本就认不出他来。

"三哥，你这是咋的了？"关鸿志看到哥哥这个样子，心里一酸流下眼泪。

关鸿雁接过关鸿志的手提包："走吧。"于是带着关鸿志登上电车。上车后，关鸿志发现车行的方向不对，问哥哥：

"三哥，咱是不是上错车了？"

"我搬家了。"回答完这一句后，一路上再也没有说话，始终痴呆呆看着车窗外，无论关鸿志问什么，他都一言不发。

终于到家了。关鸿志急不可待地问哥哥，到底发生了啥事儿。关鸿雁这才一五一十道出了事情的原委。

关鸿志听完以后，也变得傻呆呆地坐在那里，看着哥哥好长时间问："你准备咋办？"

"能怎么办，只能下乡。"说完痴呆呆地看着关鸿志，又咕囊一句，"看情况吧，受不了就一死了之。"

"你怎么能这样想呢？"

"我还能怎么想，工作没有了，党籍也开除了。"

"党籍也开除了？"

"那能不开除吗，右派分子能是共产党员吗！"

"这些事情你为什么不告诉我三嫂，你怕她幸灾乐祸？"

"你三嫂可不是那样的人，这一点我知道，她是一个君子绝交无恶言的人，到嘛时候她都不会是小人的。"

"既然她是这样的人，你为啥不把情况告诉她？"

"我怎么有脸跟她说这些呢？嗨，一切都完了。悔不该当初与郭迪交往。"

"三哥，你后悔了？"

"哎……"关鸿雁摇头叹气，"晚了，后悔也晚了。脚上的泡自己走的，这可能就是报应啊。"

"你是不是给我三嫂写封信，诚恳地承认自己的错误，好好安慰安慰我三嫂，求的她的谅解。"

关鸿雁摇摇头说："不行了，晚了，没有用了。要是没发生这种事儿，我醒悟的话，她可能会谅解我。现在我失去工作，开除党籍，下放劳改，这个损样，求人谅解，这不是把人当傻子吗。再说就是你三嫂能谅解我，我也不能谅解我自己。我现在这种情况，她就是来了跟我受罪不说，还得背上右派分子家属的罪名，那就更对不住她了，还是让她自己闯荡吧，再过几年，孩子大了，她也就解脱了，谁让我丧良心呢。"

听到这儿，珍珍问关鸿志："你三哥没说啥时离开工厂，离厂后去哪儿？"

"具体离厂时间没定，可能需要一段时间交接，他那基建科一大堆事儿呢。下放地点大概是海津市北郊区，具体地点还不知道。"

沉默一阵儿以后，珍珍突然问关鸿志："你哥哥不是不让你把这封信给我看，也不让我知道那五百元钱是他给的吗？"

"这、这——嗨！说实在的三嫂，我三哥是真的后悔了。看他那样子我是又恨他又可怜他。从他现在的态度上看，他真的想你，又真的不想连累你。……我看他的情绪很不对，我真的怕他办出傻事儿来。"

"真是个窝囊废！"珍珍说完这句话，面部表情看似平静，她的内心已经翻江倒海。关鸿志带来的关鸿雁的消息，搅乱了珍珍的思绪。她不知心中是啥滋味儿，对关鸿雁的境遇是同情、憎恨，还是无动于衷、心无旁骛，连珍珍自己一时也说不清。可是她怎么也无法心无杂念地感受眼前的现实。此时此刻，珍珍的大脑在高速运转，她想到关鸿雁的无情无义，想到他的后悔，想到他的悲惨境遇和不能自拔的悲观情绪，当然又想到公婆临走时的嘱托和那份遗嘱，她也答应了他们的嘱托。想到这儿，她的头脑里突然跳出这样的想法：不能眼看他糟蹋自己。并在反问自己，人生的目的就是只有得到别人的爱才能给予别人的爱吗？更何况他已有所悔悟。再说自己不是答应过公婆吗，无论在啥情况下对他都不放弃吗？他的父母知道他性格的脆弱，我也是知道的，如果没有自己在他跟前，他很可能……珍珍再也不敢往下想了。

珍珍所受到的伤痛，虽然已深入到自己心中的最深处，而这种深入并没有使她对关鸿雁的危机到达了深渊，反倒使她重生而臻至清明与宁静的一种新境界。她不知道这是自己的恻隐之心、悲伤心肠和纯良本性，或者是经历一场悲剧和伤痛之后，仍然觉得他们之间本来就有的那么多的爱，并没有泯灭——逆境中才能看出更多的爱的契机。他现在正是在逆境之中，正绝望在黑暗之中，他正祈求着爱，他的种种所为，让他无力伸出求爱之手，种种所为让他羞于启齿求爱，他认为即使再绝望不堪，也没有资格向被他伤害的人求爱。珍珍从他给他弟弟的来信中，她看到他的人性并没有彻底泯灭，他看到他知错以后的痛苦和悲凉，她看到他走进黑暗后终于发现她对他的不泯的爱……

珍珍想到这儿，抬起头看看关鸿志，关鸿志正以期待的目光看着她。她又看看躺在行李上的爷爷，看看一直在抽闷烟的二大爷、二大娘和正在苦思中的弟弟，最后她又低下头，抚摸倚在自己身边的海林。她并没有得到任何对她征询目光的回馈，她也知道任何人都不会轻易给她什么决定的，因此，她在内心做出一个人们始料未及的决定。但她没有立刻说出来，她侧过脸去，看看爷爷那一脸对关鸿雁的痛恨与不原谅的面容，又使自己的想法退却了。而这时她又想起每晚泪水湿透的枕巾和每

504

个清晨醒来，只要一想起他已远离自己而去的事实，便立刻又被无尽的痛苦吞噬时，心中又想起曾经受过的伤害，尽管正在慢慢愈合中。

珍珍慢慢站起身，向外边走去。她走出后角门，来到万两河边，心，像那滔滔的河水，翻卷着。在自己痛苦的人生中，还是第一次这样艰难抉择。她沿着河边走去，走到去二道河子独木桥时，看见一个人正战战兢兢过桥，她想，自己这一辈子，不都是在独木桥上行走吗，不是也走到今天了吗，大不了继续走独木桥，这倒也没什么，锻炼了自己的平衡能力。她转回身来，沿着杨树林中的羊肠小道，向回走去。心想，不管怎样，还是要把自己的想法告诉爷爷，先听听爷爷的意见。

珍珍回到二大爷家。

"爷爷。"珍珍先叫一声爷爷，爷爷睁开他那浑浊的一双小眼睛看着珍珍。

"爷爷、二大爷、二娘还有可远，我想把我的想法和你们商量一下。"

爷爷坐起身来，一脸严肃面对珍珍。

"我想——"珍珍从爷爷的眼神儿里，看出爷爷怕她做出去海津市的决定，便把后边要说的话咽回去。

珍珍非常理解爷爷的心情，她知道爷爷之所以这样，就是出自对自己的疼爱。所以没有急于把后边的话说出，而是慢慢从兜里掏出一个小布包，把它打开，从中取出一张纸递给爷爷。爷爷疑惑地接过那张纸，又回过身去，从行李边取出只有两根线绳当腿儿的老花镜。他把那张纸看一遍又一遍，而后把拿那张纸的手，慢慢放到腿上，把眼镜放回原处，转过头看着珍珍，眼睛里泻出悠悠的光。

"孩子，你可要想好了。"

珍珍眼含热泪点点头："爷爷，你放心吧。"

人们面面相觑，不知珍珍给爷爷看的是啥东西。

"你真的想好了？"爷爷再次问珍珍。

"想好了。"

"你这可还要受罪呀！"爷爷说完痛苦地流下热泪。

"爷爷，我知道。你别为孙女担心，也别为孙女难过。我知道我不能平息大江大河的浪涛，可是我觉得我是能够乘浪而行的。"珍珍沉静地说。爷爷把那张纸递给珍珍："爷爷理解你，知道你是一个懂事的孩子，处处为别人着想的孩子，可是爷爷总是放心不下呀！"

"放心把爷爷，我觉得这可能是处理我内心痛苦的最好的办法。"珍珍在说这话的同时，也看出大伙对她的话还蒙在鼓里，于是便把自己心里所想挑明了，"二大爷、二娘、可远还有鸿志，我决定还是去海津市，到关鸿雁身边去。"

珍珍话一出口，除了爷爷以外，都以意外的眼光看着珍珍，包括关鸿志在内。尽管关鸿志希望三嫂做出去海津市的决定，但他还是很震惊。他想不到一个受感情打击那样沉重的女人，竟然在对方最艰难的时候，能够决然地回到他的身边。他深深感到三嫂的为人，他佩服一个有文化的女人，一个有中国传统文化做依托女人的伟大胸襟。

"不过。"珍珍看看关鸿志说，"你最好再去一趟海津市，我之所以做出这个决定，与这张纸有关。"于是珍珍把那张让大伙感到神秘的纸递给关鸿志。

关鸿志双手接过那张纸，一看，果然是自己心中想到的爸爸妈妈留下的那份遗嘱。看着那份浸满泪痕的遗嘱，他的热泪也低落上去："三嫂，我明天就去海津市。"

关于这件事儿，在珍珍来之前，谁都没跟海林说过，海林完全蒙在鼓里。他单纯得像刚破土的嫩芽芽。自爸爸有消息以后，只有高兴。当时兴奋得几天都没有睡好觉。他憧憬着美好的未来——妈妈再也不受罪了，自己也像别的孩子一样，有爸爸了，天天都可以同爸爸、妈妈、哥哥、弟弟在一起，再也不受别人的欺负了。可是对于复杂的尘世、多变的大千世界，他理解得太肤浅，甚至不理解，大人们情感的变化，这些天来，他根本就没有在意，也想不到一家人情绪上的变化与自己有关，而且心里总是盼着妈妈有一天突然出现在自己的面前，带着自己、哥哥和弟弟去爸爸那里。就连关鸿志昨天的突然到来，他也完全没有觉察到什么，认为他这是听说爸爸有消息了，在与自己套近乎，怕爸爸与他算账。可是他万万没想到妈妈今天也突然来了，而且妈妈的表情是不高兴的。他本想问问妈妈咋不高兴，可是这么多人在说话，他总也没有说话的机会，而且在座的人都一脸的严肃，好像发生了啥事儿，于是就靠在妈妈的身边，听他们到底说些啥。

他终于听明白了，也明白关鸿志的来意和妈妈为啥而来。他在听他们谈话的过程中，一直咬着嘴唇，眼泪也在眼中滚动。一直等到他们说完话，知道妈妈改变她来时的主意。他用袄袖擦去泪水，甩掉妈妈的胳膊哭着说："妈妈，咱们不去海津市！我没有爸爸，我也不上学了，我去挣钱养活你。"

珍珍完全理解儿子的心情，孩子知道妈妈的甘苦辛劳。珍珍流泪了，她把海林拉在身边说："海林，你听妈妈说。"

"我不听，我不听，还说啥呀！爸爸没有良心，爸爸的良心让狗吃了。"这实际是太姥爷前两天骂的话，海林不知是骂谁，听了今天的事儿，才知道太姥爷骂的是爸爸。"他挣脱妈妈的手，"我太姥爷骂得太对了。"

"不，海林，你是妈妈的好孩子，你听妈妈慢慢跟你说，别让妈妈着急。"

海林最怕妈妈着急了，他从不惹妈妈生气。他怕妈妈因他而着急，只好把自己的情绪稳定下来。妈妈带他又来到万两河边……

　　珍珍把一切事情商量好后，便回到湖溪市。关于海林回茫草城一事也暂放一放，仍然留在万两河小学上学。但从这时开始，海林好像完全变了一个人。往日的开朗不见了，笑容埋进内心，变得与他的年龄极不相称的老成与沉默。只是每天的生活轨迹没有变，仍然是上学、打柴、挑水、喂猪、喂鸡……总是心事重重躺在南山的那棵大树上闭上双眼——妈妈的身影出现在他的眼前——妈妈要饭时，一家的孩子纵容自家的狗咬妈妈；妈妈含着眼泪被一家主人呵斥出门外；妈妈挎着一只破筐，在漫天大雪的旷野里，风雪撕扯着她单薄的身躯，妈妈冻倒在雪地上……海林大喊一声"妈妈！"，猛地从"躺椅"上坐起来。他揉揉眼睛，擦去泪水又躺下身，眼前仍然是妈妈的身影——妈妈在炎炎烈日下挥汗铲地；妈妈在大雨天，在房顶堵漏雨；妈妈在没膝盖深的水里，顶着暴风雨放苞米地里的积水……他几乎不敢想象在那样恶劣环境下，妈妈是怎样把他们养活的。想到这儿，他更加怀恨爸爸。他从后腰上拽下弹弓，压上"子弹"，恶狠狠向远处一个鸟窝射去。只听"啪"的一声，鸟窝被射中。一只大鸟带着两只小鸟被惊吓地从窝里飞出来，在空中盘旋，惊叫不停。海林后悔了，怎么能向鸟窝射呢，心里感到很内疚。这简直就是在欺负它们，我这不成西院的关鸿涛了吗。他嘴里不断地重复着："对不起……"

　　大鸟带着两只小鸟在空中盘旋着、鸣叫着，足足有十多分钟，才落在离窝远远的树杈上。大鸟向小鸟叽叽喳喳叫一阵，似乎在嘱咐小鸟什么，而后，大鸟不停地在一些树杈上跳来跳去，并逐渐接近自己的巢穴。海林明白了，它先前对两只小鸟叽叽喳喳叫是在嘱咐它们不要动，在这等着妈妈，妈妈到家里看看，到底发生了啥事儿，如果没有事儿，再来接你们回家。大鸟接近了巢穴，它站到巢穴上方的树枝上，谨慎地向巢穴里探望，没有发现什么，便跳到离巢穴更近的树枝上，觉得确实没有危险，才跳进巢穴。它在巢穴里没有停留，立刻跳出，这样往返多次，确认没有危险存在，才站到巢穴里，伸长脖子向巢穴的周围探望，确认周围也没有危险，向两只小鸟飞去。它来到两只小鸟面前，又是一阵叽叽喳喳。在海林看来，那是在告诉自己的孩子，没有事儿了，咱们可以回家了。两只小鸟这时也叽叽喳喳鸣叫起来，抖动着翅膀，并用自己还带有淡黄色嘴角的喙，不停地与妈妈亲吻。海林明白，那是对妈妈的勇敢表示佩服，对妈妈的呵护表示感激。三只鸟终于回到自己的家，它们终于又能安详地在自己的家中享受天伦之乐。海林这时也长长叹口气，纠结的心也舒展开了，身体不由地又躺在"躺椅"上。可是海林还是觉得自己心里空荡荡的，好像悬在空中。让他百思不得其解的是，为什么妈妈这么苦，好事总是来不到妈妈的身上，难道说老天爷就这么不睁眼，就这么不公平，那还叫啥老天爷，狗屁！想到这儿，他坐起来，拿起弹弓，向天空射去，嘴里念念有词："我叫你不睁眼，我叫你不睁眼，干脆把你的眼睛射瞎。"他一连向天空射去十几颗"子弹"。他心里也明白，这是无意义的，随即躺下，闭上眼睛一动不动，眼泪顺着眼角流出来，流过他的脸颊，一滴一滴滴落在大树下厚厚的落叶上……

第四十七章 真诚衔来的希望

珍珍带着孩子来到海津市。

这里满目的繁华，对于珍珍来说却是满目的凄楚。只隔几个月的时间，四十岁的关鸿雁已不再是澎湃着满头青丝的样子，缕缕白发掺杂在黑发中，苍老了许多。珍珍母子的到来，把他所立足的世界照亮了，眼前纷乱、无序的一切，也被疏理得条理分明，关鸿雁在痛苦中看到希望，冰冷的心开始升温。

把一切都安排好以后，珍珍反倒越觉得空寂、心慌。

"哎——"她长长叹口气，似有无尽的忧伤。

关鸿雁听着珍珍的哀叹，不无痛苦地说："真是对不起，你们娘几个来，跟着我不是更受罪了吗？"

"十二年前我们分离的时候不是说过了，将来无论怎样，都要有福同享，有难同当吗？"

"话是那样说，可是我没有给你们幸福啊。"他有些无地自容地说，"更何况前阶段我……"

"不要说了，这页已经揭过去了。"珍珍打断关鸿雁的话，"不要一天天萎靡不振的，打起精神来，穷和苦没啥可怕的。"

"穷和苦不可怕，可是现在，现在又不单纯是穷和苦的问题，又增加政治上的压力。"

"那又怎么样？有些话我不该说，可是我还要说，我带着仨孩子讨饭吃的日子有多穷有多苦。当时有人说你跑台湾去了，有人说你死了，有人说你跑森山老林里当土匪去了，那压力有多大，可是我没有被那种境地压垮。一个大男人下乡锻炼就怕了！不就多个右派帽子吗，共产党不是还给你一条出路吗，有出路，就有希望，不要总是垂头丧气的，好像活不起的样子。"

关鸿雁走的时间一直没有定下来。这天厂里突然通知关鸿雁后天就走，只给一天的准备时间。关鸿雁又是一脸的沮丧回到家里。珍珍早有预料，她并没感到突然。为了预防这种不给准备的通知，珍珍早已为关鸿雁准备好了一切。

关鸿雁明天就要走了。这一夜珍珍根本就没有合眼。十五度的灯光照在她那因劳累和缺觉而惨白的脸上，她无力地倚在床铺的靠背上，心在煎熬，在最困难的时候，也没这样煎熬过。那时她的心中装着希冀、企盼和憧憬，可是现在看来一切都是梦幻，都是泡影。她把灯关掉，眼前漆黑一片。躺在床上的关鸿雁翻来覆去，一脸的茫然，一肚子的悲伤，他对身边这个善良而又一生悲惨的女人，产生一种极度的负债和负疚感。珍珍在他绝望的时候，不计前嫌又回到自己的身边，并且执著地还像她年轻时那样，为他细微地打点行装，看到这些，好像有万根针刺进他的心。他觉得自己在珍珍面前是个罪人，他不知自己怎样才能赎回自己的罪孽。他在黑暗中摸索地抓住珍珍的一只手，两手把它紧紧地握住，想说什么，欲言又止。珍珍偏过头来什么也看不见。她翻转一下身子，摸一下关鸿雁的脸："你哭了？"珍珍随手拽一下灯绳。关鸿雁满脸是泪。

"有啥好哭的，怎么，怕吃苦，怕受不了？"

关鸿雁摇摇头。

"那为啥？"

"你还是带着孩子回湖溪市吧，免得在这受连累。"

"说啥呢，与其那样我这次还来干啥呢？"

珍珍的善良醇厚，让关鸿雁更加内疚，他把泪脸埋在枕头下："我实在对不起你和孩子。"

珍珍抚摸着关鸿雁的头，慢慢地说："事情不是已经过去了吗，不要再提它了，一切从头开始吧。"珍珍虽然这样说，她的内心却有着无限的愁苦。她有一种预感，即使从头开始，未来将是不可推测的，以后一切将会怎样，谁能说得清？

"我也想好了，不就三年吗？"关鸿雁抬起泪脸，"三年以后我回来就好了。"

沉默良久，珍珍嘴唇动动："哪有那么简单的事？"

"怎么，你是说我三年以后回不来？"

"我也不知道。"

"不能吧，领导说是三年嘛。"

珍珍苦笑笑："是呀，领导说的事情多了，可是……等到三年再说吧。"

关鸿雁重重把头摔在枕头上，两眼直勾勾看着屋顶。他对珍珍的话不愿相信，但又确信珍珍的话是对的。因为在历史上，珍珍曾两次对形势判断十分准确，才使他两次逃出劫难，而没有死掉。想到这，关鸿雁身子战栗一下。

"要真是那样，我还不如死了好。"

关鸿雁的话音刚落，珍珍猛然间把头扭转过来，几乎是用怒不可遏的目光看着关鸿雁："你太没有出息了，简直就不像个男人，这么一点困难就想死，你不觉得你说这话太自私了吗？我带着三个不懂事的孩子，讨着吃，要着吃，在那种情况下，都没有气馁，都没有想到死，可你……"

沉默、沉默、一直沉默，只有外边墙根下的蛐蛐的叫声，填补这让人难耐的沉默。

珍珍慢慢睨拽过关鸿雁的一只手,轻轻地拍着:"活着是难,比死难多了,死是逃脱困难最简单的办法,比活不知要简单多少倍。"她突然大声对关鸿雁喊起来,"那是懦夫,窝囊废!我就不相信,一个人有勇气去死,难道就没有勇气去活!"

天终于亮了。

珍珍拖着沉重的步子,把关鸿雁送出胡同口,把装着脸盆等生活用具的网兜递给关鸿雁,小声对他说:"记住,只要活着就有希望。"

珍珍看着关鸿雁与其他十几位下放人骑着自行车走了。她看着他的背影远去,好像又看见十几年前她看着他的背影远去,只是这次是骑自行车。

珍珍转回身来,低着头拖着沉重的脚步,在胡同人们的众目睽睽之下回到家里。

她一头扑倒在床上,痛苦地哭起来。在这里,她人生地不熟,没有人来劝解她、安慰她,为她出主意想办法。而现在,他又走了,下放了。下放就意味着没有工资,要想得到钱,只有等到年终分红。平时生活怎么办,三个孩子上学怎么办?她心中不单单是茫然,简直就是恐惧。

不知哭了多长时间,她终于平静下来。心想,只这样伤心是不行的,还需要想个办法。

珍珍来到街上,漫无目的走着,突然看到临街的一面墙上贴着一张黄纸,一只角掀起,在风中哗啦哗啦响,没有一个人关心它的存在。珍珍凭着好奇心走过去。黄纸的上方有"喜讯"两个大字,下边的内容大致是:为了解放妇女劳动力,按着上级指示精神,街道拟建立幼儿园,现招聘阿姨,有愿意的妇女请到居民委员会报名。珍珍看看落款的时间,已经过去十多天了,她泄气了,心想这样的好事,名额可能早就报满了。不过她还是抱着一线希望找到居委会,把自己的来意说完以后,居委会竟然热情地接待了她。

经过简短的谈话后，珍珍得知，自己是第十五个来报名的，可是通知上写得很清楚，只招聘两个人。就在珍珍感觉无望的时候，居委会的负责人说，前边报名的那些人，都没有文化，只选中一名，做日常杂务工作，想再招一名有点文化的，可以给孩子们当老师，教孩子们唱唱歌、写写字。

"我有文化呀！"珍珍一听，大喜过望，几乎是喊出来的。

"你有文化？那你写几个字我们看看。"

珍珍接过负责人递过来的笔和纸，工工整整写下两句话：中国共产党万岁！毛主席万岁！

"哎呀，这字写得太漂亮了！"居委会的负责人惊喜地说，"我们找了这么多天，终于找来一位。"

珍珍就这样被录用了。

所谓的幼儿园，只不过是街道提供一个比较大的院子，内有新中国成立前一家私人小厂房改造成的教室，中间打成断间墙，里间用木板钉一个大通铺，能睡十几名孩子，是为孩子午睡用的。外间放十几张斑驳脱落的小课桌，一看就是从某小学替换下来的。院内有一个滑梯，也是从某小学拿来的，木质还算不错，没有发朽的迹象。珍珍因为有文化，是当然的老师。真是阴差阳错，老天让珍珍就这样找到了一份工作，每月二十五元工资，早晨上七点，晚上下五点，周日还能休息一天。珍珍心想：这可真是老天爷饿不死瞎眼山鸡。

珍珍上班刚一个月，居委会又来一项新的活：加工核桃。成袋的核桃就堆放在幼儿园旁边另外一间空闲的车间内。珍珍又找到居委会，要求在星期日也来砸核桃。居委会考虑珍珍的家庭生活困难，同意了她的要求。后来任务越来越大，车间面积太小，政策放宽，居民可以将核桃领回家砸。这对珍珍来说是个大好的消息：她每天都可以领回家 30 斤核桃，转天按要求交回。加工一斤核桃可赚3分钱，珍珍每天晚上都可以赚上9角钱，再加上星期日，珍珍每月加工核桃就可以赚30元左右。

砸核桃的活，并不能长久，它是季节性的活，从每年的11月到来年的3月，珍珍就是再能干也不行，每天只能领取30斤，后来由于加工的人数越来越多，每天只能领取10斤。事有凑巧，街道又从纺织厂要来挑绒和补绒的活。挑绒和补绒是对生产出来的条绒布进行二次加工。由于当时生产设备和工艺水平都比较落后，生产出来的条绒布经常出现一些瑕疵，不是绒没挑出，就是把绒挑没了，这样就需要二次加工，进行人工修补。没挑出的绒，需要把它挑出，再用小剪刀将挑出的线套修剪成和原来的绒长短相同的绒，对机器挑丢的绒，还要重新修补上。这项工作虽然技术含量不高，但要求心细、责任心强。珍珍在培训中接受能力很强，也能看懂技术资料中的要求，没有几天她就掌握了修补技术。而且对修绒和补绒，在布匹上的不同特点，一眼就能分辨出来，她所修补过条绒，合格率总是百分之百。即使这样，珍珍每周只能干一天，收入极其有限。经过一个阶段以后，厂领导看珍珍的技术已经达到专业水平，决定把工厂的质检员调回厂，让珍珍担任质检员，工资以她单天修补的最高米数计算。同时工厂与街道协商，并征求珍珍的意见，让她辞去幼儿园的职务，一心一意帮助工厂做好修补工作。珍珍当时还真的犹豫了，补绒是在业余时间干的，如果辞去幼儿园的工作，就少了一份工资了。当时街道也不同意，后来有人透露一个情况，说干好了，可以转成正式工人，珍珍就满口答应了。

珍珍当上质检员以后，并不轻松。她不像厂里来的质检员，坐等检验，她是随时随地检验。检验出问题从不责备，而是告知修补者问题出在什么地方，同时帮助进行重新修补。这样进行检验，避免了下班前等候检验的时间。珍珍干的虽然是容易得罪人的活，她不但没有得罪人，反而得到大家的拥护。经过三个月的试用、考核，珍珍以工人满意、领导满意，被录取为纺织厂的正式工人。珍珍高兴得几天都不觉得饿，也不觉得困。她心里想，这意味着将来可以有退休，有劳保，看病可以拿"三联单"。珍珍以更高昂的干劲投入到生产中去。尽管忙碌、劳累，但心里是痛快的，她觉得自己有了希望、奔头。

第四十八章 消失的大学梦

　　1961 年的年底，关鸿雁下放劳动已经整整四年了。海林已经上初中二年级了，关鸿雁根本就没有回原单位的迹象。凭着阅历和经验，珍珍当时的判断是正确的，她没有判断错，关鸿雁下放劳动只是一种说法上的策略，实际是无期的。这四年来，家里的里里外外，无论是生活，还是对孩子的照顾和培养，一切一切都是由珍珍一个人拼搏。她那点工资，除了一家五口人（珍珍在 1959 年又生一个男孩子）的生活外，还要供养三个孩子上学。尽管凤山再有一年就高中毕业了，但珍珍并不指望让孩子就业。唯恐孩子思想负担过大，家里的一些难处她始终瞒着孩子们，一再嘱咐孩子不能放松学习，将来一定要考上大学。凤山没有辜负妈妈的希望，1962 年考上大学，海林 1963 年考上高中。尽管负担加重，珍珍还是高兴得不得了。为了孩子上学，三年里珍珍又到医院卖五次血。工作的劳累，生活的煎熬，精神的压力，她得了严重的失眠症。又正是国家经济困难时期，政府动员消减口粮，为了表现积极，珍珍把自己每月 39 斤定量消减到 27 斤。全家每月要缺十来天的口粮，再加上营养的匮乏，珍珍患上水肿病，晚上又睡不好觉，早晨起来，头昏脑涨。她终于支撑不住倒下了。

大夫建议住院治疗，她摇头叹气。虽然看病有"三联单"，但她耽误不起工啊。她要吃饭，孩子要吃饭，要上学，她把自己的困难讲给大夫，大夫也无奈地摇摇头。

"这样吧，先给你开几付中药，再开点儿安眠类的药，配合吃。"大夫看看珍珍问，"家里熬药方便吗？如果不方便，医院可以给加工，不过需要交点加工费。"

没等珍珍回答，海林抢着说："家里能熬药。"

珍珍看看海林向大夫点点头："还行。"

"那好吧，先开一个星期的药。"

珍珍每天还要坚持上班，熬药的活就落在海林的身上。他每天放学回来第一件事就是先把煤球炉子点上，给妈妈熬药。每付药要熬两回，把两回熬好的药兑在一起，分成早晚两次服用。没过多久，海林也水肿了，腿上一按一个坑儿，脸肿得发亮。还好，学校给水肿的学生，每天免费发放两个枣窝窝头和一饭盒小豆汤加红糖。海林每天起早就来到学校，把窝窝头和小豆汤领回家让妈妈吃。珍珍看着海林水肿得那样，心里已经揪得不行，怎么能吃得下呢。妈妈不吃，海林也不吃。两天的窝窝头和小豆汤都坏掉了，妈妈实在拧不过海林，流着眼泪吃下一个窝窝头、喝下一小碗小豆汤。

一连喝三个月的中药，病情大有好转，珍珍终于熬过来了。海林也不用给妈妈熬药了。为了能填饱肚子，海林每天放学回来，放下书包拿起一条破面口袋子，跑到郊区撸黄曲菜叶和黄曲菜籽。这种野菜生长在盐碱地，叶子像松针叶，籽比芝麻还小，与玉米面掺和在一起，蒸窝窝头就可以填饱肚子了。海林每天都能撸回多半面口袋子，吃不了就晒干存放起来。这一秋天，海林晒的干黄曲菜已经有四面口袋子了。这天海林又来到每天撸黄曲菜的地方，看见一位老爷爷正在从地里挖胡萝卜，把胡萝卜缨子扔到地边。海林走过去。

"爷爷，您这胡萝卜缨子还要吗？"

"干吗呀？"

"您要不要，我想要。"

"现在哪有扔的东西？要。"

"噢。"海林走了，他又去撸他的黄曲菜去了。

"孩子。"老爷爷抬头看了海林好长时间，喊海林。

海林转过头来："爷爷，您是叫我吗？"

"是啊。"

海林走过来。

老爷爷走到海林面前，看看海林撸的黄曲菜。

"你这干吗用啊？"

"揣饽饽吃。"

"你天天到这儿撸野菜？"

"嗯，天天来，有半个多月了。"

"你就没看见这有胡萝卜地？"

"看见了。"

"你就没想到拔点胡萝卜？"

"哎哟，老爷爷，我可没拔你家的胡萝卜，我连你家胡萝卜地边都没到过，我就是真的拔了您家的胡萝卜，回家也得挨揍。"

"别着急，孩子，我知道你没拔胡萝卜，我的胡萝卜也没丢。"

"那您——"

"没嘛。孩子，你跟我来。"

老爷爷指着地边上的胡萝卜缨子："孩子，你装吧。"

"不，老爷爷，您有用，我不要。"

"来吧，别客气，来，我给装。"说着老爷爷从海林手里拽过口袋就往里装胡萝卜缨子。

海林愣愣地站在那里。

"来，孩子，扶着口袋。"

装满满一袋子胡萝卜缨子，老爷爷又掐两把胡萝卜塞到海林的面口袋里。

"爷爷我不要胡萝卜。"

"拿着吧，没给你多拿。"

海林扛起那袋胡萝卜缨子，以感激的目光看着老爷爷，深情地道声谢转身走了。海林流下了眼泪——他想起了那筐地瓜和粘高粱米面饼子。

光阴荏苒，转眼来到 1966 年。这是珍珍企盼的一年：七月份凤山将大学毕业，海林高中毕业，将要考大学，小三梦梦也该上初中三级了。对于珍珍来说，终于盼到一线希望。凤山大学毕业工资就是 46 元，多年的二级工工资不才 37 元多吗？46 元可是个不小的收入啊！

人算不如天算，就在珍珍憧憬翩翩的时候，一场意想不到的政治风云席卷而来。

1966 年 6 月 1 日这天，海林放学回来，没有像往常那样与梦梦一道埋头复习功课，而是躺在床上，看着《海津日报》发呆。

"二哥，你干吗不复习功课呀？"海林好像没听见梦梦的问话，仍然看着报纸发呆。直至妈妈下班回来，他好像也没有觉察。

"海林，你咋的了，咋不复习功课呢？"妈妈问。

"哥哥从回来就躺那看报，问他也不言声。"梦梦看海林一眼。

海林坐起身来，唉声叹气，一脸憔悴的样子。

"咋的了，不舒服了？"妈妈摸摸海林的头，"头也不热呀。"

海林把报纸递给妈妈："我们可能考不了大学了。"

"为什么，发生啥事儿了？"珍珍疑惑地接过报纸。

报纸头版头条，一行醒目的大标题映入珍珍的眼帘——《横扫一切牛鬼蛇神》。

珍珍放下书包，一口气读完社论，不解地问海林："这与高考有关系吗？"

"妈妈，你仔细分析一下里边的内容，可能要有一场大的政治运动。"

"不管怎样，学习不能放松，你不能放弃复习功课。我们还没有那么高的分析能力，不要太自信，那会自欺欺人的。形势到底咋样，一时间谁也看不透，再说也没有人说不能高考了，不要想得那么多。我们还是信其无，千万不能放弃复习，放弃复习就等于放弃高考。别想那么多，抓紧复习，听见没有？"

海林默默点点头，拿起书本。

尽管珍珍苦口婆心劝说海林学习，实际她的心里也有预感。觉得这篇社论的措辞不同一般。吃完晚饭以后，她看海林心不在焉的样子，也没说什么，自己打开半导体，戴上耳机，想听听新闻，看看有啥消息。中央人民广播电台以高昂的声调正在播送"北京大学"聂元梓等六人的大字报。听完新闻联播，她关掉半导体，放下耳机，一夜也没怎么睡觉。转天，《海津日报》全文转载了《人民日报》评论员的文章：《欢呼北大的一张大字报》。文章说，这是"工农兵和无产阶级文化战士，在党中央和毛主席的领导下，以排山倒海之势，正在一个一个地夺取反革命的文化阵地，摧毁反革命的文化堡垒。"珍珍看完报纸，觉得海林的分析是有道理的。这回她可真的犯愁了，她愁今年的高考真的要泡汤了，这样就把她的计划完全打乱，或者说她在孩子身上的想法就要落空。

果然不出海林所料，6月4日这天，海林所在的学校高二年级的一名女生，贴出了第一张大字报。大字报的版面不大，只有半张报纸那么大，字数也只有32个字。但，就这32个字，像投在校园中的一枚重型炸弹，把整个学校给翻起来，转瞬间，昔日书声琅琅的校园掀起摧枯拉朽的狂涛，充斥着声嘶力竭的声讨声，老师们都以惊恐的眼神看着发生的一切。

那张大字报是给教历史的赵万旭老师贴的，署名是高二一班陈丽。大字报的内容是："赵万旭这个反革命分子在上历史课时，公然叫喊'国民党万岁'，是可忍，孰不可忍！"后来经过了解，事情是这样的：赵老师在上历史课时，讲到在国民党统治时期，税收太严重了，什么税都收，连生孩子都要收税，所以人们都说"国民党万税"。陈丽分析说："赵万旭借'税'的谐音，喊'国民党万岁'。"人们对陈丽的分析佩服得五体投地：看人家的分析能力多高，阶级斗争观念多强。在很多造反派的眼里，陈丽的周围立刻罩上一层闪烁着美丽的彩虹般的光圈。与此同时，赵万旭老师第一个被坐上"飞机"，第一个被关进小黑屋。只一天时间，铺天盖地的大字报，把学校的办公楼、教学楼盖得严严实实，几乎所有的老师都被冠以不同的罪名。各班级乱了，整个学校乱了。老师不成其为老师，传道授业解惑者也无法解这天大之惑了。只有高三的学生，除个别人贴几张大字报外，多数人还是抱着观望态度，注视着事态的发展。等到第三天，一个拔地而起的"谁主沉浮战斗队"以极锐利的语言，向高三年级发起猛烈的炮火："高三的同学不要再观望了，醒醒吧，阶级敌人已经磨刀霍霍了，再不觉醒，你们的立场就错了，你们的屁股就会坐到牛鬼蛇神那边去了……"高三的学生也被鼓动起来了，开始搜肠刮肚回想他们的班主任和其他科任老师的一言一行，向他们发起进攻，并把大字报直接贴到老师的办公室里。那些大字报多数是强拉硬扯，牵强附会。于是那个"谁主沉浮战斗队"立刻贴出一张大字报，其内容是欢迎高三老大哥的觉醒，欢迎你们站到革命造反派这边来等内容。被"谁主沉浮战斗队"控制的有线广播，不厌其烦地播送"欢迎高三老大哥的觉醒"的大字报的内容。没过几天，五花八门的战斗队，如雨后春笋冒出来。为了赢得最有实力战斗队——"谁主沉浮战斗队"的青睐，他们别出心裁取一个叫什么"新觉醒战斗队"。无疑又得到"谁主沉浮战斗队"哇啦哇啦大肆赞扬一番。于是"新觉醒"成了"谁主沉浮"的最好战友，没过多久，于是"新觉醒"被"谁主沉浮"给"主沉浮"了，于是"新觉醒战斗队"成了"谁主沉浮战斗队"的附属战斗队。

海林在学校是个活跃分子，他是学校社团话剧队的演员，又是班主席，可是海林什么战斗队也没参加。这当然与珍珍的教诲有关。一天，珍珍把三个孩子叫到跟前说："谁也不要参加什么战斗队，不要有观点。我们根本不知道老师的对与错，大字报中的东西，看可以，但不能信。对老师的态度，不能有任何不礼貌的行为，更不能打骂老师，谁要是对老师有出轨的行为，谁就别回这个家。"她还告诉孩子们，"要记住《三国演义》开篇词最后两句：'古今多少事，都付笑谈中'。"

三个孩子笃信妈妈的教诲，谁都没有参加战斗队，只是在默默分析所发生的一切。

面对眼前的这一切，不用妈妈嘱咐，海林都是以不能再低调的低调面对当前的形势。他沮丧极了，"文革"彻底砸碎他的大学梦。他每天无事可做，就到电影院看批判电影。当时为了配合批判大毒草的需要，各个电影院都在放映所谓的毒草片，每场五分钱，海林因与影院的服务人员特熟，也不用花钱买票，整天在影院里看电影。后来由于影院没有按上级要求放映，被造反派夺权了，海林看不成电影了，就到河边看钓鱼。时间一长，与那些钓者混熟了，于是就经常坐在一起聊天。经聊天，海林得知，这些人大部分都是祖宗八代的根红苗壮，他们什么都不怕，从根本上看不惯目前的状况，所以什么组织也不参加，天天在河边消磨时光。

"你这个学生不在学校参加无产阶级文化大革命，天天遛河边，看钓鱼，没有革命意志呀！"一个海林混熟的钓鱼的李师傅问海林。

"我是逍遥派。"

"骑墙者是没有的。"

"你跟我们学校的宣传队说的一样。"

"真的逍遥的了吗，心里就不琢磨点事儿，你对目前的现状就没有自己的看法？"

海林看看李师傅，摇摇头："没有。"

"麻木了？"

"麻木了。"

"不能麻木啊，起来造反呀。"

"不会。"

"不会？"李师傅扭过头来看看海林，"那有啥不会的，那么多造反派，跟他们学呀，不就打呀、砸呀、抢啊，那有多过瘾。"

"学不了。"海林不由自主地向河里投一块石子。

"嗨，这不就造反了吗。我钓鱼你投石，把鱼轰跑。"

海林不好意思笑了。他忽然有所思地问："李师傅，你现在还没退休，为嘛不在单位搞'文化大革命'？"

"你问我？"

"这儿没有别人呀。"

"和你一样，逍遥了。"

"你那么会劝我，为什么自己逍遥？"

"哎。"李师傅摇摇头，一副无奈的样子，"我就不明白，一夜之间，从组长到厂长全都成了牛鬼蛇神，生产全线停产，那些平时吊儿郎当的、不务正业的、狗屁不是的二流子摇身一变，成了革命造反派，成了厂领导，一个个都成了屎壳郎插鸡毛，楞充大尾巴鹰。"

他提起渔竿，重新挂上鱼饵，又甩下去："在家实在无聊，只好在河边消磨时光。"

"好几天我也没看见你钓上一条鱼，你不觉得这无聊吗？"

"我无聊？"他看看海林鬼蜮地笑了，"还有比我更无聊的呢。"

"谁呀？"

"远在天边近在眼前。"

"我？"

"你讲话了，旁边也没有别人呀。"

"我怎么无聊？"

"整天看别人钓不上鱼来，那不是无聊是嘛呀？"

海林忍俊不禁地笑起来："李师傅还挺幽默的。"

"这年头有嘛高兴事儿，只能自己找点乐子吧。"说着他收起鱼竿。

"怎么不钓了？"

"向你学习，向最无聊发展，看别人钓不上鱼来。"

两人坐在河边聊起来。

"小关，你不参加就对了。你想啊，学校停课，工厂停工，农民不种地，这算怎么回事儿！你还不能反对，你反对你就是牛鬼蛇神，各种罪过欲加就加，可怕呀。"李师傅说完把半截烟摔到河里，两手抱住后脑勺，躺在河边沉默不语了。

"你认为这场'文化大革命'是错误的？"

"难道不是吗？"

"可是，聂元梓的大字报在中央的最权威的《人民日报》上发表的，那就是肯定啊。"

"那又怎样！"李师傅忽地坐起来，"那就一定正确？"

海林向周围看看。

"李师傅，你是共产党员吗？"

"当然是了。"

"那你敢把你的观点亮出来，与那些人辩论吗？"

"现在不是敢不敢的问题，我们不能硬碰硬，应该会保护自己。"他又点上一支烟，"林彪的女儿因与之观点不同，林彪与之脱离父女关系，使她成为劳改犯。你想，我如果成反面人物，不比捏死个蚂蚁还容易。"

"你怎么知道这样的消息？"

李师傅没有正面回答，他反问海林一句："我们党在成立初期，能与敌人面对面斗吗？"

"可现在这些人不是阶级敌人啊。"

"我知道，这里绝大多数人是受蒙蔽的。可是他们的破坏力可太大了。再说了，解放 17 年了，难道我们就是在这些牛鬼蛇神领导下干的革命不成，真是天大的笑话。现在被打倒的这些领导，绝大多数是从新中国成立前过来的，是脑袋别裤腰带上打过来的，短短十几年就变了，这从理论上是讲不通的。"李师傅越说越激动。海林向周围看看，碰一下李师傅的腿，示意小点声。

海林听完李师傅的一番慷慨激昂，心里突然亮堂许多，很多天来，第一次露出笑容。

"李师傅，以后我每天都到这儿来，看你钓不上鱼来，与你一同无聊。"

第四十九章 为了那些名著

夜里突然电闪雷鸣，一场夹杂着冰雹的大雨，在大风的助威下，发威似地抽打着玻璃窗，海林无法入睡。他翻来覆去，只好用枕巾塞住耳朵，紧闭双眼，蜷缩在床上。等他醒来时，太阳已经老高了。

海林没吃早点，穿着背心，把衬衣搭在肩上走出家门。

由于晚间的暴雨，马路上片片积水，被三伏天的毒日晒得整个街道像蒸笼一样，闷热得让人透不过气来。街道两旁的墙壁上贴着厚厚的大字报，经暴雨的浸泡和冲刷，厚厚的大字报从墙上耷拉下来，好像腐烂的兽皮挂在那里，在太阳的烘晒下，散发出一股股发霉腥臭的气味。海林看着这惨不忍睹的怪相，心想：就是这些兽皮，将黑白颠倒，使是非不分，就是这些谬误驾驭着邪恶，肆无忌惮地碾轧真理、碾轧正义。可怕呀，那些被随意加上罪名的老师，还有李师傅说的那些一夜之间就变成牛鬼蛇神的各级领导……他停下脚，站在马路上，看着这没有尽头的大字报，如同走进一条黑暗的隧道，他不知这条隧道的尽头在哪里。

满街的高音喇叭开始叫器起来，无非是互相指责与谩骂。

为了躲避这些烦躁的叫嚣声，海林扭转身子，转进胡同走了，信步由缰地走着，不知走了多长时间，耳边传来蛙鸣与鸟叫声。他抬起头，眼前是一片开洼地，不远处一片芦苇塘，蛙鸣和鸟叫声就是从那里传来的。芦苇塘边有一位老人正在打草，海林走过去。

"大爷您打草啊？"

老人站起身，擦一把脸上的汗："嗯。"

"这草是喂牛还是喂羊？"

"这年头谁家还有牛、羊？卖。"

"卖草，哪收啊？"

"大车店。"

"大车店收草干吗呀？"

"有住店拉脚的大马车，买草喂马呗。"

"多少钱一斤？"

老大爷看海林一眼，漫不经心地说："三分钱一斤。"

海林走近老大爷："大爷，您歇会儿，抽袋烟，我替您打一会儿。"

"你？"老大爷摇摇头，"你要能打草，谁造……"老大爷话没说完就戛然而止。海林听出老大爷没说出来的话是什么意思，他笑笑。

"大爷，我试试，您看行不行。"海林接过镰刀，嚓嚓嚓打起草来。只一袋烟的工夫，打一大堆草。在一边抽烟的老大爷惊奇地看着海林那娴熟的动作。

"你这孩子好像干过这活计。"

海林站起身："小时候在农村跟我妈妈干过这些活。"

"来吧孩子，坐这歇歇吧。"

海林坐到老大爷跟前。

"老大爷，我也想跟您一同打草卖点钱，我家里挺困难的，

528

帮我妈妈一把。"

"哎呀，难得呀，像你这样年轻人，能想到打点草卖钱，帮助家里，少哇。你看我那孙子，整天造反，不务正业。那你明天来吧，咱爷俩还是个伴儿呢。"

海林转天就加入到老爷爷的打草行列，第一天就打了120斤草，卖三元六角钱。他乐坏了，跑到烧饼铺，花两角八分钱给妈妈买四个夹酱肉的烧饼，心想这是他有生以来，第一次用自己挣的钱给妈妈买好东西吃，别提有多高兴了。

海林跟老爷爷打一个多月草，挣一百多元钱全都交给妈妈。

就在海林兴冲冲沉湎于打草中，一天他卖草回来，妈妈告诉他，学校来两个同学，通知他回学校参加"文化大革命"。海林也觉得自己一个多月没到学校了，学校现在嘛样了一点都不知道，应该到学校看看去。

第二天，海林早早来到学校。

学校的变化不大，要说变化，只能说比以前更乱了。一进校门，就是铺天盖地的大字报，什么"打倒"、"火烧"、"炮轰"、"横扫"、"千刀万剐"、"油炸"之类的大字报，让人触目惊心。就在海林仔细辨认那些潦草的不能再潦草的大字报的字迹时，一张大字报的标题映入他的眼帘，他脑子轰的一下，好像要炸裂。他闭很长时间的眼睛，略镇定后，睁开眼看下去。大字报的标题是"关海林同学一定能站出来揭发"，旁边的一张大字报的标题是"关海林家中藏书是否是四旧，他会分辨"。标题看是温柔，其实绵里藏针，笑里藏刀。第一张大字报是要关海林揭发语文王老师鼓励他成名成家的言论，并说这样现身说法，说服力更强，意义更大；第二张大字报是要关海林把家里的大毒草都交出来。海林不再往下看了，他明白了，让他来学校的目的，就是要他交出来他多年不吃早点省下的钱买的那些书。

海林心想不能再耽搁了，便急匆匆离开学校，往家里跑。跑到家把那些书装好后，又为难了：屁股大的房间，往哪藏啊！

他灵机一动，把几袋子书塞进床下，向海河边跑去。

"你这干吗呀，跑得喝哧带喘的？"李师傅问，"怎么这么长时间没来了？"

"回来再说，我现在有件急事儿想求你帮忙。"

"啥事儿，你说只要我能办到的。"

"学校有人给我贴大字报。"

"给你贴大字报，凭什么，不是不允许群众斗群众吗？"

于是海林把两张大字报的内容告诉李师傅，并想把那些书送到李师傅家暂时存起来。

李师傅听后，马上把鱼竿收起来："走，现在就去拿。我家有三轮车，蹬三轮去。"

"大白天我怕让人发现。"

"哎——这你就不懂了，我自有办法。"于是他趴在海林耳边嘀咕一会儿。海林笑了。

"行啊，李师傅真有你的。"

他们很快来到海林家胡同口，海林跳下三轮，和李师傅互相挤挤眼，向家里跑去。

一会儿工夫，胡同里传来收废品的叫喊声。

"有破烂儿的卖，破胶皮鞋的卖，有旧书本儿旧报纸的卖。"

"收废品的，旧书本儿多少钱一斤？"海林问。

"八分一斤。"

"太便宜了。"

"都是四旧，八分就不错了。"

"好吧，您来帮我拿一下吧。"李师傅和海林把三麻袋书装上三轮车，推出胡同，蹬上三轮车跑了。

"李师傅，您这法太绝了，真是神不知鬼不觉。"

"那是，怎么样，服了吧。"

"真服了。"

就在海林把书转到李师傅家的第三天，红卫兵来到海林家。一进门就气势汹汹地说："把书都交出来！"

"嘛书？"

"装糊涂是吧？"

"那不，书都在那了。"海林指着桌子上的那些书。

海林说的桌子上的书有三种版本的《毛泽东选集》、十几种版本的《毛主席语录》，还有《欧阳海之歌》、《红岩》和一些青年修养一类的书，再就是海林的学习参考书。

"不是这些书，我们要的是那些大毒草！"

"没有。"

"没有？搜！"

一间12平方米的住房和4平方米的厨房被翻的底朝上，什么也没翻出来。

"你那些帝王将相才子佳人的书呢？"

"没有。"

"你敢说没有，你们班的李志找你借过《红楼梦》、《三国演义》，还有苏修的《静静的顿河》，你敢抵赖吗！"

"你说的那些书早就卖了。"

"卖了？卖给谁了？"

"收废品的。"

"哪个收废品的？"

"不认得，胡同来的蹬三轮的。"

"是卖了，卖那天我看到了。"一个看热闹的邻居苑婶把话接过去。

"你是干吗的！"

"呦，你和谁横，我怕你呀！"苑婶进到屋里来。

“你嘛出身！”领头的红卫兵立眉楞眼地瞪着苑婶。

“我告诉你怕把你吓着，我爱人是大联筹的头头，你说我嘛出身！”

“噢，对不起伯母，咱们是一个观点的。那好，咱们走。”说完他们扬长而去。

第五十章 青春的释放

　　无产阶级"文化大革命"的战斗号角吹到 1968 年。凤山大学毕业已经两年多了，海林高中毕业也两年多了，梦梦虽然也初中毕业，实际只读两年初中，被称作老初二。1967 年秋，梦梦学校组织下乡支农劳动，一时激动，几位同学说嘛也不回来了，一定要留在劳动的农场扎根，说是向邢燕子和侯隽学习。这种大义凛然的革命行动，谁又能拦挡，连珍珍也只能无奈地摇摇头认了。人们都期盼着无产阶级文化大革命能有个头，孩子们能早点分配，家里指望着他们啊。可是，从形势发展来看，结束还是遥遥无期。随着时间的推移，人们，特别是学生家长，对无产阶级文化大革命产生一种明显的厌烦情绪，特别对自己孩子的命运和前途的担忧情绪，与日俱增。但是牵扯对无产阶级"文化大革命运动"的态度问题，人们还是强挺着革命热情，呼喊着无产阶级文化大革命万岁的口号，继续在灵魂深处爆发革命。

　　就在人们焦急期待的时候，1968 年 7 月的一天，海林接到通知：所有的学生都到学校开会，务必参加，传达毛主席最新指示，如不按时参加，一切后果自负。

海林如期来到学校。这次大会与往常大会有所不同，每次开会，都是以战斗队为单位站队，而这次开会，却强调必须以班级为单位站队。人们都在猜测，这种站队形式，不知将给大家带来什么。

大会由工宣队负责人主持。大会议程如往常，首先学习《毛主席语录》。

军宣队的同志跑步来到台前，立定，向全场敬一个标准的军礼，然后立正站好，以洪亮的声音说："同学们，我们今天学习伟大导师、伟大统帅、伟大舵手、伟大领袖毛主席的语录是'农村是个广阔天地，在那里是可以大有作为的'。"紧接着就是新调来的党支部书记，作动员报告。她在动员报告中首先讲了无产阶级"文化大革命"的大好形势，然后直入主题。她讲："1966年到1968年的毕业生的分配，首选就是走毛主席的革命路线，上山下乡，走与贫下中农相结合的道路。并强调指出，对上山下乡的态度，是对毛主席的革命路线忠不忠的大问题，是革命的或不革命的或反革命的分水岭。"

散会后，各班都回到各自的教室进行讨论。海林坐在教室里心想：书记的讲话太有分量了，太有威慑力了。上山下乡已不是普普通通的毕业分配，而是带着强烈的政治色彩，是一场政治运动了。这是没有选择的的选择，是唯一的出路……

教室里鸦雀无声，没有人发言。在辩论会上一向侃侃而谈的那些造反派们，此时也都哑了口。

"我发言。"关海林站起来，"我报名上山下乡。刚才书记在报告中不是说有两个地方吗，一个是黑龙生产建设兵团，一个是内蒙古插队落户，我去内蒙古插队落户。"关海林说完坐下了。

"你对毛主席的指示有啥认识？"宣传队的同志看关海林坐下，问一句。

关海林没有再站起来："我的行动代表我的认识。"

宣传队的同志听关海林的语气似乎有些情绪在里面，可是又找不出什么毛病，只是长时间看着关海林。

教室里又是一阵静寂。

宣传队的同志有些着急了。这时他倒将关海林作为典型了："可以简短点儿说嘛，表表态也可以嘛，刚才关海林的发言就很好嘛。"

还是一片静寂，静寂，长时间的静寂。

"那好吧，既然这样，咱们就挨个发言。"他开始点名了。全班46人按顺序全都发了言。绝大多数都表示听从毛主席的号召到农村去，接受贫下中农再教育。有的慷慨激昂，有的声调低沉，有几个根红苗壮的真正的红五类，尽管都表态明确，上山下乡，但是在发言的尾声，都加上个"但是"，在"但是"的后边拐个弯儿。有的说自己有胸膜炎，有的说自己甲状腺肥大，有的说自己有肺结核，有的说自己得过胃病，怕凉……讨论临结束时，通知明天继续到学校讨论，谈认识。第二天，海林干脆不来了，他仍然打草去了。原来他是上午打草，下午休息，这回倒好，一天两次，上午一趟下午一趟。一天海林卖草回来，推着他那小独轮车，悠闲地在马路上正走着，碰上几个同学。

"嗨，你们几个干吗去？"海林把独轮车扔在地上问。

"呵，正找你去呢，在这碰上你了。"

"你这是干吗去了，还推个小车。"

几个同学围上来。

"卖草去了。"

"卖草？"

"关海林，明天到学校去吧，宣传队的同志都急了，让我们找你来。"

"还讨论？"

"不讨论了，要求大家报名。"

"你们受累告诉宣传队，我报名去内蒙古插队落户，嘛时候走都行。"

"不行，要求自己亲自报名，还得签字。"

"那好吧，我下午去报名。"

海林回到家里，一头躺在床上，默默地掉眼泪。远去的痛苦不堪的时光，随着他那苍凉的思绪翩然而至……那些风雪飘洒的严冬，雷击电刻的酷夏，不约而同地叠加在他的脑际，尽管被岁月揉搓成粉碎的生活碎片，它的平仄却又是那样清晰可辨，在他的心中生起一股股隐隐的酸涩。生活让他学会了怀旧和悲悯，让他懂得疼爱妈妈。深陷的生活脚印，让他产生茫然远视的思念和牵绊，即将远离的内心疼痛，向他围拢而来，巨大无形的哀伤，把他疲惫的身心纠结在一起。他不得不想，他走以后，他在家里所承担的一半家务，完全都要压在妈妈一个人的身上。不用说别的，就说有残疾的四弟壮壮，从他上幼儿园那天起，直到现在上小学二年级，绝大多数都是海林背来背去地接送。尽管壮壮在生活上能自理，海林看他那走路艰难的样子，总是不忍心，还是经常接送。

这里要向读者交代一下，壮壮是珍珍在 1959 年生的一个男孩，由于身体弱，所以取名叫壮壮。壮壮这个名字，并没有给他带好运，在两岁时，他还是患上婴儿瘫，双腿落下残疾。

海林十分疼爱这个有残疾的弟弟，唯恐受到什么委屈。

有一年冬天，学生们中午都围拢炉子取暖，一个学生把一个热煤渣放在壮壮的脖子里，把壮壮从脖子到后背烫了一片大燎泡，壮壮中午饭也没吃，哭着回家了。海林晚上放学回来，看到壮壮烫的惨状，疼得他掉下眼泪。海林心想这也太欺负人了。他从书上看到这样一句话：横的怕愣的，愣的怕不要命的。

海林想，今天我就不要命了。他拿起一把斧子，背着壮壮直奔那家去了。到那家不问青红皂白，用斧子把正在吃晚饭的那家的窗户玻璃砸了。那家还不知怎么回事，家大人出来就要与海林拼，海林举起斧子就向那个男的劈去，那个男的吓得跑进屋里把门顶上，海林又把门上的玻璃砸了。还是这家的女主人站出来了的事儿。

"孩子，你不是珍珍阿姨的儿子吗，我认识你，我和你妈妈关系都不错。这到底是怎么得了，你先把斧子放下，有嘛事儿跟阿姨说。"

"我不放下，我今天就是豁命来的！"

"孩子这到底因为嘛呀？"

"快别这样，别给你妈妈惹事儿呀！"

"这孩子，从来都没跟人家打过架，今天这是怎么的了。"邻居们都围拢过来。

这时海林又哭起来，他边哭边把壮壮的棉袄脱下来，掀开里边的秋衣，从脖子到后背一大片水泡露出来。

"呦！"一片嘘声，"这是怎么弄的？"

"你们大家看看，这是他们家的孩子用热煤球给烫的。这不是欺负人这是什么，啊！"

"孩子，你别着急，让阿姨看看。"这家女主人走过来，"怎么给人家孩子烫成这样，这不缺德嘛。"女主人回过身进屋拽过孩子就打。

这家女主人特别通情达理，马上带着壮壮到医院给壮壮看病。

珍珍下班回来听说这件事以后，放下书包就到那家去了，一进屋又是赔礼又是道歉，拿出钱来就要陪人家的玻璃钱。

这件事不胫而走，在壮壮的学校神乎其神地传开了。说壮壮的二哥是附近最厉害的流氓，谁要是欺负壮壮，他哥哥就拿斧子劈谁。那天要不是警察及时赶到"臭小"家，他家得有好几个人被劈死。你还别说，自从这件事传开以后，再也没有人敢欺负壮壮了。至于说海林是这一带的最厉害的流氓，他根本不介意，心想只要壮壮不受欺负就行。

想到自己走以后，妈妈连个帮手都没有，单薄的身子，怎样才能承担起这沉重的家务，又怎样忍受思念远走他乡儿子的精神压力；与自己朝夕相伴的残疾弟弟依靠的哥哥走以后，会不会再受欺负……他不愿意再想下去了，越想心里越痛苦。有什么办法呢，面对这残酷的现实，只有期待哥哥将来的分配能够留下来。再说政策上有一条，家长的身边可以留下一个子女。想到这，海林心里好像又开启点缝隙。

下乡走的时间终于定下来了——9月27日。

珍珍这次真的控制不住了，坚强的珍珍落泪了。她是怎样把孩子聚拢在一起的，才几年的光景，又散了，散得让人伤心，让人心寒，让人不知所措，让人迷茫难料。海林看到妈妈的泪水，看到壮壮泣不成声，真是痛心疾首，心如刀绞。他到派出所迁户口，每次走到派出所门前，妈妈和壮壮那孤苦伶仃的身影就出现在眼前，每次他都瘫软地坐在派出所门前的台阶上，然后又返回家中，最后还是妈妈把海林的户口迁出来。海林从妈妈手中接过户口，泣不成声。妈妈更是难过。妈妈平时把海林当女儿养，海林平时在家里什么都帮妈妈做，做饭、洗衣，甚至春节前拆洗做被褥，都是海林干，这一走怎能让妈妈放得下？

临走的日期已经逼近，突然下来个通知：为了让各位下乡的知识青年，能与家人过一个快乐的国庆节，上级决定将9月27日下乡的日期，改为10月7日。看到这个通知，海林心想，这个通知只能显示一下对知青的一次虚伪的人性，实际毫无意义。过一个快乐的国庆节，怎样快乐，快乐得起来吗？只能让短痛变成长痛。

海林炼狱般地熬到 10 月 7 日。

妈妈和壮壮、同学，还有邻居的发小们都送海林上车站。火车站上人山人海。听不到临别的豪言壮语，只有担心与嘱咐、默默流泪、低声呜咽、缱绻缠绵得难舍难分……

海林从车窗探出半个身子，牵着壮壮的手，壮壮泪如雨下；秋风把妈妈的头发掀起，缕缕白发纠结着海林的心，她那蒙着风尘岁月的刚毅的脸，怎么也掩盖不了她眼中滚动的泪水。

知青专列汽笛长鸣，虽然高亢却掩饰不住它的悲戚，它似乎在向送行的人群道歉——对不起了，孩子的亲人们，我只能滚动起赶行的车轮，带着你们的思念、嘱咐和不放心远行了。

列车开动了，它像一声号令，车站上轰然响起震捍天地的一片哭声，高音喇叭被淹没了。

壮壮大声哭起来。他挣脱妈妈的手，拖着残疾的腿，追赶列车……他摔倒了，艰难地爬起来，又摔倒了。

"壮壮别跑……"海林流着眼泪大声呼喊着。

狠心的列车，拖着长长的身躯，载着满车带着巨大无形哀伤忧郁的青春，奔驰在伤感的洒满灿烂阳光的土地上。

车轮撞击铁轨的频率越来越快。海林的身子紧紧靠在椅背上，眯缝着双眼，思绪仍然停留在火车站上，送行人群的场面，在他的脑中，总也挥之不去。妈妈那被沧桑包裹的坚毅的脸和那含在眼中的泪水、壮壮泣不成声无奈的面容，让海林抓心挠肝地不能自制，他狂躁地大喊一声，匍匐在茶桌上。同学们听到他的喊叫，先是一愣，但马上都明白了所以，同情、理解和无奈的目光投向他。同学们不知用什么样的语言相劝，只是轻轻地拍着海林的肩膀，也许这种方式更能准确地表达出他们此时的情感。

随着列车的狂驶，海林沮丧命运不济的情绪逐渐得到缓解，但心仍然像蒙着一层飞扬的尘土，心中道路仍然辽阔苍茫，雾霭蒙蒙……他慢慢抬起头，满车厢都是如他一样的青春，或默默流泪，或苍然无奈。

"生活，远没有文学作品中描述的那样美好，也许这样的生活才更真实，更正常。"海林冷静下来在思考，"也许人生就是多灾多难，跟着妈妈这么多年，不就是在苦难中喘息吗？"这时临走时妈妈嘱咐他的话在他的耳边响起："海林要记住，无论遇到多大的困难，都不能退缩，都要坚持，也不能愁眉不展，应该有面对灾难和不幸的从容，应该在不幸中寻找快乐。"妈妈的话给了他勇气和力量，心情开始平和，心绪有了升华，心旌开始飘荡。

就在这时，从列车车厢的中间，突然响起二胡声。那声音低沉、忧伤、哀怨，如泣如诉。旋律是《在东北的松花江上》。随着二胡悲凉的倾诉，全车厢轰然响起"我的家在东北的松花江上……"的合唱。歌声的内容姑且不说，但就情绪而言，沉甸甸的青春情绪，猛然放飞，游走的心从萦绕于车厢内伤感的歌声中，透着一种拂之不去对孕育自己故土和父母的留恋与怀念。

车厢里没有人问和怀疑你在释放什么样的情绪，没有人向你的头上加扣任何政治帽子，间或出现的污言秽语，也没有人过问、呵斥，连学校派的带队的人，也老于世故地透着微笑，脸上没有一丝的惊异、多怪的表情，他们是被这青春激情所感染，是那早已练就硬如磐石的肝肠在软化，抑或是其他的原因？

劳累的青春终于安静下来，他们脸上带着风干的泪痕，七扭八歪地睡着了。

经过 20 多个小时颠簸，终于在 10 月 8 日上午 11 点，火车停靠在科尔沁草原腹地一座小镇——甘旗卡。小镇虽然不大，它却是县级——科尔沁左翼后旗旗府。

大概全旗所有大小机关干部、所有接纳知识青年的各生产队领导，全都来了，站前广场被接知青的马车和各生产队领导的坐骑，占去一多半；完全是砖结构、瓦顶的车站候车室，虽然并不雄伟，但与站前那些低矮的干打垒的房子相比，已经富丽堂皇，犹如鹤立鸡群了，那些干打垒土顶的房屋则相形见绌、寒碜难耐；一条沙石路，一眼看到尽头。

看来旗接纳知识青年的准备工作做得很到位，截止到下午两点多，2000多名知识青年全部分配完毕，所有知识青年都坐到各自生产队的马车上，先后出发了。

海林他们坐的大马车，出了甘旗卡，沿着一条坑洼不平的公路，向南奔去。在学校被任命的组长刘向前，拖着大舌头，鼓动大家唱歌，尽管大家被一路景色牵扯的忧郁而失落，但涉于要有上佳的表现，只能听从他的号令，在他那极不靠谱的开头曲的基础上，两辆马车上的知青也缺五音少六律地唱起新疆歌曲："坐上大马车，戴上大红花，年轻的朋友们，塔里木来安家。来吧，来吧，年轻的朋友，亲爱的同志们，我们热情地欢迎你……"尽管大家唱歌还是很用力的，可是在这偌大空旷的天地里，声音还是格外苍白弱小。

经过三个多小时的颠簸，马匹已大汗淋漓，气喘吁吁。

"快到了。"队长向前方指着说。

大家向队长指的方向看去，在暮色中，隐隐显现出几所低矮的黑色的房子。马好像知道快到家了，马蹄奔走的频率加快了。黑色的房子越来越近，原来那是几所干打垒土房，与甘旗卡车站前的土房是一样的，看起来还不如车站前的顺眼。

马车进院了。那里早有许多男女社员在等候，看马车进院，他们热情地鼓起掌来，并羞羞答答呼喊着"欢迎知识青年"等口号。

在社员的簇拥下，知青们走向宿舍。

进宿舍的第一间房，是灶膛，也是厨房。为迎接知识青年的到来，有几名妇女正在忙着为知识青年做饭。这里是满屋的柴草烟，呛得你喘不过气来。灶台上方的土台上，放着一盏煤油灯，灯火像文学作品中写的那样：犹豆。

环境的突然变化，知青们如同走进一口倒扣的巨大的铁锅，心情如同压上一块沉重的铅块。对于海林来说，这样的环境他早就熟悉，并不感到陌生，看到那如豆的小油灯，看到一位岁数较大的妇女正在忙着做饭，似乎又看见了妈妈的身影，一股亲切、心酸混杂的感觉涌上心头。

"知识青年们，这就是你们的住房。"队长站在里外屋的门槛处说，"由于安置费还没有下来，所以生产队只好把队房子临时改做你们的宿舍，明年春天安置费下来再给你们盖新宿舍，你们先住着，以后有啥困难就找我，在甘旗卡大家伙已经认识我了，我姓李，是生产队长。"

知青们虽然心情很沉重，还是克制自己的情绪，强打笑脸听队长讲话。

"行了，可别白话了，知识青年尕子们都饿了吧，快让知识青年尕子吃饭吧。"那位岁数大的妇女向队长嚷嚷。

社员都走了，队委会的也都走了，整个知青宿舍进入死寂中。21名男女知青在各自的房间里，在如豆的昏暗的灯光里，幽灵般地或静坐着，或歪躺在行李卷上，无言地互看着。一会儿工夫，女生宿舍那边传来哭泣声，男生在她们的泣声中，也在默默地流泪。

几天以后，海林凭着对文学的爱好，调动一切溢美之词，什么"马铃震响的科尔沁大草原"、什么"风吹草低见牛羊"、什么"村内每天都有羊肉在飘香"、什么"牛奶七分钱一斤"等等，把科尔沁大草原描述得非常非常美好，把自己的情绪写得如春天屋檐下的燕子一样欢悦，同时寄给妈妈一张骑马的照片。照片的背景是一片肥美的草地，草地上是一片如同散落的珍珠——白色的羊群。

几天以后，海林接到妈妈的来信，里边还夹着壮壮写来的信，还没有看信，海林已经泪流满面。从妈妈的来信中，海林得知大学毕业的哥哥也分配了。这本来应该让海林高兴，可是海林却更加难过了。哥哥并没有留在妈妈的身边，他被分配到河北省一个国有林场。与上山下乡没有什么两样，只是每月有46元工资。这让海林很不理解：一个大学本科物理系毕业的大学生，竟然去搞植树造林。再说了，家里已经有两个上山下乡的了，哥哥本来应该留在妈妈的身边啊。妈妈信中说，上边的人说了，身边不是还有一个吗？

"天哪，身边是还有一个，但那是一个什么样的子女呢，是一个患有婴儿瘫、刚上小学二年级的学生啊！他是一个不但照顾不了妈妈，还要妈妈操心的孩子呀！"海林无奈地、伤心地摇着头，无力地躺倒在一座沙丘上，闭上眼睛，任凭泪水涌流，任凭深秋后的寒风，带着沙粒抽打自己。他不敢想象妈妈带着壮壮，又是怎样流着眼泪为哥哥送行。妈妈呀，妈妈，你这一生太不容易了，你所承受的苦难生活对你凶狠的抽打，远比承受风雪严寒对你的抽打。你用那孱弱的但却坚挺的身躯，在蓝天下撑起的一个虽然穷困但却把你的孩子都收拢在自己护理的巢穴中。一场政治风波，把一个还没有来得及盎然绿意的家，转瞬被当断凋敝了。

海林陷入郁郁不乐沉思默想中。他默想着寄托，默想着忧虑，默想着伤感。在默想中，他究竟在寄托什么，忧虑什么，伤感什么，他自己都难以确定心中这团乱麻。耳边的风声越来越大，听着这肃杀的秋风，他的心绪更加纷乱，心情更加悲凉，愁绪把他带到"悲哉秋之为气也，萧瑟兮草木摇落而变衰"中去。

海林站起身来，擦去脸上的泪痕，把信揣进口袋，拍拍身上的沙土，走下沙丘，沿着牛在草地上踏出的羊肠小道向村里走去。

　　他走在布满牛屎的村中的路上，看着那一座座干打垒的房子，看着那房顶烟囱冒出的一缕缕炊烟，听着"咕咕"、"唠唠"妇女唤鸡唤猪的声音，心中油然升起怅然失落感。此时此刻，他在由衷地羡慕这里的人们：他们一生没有游子的惆怅，也没有思乡的感伤，他们严守着自己所熟悉的一方热土，过着自己清静而淡泊的生活……

第五十一章 春归大地

金色的太阳从东方冉冉升起，灿烂的阳光密封了整个大地，坚冰寒雪绵软无力地瘫化成一摊摊污浊的水，一条条冰冻的大路终于苏醒，从黑暗中伸向明媚的春天。人们看到的是殷红的花蕾挂满枝头，忙碌的蜜蜂辛勤劳作，结队的雁阵叫声嘹亮，拍击强劲的翅膀奋力向北翱翔，将严冬驱赶。人们多年迷茫蛮荒的心田，突然变得清新辽远，心灵的原野上盛开出灿烂芬芳的鲜花。

珍珍多舛的一生，被命运捉弄得死去活来，她从不相信好的命运会降临到自己的头上，她总是顺从命运的脚步去走，可她从来就没有屈服于命运，她虽然身单力薄，却敢于抗争，敢于挑战，不向现实低头，不向困难让步，面对与苦难牵绊的命运，从不气馁，总是与之共舞。当然，有些灾难，她是抗争不了的，只能忍耐。在珍珍的心中，忍耐不是胆怯，也不是退却，是达到目的另一种抗争，因此，她总是以超凡的忍耐力和韧劲儿去承受。她深知"小不忍则乱大谋"的道理。忍耐是为了活着，活着就是胜利，只要活着就有希望。

时光推进到1977年的春天，春风就在这个春天，翩然而至，悄悄潜进窗来，润进珍珍的心里。

　　"五一"国际劳动节刚过，街道办事处就下来通知，让让珍珍到街道办事处取关海林的准迁证。珍珍不敢相信自己的耳朵，她愣愣地看着给她下通知的人，一再问："你说啥？"来人又重复一遍通知的内容。珍珍放下拽着来人的手："这难道是真的，这难道是真的！"珍珍几乎是小跑来到街道办事处。被泪水模糊的双眼，紧盯着手中的准迁证。她不敢相信这是真的，自己大概是在做梦。她手里攥着准迁证，走在回家的路上心里在说，自己昨天还默默地掉眼泪，心想：海林，还生活在塞北沙土国。他虽然在一所公社中学教学，但那毕竟是代课教师，每月工资只有 30 元，根本就没有转正的希望，当地十几年的代课老师和民办老师，都没能转正，即便有那么一两个转正名额，从资历上、人际关系上，也不可能轮到海林的头上啊。尽管放寒假时，海林办理了病退手续，可是已经三个多月了，如石沉大海，杳无消息。再说珍珍对病退也早已失去信心，在此之前，她听说有不少办理病退的，最后都是枉费心机。她停下脚步，张开攥着准迁证的手，看看准迁证，心说：九年前是我把你从派出所拿出来的，今天又是我把你再送回派出所，真没想到啊！

　　珍珍回到家里，初中毕业就上班的壮壮也下班回来了，听说海林哥哥就要回来了，他不敢相信这是真的，从妈妈手里抢过准迁证，确认是真的，他竟然高兴地哭起来。

　　凤山在五年前，已经从林场调到海津市一家国有大企业——通用机械厂，担任工程师兼副厂长，其爱人也一并调到同一城市的统计局工作，现在已有两个女儿，大的已经上学，二的由珍珍看护。梦梦两口子也于去年双双选调到海津市一家异型钢材厂工作。现在海林也即将回来，几年来喜事儿还是不断向珍珍飞来，这是珍珍做梦也没想到的。珍珍感觉到，自己不是在做梦，是真

546

真切切的现实。

不过也确实难为了珍珍，被她好不容易整合起来的家，把几个孩子都拢到自己的羽下生活，没几年时间，又夫离子散，散得她无抓无挠，心灰意冷。不成想到，十年时间孩子们又都聚拢回来。

不过，她还有最后一个心病，就是关鸿雁了。1958年下放，说是三年期限，现在已经二十年了，六个三年都过去了，到现在也没有个说法，最高有期徒刑也不过二十年。再过一年他就到退休年龄了，可是他还在农村，面朝黄土背朝天，尽管大孩子凤山不让他干了，他却说，现在身体还行，再干几年没有问题。身体再行，在政治上也得有个说法呀。二十年来，珍珍始终心存一个信念，觉得关鸿雁迟早要回来的，这种信念一直在支撑着她，可是到现在，也看不见一丝希望，她几乎把原来的信念淡化成零了。三个孩子的回归，把她的希望之光、信念之火，又重新点燃。

就在珍珍重新燃起希望的时候，接到徐处长从湖溪市的来信，信中给珍珍送来一个特大的好消息。信中说，中央下发一个文件，是《贯彻中央关于全部摘掉右派分子帽子决定的实施方案》，文件中说，"做好摘掉右派分子帽子的人的安置工作，落实党的政策，是我国政治生活中的一件大事。"信中还说，不过到地方在落实这个文件上，有些单位是滞慢的，原因就是有阻力，因为政策一时还不能被所有的人理解，尤其是当年整过人的那些人，他们一时还是想不通。所以珍珍你完全可以到关鸿雁原来的单位，找找领导，问个究竟，这样可能更快一些。珍珍看完信，兴奋之余心里还是没有底。这当然是大快人心的好政策，能否落实到关鸿雁的头上，很难说。这些年来，有多少政策总是摇摆不定。文件内容很好，可是厂子里还有关鸿雁的"底账"吗，即使有"底账"，还能有人记得他吗，况且还有那些想不通文件精神人的阻力，他们完全可以找出任何借口，不给你摘帽。想到这，珍珍坐不住了：对，我不能坐着守株待兔，不能奢望他们找上门来，主动为你平反，我要主动出击。她准备到关鸿雁原单位找找关鸿雁的老同志、老朋友，问问情况。可是当她开始运作时，犯头为难的情绪油然而生。她知道，多年来未联系的好同事、好朋友，情感也会淡化，好友的情谊也会陌生，他们都会因为你的处境惨淡，只会用苍白的客套，婉言谢绝你。奉承富贵、疏远贫贱的世俗，几年来珍珍遇到的可不少。再犯头，再为难，也要硬着头皮去找，不能等，就是平不了反，也要弄个明白，到底是什么原因。

珍珍来到关鸿雁原单位，领导已不是原来的领导。听说找领导，传达室的门卫就将其拦挡，说领导开会去了。至于是不是真的开会去了，她也打听不出个准信，也没有人告诉她准信，就是领导从她眼前过，她也不认识。她足足在传达室门前等一天，也不知谁是领导。到晚上下班时，才碰到关鸿雁原来几个不错的老同事，但他们又不是权力人物，说了也不算，也只是客套说几句不痛不痒的话。没有别的办法，她只能凭着自己的执著，不厌其烦地跑。即使对方脸色难看、语言刻薄，她也不在乎。心想，我一个要饭的出身，什么脸色没见过，什么刻薄的话没听过，犯法的事我不做，我只是找领导问问情况，能咋的。

这天珍珍又来到关鸿雁的单位，门卫还是不让进。珍珍说那好吧，不让进我就不进，我就在这儿等了，今天就是等不到领导，我也不回家了。珍珍将自己从家里带来的小板凳往传达室门前一放，坐在那里。到下午两点多钟，天上乌云密布，一时间下起大雨。秋雨是很凉的，珍珍就坐在雨中，浑身冻得发抖。她很难过，她流眼泪了，泪水随着大雨流入大地。传达室的大爷看到珍珍这副刚毅的样子，有些不忍了，他打着雨伞跑来拽珍珍到传达室避雨。珍珍不走，执著地坐在那里，任凭大雨淋头。

工厂下班的铃声响了，雨还是没有丝毫停的意思。工人们穿着雨衣，推着自行车，蜂拥向厂门涌来，当他们看到珍珍坐在雨中，都愣住了，不知发生嘛事儿，窃窃耳语，绕过珍珍还不断回头看。从他们的眼神中，看出他们对珍珍的举动的知晓、同情、理解和对她诉求的无奈。

工人都走了，厂内没有了机器的轰鸣声，显得宁静许多。这时从厂内远处的办公楼内走出两个人。传达室的门卫打着伞跑过去，在雨中截住两个人，一边指着坐在雨中的珍珍，一边说着什么。其中一位看样子是批评门卫，然后向珍珍这边跑来。他来到珍珍面前，脱下自己的雨衣披在珍珍的身上，珍珍没有接受来人披在自己身上的雨衣，执拗地坐在雨中。

"老嫂子，我是这个厂的厂长，有嘛话跟我说吧。"

珍珍听说是厂长，而且说话这样和蔼，又这样平易近人，她忍不住哭起来。

珍珍被厂长和与厂长一同走出办公楼的那个人，领到组织部的办公室，厂长找来一件绒衣披在珍珍的身上。

"谢谢您厂长，我不冷。"珍珍平静了自己激动的情绪。

"别难过了，厂长知道你家老关的情况。"与厂长在一起的那个人，给珍珍倒一杯水递过来。

"噢，对了，我忘了介绍，这位是上级刚调到我们厂组织部的李部长。"

"我听说中央有文件，要给当初错划成右派的人摘帽平反，不知是否有这样的政策。"

厂长看一眼李部长说："实话告诉你吧，老嫂子，确实有这个喜讯。"

"那老关——是不是错划的右派，请领导费心能给以重新调查、核实、甄别，如果是错划，能尽快给以平反，如果不是错划，能给我们一个真凭实据，我们也不麻烦领导，就让他继续改造。"

李部长笑笑说："事情是这样的。"说着他拉开抽屉拿出一份红头文件，"我们现在正在着手这方面的工作，我从上边调来，就是要进一步落实好中央这个文件精神的。这份文件是经中央批准中央组织部、宣传部、统战部、公安部、民政部共同拟定的文件。文件的内容我就不具体说了，从你说话中，我们看得出来，你是个有文化的人，就从文件的题目，我们完全可以理解文件的全部精神。题目是这样的：《贯彻中央关于全部摘掉右派分子帽子决定的实施方案》。这里有'全部'二字，我们应该怎样理解，是不是？老嫂子，不要着急了。"

珍珍听后，脸上呈现出近些天来少有的笑容："要是真的平反了，老关能回来吗？"

"当然能了。文件中还有这样一句话，'做好摘掉右派分子帽子的人的安置工作，落实党的政策，是我国政治生活中的一件大事。'当然，前段我们的工作有些滞缓，这也难免，因为有些政策一时还不能被所有人理解，特别是过去那些整过人的人，一时可能想不通，不过，这也无大碍，想通想不通，落实党的政策势在必行。"

听完李部长这番话，珍珍算是一块石头落了地："看来老关真的有希望了，那他还能恢复党籍吗？"

李部长深深点点头："当然能了。"

"老嫂子，这回踏实了吧？"厂长笑容可掬地说。

"太好了，这十多天真的没有白跑，终于听到中央的声音了。"

"跑十多天，都跑哪了？"厂长问。

"就跑你们厂子了。你们传达室的门卫死活不让我进厂，不是领导开会去了，就是领导没来，要不就是工厂重地闲人免进。你们的门卫真是可以。"

厂长笑了："好了，老嫂子别生气了，回来我批评保卫科。"

珍珍从工厂出来，雨还在下，天已经黑黑的了，路灯已经亮起来。她孤独地在雨夜里行走，只有被路灯拉长又缩短的身影伴随着她。浑身上下虽然被秋雨浸透，冷得有些发抖，但心里却是热的。她得到领导的正规接待，得到领导的真诚的安慰，更重要的是，所得到的消息，不光是希望，而且是一定，鸿雁一定能平反。她高兴得两眼又有点发涩发酸。一个多月的努力，终于看到曙光，不，是喷薄欲出的一轮红日！

雨，不知什么时候停了。她抬头看看天空，乌云被秋风撕开一道道豁口，露出黑蓝的天空，稀疏的星星顽皮地向她眨眼，似乎也在为她祈福。

不久喜讯传来，关鸿雁彻底平反。关鸿雁得到消息正是午休时。他躺在行李卷上，咀嚼珍珍对他说的话："再耐心等些时日，给你摘帽平反，只是个时间问题……"这个时间还要多久，下放时说是三年，这一等就是二十年啊。现在领导说只是个时间问题，这个时间是多长，是几天？几个月？还是又十几年？不过，这次从珍珍的表情上看，好像可能性很大。历史以来，她对形势的判断都没有错过，但愿这次也错不了……

"老关，老关——"就在此时，门外一个急切的声音喊关鸿雁。声音虽急切，却是悠悠的，谐谐的，是让人不心惊胆战的那种。

关鸿雁打开门，是大队刘书记。

"刘书记，您有事儿？"

"老关，恭喜你呀！"

"恭喜我？"关鸿雁猜到了是什么事，可是又不敢往那上想，他不敢想好事会来得那样快，只是愣愣地看着刘书记。

刘书记一屁股坐到床上，从兜里掏出叠得整整齐齐的一张纸，把它打开来，上边有一个大红印豁然在关鸿雁眼前。

"老关，你看，你平反了，彻底平反了，这是让你回原单位报道的证明信。"一直愣愣地站在地上的关鸿雁，忽然觉出什么，动作迅疾地似乎在抢，从刘书记手中夺过证明信，大红印章在泪眼下模模糊糊的，他用袄袖擦去泪水，证明信上的字迹、印章清晰可辨。

"我得回家告诉她去，我得回家告诉她去……"

关鸿雁跟范进中举一样，嘴里不停地念叨："我得回家告诉她去……"根本没听见刘书记后边说的什么话，急不可待地跑到外边，骑上他那辆破自行车就向家赶。关鸿雁快速地蹬着自行车，缺油的自行车吱呀吱呀响，缕缕清风从关鸿雁的耳边吹过；道路两旁的青草已开始泛黄，空气格外清新，飘着季节的芳香；一簇簇黄色的野菊花还在开放，他无心去思考在这些即将枯萎草中的花朵，是忧伤自己的孤独还是填补这季节的空白。尽管如此，他还是感觉到往年衰落、低泣的秋野的清风、云朵、庄稼、野草、树木，一切的一切，都被涂上了迷人的色彩，苍凉的延伸已经中断，就连那飞过田野上空的鸦雀，留下的鸣叫和它们掠过的身影，都有了不凡的意义。关鸿雁穿越公路，穿越田埂，穿过树木红透叶子的浓烈色彩，带着季节的芳香，恨不得一步就到家，以最快的速度，让珍珍尽快知道他平反了，好与他共同分享忧伤后的幸福。

第五十二章 伟大的母仪

忧郁的大地终于从尘封已久的失落的情感中醒来，世界变得明丽，没有纷扰，只有高亢深情的颂歌旋律，燃亮人们的视野，振奋人们的情绪。珍珍这株宿命的花蕾终于从苍茫的梦境中走出，开始绽放；对被怀疑的漫长的时间终于过去，忧郁的目光终于看到疯狂盛开在春天里的鲜花，芬芳着珍珍的双眼，芬芳着珍珍的心灵，紧缩疲惫的身心，被这温厚的现实所松绑。

珍珍虽然早已退休，但她始终没有离开自己的工厂。退休时，造反的掌权者们一直在忙着"革命"的大事，根本没有时间过问退休这些小事儿，所以珍珍一直干到五十六岁。就在这时，一部分从新站起来的老领导，重新出来工作，首先为珍珍这些早已到退休年龄的老职工，办理了退休手续。他们也同时发现，像珍珍这样的老职工离开后，由于"文革"原因，某些车间在技术上将要出现困难，对生产会造成很大的影响。领导找到珍珍，问她身体怎样，珍珍立刻领会到领导的意图，表示自己身体很好，没有什么问题。就这样珍珍又留下来"补差"，带徒弟。

珍珍除了每月拿到自己的退休工资以外，领导研究决定，凡是留下来"补差"的人员，每月开全额工资。这样包括退休工资在内，珍珍每月拿到的是双工资。这倒让珍珍为难了，她不想要那么多钱，尽管自己很穷，但国家也不富裕。既然是"补差"就应该拿退休的差额部分。可是像她这样还有三、四个老工人，她不能把他们牵扯上，不能让人家为难。于是她单独找到领导退掉多余的工资。领导曾多次劝导，仍然不能奏效。没有办法，又不好声张，领导只好给她在银行开个账户，把她每月退回来的钱存到她的账户里。

珍珍尽管已接近花甲之年，却像年轻人一样在车间里拼搏。她好像不是单纯地在向青年们传递技术，更像在传递一种精神，传递着当今社会仍然需要力争上游的精神，传递着需要为社会的进步进行社会价值和趋向探索与思考。她说既然领导相信自己，自己就不能辜负领导的信任，不能让领导失望，要为年轻人做出表率。因此，她与年轻人在一起，不是与年轻人比青春，她是在回首青春，至少自己不能比"青春时"少干。

珍珍已过花甲之年，珍珍老了，终于从一线上退下来了。老了的珍珍终于清闲起来。自幼到现在，她几乎就没有停歇过，时间对她来说，总是那么匆忙、紧迫与逼仄，如果有一点点清闲时间，对珍珍来说，都是一件十分奢侈的事。

退休后的珍珍，每天所期盼的就是过年，过年儿子、儿媳、孙子、孙女们又都回来了，全家又可以坐在一起，尽享天伦之乐。

退休后的第一个春节，终于来到了，企盼的时刻又在自己的眼前出现了。"幸运的不是始终去做你所希望的事，而是始终希望达到你所做的事情的目的。"珍珍现在思想起托尔斯泰这句话，好像更有深度了。

珍珍的眼睛湿润了，泪光似乎在告诉孩子们，这样的场景是她久违的企盼。凤山、海林和梦梦从妈妈那深意的表情中，再次看到妈妈那面对苦难的坚韧和对那些让人望而生畏的困境与无法逾越的灾难面前的超然、漠视和坚强。

凤山眼睛红了，他目不转睛地看着妈妈：妈妈老了，花白的头发似在述说沧桑的岁月，脸上的道道皱纹似在讲述她带领儿女们最初的旅程，慈爱的目光融去了儿女多少委屈的泪水，单薄的身躯支撑起多少生活的重压……

就在这时，想起了敲门声。珍珍擦擦眼睛去开门。进门来的竟然是厂领导。他们是来慰问珍珍的，这是珍珍没有想到的。珍珍自退休后，就保持这一方净土，保持自己平静、淡定的生活，总是以笑语朗朗流露着满足与幸福。今天见领导的到来，更把自己对幸福的感受放大。其实领导今天来慰问，还有另外一件事，即退还为珍珍在银行存放的工资。当领导把那将近四千元钱，放在珍珍面前时，这时她没再为难领导，也没再为难自己，她把这笔钱全部捐献给唐山地震灾区。

珍珍退休后的几十年里，总是这样用心灵去捕捉社会的温暖，用豁然的心态去感恩社会的温暖。她说只有这样，才能永远保持自己心中的一份快乐。珍珍就是以她纯真的品德，一步步走向耄耋之年……

死亡这一自然法则是最公平的——它从不因你弱小而让你先他人告别人世，也不因你强悍而让你得到永生。但它公平的有时又让你怀恨在心——它从不考虑你的感受，而凶狠地向你走来。

珍珍这个以最单薄的身躯担负最多痛苦的母亲，背负着人生最多的重压，总以最强信心走在人生道路上的母亲，终于走不动了——

2008年9月22日，绵绵的秋雨，下个不停。就在这冷寂的秋雨之夜，珍珍告别了她九十年的艰辛岁月，默默地走了，静静地走了。她那微张的双唇，似乎在示意儿女们，她还有话要说。

　　海林站在妈妈的灵前，泪水泉涌般地流淌，目不转睛地注视着妈妈那张失去血色的脸。九十年光阴的时钟，在妈妈的脸上刻下岁月的沧桑，记录着匆匆岁月留下的印记，叠印着风雨剥蚀留下的生活重负。在妈妈那多皱的脸上的每一道纹路中，都蕴含着难以忍受的苦难和创伤，也蕴含着信心和力量。

　　海林拿来笔和纸，跪在妈妈的灵前，奋激地书写着……写完以后，在妈妈的耳边，轻声地念着，那样子就像平日里，给妈妈读报纸上的新闻，又怕惊扰妈妈，又怕妈妈听不见：

　　　　亲爱的妈妈，您走吧，您要一路走好。您不要有什么牵挂，也不用说什么了，您太累了。您这一生只有艰辛、磨难、爱和奉献，你没有什么遗憾，要说遗憾，只有您的儿女应该有遗憾。您的一生都是在凄风苦雨中度过，九十年的多舛人生，您所经历的灾难，让您痛苦不堪。在痛苦中，您没有绝望，在痛苦中您所迸发出来的是信心和力量，使我们在湍急的涡流中看到光明，看到阳光普照的彼岸，看到希望。

　　　　亲爱的妈妈，您走吧，您要一路走好。您不要有什么牵挂，也不用说什么了，您太累了。您这一生只有坚韧、宽容、善良和给予。您的气血让我们早已吸干，使您鲜活的青春过早地衰老，换来的是我们的青春和幸福。您没有什么遗憾，要说遗憾，只有您的儿女应该有遗憾。

　　　　妈妈我不知您的体内积蓄了多大力量，您竟然能扛住人生旅途中这么多的坎坷，竟能把您的儿女从死亡线上一次次拽回——我知道了，妈妈的力量，为了您的儿女，能将天撑起。妈妈呀，您纯粹是为了儿女，才耗尽您生命的灵气。您说你完成了任务，死而无憾。我知道，您的无憾，就是将您一腔圣洁的热血全都倾给了儿女。而我们做儿女的，欠您的太多了，遗憾的是我们再也没有机会报答您了，只能经常打开尘封的记忆，缅思您的恩德。

亲爱的妈妈，我曾经听到这样一个小故事：在很久很久以前，一位含辛茹苦的母亲，带着一个儿子，相依为命，过着孤苦伶仃的生活。一天，她的儿子听人说，要想赶走贫困，去找佛爷保佑。于是儿子告别母亲，去找佛爷。临走前，妈妈一再叮嘱，去吧儿子，一路要当心，妈妈告诉你，你要是碰到皮袄毛朝外反穿，穿的鞋，后跟朝前，那就是遇到真佛了。儿子记住妈妈的话，一去就是三年，风餐露宿，劳累不堪，始终没有碰到妈妈说的真佛。由于思念母亲，他不准备继续找佛爷了，在一个冬季，他终于回到自家。来到家门前，原来的破柴门，更加破败。他轻轻地敲敲门，屋里传来妈妈的声音，谁呀？妈妈，是我，您的儿子回来了。妈妈高兴得不知所措，急急忙忙下地给儿子开门。一慌张，妈妈把破皮袄穿反了，鞋也倒穿上了，半半拉拉跑来把门打开。儿子一看妈妈的形象，抱住妈妈痛哭起来，妈妈，您不就是真佛吗，我还去哪找真佛呀！

妈妈，您就是我们的护身佛，是您呵护了我们的一生。记得在那破旧的、八面透风、破窗户纸在呼啸的北风中呜呜作响的草屋里，有妈妈在，我们才感到温暖，有妈妈的支撑，我们才不感到孤独、害怕、寒冷和落寞。妈妈，没有您这尊大佛的呵护，我们怎能活到现在！

妈妈，您浮萍飘零的一生，磨砺了您坚强、独立、完善的人格。人说母亲这个称谓是伟大的，而正是您在这不幸、艰辛和磨难中，将这一称谓做了最好的注释。在您的身上，不仅仅体现母亲对儿女无私的爱，您更是一位伟大母仪的形象……

　　读完以后，海林已泣不成声。他跪在妈妈灵前，将自己写给妈妈的祭文，在焚化盆中烧掉。

　　秋雨越下越大，仿佛在为珍珍坎坷一生的命运悲泣，又仿佛是在泣挽珍珍伟大的一生。

完稿于 2013 年 5 月 12 日（母亲节）

图书在版编目 （CIP） 数据

岁月 / 梅子著 . — 北京：中国文史出版社，
2013.12
ISBN 978-7-5034-4539-2

Ⅰ . ①岁… Ⅱ . ①梅… Ⅲ . ①长篇小说—中国—当代
Ⅳ . ① I247.5

中国版本图书馆 CIP 数据核字 (2013) 第 294638 号

责任编辑：曹　岚
封面设计：凤凰树文化

出版发行：中国文史出版社
网　　址：www.chinawenshi.net
社　　址：北京市西城区太平桥大街 23 号　邮编：100811
电　　话：010-66173572　66168268　66192736（发行部）
传　　真：010-66192703
录　　排：凤凰树文化
印　　装：北京天正元印务有限公司
经　　销：全国新华书店
开　　本：32 开
印　　张：17.875　　　字数：426 千字
印　　数：1000 册
版　　次：2014 年 1 月北京第 1 版
印　　次：2014 年 1 月第 1 次印刷
定　　价：35.00 元